증편 한국구비문학대계

9-4

제주특별자치도 제주시 ①

이 저서는 2008년도 정부(교육과학기술부)의 재원으로 한국학중앙연구원(한국학진흥사업단)의 지원을 받아 수행된 연구임(AKS-2008-AIA-3101)

증편 한국구비문학대계

9-4
제주특별자치도 제주시 ①

허남춘·강정식·강소전·송정희

한국학중앙연구원

역락

발간사

　민간의 이야기와 백성들의 노래는 민족의 문화적 자산이다. 삶의 현장에서 이러한 이야기와 노래를 창작하고 음미해 온 것은, 어떠한 권력이나 제도도, 넉넉한 금전적 자원도, 확실한 유통 체계도 가지지 못한 평범한 사람들이었다. 이야기와 노래들은 각각의 삶의 현장에서 공동체의 경험에 부합하였으며, 사람들의 정신과 기억 속에 각인되었다. 문자라는 기록 매체를 사용하지 못하였지만, 그 이야기와 노래가 이처럼 면면히 전승될 수 있었던 것은 그것이 바로 우리 민족의 유전형질의 일부분이 되었기 때문이며, 결국 이러한 이야기와 노래가 우리 민족을 하나의 공동체로 묶어 주고 있는 것이다.

　사회와 매체 환경의 급격한 변화 가운데서 이러한 민족 공동체의 DNA는 날로 희석되어 가고 있다. 사랑방의 이야기들은 대중매체의 내러티브로 대체되어 버렸고, 생활의 현장에서 구가되던 민요들은 기계화에 밀려 버리고 말았다. 기억에만 의존하여 구전되던 이야기와 노래는 점차 잊히고 있다. 한국학중앙연구원이 1970년대 말에 개원함과 동시에, 시급하고도 중요한 연구사업으로 한국구비문학대계의 편찬 사업을 채택한 것은 바로 이러한 시대적 상황에 대한 우려와 잊혀 가는 민족적 자산에 대한 안타까움 때문이었다.

　당시 전국의 거의 모든 구비문학 연구자들이 참여하였는데, 어려운 조사 환경에서도 80여 권의 자료집과 3권의 분류집을 출판한 것은 그들의 헌신적 활동에 기인한다. 당초 10년을 계획하고 추진하였으나 여러 사정으로 5년간만 추진되었으며, 결과적으로 한반도 남쪽의 삼분의 일에 해당

하는 부분만 조사하게 되었다. 그럼에도 불구하고 한국구비문학대계는 주관기관인 한국학중앙연구원의 대표 사업으로 각광 받았을 뿐 아니라, 해방 이후 한국의 국가적 문화 사업의 하나로 꼽히게 되었다.

21세기에 들어서면서 한국학중앙연구원에서는 미완성인 채로 남아 있는 구비문학대계의 마무리를 더 이상 미룰 수 없다는 생각으로 이를 증보하고 개정할 계획을 세웠다. 20년 전의 첫 조사 때보다 환경이 더 나빠졌고, 이야기와 노래를 기억하고 있는 제보자들이 점점 줄어들고 있었던 것이다. 때마침 한국학 진흥에 대한 한국 정부의 의지와 맞물려 구비문학대계의 개정·증보사업이 출범하게 되었다.

이번 조사사업에서도 전국의 구비문학 연구자들이 거의 다 참여하여 충분하지 않은 재정적 여건에서도 충실히 조사연구에 임해 주었다. 전국 각지의 제보자들은 우리의 취지에 동의하여 최선으로 조사에 응해 주었다. 그 결과로 조사사업의 결과물은 '구비누리'라는 이름의 데이터베이스에 탑재가 되었고, 또 조사자료의 텍스트와 음성 및 동영상까지 탑재 즉시 온라인으로 접근할 수 있는 시스템을 갖추었다. 특히 조사 단계부터 모든 과정을 디지털화함으로써 외국의 관련 학자와 기관의 선망의 대상이 되고 있다.

이제 조사사업의 결과물을 이처럼 책으로도 출판하게 된다. 당연히 1980년대의 일차 조사사업을 이어받음으로써 한편으로는 선배 연구자들의 업적을 계승하고, 한편으로는 민족문화사적으로 지고 있던 빚을 갚게된 것이다. 이 사업의 연구책임자로서 현장조사단의 수고와 제보자의 고귀한 뜻에 감사를 표하지 않을 수 없다. 아울러 출판 기획과 편집을 담당한 한국학중앙연구원의 디지털편찬팀과 출판을 기꺼이 맡아준 역락출판사에 감사를 드린다.

2013년 10월 4일

한국구비문학대계 개정·증보사업 연구책임자 김병선

책머리에

구비문학조사는 늦었다고 생각하는 지금이 가장 빠른 때이다. 왜냐하면 자료의 전승 환경이 나날이 달라지고 있기 때문이다. 전승 환경이 훨씬 좋은 시기에 구비문학 자료를 진작 조사하지 못한 것이 안타깝게 여겨질 수록, 지금 바로 현지조사에 착수하는 것이 최상의 대안이자 최선의 실천이다. 실제로 30여 년 전 제1차 한국구비문학대계 사업을 하면서 더 이른 시기에 조사를 했더라면 하는 아쉬움이 컸는데, 이번에 개정·증보를 위한 2차 현장조사를 다시 시작하면서 아직도 늦지 않았다는 사실을 실감했다.

구비문학 자료는 구비문학 연구와 함께 간다. 자료의 양과 질이 연구의 수준을 결정하고 연구수준에 따라 자료조사의 과학성이 결정되기 때문이다. 실제로 1차 조사사업 결과로 구비문학 연구가 눈에 띠게 성장했고, 그에 따라 조사방법도 크게 발전되었다. 그러나 연구의 수명과 유용성은 서로 반비례 관계를 이룬다. 구비문학 연구의 수명은 짧고 갈수록 빛이 바래지만, 자료의 수명은 매우 길 뿐 아니라 갈수록 그 가치는 더 빛난다. 그러므로 연구활동 못지않게 자료를 수집하고 보고하는 일이 긴요하다.

교육부에서 구비문학조사 2차 사업을 새로 시작한 것은 구비문학이 문학작품이자 전승지식으로서 귀중한 문화유산일 뿐 아니라, 미래의 문화산업 자원이라는 사실을 실감한 까닭이다. 따라서 학계뿐만 아니라 문화계의 폭넓은 구비문학 자료 활용을 위하여 조사와 보고 방법도 인터넷 체제와 디지털 방식에 맞게 전환하였다. 조사환경은 많이 나빠졌지만 조사보고는 더 바람직하게 체계화함으로써 누구든지 쉽게 접속하여 이용할 수 있는 데이터베이스를 구축했다. 그러느라 조사결과를 보고서로 간행하는 일은 상대적으로 늦어지게 되었다.

2차 조사는 1차 사업에서 조사되지 않은 시군지역과 교포들이 거주하는 외국지역까지 포함하는 중장기 계획(2008~2018년)으로 진행되고 있다. 한국학중앙연구원 어문생활연구소와 안동대학교 민속학연구소가 공동으로 조사사업을 추진하되, 현장조사 및 보고 작업은 민속학연구소에서 담당하고 데이터베이스 구축 작업은 한국학중앙연구원에서 담당한다. 가장 중요한 일은 현장에서 발품 팔며 땀내 나는 조사활동을 벌인 조사자들의 몫이다. 마을에서 주민들과 날밤을 새우면서 자료를 조사하고 채록하여 보고서를 작성한 조사위원들과 조사원 여러분들의 수고를 기리지 않을 수 없다. 조사의 중요성을 알아차리고 적극 협력해 준 이야기꾼과 소리꾼 여러분께도 고마운 말씀을 올린다.

구비문학 조사를 전국적으로 실시하여 체계적으로 갈무리하고 방대한 분량으로 보고서를 간행한 업적은 아시아에서 유일하며 세계적으로도 그 보기를 찾기 힘든 일이다. 특히 2차 사업결과는 '구비누리'로 채록한 자료와 함께 원음도 청취할 수 있는 데이터베이스를 구축해서 세계에서 처음으로 인터넷과 스마트폰으로 이용할 수 있는 디지털 체계를 마련했다. '구슬이 서 말이라도 꿰어야 보배'인 것처럼, 아무리 귀한 자료를 모아두어도 이용하지 않으면 소용이 없다. 그러므로 이 보고서가 새로운 상상력과 문화적 창조력을 발휘하는 문화자산으로 널리 활용되기를 바란다. 한류의 신바람을 부추기는 노래방이자, 문화창조의 발상을 제공하는 이야기 주머니가 바로 한국구비문학대계이다.

2013년 10월 4일

한국구비문학대계 개정·증보사업 현장조사단장 임재해

한국구비문학대계 개정·증보사업 참여자 <small>(참여자 명단은 가나다 순)</small>

연구책임자

김병선

공동연구원

강등학 강진옥 김익두 김헌선 나경수 박경수 박경신 송진한 신동흔
이건식 이인경 이창식 임재해 임철호 임치균 조현설 천혜숙 허남춘
황인덕 황루시

전임연구원

장노현 최원오

박사급연구원

강정식 권은영 김구한 김기옥 김월덕 노영근 서해숙 유명희 이균옥
이영식 이윤선 조정현 최명환 최자운 황경숙

연구보조원

강소전 김미라 구미진 김보라 김성식 김영선 김옥숙 김유경 김은희
김자현 문세미나 박동철 박은영 박현숙 박혜영 백계현 백은철 변남섭
서은경 서정매 송기태 송정희 시지은 신정아 안범준 오세란 오정아
유태웅 이선호 이옥희 이원영 이진영 이홍우 이화영 임세경 임 주
장호순 정아용 정혜란 조민정 편성철 편해문 한유진 허정주 황진현

주관 연구기관 : 한국학중앙연구원 어문생활사연구소
공동 연구기관 : 안동대학교 민속학연구소

일러두기

■ 『증편 한국구비문학대계』는 한국학중앙연구원과 안동대학교에서 3단계 10개년 계획으로 진행하는 "한국구비문학대계 개정·증보사업"의 조사 보고서이다.

■ 『증편 한국구비문학대계』는 시군별 조사자료를 각각 별권으로 간행하는 것을 원칙으로 한다. 서울 및 경기는 1-, 강원은 2-, 충북은 3-, 충남은 4-, 전북은 5-, 전남은 6-, 경북은 7-, 경남은 8-, 제주는 9-으로 고유번호를 정하고, -선 다음에는 1980년대 출판된 『한국구비문학대계』의 지역 번호를 이어서 일련번호를 붙인다. 이에 따라 『증편 한국구비문학대계』는 서울 및 경기는 1-10, 강원은 2-10, 충북은 3-5, 충남은 4-6, 전북은 5-8, 전남은 6-13, 경북은 7-19, 경남은 8-15, 제주는 9-4권부터 시작한다.

■ 각 권 서두에는 시군 개관을 수록해서, 해당 시·군의 역사적 유래, 사회·문화적 상황, 민속 및 구비 문학상의 특징 등을 제시한다.

■ 조사마을에 대한 설명은 읍면동 별로 모아서 가나다 순으로 수록한다. 행정상의 위치, 조사일시, 조사자 등을 밝힌 후, 마을의 역사적 유래, 사회·문화적 상황, 민속 및 구비문학상의 특징 등을 중심으로 설명하고, 마을 전경 사진을 첨부한다.

■ 제보자에 관한 설명은 읍면동 단위로 모아서 가나다 순으로 수록한다. 각 제보자의 성별, 태어난 해, 주소지, 제보일시, 조사자 등을 밝힌 후, 생애와 직업, 성격, 태도 등을 중심으로 서술하고, 제공 자료 목록과 사진을 함께 제시한다.

■ 조사자료는 읍면동 단위로 모은 후 설화(FOT), 현대 구전설화(MPN), 민요(FOS), 근현대 구전민요(MFS), 무가(SRS), 기타(ETC) 순으로 수록한다. 각 조사자료는 제목, 자료코드, 조사장소, 조사일시, 조사자, 제보자, 구연상황, 줄거리(설화일 경우) 등을 먼저 밝히고, 본문을 제시한다. 자료코드는 대지역 번호, 소지역 번호, 자료 종류, 조사 연월일, 조사자 영문 이니셜, 제보자 영문 이니셜, 일련번호 등을 '_'로 구분하여 순서대로 나열한다.

■ 자료 본문은 방언을 그대로 표기하되, 어려운 어휘나 구절은 ( ) 안에 풀이말을 넣고 복잡한 설명이 필요할 경우는 각주로 처리한다. 한자 병기나 조사자와 청중의 말 등도 ( ) 안에 기록한다.

■ 구연이 시작된 다음에 일어난 상황 변화, 제보자의 동작과 태도, 억양 변화, 웃음 등은 [ ] 안에 기록하며, 무가의 경우는 굿의 장단을 ‖ ‖ 안에 표시한다.

■ 잘 알아들을 수 없는 내용이 있을 경우, 청취 불능 음절수만큼 '○○○'와 같이 표시한다. 제보자의 이름 일부를 밝힐 수 없는 경우도 '홍길○'과 같이 표시한다.

■ 『증편 한국구비문학대계』에 수록된 모든 자료는 웹(gubi.aks.ac.kr/web)과 모바일(mgubi.aks.ac.kr)에서 텍스트와 동기화된 실제 구연 음성파일을 들을 수 있다.

차례

2. 삼도2동

3. 삼양1동

▮조사마을

▮제보자

● 민요

제주시 개관

제주시의 연혁은 곧 제주 전역의 역사적 흐름과 관련하여 이해할 수 있다. 제주는 삼국시대에 탐라국(耽羅國)으로서 한반도 및 그 주변 국가들과 교류하였던 곳이다. 백제나 신라 등의 한반도 고대국가와는 5세기 후반 경부터 속국의 형태로 관계를 맺기 시작하였고, 이것은 고려시대까지 지속되었다.

탐라는 고려 중기인 1105년(숙종 10)에 비로소 고려의 직할군인 탐라군이 되었다. 고려는 1300년(충렬왕 26)에 제주를 동도와 서도로 나누고, 14개의 현촌(縣村)을 설치하였다. 조선시대 들어서는 1416년(태종 16)에 제주목(濟州牧), 정의현(旌義縣), 대정현(大靜縣)으로 행정체계를 갖추고 제주목사를 파견하였다. 이에 따르면 제주시는 과거의 제주목에 속한다고 할 수 있다. 1680년(광해군 1)에는 제주목에 3면을 설치하였는데, 제주시는 이 가운데서도 중면(中面)으로 가장 중심적인 지역이었다. 1895년에는 제주부 제주군, 1896년에는 전라남도 제주목, 1906년에 다시 제주군이 되었다.

1915년에 도제(島制)로 바뀌면서 전라남도 소속 제주도(濟州島)로 바뀐다. 1946년에 비로소 전라남도에서 분리되고 도(道)로 승격되면서 북제주군과 남제주군이 설치되었다. 1955년에는 제주읍이 시로 승격되면서 분리되었다. 1990년대에는 지방자치제도가 실시되면서, 민선 시장과 시의원이 선출되어 시의 운영을 맡아 처리하였다. 그러나 최근 2006년 7월 1일에 제주도가 제주특별자치도로 위상이 바뀌면서 기존 제주시와 북제주군을 하나로 통합하여 제주시의 면모가 더욱 확대되었다.

여기서는 한국구비문학대계 조사사업의 조사지역 구분 기준을 따라 옛 제주시 지역의 일반적인 현황을 정리하기로 한다. 다만 인구는 현실을 감안하여 조사시점인 2009년을 기준으로 서술한다.

북제주군과 통합되기 이전 옛 제주시의 행정구역 현황은 19개 동(洞)으로 구성되었다. 제주시 19개 동지역의 인구는 2008년 현재를 기준으로 살펴보면 일도1동 3,783명, 일도2동 38,085명, 이도1동 7,529명, 이도2동 41,584명, 삼도1동 14,105명, 삼도2동 9,495명, 용담1동 8,732명, 용담2동 17,172명, 건입동 10,882명, 화북동 20,147명, 삼양동 10,935명, 봉개동 3,150명, 아라동 13,561명, 오라동 6,223명, 연동 39,910명, 노형동 49,331명, 외도동 14,363명, 이호동 4,082명, 도두동 2,333명이다. 이를 보면 일도2동, 이도2동, 연동, 노형동 등이 인구 3만 명이 넘는 비교적 규모가 큰 지역임을 알 수 있다.

제주시는 그 면적이 255.4km²으로, 제주도 전체 면적의 약 13.8%를 차지한다. 제주도 북부의 중앙에 위치하고 있다. 2006년 제주특별자치도로 통합되기 전의 기준을 따르면 동쪽은 북제주군 조천읍, 서쪽은 북제주군 애월읍, 남쪽은 한라산을 사이에 두고 서귀포시와 접하고 있다. 제주시의 지세는 한라산 북사면이 단계적으로 낮아지는 모양이다. 한천, 산지천, 병문천 등이 시가지를 관통하여 흐른다. 기온은 대체적으로 온화한 편으로 연평균 기온은 16℃이다. 연강수량은 약 1,300mm이다. 한편 제주시는 경지가 58.4km², 임야가 127.2km², 대지 14.8km², 기타가 55km²이다.

제주시는 탐라국 시대부터 현재에 이르기까지 제주도의 행정, 교육, 역사, 문화의 중심지이다. 탐라 건국신화인 '삼성신화'(三姓神話)에 따르면

한라산에서 세 신인(神人)이 솟아나 현재 제주시 일도동, 이도동, 삼도동 지역을 기반으로 일찌감치 자리 잡았음을 알 수 있다. 역사적으로도 제주성과 제주목관아 등이 있어 행정의 중심지가 되었다.

과거에는 제주시 지역 역시 농업과 수산업, 축산업 등 전통적인 생업활동 양상을 보였다. 그러나 점차 산업화·도시화가 진행되면서 이들 1차 산업 외에도 상업과 관광업 등이 크게 발달하였다. 제주시는 도농 복합 양상을 보이면서도 점점 상업이 발달하고 있는 추세라고 할 수 있다. 여기에는 1970년대부터 진흥되기 시작한 관광업의 영향을 빼놓을 수 없다. 특별한 제조업이 없는 제주에서 관광산업은 경제도약의 기틀이 되었다. 특히 제주시는 항공기와 선박 등이 드나드는 제주 연륙교통의 관문 역할을 하고 있어 도내의 교통중심지이기도 하다.

게다가 도내의 교육기관 대부분이 제주시에 집중되어 있다. 역사와 문화에 대한 인식도 일찍 싹터 지역의 역사·민속적 자원을 발굴하고 보존하는 데 힘쓰며, 각종 축제를 개발하고 마을 만들기 등의 사업을 지속적으로 전개하고 있다. 제주시의 종교생활 양상은 전통적으로 이어져 내려온 민간신앙이 아직 뿌리 깊게 자리잡고 있다고 할 수 있다. 여기에 도시화와 개방화가 진행되면서 여러 공인종교도 자리잡아 다양한 신앙생활이 이루어진다.

한편 제주시의 전통문화 역시 제주 전역의 양상과 전체적으로 다르지 않다. 삶의 양식이 바뀌고 현대화되면서 많은 전통문화가 사라지고 있는 추세이기는 하나, 유교식 마을제인 포제와 무속의례인 당굿 같은 마을 공동체의 의례는 아직도 비교적 많은 마을에서 유지되고 있다. 급속히 도시화된 지역임을 생각할 때 현재까지 전승되는 민속문화와 구비전승은 매우 소중하다고 하지 않을 수 없다.

특히 건입동의 제주칠머리당영등굿은 국가지정 중요무형문화재 제71호로 지정되었을 뿐만 아니라, 2009년에는 유네스코가 세계무형문화유산으로 지정할 정도로 제주시의 대표적인 민속문화라고 할 수 있다. 제주시는 이러한 전통문화에 관심이 많은 편이다. 대표적으로 무형문화재 전수회관 등을 운영하면서 도내의 민속문화 보존에 앞장서고 있으며, 각종 역사문화 강좌 등을 개설하여 도민의 문화적 욕구를 충족시키고 있다. 또한 각 동마다 마을의 역사문화자원에 대한 관심을 기울여 보존하고 전승하기 위한 노력을 아끼지 않는다.

제주시에 대한 조사는 이번 한국구비문학대계 조사사업의 가장 첫 해에 이루어졌다. 이번 조사사업에서 제주는 무가를 중심으로 구비전승을 채록하는 것을 주된 목적으로 삼고 있다. 따라서 조사일정을 잡는 데 있어서도 무가 채록의 특성상 무속의례가 실제 벌어지는 일정을 중시할 수밖에 없다. 제주시 지역은 무속의례가 아직까지는 활발하게 행해지고 있다. 조사팀은 무가를 채록할 때 가능하면 현장사례를 택하고자 노력하였다. 무가가 행해지고 존재하는 양상을 그대로 살려 그 맥락을 함께 보여주고자 했기 때문이다. 전체 의례양상을 함께 채록하고 전사함으로써 조사사업의 취지를 살리고자 애썼다.

이에 따라 2008년 11월과 12월에 1차적인 기초조사를 실시하였다. 우선 대상마을을 선정하기 위하여 제주시 지역 전체의 구비전승에 대한 검토를 하였다. 무가를 중심으로 마을을 선정해야 하기 때문에, 조사사업에 적절하다고 여겨지는 무속의례 유형을 추려내었다. 이때는 기존에 보고된 사례인지, 조사지역의 삶의 문화와 밀접한 관련이 있는지, 현실적으로 조사 및 보고가 가능한 것인지에 대한 검토를 거쳤다.

선정된 내용을 바탕으로 2009년 1월과 2월에 해당 마을과 제보 예정자를 찾아가 조사취지를 설명하고 협조를 구하였다. 그 결과 2월에는 회천동 내에 동회천마을 본향당의 신과세제와 건입동 칠머리당의 영등환영제를 조사할 수 있었다. 이어 3월에는 삼도2동에 속한 탑동의 영등굿을 조사하고, 4월에는 역시 탑동의 성주풀이를 조사하기에 이르렀다. 무가의 현장조사 기간에는 채록한 무가와 관련된 메타 정보 등 후속조사를 실시하였고, 미진한 부분은 5월과 6월에 추가조사를 실시하였다.

한편 무가를 채록하는 일과 동시에 설화 및 민요의 채록작업도 진행하였다. 먼저 2009년 초부터 제주시 지역의 각 마을마다 찾아가 제보자를 파악하였고, 제보자에게 사업의 취지를 설명하고 협조를 구하였다. 그리고 2009년 7월까지 꾸준히 실제 설화와 민요를 채록하였다. 제주시의 조사지역 범위는 19개 동인데, 이 가운데 삼양1동, 회천동 서회천마을, 영평하동, 해안동의 설화와 민요를 조사하였다. 이렇게 채록한 자료는 틈틈이 전사를 실시하였고, 최종 검토를 통하여 구비문학대계 웹하드에 자료를 올렸다.

이번 제주시 지역의 조사에 참여한 조사자는 허남춘(책임연구원), 강정식(박사급연구원), 강소전(박사과정 연구보조원), 송정희(석사과정 연구보조원)이다.

1차년도 제주시의 조사성과를 간략히 정리하면 다음과 같다. 무가의 경우 동회천마을 본향당의 신과세제는 제주시 지역 당굿의 사례를 소개하는 데 의의를 둔다. 제주시가 빠르게 도시지역으로 변모하면서 예전의 마을 당굿들이 점차 약화되거나 사라져버린 것을 생각하면 동회천마을의 사례는 소중하다. 특히 산신(山神)을 위하여 벌이는 '사농놀이'를 보고하는 것은 큰 의미가 있다. 칠머리당 영등굿의 영등환영제 경우는 이번 조사를 통하여 그 전체적인 양상을 알리는 데 목적이 있다. 이미 잘 알려진 영등송별제와 함께 살펴보면 칠머리당 영등굿의 전체적인 실상을 파악하는 데 도움이 된다. 삼도2동 탑동에서 행해진 영등굿의 경우를 통해서는 영등굿의 제차구성 방법과 해녀들이 영등굿에 어떻게 주체적으로 참여하는지 그 양상을 살펴볼 수 있는 좋은 기회가 될 것으로 생각한다. 역시 탑동의 한 식당에서 벌어진 성주풀이와 불도맞이 굿의 경우에는 개인 집의 일반적인 굿의 양상을 살펴보는 사례가 될 것이다. 특히 정해진 시간

안에 성격이 서로 다른 2개의 굿을 어떻게 편성하여 진행하는지 흥미로운 대목을 많이 만날 수 있다.

한편 설화와 민요의 경우에는 마을의 구비전승에서 많이 사라지고 있다는 사실을 절감하였다. 생업현장과 살림살이가 바뀌고 산업화와 현대화가 진행된 요즘에는 과거의 구비전승이 거의 끊겨 버렸다. 옛말과 노래를 듣고 몸으로 익히던 나이 든 어르신들이 점점 줄어들고 있는 사정도 크다. 그나마 몇 안 되는 제보자들도 과거의 기억을 되살리려 안간힘을 써야 하는 상황이다. 이러한 현실 속에서도 귀중한 설화와 민요를 일부 들을 수 있어서 다행스럽다. 설화는 제보자의 고향에서 전승되던 내용을 중심으로 14편을 채록할 수 있었다. 민요는 66편으로 농사와 물질 등의 생업과 관련한 노동요에서부터 유희요, 의식요, 창가 등을 채록하였다.

1. 건입동

▌조사마을

제주특별자치도 제주시 건입동

조사일시 : 2009.2~2009.3
조 사 자 : 허남춘, 강정식, 강소전, 송정희

건입동에서는 칠머리당 영등굿이 전승되고 있다. 그 내용과 무가는 비교적 많이 알려져 있다. 제주칠머리당영등굿은 국가지정 중요무형문화재 제71호이다. 지난 1980년 11월 17일에 '제주칠머리당굿'으로 지정되었고, 그 의미를 더욱 분명히 하기 위하여 2006년 6월 19일에 '제주칠머리당영등굿'으로 명칭이 변경되었다. 칠머리당의 영등굿은 음력 2월 초하루에 하는 영등환영제와 2월 14일에 하는 영등송별제로 이루어져 있다. 영등송별제의 무가가 잘 알려져 있는 것에 견주어, 영등환영제의 경우는 그 내용과 무가가 일목요연하게 정리된 적이 별로 없다. 이번 조사는 영등환영제의 전체적인 면모를 보이고 무가를 제공하는 데 그 목적이 있다.

영등환영제는 영등신을 맞이하는 의례로, 영등신은 음력 2월 초하루에 제주도로 들어온다고 한다. 따라서 건입동에서는 이 날 영등환영제를 벌인다. 본래는 당에서 간단하게 '앞인굿'으로 지내던 것이었지만 근래에 들어서는 '선굿'으로 진행한다. 제주시수산업협동조합의 풍어제와 겸하게 되면서 그 규모가 커져 지금과 같은 형태를 갖추었다. 제장(祭場)도 원래는 칠머리당이었으나 현재는 수협 위판장으로 바뀌었다.

건입동의 구비전승 조사는 제주칠머리당영등굿 보존회와 제주시수산업협동조합이 주관하는 영등환영제를 대상으로 하였기 때문에 그에 맞추어 조사일정을 잡았다. 먼저 2월 초순에 보존회를 방문하여 조사취지를 설명하고 협조를 구하였다. 그 뒤 2월 25일에 현장조사를 실시하였고, 3월에는 참여한 심방과 단골 등에 대한 추가조사를 진행하였다.

건입동은 제주시 동북쪽에 있는 해안마을이다. 건입동의 옛 이름은 '건들개'이다. 건들개 근처에 '산지물'이 있어 '산지'라고도 한다. 즉 건입동은 건들개라는 포구와 용천수인 산지물을 중심으로 형성된 마을이다. 『중종실록』과 『신증동국여지승람』 등에 마을 이름이 보인다. 1962년 행정구역 동제(洞制) 실시에 따라 건입동(健入洞)이 되었다.

2010년 12월 현재 건입동의 인구는 4,543세대에 11,002명이다. 남녀의 비율은 비슷하다. 각성바지로 이루어져 있다. 이 마을은 본래 농업과 어업을 생업으로 하여 살아온 곳이다. 해안마을이니 해녀의 물질과 어업활동이 특히 활발하였다. 그러다가 건입동 바다에 자리 잡은 제주항이 지속적으로 개발되어 제주의 해양관문 역할을 하면서 점차 상업지역으로 변하였다. 그러나 마을 환경이 변화하는 가운데에도 산지어촌계를 중심으로 한 해녀의 물질과 어업활동은 아직도 꾸준히 이루어지고 있다. 예로부터 이어지는 생업활동과 현대적 상업활동이 공존하며 조화를 이루고 있다.

최근에는 마을 주민들이 중심이 되어 '박물관 마을'로 만들고자 하는 사업을 전개하고 있는데, 제주시민과 관광객들이 찾는 명소로 변화시키는 데 많은 노력을 기울이고 있다. 낙조(落照)가 일품인 사라봉과 생태하천으로 복원된 산치천 역시 사람들이 즐겨 찾는 건입동의 명소로 자리 잡았다. 교육과 문화생활은 건입동이 포함된 옛 제주시의 시내지역에서 이루어지고 있다. 마을 자체가 상업이 활성화 된 시내중심지이지만, 지금도 본향당인 칠머리당을 중심으로 한 전통적인 민간신앙이 남아 있다.

▌제보자

고순안, 여, 1947년생

주 소 지 : 제주특별자치도 제주시 구좌읍 하도리 1435-5번지
제보일시 : 2009.2.25
조 사 자 : 허남춘, 강정식, 강소전, 송정희

고순안은 제주시 조천읍 선
흘리에서 태어났다. 2세 때
4·3 사건이 나면서 부친이 사
망하였다. 이때 선흘리를 떠나
해안마을로 내려갔다. '고복자'
라는 별호가 있는데, 유복자가
된 데에서 유래하였다고 한다.
현재 제주시 구좌읍 하도리에서 살고 있다. 하도마을의 본향당인 '삼싱당'
과 영등굿을 하는 '각시당'을 맡은 매인심방으로 활동하고 있다. 국가지
정 중요무형문화재 제71호인 제주시칠머리당영등굿 보존회의 전수조교를
맡고 있기도 하다. 고순안은 기량이 뛰어나 여성심방 중에서는 도내에서
그 이름이 높다. 집안에서도 큰심방들이 많이 나왔다. 부친의 고향은 서
귀포시 토평동이고, 외가는 서귀포시 표선면 성읍리이다. 이 가운데 강봉
원, 어머니 양씨 등으로부터 주로 무업을 배웠다. 12세에 병이 났고, 이후
무업에 들어 일찍이 10대 때부터 굿을 배웠다. 33세에 첫 신굿을 하였다.
어머니의 멩두를 물려받았다.

제공 자료 목록
10_01_SRS_20090225_HNC_KYS_0001_s12 영등환영제 추물공연
10_01_SRS_20090225_HNC_KYS_0001_s15 영등환영제 산받음

김윤수, 남, 1946년생

주 소 지 : 제주특별자치도 제주시 조천읍 신촌리 2097번지
제보일시 : 2009.2.25
조 사 자 : 허남춘, 강정식, 강소전, 송정희

김윤수는 제주시 이도1동 남수각에서 2남
2녀 중 장남으로 태어났다. 집안의 원래 고
향은 제주시 조천읍 교래리다. 23세에 입대
하여 군복무를 하였고, 제대 후 역시 무업을
하던 이용옥과 결혼해 슬하에 2남 1녀를 두
었다. 김윤수의 집안은 본인까지 4대째 무
업을 하고 있다. 그의 집안이 무업을 하게
된 내력이 전한다. 김윤수의 6대조 할아버
지가 사망하였을 때, 고조부가 묘지 터를 보
기 위해 아는 지관을 데려갔다고 한다. 그런
데 지관이 한 장소를 가리키며 그 곳에 묘를 쓰면 자손은 많이 생기지만
심방 자손이 나오겠다고 말하였다고 한다. 당시는 집안에 자손이 귀하였
던 모양인지 고조부는 심방 자손이 나와도 좋으니 그 곳에 묘를 쓰게 해
달라고 하였다. 이에 지관은 하관할 시간이 되면 서쪽으로 삼석소리 즉
굿 하는 소리가 날 것이니 굿 소리가 나면 그때 하관을 하라고 말하였다
고 한다. 하관 시간이 되니 정말 굿 소리가 났고 그에 맞추어 하관을 하
였는데, 그 뒤에 증조부 때부터 심방 일을 하기 시작했다고 한다.

김윤수는 큰어머니인 문옥선 심방의 권유로 무업에 들어섰다. 어릴 때
는 굿판에 다니지 않으려고 하였다고 한다. 그러나 1~2년이 지나면서 몸

이 아파 16세 때부터 본격적으로 무업을 시작하였다. 군을 제대한 뒤에는 계부인 양금석 심방이 더욱 본격적으로 굿을 배우라고 권하였다. 이에 조천읍 신촌리에 사는 고군찬 심방을 수양어머니로 삼아 본격적으로 굿을 배웠다. 처음 굿을 맡은 것은 29세의 일로 제주시 봉개동 강씨 집의 굿이었다. 이를 계기로 수양어머니의 멩두를 본메로 놓고 자신의 멩두를 만들어 본격적으로 무업에 뛰어 들었다. 그 뒤로 차차 심방으로 이름을 얻게 되었다. 김윤수는 계부였던 양금석 심방, 큰어머니 문옥선 심방 등에게서 굿을 배웠고, 고군찬 심방과 안사인 심방의 영향도 받았다. 첫 신굿은 1986년에 하였다.

한편 김윤수는 현재 국가지정 중요무형문화재 제71호인 '제주칠머리당 영등굿'의 기능보유자로 활동하고 있다. 이전에 칠머리당 영등굿을 맡았던 안사인 심방이 타계하자, 그 뒤를 이어 1995년에 기능보유자로 지정되었다. 더불어 김윤수는 제주시 조천읍 와산리의 본향당인 '불돗당'도 맡고 있다. 그의 자식들은 굿을 배우지 않았고, 현재 수양관계를 맺은 제자도 없다.

제공 자료 목록

10_01_SRS_20090225_HNC_KYS_0001_s02 영등환영제 초감제 배례
10_01_SRS_20090225_HNC_KYS_0001_s03 영등환영제 초감제 베포도업침
10_01_SRS_20090225_HNC_KYS_0001_s04 영등환영제 초감제 날과국섬김
10_01_SRS_20090225_HNC_KYS_0001_s05 영등환영제 초감제 연유닦음
10_01_SRS_20090225_HNC_KYS_0001_s06 영등환영제 초감제 신도업
10_01_SRS_20090225_HNC_KYS_0001_s07 영등환영제 초감제 군문열림
10_01_SRS_20090225_HNC_KYS_0001_s08 영등환영제 초감제 신청궤
10_01_SRS_20090225_HNC_KYS_0001_s09 영등환영제 초감제 팔만금사진침
10_01_SRS_20090225_HNC_KYS_0001_s10 영등환영제 초감제 정데우

신순덕, 여, 1958년생

주 소 지 : 제주특별자치도 제주시 이도2동 1019-6 강천주택 101호
제보일시 : 2009.2.25
조 사 자 : 허남춘, 강정식, 강소전, 송정희

　신순덕은 제주시 월평동이 고향이다. 성편 (姓便) 고씨 할머니가 월평의 본향당인 '다라 쿳당'을 매었던 심방이다. 하지만 부모는 무 업을 하지 않았다. 신순덕은 동문시장에서 옷 가게를 하다가 29세에 신병을 얻었고, 가게를 정리한 뒤에 한라산 영실에 가서 산신기도를 하였다. 당시 환자점(患者占)을 잘하였다고 한 다. 31세에 육지식으로 신굿을 하여 신을 받 았다. 그런데 육지식으로 신장을 받은 몸이어 서 제주식의 굿을 배우지는 못하였다. 단골들 의 부탁을 받아 굿을 하러 가면, 제주식이 아니어서 어려운 점이 많았다. 그 래서 주위 심방들로부터 제주굿을 배워 익혔고, 37세부터는 본격적으로 제 주굿을 할 수 있었다. 처음 접한 육지 신장굿에 비해 제주굿이 복잡하고 더 어렵게 여겨졌다고 한다. 멩두는 'ᄌᆞ작멩두'로 37세에 고씨 삼촌(고영숙)의 것을 본메로 놓아 만들었다. 제주식의 신굿은 39세에 4당클을 매어 정식으 로 하였다. 현재 제주칠머리당영등굿 이수자이며, 보존회 회원으로 활동하고 있다. 슬하에 2남 1녀를 두었다. 할머니가 매었던 다라쿳당을 물려받지는 않 았다고 한다. 단골판은 제주시 외에도 주로 서귀포시 일대인 성산읍 성산리, 수산리, 표선면 표선리, 하천리, 대정읍 모슬포 등이다.

제공 자료 목록

10_01_SRS_20090225_HNC_KYS_0001_s13 영등환영제 석살림 (1)
10_01_SRS_20090225_HNC_KYS_0001_s14 영등환영제 석살림 (2)

건입동 영등환영제

자료코드 : 10_01_SRS_20090225_HNC_KYS_0001
조사장소 : 제주특별자치도 제주시 건입동 1448번지 제주시수산업협동조합 어판장
조사일시 : 2009.2.25
조 사 자 : 허남춘, 강정식, 강소전, 송정희
제 보 자 : 김윤수, 남, 63세 외 제주칠머리당영등굿 보존회 회원
구연상황 : 영등환영제는 영등신을 맞이하는 의례이다. 영등신은 음력 2월 초하루에 제
주도로 들어온다고 한다. 이에 따라 매년 이 날 제주시 건입동에서는 영등환
영제를 벌인다. 본래 당에서 간략하게 '앚인굿'(앉은굿)으로 지내던 것이다.
그러나 요즘에는 소미를 여럿 동원하여 '안팟연물'(안팎연물)을 울리며 '산
굿'(선굿)으로 진행한다. 제주시수산업협동조합의 풍어제와 겸하게 되면서 의
례의 규모가 커져서 지금과 같은 형태를 갖추게 된 것이다. 작년까지만 해도
많은 구경꾼이 참여하였으나 이번 굿에는 구경꾼의 참여가 현저하게 줄었다.
영등환영제는 본래 제주시 건입동의 본향당인 칠머리당에서 벌이던 의례이다.
제주시수산업협동조합의 풍어제와 겸하게 되면서 수협 어판장을 제장으로 삼
아 굿을 하게 되었다. 영등신을 환영하여 한해 바다 생업의 안녕과 풍등을 기
원하는 의미가 있다. 한편 영등신을 돌려보내는 의례는 2월 14일, 칠머리당에
서 영등송별제라는 이름으로 규모 있게 벌인다.
제차는 삼석울림 → 초감제(배례 → 베포도업침 → 날과국섬김 → 연유닦음 → 신
도업 → 군문열림 → 신청궤 → 팔만금사진침 → 정데우) → 풍어제 → 추물공연
→ 석살림 → 산받음 → 상당숙임 등으로 짜인다.
제차의 순서로 보아 풍어제가 추물공연에 해당하는 의미가 있는 셈이어서 대
체로 적절하다. 영등송별제가 따로 있어서 도진 형식을 갖추지 않은 채 굿이
마무리되었다.
아침 7시 40분경에 심방들이 도착하여 진설하기 시작한다. 8시 57분에 삼석
울림을 한다. 9시 6분에 초감제로 굿을 시작하여 11시 53분에 걸명ㆍ잡식으
로 굿을 마무리한다.

영등환영제 삼석울림

자료코드 : 10_01_SRS_20090225_HNC_KYS_0001_s01
조사장소 : 제주특별자치도 제주시 건입동 1448번지 제주시수산업협동조합 위판장
조사일시 : 2009.2.25
조 사 자 : 허남춘, 강정식, 강소전, 송정희
제 보 자 : 김윤수, 남, 63세 외 제주칠머리당영등굿 보존회 회원
구연상황 : 삼석울림은 굿의 시작을 하늘에 고하는 제차이다. 북, 설쒜, 대양을 함께 울려
늦은 장단(늦인석)에서부터 중간 빠르기의 장단(중판)을 거쳐 가장 빠른 장단
(좆인석)까지 갔다가 다시 늦은 장단으로 마무리한다.

[제상 주변 정리를 한다. 제주칠머리당영등굿 보존회 사무장이 당기를
대나무에 맨다. 심방과 소미들이 제상을 차린다. 소미들이 자리를 정리한
다.]

삼석울림

[김윤수(관디, 갓)][연물은 안팟연물을 갖추었다. 안연물은 왼쪽, 밧연물
은 오른쪽에 앉았다.] 삼석 실러. [심방이 소미에게 말한다. 소미가 "예?"
하고 되묻는다.] 삼석 실러. [심방이 다시 소미에게 말한다. 삼석울림이
시작된다. 심방은 신자리 부근에 쪼그려 앉아 기다린다.]

[안연물 : 대양(이용옥), 설쒜(강연일), 북(김영철)]

‖늦인감장‖ − ‖늦인석‖ − ‖늦인감장‖ − ‖중판감장‖ − ‖중판‖ −
‖중판감장‖ − ‖좆인감장‖ − ‖좆인석‖ − ‖좆인감장‖ − ‖늦인석‖

[단골들이 나와서 제상에 제물을 올리고 절을 한다.]

영등환영제 초감제 배례

자료코드 : 10_01_SRS_20090225_HNC_KYS_0001_s02
조사장소 : 제주특별자치도 제주시 건입동 1448번지 제주시수산업협동조합 위판장
조사일시 : 2009.2.25
조 사 자 : 허남춘, 강정식, 강소전, 송정희
제 보 자 : 김윤수, 남, 63세 외 제주칠머리당영등굿 보존회 회원
구연상황 : 배례는 각 신전에 절을 하는 제차이다. 연물이 울리는 가운데 관디와 갓 차림
　　　　　을 한 김윤수 심방이 각 신전을 향하여 천천히 절을 한다.

[김윤수(관디, 갓)][심방은 공싯상에 있는 요령과 신칼을 왼손에 잡는다.
오른손으로 쌀을 집어 제상을 향해 뿌린다. 요령을 흔든다.]

초감제 배례

‖ 늦인감장 ‖ [안연물 : 대양(이용옥), 설쒜(강연일), 북(김영철)][심방이 오른손에 신칼을 왼손에 신칼과 요령을 나누어 잡는다. 오른쪽 신칼치메를 어깨에 걸쳤다 내리며 왼쪽 신칼치메를 휘돌리어 요령을 흔든다. 양손을 앞으로 내밀며 왼쪽 감장을 두 번 돈다. 오른쪽 신칼치메를 어깨에 걸쳤다 내리며 왼쪽 신칼치메를 휘돌리어 요령을 흔든다. 양손을 앞으로 내밀며 오른감장을 두 번 돈다.]

‖ 늦인석 ‖ [오른쪽 신칼치메를 왼쪽 어깨에 걸친다. 왼쪽 신칼치메를 휘돌리어 앞으로 걸어간다. 양손 모아 앞으로 내리며 절하듯이 한다. 오른쪽 신칼치메를 어깨에 걸치고 왼쪽 신칼치메를 휘돌리어 요령을 흔든다. 양손 모아 앞으로 내리며 절하듯이 한다. 오른쪽 신칼치메를 왼쪽 어깨에 걸친다. 왼쪽 신칼치메를 휘돌리어 앞으로 걸어간다. 양손 모아 앞으로 내리며 신자리에 꿇어앉는다. 신칼과 요령을 바닥에 내려놓고 양손 모아 합장한다. 가운데 제상을 향해 고개 숙여 양손을 바닥에 놓고 절한다. 세 번을 반복한다. 오른쪽 신칼치메를 어깨에 걸치고 왼쪽 신칼치메를 휘돌리어 요령을 흔든다. 양손 모아 앞으로 내리며 절하듯이 한다. 오른쪽 신칼치메를 왼쪽 어깨에 걸친다. 왼쪽 신칼치메를 휘돌리고 앞으로 내면서 요령을 흔든다. 왼쪽으로 한 바퀴 돈다. 양손 모아 앞으로 내리며 신자리에 꿇어 앉는다. 신칼과 요령을 바닥에 내려놓고 양손 모아 합장한다. 왼쪽 제상을 향해 고개 숙여 양손을 바닥에 놓고 절한다. 세 번을 반복한다. 오른쪽 신칼치메를 어깨에 걸치고 왼쪽 신칼치메를 휘돌리어 요령을 흔든다. 양손 모아 앞으로 내리며 절하듯이 한다. 오른쪽 신칼치메를 왼쪽 어깨에 걸친다. 왼쪽 신칼치메를 휘돌리고 앞으로 내민다. 왼쪽으로 한 바퀴 돈다. 양손 모아 앞으로 내리며 신자리에 꿇어 앉는다. 신칼과 요령을 바닥에 내려놓고 양손 모아 합장한다. 오른쪽 제상을 향해 고개 숙여 양손을 바닥에 놓고 절한다. 세 번을 반복한다. 오른쪽 신칼치메를 어깨에 걸치고 왼쪽 신칼치메를 휘돌리어 요령을 흔든다. 양손 모아

앞으로 내리며 절하듯이 한다. 오른쪽 신칼치메를 왼쪽 어깨에 걸친다. 왼쪽 신칼치메를 휘돌리어 요령을 흔들고 앞으로 내민다. 밧연물을 향해 왼쪽으로 돈다. 양손 모아 앞으로 내리며 절하듯이 한다. 오른쪽 신칼치메를 왼쪽 어깨에 걸친다. 왼쪽 신칼치메를 휘돌리어 요령을 흔들고 앞으로 내민다. 안연물을 향해 오른쪽으로 돈다. 양손 모아 앞으로 내리며 절하듯이 한다. 오른쪽 신칼치메를 왼쪽 어깨에 걸친다. 왼쪽 신칼치메를 휘돌리어 요령을 흔들고 앞으로 내민다. 제상 맞은편 단골을 향해 왼쪽으로 돈다. 양손 모아 앞으로 내리며 절하듯이 한다. 오른쪽 신칼치메를 왼쪽 어깨에 걸친다. 왼쪽 신칼치메를 휘돌리어 요령을 흔들고 앞으로 내민다. 제상을 향해 왼쪽으로 돈다. 양손 모아 앞으로 내리며 절하듯이 한다. 심방이 공싯상에 신칼을 내려놓는다. 소미가 방석을 신자리에 놓는다. 방석에 앉아 요령을 오른쪽에 놓고 장구를 들고 자신 앞에 놓는다. 장구를 몇 번 쳐 본다. 장구채를 내려놓고 요령을 잡는다.]

영등환영제 초감제 베포도업침

자료코드 : 10_01_SRS_20090225_HNC_KYS_0001_s03
조사장소 : 제주특별자치도 제주시 건입동 1448번지 제주시수산업협동조합 위판장
조사일시 : 2009.2.25
조 사 자 : 허남춘, 강정식, 강소전, 송정희
제 보 자 : 김윤수, 남, 63세 외 제주칠머리당영등굿 보존회 회원
구연상황 : 베포도업침은 천지혼합에서부터 제청까지 그 생긴 내력을 풀이하는 제차이다. 심방이 신자리에 앉아 천지혼합부터 제청도업까지 차례로 제이르는 말명을 하고 요령을 흔들면 연물이 천천히 울린다. 연물이 그치면 다시 심방이 스스로 장구를 치면서 천천히 베포도업 말명을 한다.

초감제(初監祭) 연드리로에~, 영등환영풍어제(靈燈歡迎豊漁祭)로~, 초감제 연드리에로, 제청(祭廳) 신서립¹⁾ 뒈엇습네다. 천지(天地)가 혼합(混合)

이, 뒈어옵네다. 천지 혼합으로 제이르자. [요령] ‖ 늦인석 ‖

천지 혼합~, 제이르난 천지가, 게벽(開闢)이 뒈어옵네다. 천지 게벽으로 제이르자. [요령] ‖ 늦인석 ‖ [소미 이용옥이 시령목을 심방 앞에 놓는다.]

천지 게벽~ 제이르난, 천항(天皇) 베포도업, 지왕(地皇) 베포 인왕(人皇) 베포 산 베포~, 물 베포 원 베포 신 베포 국 베포, 왕 베포 제청 도업으로 제이리자. [요령] ‖ 늦인석 ‖

제청 도업 제이르난~, 날은 어느 날 둘은 어느 둘 금년(今年) 혜는, 기축년(己丑年) 영등(靈燈) 이월 초하룰날, 영등환영풍어제로, 제주시(濟州市) 수협어판장(水協魚販場)으로, 영등이방(靈燈吏房)~ 영등성방(靈燈刑房) 영등소령(靈燈道令), 영등호장(靈燈戶長) 영등대왕(靈燈大王) 옵서 청허저, 환영풍어제로, 제청 신도업으로~, 제이르자. [요령] ‖ 늦인석 ‖

[심방이 장구를 몇 번 친다. 장구를 치면서 말명을 한다.]
에~, 천지가 혼합이 뒈엇구나.
천지가 게벽이 뒈엇수다.
상갑자월(上甲子月)야~
갑ㅈ월(甲子月) 갑ㅈ일(甲子日) 갑ㅈ시(甲子時)~
낮도 왁왁 일무꿍,[2] 밤도 왁왁 일무꿍 허옵데다.
을축년(乙丑年) 을축월(乙丑月) 을축일(乙丑日) 을축시(乙丑時)에~
하늘 머리 지득투고, 땅이 머리 짓무거워 지느릴 때
하늘로는 청이슬 네립데다~.
땅으로 흑이슬 솟아가니~
요 하늘 떡징ㄱ치[3] 곱이[4] 난다.

---

1) 설립(設立).
2) 한 묶음.
3) '떡징'은 시루떡을 찔 때 소를 넣어 뗄 수 있게 한 층계. 'ㄱ치'는 같이.
4) 금이.

동방(東方)으로 늬염5) 들렁6) 오고

서방(西方)으로 촐릴7) 치고, 남방(南方)은 늘개 치고

북방(北方)은 게문(開門)허니

동성게문(東星開門) 수성게문(水星開門) 상경게문(三更開門)~

도업을 제이르자.

잉혼8) 이도 삼하늘 드든9) 이도 삼하늘 삼십삼천 서른 쇠~하늘

도업을 제이르난

천왕씨(天皇氏)는~

열두 양반 지왕씨(地皇氏) 열혼 양반 인왕씬(人皇氏) 아홉 양반

열다섯 십오성인(十五聖人) 도업을 제이르자.

천황 베포도업

지왕 베포도업

인왕 베포도업을 제이르자.

왕 베포도 도업

산 베포여 물 베포 원 베포 신 베포 울성장안 금동토 제청도업 제이르자.

영등환영제 초감제 날과국섬김

자료코드 : 10_01_SRS_20090225_HNC_KYS_0001_s04
조사장소 : 제주특별자치도 제주시 건입동 1448번지 제주시수산업협동조합 위판장
조사일시 : 2009.2.25

---

5) 잇몸.
6) 들고서.
7) 꼬리를.
8) 인[戴].
9) 드든 : 디딘.

조 사 자 : 허남춘, 강정식, 강소전, 송정희
제 보 자 : 김윤수, 남, 63세 외 제주칠머리당영등굿 보존회 회원
구연상황 : 날과국섬김은 굿하는 날짜와 장소에 대하여 풀이하는 제차이다. 역시 스스로
　　　　　 장구를 치면서 말명을 한다. 우리나라 역사와 행정구역으로부터 시작하여 제
　　　　　 주도의 역사와 행정구역 등에 대하여 풀이하고 나서 결국은 굿 하는 장소까
　　　　　 지 풀이한다.

제이르난~

날은 갈라 어느 날, 둘은 갈라 어느 전, 둘이로며~

올 금년 해는 갈라, 이천구년 기축년, 영등 이월 초하룰날

영등환영풍어제로~

각기 일만팔천신도, 엄전임, 옵서 옵서 청허저, 영 헙기는

어느 ᄀ을 어떠한, 인간백성덜이

초감제 날과국섬김

이 공서 올리느냐 영 헙긴, 국은 갈라 가옵네다.

해튼 국도 국이고, 둘튼 국도 국이웨다. 주리 팔만, 십이지 제국인데

동양삼국~

서양각국 마련허연, 강남국(江南國)은 천즈국(天子國), 일본국(日本國)은 주년국(周年國)~

우리나라 천하해동(天下海東), 대한민국인데

첫 서울은 송태조(宋太祖), 게판(啓判)허고

두찻[10] 서울~

시님서울, 셋차는 한양(漢陽) 서울, 넷차는 개성(開城) 서울~

다섯차, 우리나라 이태왕(李太王), 국이 등극헐 때

즈부 올라 상서울, 마련허고

안동밧골~

좌동밧골~

먹자골 모시정골 수방골, 불탄대궐 마련허난

경상도(慶尙道) 칠십칠관~

전라도(全羅道) 오십삼관이고

충청도(忠淸道) 삼십삼관이웨다.

일제주(一濟州)는 이거제(二巨濟), 삼남해(三南海) 사진도(四珍島), 오강완도[11] 육강화(六江華)[12]

그 중 큰 섬 제주도, 스면(四面)으로 둘런 잇고~

장광척순[13] 사벽(四百) 리, 물로 바위[14]

뼁뼁 둘른 섬이웨다.

산은 갈라 한라산(漢拏山)~

땅은 보난, 노고지짓땅 물은, 항해순데~[15]

---

10) 둘째.

11) 오완도(五莞島). 대개 오강화(五江華)라고 함.

12) 대개 육완도(六莞島)라고 함.

13) 장광척수(長廣尺數)는.

14) 주위.

15) 황해수(黃海水)인데.

저 저 어승성이[16] 단골머리[17]

아흔아홉 골머리 오벽장군(五百將軍) 오벽선성(五百先生)~

훈 골 부족허난, 범도 곰도 왕도나 못 내난, 섬이웨다.

저 산 압은 당(堂) 오벽(五百)~

이 산 압은 절오 오벽인데

영청(永川)~ 이목사(李牧使) 시절엔, 당도 파괴 당허연, 산천영게 소령 훈 당 남고

절 오벽도 파괴 당허연, 미양 올라 한동 훈 절 남고

영평(永平) 팔년(八年)

을축년(乙丑年) 을축삼월(乙丑三月) 열사흘날~

남문(南門) 밧껏(바깥) 모힌굴(毛興穴), 삼성혈(三姓穴)~로

즈시(子時)는 고을라(高乙那), 축시(丑時)는 양을라(良乙那), 인시(寅時)에는 부~을라(夫乙那)

고량부(高良夫)는 삼성친(三姓親) 도업허고

항바두리 김통정(金通精. ?~1273), 만리(萬里) 토성(土城) 둘르고

어~ 대정(大靜)フ을~

대정현감(大靜縣監) 살고

정이(旌義)フ을은 원님 살고~

목관(牧官) 안은 판관(判官) 살고, 멩월(明月)은[18] 만호(萬戶) 살고

삼 フ을에 ㅅ 관장, 도장(道場)은 삼 도장 마련허고

동문 밧껏 나사민~

서른여덜 마을 대도장(大道場)이웨다.

서수문(西小門) 밧 마흔여듭 우도장네~

---

16) 어승생오름[御乘生岳]에.
17) 제주시 노형동에 있는 봉우리.
18) '명월'은 제주시 한림읍 명월리.

읍면은 십삼 읍면이고

대정(大靜)은 이십칠도웨다.

정이정당[19] 삼십팔리~

주모관[20] 팔십여리

영내(營內) 읍성(邑城) 도성삼문(都城三門)

이서당~은 들어 사면

제주시 건입동(健入洞)이웨다.

이거 제주시수협(濟州市水協), 조합(組合) 어판장(魚販場)이웨다.

영등환영제 초감제 연유닦음

자료코드 : 10_01_SRS_20090225_HNC_KYS_0001_s05

조사장소 : 제주특별자치도 제주시 건입동 1448번지 제주시수산업협동조합 위판장

조사일시 : 2009.2.25

조 사 자 : 허남춘, 강정식, 강소전, 송정희

제 보 자 : 김윤수, 남, 63세 외 제주칠머리당영등굿 보존회 회원

구연상황 : 연유닦음은 굿 하는 이가 누구인지, 굿 하는 연유가 무엇인지 고해 올리는 제
차이다. 먼저 굿을 하는 이들이 누구인지 차례로 고해 올린다. 곧 '열명올림'
이다. 그런 다음 굿 하는 연유를 간단히 말한다.

조합장(組合長)은, 초헌관(初獻官) 강○씨 ○방

천구벡사십일년셍

이헌관(二獻官)~, 한○종씨

천구벡사십이년셍

종헌관(終獻官)은

신○국씨 천구벡오십일년셍

---

19) '정이'는 정의현(旌義縣) 지역.

20) 주목(州牧) 안. 제주목(濟州牧)의 안.

또 이전~ 집사(執事)~ 김○준씨

천구백삼십삼

삼십사년셍

또 집사 김○오씨

천구백오십육년셍

받은 공서웨다.

또 이전 제주시 건입동

아빠뜨21) 삼백○ 호웨다.

병신셍(丙申生) 고○수웨다.

무술셍(戊戌生) 홍○희씨

기미셍(己未生) 고○기씨

신유셍(辛酉生) 고○연씨

성방은~, 또 이전~

오백○ 호~

고○호웨다.

선장(船長) 기혜셍(己亥生) 이○호, 받은 공서

기관장(機關長) 정유셍(丁酉生) 배○열씨

받은 공서

또 이저는~

금○호웨다.

선원(船員) 일동

또 이전은~ 남○호

제주시 건입동 육백○십일 다시

구 번지 십구 번지

---

21) 아파트

선장 강○권씨

칠십 세 받은 공서

고○자씨

육십오 세

받은 공서웨다.

또 이저~, 대정 운○

모터웨다.

칠벡○십구 다시

오 번지 선주 윤○일

서른아홉

또 이저는~

차~ 강○호

마흔ㅎ나~

강○화 서른아홉

받은 공서웨다.

또 이전 대정읍(大靜邑) 하모리(下摹里) 어~ 고○창

예순셋 받은 공서

제주시 삼도일동 오백○ 오십 오백칠 번지

박○주 쉰 쉬흔일곱

선원 일동 받은 공서

제주시 건입동 칠벡○십 다시

십팔 번지

대○운수, 대○ 대표이사(代表理事) 고○원

벡○호 베○호

선장 김○효 어~ 기관장 한○석

벡○ 대○호

김〇효 김〇수 십 명웨

벡〇호 태〇호 천〇보

김〇선 구 명 받은 공서

제 이십〇호

대〇호 우~〇춘

박〇근 웨(外) 구 명

제주특별자치도 제주시 용담일동(龍潭一洞) 이천〇벡오십칠 다시 일번지

예〇산부인과(産婦人科)

원장(院長) 고〇희

원장 벡〇미 받은 공서

화북일동(禾北一洞)

제〇레미콘 태〇레미콘 대표이사 고〇유

전무 신〇서

〇식 받은 공서웨다

제주시 건입동

칠벡〇에 팔 번지 대〇운네 어~ 대〇운수

대표이사 고〇원

벡〇호 대〇호 받은 공서

제 벡〇호

대〇호 선장 김〇규

받은 공서

제 벡〇호 대〇호, 선장 저~ 천〇표

받은 공서

제주 또 이십〇호, 대〇호 선장 우〇춘

받은 공서

제주시 용담이동

어~ 예○산부인과, 고○희 백○미 받은 공서

들며 나며

여라[22] 만민 벡성(百姓)덜

사는 용궁(龍宮)인데

어떤 따믄,[23] 이 공서 올리느냐

영 헙기는

오늘 이거 초호를날, 영등환영풍어제로

수협~ 어판장으로

각 일만팔천 신도님네

옵서 옵서 청발허저

영 헙네다.

영등환영제 초감제 신도업

자료코드 : 10_01_SRS_20090225_HNC_KYS_0001_s06
조사장소 : 제주특별자치도 제주시 건입동 1448번지 제주시수산업협동조합 위판장
조사일시 : 2009.2.25
조 사 자 : 허남춘, 강정식, 강소전, 송정희
제 보 자 : 김윤수, 남, 63세 외 제주칠머리당영등굿 보존회 회원
구연상황 : 신도업은 이 굿에서 모실 신들의 신명을 차례로 고하여 올리는 제차이다. 먼
저 칠머리당의 당신을 언급하고 그 본풀이를 구연한다. 이어 영등굿과 관련된
신을 차례로 언급한다. 이 굿에서는 옥황상제, 사천대왕, 산신대왕, 다섯 용왕
을 비롯하여 영등신, 선왕신 등을 언급하였다. 이렇게 신명을 고하는 것은 신
역에서 제장으로 자리를 옮길 준비를 하라는 뜻이다.

---

22) 여러.
23) 때문.

어~ 칠머리24) 감찰지방관(監察地方官)

도원수(都元帥)

하르바님

해신부인(海神夫人), 옵서 청허고

영등대왕(靈燈大王)

해신(海神) 선앙(船王) 옵서 청허고

남당하르방 남당할마님네여, 옵서 옵서 청발허고

영등이방(靈燈吏房)

영등성방(靈燈刑房)

영등소령(靈燈道令) 영등호장(靈燈戶長)

영등할마님 옵서 옵서 청허저

제청베당 뒈엇수다.

■ 신도업>당신본풀이

도원수 감찰지방관

하르바님은

강남천ᄌ국(江南天子國)에서 솟아나고

하늘은 아방이고

땅은 어멍이고

무유유화헹25)

천아멩장(天下名將)

억만(億萬) 명 군수(弓手)

오천(五千) 명 궁수(弓手) 삼천(三千) 명 궁수

나무알26) 모레왈

---

24) 제주시 건입동 바닷가 지명. 본향당.
25) 무위이화(無爲而化)하여.

비창금27) 일월(日月)에 히루룽헤여28)

억만 명 대명(大兵) 거느려, 대국(大國) 천<ㅈ국에서 역적(逆賊)이 강성(强盛)호다 허니

억만 명 군<를 거느려

역적을 물리치어

요왕국(龍王國) 들어가 요왕북29) 거느려근

남방국(南方國) 제주절도(濟州絶島)

들어온다.

벡록담(白鹿潭) 진(陣)을 치고

황새왓디30) 진을 치고

사게왓디 진을 치고

[음조가 바뀐다.]

혈지(穴地)~를 촛아근31)

산지(山地)32) 칠머리동산을 좌정허여

동양삼국 서양각국, 조선 팔도강산

간 자손덜 그느려줍던33) 도원수, 한집님은

마흔ᄋ덥 상단궐, 서른ᄋ덥 중단궐, 스물ᄋ덥 하단궐

서천 지미(齋米) 공연(供宴) 받아근, 어~ 자순(子孫)에, 길흉화복(吉凶禍福) 소원성추(所願成就) 시겨준, 한집님, 대제일(大祭日)을~

영등(靈燈) 이월 초호룰날, 영등이방 영등성방~

---

26) 나무활.
27) 기치창검(旗幟槍劍).
28) 희롱(戲弄)하여.
29) 용왕부인(龍王夫人).
30) '황새왓'은 황사평(黃蛇坪). 제주시 화북2동에 속한 지명.
31) 찾아서.
32) 제주시 건입동에 속한 지명.
33) 보살펴주던.

영등소령 영등호장~

팔목 심어근~

자손에 역갈³⁴⁾ 받아근~

벡녹담(白鹿潭) 구경허고, 벡녹담만설(白鹿潭滿雪) 구경허여근~

영등이월 열나흘날, 송별대젤³⁵⁾ 받아근, 옵던 한집님

요왕부인(龍王夫人)은~

상선(上船) 중선(中船) 하선(下船)~, 부산(釜山) 연락선(連絡船)~

체낚기선~

좀수(潛嫂) 해녀(海女) 어부(漁夫)덜에, 용왕(龍王) 수중국질

막아주고, 삼방사거리 천오도액, 막아준 한집님네

오널은 옵서 옵서

청허저 영 헙네다.

■ 신도업(계속)

동엔 가면 청요왕(靑龍王), 서엔 가면 벡요왕(白龍王), 남엔 적요왕(赤龍
王)~

북엔 흑요왕(黑龍王) 어기영 지기영 사만스천 제용신위님네

옵서 옵서~.

청허저 영 흡네다.

올라 옥황상저(玉皇上帝)~

내려사면 땅 츠지

지부(地府) 스천대왕(四天大王)

산 츠지는 산신대왕(山神大王), 물 츠지 다서 용궁님네

천금산(靑金山)도 요왕

---

34) 역가(役價)를.

35) 송별대제(送別大祭)를.

죽금산(赤金山)도 요왕

동이 청요왕 서이 벡요왕 남이 적요왕, 북에 흑요왕님네

느려 하강헙서.

영등이방

영등성방 영등소령 영등호장님네

어서 느려이라

헤신 선앙님네영

동헤 바다 서헤 바다

남헤 바당 놀던 선앙님네영

이거 수협 어판장

어 몸 받은 선앙님네 헤영

항구마다 포구마다

동바당 서바당, 좀수 어부덜

몸 받던 선앙님네 헤영

느릴 때가

뒈엇수다.

영등환영제 초감제 군문열림

자료코드 : 10_01_SRS_20090225_HNC_KYS_0001_s07

조사장소 : 제주특별자치도 제주시 건입동 1448번지 제주시수산업협동조합 위판장

조사일시 : 2009.2.25

조 사 자 : 허남춘, 강정식, 강소전, 송정희

제 보 자 : 김윤수, 남, 63세 외 제주칠머리당영등굿 보존회 회원

구연상황 : 군문열림은 신역(神域)의 문을 여는 제차이다. 신도 인간과 마찬가지로 문을
　　　　　열어야 들고나는 법이라고 한다. 연물이 울리는 가운데 심방은 신칼과 감상기
　　　　　를 들고 신자리와 데령상이 있는 곳을 오가면서 굿을 한다. 군문마다 문지기

가 있으니 먼저 인정을 건다. 이어 문을 여는 모양을 한다. 문을 연 다음에는 문이 제대로 열렸는지 천문점을 통하여 확인한다.

■ 군문열림＞군문돌아봄

신(神)이 와(曰) 인(人)이 법, 인이 와(曰) 신이 법

천왕(天皇) 가면 열두 문이여

지왕(地皇) 가면 열훈 문

인왕(人皇) 가면 아홉 문

동이 청문(靑門) 서이 벡문(白門) 남이 북이 흑문(黑門)이여

옥황(玉皇) 도성문(都城門)이여

지왕(地皇) 세경문이여36)

산으로 산신문(山神門)이여

물론 요왕문(龍王門)이여

베론 선앙문(船王門)이여

어찌 뒈~며 모릅네다.

일문전(一門前) 삼드리~

대전상37) 신수푸며38) 하늘옥황 도성문 올려옵던39) 금정옥술발40) 둘러 받아 [심방이 장구를 앞으로 밀어낸다. 소미 강성열이 장구를 받아 치운다.] 초군문 이군문 삼서도군문도 돌아보라ㅡ.

‖중판감장‖[안연물：대양(이용옥), 설쒜(강연일), 북(김영철)][심방이 일어서서 깔고 앉았던 방석을 연물석 쪽으로 치운다. 공싯상에 있던 신칼과 요령을 들고 요령을 흔들며 신자리로 간다. 신칼을 양손에 나누어 잡

---

36) '세경'은 농신, 농토의 뜻.
37) 신을 맞아들이기 위해 문 앞에 내어놓는 작은 상. ＝데령상.
38) 내놓으며.
39) 열려오던.
40) 요령.

는다. 오른손에 잡은 요령을 흔들며 왼쪽 신칼치메를 어깨에 걸쳤다가 내리며 오른쪽 신칼치메를 휘돌리고 양손을 앞으로 내밀어 왼감장을 한 번 돈다. 오른쪽 신칼치메를 어깨에 걸쳤다가 내리며 왼쪽 신칼치메를 휘돌리고 양손을 앞으로 내밀어 오른감장을 두 번 돈다.]

∥중판∥[왼쪽 신칼치메를 오른쪽 어깨에 걸치고 오른쪽 신칼치메를 휘돌리어 요령을 흔들며 제상 앞으로 걸어가 양손 내리며 절하듯이 한다. 뒤로 돌아 왼쪽 신칼치메를 오른쪽 어깨에 걸치고 오른쪽 신칼치메를 휘돌리어 요령을 흔들며 신자리를 오른쪽으로 돌며 제상 앞으로 가 양손 내리며 절하듯이 한다. 뒤로 돌아 왼쪽 신칼치메를 오른쪽 어깨에 걸치고 오른쪽 신칼치메를 휘돌리어 요령을 흔들며 데령상 쪽으로 가서 양손 내리며 절하듯이 한다.] 초군문~ ○○○○. [왼쪽 신칼치메를 어깨에 걸치고 오른쪽 신칼치메를 휘돌리어 양손 함께 내리며 절하듯이 한다.]

∥중판∥[밧연물 : 대양(이용순), 설쒜(고순안), 북(고탁현)][뒤로 돌아 왼쪽 신칼치메를 오른쪽 어깨에 걸치고 오른쪽 신칼치메를 휘돌리어 요령을 흔들며 제상 앞으로 걸어가 양손 함께 내리며 절하듯이 한다.]

초감제 군문열림

‖중판‖ [안연물 : 대양(이용옥), 설쒜(강연일), 북(김영철)][양쪽 신칼치메를 안에 밖으로 휘돌리고 오른쪽 신칼치메를 밖에서 안으로 안에서 밖으로 휘돌리고 나서 왼쪽 신칼치메를 안에서 밖으로 밖에서 안으로 휘돌린다. 양쪽 신칼치메를 안에서 밖으로 휘돌린다. 신자리를 오른쪽으로 돌면서 오른쪽 신칼치메를 어깨에 걸치고 왼쪽 신칼치메를 오른쪽 허리를 감았다가 내린다. 양쪽 신칼치메를 안에서 밖으로 휘돌린다. 왼쪽 신칼치메를 어깨에 걸쳤다가 내리고 양쪽 신칼치메를 안에서 밖으로 휘돌린다. 오른쪽 신칼치메를 어깨에 걸치고 왼쪽 신칼치메를 오른쪽 허리를 감았다가 내린다. 연물석을 바라보며 양쪽 신칼치메를 안에서 밖으로 휘돌린다. 뒤로 돌아 오른쪽 신칼치메를 어깨에 걸쳤다가 내린다. 제상 앞으로 걸어가며 왼쪽 신칼치메를 어깨에 걸치고 오른쪽 신칼치메를 휘돌리어 양쪽 신칼치메를 함께 내리며 절하듯이 한다. 뒤로 돌아 오른쪽 신칼치메를 어깨에 걸치고 왼쪽 신칼치메를 오른쪽 허리에 감았다가 내린다.]

‖중판감장‖ [왼쪽 신칼치메를 어깨에 걸쳤다가 내리고 오른쪽 신칼치메를 휘돌리어 양손 앞으로 내밀어 요령을 흔들며 왼감장을 세 번 돈다. 왼쪽 신칼치메를 어깨에 걸치고 오른쪽 신칼치메를 휘돌리어 양손 앞으로 내밀어 요령을 흔들며 오른감장을 두 번 돈다. 왼쪽 신칼치메를 오른쪽 어깨에 걸치고 오른쪽 신칼치메를 휘돌리어 제상 앞으로 걸어가 양손 함께 내리며 절하듯이 한다. 오른쪽 신칼치메를 어깨에 걸쳤다가 내린다.]

■ 군문열림>군문열림

초군문~, 어~, 이군문, 삼서도군문 돌앙 보난, 문문마다 감옥성방(監獄刑房), 옥성나장(獄司羅將) 잡앗군나, 제인정 내어걸라 지레[41] 마저, 질나저[42] 발에 마저 발나저,[43] 지전(紙錢) 천근 인정 거난 올려가라 헌다. 그

---

41) 키. 신장.
42) 기원자의 신장 길이로 그 연령만큼 잰 길이의 피륙.

려말고, 일문전 성주 게문게탁(開門開坼)하라. 신감상 본병대[44] 압송허고, 천앙낙화, 금정옥술발 둘러받아, 초군문 이군문, 삼서도군문 올리어~.

∥중판감장∥[안연물 : 대양(이용옥), 설쉐(강연일), 북(김영철)][심방이 신자리를 오른쪽으로 돌며 왼쪽 신칼치메를 어깨에 걸치고 오른쪽 신칼치메를 휘돌리어 요령을 흔들며 양손 앞으로 내밀어 왼감장을 한 번 돈다. 왼쪽 신칼치메를 어깨에 걸치고 오른쪽 신칼치메를 휘돌리어 요령을 흔들며 양손 앞으로 내밀어 오른감장 반 바퀴를 돈다.]

∥중판∥[데령상 앞에서 왼쪽 신칼치메를 오른쪽 어깨에 걸치고 오른쪽 신칼치메를 휘돌리어 양손 함께 내리며 꿇어 앉아 절한다.][밧연물][신칼점을 본다. 신칼점을 보면서 계속을 말명을 하지만 연물소리에 묻혀 들리지 않는다. 소미 강성열이 심방에게 감상기를 준다. 소미는 감상기 대나무에서 댓잎을 하나 꺾는다. 심방이 감상기를 양손에 나누어 잡고 일어선다. 데령상 앞에서 요령을 흔들며 감상기를 든다. 말명을 하지만 연물소리에 묻혀 들리지 않는다. 양손 함께 내리며 절하듯이 한다. 다시 요령을 흔들며 감상기를 든다. 양손 함께 내리며 절하듯이 한다. 왼쪽 감상기를 어깨 걸치고 오른쪽 감상기를 휘돌리어 요령을 흔들며 양손 함께 내리며 절하듯이 한다. 감상기 내린 상태로 뒤로 두 걸음 물러났다 다시 감상기를 들며 데령상 앞으로 걸어간다. 요령을 흔들고 양손 함께 내리며 절하듯이 한다. 뒤로 돌아 왼쪽 감상기를 오른쪽 어깨에 걸치고 오른쪽 감상기를 휘돌리어 양손 함께 내린다. 뒤로 물러나며 양손을 앞뒤로 움직인다. 오른쪽으로 돌며 감상기를 들고 요령을 흔든다. 데령상 앞에서 양손 함께 내리며 절하듯이 한다. 감상기를 내린 상태에서 뒤로 돈다. 감상기를 들고 요령을 흔들며 제상 앞으로 걸어간다.][안연물][신자리를 오른쪽을 돌고 제상 앞에서 양손 같이 내리며 절하듯이 한다. 감상기를 내린 상

---

43) 기원자의 한 발 길이로 그 연령만큼 잰 길이의 피륙.
44) 흔히 '본도영기'라고 함.

태로 고개 숙여 뒤로 물러난다. 제상 앞으로 걸어가며 왼쪽 감상기를 어깨에 걸치고 오른쪽 감상기를 휘돌리어 양손 함께 내리며 절하듯이 한다. 감상기를 들고 요령을 흔들며 밧연물석으로 가 양손 함께 내리며 절하듯이 한다. 감상기를 들고 요령을 흔들며 안연물석으로 가 양손 함께 내리며 절하듯이 한다. 몸을 돌려 감상기를 들고 요령을 흔들며 단골들 쪽으로 가 양손 함께 내리며 절하듯이 한다. 몸을 돌려 감상기를 들고 요령을 흔들며 제상 앞으로 가서 양손을 함께 내리며 절하듯이 한다. 신자리에서 뒤로 물러나며 오른쪽 감상기를 왼쪽 허리에 감는 듯하다가 내리고 왼쪽 감상기를 어깨에 걸쳤다가 두 번 휘돌리고 내린다. 오른쪽 감상기를 두 번 휘돌린다. 신자리를 오른쪽으로 돌며 양쪽 감상기를 안에서 밖으로 휘돌린다. 오른쪽 감상기를 어깨에 걸치고 왼쪽 감상기를 오른쪽 허리를 감았다가 감상기를 든다. 양쪽 감상기를 동시에 오른쪽으로 휘돌리고 밖에서 안으로 안에서 밖으로 밖에서 안으로 다시 안에서 밖으로 휘돌린다. 몸을 돌려 감상기를 들고 요령을 흔들며 제상 앞으로 가 양손 함께 내리며 절하듯이 한다.]

‖중판감장‖[몸을 돌려 신자리를 걸어가며 오른쪽 감상기를 어깨에 걸치고 왼쪽 감상기를 오른쪽 허리를 감았다가 내린다. 왼쪽 감상기를 휘돌리고 양쪽 감상기를 들고 왼감장을 다섯 번 돈다. 오른 감장을 네 번 돈다. 제상을 향해 감상기를 내놓고 꿇어 앉아 고개를 숙인다. 고개를 들며 감상기를 들고 요령을 흔든다. 말명을 하지만 연물소리에 묻혀 들리지 않는다. 바닥에 감상기를 세우고 고개를 숙인다. 요령을 흔들며 오른쪽 감상기를 밖에서 안으로 안에서 밖으로를 세 번 흔든다. 왼쪽 감상기를 밖에서 안으로 안에서 밖으로 흔들고 휘돌린다. 양쪽 감상기를 들고 말명을 하지만 연물소리에 묻혀 들리지 않는다. 감상기를 바닥에 내려놓는다. 양쪽 신칼치메를 안에서 밖으로 넘기고 요령을 흔들며 오른쪽 신칼치메를 밖에서 안으로 안에서 밖으로 세 번 반복한다. 양쪽 신칼치메를 안에

서 밖으로 넘기고 왼쪽 신칼치메를 밖에서 안으로 안에서 밖으로 두 번 반복한다. 요령을 흔들며 오른쪽 신칼치메를 밖에서 안으로 넘기고 왼쪽 신칼치메를 밖에서 안으로 넘긴다. 양쪽 신칼치메를 어깨에 걸쳤다가 내린다. 신칼을 왼손에 모아 잡고 요령을 흔든다. 신칼치메를 오른쪽 어깨에 걸치고 신칼치메를 잡는다. 신칼치메를 앞으로 옆으로 흔들고 다시 휘돌린다. 양손을 비비듯이 하고 신칼점을 본다. 양팔을 뻗어 손을 펴서 오른손바닥을 뒤집는다. 다시 왼손바닥을 뒤집는다. 오른손바닥을 뒤집고 왼손바닥을 뒤집는다. 다시 오른손바닥을 뒤집고 왼손바닥을 뒤집는다. 오른손바닥을 뒤집고 양손을 비비고 나서 큰절을 한다. 신칼을 잡고 요령을 오른손으로 잡는다. 신칼을 양손에 나눠 잡고 감상기를 나누어 잡는다. 일어서서 감상기를 세우고 요령을 흔들며 제상 앞으로 걸어간다. 제상 앞에서 양손 모아 고개 숙여 절하듯이 하고 뒤돌아 신자리를 돈다. 왼쪽 감상기를 오른쪽 허리에 감고 오른쪽 감상기를 어깨에 걸쳤다가 내린다.]

∥중판감장∥[밧연물][왼쪽 감상기를 휘돌리어 양쪽 감상기를 세우고 왼감장을 다섯 번 돌고 요령을 흔든다. 오른쪽 감상기를 어깨에 걸치고 왼쪽 감상기를 휘돌리어 세우고 오른감장을 네 번 돈다.]

∥중판∥[왼쪽 감상기를 오른쪽 어깨에 걸치고 왼쪽 감상기를 휘돌리어 왼쪽 돌면서 요령을 흔든다. 데령상으로 가서 양손을 내린다. 데령상 앞에서 말명을 하나 연물소리에 묻혀 들리지 않는다. 데령상 앞에 소미 강성열이 댓잎으로 술을 떠넘기고 있다. 감상기를 세워 요령을 흔든다. 양손 내리며 고개 숙여 절하듯이 한다. 고개 숙여 뒤로 물러나다 다시 감상기를 세워 요령을 흔들며 데령상 앞으로 간다. 양손 내려 고개 숙여 절하듯이 한다. 뒤로 돌아 감상기를 세워 요령을 흔들며 신자리를 돌아 제상 앞으로 간다.][안연물][제상 앞에서 양손 내려 고개 숙여 절하듯이 한다. 몸을 돌려 감상기를 세워 요령을 흔들며 신자리를 돈다. 제상 앞으로 가 양손 내려 고개 숙여 절하듯이 한다. 고개 숙여 상태 뒤로 물러난다.

이때 말명을 하지만 연물소리에 묻혀 들리지 않는다. 신자리 끝에서 고개 들어 감상기를 세우고 요령을 흔들며 제상 앞으로 걸어간다. 제상 앞에서 양손 내려 고개 숙여 절하듯이 한다. 뒤로 물러나며 왼쪽 감상기를 오른쪽 허리에 감았다가 오른쪽 감상기를 휘돌린다. 감상기를 세워 다시 신자리를 돌며 왼쪽 감상기를 오른쪽 허리에 감았다가 오른쪽 감상기를 휘돌려 대령상 앞으로 간다. 감상기를 세워 몸을 돌려 신자리를 돌며 감상기를 흔들고 제상 앞으로 간다. 양쪽 감상기를 어깨에 걸쳤다가 내리며 고개 숙여 절하듯이 한다.]

‖중판감장‖ [왼쪽 감상기를 어깨에 걸치고 오른쪽 감상기를 왼쪽 허리에 감았다가 내린다. 감상기를 세워 오른쪽 감상기를 휘돌리어 양쪽 감상기를 세워 왼감장을 다섯 번을 돈다. 몸을 돌려 오른감장을 여섯 번 돈다.]

‖중판‖ [감상기를 내려놓으며 제상을 향해 꿇어앉는다. 고개를 들어 감상기를 세우고 요령을 흔든다. 이때 말명을 하지만 연물에 묻혀 들리지 않는다. 바닥에 감상기를 세우고 고개 숙인다. 말명을 하지만 연물에 묻혀 들리지 않는다. 고개 들고 오른쪽 감상기를 밖에서 안으로 안에서 밖으로 흔드는 것을 네 번 반복한다. 왼쪽 감상기를 밖에서 안으로 안에서 밖으로 흔드는 것을 두 번을 하고 휘돌린다. 양쪽 감상기를 세우고 말명을 한다. 하지만 연물소리에 묻혀 들리지 않는다. 감상기를 바닥에 내려놓는다.]

‖줏인중판‖ [안팟연물] [양쪽 신칼치메를 안에서 밖으로 흔든다. 오른쪽 신칼치메를 밖에서 안으로 안에서 밖으로 흔드는 것을 세 번 반복한다. 왼쪽 신칼치메를 밖에서 안으로 안에서 밖으로 흔드는 것을 두 번 반복한다. 오른쪽 신칼치메를 밖에서 안으로 안에서 밖으로 한 번 한다. 왼쪽 신칼치메를 오른쪽 어깨에 걸치고 오른쪽 신칼치메를 한 번 올렸다가 양손 함께 내리며 양손 모아 고개 숙여 절하듯이 한다. 왼손에 신칼을 모

아 잡고 요령을 좌우로 흔든다. 요령을 바닥에 내려놓고 신칼치메를 오른쪽 어깨에 걸치고 오른손으로 신칼치메를 잡는다. 신칼치메를 밖에서 안으로 흔든다. 신칼치메를 휘돌리어 양손 모았다가 신칼점을 본다. 말명을 하면서 신칼점을 보고 절한다. 다시 신칼점을 보고 절한다. 다시 말명을 하면서 신칼점을 일곱 번을 보는데 연물소리에 묻혀 들리지 않는다. 오른손으로 요령을 잡아 좌우로 한 번 흔들고 제상 앞으로 던진다.]

‖ 춪인석 ‖ [오른손에 감상기 모아 잡고 왼손에 신칼을 모아 잡는다. 소미 강성열이 공싯상으로 간다. 심방은 일어나 제상 앞으로 가면서 감상기를 세우고 신칼치메는 어깨에 걸쳤다가 양손 함께 내리며 절하듯이 한다. 몸을 돌려 데령상으로 가면서 감상기와 신칼치메를 어깨에 걸쳤다가 함께 내리며 몸을 돌려 신자리를 돈다. 잰걸음으로 신자리를 돌며 신칼치메를 오른쪽 허리에 감았다가 감상기를 어깨에 걸친다. 다시 신칼치메를 어깨에 걸치고 감상기를 휘돌려 제상 앞으로 가서 양손 모아 함께 내리며 절하듯이 한다.]

‖ 춪인감장 ‖ [몸을 돌려 신자리를 돌며 오른쪽 허리에 감았다가 감상기를 어깨에 걸친다. 양손을 내밀어 왼감장을 여섯 번 돈다. 몸을 돌려 오른감장을 다섯 번 돈다.]

‖ 중판 ‖ [제상 향해 신칼치메를 오른쪽 어깨에 걸치고 감상기를 휘돌리어 제상 앞으로 걸어가 양손 모아 함께 내리며 절하듯이 한다.][안연물][몸을 돌려 신칼치메를 어깨에 걸치고 감상기를 세워 데령상 앞으로 걸어가 양손 모아 함께 내리며 절하듯이 한다. 데령상 앞에 감상기를 내려놓는다. 소미 강성열이 심방에게 마이크를 준다. 심방은 마이크를 잡고 말명을 한다.]

■ 군문열림>군문 열린 ᄀ뭇 알아봄
초군문이여~ 어~, 이군문이여, 삼서도군문, 열렷구나, 열려주며, 아니

열려주며, 안여덥 밧여덥, 어 신에 데천접으론 문 올린[45] ᄀᆞ뭇이여.[46]

‖중판‖[안연물 : 대양(이용옥), 설쉐(강연일), 북(김영철)][소미 강성열이 심방에게 천문을 준다. 심방은 소미 강성열에게 마이크를 넘겨주고 왼손으로 천문을 받아든다. 신자리를 돌며 신칼치메를 어깨에 걸치고 제상 앞으로 간다. 양손 모아 함께 내리며 절하듯이 한다. 몸을 돌려 양손을 들고 데령상 앞으로 간다. 데령상 앞에서 양손 모아 함께 내리며 절하듯이 한다. 몸을 돌려 신칼치메를 오른쪽 어깨에 걸치고 왼손을 앞으로 내밀며 제상 앞으로 간다. 제상 앞에서 신칼치메를 내린다. 천문점을 보면서 말명을 하지만 연물에 묻혀 들리지 않는다. 소미 강성열이 천문을 집어 심방에게 준다. 이렇게 천문점을 보는 것을 여섯 번 반복한다. 제상을 향해 오른손으로 신칼치메를 잡고 신자리에 쪼그려 앉아 신칼점을 본다. 쪼그려 앉은 상태에서 고개 숙여 절을 한다. 왼손으로 신칼을 모아 잡고, 오른손으로는 소미 강성열이 건네주는 마이크를 들고 말명을 한다.]

영등환영제 초감제 오리정신청궤

자료코드 : 10_01_SRS_20090225_HNC_KYS_0001_s08
조사장소 : 제주특별자치도 제주시 건입동 1448번지 제주시수산업협동조합 위판장
조사일시 : 2009.2.25
조 사 자 : 허남춘, 강정식, 강소전, 송정희
제 보 자 : 김윤수, 남, 63세 외 제주칠머리당영등굿 보존회 회원
구연상황 : 신청궤는 본격적으로 신들을 청해 들이는 제차이다. 심방은 쌀사발과 신칼을 들고 나선다. 연물이 울리는 가운데 신자리와 바깥쪽을 오가면서 신칼로 사발의 쌀을 떠서 흩뿌리기를 반복한다. 심방이 먼 곳까지 나아가 신을 함께 모시고 제청으로 들어오는 모양을 연출하는 셈이다.

---

45) 열린.
46) 금이여.

시군문 올린 그릇 알앗구나. 초감제로 부르건 들저 웨건47) 들저 헌다.
일년 먹고 천년 살 금강머들 선옥미쏠48) 둘러받아 오리정(五里亭) 신청궤
로 신나수자ㅡ.

초감제 오리정신청궤

‖중판‖[안연물 : 대양(이용옥), 설쒜(강연일), 북(김영철)][공싯상에 마
이크를 내려놓는다. 소미 강성열이 데령상에 있던 쌀그릇을 들고 공싯상
으로 간다. 쌀그릇에 있던 돈을 빼어 공싯상에 놓는다. 심방은 신칼을 양
손에 나누어 잡고 데령상으로 가서 양쪽 신칼치메를 어깨에 걸쳤다가 내
린다. 소미 강성열이 쌀그릇을 심방에게 준다. 심방은 왼손으로 쌀그릇을
받으며 말명을 한다. 하지만 연물소리에 묻혀 들리지 않는다. 오른쪽 신
칼로 쌀그릇에 쌀을 떠 데령상 쪽으로 뿌린다. 말명을 하면서 세 번 뿌리
고 오른쪽 신칼치메를 어깨에 걸쳤다 내리며 양손 모아 절하듯이 한다.
쌀그릇을 오른손으로 옮겨 잡고 왼쪽 신칼로 쌀그릇에 쌀을 떠 데령상 쪽

47) 외치거든.
48) 백미(白米).

으로 세 번 뿌린다. 왼쪽 신칼치메를 어깨에 걸쳤다가 내리며 양손 모아 절하듯이 한다. 뒤로 물러나며 쌀그릇을 다시 왼손으로 잡는다. 앞으로 가며 오른쪽 신칼치메를 어깨에 걸쳤다가 내리며 양손 모아 절하듯이 한다. 몸을 돌려 오른쪽 신칼치메를 어깨에 걸치고 쌀그릇을 앞으로 내밀어 신자리를 돌아 제상 앞으로 간다. 제상 앞에서 오른쪽 신칼치메를 내리며 양손 모아 절하듯이 한다. 오른쪽 신칼로 쌀그릇에 쌀을 떠 제상쪽으로 세 번 뿌린다. 오른쪽 신칼치메를 어깨에 걸쳤다가 내리며 양손 모아 절하듯이 한다. 소미 강성열에게 손가락으로 제상 밑 뭔가를 가리킨다. 소미 강성열이 제상 밑 뭔가를 잘 놓는다. 쌀그릇을 오른손에 옮겨 잡고 왼쪽 신칼로 쌀을 떠 제상을 향해 두 번 뿌린다. 왼쪽 신칼치메를 어깨에 걸쳤다가 내리며 양손 모아 절하듯이 한다. 뒤로 몸을 돌려 쌀그릇을 왼손에 잡고 오른쪽 신칼치메를 어깨에 걸치고 데령상으로 간다. 데령상 앞에서 오른쪽 신칼치메를 내리며 양손 모아 절하듯이 한다. 오른쪽 신칼로 쌀을 떠 데령상 쪽으로 세 번 뿌린다. 오른쪽 신칼치메를 어깨에 걸쳤다가 내리며 양손 모아 절하듯이 한다. 쌀그릇을 오른손에 옮겨 잡는다. 왼쪽 신칼로 쌀을 떠 데령상 쪽으로 세 번 뿌린다. 왼쪽 신칼치메를 어깨에 걸쳤다가 내리며 양손 모아 절하듯이 한다.][밧연물][몸을 돌려 쌀그릇을 왼손에 옮겨 잡는다. 왼쪽 신칼치메를 오른쪽 어깨에 걸치고 신자리를 돌아 제상 앞으로 간다.][안연물][제상 앞에서 왼쪽 신칼치메를 내리며 양손 모아 절하듯이 한다. 오른쪽 신칼로 쌀을 떠 제상 쪽으로 세 번 뿌린다. 오른쪽 신칼치메를 어깨에 걸쳤다가 내리며 양손 모아 절하듯이 한다. 쌀그릇을 오른손에 옮겨 잡고 왼쪽 신칼로 쌀을 떠 제상 쪽으로 두 번 뿌린다. 왼쪽 신칼치메를 어깨에 걸쳤다가 내리며 양손 모아 절하듯이 한다. 몸을 돌려 쌀그릇을 왼손에 옮겨 잡는다. 오른쪽 신칼치메를 어깨에 걸치고 데령상으로 간다. 데령상 앞에서 오른쪽 신칼치메를 내리며 양손 모아 절하듯이 한다. 오른쪽 신칼로 쌀을 떠 데령상 쪽으로 세 번 뿌린다. 오른쪽 신칼치메를 어깨에 걸쳤다가 내리며 양손 모아 절하듯이 한다. 쌀그릇을 오른손에 옮겨 잡는다. 왼쪽 신칼로 쌀을 떠 데령상 쪽으로 두 번 뿌린다. 왼쪽 신칼치메를 어깨에 걸쳤다가 내리며 양손 모아 절하듯이 한다. 몸을 돌려 쌀그릇을 왼손에 옮겨 잡는다. 왼쪽 신칼치메를 오른쪽 어깨에 걸쳐 오른쪽 신칼치메를 뒤로 넘겨 신자리를 돌아 제상 앞으로 간다.][밧연물][제상 앞에서 양손 모아 절하듯이 한다. 오른쪽 신칼로 쌀을 떠 제상 쪽으로 세 번 뿌린다. 오른쪽 신칼치메를 어깨에 걸쳤다가 내리며 양손 모아 절하듯이 한다. 오른손에 쌀그릇을 옮겨 잡고 왼쪽 신칼로 쌀을 떠 제상 쪽으로 두 번 뿌린다. 왼쪽 신칼치메를 어깨에 걸쳤다가 내리며 양손 모아 절하듯이 한다. 소미 강성열에게 쌀그릇을 준다. 몸을 돌려 신칼을 왼손에 모아 잡고 신자리를 돈다. 신칼치메를 오른쪽 어깨에 걸치고 오른손으로 신칼치메를 잡는다. 제상 앞으로 가서 뒤로 물러나며 신칼치메를 좌우로 흔든다.]

∥중판감장∥[안연물][몸을 돌려 왼감장을 세 번 돈다. 몸을 돌려 오른감장을 두 번 돈다. 신자리에 쪼그려 앉아 신칼점을 두 번 본다. 고개 숙여 절한다.]

∥중판∥[소미가 쌀그릇을 들고 심방 옆에서 서서 제상을 향해 쌀을 뿌린다. 신칼을 양손에 나눠 잡고 일어서 제상 앞으로 가며 양쪽 신칼치메를 어깨에 걸쳤다가 양손 모아 함께 내리며 절하듯이 한다. 몸을 돌려 왼쪽 신칼치메를 오른쪽 어깨에 걸치고 오른쪽 신칼치메를 휘돌리어 데령상 앞으로 간다.][안연물(?)][데령상 앞에서 양손 모아 함께 내린다. 소미 강성열에게서 쌀그릇을 받아 왼손에 잡는다. 오른쪽 신칼로 쌀을 떠 데령상 쪽으로 두 번 뿌린다. 오른쪽 신칼치메를 어깨에 걸쳤다가 내리며 양손 모아 절하듯이 한다. 쌀그릇을 오른손에 옮겨 잡는다. 왼쪽 신칼로 쌀을 떠 데령상 쪽으로 두 번 뿌린다. 왼쪽 신칼치메를 어깨에 걸쳤다가 내리며 양손 모아 절하듯이 한다. 몸을 돌려 쌀그릇을 왼손에 옮겨 잡는다.

왼쪽 신칼치메를 오른쪽 어깨에 걸치고 오른쪽 신칼치메를 휘돌리어 신자리를 돌아 제상 앞으로 간다. 오른쪽 신칼치메를 내리며 양손 모아 절하듯이 한다. 오른쪽 신칼로 쌀을 떠 제상 쪽으로 세 번 뿌린다. 오른쪽 신칼치메를 어깨에 걸쳤다가 내리며 양손 모아 절하듯이 한다. 쌀그릇을 오른손에 옮겨 잡는다. 왼쪽 신칼로 쌀을 떠 제상 쪽으로 두 번 뿌린다. 왼쪽 신칼치메를 어깨에 걸쳤다가 내리며 양손 모아 절하듯이 한다. 몸을 돌려 데령상 앞으로 간다. 쌀그릇을 왼손에 옮겨 잡는다. 오른쪽 신칼로 쌀을 떠 데령상 쪽으로 세 번 뿌린다. 오른쪽 신칼치메를 어깨에 걸쳤다가 내리며 양손 모아 절하듯이 한다. 쌀그릇을 오른손에 옮겨 잡는다. 왼쪽 신칼로 쌀을 떠서 데령상 쪽으로 두 번 뿌린다. 왼쪽 신칼치메를 어깨에 걸쳤다가 내리며 양손 모아 절하듯이 한다. 몸을 돌려 쌀그릇을 왼손에 옮겨 잡고 제상 앞으로 간다. 오른쪽 신칼치메를 어깨에 걸쳤다가 내리며 양손 모아 절하듯이 한다. 오른쪽 신칼로 쌀을 떠 사방으로 뿌린다.]

영등환영제 초감제 팔만금사진침

자료코드 : 10_01_SRS_20090225_HNC_KYS_0001_s09
조사장소 : 제주특별자치도 제주시 건입동 1448번지 제주시수산업협동조합 위판장
조사일시 : 2009.2.25
조 사 자 : 허남춘, 강정식, 강소전, 송정희
제 보 자 : 김윤수, 남, 63세 외 제주칠머리당영등굿 보존회 회원
구연상황 : 팔만금사진침은 모든 신을 청해 들인 뒤에 제장 주위를 둘러싸는 진을 쳐서 신들의 출입을 막는 상징적인 의미의 제차이다. 심방은 감상기를 들고 연물에 맞추어 춤을 춘다.

　[김윤수 심방(관디, 갓)][마이크를 들고 말명을 한다.] 오리정 신청궤허난 오다 금사절진 헤엿구나~. 억만진 팔만진금사진[49] 헤엿구나. 그리 말

고 신감상 본도영끼 압송(押送)허고 억~만진 팔만진 금사진도 허레-.

∥중판∥[마이크를 내려놓고 요령을 들고 문전으로 가서 감상기를 잡고 춤을 춘다. 감상기를 양손에 들어 흔들다가 앞으로 모아 함께 내린 뒤, 오른손 감상기를 한번 휘돌리고 왼손의 감상기도 역시 한 번 휘돌린다. 다시 양손의 감상기를 흔들며 앞으로 모아 함께 내린다. 이후 돌아서서는 왼손을 오른쪽 어깨에 걸치고 오른손은 든 채로 감상기를 흔들며 신자리를 한 바퀴 돈 뒤 제단 앞으로 와서 양손을 모아 함께 내린다. 잠시 말명을 하나, 연물소리에 묻혀 들리지 않는다. 다시 양손을 들고 앞으로 모아 내린다. 뒤돌아서서 왼손을 오른쪽 어깨에 걸치고 오른손은 든 채로 감상기를 흔들며 한 바퀴 돌아 제상을 마주한다. 다시 한 번 양손을 들어 감상기를 흔들며 앞으로 모아 함께 내린다. 뒤돌아서서 감상기를 흔들며 신자리를 한 바퀴 돈다.]

∥감장∥[왼감장, 오른감장을 돌며 춤을 춘다.]

∥중판∥[제단 앞을 향해 서서 감상기를 모아 함께 내리며 춤을 멈추고 말명을 이어간다.]

영등환영제 초감제 오리정정데우

자료코드 : 10_01_SRS_20090225_HNC_KYS_0001_s10
조사일시 : 2009.2.25
조사장소 : 제주특별자치도 제주시 건입동 1448번지 제주시수산업협동조합 위판장
제 보 자 : 김윤수, 남, 63세 외 제주칠머리당영등굿 보존회 회원
조 사 자 : 허남춘, 강정식, 강소전, 송정희
구연상황 : 정데우는 제장에 청해 모신 신들의 자리를 위계에 맞게 고르는 제차이다. 말
         명과 그에 따른 행위로 진행한다. 감상기와 요령을 흔들며 춤을 추고, 제상
         위에서 요령을 좌우로 흔든다.

---

49) '팔만진 금사진'은 팔문금사진(八門金蛇陣).

억만 팔만금사진(八門金蛇陣) 허난, [소미 강성열이 대령상을 제단 쪽으로 옮긴다. 심방은 오른손에는 요령을 들고 왼손에는 감상기를 잡은 상태에서 신자리에 서서 말명을 한다.] 오던 신도가 가는 듯 가던 신도가 오는 듯, 구시월 나뭇잎 떨어지듯 허터진다. 그리 말고 천앙낙화[50] 신감상,[51] 둘러~받으며,

‖중판‖[요령을 흔들며 감상기를 들고 제단 앞으로 와서 함께 모아 내리다가, 뒤돌아서서 왼손을 오른쪽 어깨에 대고 요령을 흔들며 문전으로 간다. 다시 뒤돌아서서 감상기를 왼어깨에 걸치고 요령을 흔들며 제단 쪽으로 가서 함께 모아 내린다. 뒤돌아서서 요령과 감상기를 흔들며 신자리에서 춤을 춘다.]

‖감장‖[왼감장, 오른감장을 돌며 춤을 춘다.]

‖중판‖[감상기를 오른쪽 어깨에 대고 요령을 흔들다가 이내 그치고 함께 모아 내린다. 감상기를 소미에게 주고 말명을 한다.]

오리정 전송(餞送)허난, 오고 보난 앚을 자리 몰라온다~ 살 자리, 몰라온다. [소미가 심방에게 마이크를 주고, 자신은 제단 앞에 선다.] 나이 한덜[52] 우이 앚고, 나이 적은덜 알에 앚읍네까, 그리 말고 그~ [소미가 제단을 향해 쌀을 조금 뿌린다.] 천앙낙화 둘러받아, 우(位) 골르고 자(座) 골라~.

‖중판‖[심방은 제단을 향해 요령을 잠시 흔든 뒤 바닥에 내려놓는다.]

■ 초감제>제차넘김

우 골르고 자 골랏습네다, 초감제 연두리로, [소미가 심방에게 수건을

---

50) 요령.
51) 감상기.
52) 한덜 : 많은들.

건네준다.] 다 옵서 옵서, 청허엿습네다. 위 벌이고 자 벌이고, 신 벌엿습네다. 삼헌관(三獻官) 불러다, 주순더레, 풍어제(豊漁祭)데레, 도올려, 드립네다에-.

‖늦인석‖[연물이 잠깐 울리고, 심방이 신자리에서 물러나며 수협 대표들에게 제를 지내라고 한다.]

제주시 수협 풍어제

자료코드 : 10_01_SRS_20090225_HNC_KYS_0001_s11
조사장소 : 제주특별자치도 제주시 건입동 1448번지 제주시수산업협동조합 위판장
조사일시 : 2009.2.25
조 사 자 : 허남춘, 강정식, 강소전, 송정희
제 보 자 : 김윤수 외 제주시수산업협동조합 관계자
구연상황 : 풍어제는 제주시수산업협동조합에서 제관을 선정하여 유교식 의례로 진행한다. 집례가 읽는 홀기에 따라 알자가 제관들을 인도하면 제관이 차례로 제상 앞으로 나아간다. 초헌례--아헌례--종헌례--독축--분축--철변 등으로 진행한다. 축문은 한글로 작성하여 대축이 읽는다. 앞서 제관과 집사 소개를 하고, 나중에 주요 내빈을 소개한다.

[수협 풍어제를 위해 마련한 제물을 기존의 제단에 추가한다. 소미들이 제물 진설을 돕는다. 초감제를 하여 신을 청해 모신 뒤에 자손들이 역가를 바치고 절을 하는 제차가 따른다. 이를 흔히 '삼헌관 절시킴'이라고 한다. 수협 풍어제는 전체적인 짜임으로 볼 때 '삼헌관 절시킴'을 대신하는 의미가 있다. 제차만 간단히 제시한다.]

내빈 소개
삼헌관, 집사(2인), 대축 소개
풍어제 행제

제주시수협 풍어제

풍어제 행제>집사, 대축 배례

풍어제 행제>초헌례(헌작, 배례)

풍어제 행제>아헌례(헌작, 배례)

풍어제 행제>종헌례(헌작, 배례)

풍어제 행제>독축

풍어제 행제>삼헌관 배례

풍어제 행제>집사, 대축 배례

풍어제 행제>내빈 배례 및 축전 소개, 분축

철변

[풍어제가 끝난 뒤, 풍어제 제물을 내려 치운다.]

영등환영제 추물공연

자료코드 : 10_01_SRS_20090225_HNC_KYS_0001_s12
조사장소 : 제주특별자치도 제주시 건입동 1448번지 제주시수산업협동조합 위판장

조사일시 : 2009.2.25
조 사 자 : 허남춘, 강정식, 강소전, 송정희
제 보 자 : 고순안, 여, 62세 외 제주칠머리당영등굿 보존회 회원
구연상황 : 추물공연은 신들에게 준비한 정성을 받고 제물을 흠향하라고 권하는 의미의
　　　　제차이다. 고순안 심방이 한복 차림으로 신자리에 앉아 스스로 장구를 치면서
　　　　말명을 하였다. 장구 반주 없이 간단히 말미를 하고, 이어 장구를 치면서 공
　　　　선가선, 날과국섬김, 연유닦음을 간단히 한 뒤에 공연으로 들어가서, 비념, 주
　　　　잔넘김을 거쳐, 제차넘김으로 마무리하였다.

[고순안(치마저고리)]

■ 추물공연>말미

[제단을 향해 앉아서 장구를 잡고 한두 번 치다가 이내 그치고, 말명을
한다.] 영등송별대제일로~, 초감제~, 연드리로 옵서 청허난, ᄌ순덜 초헌
관(初獻官) 이헌관(二獻官)~, 삼헌관(三獻官) 제집ᄉ(諸執事), 불러다가~,
열명(列名) 종서관(從事官) 여필줄(禮畢出) 시겻십네다~, ᄌ순덜 일룬 역가
(役價) 정성이랑, 천하 금공ᄉ, 올리건, 받아 통촉, 하렴덜 허옵서서―.

추물공연

■ 추물공연>공선가선

[장구를 치기 시작한다.]

공선 공시는, 가신은 가신공선

저저 남선은 본은 갈라

인부역 서준낭, 서준, 공서, 말씀전은

엄전에, 여쭈아, 드립네다

■ 추물공연>날과국섬김

날이웨다, 어느전, 날이오며

둘은 갈란 어느전, 둘이오며

올 금년은 정축년(丁丑年), 열 석 둘, 기망상에

둘론 가릅긴, 영등 이월 초흐를날

국은 갈라, 갑네다, 강남(江南)은 천저지국(天子之國)

일본(日本)은 주년국(周年國), 우리나라 대한민국

첫 서월은 송태조(宋太祖), 개국(開國)허고

둘쳇 서울, 시님 서울, 셋체는, 한성(漢城) 서울

넷체는, 웨정(倭政) 삼십육 년

다섯쳇 즈부 올라, 상서월, 마련허난

안동방골 좌동방골, 먹자골, 모시정골 불천대궐

마련허난, 경상도(慶尙道), 칠십칠 관 전라돈,[53] 오십삼 관 충청돈,[54] 삼십삼 관

영평(永平) 팔년(八年)~

모힌굴(毛興穴)은~ 고량부(高良夫), 삼성친(三姓親), 솟아나난

일제주(一濟州)는 이거저(二巨濟), 삼진도(三珍島)는 ᄉ남헤(四南海), 오

---

53) 전라도(全羅道)는.
54) 충청도(忠淸道)는.

강화(五江華)는 육한도(六莞島), 마련허던 섬이웨다

　김통정(金通精) 김좌수(金座首), 만리(萬里) 누룩 토성(土城)을, 둘러오던
섬이웨다

　이천육년 칠월, 일일부떤 특별자치(特別自治) 뒈난

　제주시가 뒈고, 서귀시(西歸市), 읍면동(邑面洞)을 갈랏수다

　제주시는 일네는 일도리(一徒里), 이넨 이도리(二徒里)

　삼네는 삼도리(三徒里), 건입동(健入洞)은

■ 추물공연>연유닦음

　어협(魚協), 판장(販場)을, 오라근, 칠머리 송별제(送別祭), 맞이옵고

　이거, 풍어제(豊漁祭), 어간(於間)헤여

　조상님네 옵서

　청허연, 즈순덜, 열명, 종서관, 예필줄(禮畢出)을 시겻수다

　마흔여덥, 상단궐, 서른여덥 중단궐, 스물여덥 하단궐, 만민대단궐

　드신 공亽이옵고

　어협, 조합장(組合長), 이원(委員)덜, 드신 공亽 올립니다

　상선(上船)이여 체낙끼선덜

　드신 공亽 일만(一萬) 해녀(海女) 일만 어부(漁夫)

　드신 공亽웨다

■ 추물공연>공연

　높은 임신님은

　올라 옥항상저(玉皇上帝), 초공(初公) 이공(二公) 삼공(三公), 시왕(十王)
십육亽제(十六使者)

　삼멩감(三冥官) 삼처서(三差使)님

　요왕(龍王)은 동헤 요왕 청요왕(靑龍王), 서헤 요왕 벡요왕(白龍王), 남헤

요왕 적요왕(赤龍王), 북이 요왕 흑요왕(黑龍王)

ᄉ만ᄉ천 ᄉ혜용신(四海龍神)님도

ᄌ순덜, 지극정성 받읍서, 요왕 선왕님네

지극정성 받읍서, 수협(水協)에 ᄌ순덜, 어협(魚協)에 ᄌ순덜 상선(上船)
이여 중선(中船)

이물 받은 선앙(船王)

고물 받은 선앙

마카오에 토시연분 쳇장남[55]

용도머리[56] 놀던 선앙님네

ᄌ순덜 일룬 정성

받읍소서

제주시 괄네(管內)

서문(西門) 밧껫[57] 시네, 네웻당,[58] 남문(南門) 밧껫 열두, 시우전(神位
前) 한집

산지(山地) 용궁(龍宮) 칠머리, 감찰지관(監察地官) 한집님, 동미륵(東彌
勒) 서미륵(西彌勒), 해신요왕(海神龍王) 용네부인(龍女夫人)

ᄌ순덜 영등하르바님

영등할마님

정월 그믐날

들어오면

이월 초ᄒ를날

환영제(歡迎祭) 받으면, 열나흘날 송별제를 받앙

---

55) 선미에서 키를 관리하는 뱃사람.
56) 돛대의 도르래 부분.
57) 바깥.
58) 제주시 한천 삼동물가에 있던 당.

우도(牛島) 연평(演坪)으로59)

강남천저국(江南天子國), ㅂ른60) 밧데61) 베 놓아, 가옵네다

동경국 대왕님네

세경국에 부인님, 영등하르바님

영등할망 영등대왕(靈燈大王) 영등벨캄(靈燈別監)

영등ㅅ제(靈燈使者)

금공ㅅ 받읍서, 요왕영가(龍王靈駕)님네

금공ㅅ 받읍소서

신공시 칠십일 호

인간문화재

사무실에

회장님 무형 ○○ ㅈ손덜

받은 역가(役價) 정성도 받읍소서

든여 난여 숨은여, 정살여에 지방여, 도랑여에 네롱여에

놀던 선앙님네

상선 중선

일만 해녀

상불턱에62) 중불턱, 놀던 선앙님네

저 올레로 많이, 드리쿠다 이도 정성 받읍서

초정성이 뭐일러냐

강남서 들어온, 대척력(大冊曆) 받읍서

일본서나 들어온, 소척력(小冊曆) 받읍서

---

59) 연평(演坪)은 우도(牛島)가 면으로 승격되기 이전의 마을 이름.
60) 마른.
61) 밭에.
62) '불턱'은 돌담을 둘러 바람을 가려 해녀들이 물질 전후에 쉬는 곳.

우리나라 소자척력

이도 정성

석 둘 앞서 제기난, 선앙ᄃ리 받읍서

요왕ᄃ리 받읍서

시왕ᄃ리더레

열두 가지 황혜물색(亢羅物色) 고리비단63) 능라비,64) 받읍소서

동게걸이 ᄀ음65)

풀찌거리66) ᄀ음

받읍소서

이도 정성

언메 단메 받읍서, 노기당산메에67)

삼성이여 웨성은,68) 돌레69) 월변70) 받읍서

미나리 청금체(菁根菜)

고사리체 받읍서, 계알안주(鷄卵按酒) 받읍소서

삼중실과(三種實果) 받읍서

오중실과(五種實果) 받읍서, 칠중(七種) 과일 받읍소서

선앙님전에

맛이 좋다 제육안주(猪肉按酒)

어기 좋다

이도 정성

---

63) 고리 문양의 비단.
64) 능라(綾羅).
65) 감.
66) 신을 청할 때 심방이 오른팔에 감아 묶는 천.
67) '노기당산메'는 놋그릇에 소복하게 찐 메.
68) '웨성'은 쌀로 계란처럼 빚은 뒤에 가운데를 눌러 모양을 낸 떡.
69) 쌀가루를 재료로 둥글고 납작하게 만든 떡.
70) 쌀가루를 재료로 둥글납작하게 만든 떡. 돌레떡보다 조금 작음.

받읍소서
삼선향(三上香)도 받읍서, 삼주잔(三酒盞)도 받읍소서
연찻물 받읍서

■ 추물공연>비념
어느 건 허젠 허난 공인덜, 아니 들며
어느 건
허젠 허난
힘덜사 아니 들며
공든 답을 일롸나 줍서
지든 답을 일롸나 줍서
멩(命)이라근
천하산(天下山)에 높은 산
멩을 주고
복(福)이라근 지하산(地下山)에
복을 줍서
장수(長壽)나 장명(長命)
부구영화(富貴榮華) 삼출밥에 ○○○○
제겨근
이거 어협(漁協)
즈순덜
어부덜
해녀덜
넉날 일도 막읍서
ㅂ름 끗데 젤 ○○
막아나줍서

동오으로 오는 액년(厄緣)

서으로

막아줍서

날론 가면 날역이여

둘론 가면 둘역이여

관송(官訟) 입송(立訟) 할라상공(患亂山窮)이랑 ○○○○○, 다 막아줍서.

[장구를 멈춘다.]

■ 추물공연>주잔넘김

받다 남은 주잔덜랑 내여다가, [소미 김영철이 잔을 들고 밖으로 나가기 전에 심방 앞에 있는 장구를 제단 쪽으로 치운다.] 여~ 동헤 요왕 청요왕(靑龍王)도 주잔협네다 서헤 요왕 벡요왕(白龍王) 남헤 요왕 적요왕(赤龍王), 북이 요왕 흑요왕(黑龍王) 스만스천 스헤용신(四海龍神), 영등하르바님 영등할망 영등대왕(靈燈大王) 영등벨캄(靈燈別監), 영등아미 주잔협네다~. 든여 난여 숨은여에 정살여에 지방여에, 놀던 임신덜, 이엣71) 선성님 뒤에 어시럭이 명둣발72) 더시럭이, 게움73) 투기(妬忌) 허던 명둣발덜 많이많이~, 열두 소잔(小盞) 지넹겨 드려가며

■ 추물공연>제차넘김

불법이랑, 츳츳이츳, ○○○○○, 여쭈아 드리쿠다예ㅡ.

---

71) 옛.

72) 제대로 심방이 되지 못하여 몰래 굿하러 다니는 사람.

73) 개염.

영등환영제 석살림 (1)

자료코드 : 10_01_SRS_20090225_HNC_KYS_0001_s13
조사장소 : 제주특별자치도 제주시 건입동 1448번지 제주시수산업협동조합 위판장
조사일시 : 2009.2.25
조 사 자 : 허남춘, 강정식, 강소전, 송정희
제 보 자 : 신순덕, 여, 51세 외 제주칠머리당영등굿 보존회 회원
구연상황 : 석살림은 제청으로 청하여 모신 신들을 춤과 노래로 흥겹게 놀리는 제차이다.
　　　　　 신순덕 심방이 쾌지에 이명걸이 차림으로 나서서 진행하였다. 먼저 석살려 신
　　　　　 메움, 삼선향 신부찜을 하여 분위기를 돋운다.

[신순덕(쾌지, 이명걸이)]

■ 석살림>석살라 신메움

[공싯상에서 요령과 신칼을 들어 각각 오른손과 왼손에 잡는다. 요령을 한두 번 흔들고는 말명을 시작한다.] 환양제(歡迎祭)로에~, 일만팔천 [소미가 가져다주는 마이크를 건네받는다.] 신우엄전(神位嚴前)님네 신수퍼 잇습네다, 석살라~ 신메웁네다. [마이크를 공싯상에 내려놓는다.]

석살림 (1)

‖감장‖[신칼을 양손에 나누어 잡고 오른쪽 신칼을 한번 휘돌리더니 이내 왼감장, 오른감장을 돈다.]

‖중판‖[제상을 향해 서서 왼손을 오른쪽 어깨에 올리고 오른손을 휘돌린 후, 양손을 함께 모아 내린다. 뒤돌아서면서 왼손을 오른쪽 어깨에 올리고 오른손은 든 채로 제상을 향하며 돌아선 후, 양손을 함께 모아 내린다. 다시 뒤돌아서면서 같은 동작을 반복한다. 신칼을 흔들며 춤을 춘다.]

‖감장‖[양손을 어깨 높이로 들고 왼감장, 오른감장을 돈다.]

‖중판‖[제상을 향해 서서 왼손을 오른쪽 어깨에 올리고 오른손은 휘돌리다가 양손을 함께 모아 내린다. 같은 동작을 반복한다.]

■ 석살림>석살롸 신메움>날과국섬김

석살려~, [소미가 건네주는 마이크를 받는다.] 신메우난~, 올그금년은 기축년(己丑年) 헤우년, 뒈옵네다 둘론 드난~, 영등둘 초흐를날~, 뒈옵네다, 어떤 고을 어떠헌, 조손덜~ 신이 원정 올립기는, 국은 갈라 가옵네다, 해돈국도 국입네다 둘튼국도, 국입네다 스헤(四海) 안은, 열두 나라 스헤 밖은, 열싀 나라, 동양은 삼국(三國) 서양은 각국(各國), 주리(周圍) 팔만 십이제에~, 국입네다 첫째 서울은~ 송도(松都) 개판, 둘쩨 서울은, 시님 서울 셋째 서울은, 한성(漢城) 서울, 넷째는 우리나라~ 상서월이, 뒈옵네다 안동밧골, 좌동밧골 먹자골 수박골로~, 불탄대궐 모시정궐 마련허곡, 경상도(慶尙道)는 칠십칠 관 전라~도(全羅道)는, 오십칠 관 한산도(下三道)는 삼십삼 관이, 뒈옵네다, 산은 보난 영주한라산(靈洲漢挐山), 물은 보난 황해수(黃海水), 땅은 보난 금천지 노고~짓땅, 옳습네다~, 일제주(一濟州) 이거제(二巨濟) 삼진도(三珍島) 스남해(四南海) 오강안(五江華) 땅~, 육완도(六莞島) 주이주이 스벽(四百) 리, 마련허던 제주섬중, 옳습네다, 저 산 앞은 당이 오백(五百), 이 산 앞은~, 절이 오백 어승셍(御乘生) 당골머리,

옳습네다, 영평(永平) 팔년(八年) 을축(乙丑) 삼월(三月), 열사흘날 고량부 (高良夫) 삼성친(三姓親) 도업헐 때, 고이왕은 축시(丑時)에, 양이왕은 인시 (寅時)에 부이왕은, 주시(子時)에 고량부 삼성친 도업허던, 제주섬중이, 옳 습네다~. 이형상(李衡祥) 목사(牧使) 시절에는 당과 절은 파궤(破壞)시겨부 난, 시기다 남은 당은 산천영기, 소럼당 마련허고, 정읜74) 가민 원님 살고 대정(大靜)은 가민, 판관(判官) 살고, 각 진(鎭) 들민 조방장(助防將) 명월 (明月) 가민 만호(萬戶), 항파두리 김통경(金通精) 만리 투성(土城) 마련허 고, 읍중(邑中) 들어서난 동서문(東小門) 밧, 팔십여 리 마련허고, 서수문 (西小門) 밧 서수장련 마련허고,

■ 석살림＞석살롸 신메움＞연유닦음

오널날은 영등환양제로, 주손덜 받은 공서, 뒈옵네다. 제주도 제주시수 협(濟州市水協)으로, 고내어촌계(高內漁村契) 받은 공서가, 뒈옵네다. 제주 시수협으로, ○○○ 받은 공서, 제주시수협으로, 구엄리(舊嚴里) 어촌계에 받은 공서, 제주시수협으로 귀일어촌계(貴日漁村契)에, 받은 공서가, 뒈옵 네다. 제주시수협 동귀어촌계(東貴漁村契), 제주시에 수협 외도어촌계(外都 漁村契)에 받은 공서, 제주시수협 내도어촌계(內都漁村契), 제주시수협 이 호어촌계(梨湖漁村契)에 받은 공서, 뒈옵네다. 제주시수협으로 받은 공서, 뒈옵네다 제주시, 읍중 도내, 이내 협회 받은 공서, 제주 어업에 정보통신 국에도, 받은 공서가, 뒈옵네다. 제주시수협 동복어촌계(東福漁村契), 받은 공서 뒙네다 제주시에, 수협으로, 김녕어촌계(金寧漁村契)에 받은 공서, 제 주시수협 행원어촌계(杏源漁村契)에, 받은 공서, 뒈옵네다 제주시에, 수협 한동어촌계(漢東漁村契)에, 받은 공서 뒙네다 제주시수협, 평대어촌계(坪岱 漁村契)에, 받은 공서, 제주시에 수협으로, 세화어촌계(細花漁村契)에 받은

---

74) 정의(旌義)는.

공서, 제주시수협으로, 하도어촌계(下道漁村契)에 받은 공서, 제주시수협 종달리(終達里)에 어촌계에, 받은 공서가 뒈옵네다. 제주시수협 일동 받은 공서, 놀이패 한라산에 받은 공서가, 뒈옵네다. 민요에 소리웨 소레왓, 받은 공서, 김녕 ○○○○75) 크럽으로 받은 공서가, 뒈옵네다. 문학박사 강정식 씨, 받은 공서, 제주대학교에 탐라문화연구소에, 받은 공서가, 뒈옵네다. 한국방송 제주총국으로, 받은 공서가, 뒈옵네다. 이 ᄌᆞ순 자손덜, 저 바당에 상선(上船) 중선(中船) 하선질(下船-), 하는 ᄌᆞ순덜도, 저 바당 동헤 와당,76) 청금산(青金山) 서이 와당, 백금산(白金山) 남이 와당, 적금산(赤金山), 저 바당에 들곡 날곡 허더라도, 사고날 일, 막아줍서. 어느 방송날 일, 뱃선앙덜 다칠 일도 나게 맙센, 영헙네다. 수협에 ○○ 자손덜 수협에도, 어느 굿인, 관송(官訟)에 걸어질 일, 법관(法官)에 걸어질 일, 나게 맙센 허곡, 저 바당 ᄌᆞ수(潛嫂)야 이거 해녀 ᄌᆞ수들도, 저 바당에 물질허레 가거들랑, 어느야 사고날 일 건당헐 일 나게 맙센 허영, 오널날은 풍어제로, 신이 원정 원이 공서 올렴수다.

■ 석살림>석살라 신메움(계속)

문화재로 일만팔천 신우(神位), 엄전님 신수퍼, ᄂᆞ려서고, 감찰지방(監察地方) ᄀᆞ시락당 도원수(都元帥), 남당하르바님, 남당할마님 영등대왕(靈燈大王) 영등할마님과, 신공시 엿 선셍님전드레, 석~살라 신메웁네다.

‖중판‖[마이크를 공싯상에 내려놓는다. 신칼을 양손에 나누어 잡고 오른손을 휘돌리며 신자리로 나아간다.]

‖감장‖[양손을 어깨 높이로 들고 왼감장, 오른감장을 돈다.]

‖중판‖[왼손을 오른쪽 어깨에 올리고 오른손을 휘돌리며 앞으로 함께 모아 내린다. 뒤돌아서면서 왼손을 오른쪽 어깨에 올리고 오른손은 어

---

75) 놀세인예?
76) 바다.

깨 높이로 들어 흔들면서 제단을 향해 돌아서 양손을 함께 모아 내린다. 양손을 휘돌리며 춤을 춘다.]

‖감장‖[양손을 어깨 높이로 들고 왼감장, 오른감장을 돈다.]

‖중판‖[왼손을 오른쪽 어깨에 올리고 오른손을 휘돌리며 앞으로 함께 모아 내린다. 오른쪽 신칼치메를 흔들어 내리며 연물을 그치라는 신호를 보낸다. 연물이 그친다. 소미가 다시 마이크를 건네준다.]

■ 석살림>신메움

석살롸~, 신메우난~, 임신 중 올라사민 옥황상제(玉皇上帝)님네, 내려사민 지부(地府) 수천대왕(四天大王)님도, 석살롸 신메와, 드립네다. 산으로 산신대왕(山神大王) 산신벡관(산신백관) 하르바님, 느려사민 다섯 용궁 요왕님도, 동혜 와당 청금산(靑金山) 요왕님네, 서혜 와당 벡금산(白金山), 요왕님과 남이 와당, 적금산(赤金山) 요왕님네, 북이 와당 흑금산(黑金山) 요왕 용신님네도, 석살롸 신메와, 드립네다. 절 추지 서산대사(西山大師) 육한대서(六觀大師)님, 인간 추지 초공(初公) 불법, 상시당, 초공전 성진 하르바님 성진 할마님, 초공전은 웨진 하르바님 천하대궐 임정국 초공전 아바님은 황금산(黃金山) 도단땅 주접선생, 초공전 어머님은 이 산 앞이 줄이 벋고, 저 산 앞이 발이 벋곡, 왕대월산 금하늘, 노가단풍 주지명왕 아기씨도, 석살롸 신메웁네다. 이공서천 도산국님, 삼공(三公) 안땅 주년국~, 웃상식은 강이히성, 알상식은 홍문전, ○○○○ 부인님네, 은장 놋장 가믄장 아기씨도, 신메와 드립네다. 원혼 들어 원병서(元兵使) 신병서(新兵使) 짐치원(金緻員), 염라대왕(閻羅大王)님도, 제일전(第一殿)은 진간대왕(秦廣大王), 제이전(第二殿)은 초간대왕(初江大王) 제삼전(第三殿)은, 손제대왕(宋帝大王) 제사전(第四殿)은, 오간대왕(五官大王)님네 제오전(第五殿) 염라대왕(閻羅大王)님네, 제육전(第六殿)은 병선대왕(變成大王) 제칠전(第七殿)은 태선대왕(泰山大王), 제팔전(第八殿)은 평등대왕(平等大王) 제구전(第

九殿)은 도시대왕(都市大王), 열 십(十) 전대왕(轉大王)님도, 석~살롸 신메
웁네다.

∥중판∥[마이크를 공싯상에 내려놓는다. 신칼을 양손에 나누어 잡고
오른손을 휘돌리며 신자리로 나아간다.]

∥감장∥[양손을 어깨 높이로 들고 왼감장, 오른감장을 돈다.]

∥중판∥[왼손을 오른쪽 어깨에 올리고 오른손을 휘돌리며 앞으로 함
께 모아 내린다. 뒤돌아서면서 왼손을 오른쪽 어깨에 올리고 오른손은 어
깨 높이로 들어 흔들면서 제단을 향해 돌아서 양손을 함께 모아 내린다.
양손을 휘돌리며 춤을 춘다.]

∥감장∥[양손을 어깨 높이로 들고 왼감장, 오른감장을 돈다.]

∥중판∥[왼손을 오른쪽 어깨에 올리고 오른손을 휘돌리며 앞으로 함
께 모아 내린다. 오른쪽 신칼치메를 흔들어 내리며 연물을 그치라는 신호
를 보낸다. 연물이 그친다. 소미가 다시 마이크를 건네준다.]

석살롸~ 신메우난, 열ᄒ나는 지장대왕(地藏大王), 열둘은 생불대왕(生佛
大王), 열셋은 우두영게, 열넷은 좌두영게, 열다섯은 십오(十五) 동저판관
(童子判官)님도, 천앙(天皇) 가민 열두 멩감(冥官), 지왕(地皇) 가민 열ᄒ 멩
감, 인왕(人皇) 가민 아홉 멩감, ○○○○ 일흔여덥 도멩감님네도, 석살롸
신메와, 드립네다, 천앙처서(天皇差使) 일직ᄉ제(日直使者) 지왕처서(地皇差
使), 월직ᄉ제(月直使者)님네, 일직ᄉ제 어금나저 방나저 이원ᄉ제, 강파도
강님처서(姜林差使) 관장님네, 심방이 둘고 가던 멩도멩감(明刀冥官) 삼처
서(三差使), 관장님네 거북ᄉ제 요왕처서(龍王差使)님네, 이거 도령처서(道
令差使) 관장님네도, 석살롸 신메와 드립네다, 세경하르바님, 난물썽간 들
물썽간, 상세경 중세경 하세경 정칠뤌(正七月), 열나흘날 대제일(大祭日)
받앙 오던, 세경신중 마누라님네도, 석살롸 신메와 드립네다. 군눙(軍雄)이
여 일뤌(日月)이여 제석(帝釋)이여, 이거야 풍어제로 상선 중선 하선제, 묽
고묽은 선앙님네, 묽고묽은 신중선앙님네도, 신메와 드립네다, 들적에도

문전이고, 앞문전 열여덥 밧문전 스물여덥, 대법천왕 일문전(一門前)님과, 이거 제주시 감찰지방(監察地方) 도원수(都元帥) ᄀᆞ시락당, 신도본향 한집 님네, 남당하르바님 남당할마님 영등대왕 영등할마님네도, 풍어제로, 신메와 드립네다, 이거 풍어제로, 저 바당 인간 하직허영, 저싱 가던 영신님네, [창조가 서창하게 바뀐다.] 어부질허레 갓당 베 파산(破船) 뒈영, 저 바당에서 인간 하직허영 저싱 가던, 물 알에서 ᄌᆞᆷ을 자던 영신님네, 오널날은 풍어제로, 영신님네 옵센 허영, 원이 공서 올렴수다, ᄌᆞᆷ수질이영 해녀질허레 저 바당에 갓당, 사고 근당허영 인간 하직허영 저싱 간 영신영혼님네도, 신메와 드립네다, 저 상선 중선 동이 와당 청금산 서이 와당 벡금산, 남이 와당 적금산 북이 와당 흑금산, 미리에기 삼절⁷⁷⁾ 고개에 갓당, 인간 하직허영 저싱 가던 영신님네도, 신메와 드립네다, 알로 내려 신공시 선생님네, 엿날 선생님 황수(行首) 선생님네, 글선생은 공자(孔子) 맹자(孟子) 활선생은 거제(擧子), 심방선생 남천문밧, 유씨선생님 놓은 ᄃᆞ리로, 산앞 산뒤 다닙네다, 칠십일 호 칠머리 보존회에, 옛날 선생 안사연(安士仁)이 선생님네도, 신공시로 ᄂᆞ립서, 김씨로 회장님 몸받던, 연양당주 불도일뤌(佛道日月) 산신책불일뤌(山神冊佛日月) 조상님네도 신공시로, 신ᄂᆞ립서, 칠십일 호 문화재 전수(傳受) 이수생덜(履修生들), 몸받던 조상님네도 신공시로, 위구픕서, 혼 공시로 놀던 선생님네도, 정의현(旌義縣)에 놀던 선생님네, 남군면(南郡面)에 북군면(北郡面)에, 제주시, 읍중 안네, 놀던 선생님네도, 신공~시로 석살롸 신메웁네다.

∥중판∥[마이크를 공싯상에 내려놓는다. 신칼을 양손에 나누어 잡고 오른손을 휘돌리며 신자리로 나아간다.]

∥감장∥[양손을 어깨 높이로 들고 왼감장, 오른감장을 돈다.]

∥중판∥[왼손을 오른쪽 어깨에 올리고 오른손을 휘돌리며 앞으로 함

---

77) '미리에기 삼절'은 파도의 뜻.

께 모아 내린다. 뒤돌아서면서 왼손을 오른쪽 어깨에 올리고 오른손은 어깨 높이로 들어 흔들면서 제단을 향해 돌아서 양손을 함께 모아 내린다. 양손을 휘돌리며 춤을 춘다.]

‖감장‖[양손을 어깨 높이로 들고 왼감장, 오른감장을 돈다.]

‖중판‖[왼손을 오른쪽 어깨에 올리고 오른손을 휘돌리며 앞으로 함께 모아 내린다. 오른쪽 신칼치메를 흔들어 내리며 연물을 그치라는 신호를 보낸다. 연물이 그친다. 소미가 다시 마이크를 건네준다.]

■ 석살림>삼주잔·삼선향 신부찜

석살롸~ 신메운, [공싯상의 마이크를 들고 말명을 한다.] 신우엄전(神位嚴前)님네, 셍인(生人)도, 옵센 허민, 담뱃불이, 우주(爲主)웨다, ○○○ 신우엄전님네, 옵센 혜영, 담뱃불이 우줍네다, 초미 올라 초단상 임이 올라 저단상(紫檀香), 삼이 올라 삼선향(三上香), 일만~ 팔천 신우엄전님전, 삼선향도 신부쪄-.

‖중판‖[소미가 향로를 건네준다. 심방은 마이크를 소미에게 넘기고, 왼손에 향로를 받아든다. 신칼과 요령은 오른손으로 바꿔 잡는다. 요령을 흔들면서 신자리로 간다.]

‖감장‖[양손을 어깨 높이로 들고 왼감장, 오른감장을 돈다.]

‖중판‖[왼손은 어깨 높이로 들어 앞으로 하고, 오른손은 휘돌리며 약간 뒷걸음치듯이 신자리에서 춤을 춘다. 양손을 어깨 높이로 들고 조금 앞으로 나아가 양손을 함께 모은 뒤 내린다. 다시 뒤돌아서서 오른손을 휘돌리며 신자리에서 춤을 춘다.]

‖감장‖[양손을 어깨 높이로 들고 왼감장, 오른감장을 돈다.]

‖중판‖[왼손은 어깨 높이로 들어 앞으로 하고 오른손은 휘돌린 뒤, 양손을 함께 모아 내린다. 향로를 소미에게 넘긴다. 신칼을 양손에 나누어 잡고 휘돌리면서 신자리로 간다.]

‖감장‖[양손을 어깨 높이로 들고 왼감장, 오른감장을 돈다.]

‖중판‖[왼손을 오른쪽 어깨에 올리고 오른손을 휘돌리며 앞으로 함께 모아 내린다. 오른쪽 신칼치메를 흔들어 내리며 연물을 그치라는 신호를 보낸다. 연물이 그친다. 소미가 다시 마이크를 건네준다.]

삼선향~, 신부쩌-.

■ 석살림>삼주잔·삼선향 신무찜(계속)

즈순덜 일룬 정성 초메 올라 청감주 이미 올라 이감주 삼이 올라 저수지 뒈옵네다. 일만팔천 신우엄전님전 삼선향-.

‖중판‖[삼주잔을 들고 춤을 추면서 댓잎으로 술을 적셔 흩뿌린다.]

‖감장‖[왼감장, 오른감장을 돌고 술잔을 고순안 심방에게 넘긴다.]

삼주잔 도올리난 저 먼정 나사민, 청일산(青日傘)에 놀던 군졸 청일산 적일산(赤日傘)에 놀던 군졸, 산신 들어 군졸 요왕군졸(龍王軍卒), [고순안 심방은 제장을 조금 벗어나 술잔의 술을 번갈아가며 조금씩 비워낸다.] 상선 중선 하선질 가던 질, 하군졸님네 저먼정 지는 디려가멍,[78] 일만팔천 신우엄전임과 이거 환영제로, 상선 중선 하선 [고순안 심방이 요령을 흔든다.] 신주선앙 몱고몱은, 일뤌조상님과, 감찰지방(監察地方) 도원수(都元帥) ᄀ시락당 신도본향 한집님광 남당하르바님 남당할마님 영등대왕 영등할마님전 삼선향내 신부쩌.

‖감장‖[고순안 심방으로부터 향로와 신칼을 넘겨받아 들고 춤을 춘다. 왼감장, 오른감장을 여러 번 돈다.]

‖중판‖[신칼치메를 흔들며 춤을 춘다.]

‖감장‖[다시 왼감장, 오른감장을 여러 차례 돈다.]

‖중판‖[잠시 춤을 춘다.]

---

78) 드려가면서.

영등환영제 석살림 (2)

자료코드 : 10_01_SRS_20090225_HNC_KYS_0001_s14
조사장소 : 제주특별자치도 제주시 건입동 1448번지 제주시수산업협동조합 위판장
조사일시 : 2009.2.25
조 사 자 : 허남춘, 강정식, 강소전, 송정희
제 보 자 : 신순덕, 여, 51세, 이용옥, 여, 54세 외 제주칠머리당영등굿 보존회 회원
구연상황 : 이어 바랑탐을 하여 군웅을 놀릴 준비를 한 뒤에 본격적인 춤과 노래판을 벌
인다. 덕담으로 시작하여 서우제 소리에서 절정을 이룬다. 구경꾼까지 가세하
여 춤을 추어 흥을 돋운다.

■ 석살림>바랑탐

‖중판‖[향로를 고순안 심방에게 넘겨주고 대신 요령을 건네받고 흔
든다.]

저 먼정 삼선향 신부찌난 주야주야 주야 여레 삼막 없는 소사(小師)가
어데 잇습네까 장삼 없는 대서(大師)가 어데 잇습네까. 혼 뚬 들러 굴송낙,
금바랑 옥바랑도 한꺼번에 흔들어 놓자.

‖줓인석‖[양손에 신칼을 나누어 잡고 춤을 춘다. 감장을 돌다가 쪼그
려 앉아 요령과 신칼을 던지듯이 내려놓고 "어허!" 하며 양손바닥을 비비
고 절을 한다. 거듭 손바닥을 비비고 절을 한다. 송낙을 든다. 고순안 심
방이 술잔의 술을 머금었다가 송낙을 향하여 뿜어낸다. 신순덕 심방은 그
제야 송낙을 머리에 쓴다. 그 사이에 고순안 심방이 신칼과 요령을 들고
흔들며 신명을 돋운다. 심방은 군웅치메를 들고 일어나 흔들며 격렬하게
춤을 춘다. "어허!" 소리하며 도약 하듯이 하다가 군웅치메를 어깨에 걸
친다.]

‖감장‖["어허!" 소리하며 감장을 돈다.]

‖중판‖[무릎 꿇고 앉아 바랑을 양손에 나누어 든다. 일어서서 바랑을
부딪치며 춤을 춘다.]

‖ 수룩 ‖ [바랑을 수룩장단으로 부딪친다.]

‖ 줏인석 ‖ [감장을 돌고 나서 제상을 뒤로 하고 앉아 어깨 뒤로 바랑을 던진다.]

‖ 중판 ‖ [고순안 심방으로부터 신칼과 요령을 건네받고 신칼치메를 흔들며 춤을 춘다.]

‖ 감장 ‖ [신칼을 어깨 높이로 들고 감장을 돈다.]

‖ 중판 ‖ [왼쪽 신칼치메를 오른팔에 걸쳤다가 양쪽 신칼치메를 함께 앞으로 내린다.]

‖ 감장 ‖ [왼쪽 신칼치메를 오른 어깨에 걸쳐 오른손으로 신칼치메를 잡는다. 왼손에 신칼, 오른손에 신칼치메를 모아잡고 감장을 돈다.]

‖ 중판 ‖ [쪼그려 앉아 신칼점을 본다.]

■ 석살림>놀판굿

넉사~ [말명을 하다가 중단하자 소미들이 "넉사로다. 말이야 뒤야." 하며 잇는다. 심방은 신칼치메를 흔들며 잠시 춤을 춘다.]

어리성~. [요령]

야, 신이 아이가 놀자 헌 것이 아니라, [요령] 야 한양제로-, 야 묽고 묽은 신중선앙님도 어서 놀자 허는구나-. 야 감찰지방(監察地方) ᄀ시락당- 야- 도원수(都元帥) ᄀ시락당 신도본향 한집님도, 어서 놀저 허는구나-. [요령] 야 남당하르바님 남당할마님, 영등대왕 영등할마님도 어서 놀자-. [요령] 야 ᄆ친 간장 풀려시메 수업(水協) 허는 ᄌ손덜이나 줌수(潛嫂) 허는 ᄌ손덜이나, 뭐든 소원이 뒐 듯 허는구나-. [요령] 야 벳동세 덜은 내일 내일 허고, 신이 성방(刑房)덜은79) 비가 오나 눈이 오나, 내일 장삼 오늘로 간장간장 신풀어내저 허는구나-. [요령]

___

79) '신이 성방'은 심방을 뜻함.

■ 석살림>놀판굿>덕담

‖덕담‖[북, 장구]

오널오널 오널이라.

날도나 좋아서 오널이라

하늘이여 멩긴 이도

내일 장삼 놀고나 간다.

앞마당에는 염서당 놀고

뒷마당에는 소서당이 놀아

월매나 독녀 춘향이는

이도령 오기만 고대허고

어떤 새는 낮에나 울고

어떤 새는 밤에나 울어

님 그린 새로 새로구나

○○에 간장을 놀고나 놀고

이팔청춘이 늙어나지민

오던 임도나 아니나 오고

꽃은 지여나 시월 들어지민

앚던 나부도 아니나 오고

군눙이 시조가 어딜러냐

군눙이 본판이 어딜러냐

군눙이 하르바님 천앙제석

군눙이 할마님은 지왕제석

군눙이 하바니 낙수나게낭

군눙이 어머님은 혜수나게낭

군눙이 하덜은 삼형제라

큰아덜은 동이와당 츠지

셋아덜은 서이나와당
족은아덜은 온녀콧에
줄줄 누벼라 한삼모시
○○○○ 산발하고
혼침에 둘러나 굴송낙에
두 침에 둘러나 비랑장삼
느단 손에 금바랑 들고
딴 손에는 옥바랑에
강남은 들어서민 천제나 군눙
일본은 가면은 스제나 군웅
우리나라 대한민국
서대비에나 놀던 일월
만월하초에 놀아나 오던
군눙일뤌 조상님네
무친에 간장을 풀려나 놀고
문화재로나 몱고묽은
상선 중선 하선 뒤에
몱고나 묽은 신주선앙
선앙일뤌 조상님네
문화재로나 놀고나 놀고
감찰지방 도원수에
구시락당 한집님네
남당하르바님 남당할마님
무친아 간장을 풀려나 놀고
영등대왕 영등할마님
오널날로나 간장간장

ᄆ친아 간장을 풀려나 놉서

오널날에 일천 간장

■ 석살림>놀판굿>서우제 소리

어야기 이거 선앙 말로 어야차 닷감기소리로 놀자.

석살림 (2)

‖ 서우제 ‖

어양어양 어허야 어야뒤야 상사로다

아아 아아아야 어어양 어허요

[이용옥 심방이 대신 나서고 신순덕 심방 물러난다.]

○○○ ○○○○ ᄆ친80) 간장 풀고나 가저

아아 아아아야 어어양 어허요

영등이월 초ᄒ를날 환영제 풍어제로나

아아 아아아야 어허어양 어허어요

---

80) ᄆ친 : 맺힌.

칠머리로 감찰지방관 영등할마님네가 혼디 만나근

아아 아아아야 어허어양 어허어요

[남녀 소미들이 나와 춤을 추기 시작한다.]

제주도 ᄉ벽리 구경허영 열나흘날 어서나 가자

아아 아아아야 어허어양 어허요

제주시 어촌계여 어촌계 ᄌ손덜 펜안허게 허곡

아아 아아아야 어허어양 어허어요

어촌계 넘엉 수협에덜도 ᄌ손덜 앞질덜 발루아줍서.

아아 아아아야 어허어양 어허어요

상선에 중선에나 하선 앞질을 다 발루곡

아아 아아아야 어허어양 어허어요

화물선에 어작선에 연승어선 앞질 발룹곡

아아 아아아야 어허어양 어허어요

어촌계 헤녀덜 뎅기는 질 ᄌ손덜 앞질을 다 발룹서.

아아 아아아야 어허어양 어허어요

아이고 영등할머님아 영등할마님아 오널은 오장삼 끌어오람구나.

아아 아아아야 어허어양 어허어요

[여성 단골 한 사람과 외국인 구경꾼 여성 한 사람이 나와 함께 춤을 춘다.]

날쎄도나 좋게 허영 오고가는 길을 펜안허영 놀당 갑서ㅡ.

아아 아아아야 어허어양 어허어요

‖ 줓인서우제 ‖ [노래와 장단이 빨라진다.]

어야두야 상사두야

아야두야 어허양 어허요

어기여차 소리로나

아하아양 어허야 어허요

조상간장 풀리는 대로

아하아양 어허야 어허요

ᄌ손덜이 간장을 다 풀려 줍서

아하아양 어허야 어허요

제주도 수협 노수협에덜

아하아양 어허야 어허요

부제팔명 시겨 줍서

아하아양 어허야 어허요

혜각으로 뎅기멍 몬딱 까지 말앙

아하아양 어허야 어허요

고동 셍복 보말이영

아하아양 어허야 어허요

대풍년을 일롸 줍서

아하아양 어허야 어허요

ᄆ를ᄆ를 간장 풀령

아하아양 어허야 어허요

성황이 놀면 선앙도 놀곡

아하아양 어허야 어허요

선앙이 놀면 영감도 논다

아하아양 어허야 어허요

선앙이 본초가 어딜러냐

아하아양 어허야 어허요

선앙이 근본이 어딜러냐

아하아양 어허야 어허요

서울이라 먹자골은

아하아양 어허야 어허요

허정승 아덜 일곱 성제

아하아양 어허야 어허요

허터지면 열니 동서

아하아양 어허야 어허요

모두와지면 일곱 동서

아하아양 어허야 어허요

족은아덜 오소리잡놈

아하아양 어허야 어허요

제주도라 할로영산

아하아양 어허야 어허요

할라산엔 가면 장군선앙

아하아양 어허야 어허요

선을꼿은 아기씨선앙

아하아양 어허야 어허요

영감님네 어서나 가자

아하아양 어허야 어허요

[풍물패가 들어오면서 노래와 춤이 중단된다. 함께 춤추던 단골과 구경
꾼은 신자리에 엎드려 절하고 물러난다.]

영등환영제 산받음

자료코드 : 10_01_SRS_20090225_HNC_KYS_0001_s15

조사장소 : 제주특별자치도 제주시 건입동 1448번지 제주시수산업협동조합 위판장

조사일시 : 2009.2.25

조 사 자 : 허남춘, 강정식, 강소전, 송정희
제 보 자 : 고순안, 여, 62세 외 제주칠머리당영등굿 보존회 회원
구연상황 : 산받음은 단골들의 한해 운수를 점치는 제차이다. 고순안 심방이 제비점으로
　　　　　산을 받고 그 결과를 알려준다.

산받음

　　[고순안(평상복)][신자리에 앉아 제비점으로 단골들의 산을 받아준다.
풍물패가 연주하는 소리 때문에 심방의 말명은 알아듣기 어렵다. 고순안
이 제비로 집은 쌀알을 헤아려 쌀 양푼에 버리고 다시 쌀알을 집어 제비
를 본다.] 요왕새남질이나~, [쌀알을 단골에게 넘기면서 입을 단골의 귀
에 바싹대어 말한다. (심방 : 베코사 헙데가?) (단골1 : 어?) (심방 : 베코사
허연?) (단골1 : 안 허연.) (심방 : 베코서 잘 헤붑서양.) (단골1 : 무사?) (심
방 : 베코사 헤납데가?) (단골1 : 안 헤반.) (심방 : 아녀 반? 게건들랑 열나
흘날랑…….) (단골1 : 어.) (심방 : ○○○○○○.) (단골1 : 뭐?) 풍물패가
연주하는 소리에 대화소리를 알아듣기 어렵다. 심방과 단골 서로 말을 알
아들었는지 단골은 손에 받아든 쌀알을 입에 놓고 삼킨다. 고순안이 다른
단골에게 나이와 성을 묻는다. (단골2 : 구십넷, 한씨마씀.) 고순안이 제비

를 집으면서 말명을 한다.] 한씨로 이른넷~, [손으로 집은 쌀알을 헤아린다. 다시 제비를 집는다.] 시름은 잇수다만은 몸이나 펜안허쿠가? [쌀알을 헤아린다. (심방 : 아저씨 아판?) (단골2 : 어?) (심방 : 아저씨 아판?) (단골2 : 아니 뭐 아프진 안 허고, 게나제나 흐끔 아팡 잇어져서도 좋주.) (심방 : 이제도 베 허멘? 베 허염수과? 안 허멘?) (단골2 : 안 허고 나만 장사만 헴주게.) (심방 : 장사?) (단골2 : 어.)] 경 허민~ 장섯질이나 어디, [다시 제비를 집어 헤아린다. (심방 : 하나 둘 셋, 구월달을 흐끔 멩심허여사, 구월달양 장서헐 때에, 구월달 흐끔 멩심헙서. 경만[81] 허민 궨찬으커라.) (단골2 : 경 허고 누게고 저 아덜, 이제 저 범띠믄 멧 살?) (심방 : 범띠믄 서른둘이가?) (단골1 : 서른둘은 범띠. 셋인가?) (심방 : 서른둘이민 저 뭣고, 소띠, 범띠.) (단골1 : 서른ㅇ섯이 범띠난에.) (심방 : 게민 서른ㅇ섯이로구나 범띠민.) 제비를 집으며 단골2를 본다. (단골2 : 미신 서른ㅇ섯.) (심방 : 아니 아니.) (단골1 : ○○네 범띠 서른ㅇ섯인데.) (단골2 : 범띠라 가이도. 기훈이영 동갑가?) (단골1 : 어.) (단골2 : 기훈이영 범띠 동갑이라?) (심방 : 서른다섯? 서른여섯 맞아.) 제비로 집은 쌀알을 헤아린다. (심방 : 하나 둘 셋 넷.) (단골2 : 봅서 거 애기나 가져지커냐.[82] 애기가 엇언게.)] 할마나나~, [제비점] [(심방 : 흐쓸[83] 공들입서, 언니.) (단골2 : 어?) (심방 : 공들여줘.) (단골2 : 공을 어떵 이 이상 들여?) (심방 : 할망, 할망꽂에, 아니 할망상 놓는 거보담도, 할망에 허영 구악심 잘 허여줘.) (단골1 : 거민 어떵 허민 뒐 거라.) (심방 : 맞일 헤줘야주.) (단골1 : 헤줘불어게.) 다시 제비로 집은 쌀알을 헤아려 양푼에 버린다. (심방 : 맞이 쳐줘사주 경 아니민 흐끔…….) 제비점을 본다. (심방 : 아기 엇이허여 나신가?) (단골2 : 어?) (심방 : 유산(流産)뒈여 나신가?) (단골2 : 몰르주. 경 헤난 거 닮아.) (심

---

81) 그렇게만.
82) 가질 수 있겠느냐.
83) 조금.

방 : 유산뒈여 낫수다. 게난양, 그거양 맞에나 쳐근에…….) (단골2 : 애긴
싯게 헤질 거지예?) (심방 : 어.)][제비점] 경 허민~, 경만 허영 공들여줍
서. [쌀알을 헤아려 양푼에 버리고 다시 제비점한다.] 경 허민 칠뤌(七月)
나민~, 반가울 일이나, 이거추룩, 삼월 나건 헤줍서. 하나 둘, [쌀알을 헤
아려 양푼에 버리고 다시 제비점한다.] 경 헤줍서. [쌀알을 헤아려 단골2
에게 건넨다. (심방 : 경 헤줘비여사 뒈쿠다. 아뭇소리 말앙양.) 단골2는
쌀알을 입에 놓고 삼킨다. 이때 단골1이 무엇을 어떻게 준비해서 하라는
것이냐고 재차 묻는다. (심방 : 저양, 쏠 혼 낭푼이허고,84) 그레85) 돈 호끔
더 놓고, 물색(物色) 허여놓곡 기영 허영 와…….) (단골1 : 물색도 허영
와?) (심방 : 으.) (단골1 : 물색만.) (심방 : 으. 물색 허고.) 옆에서 철변을
하던 이용순 심방이 거든다. (이용순 : 엑(厄) 막을 거 또로 삼 만원 딱 놓
곡 경 헤불어사…….) (심방 : 게난.) (단골2 : 게 엑은 막아야주게.) (심방 :
기영 허영 베로 메여근에 엑맥이 잘 허여줘불어사주, 베가 호끔 궂어. 베
코사 허염시민 허주만은 베코사 아녀부난.) (단골1 : 베코사 아녀 반.) (단
골2 : 허라게.) (단골1 : 나 안 허젠.)]

영등환영제 상당숙임

자료코드 : 10_01_SRS_20090225_HNC_KYS_0001_s16
조사장소 : 제주특별자치도 제주시 건입동 1448번지 제주시수산업협동조합 위판장
조사일시 : 2009.2.25
조 사 자 : 허남춘, 강정식, 강소전, 송정희
제 보 자 : 고순안, 여, 62세 외 제주칠머리당영등굿 보존회 회원
구연상황 : 상당숙임은 마지막으로 신들에게 잔을 바치고 그 제물을 걷어내는 제차이다.
　　　　　고순안 심방이 평상복 차림으로 제상 앞에 서서 요령을 흔들며 말명을 하였

---

84) 양푼과.
85) 거기에.

다. 가택신을 제외한 대부분의 신명을 신의 위계대로 언급하면서 '술 한잔하시라.'고 권한다. 아울러 본래의 자리로 되돌아가라고 한다. 이것으로 도진을 대신하여 굿을 마무리한다.

[고순안(평상복)][산받음을 마치자마자 바로 요령을 들고 일어서서 시작한다.]

상당숙임

[요령] 공선은 공선은 가신은, [요령] 공서웨다 날은 어느 전 [요령] 날이오며, 돌은 어느 전 돌이오며, 올 금년은 [요령] 기축년(己丑年) 열석돌 기망삭, 둘론 갈란 영등(靈燈) 이월(二月), [요령] 오널 초흐를날, 환영제로 옵서옵서 [요령] 청허난 상당이 도올랏다 도숙어 도하전, 이필(禮畢) 때가 돼엿수다. [요령] 올라 옥황상저(玉皇上帝) 느련 지부(地府) ᄉ천대왕(四天大王), 다서용궁 [요령] 서산대서(西山大師) 육한대서(六觀大師) 서명당(四溟堂)도 일부(一杯) 혼잔 협서. [요령] 인간불도님 초공 이공 삼공도 일부 혼잔 협서. [요령] 시왕감서(十王監司) 병서(兵使) 원앙감서(元王監司) 병서, 김추염라(金緻閻羅) 태산대왕(泰山大王) 범ᄀ뜬 ᄉ천대왕(四天大王), [요령]

초제 진간대왕(秦廣大王) 이제 소간대왕(初江大王) 제삼은, 송저대왕(宋帝大王) 제네 오간(五官) 다섯 염레(閻羅), ᄋ섯 번셩(變成) 일곱은 태산(泰山) ᄋ듭 평등(平等), 아홉 도시(都市) 열은 오도전륜대왕(五道轉輪大王), 일부 혼잔 협서. 열하난 지장대왕(地藏大王) [요령] 열두 셍불(生佛), 열셋 자두(左頭) 열넷 우두(右頭), 열다섯 시에(十五) 동저판관(童子判官)님도 [요령] 일부 혼잔 미필(禮畢) 때가 뒈엿수다에ㅡ. 천왕체서(天皇差使) 지왕체서(地皇差使) 인왕체서(人皇差使), 옥항체서(玉皇差使) 저싱 이원 이싱 강림(姜林), 물로는 부원국(府院國) [요령] 거북ᄉ제 관장님도 일부 혼잔덜 허여 드립니다~. 동엔 청몡감(靑冥官)도 일부 혼잔 협서. 서에는 [요령] 벡몡감(白冥官)도 일부 혼잔 협서. 이른ᄋ듭 도몡감(都冥官)님도, 일부 혼잔덜 헤여 드립네다~. [요령] 상세경 마누라님도 일부 혼잔 협서. 영등호장(靈燈戶長) 영등도령(靈燈都令) 영등대왕(靈燈大王)도 일부 혼잔, 열나흘날 환양제 받앙 [요령] 이거 송별제 받앙 강남천저국(江南天子國)드레 갑서. 동이 요왕 청요왕(靑龍王) 서이 요왕 벡요왕(白龍王) 남에 요왕 적요왕(赤龍王), 북이 요왕 흑요왕(黑龍王), [요령] ᄉ만ᄉ천 ᄉ훼용신(四海龍神)도 일부 혼잔 협서. 요왕~ [요령] 선왕(船王)님네도 일부 혼잔 협서. [요령] 하전 협서. 낳는 날은 셍산(生産)을 받으난, 서문(西門) 밧곗86) 시내 네웻당 나문(南門) 밧겻 열두 시오전(神位前) 한집, 산지(山地) 용궁(龍宮) 칠머리 감찰지방(監察地方) 한집님 동미륵(東彌勒) 서미륵(西彌勒) 헤신당(海神堂) 한집님도 일부 혼잔 허영 [요령] 상천(上天)협서. 이거 선앙님, 상선(上船) 이거 중선(中船)이여 하선(下船)이여 어께선에 비게선 처곽선 감동선 ○○○○ 어물(魚物) 어장(漁場) ○○○○○○ 놀던 선앙님도 일부 혼잔 협서. 신공시로 이옛 선성(先生), 사무실에 몸받은 선성님네랑 사무실로 어서 그릅서. [요령]

---

86) 바깥.

저 군문 연드리로 나사면, 어시럭 멩둣발 [바깥쪽을 향하여 돌아선다.] 두에~, 동이 와당 광덕왕(廣德皇) 서이 와당 광인요왕(廣人龍王), 남이 와당 적요왕(赤龍王) [이때 소미 우옥자가 걸명한 것을 검은 비닐봉지에 모으고, 다시 술을 비워 넣는다. 비닐봉지를 가지고 바깥으로 나가 바다에 비워 낸다.] 스만스천 스훼용신도, 든여 난여 숨은여에 정살여에, 지방여에 도랑여에 네롱여에, 동부두(東埠頭)에 서부두(西埠頭)에~, 놀던 선앙님네~, [요령] 주낫 나끼선에 놀던 선앙~, [요령] 덤장베에 놀던 선앙, 상불턱 중불턱 하불턱에 놀던 선앙님네, 저 군문 연드리로 나사면~, 이거 꿈에 선몽(現夢)을 허고 낭게일몽(南柯一夢)을 허고, 비몽서낭(非夢似夢) 들여오던 시군줄덜랑, 어서 많이 먹어 동서르레,87) 돌아삽서-.

[다시 제상 쪽을 향하여 돌아선다.] 올 적엔 옵센 떡 잇는 법입네다. 조상님네 옵센 헌 조상이랑 돌아삽서. 신공시 옛 선생님네랑, 예- 사무실르레88) 어서 그릅서.89) 꿈에 선몽, 남게일몽 비몽서낭 들여오던 시군줄덜랑 시걸명 잡식(雜食)으로 많이많이 먹어 동드레 헹처(行次) 발영(發行)헙서-.

---

87) 동서(東西)로.
88) 사무실로.
89) 가소서.

2. 삼도2동

▌조사마을

제주특별자치도 제주시 삼도2동

조사일시 : 2009.2.~2009.6.
조 사 자 : 허남춘, 강정식, 강소전, 송정희

삼도2동에 대한 조사는 무가를 중심으로 하였다. 특히 삼도동 어촌계가
주관하여 탑동의 해녀들이 벌이는 영등굿을 조사하여 보고하는 데 보다
큰 의미를 부여하고자 한다. 탑동의 영등굿은 본래 제주시 건입동 칠머리
당에서 영등굿을 함께 하고 자체적으로는 영등굿을 벌이지 않았다. 그러
다가 언제부터인가 탑동에서 따로 영등굿을 하게 되었다. 이는 국가지정
중요무형문화재인 제주칠머리당영등굿이 공연행사처럼 연행되어 단골인
해녀들이 오히려 소외되는 면이 있었기 때문이다. 탑동의 영등굿은 '요왕

맞이' 없이 비교적 간단히 벌이지만 그래도 시간은 종일 걸리는 편이다. 해녀인 단골들의 참여가 매우 적극적인데다가, 이들은 반드시 한 시간 가량의 시간을 확보하여 주도적으로 나서서 춤추고 노래하며 즐기기 때문이다.

여기에 역시 삼도2동에 속한 탑동의 한 식당에서 벌어진 굿을 조사하였다. 식당이 새로 건물을 신축하여서 성주풀이를 하면서, 집안의 어린아이들이 무탈하게 자라도록 불도맞이까지 겸하여 하여줄 것을 심방에게 부탁하였다. 따라서 자연히 굿은 성주풀이와 불도맞이라는 복합적인 양상을 나타내게 되었다.

이밖에 설화도 채록하였다. 제보자는 삼도2동에 거주하고 있는데, 자신의 고향인 '도평마을'을 중심으로 도내에 전승되는 설화 여럿을 구연하여 주었다.

삼도2동의 구비전승 조사는 우선 탑동의 해녀들이 주관하는 영등굿을 대상으로 하였기 때문에 그에 맞추어 조사일정을 잡았다. 2월에 마을과 어촌계(잠수회), 영등굿을 맡은 심방을 방문하여 조사취지를 설명하고 협조를 구하였고, 3월 10일에는 현장조사를 실시하였다. 한편 삼도2동의 한 식당에서 벌어진 성주풀이에 대한 조사는 4월에 이루어졌다. 4월 초에 심방과 단골에게 조사취지를 설명하고 협조를 구하였고, 4월 12일에 현장조사를 하였다. 그 뒤 5월까지 굿과 관련하여 추가조사를 하였다. 그밖에 설화는 3월과 4월에 제보자 섭외 노력을 하고, 5월과 6월에 걸쳐 채록하였다. 설화 조사는 제보자의 사정을 감안하여 제주대학교 건물에서 이루어졌다.

삼도2동은 제주시내 중심부 서쪽에 자리 잡았다. 1983년에 행정구역 개편으로 삼도동에서 1동과 2동으로 분리되었다. 삼도동은 탐라국 시대부터 역사적으로 제주의 정치와 행정, 경제, 문화의 중심지라고 할 수 있다. 관덕정과 제주목관아 등 역사문화유적도 풍부하다. 여기에 탑동 해안과 광장이 있어 주민과 관광객이 끊임없이 찾는 명소이기도 하다. 2010년 12월 현재 삼도2동의 인구는 4,584세대에 9,793명이다. 남녀의 비율은 비슷하다. 각성바지로 이루어져 있다. 삼도2동은 제주시내 상업 활동의 중심지이며, 일부 탑동과 같은 곳에서는 해녀들의 물질이 이어지고 있다. 교육이나 문화생활은 옛 제주시 일대에서 고루 이루어진다. 종교생활로 전통적인 민간신앙이 지금도 일부 남아 있으나 점차 사라지고 있는 추세이다.

▌제보자

강순선, 여, 1941년생

주 소 지 : 제주특별자치도 제주시 삼도1동 서사로 4길 3번지 동서드림아파트 201호
제보일시 : 2009.3.10
조 사 자 : 허남춘, 강정식, 강소전, 송정희

강순선은 제주시 삼양에서
태어났다. 어릴 때 아버지가
돌아가고 어머니는 개가하였기
때문에, 여기저기 의탁하여 살
며 고생이 많았다. 그러던 중
김녕리에 사는 5촌 강대경의
집에 가서 지내게 되었는데,

그의 무업 일에 함께 따라다니는 사정이 되었다. 강대경이 강순선에게 심
방이 되라고 하니, 그 말이 싫어서 집을 나와 버렸다. 그러다가 첫 남편을
만나 큰아이를 낳고 난 뒤부터 자주 아팠다. 평소 어머니가 하던 심방일
을 싫어했는데, 그래서인지 시름시름 아팠다. 누우면 귓속으로 연물소리
가 들렸다. 이를 피하고자 예배당, 성당, 타불교, 절간 등 다니지 않은 데
가 없었지만 소용이 없었다. 본격적으로 심방으로 나선 때는 31세 되던
해였다. 그 뒤 육지에 나가 물질을 하며 6~7년 정도 지내다가 다시 제주
로 돌아왔고, 이후부터는 심방일을 계속 했다.

첫 남편과의 혼인생활은 순탄치 못하였다. 가정폭력에 시달리다 결국은
첫 남편과 헤어지고, 무업을 하던 한생소와 함께 살았다. 당시에는 큰아
버지인 강봉원, 고모인 하도리 고복자 심방의 어머니, 행원리 이중춘 심
방 등과 많이 다녔다. 제주칠머리당영등굿 보존회에 다니면서부터 현재까

지는 김윤수, 이용옥, 이용순, 고복자 등과 함께 많이 다닌다. 구좌읍 김녕리의 서순실과도 함께 굿을 한다. 강순선은 어떤 특정 심방에게서 굿을 배운 것은 아니라고 한다. 스스로 궁리하고 알아가면서 굿을 배워갔다. 다만 북 치는 법은 강봉원이 가르쳐 주었다. 신칼춤을 추는 방법은 김윤수의 조언을 참고하였다. 자신을 위한 신굿을 한 적은 없다. 재혼한 남편인 한생소가 아파서 두 번 큰굿을 한 적은 있다.

강순선의 멩두는 모두 2벌이다. 하나는 큰할머니인 큰심방 김씨에게서 물려 강봉원을 거쳐 내려온 멩두이고, 다른 하나는 남편인 한생소가 '쒜동냥'을 해서 직접 만든 자작멩두이다. 그런데 강봉원이 조상을 두 개 놓으면 서로 투기해서 싸움이 난다고 해서, 그의 생전에 당시 동광양에 있는 황대장에게 가서 두 멩두를 하나로 녹여 섞은 쇠로 다시 2벌을 만들었다. 김씨 할머니 멩두를 본메로 사용하였다. 따라서 김씨 할머니 멩두는 큰 조상이고, 남편 한생소의 멩두는 작은 조상이 된다. 큰굿을 가면 두 개 모두 가져가고, 작은 비념 등에는 서로 교대하면서 한 개를 가져간다.

현재 제주시 조천읍 북촌리의 당을 맨 심방으로 북촌리의 영등굿도 맡고 있다. 어머니 홍옥순이 매었던 당을 물려받은 것이다. 또한 약 10여 년 전부터는 제주시 삼도동 어촌계의 영등굿을 맡고 있다. 삼도동의 바닷가인 탑동에서 하는 이 영등굿은 원래 이모인 홍명옥 심방이 맡아서 하던 굿이었다. 국가 지정 중요무형문화재인 제주시 칠머리당 영등굿의 보존회에 처음부터 참여해 지금까지 활발히 활동하고 있다.

제공 자료 목록
10_01_SRS_20090310_HNC_KSS_0001_s01 탑동 영등굿 초감제
10_01_SRS_20090310_HNC_KSS_0001_s03 탑동 영등굿 초감제(계속)
10_01_SRS_20090310_HNC_KSS_0001_s06 탑동 영등굿 석살림
10_01_SRS_20090310_HNC_KSS_0001_s07 탑동 영등굿 상당숙임
10_01_SRS_20090310_HNC_KSS_0001_s08 탑동 영등굿 액맥이
10_01_SRS_20090310_HNC_KSS_0001_s10 탑동 영등굿 도진

강연일, 여, 1953년생

주 소 지 : 제주특별자치도 제주시 조천읍 조천리 2258-8번지 성원빌라 나동 102호
제보일시 : 2009.4.12
조 사 자 : 허남춘, 강정식, 송정희

강연일은 제주시 구좌읍 하도리에서 태어났다. 초등학교 4학년부터는 외가가 있는 제주시 구좌읍 송당리로 가서 외할머니와 함께 살았다. 성편으로는 무업을 하는 이가 없었고, 외가가 심방 집안이었다. 송당리의 매인심방이었던 고봉선 심방이 외조부이고, 어머니도 44세에 무업을 시작하였다. 강연일은 27세 되던 해에 병이 났다. 굿은 어머니와 다니다가, 나중에 김윤수 심방으로부터 많이 배웠다. 어머니의 멩두를 물려받았다. 현재 제주시 구좌읍 덕천리의 본향당을 매고 있다. 국가지정 중요무형문화재 제71호 제주칠머리당영등굿의 이수자로 활동하고 있으며, 보존회 활동에도 활발히 참여하고 있다. 20세에 결혼하여 슬하에 2남을 두었다.

제공 자료 목록
10_01_SRS_20090412_HNC_KYS_0001_s07 탑동 성주풀이 초감제 새두림

김윤수, 남, 1946년생

주 소 지 : 제주특별자치도 제주시 조천읍 신촌리 2097번지
제보일시 : 2009.4.12
조 사 자 : 허남춘, 강정식, 송정희

김윤수는 제주시 이도1동 남수각에서 2남 2녀 중 장남으로 태어났다.

집안의 원래 고향은 제주시 조
천읍 교래리다. 23세에 입대하
여 군복무를 하였고, 제대 후
역시 무업을 하던 이용옥과 결
혼해 슬하에 2남 1녀를 두었
다. 김윤수의 집안은 본인까지
4대째 무업을 하고 있다. 그의
집안이 무업을 하게 된 내력이 전한다. 김윤수의 6대조 할아버지가 돌아
가셨을 때, 고조부가 묘지 터를 보기 위해 아는 지관을 데려갔다. 그런데
지관이 한 장소를 가리키며 그 곳에 묘를 쓰면 자손은 많이 생기지만 심
방 자손이 나오겠다고 말하였다. 당시는 집안에 자손이 귀하였던 모양인
지 고조부는 심방 자손이 나와도 좋으니까 그 곳에 묘를 쓰게끔 해달라고
하였다. 이에 지관은 하관할 시간이 되면 서쪽으로 삼석소리 즉 굿 하는
소리가 날 것이고, 굿 소리가 나면 그때 하관을 하라고 말하였다 한다. 하
관 시간이 되니까 정말 굿 소리가 났고 하관을 하였는데, 그 뒤에 증조부
때부터 심방 일을 하기 시작했다.

김윤수는 큰어머니인 문옥선 심방의 권유로 무업에 들어섰다. 어릴 때
는 굿판에 다니지 않으려고 하였다고 한다. 그러나 나중에 1~2년이 지나
면서 몸이 아프기 시작하였고, 16세 때부터 본격적으로 무업을 하였다.
군 제대 뒤에는 계부인 양금석 심방이 더욱 본격적으로 굿을 배우라고 하
였고, 그러면서 조천읍 신촌리에 사는 고군찬 심방을 수양어머니로 삼았
다. 처음 맡은 굿은 29세에 제주시 봉개동 강씨 집의 굿이었다. 이 굿을
계기로 수양어머니의 멩두를 본메로 놓고, 자신의 멩두를 만들었다. 그
뒤로 차차 심방으로 이름을 얻게 되었다. 김윤수는 계부였던 양금석 심방,
큰어머니 문옥선 심방 등에게서 굿을 배웠고, 고군찬 심방과 안사인 심방
의 영향도 받았다. 첫 신굿은 1986년에 하였다.

한편 김윤수는 현재 국가지정 중요무형문화재 제71호인 '제주칠머리당 영등굿'의 기능보유자이다. 이전에 칠머리당 영등굿을 맡았던 안사인 심방이 타계하자, 그 뒤를 이어 1995년에 기능보유자로 지정되었다. 더불어 김윤수는 제주시 조천읍 와산리의 본향당인 '불돗당'도 맡고 있다. 그의 자식들은 굿을 배우지 않았고, 현재 수양관계를 맺은 제자는 없다.

제공 자료 목록

10_01_SRS_20090412_HNC_KYS_0001_s02 탑동 성주풀이 초감제 베포도업침
10_01_SRS_20090412_HNC_KYS_0001_s03 탑동 성주풀이 초감제 날과국섬김
10_01_SRS_20090412_HNC_KYS_0001_s04 탑동 성주풀이 초감제 연유닦음
10_01_SRS_20090412_HNC_KYS_0001_s05 탑동 성주풀이 초감제 신도업
10_01_SRS_20090412_HNC_KYS_0001_s06 탑동 성주풀이 초감제 군문열림
10_01_SRS_20090412_HNC_KYS_0001_s08 탑동 성주풀이 초감제 살려옵서
10_01_SRS_20090412_HNC_KYS_0001_s09 탑동 성주풀이 초감제 추물공연
10_01_SRS_20090412_HNC_KYS_0001_s10 탑동 성주풀이 초감제 산받음
10_01_SRS_20090412_HNC_KYS_0001_s11 탑동 성주풀이 성주풀이 강태공 서목시
10_01_SRS_20090412_HNC_KYS_0001_s12 탑동 성주풀이 성주풀이 석살림
10_01_SRS_20090412_HNC_KYS_0001_s14 탑동 성주풀이 불도맞이 연유닦음, 권제
10_01_SRS_20090412_HNC_KYS_0001_s15 탑동 성주풀이 불도맞이 수룩
10_01_SRS_20090412_HNC_KYS_0001_s16 탑동 성주풀이 불도맞이 할망질침
10_01_SRS_20090412_HNC_KYS_0001_s17 탑동 성주풀이 불도맞이 꽃탐
10_01_SRS_20090412_HNC_KYS_0001_s18 탑동 성주풀이 불도맞이 할망드리 나숨
10_01_SRS_20090412_HNC_KYS_0001_s19 탑동 성주풀이 불도맞이 메여들어 석살림

김치하, 남, 1935년생

주 소 지 : 제주특별자치도 제주시 삼도2동 1098-3번지
제보일시 : 2009.5.13, 2009.6.3
조 사 자 : 허남춘, 강정식, 강소전, 송정희

김치하는 제주시 도평동 904번지에서 태어났다. 어릴 때 중이염을 앓아 귀가 좋지 않았기 때문에, 초등학교도 제대로 마치지 못하였다. 집에

서는 농사를 배우라고 해서, 어릴 때부터 어른들과 함께 일을 하였다고 한다. 들판에 가서 소를 먹이는 일도 많아, 일찍부터 마을 관내 지경을 두루 꿰뚫을 수 있었다. 학교는 끝까지 다니지는 못 하였지만, 그래도 혼자서라도 열심히 공부하고자 하는 마음이 있었다. 4·3때 불이 난 마을 내 기와공장의 기왓장으로 글공부를 하였다는 것이다. 들판으로 소 먹이러 다니면서도 타 버린 검은 기왓장은 칠판으로 사용하고, 별로 타지 않

은 붉은 기왓장은 돌로 부숴서 그것으로 글자 연습을 하였다. 이렇게 한자 3천 자를 익히고 나니, 당시 '도평의 옥편'으로 불렸다고 한다.

결혼은 23세에 하였는데, 부인은 제주시 용담2동 출신으로 제보자보다 한 살이 많다. 동시에 강원도 철원에서 공병(工兵)으로 군 생활을 하였으나, 귀가 좋지 않아서 2년 만에 제대하여 돌아왔다. 이후 1963년부터 제주우체국에서 집배원으로 일하였다. 어릴 때부터 독학으로 익혀둔 한자가 많은 도움이 되었다. 당시는 편지의 주소를 모두 한자로 쓸 때여서 집배원으로 들어가는 것뿐만 아니라 수월히 업무를 수행할 수 있었다. 게다가 집배원 생활을 하니 제주시 가가호호 돌아다니지 않은 데가 없을 정도여서 지리에 두루 밝게 되었다. 우체국은 1971년 3월까지 다녔다. 그 뒤 1972년에 제주지방법원 방호원으로 직장을 옮겨 1994년까지 근무하였고, 같은 해 부산고등법원으로 옮겨 그해 명예퇴임을 하였다.

한편 부산고등법원에서 근무하던 당시 친구들의 권유로 지방의회 의원 선거에 출마하게 되었다. 1995년 지방선거를 시작으로 1998년, 2006년에 걸쳐 모두 3번의 출마 경험을 가지고 있다. 제주시에서 시의원 후보로 도전하였던 첫 선거는 121표 차이로 안타깝게 석패한 적도 있었다. 주로 야

당 쪽으로 선거에 출마했다고 한다. 취미로 풍수를 공부하기도 한다. 제주교육대학교 평생교육원에서 풍수지리과정을 이수하였고, 현재 제주도 풍수지리학회 고문을 맡고 있다. 그리고 2년 전까지 '도평마을 청소년 문화의 집' 원장을 맡아 마을에 봉사하였다. 지금은 제주대학교 감귤화훼과 학기술센터에서 농업교육을 수강하고 있기도 하다. 부인과의 사이에서 3남 4녀를 낳았고, 지금은 손자가 20명이나 되어 대가족을 이루었다. 최근에 제주시 삼도2동 1098-3번지로 집을 옮겨 살고 있다.

김치하는 어릴 때 학교를 다니지 못해 비교적 일찍부터 나이 든 어른들과 일을 함께 다녔는데, 그러면서 어른들로부터 옛말을 많이 들었다고 한다. 도평마을 관내의 지리도 훤히 꿰뚫고 있다. 이때 들었던 이야기와 익혔던 지리를 지금도 뚜렷이 기억하고 있다. 김치하는 체격이 크고 목소리도 좋은 편이다. 이야기를 할 때 강약을 조절하며 생생하게 전달하기 때문에 지루하지 않다. 고향인 도평마을 내에서도 이야기를 잘 하기로 소문이 났다. 사회활동 경험이 많아 표준어와 제줏말을 함께 섞어 사용하는 특징이 있다.

제공 자료 목록

10_01_FOT_20090513_HNC_KCH_0001 장군내의 여장군석과 힘센 마누라
10_01_FOT_20090513_HNC_KCH_0002 힘 센 홍씨 할망
10_01_FOT_20090513_HNC_KCH_0003 장사 김팔충
10_01_FOT_20090513_HNC_KCH_0004 노루 현몽으로 된 지관
10_01_FOT_20090513_HNC_KCH_0005 힘 센 장사의 어진 마음과 돌부처
10_01_FOT_20090513_HNC_KCH_0006 김통정과 애기업개의 지혜
10_01_FOT_20090513_HNC_KCH_0007 날개 달린 아기장수 (1)
10_01_FOT_20090513_HNC_KCH_0008 좋은 묏자리와 어머니의 비밀 누설
10_01_FOT_20090513_HNC_KCH_0009 딸에게 도둑맞은 묏자리
10_01_FOT_20090603_HNC_KCH_0001 힘 센 부대각의 죽음
10_01_FOT_20090603_HNC_KCH_0002 날개 달린 아기장수 (2)
10_01_FOT_20090603_HNC_KCH_0003 장수 잃고 빠져 죽은 말

10_01_FOT_20090603_HNC_KCH_0004 명풍수와 이괄의 난
10_01_FOT_20090603_HNC_KCH_0005 행기물 혈을 지르려던 고전적

박영옥, 여, 1946년생

주 소 지 : 제주특별자치도 제주시 건입동 ○번지
제보일시 : 2009.3.10
조 사 자 : 허남춘, 강정식, 강소전, 송정희

박영옥은 제주시 이호동에서 태어났다.
시집 쪽으로 무업을 하던 이가 있다. 박영
옥은 43세경부터 심방일을 시작하였다고
한다. 멩두는 스스로 만든 '자작멩두'이다.
주소 밝히기를 꺼렸다.

제공 자료 목록
10_01_SRS_20090310_HNC_KSS_0001_s02
탑동 영등굿 초감제 새ᄃ림
10_01_SRS_20090310_HNC_KSS_0001_s04
탑동 영등굿 추물공연
10_01_SRS_20090310_HNC_KSS_0001_s09
탑동 영등굿 선앙풀이

서순실, 여, 1961년생

주 소 지 : 제주특별자치도 제주시 구좌읍 김녕리 1567-1
제보일시 : 2009.3.10
조 사 자 : 허남춘, 강정식, 강소전, 송정희

서순실은 전라남도 고흥군 금산면에서 출생하였다. 4세에 어머니의 고
향인 제주도로 와서 현재까지 제주시 구좌읍 김녕리에서 살고 있다. 조상

중에 무업을 한 이는 없었으나, 어머니인 문
춘성이 40대에 들어 심방이 되었다. 서순실
은 어릴 때부터 건강이 좋지 않았다. 어느
날 어머니가 우연히 김녕리에 온 점쟁이에
게 점을 쳤는데, 그가 17세가 되고 어머니
와 함께 다니며 일을 하지 않으면 죽는다는
말을 했다고 한다. 어머니는 그 점괘를 마음
속에 담아두고 있다가, 딸이 초등학교를 졸
업하자 심방이 되기를 권유하였다. 처음에는
심방을 하지 않으려고 하였지만, 1980년 전
국민속예술경연대회에 참가하면서 무업에 대한 인식이 바뀌었다고 한다.
이를 계기로 국가지정 중요무형문화재 제71호 제주칠머리당영등굿의 전
수생이 되면서 적극적으로 굿을 배우기 시작하였다. 지금은 기량이 뛰어
나다고 널리 인정받고 있다. 김녕리의 매인심방으로 당과 동김녕마을의
잠수굿을 맡고 있다. 제주특별자치도 지정 무형문화재 제2호인 '영감놀
이'의 전수조교이기도 하다. 한편 오랜 세월동안 어머니의 성을 따라 '문
순실'이라는 이름을 가지고 있었으나, 지난 2004년에 아버지의 호적을 다
시 찾아 서(徐) 씨로 성을 바꾸었다.

제공 자료 목록
10_01_SRS_20090310_HNC_KSS_0001_s05 탑동 영등굿 요왕수제본풀이
10_01_SRS_20090310_HNC_KSS_0001_s09 탑동 영등굿 선앙풀이

이용순, 여, 1947년생
주 소 지 : 제주특별자치도 제주시 일도1동 1138-1번지 동양빌리지 103호
제보일시 : 2009.4.12
조 사 자 : 허남춘, 강정식, 송정희

이용순은 제주시 한림읍 귀덕1리 중동에 서 1남 2녀 중 장녀로 태어났다. 18세에 미 용학원을 마치고 서울에서 좀 살다가 다시 제주로 돌아왔다. 당시에 어머니가 너무 아 팠고 동생들을 생각해, 20세에 일찍 결혼을 하였다. 그러나 아이가 생기지 않아 문점을 하였더니, 팔자를 그르치지 않으면 아이가 없을 것이라고 해서 25세에 무업을 하게 되 었다. 하지만 그런데도 아이가 없자 2년 정 도 후에는 무업을 그만두어 버렸다. 결국 아

이가 없어 29세에 이혼하였고, 그 뒤에 병이 나서 29세 그해에 신굿을 하 고 다시 심방이 되었다. 이용순의 친정부모가 모두 심방이었다. 부친 쪽 으로는 당대에 심방을 한 것이고, 외가 쪽으로는 심방 집안이었다. 외삼 촌 이성윤은 제주 서부에서 이름난 심방이었다. 어머니와 이성윤, 양창보, 문옥선 심방 등에게서 굿을 배웠다. 이용순은 제주시 애월읍 하가리의 장 씨 할머니와 아버지 이문홍의 맹두 2벌을 모시고 있다. 현재 국가지정 중 요무형문화재 제71호 제주칠머리당영등굿의 전수조교이다.

제공 자료 목록
10_01_SRS_20090412_HNC_KYS_0001_s11 탑동 성주풀이 성주풀이 강태공 서목시

이용옥, 여, 1955년생

주 소 지 : 제주특별자치도 제주시 조천읍 신촌리 2097번지
제보일시 : 2009.4.12
조 사 자 : 허남춘, 강정식, 송정희

이용옥은 제주시 조천읍 신촌리에서 태어나 함덕리에서 자랐다. '이정

자'라는 다른 이름으로도 알려
져 있다. 현재 제주칠머리당영
등굿의 이수자이다. 이용옥은
매우 활발한 무업활동을 하고
있으며, 기량이 뛰어나다고 인
정받고 있다. 이용옥의 집안에
서는 외가 쪽으로 뛰어난 심방

들이 많이 배출되었다. 이용옥은 9세에 우연히 무구의 하나인 간제비를
주웠고, 나중에 그것으로 점을 치자 신통하게 잘 들어맞기도 하였다. 어
린 시절부터 자질을 보였고, 굿도 일찍 배웠다. 이용옥에게 큰 영향을 준
이는 어머니인 김명월과 큰심방 김만보, 수양어머니 고군찬 심방 등이었
다. 현재 남편과 함께 활동하고 있다. 남편은 국가지정 중요무형문화재
제71호 제주칠머리당영등굿의 기능보유자인 김윤수 심방이다. 수양어머
니인 고군찬의 멩두를 물려받았다.

제공 자료 목록

10_01_SRS_20090412_HNC_KYS_0001_s20 탑동 성주풀이 상당숙임
10_01_SRS_20090412_HNC_KYS_0001_s21 탑동 성주풀이 액맥이
10_01_SRS_20090412_HNC_KYS_0001_s22 탑동 성주풀이 도진

정공철, 남, 1960년생

주 소 지 : 제주특별자치도 제주시 조천읍 함덕리 922-1번지 미성빌라 나동 109호
제보일시 : 2009.4.12
조 사 자 : 허남춘, 강정식, 강소전, 송정희

　정공철은 서귀포시 대정읍 상모리에서 4남 1녀 중 장남으로 태어났다.
제주대학교 국어교육학과를 졸업한 소위 '학사심방'인 셈이다. 집안에는
무업을 한 이가 전혀 없었다. 정공철은 대학 입학 뒤 '수눌음'이라는 단체

에서 마당극을 하면서 제주굿을 접하였다. 그런데 어찌하다 보니 심방역을 하였고, 그 뒤에는 그것이 자신의 단골 배역이 되었다고 한다. 이처럼 마당극 활동을 통해 제주굿을 꾸준히 접하다가 1993년경 제주  칠머리당영등굿 보존회 사무국장으로 일하면서부터 본격적으로 제주굿을 접하게 되었다. 보존회의 김윤수 회장을 따라다니며 굿판을 접하게 된 것이다. 그러다 보니 1995년에는 본격적으로 무업의 길에 들어서게 되었다. 무병을 경험하지는 않았다. 하지만 예전에 가족 3명이 연달아 사망하는 일이 있어서 마음의 방황이 심했던 적이 있었는데, 생각해 보면 나름대로 팔자를 그르칠 일이 있어서 그런가하고 느끼기도 한다. 김윤수 심방을 스승으로 모신다. 아직 멩두 조상을 모시지는 못하고 있다.

제공 자료 목록
10_01_SRS_20090412_HNC_KYS_0001_s11 탑동 성주풀이 성주풀이 강태공 서목시
10_01_SRS_20090412_HNC_KYS_0001_s13 탑동 성주풀이 성주풀이 문전본풀이

장군내의 여장군석과 힘센 마누라

자료코드 : 10_01_FOT_20090513_HNC_KCH_0001
조사장소 : 제주특별자치도 제주시 제주대학로 66번지 제주대학교 감귤화훼과학기술센터
　　　　　 사무실
조사일시 : 2009.5.13
조 사 자 : 허남춘, 강정식, 강소전, 송정희
제 보 자 : 김치하, 남, 75세
구연상황 : 조사자가 도평마을의 옛 이야기를 들려주기를 청하자, 우선 제보자의 고향인
　　　　　 도평마을의 지명과 자연마을 유래를 간단히 이야기하였고, 그 말미에 지명과
　　　　　 관련하여 '장군내'에 대한 이야기를 구연하였다.
줄 거 리 : 도평 마을에 힘센 여장사들이 많았다. 이 때문에 마을의 남정네는 마누라들에
　　　　　 게 당하는 경우가 많았다. 하루는 지붕 위에 던져진 남자를 본 도인(지관)이
　　　　　 마을 남정네를 위해 해결책을 마련해 주었다. 도인의 말대로 장군내의 여장군
　　　　　 석을 부숴버리자 그 뒤부터는 힘센 여장사들이 태어나지 않게 되었다.

　　뱅뒤90) 마을 서쪽 내에는 어, 장군내라고 합니다. 장군내라고 왜 장군
내가 장군내라고 헷냐. 옛날에는91) 우리 도평 마을이 여자덜이 아주 힘
센 장수덜이 났어요. 뭐 남자 하나 정도는 혼 손으로 지붕 우트레92) 딱딱
들러 데낄93) 정도로 이러큼,94) 힘 센 장수덜이 나갓고,

　　아 이제 계속 이러큼 수난을 당헷는데, 한번은 남편을 앗아95) 딱 던지
니까, 아 신안(神眼)이 넘어가다 보니, 아 남자가 딱 올라삿다, 지붕 우이

---

90) '도평'의 옛 지명.
91) 옛날에는.
92) 위로.
93) 던질.
94) 이렇게.
95) '잡아다가' 정도의 뜻.

잇다 말이여.

"당신 뭐허레 올라 갓소?"

"아니 여기 쿡96) 타레 왔습니다." 허난.

"아 쿡 아니 줄도 없는데 무슨 쿡이냐?"

"당신 말이여, 어 마누라가 던져부러서 말이여, 올라간 게 아니냐?" 허니까.

"하이구 어쨰서 아십니까?"

"아 내가 이런 거 아는 신안이다."고.

이러큼 허니까 그러면은.

"이걸 방지허는 방법이 없습니까?"

"방지허는 방법이 있다."고 허니까.

"어떻게 허면은 방지가 뒈겟습니까?" 허니.

저 장군내에, 장군석이 여장군석이라 이거야. 저 여장군석만 앗아분다97) 허면은, 앞으로는 그러큼 에 첨 큰 뭣이 안 날 것이다. 청년덜이 모여 가서 그 여장군석을 다 부숴부렀어요.98) 부숴분 후에는 그때부떠는, 아 그러큼 힘 센 장수가 많이 안 나고, 안 나고.

힘 센 홍씨 할망

자료코드 : 10_01_FOT_20090513_HNC_KCH_0002
조사장소 : 제주특별자치도 제주시 제주대학로 66번지 제주대학교 감귤화훼과학기술센터
　　　　　사무실
조사일시 : 2009.5.13
조 사 자 : 허남춘, 강정식, 강소전, 송정희

---

96) 박.
97) 없애버린다.
98) 부수어버렸어요.

제 보 자 : 김치하, 남, 75세

구연상황 : 장군내의 장군석 이야기에 바로 이어서 구연하였다. 제보자가 마을 내 이야기를 잘 알고 있어, 머뭇거림 없이 바로 이어서 이야기를 하였다.

줄 거 리 : 도평 마을에 역시 남편을 꼼짝 못하게 하는 힘 센 홍씨 할머니가 있었다. 이웃 마을의 남정네들이 이 마을의 '듬돌'(들돌)을 훔쳐간 뒤에 마을끼리의 경쟁에서 승리한 기쁨에 젖어 있었다. 이때 홍씨 할머니 혼자서 치마에 듬돌을 담아 도평 마을로 가져와 마을의 자존심을 지켰다.

힘 센 장수 할머니가 한 분 또 있었는데, 홍씨 할머니라고 있었는데,

그 할머니는 이제, 첨 남편허고 이러큼, 첨 말다툼이 있어도, 그냥 때리면은 남편이 상헐 거 걱정돼서 말이여. 성질나면은 콩을 두 석 섬 드는 멕을[99] 들러서, 엿날에는 이 마리 귀클이[100] 아주 두더왓서요.[101] 앗아다가[102] 딱 노면은 마리 귀클이 바싹 들러졋어. 게민 남편이 줌줌[103] 이러큼 헌디,

혼 번은 아 엿날에는 어떠냐 허면은, 뜸돌을[104] 뜸돌을 이 마을에서 가져가불면, 이제 뜸돌 일러분[105] 동네가 진 겁니다. 또 뜸돌을 가져 간 동네는 이긴 거예요.

그러큼 헌디 혼번은, 아 우리 벵뒤 뜸돌을, 벵뒤 동카름[106] 뜸돌을 그냥, 에 저 외도[107] 청년덜이 와서 둥그려[108] 가부럿어요.[109] 가져가 부럿어요. 아이 게니까 이제, 홍씨 할머니가 츤물을[110] 츤물은 엿날은 져다

---

99) 먹서리를.

100) 귀틀이.

101) 두터웠어요.

102) 가져다가.

103) 조용히 하는 모양.

104) 들돌을.

105) 잃어버린.

106) 한 마을의 동쪽동네.

107) 도평 인근의 마을. 현재 도평동은 행정적으로는 외도동에 속해 있음.

108) 굴려서.

109) 가버렸어요.

가111) 짐치112) 담그고, 장 담그고 이러큼 했습니다. 소금 많이 아니 들이기 위해서. 해서 츤물을 질레113) 간 오단 보니까 막 환호(歡呼) 소리가 난다 말이여. 뭔 놈으 엿날에는 장사가114) 오면은 막 모여들었는데 사람이, 아 뭔 장사가 왔나 뭐가 왔나 헨 보니, 아 우리 벵뒤 뜸돌이 갓다 말이여.

벵뒤 뜸돌을 갓다 놓고 그냥 막 그냥 환호를 허니까, 츤물 진 냥.115)

"좀 비끼라. 이거 어떠 헤연 우리 벵뒤 뜸돌 와시?"116)

치마폭을 탁 펩고117) 톡허게 그레118) 놔서, 츤물 진 냥 그 뜸돌을 들러서 벵뒤, 동카름에 앗당 턱 노면서 청년덜 보고.

"이거 도그네119) 놈덜 앚어120) 갔으니까 내, 이거 츤물 질레 간 오단 보난 가정 간 말이여. 이 놈덜이 즐거워 헴서라."121) 허난.

"가져다 봄시메122) 잘 지커라이."

그러큼 했답니다. 그니 얼마나 힘이 센 사람이며.

장사 김팔충

자료코드 : 10_01_FOT_20090513_HNC_KCH_0003

---

110) 짠물을.
111) 지어다가.
112) 김치.
113) 김치.
114) 장사꾼이.
115) 진 채.
116) 왔지.
117) 펴고.
118) 거기에.
119) 외도마을의 한 동네.
120) 가지고.
121) 하고 있더라.
122) 놓으니.

조사장소 : 제주특별자치도 제주시 제주대학로 66번지 제주대학교 감귤화훼과학기술센터
　　　　　사무실
조사일시 : 2009.5.13
조 사 자 : 허남춘, 강정식, 강소전, 송정희
제 보 자 : 김치하, 남, 75세
구연상황 : '힘 센 홍씨 할머니' 이야기에 바로 이어서 구연하였다.
줄 거 리 : 이 마을에 실존했다고 전해 내려오는 힘 센 장수 김팔충에 관한 이야기다. 김
　　　　　팔충이 힘이 세다는 것을 알고 사돈집에서 '남방아'(밑이 넓적하고 큰 나무
　　　　　절구)를 만들어주길 청하였다. 김팔충은 그 집에 가서 밥 아홉 동이와 국 아
　　　　　홉 동이 술 아홉 동이를 아침으로 얻어먹고 점심 싸갈 것도 그 자리에서 먹
　　　　　어버렸다. 그 뒤 산으로 가서 남방아와 '도고리'(함지박) 만들 나무를 해서 가
　　　　　져온 뒤, 다시 밥 아홉 동이와 국 아홉 동이를 먹는 엄청난 식성을 보인다.
　　　　　이렇게 많이 먹고 힘이 세니 장정 일곱이 들지 못하는 나무도 가볍게 다루고
　　　　　다듬을 수 있었다. 남방아를 만들어 준 뒤 집에 돌아가자 사돈집에서는 그가
　　　　　너무 먹어 탈이 나지나 않을까 걱정하여 종을 보내 염탐하게 하였는데, 집에
　　　　　서 마련한 음식을 또 먹는 놀라운 장사임을 더욱 알게 된다. 다음 날 김팔충
　　　　　이 싸 놓은 똥에 사돈이 빠져 죽을 뻔할 정도였다. 그 뒤에도 김팔충은 고기
　　　　　를 팔지 않는 고약한 사람을 혼내어주고자 고깃배를 머리에 쓰고 마을로 가
　　　　　져왔다가 돌려주기도 하였다. 또한 장인의 마소 관리를 위해 나무를 한 짐
　　　　　해다가 그 자리에서 손으로 찔러 울타리를 마련해 주었을 정도로 힘 센 장
　　　　　사였다.

　또 한 분은 어떠한 분이 잇엇냐 하면은, 힘 센 장수가 있었어요. 아주
힘 센 남자 장수. 그 분은 엿날에 에, 김팔충이란 분입니다. 김팔충이란
분인데, 엿날 상산(上山)에 가서 삼간집(三間一) 눌냥[123] 혼 거리치, 혼 거
리치를 지고 집에 왔다 이런 이야기를 헷는데, 그 김팔충 하르버지는 참
먹기를 뭐, 밥 아홉동이 국 아 홉동이 술 아홉 동이 이러큼 먹어야 좀 먹
은 간 좀 먹은 간, 막 배분 건 아니고.

　해서 아 이제는, 한번은 그 사둔칩에서,[124] 엿날에는 남방아가[125] 아주

---

123) 생나무.
124) 사돈집에서.
125) 나무로 만든 방아.

부자칩[126] 아니민 남방아가 없었습니다.

남방아 압니까?

(조사자 : 예. 알주.)

해서 "남방아나 하나 해다줍서." 허난.

"경 협주."[127]

이젠, 아침에는 이젠, 사돈칩에 갓다 말이여. 가니까 이제, 아 밥 아홉 동이 국 아홉 동이 술 아홉 동이를 드셔야 뒌다니까 딱 장만 헷다가, 아 드리니 다 잡수고,

아 이제 또 소에 이러큼 무시거를 싯꺼서[128] 어 장남덜 보고, 싯꺼라 허니까, 싯껌시까.

"이건 뭡니까?" 허니까.

"아니 이거 정심입니다."[129] 허난,

"아이고 그 쉐[130] 못 전디곡[131] 이레[132] 내려놉서."

아 그거를 다시 다 먹어부럿다 이 말이여.

다 먹고 상산에 올라간 푹허게 줌을 자다 보니, 첨 해가 서산에 지고 이러큼 해 가니, 에 남방에 헐 돌을 낭을[133] 하나 끊어야 뒈겟다 말이여. 딱 끊어서, 어 끊으니까 끊어네 이제 더 다시.

'아이고 오널은 너무나 사둔님신디 잘 대접을 받았으니.'

뚬도고리란 게 압니까? 뚬도고리라 헌 것은 ᄀ랫도고리[134] 말고 그 다

---

126) 부잣집.
127) 그렇게 하지요.
128) 실어서.
129) 점심입니다.
130) 소.
131) 견디고.
132) 여기에.
133) 나무를.
134) 맷돌을 들여앉히고 갈 때 밑에 받쳐 쓰는 큰 함지박.

음 도고리가 똠도고리라고 헌 겁니다.

해서 '똠도고리라도 하나 헐 걸, 헤여다 안네야지.'[135] 해서 나무 남방에 헐 거를 딱 걸머지고, 아 그냥 똠도고리 헐 거는, 모자 대신 탁 쓰고 해서,

사둔칩에서는 어둑어도 아니 와 가니.

"아이고 이젠 잘 멕여논 거 본전 일럿다.[136]"고 허는데,

어 그냥 무뚱으로[137] 뭿이 컥 들어온다 말이여. 아 온 거 보니 사둔이, 남방에 헐 거 다슬럽지도[138] 아년[139] 거 그냥 지고, 대가리에 또 똠도고리 헐 거 턱 얹어 놓고 완, 마당더레 앚다 탁탁 던지니 쿡쿡 들어갔다 말이여. 다시 밥 아홉 동이 국 아홉 동이 헨 멕여 놔두니, 헤연 놧다가 먹을, 다 드셧답니다.

다 드셔서 아이고 오늘은 너무나 세상 이러큼 먹어보기는 처음이니까, 너미 고마와서 저 종넘덜 보고.

"저 저거 쫌 이레 뗑겨 오면은, 내가 쫌 다듬아 두고 가겟다."고, 허니까.

종놈 일곱이 들어서 암만 뗑겨도 꼬딱도[140] 아녀는 거야. 마당에 콱 박아지곡 거 얼마나 무겁겠습……, 눌낭 게…….

'하이구 이것도 못 헴구나.'

훈 착으로 복허게[141] 둥겨당[142] 턱 난, 턱턱 다듬아 뒌, 아예 집이 갔답니다.

---

135) 드려야지.
136) 잃어 버렸다.
137) '무뚱'은 처마 밑에 신발 따위를 벗어둘 수 있도록 마련한 공간.
138) 다듬지도.
139) 하지 않은.
140) 까딱도.
141) 무엇을 말끔하게 없애는 모양.
142) 당기어.

가서 마누라가.

"오널은 어떻게 먹을 만이[143) 먹어집디가?" 허니까.

"어 먹을 만이 먹엇주."

엿날은 그 대감칩이 종놈 보고, 대감칩이선.

"오널 저 정도 먹으니 집이 가서 죽을란지 모를 거니까 강 보라."

엿날은 창곰이란 게 압니까? 요러큼 구멍을 요러큼 네어서, 거 연기 ㄱ뜬[144) 거 이러큼 폭폭 나가는 디가 잇어요. 나가게 멩글앗는데[145) 창고망이라고 잇어.

걸로 가서 이러큼 보니.

"할망 경 굴으니 먹어서."

"경 헤도 나 저거 뭐 좀 헨 나뒷수다."

허난 부엌에 가서 말이여, 직 말허면은 국자로, 우리 국자로 거려서[146) 다시 후룩후룩 먹엇답니다.

먹으니 아 종놈덜이 겁이 나 갖고 그냥, 와서 주인 보고.

"하이고 아뢰옵니다."

"왜냐?"

"다시 가서 먹고 잇습니다."

"아이고 큰일 낫져, 이젠 죽엇져, 큰일 낫다."

게 헤서 이젠, 어 뒷날은 이젠 첨 잘 자수고 허난 다시, 어 낭이나[147) 허레 가까 헤여서, 아 이제 산에 올라가다가, 아 대변을 보고 싶으니 그냥, 싹 보안 놔두니, 아 사둔칩에선 소를 일러부럿다 이 말이여. 아 소를 일러부러서 소를 찾으러 뎅기다가, 동산인 줄 확 알아서 그냥 콱 올라가

---

143) 만큼.
144) 같은.
145) 만들었는데.
146) 떠서.
147) 나무나.

니 사둔이 그냥 똥에 빠져 갖고, 상투리만 ㄱ들ㄱ들 헷다는 거여.

그거 얼마나 똥을 많이 쌌길래 사람이 빠져서 상투리만 ㄱ들ㄱ들 헷겟습니까. 해서 김팔충 님에 대해서, 그 어른이 그래서,

그 엿날에는 감은모살이라는[148] 디가 있습니다. 이호, 이호 해수욕장 알죠?

(보조 조사자 : 예. 예.)

거기에 궤깃배덜이[149] 이러큼 아마 했던 모냥입니다. 어 고기나 하나 빌어다 먹어 보까 해서 가서.

"아 거 고기 하나 좀 우리 삽시다." 하니.

"어어 저 어른신딘[150] 안 뒌다."고

안 팔아줬다 이 말이여. 안 팔아주니.

"어 좋다."

그냥 와서 가만히 생각하니, 아 참 억울허기가 짝을 엇다 말이여.

다시 감은모살을 ㄴ려[151] 갖고, 그 배를 톡허게 모자로 썬 와서 우리 도평에 앞냇물에 놔 부렀어요. 앞냇물이란 디가 있습니다. 우리 어린 때 모욕허고[152] 헤던 앞냇물이 있는데, 아 거기에 놔 보니, 감은모살서는 배 일러 부럿다고 난리가 데싸진[153] 거여.

이제 막 수소문허니, 아이고 뱅뒤 앞냇물에 궤깃배가 하나 떠 있다 허니까, 하이고 그 어른이로구나.

와서 김팔충 그 어른에게 업데혜서.[154]

---

148) '감은모살'은 이호동에 속한 현사동의 지명.
149) 고깃배들이.
150) 어른에게는.
151) 내려.
152) 목욕하고.
153) 난.
154) 엎드려서.

"하이고 잘못했습니다. 궤기 훈 구덕 정[155) 오커메[156) 제발 이 궤깃 배만 갖당 놔 주믄 궤기 훈 구덕을 정 오쿠덴."

"다시랑 경 허지 말아. 궤기 아니 어져[157) 온 건 좋은데, 다시랑 그런 버릇 허지 말아."

궤깃 배를 다시 톡 둘러썬 갖단, 그 놔난 디 놔 주엇답니다.

헤서 그 그런 역사가 있고,

또 그 김팔충 하르버지가 처가가 거막이랍…… 거막.[158) 거막인데, 어 장인이 엿날엔 무쉬,[159) 무쉬 압니까?

(조사자 : 예.)

무쉬 축산. 이러큼 허니, 아 쉐가 막 들어 다른 쉐가 들어서 안 뒈겠으니.

"아 이거 어떵허믄 조코." 허난.

"아이고 장인어른 거 걱정 맙서. 저가 헤드립주."[160)

곳 상산에 옛날에는 곳이 상산이라고 있습니다. 저 에 한라산 그런 데에를, 곳이라고도 허고 상산.

이러큼 이야기 헷는데, 거기에 가서 그냥 삼간집 훈 거리 지는 어른이, 말목헐 거를 얼마나 많이 지겠습니까. 입빠이[161) 젼 와 갖고, 부리지도 아녀고 하나 뺑[162) 손으로 꾹 찔르고 꾹 찔르곡 허멍, 그 밧을[163) 다 에 와줫답니다.[164)

---

155) 져서.
156) 올 테니.
157) 가지고.
158) '거막'은 제주시 한림읍 금악리의 본디 이름.
159) 마소[牛馬].
160) 해 드리겠습니다.
161) 일본말 いっぱい.
162) 빼서.
163) 밭을.
164) 둘러주었다고 합니다.

에 부리지도 않고, 혜서 그 금악에도 간 물으니까, 그런 어른이 있어났다고 헌 말을 들었다 헌 말을 굴읍디다. 굴아서 내 첨, 그 도청에 근무해난 박씨아피[165] 물으니까, 그 사람이 금악 사름인데,[166] 옛날 하르방덜 그런 말 좀 허더라고, 그런 말 들은 사실이 있다. 어 그러면 내가 엿날 조상님덜신디 들은 말이 맞구나 헌 생각을 갖고 있습니다.

노루 현몽으로 된 지관

자료코드 : 10_01_FOT_20090513_HNC_KCH_0004
조사장소 : 제주특별자치도 제주시 제주대학로 66번지 제주대학교 감귤화훼과학기술센터 사무실
조사일시 : 2009.5.13
조 사 자 : 허남춘, 강정식, 강소전, 송정희
제 보 자 : 김치하, 남, 75세
구연상황 : 김팔충 할아버지 이야기에 이어 바로 구연하였다.
줄 거 리 : 도평 장군내 위쪽으로 콧등머리, 이비동산, 천산이맹이 등 좋은 묏자리가 나란히 있는데, 이 길지를 잡게 된 풍수담이다. 산지기를 하던 이가 노루 잡는 그물에 걸린 어린 노루를 놓아주자 꿈에 현몽하여 자신은 산신인데 살려줘 고맙다고 하면서, 앞으로 지관을 해서 먹고 살라고 일러준다. 처음 지관이 되니 아는 것이 없어 마을 사람들에게 무시당하고 마을 먼 곳에 가서야 비로소 행세를 하게 된다. 그 뒤 그는 도평 여기저기에 좋은 묏자리를 잡아 주었고, 특히 그를 지관으로 잘 모신 조천 김씨 집안에 길지를 잡아주어 자손이 관에 출세하게 되었고 현 도지사까지 배출하게 되었다고 한다. 묏자리를 잡을 때마다 산신이 도움을 주어 은혜를 갚았다는 내용은 희미해지고 우연히 길지를 찾게 된 내력으로 바뀌어 전승되고 있다.

　우리 도평 아까 장군내 이야기를 했는데, 장군내 바로 웃동산이 콧등무리란[167] 뎁니다. 콧등무를은 직 말허면은 거기에는 외도 이칩이[168] 선산

---

165) 박씨에게.
166) 사람인데.

이 있는데, 콧등에 써서 상당히 발복을 했다 이 말씀을 하시고, 그 후에 양로원 있는 동산은, 이비동산이란 뎁니다. 이비동산이면은 어떻게 쓸 수 잇습니까예?

해서 거기에는 직 말허면은 그, 우리 제주도청에 행정부지사 헷던 김한욱이 선조가 있습니다. 선조묘가 있어요.

그러면은 그 다음은 뭣이냐. 그 다음에는 천살리멩이란디, 천산 천산이멩인지 천살리멩인지는 모른……, 천상이멩이엥 헙니다. 이막.

(조사자 : 이멩.)

어 천산이마라는 디가, 거기가 지금 현재 웨소나무 하나 잇고 이러큼 헌 덴데, 거기는 어떠헌 묘냐. 지금 김태환 도지사 선묩니다. 해서 선묘고 이러큼 해서 거기에 좌전이 한 뭐 한 육천 평 뒈지 아녀까[169] 허는 생각입니다만은,

그 우터레 ᄌᆞ근ᄌᆞ근ᄌᆞ근[170] 이러큼 다 썼어요. 그것이 어떻게 해서 그러큼 썻냐 하면은 옛날, 이 제주도에는 산지기라고 잇엇……. 산지기가 제주도 일원으로 죽허게 돌아가멍 잇엇는데,

산지기가 아 그 노루코를 놔서 언제나 잡아먹는 놈이.

'아 노루새끼가 코에 들엇으니 하도 불쌍허다.'

그 날은 떼 줫다 이 말이여.

떼 주니까, 아 밤에 선몽(現夢)을 허기를.

"너는 지관이나 헹 먹엉 살아라. 내가 어제 너 덕분에 내가 산, 내가 산신인데, 너 덕분에 살앗으니 나도 은혜를 갚아줘야 뒈겟다. 지관을 허라."

아 이제 지관을 허렌 허니 지관이엔 헌 말이 뭔 말인처리[171] 알지도 못

167) '콧등ᄆᆞ리'는 도평마을의 지명.
168) 이씨 집의.
169) 않을까.
170) 자근자근자근. 자세하고 차례가 있게 일하는 모양.
171) 말인 지도.

허고,

이싱이옌[172] 헌 딜, 해안이 이싱이도 잇곡 이러큼 했어요. 이싱이에 내려와서.

"내 지관을 헐라는데."

"아 이런 산지기 아무 것도 모르는 놈이 무슨 지관. 지관이엔 헌 말이 뭔 줄 아냐 말이여. 정신데,[173] 너가 거 헐 수가 잇느냐." 하니까.

"아 그래도 내 허쿠덴."

"어 아이[174] 뒌다."

다시 해안으로 내려, 해안 ᄂ려와도[175] 안 받아준다 말이여.

그래서 해안에서 도평 외도 도두[176] 이러큼 해서 노형[177] 해서 전부 제주시 관내를 다 돌아 뎅겨도 저 산지기 아무 것도 모른다고 해서, 아무도 빌어서 안 봣다 이 말이여.

그래서 조천을[178] 딱 넘어가니, 아 직(卽) 말허면은 저, 아까 선묘 썼다고 했죠. 아 거기에 가니 말이여.

"하이고 신안님 오셨습니까." 해서 말이여, 뭐 첨 신 삼으며 저 나룩짚에 이러큼 잇는, 나룩알 똑 갖다 놓곡 혜엿던 거를, 어 멍석 ᄍ를 때 멩텡이 헐 때 헌 걸 다 모여 놔 둔 거를 봐서 아 그냥 쌀밥을 혜여 드리면서.

"하이고 잘 얻어먹으니, 아 이제는 묘를 봐 주어야 뒈겟다." 해서,

아이 나사서 보는 게, 지금 너븐밧[179] 알녁[180] 쪽에도 큰 묘가 그 바로

---

172) 이싱이라고. '이싱'은 제주시 해안동의 지명.
173) 정시인데. '정시'는 지관을 뜻하는 제줏말.
174) 아니.
175) 내려와도.
176) 제주시 도두동.
177) 제주시 노형동.
178) '조천'은 제주시 조천읍.
179) '넓은 밭'의 뜻을 지닌 지명.
180) 아래.

김태환 도지사네 선묩니다.

몽둥이 하나 해서 딱 놔서 이러큼 쓰시오 허믄, 걸로[181] 끗이라.[182]

아 뭐 아무 것도 모르니까 말이여. 아이 그것이 그냥, 그냥 신이다 이 말이여.

그래서 또 저, 내가 알기로만, 지금 해안공동묘지 북쪽에 이제 무슨 절 바로 옆에 있는, 묘도 바로 그 묩니다. 그 집에 폰데 그러큼 한 후에, 엄청 관가에 그냥 이, 이 이 그, 조천 그 짐칩이서 많이 들어가 갖고, 그래서 우리 도평에서는 조천관 짐칩, 조천관 짐칩 산이라고 묘라고 헙니다. 조천관 짐칩 묘. 게난 관에 최고 많이 들어 가…… 그때 당시에도 많이 들어갓다 이 말이요. 그래서 조천관 짐칩잇 묘.

견디 우리 도평에서만 쿨암신가 허단 보니까, 조천 가도 조천관 짐칩이라고 헙디다. 어 그런 말을 헙디다.

힘 센 장사의 어진 마음과 돌부처

자료코드 : 10_01_FOT_20090513_HNC_KCH_0005
조사장소 : 제주특별자치도 제주시 제주대학로 66번지 제주대학교 감귤화훼과학기술센터 사무실
조사일시 : 2009.5.13
조 사 자 : 허남춘, 강정식, 강소전, 송정희
제 보 자 : 김치하, 남, 75세
구연상황 : 조천관 김씨 집 발복한 이야기에 이어서 바로 구연을 하였다. 앞의 힘 센 장사 이야기에 이어지는 것인데, 힘이 세면서도 어진 장사 이야기로 넘어갔다.
줄 거 리 : 이웃에서 형제처럼 지내는 사람이 방목한 소를 잡으러 가길 청하자 함께 산에 올라, 거세고 힘이 센 소를 잡아 넘어뜨리고 굴레를 씌운 뒤 마을로 끌고 온 힘센 장사가 있었다. 어느 날 '멩감고사'(사냥, 목축, 농사 등의 풍요를 빌

---

181) 그것으로.
182) 끝이라.

기 위한 무속의례)를 지내려고 굴에 가서 물을 떠 오다가 놋그릇을 가져와 동티가 나고 아프게 되었다. 용한 점쟁이가 굴속의 돌부처를 위하면 낫는다고 해서 정성을 다했더니 낫게 되었고, 이후부터는 더 어질게 살면서 남을 위하였다고 한다. 심지어는 꾸어준 돈을 받지 못하면 오히려 돈을 갚지 못한 사람의 아픔을 공유할 정도였다. 그런 어진 마음으로 굴속의 돌부처를 위했는데, 4·3사건 때에 훼손당했을 때와 이후 보육원 사람들에 의해 훼손당했을 때도 정성스럽게 돌부처를 돌보았다고 한다. 그러나 용장굴 부처에 대한 기도에도 불구하고 주인공은 죽을 수밖에 없었다는 결말에서 과거 신앙이 더 이상 이어지지 못하고 숭앙되지도 않는 종말을 볼 수 있다. 멩감고사에 이은 돌부처 신앙은 불교라기보다는 무속의 미륵신앙에 가깝다.

아마 그러큼 뒈고 또, 에 한 가지 내가, 아주 서냥하고 아주 어진 어른이 한 분이 있었는데요. 힘이 그 어른도 좋은 분이고, 해서 동생이. 워럽쉐엥 허믄 알아요? 몰르죠? 워럽쉐라 헌 것은 산에 그냥 놩 내분⋯⋯. 내불엇다가 심어다가[183] 풀곡[184] 이러큼 허는 게 워럽쉡네다. 에 막 그냥 올령 내부러요. 그냥, 심어오지 집에 데려오질 않고, 헤서 워럽쉐를 허는데,

한 소 한 무리가[185] 영 잡히질 아녀니.

"아 형님, 한 번 저 소 한 무리만 잡아 주십서. 잡아 주면은 나 다신 뭐 부탁 아녀겟습니다."[186] 허니.

"하 거 워럽쉘 허지 말렌 허니 허엾구나. 게건[187] 글라."[188]

아 가서 말이여. 아 거 쉐가 화륵화륵[189] 이러큼 헐 거 아입니까. 아 워럽쉐가 옆으로 딱 지낫는데, 코를 탁 잡아서 코를 딱 뻬부렀어요. 딱 허

___

183) 잡아다가.
184) 팔고.
185) 마리가.
186) 안 하겠습니다.
187) 그럼.
188) 가자.
189) 소가 재빠르게 도망 다니는 모양.

니까 쉐가 셍클렝이 갈라질190) 정도면은, 힘이 얼마나 좋앗습니까.

(보조 조사자 : 손가락으로예. 손가락으로예.)

손가락으로 소 코 꿰난 디 콕 꿰니까 탁 들러져서 딱 잡안, 탁 허니까 쉐가 탁 자빠젼.

"야 아시야191) 뭐 거 가젼 왓냐?"

소 묶을 거 가젼 왓냐 이 말이야.

"예."

"나 이 쉐 심엇져." 허니까.

이젠 와서 첨, 쉐석을192) 해서, 아 이제, 아 이젠 묶엇⋯⋯.

묶어서 아시 보고.

"앞에 사서193) 이거 뗑겨라." 하니까.

아이 소는 안 갈라고 허지 아닙니까?

산(山) 소니까, 딱 버티니까 영 안 뒈는 거라.

"영 해라 내가 허져."

딱 메고 그냥 짝 끗으니까194) 말이여.

그땐 발콥이195) 아플 거 아닙니까? 쉐가 제절로196) 탁탁탁탁 걸엇답니다.

걸엇는데, 그 분이 참 이, 독자예요. 독자, 독잔데 전혀 뭐 힘이 좋아도 남안티 궂인 말도 아녀고, 절대 뭐 아주 유덕한 분이죠.

해서 아 이젠 혼번을 할, 직 말허면 어머니가, 어머니가 엿날에는 맹감

---

190) 넘어질.
191) 동생아.
192) '쉐석'은 소의 대가리를 걸려 잡아매어 끄는 줄.
193) 서서.
194) 끄니까.
195) 발굽이.
196) 저절로.

이라는[197) 걸 했답니다.

맹감 압니까?

(조사자 : 예.)

예 맹감을 했다는데, 맹감을 허젠 허니, 그.

"용장굴르레[198) 가서, 거 물을 떠 와라 맹감을 지네게." 허니,

엿날 두 벵들이[199) 펭이라는[200) 게 있었어요. 두 벵들이 펭은 두 되들이 펭입니다. 요러큼 거기에 놋사발 하나 놓고, 떡 둘러멩 가서 놋사발로 물을 질고, 딱 놋사발을 두 벵들이 펭 우에 놔서 딱 두러메니, 딱 떨어졌다 이 말이여. 펭허니, 그 놋사발을 가젼 왔습니다.

가지고 이제 집이 와서 맹감을 지낸 후에는, 계속 아팟다 이 말이여. 아프니 그 그냥 밧을 풀면서, 엿날에는 굿 벳끼[201) 안 했죠? 굿을 헤여도 뭐 전혀 좋질 아넛어요.

헌데 어떻게 해서, 아 한 번이, 아아 첨 직 말허면 점을 허니까, 신안이.

"거 용장굴 이러큼 가 봐라. 뭐 부처님이 있을 것이다."

허니 아 힘도 좋고 헌 어른이니까, 거기 자왈을[202) 저 비단[203) 보니, 궤에 삼부체가[204) 돌 삼부체가 있더라. 삼부처가 있으니, 그러큼 정성스럽게 그러큼 담배 핍곡 술 먹던 분이 술도 안 먹고 담배도 안 핍곡, 아 사람이 더 어질엇다 헤여. 해서 계속적으로 계속적으로 그러한 놈 못 허는 일 잇으믄 싹 헤 주고, 아 돈을 빌려줘도 가서 돈 돌레고를[205) 이야기 아니혀.

---

197) '맹감'은 사냥, 목축, 농사 등의 풍요를 빌기 위한 무속의례.
198) 용장굴에.
199) 병들이.
200) 병이라는.
201) 밖에.
202) 잡목 숲을.
203) 베다가.
204) 삼부처가.
205) 달라고를.

가서 ᄀ만이[206] 잇다가 그냥 와분다 이거여.

아 혼 메칠[207] 잇다가, 그이가.

"아이 무사[208] 우리 집이 온 때 돈 돌렌[209] 아넵디가?"

"아 돈 시민[210] 줄 거주, 돈 엇은[211] 사름신디[212] 돌렌 허믄 ᄆ음[213] 아프지 아니혀?"

돈 시면은 돈 꿔 간 사름이 주지, ᄆ음 아프지 아녀느냐 이거여. 돈 돌렌 헤불면. 웃엉[214] 못 주게 뒈면 ᄆ음 아픈다.

헤서 이제 그냥 오곡 이러큼 헌, 헌 분이 사삼사건일[215] 나니까, 그 저 그 불체를[216] 말쩨는[217] 집을 지어서 이러큼 헷는데, 불을 다 부쩌부니까, 뱃껏데[218] 이러큼 서 났어요. 건 우리가 압니다.

근데 제주보육원에서 지들커, 땔나무 허레 갓다가 그자 시니까[219] 잡아 건밀어서 말야 뿌서지니까 똥을 싸서 막 그냥 담아부럿다 말이여. 담아부니까 이젠, 아이고 이젠 그 영감은 겁이 나갖고, 향물을 허벅에 멘들아서 정 가서 그거를 막 시치고[220] 이러큼 해서, 다시 엇어 놨어요. 엇어 노면서 이러큼 헷는데,

---

206) 가만히.
207) 며칠.
208) 왜.
209) 달라고.
210) 있으면.
211) 없는.
212) 사람에게.
213) 마음.
214) 없어서.
215) 4·3 사건이.
216) 부처를.
217) 나중에는.
218) 바깥에.
219) 있으니까.
220) 씻고.

아 내중에는 그거를 또, 이 여러 사름이 모여들어서 이제 다시 궤 쪽으로 이러큼 헷는데, 잘 모셨는데 아 그냥, 이제 그 영감이 전혀 아픈 게 좋질 안 헤서, 좋질 아녀니까 이제 아 게도 계속 그 용장굴은 그 부처님신딘 갓다 이 말이여.

가서 기도를 한 번은 허는데, 거멍헌221) 먹구름이 그냥 오더니만은 큰 비가 오니, 앚았단 돗자리를 턱 둘러쓰고 헷다가, 그 비가 멧 분 안 혀서 끊으니까 집에 가자 해서 와서, 돌아갓다 이런 말씀이 있어요.

김통정과 애기업개의 지혜

자료코드 : 10_01_FOT_20090513_HNC_KCH_0006
조사장소 : 제주특별자치도 제주시 제주대학로 66번지 제주대학교 감귤화훼과학기술센터 사무실
조사일시 : 2009.5.13
조 사 자 : 허남춘, 강정식, 강소전, 송정희
제 보 자 : 김치하, 남, 75세
구연상황 : 도평마을과 관련한 이야기들을 마무리 짓고 나서, 다른 이야기를 생각하다가 제주도 전역에 광포한 김통정 이야기를 들려주었다.
줄 거 리 : 아기 업저지를 남겨 둔 채로 성문을 닫은 김통정은 결국 아기 업저지 때문에 성을 지키지 못하고 패배하게 된다. 외적은 고려와 몽고 연합군인데 그들은 성문을 닫고 버티는 김통정에 대적할 방도를 찾지 못하였는데, 아무 것도 모를 것 같은 아기 업저지의 지혜를 빌어 풀무로 무쇠문을 부수고 들어가 승리할 수 있었다고 한다. 아기 업저지는 성안에 있는 적군을 물리칠 방도를 알려주는 '다자구야' 혹은 '죽령산신'과 같은 여신(女神) 계열의 인물이다. 김통정은 관탈섬으로 쫓겨났어도 비늘이 있어 죽이기 어려웠다는 후일담을 통해, 그가 아기장수와 같은 민중적 영웅의 면모도 있음을 느낄 수 있다.

거 우리 제주도사에 김통경이란 게 나왔죠?

---

221) 검은.

(조사자 : 예.)

엿날 우리 속담에 애기업겟[222) 말도 들어보면은 낫다는 말이 있죠?

(조사자 : 예. 맞수다.)

바로 거기 김통경에서 나온 말입니다.

김통경이 웨적(外賊)이 몰려 와 가니, 그 김통경 지금 고성[223) 자리가 저, 무쉐문을[224) 달아났답니다. 애기업게를 벳게[225) 놔 두고, 문을 닫아버렸다 이 말이여.

허니 애기업게가 삥삥삥삥삥삥 이러큼 돌아당기는데, 아 웨적덜이.

"야 이 문 열 수 없냐?" 허니까.

"아이고, 다른 나라의 장수덜 참 머리 나쁘네."

아니 그것 정도야 문제냐 말이야.

"불미를[226) 걸어라. 불미를 걸어서 두 일레 열나흘을 부끈다 허면은 열릴 수가 잇을 것이다." 허니까,

아 두 일레 열나흘 불을 불미를 부끄니 말이여, 무쉐문이 녹아서 잘락 그냥 씨러지니,

그때는 웨적덜이 들어가니, 김통경은 관탈에[227) 갔지 않습니까 그때? 무쉐방석을 던져서 관탈에 갔죠?

관탈에 가서, 이제 비늘이 있으니 그냥 웨적이 때려도 죽질 아녓답니다. 김통경이.

허니까 모기로 변해 갖고, 귀에 모기 소리를 웽웽웽웽 허니, 어떵헹 바닷가 온디도, 모기가 잇나 혀서 이러큼 듣젠 허니 비늘이 이러큼 들러지

---

222) 업저지의.
223) 제주시 애월읍 고성리.
224) 무쇠문을.
225) 바깥에.
226) 풀무를.
227) 관탈섬에. '관탈섬'은 제주시 추자면 해상에 있는 섬.

니, 글로228) 찔러서 죽여부럿다 이런 이야기도 들었는데요. 옛날에.

날개 달린 아기장수 (1)

자료코드 : 10_01_FOT_20090513_HNC_KCH_0007
조사장소 : 제주특별자치도 제주시 제주대학로 66번지 제주대학교 감귤화훼과학기술센터
　　　　　사무실
조사일시 : 2009.5.13
조 사 자 : 허남춘, 강정식, 강소전, 송정희
제 보 자 : 김치하, 남, 75세
구연상황 : 제보자가 조사자에게 듣고 싶은 다른 이야기가 있으면 말하라고 하였다. 그러
　　　　　자 조사자는 설문대할망 이야기를 들어보았느냐고 물었고, 이에 제보자는 듣
　　　　　기는 들었지만 자세히 알지는 못 한다고 답하였다. 이에 조사자가 주제를 바
　　　　　꾸어 날개 달린 장수 이야기를 들어보았느냐고 묻자, '다호마을'에 있었다는
　　　　　날개 달린 장수 이야기를 들려주었다.
줄 거 리 : 다호 마을에 날개 달린 아기장수가 태어났는데 이를 알면 관에 의해 죽임을
　　　　　당할까 두려워 어머니가 아이의 날개를 잘라버렸다고 한다. 애초에 아이의 용
　　　　　력이 대단한 것을 알고 어머니가 아이를 시험을 해 보았는데, 관덕정(제주성
　　　　　내)까지 다녀오라고 했더니 버선발로 갔다 왔는데도 하나도 더러워지지 않은
　　　　　것을 보고 아이에게 날개가 달린 것을 알았었다고 한다. 이야기의 서두에 무
　　　　　슨 못이 있고 여기에 결부된 아기장수가 있다고 한 것으로 보아, 구연자가 아
　　　　　기장수에 대한 기억은 남아 있으나 용마의 죽음과 연못에 관련된 모티프는
　　　　　잊어버린 듯하다. 제주의 아기장수는 날개를 잘려도 죽지 않고 살아남아 남들
　　　　　보다 힘센 장수로 일생을 사는 이야기로 구성되어 있어 육지의 아기장수전설
　　　　　과 다르다.

　　(조사자 : 그럼 그 날개 달린 그 장수 뭐 이런 얘긴 들어봣수가? 날개를
달고 태어난 얘기.)
　　날개 달린 장수는 대호, 다호에서229) 나와낫다 합니다. 다호. 다호 동네

---

228) 그리로.
229) '다호'는 제주시 도두동의 마을 이름.

가면은, 부론못인가 뭐 무슨 못이 있습니다. 옛날에. 견데 다호에 있었다고 헌 이야기를 들엇는데,

그 날개 달린 장수가 옛날에는 날개 달린 장수가, 잇는 거를 알면은 관에서 그냥 두질 아넛답니다. 죽여부러사 허니까.

어린 때부떠 날개가 나오니 어멍이[230] 그냥 날개를 자꾸 짤라부럿답니다.

짤라부럿는데, 다호에서 관덕정을[231] 강[232] 와라 이러큼 헤여면은, 멘 보선 바랑에[233] 강 와라 하도 뭐 허니까, 이 놈이 어떵 헤서 다니고 잇는 거를, 알기 위해서 부모네는 보선 바랑에 강 와라. 허니, 아 보선 바랑에 강 와도 보선이 안 버물엇다[234] 이 말이여.

그래서 이것이 에, 날개가 잇어서 날아서 다녓다. 이런 다니기 때문에 보선이 안 버물엇다 이런 이야기를 들엇습니다.

좋은 묏자리와 어머니의 비밀 누설

자료코드 : 10_01_FOT_20090513_HNC_KCH_0008
조사장소 : 제주특별자치도 제주시 제주대학로 66번지 제주대학교 감귤화훼과학기술센터 사무실
조사일시 : 2009.5.13
조 사 자 : 허남춘, 강정식, 강소전, 송정희
제 보 자 : 김치하, 남, 75세
구연상황 : 다호마을의 날개 달린 장수 이야기에 바로 이어서 구연하였다.
줄 거 리 : 정승의 집에 아버지가 죽자 물통에 시체를 놓고 빈 관을 장사지냈다. 그 뒤

---

230) 어머니가.
231) '관덕정'은 옛 제주목 관아 옆에 있는 정자.
232) 가서.
233) 바람에.
234) 더러워졌다.

자신도 늙자 자기 아버지의 시체가 물통 속에 있는 것을 비밀스럽게 아들에게 알리면서 절대 남에게 이야기하지 말 것을 당부한다. 아들 하나가 이 비밀을 어머니가 함께 들었다고 걱정하는데, 과연 어머니는 이웃에게 발설을 하게되고, 마을사람들이 물통의 물을 퍼보니 시체가 용이 되어 앞발은 일어서고 뒷발이 일어서려는 찰나 승천에 실패하고 말았다고 한다. 이를 보고 마을사람들이 땔나무를 해다 불태우니, 그 집은 폭삭 망했다고 한다. 같은 성씨끼리의 비밀은 유지되지만 타성인 어머니에겐 비밀유지가 불가능하다는 견해가 담겨있어, 남성 중심의 성씨 관념이 형성된 이후의 풍수설화라고 하겠다.

옛날에 그 정승의 집에, 정승의 집에 정승이, 이 삼대(三代) 정승인데.

정승이 돌아가면서

"날랑 죽건 아무 물에 가서 놓고, 빈 관이랑 헤영근에,235) 이제 매장을해라. 다른 디 가서."

허니까, 견데236)

"이 논237) 것을 절대 놈238) 아피서랑239) 이야기 허지 말아라."

하니까 아덜은 그대로 시행을 했답니다.

시행을 해서 그, 못 먹는 물통에 가서 아버지를 놓고, 이제 첨, 빈 관을 장사를 지낸 후에는 잘 뒜다, 아주 잘 돼서,

막 잘 살아지고 이젠 늙고,240) 자기도 늙고 이젠 가게 뒈니, 게도 너네 하르버지 뼈는241) 어디 잇는 거는 알아야 뒐 거지 해서, 아방이.

"다 모여라."

아덜덜 보고

"아덜만 모여라."

---

235) 하여서.
236) 그런데.
237) 매장한.
238) 다른 사람.
239) 앞에서는.
240) 늙고.
241) 뼈는.

아덜 모이곡 딱 헤여서 앉아서, 부부간이 앚아서.

"새 일급비밀을 이야기 허니, 절대 이것을 놈아피[242] 이야기 허면 안 뒌다. 너네 하르버지 뻬 잇는 디를 알려주기 위해서 내가 이 얘기를 허노라."

"어딥니까?" 허니.

"아무 물통에 너네 하르버지는 시체가 잇다. 허니 절대 이거 놈아피 이야기 허지 말아라. 너네 하르버지가 돌아갈 때에, 유언을 해 두고 돌아갓는데, 남 앞에서랑 이야기 허지 말라고 헷다." 허니까.

아덜 딱 일어서서.

"하이고 아버지 큰일 낫습네다."

"왜냐?"

"아니 이 자리에 어쩨서 남이 없습니까?"

"남이 누구냐?" 말이여.

어머닐 가르치면서.

"남 아입네까?"

[모두 웃는다.]

아 이러큼 허니, 하이고 아방이 가만히 생각해서. '하이고 게민 내가 실수헤젓구나.' 허엿는데. 아닌 게 아니라 물, 이제 장사를 나면은 물덜[243] 질레[244] 가거든요. 가서 이야기 허는데, 아니 산터[245] 보레 뎅기고 어쩌고 헌 말을, 뭐 물 골르는[246] 디 쓰고 어쩌고 헌 말을 허니.

"에이고 무신 소리 헴서게.[247] 우리 씨아방은[248] 뭐 물통에 드리쳐부러

---

242) 남에게.
243) 물을.
244) 뜨러.
245) 묏자리.
246) 모이는.
247) 하느냐.

도248) 잘만 뒘서게."

바로 어멍이 굴아부럿다 말이여게. 바로.

그것이, 아 겨니 이제 동네 사름덜이.

"물을 싹 푸라." 혜연.

딱 펀 보니까, 용이 뒈서 앞발은 일려250) 셉고,251) 뒷발만 아니 일어삿다 이거여.

거 여기에 제주도에서는 지들낭252) 삼 벡 바리를 해 오라 해서 말이여. 삼 벡 바리를 모여다가 불을 부쩌부럿다는 겁니다. 불을 부쩌부러서 그 집이 망헤엿다 이런 말씀이고요.

딸에게 도둑맞은 묏자리

자료코드 : 10_01_FOT_20090513_HNC_KCH_0009
조사장소 : 제주특별자치도 제주시 제주대학로 66번지 제주대학교 감귤화훼과학기술센터
        사무실
조사일시 : 2009.5.13
조 사 자 : 허남춘, 강정식, 강소진, 송정희
제 보 자 : 김치하, 남, 75세
구연상황 : 정승 댁이 조상 매장 비밀을 지키지 못 하여 망하게 된 이야기에 이어서 바
        로 구연하였다.
줄 거 리 : 어느 정승 댁에서 좋은 묏자리를 구하러 다니는데, 그 집 딸이 동행하며 좋은
        자리를 탐냈다. 정승 댁에서는 무덤을 쓰면서도 영장이 도둑을 맞을 것을 대
        비해 아래에 진짜 관을 놓고 위에 가짜 관을 두었다. 아닌 게 아니라 그 딸이
        자기 시아버지 무덤을 좋은 묏자리에 옮기고 자기 아버지 관은 다른 곳으로

---

248) 시아버지는.
249) 던져버려도.
250) 일으켜.
251) 세우고.
252) 땔나무.

옮겼다. 이로 인해 두 집안 모두 망하게 되었으며, 그 뒤 두 집안 모두 그 자리에서 다른 곳으로 이장했다고 한다. 그 자리가 좋은 곳임을 안 고씨 집안이 조상 묘를 이곳으로 옮긴 뒤 몇 대 뒤에 장관이 나오는 복을 대신 누리게 되었다고 한다. 진짜 관을 깊이 묻은 정승 댁에서 딸의 방해에도 불구하고 나중에 발복하게 되었다는 이야기로 전개되어야 하는데, 이야기의 맥이 다른 곳으로 흐른 감이 있다. 역시 남성(아들) 위주의 가문의식이 딸의 훼방 때문에 갈등을 겪는 이야기다.

또 한 가지는, 직접 참 그 손이[253] 이야기해서 들은 말입니다만은, 고순병 동장 삼도동[254] 동장이 허는 말인데,

엿날에 어떠냐면은 거기도, 대감잇 집에 에, 산터를 보레 뎅겻답니다. 딸이 정심구덕을 지고 이러큼 따라 다녓는데.

"하 여기가 좋다." 이러큼 허니.

아 이젠 그 딸이, 아 탐이 난 모냥이죠.

근데 정승이 허는 말이.

"여기는 영장이 도둑을 맞으니, 관을 두 개 해서, 아래는 하나 제라한[255] 거 놓곡, 우에는 빈 관을 놔라."

빈 관을 놔서 영장을 장사를 지냈답니다.

지내니, 아 삼우젯(三虞祭ㅅ) 날은 딸 하나가.

"아 오라밧님 나 저 바쁜 일 잇언 삼우제는 못 참석허겟습니다." 허니.

"어 그래 아니 와도 좋다."

삼우젯 날은 아방은 파단 멀리 간 묻어두고, 지네 씨아방을 철리(遷移)[256] 헤단 거기 간 묻어부렀어요.

그러니 파열이 돼어 갖고, 아 두 집 다 망헷다 이 말이요.

두 집이 다 망헤여서 이젠 따시, 아 이젠 오라방이 일, 일자를 보고 이

---

253) 자손이.
254) 제주시 삼도동.
255) 제대로 된.
256) 묘를 옮기는 것.

젠 아 철리를 허레 간 보니, 아이 누이동생이, 연락도 아년데 왔다 말이여.

"아이고 오라바님 어떵 헤연 옵디가?"

"아이 는257) 어떵헨 완디? 아 아버지 철리허레 허젠 왔져만은."

"아이고 아버진 여기 엇수다게. 저디 간 묻어부럿수게."

"아 저디 간 묻어부런. 아이고 이년아 저, 이딘 어떵?"

"우리 씨아방 철리 헤단 묻엇수다."

"경 허니 우리가 망헷지 안혀냐?"

해서 그 자리를 다 철리헤부럿답니다.

철리를 헤부니, 그거를 고순병 하르버지가, 알앗다가, 알앗다가 거 고순병이 직 말허면은, 어느 하르버지를 거기에 묻어, 모셧답니다.

모시면서 허니까, 에 멧258) 대 손 나면은 장관이 난다. 이러큼 헷는데 아닌 게 아니라 그 고재일 장관이 낫다고 이러큼 말합니다. 그런 말씀을 들엇습니다.

힘 센 부대각의 죽음

자료코드 : 10_01_FOT_20090603_HNC_KCH_0001

조사장소 : 제주특별자치도 제주시 제주대학로 66번지 제주대학교 감귤화훼과학기술센터 사무실

조사일시 : 2009.6.3

조 사 자 : 허남춘, 강정식, 강소전, 송정희

제 보 자 : 김치하, 남, 75세

구연상황 : 이날 조사는 제보자의 여러 인적사항을 확인하고, 살아 온 생애를 듣기 위한 자리였다. 조사를 마치며 조사자가 제보자에게 혹시 더 기억나는 이야기가 없

---

257) 너는.

258) 몇.

는지를 물었다. 조사자가 제주의 '김치 원님' 이야기를 들은 적이 있느냐고 물었으나, 제보자는 김치 원님 이야기는 모른다고 답하였다. 대신 제보자가 마침 '힘 센 사람' 이야기가 생각난다고 하며 들려주었다.

줄 거 리 : 부대각이라는 사람은 밥도 아홉 동이 국도 아홉 동이를 먹는 장사이다. 제주 목사가 부임하는 날 목사는 마침 부대각이 엄청나게 큰 돌을 맨 손으로 지고 가는 모습을 목격하게 된다. 사람들을 시켜 부대각을 유인하고 밥을 실컷 먹는 소원을 들어준 뒤, 그를 죽여 버렸다고 한다. 아마도 그토록 힘 센 인물이 있다면 고을을 다스리는 데 장애가 될까 우려해서 미리 제거했던 것이 아닐까 한다. 밥도 아홉 동이 국도 아홉 동이를 먹는 제주의 당신 '궤네깃도'가 있는데, 이런 남성 영웅의 계보를 잇는 것이 바로 부대각이나 김팔충 같은 장사들이라 하겠다.

(조사자 : 힘 센 분 그거 한 번 그거 좀 굴아줍서.)

힘 센 분은, 내가 듣기로는, 첨 저번에 이야기 헷지만은 김팔충, 부대각.

(보조 조사자 : 부대각.)

이백쉐.

(보조 조사자 : 부대각 말 굴아줍서).[259]

양?[260]

(보조 조사자 : 부대각 말도 아는 거 잇이걸랑[261] 굴아줍서.)

부대각 말은 저번엔 아니 이야기 헷수다만은, 부대각은, 부대각은, 저 ○○○이우다. 어, 그 분도 첨 국 아홉 동이 밥 아홉 동이 술 아홉 동이를 드시는 분인데, 그 우리 제주도에 에 목사(牧使)가 왔다, 목사가 행진했답니다. 행진을 헷는데, 아 뭔 물체가 먼데 어득어득 헌다 말이여. 허니 목사가 딱 세워서 말이여,

"좀 서라. 저거 뭐냐?" 허니까.

---

259) 말씀해 주십시오.
260) 예.
261) 있으면.

"아무 것도 모르, 아무 것도 모르겠습니다." 허니까

"강 보고 와라."

간 보니까, 이 연자방아 돌, 우리 제주 제주돗 말론 연자방아 물방애돌이라고 헙니다만, 물방애돌을 그냥 다슬립지도 아년 거, 물방에돌 헐 거, 헐 거를 져서 그냥 가고 잇다 말이여,

가고 있으니까 아니 겁이 날 거 아닙니까게.

"아니 큰 왕석을 지고 감습니다."고 허니까, 사람이 지고.

"거 뭔 말이냐, 말이야. 가자." 헨 간.

행진을 허고 스또가 돌아와서.

"부대각을 모셔라."

데려다가.

"너 소원이 뭐냐?"

"훈번 밥 실컷 훈번 먹어보고 훈번 곳인262) 옷 입어보는 게 소원이다."고 허니까.

그거 멕연 죽어부럿젠 말이 잇어.

그런 이야기를 들은 적이 잇뎬 헌……

(조사자 : 무서우니까.)

예. 이벡쉐엔 헌 분은 뭐 헌 걸 모르고.

날개 달린 아기장수 (2)

자료코드 : 10_01_FOT_20090603_HNC_KCH_0002
조사장소 : 제주특별자치도 제주시 제주대학로 66번지 제주대학교 감귤화훼과학기술센터 사무실
조사일시 : 2009.6.3

---

262) 갖춘.

조 사 자 : 허남춘, 강정식, 강소전, 송정희

제 보 자 : 김치하, 남, 75세

구연상황 : 제보자가 힘 센 장수 부대각 이야기를 말하고 나서 조사자가 힘 센 장수 중
에서 날개 달린 장수 이야기를 알고 있냐고 묻자, 지난 번 조사 때에 한번 제
보한 것을 다시 구연하였다.

줄 거 리 : 날개 달린 아기장수가 났는데, 관가에서 알까 두려워 매일 겨드랑이의 날개를
잘랐지만 계속 자랐다고 한다. 아기장수는 맨 버선 바람으로 관덕정을 다녀오
라고 하면 바닥에 흙이 전혀 묻지 않았고, 사람들은 그가 날개가 있어 날아서
다녀온 것을 알게 되었다. 결국 관가에 알려 아기장수가 죽게 되었고, 아기장
수가 죽자 벼락이 치고 못이 생겼다고 한다. '날개 달린 아기장수 (1)'의 장수
이야기에서 동일 구연자(김치하)가 아기장수에 대한 기억은 남아 있으나 용마
의 죽음과 연못에 관련된 모티프는 잊어버린 듯하다고 했는데, 여기서는 아기
장수의 죽음과 못에 대해 이야기하고 있다. '날개 달린 아기장수 (1)'에서는
아기장수를 죽인 주체가 어머니인데 여기에서는 관가에 고발하여 관에서 죽
이는 것으로 설정되었다.

(조사자 : 장수가 났는데, 아주 힘센 장순데 겨드랑이에 날개가 달리는
그런 얘기 있잖수가?)

저번에 나 이야기헷는데 거.

(조사자 : 그때 고게.)

다호에, 다호에 있었답니다.

그 게드랑이에263) 애길 나니까, 그 옛날에는 장수 잇으면은 그 관가(官
家)에서 뭐 헤낫젠264) 헙디다양.

(조사자 : 역적 난다고.)

응. 그니까 ㄱ세로265) 메날266) 끊어부럿다 헤.

끊어부럿는데 하도 원 얼른, 커 가니 얼른 허믄 어디 갓다 오고, 어디

---

263) 겨드랑이에.

264) 했다고.

265) 가위로.

266) 매일.

갓다 오고, 이러큼 허니까. '이상허다.'

"맨 보선 바랑에 관덕청에 강 와라." 허니까,

아 맨 보선 바랑에 가 왓는데 보선이 안 버물엇다 말이여.

허니 이젠 관가에 아니 이야기할 수도 엇고 해서, 그 관가에 이야기 헤 부니까, 그 헤여서 그 죽여부니까.

[아는 사람이 들어오자 인사를 한다.]

그 다호에 가면은 아마 베락구릉 베락구릉이란 게 있을 겁니다. 딱 죽 이니까 베락이 쳣다는 거야. 베락이 치니까 그디가 못이 파 져서 베락구 릉이 뒛다. 이런 이야기를 들은 적이…….

장수 잃고 빠져 죽은 말

자료코드 : 10_01_FOT_20090603_HNC_KCH_0003
조사장소 : 제주특별자치도 제주시 제주대학로 66번지 제주대학교 감귤화훼과학기술센터 사무실
조사일시 : 2009.6.3
조 사 자 : 허남춘, 강정식, 강소전, 송정희
제 보 자 : 김치하, 남, 75세
구연상황 : 다호의 날개 달린 장수 이야기에 연이어 조사자가 장수가 타는 말 이야기를 들은 것은 없느냐고 청하자, 김통정과 말 이야기를 구연하였다. 앞에서 제보 자에게 아기장수와 연못 이야기는 들었지만 용마 혹은 말에 대한 모티프가 전혀 나타나지 않아 직접 '장수가 타는 말' 이야기를 물었더니, 희미한 기억 을 끄집어냈다.
줄 거 리 : 장수가 타는 말이 주인을 잃자 바다에 빠져 죽게 되었다는 이야기다. 애초에 김통정이 타는 말이라 했다가, 제주도에서 태어난 장수 타는 말인 듯 구술 하기도 했다.

우리 김통정 거 역사를 이야기했죠? 역사를 헷는데, 김통정이 그 아주 칠댄가267) 이러큼 했답니다.

견디 그 춤 우리 제주도에 장수가, 장수가 한 분 낫는데, 어승셍에서[268] 어승셍에서 벡마(白馬)가 달려오는데, 벡마가 달려왔다는 거요.

게서 벡마가 달려왔는데, 거 이미, 거 그니까 김통경이 저디 앚앗다 이레[269] 와서 그 말을 타야 뒐 말인지, 그 임자가 없으니까, 직 말허면은 저 어영에,[270] 어영에 어영에서 바다, 바당드레 빠젼 그 말이 죽어부렀다고 이런 이야기를 들어난 기억이 잇는데……

(조사자 : 예. 주인은 없으니까 이 말이 빠져 죽은 거구나예?)

예. 주인이 없으니까 말이 빠젼 죽어부럿다.

(보조 조사자 : 그 말씀은 누구한티 들어신고마씨?)

앗 옛말 그냥 게……. 할, 하르방덜 우리 우리 하르버지네덜.

명풍수와 이괄의 난

자료코드 : 10_01_FOT_20090603_HNC_KCH_0004

조사장소 : 제주특별자치도 제주시 제주대학로 66번지 제주대학교 감귤화훼과학기술센터 사무실

조사일시 : 2009.6.3

조 사 자 : 허남춘, 강정식, 강소전, 송정희

제 보 자 : 김치하, 남, 75세

구연상황 : 김통정과 말 이야기에 이어, 이괄의 난에 대한 이야기를 구연하였다.

줄 거 리 : 이괄의 아버지가 죽자 이괄은 조선 팔도 지관을 모두 모이게 하였다. 칠도의 지관들은 모두 모였으나 이희승 박사만은 한참 뒤에 나타났다. 지관이 모두 모이니 함께 묏자리를 정하였고, 그 뒤 이희승 박사는 지관들에게 앞으로 오게 될 화를 면하기 위해서는 백발노인의 집에서 일정 기간 동안 몸을 숨기라고 일러주고 사라진다. 7일이 지나자 과연 이괄의 난이 일어났고 그로 인해

---

267) 칠대인가.
268) '어승셍'은 제주시 한라산 자락에 있는 오름.
269) 여기로.
270) '어영'은 제주시 용담동 해안의 지명.

이괄은 참수되었다. 지관들은 숨어 있던 곳을 나오면서 생각하기를, 명당에 부친을 모셨는데 참수되었다는 것이 도저히 믿기지 않았다. 그래서 그 묏자리를 다시 찾아가 보기로 하여, 이희승 박사가 알려준 대로 새벽녘에 그곳에 갔다. 그러자 9룡(九龍)이 구슬을 놀리는 명당이라고 여겼던 곳이 아니라, 장도칼이 매봉을 위협하는 형국임을 새롭게 확인하였다. 그래서 이괄이 죽게 된 사연을 이해하게 된다. 이괄이 못된 인물이기에 뛰어난 지관이 일부러 나쁜 자리를 점지하여 망하게 했다는 후일담이 붙어 있다. 아울러 함부로 묏자리를 정하면 집안을 망하게 할 수도 있으니 풍수 일은 조심해야 한다는 경계도 덧붙이고 있다. 뛰어난 지관은 미래를 내다보고, 나쁜 사람에게는 망할 땅을 점지하여 악을 응징한다는, 풍수에 대한 절대적 믿음이 깔려 있다.

이괄(李适)이 난(亂) 이괄이 난, 저번에 이야기했죠?

(보조 조사자 : 지난번에 안 헷수다.)

(조사자 : 안 헷수다.)

(보조 조사자 : 엿날엔 헤낫수다만은.)

아 게메 엿날엔 헨……. 이번에 또 헐 필요가 있을까?

(보조 조사자 : 아이 줄아줍서.)

(조사자 : 상관엇수다에.)

게난 난 들은 거뿐이니까, 무신 책에 본 것도 아니고 뭐, 들은 거뿐이니까 말이여이.

이괄이, 이괄이가 지금 굿뜨면은,[271] 아마 국무총리 정돈 뒈지 아녓나 허는 생각인데 내가 생각, 그 권력이.

이괄이 아버지가 돌아가니까, 조선 팔도에 신안을 잡아드리라 헷다 이거야. 그냥 모셔오라 이러큼 헷으면은, 이괄이가 성공을 헷실 건데, 잡아들이라 잡아들이라고 허니까, 조선 칠도(七道)에 신안덜은 다 잡아들였어요.

잡아들엿는데 이희승 박사라고, 그 신안만 못 잡아들엿다 이 말이야.

---

271) 같으면은.

게 해서 두 일뤠 열나흘 장(葬)을 허기로 헷는데, 일레[272] 일레만이 이제 일레가 남은 때는, 이희승 박사가 나와, 나타났답니다.

아 나타나니까.

"하이구 이젠 잘 뒛다. 이젠 묘를 보레 가자."

묘를 보레 가는디, 묘를 보앗는데, 칠도에 신안덜이.

"하 이런 이괄이 フ튼 놈신디[273] 이런, 어 명당자리를 줄 수가 잇느냐 말이여." 허니까.

이희승 박사가.

"거 거 여러 말 허는 것이 아니다." 헤여서.

"내가 이야기 허는 대로만 해라." 허니까.

딱 하관을 허곡 딱 그냥, 뭐 허니까 하관헌 후에는 이 저 풍수덜이 필요 없거든요.

이희승 박사가 칠도에 신안을 보고, 아마 일 주일 사이에는, ○○○ 그 준비를 허고 온 모냥이죠. 그니까 칠도의 신안 보고.

"너네 살라면은, 살라면은 아무 골 아무 데 가면은, 벡발노인 할머니가 잇다. 거기에 가면은 너네 살 거고 경 아녀민 너넨 죽을 거다."

경 허고.

"만약 그 후에는, 너네덜 혼번 여기 와서 봐라. 보면은 알아실 거다."

아 겐디 이희승 박사는 엇어져부럿다 이 말이여.

없어져부럿는데, 칠도에 신안덜은 그 벡발노인을 찾아갔답니다.

"아이구 잘 왓다."고.

굴을 판 그디 메칠 간 먹을 거, 다 놔네 딱 들어가니까 딱 봉해 갖고 나오지 못허게 해서, 일주일 시니까[274] 이괄이 난이 낫덴 헙니다.

---

272) 이레. 칠일.
273) 놈에게.
274) 일주일 있으니까.

이괄이 목이 짤려서 남대문에 걸렸다 이런 말이 딱 나니까, 할머니가 딱 나와 갖고

"나와라." 허니까,

나오니까.

"아이고 어떠 혜서 이러큼 헷습니까?" 하니까.

"야 이괄이 지금 목이 남대문에 걸렸다 한다. 헌디 이제는 너네 ᄆ음대로 가도 좋다."

"와 그러큼 좋은 명당에 이괄이가 목이 짤렷다는 게 이상허다." 이거여.

그래서.

"우리 훈 번 가 보자."

이제 칠도에 신안덜이 갔답니다.

견디 이희승 박사가 떠나기 전이 이 말 한마디를 했답니다. 이 자리를 다시 와서 보고 싶으거든, 해가 떠오를 무렵[275] 동이 뜰 때에 와서 봐라 말이여. 게니까 동이 뜰 때에 갔답니다. 간 보니까 뭐 구룡(九龍)이 영장이, 영장이 구룡이 구슬을 놀리는 형국인가 이러큼 명당이 돼엇다고 허는데, 그 딱 아침인 딱 해 떠올 땐 딱 보니까, 그 매봉이, 한쪽에 장도칼 나오고 그냥 매봉을, 그냥 목을 딱 짜르는 형시가 나오거든. 하 이러큼 허니까 이괄이 목이 짤렷구나 혜연, 그러큼 그 그러헌 장소.

겨니까 이 풍수란 것이 잘 안 뷉고는 허면은, 진짜 남이 집 망해오거든요.

그 부분은 잘 봐서, 이놈을 행실이 고약허니까 망허게 맹글아불라고 헌 거고.

---

275) 무렵.

행기물 혈을 지르려던 고전적

자료코드 : 10_01_FOT_20090603_HNC_KCH_0005
조사장소 : 제주특별자치도 제주시 제주대학로 66번지 제주대학교 감귤화훼과학기술센터
　　　　　사무실
조사일시 : 2009.6.3
조 사 자 : 허남춘, 강정식, 강소전, 송정희
제 보 자 : 김치하, 남, 75세
구연상황 : 조사자가 고전적 이야기를 물으니, 제보자가 구연하였다.
줄 거 리 : 고전적(高典籍)이 제주도를 돌아다니며 물의 혈을 다 끊어놓았고 마지막으로
　　　　　행기물 혈을 끊으려 하였다. 행기물 수신은 이를 알고 밭가는 할아버지에게
　　　　　자신을 숨겨달라고 청하고, 할아버지는 소길마 아래에 행기물 한 사발을 떠
　　　　　놓았다. 고전적이 데리고 다니는 개가 이를 눈치 채고 찾아내려 하자, 할아버
　　　　　지는 길마 아래에 밥을 놓아두었는데 개가 밥을 탐한다고 하며 쫓아낸다. '굽
　　　　　은 나무 아래 행기물'이란 바로 소길마 아래 대접에 담긴 물이었는데, 고전적
　　　　　은 문서가 잘못되었다고 여기고 떠났으며, 그래서 행기물이 살아남게 되었다
　　　　　고 한다. 제보자가 말한 고전적에 대해 조사자가 '고종달(호종단)'의 고사가
　　　　　아닌가 하고 물으니, 기억이 잘 나지 않는지 머뭇거리다가, 자신은 그렇게 들
　　　　　었다고 하면서 예전에는 이름이 둘인 사람이 많았다고 논평하였다. 제주에는
　　　　　고종달이 물의 혈을 끊어 물이 귀하게 되었다는 풍수설화가 광포하고 있으며,
　　　　　이는 해안가 용천수를 제외하고 물이 귀한 제주의 자연 풍토를 반영한 것이
　　　　　라 하겠다. 척박한 땅에 일부 남아 있는 중산간의 물은 마을 형성의 근간이었
　　　　　고 행기물도 제주인의 삶에서 매우 중요한 생명수였다.

　(보조 조사자 : 저 그 풍수, 이 저 신안으로, 이름난 분 가운데 고전적
(高典籍)이라고 잇잖우꽈?)

　아 아. 그 분 이야기는, 고전적이 이야긴 내가 것도[276] 그자, 첨 제삿날
앚안 걷는 말 내가 들은 말인데, 고전적이가 제주도 혈을 다 떳다는 거야.

　다 떳는데, 그 고전적이가 그, 개를 돌앙 뎅겻답니다. 겐디 개를 돌앙
뎅겻는데,

　그 행겟물이란[277] 게 있어요. 행겟물이란 게 있답니다. 나는 모르는데.

---

276) 그것도.

어디 잇는 건 모르는데.

아니 그 고전적이가 막 혈을 물혈을 뜨레 뎅겨 가니까, 행겟물 거 직말하믄 신이, 신이 이제 그 밧 가는 하르버지신디,

"아이고 나가 죽게 돼엿으니 말이야, 살려달라." 허니까.

"어떤 일입니까?"

"나가 행겟물 뭐다." 허니.

"아이 그렇습니까?" 해서.

행겟물을 하나 딱 헤연, 혼 사발 거려다가 아 이제 그 질메,278) 쉐질메279) 알아지쿠가?

(보조 조사자 : 예. 예.)

쉐질메에 탁허게, 영 난 쉐질멜 탁 더껀280) 놔 뒀다 말이여.

개가 와서 말이여 영 허젠 해 가니까, 엿날에 밧 가는데 벳, 벳바드렝이가281) 잇습니다. 벳 영 밧타서 몽뎅이282) 닮은 게 잇어요. 벳바드렝이를 확 빠283) 갖고 밧 가는 하르버지가, 개를 그냥 후려.

"이 놈으 개."

헤영 기냥 후리니까, 고전적이가.

"왜 그러냐?"고.

"아 나 정심 놔 둔 거 먹어불젱 허는디 내가 아니 헐 수 잇나 말이여."

아 그러니까, 그 고전적이 그 문세에,284) 행겟물이라고만 뒛던 그, 그 멩칭이,285) 고분낭286) 아래 행겟물로 나왓다 말이여. 고분낭 아래 행겟물.

---

277) 행기물이라는. '행기물'은 놋그릇에 담긴 물.
278) 길마.
279) 소길마.
280) 덮어서.
281) '벳바드렝이'는 보습 위에 댄 볏을 받치는, 한 마루에 꿰어진 나무깽이.
282) 몽둥이.
283) 빼어.
284) 문서에.

아 이젠 아, 고분낭 아래 행겟물이니까 고분낭이니까 이젠 그 사람이 잘 못 해석을 해 갖고

"아 여기 아니로구나." 해서.

이젠 아 그 고전적이가 갔답니다. 고분낭 아래 그 쉐질메까지가 고분낭 아니우꽈? 오그라진287) 낭. 쉐질메 아래 행겟물이 잇다는 게 나타나도, 그 행겟물은 못 잡앗젠 허는 겁주. 게서 행겟물이 살아 잇다는 겁주.

(보조 조사자 : 그 고전적이렌 헤신디 고종달이렝 허는 분 아니마씨? 그 분은?)

고전적이가 고종달이 아니라마씨?

(보조 조사자 : 아 경 들엇수가?)

아니 난, 고종달이 고종달이 허긴 헷수다만은.

(보조 조사자 : 응, 게난 고전적이렌은 따로 안 들어봣구나양. 삼촌네는 양?)

예.

(보조 조사자 : 아, 예.)

아 고전적이가 고종달이옌 허는 것 닮읍디다.

(보조 조사자 : 경 골읍디가?)

예. 엿날에는양 이름 하나만 있는 분이 엇엇수다게.

(보조 조사자 : 예. 예.)

아니 우리 부친네도 다 일름이288) 둘이라마씸.289) 하나만 잇는 분이 없어.

---

285) 명칭이.
286) 구부러진 나무.
287) 구부러진.
288) 이름이.
289) 둘입니다.

탑동 영등굿

자료코드 : 10_01_SRS_20090310_HNC_KSS_0001
조사장소 : 제주특별자치도 제주시 삼도2동 1256번지 탑동 해녀 탈의장
조사일시 : 2009.3.10
조 사 자 : 허남춘, 강정식, 강소전, 송정희
제 보 자 : 강순선, 여, 68세 외 2인
구연상황 : 본래 수심방 외에 소미 3인이 함께 해야 온전한 굿이 이루어지는 법이다. 그
러나 이 날은 다른 굿이 많아 소미를 구하기 어렵기 마련이어서 소미가 2인
만 함께 하였다. 규모 있게 벌이는 경우에는 요왕맞이까지 하는 것이지만 이
곳에서는 요왕맞이 없이 비교적 간단히 벌인다. 해녀인 단골들의 참여가 매우
적극적인 점이 특징이다. 이들은 반드시 한 시간가량의 시간을 확보하여 주도
적으로 나서서 춤추고 노래하며 즐긴다.
영등굿은 영등신을 맞이하고 보내면서 한해 농사, 어업의 풍등을 기원하는 공
동체의 굿이다. 영등신은 음력 2월 초하루에 제주도로 들어와 온갖 해초와 오
곡의 씨를 뿌려두고, 2월 보름에 제주도를 떠난다고 한다. 2월 초하루에 영등
신을 맞이하는 영등맞이를 하고, 2월 보름을 앞두고 영등신을 보내는 영등송
별제를 한다. 현재 영등맞이는 거의 사라지고 영등송별제만 영등굿이라는 이
름으로 남아 있다.
탑동영등굿은 따로 영등굿을 벌이지 않았다. 본래 제주시 건입동 칠머리당에
서 영등굿을 함께 벌여왔다. 그러다가 언제부터인가 탑동에서 따로 영등굿을
벌이게 되었다. 이는 국가지정 무형문화재인 칠머리당 영등굿이 공연행사처
럼 연행되어 단골인 해녀들이 오히려 소외되는 면이 있었기 때문이다.
제차는 초감제--추물공연--요왕수제본풀이--석살림--상당숙임--액맥이--
선앙풀이--도진으로 이루어진다.

영등굿 초감제 (1)[290]

자료코드 : 10_01_SRS_20090310_HNC_KSS_0001_s01

조사장소 : 제주특별자치도 제주시 삼도2동 1256번지 탑동 해녀 탈의장

조사일시 : 2009.3.10

조 사 자 : 허남춘, 강정식, 강소전, 송정희

제 보 자 : 강순선, 여, 68세 외 2인

구연상황 : 초감제에 들어가기 전에 연물을 세 가지 다른 장단으로 울려 굿을 시작하게
되었음을 하늘에 알린다. 이를 삼석울림이라고 한다. 큰심방 강순선이 한복에
이멍걸이를 하고 나서서 배례를 하고, 앉아 말명으로만 말미를 길게 한 뒤에
장구를 치면서 날과국섬김, 연유닦음을 진행한다. 날과국섬김은 굿 하는 날짜
와 굿 하는 장소를 고하는 제차이다. 연유닦음은 굿 하는 연유를 낱낱이 고해
올리는 제차이다. 신도업은 제청으로 청할 신명을 차례로 고하여 모셔 들일
준비를 하는 제차이다.

■ 삼석울림

[대양(박영옥), 북(강순선), 설쒜(서순실)][굿을 시작하기 전에 삼석을 울
린다. 삼석울림이라 함은 북, 설쒜(꽹과리), 대양(징) 등 세 가지 기본 연물
로 늦인석(늦은 장단)--중판(보통 장단)--줒인석(빠른 장단)을 차례로 연
주하는 것을 말한다. 이는 신들에게 굿의 시작을 고하는 의미가 있다.]

‖ 늦인석 ‖ - ‖ 중판 ‖ - ‖ 줒인석 ‖

■ 초감제＞베포도업침

[강순선(한복, 이멍걸이)][공싯상에서 신칼과 요령을 들어 신칼은 양손
에 나누어 잡고, 요령은 오른손에 잡았다. 신자리에 서서 말명을 시작한
다.] 해녀탈이장(海女脫衣場)으로~, 영등 이월덜은 열나흘날, 영등송별제
광, 요왕(龍王)은, 해신제(海神祭)로 초감제(初監祭)로, 옵서 옵서, 청허저
허십네다. 천앙베포(天皇配布) 도업 지왕베포(地皇配布), 도업입네다 인앙

---

290) 초감제는 굿의 시작을 알리고 신을 제장으로 청하여 모시는 제차이다. 큰심방이 맡
는다. 도중에 새드림을 할 때는 소미가 나서서 굿을 한다. 새드림을 기준으로 하여
세 부분으로 나누어 소개한다.

베포(人皇配布)도 도업, 산베포(山配布)는 물베포(-配布), 국베포(國配布) 왕베포(王配布), 제청신도업이웨다~.

■ 초감제>배례

‖늦인석‖[양손을 들어 앞으로 함께 모아 내리며 몸을 숙여 제상 중앙에 절한다. 요령을 흔들고 왼손은 오른쪽 팔에 걸친 채 오른손을 휘돌리고 이내 앞으로 함께 모아 내리며 고개를 숙여 제상 왼편에 절한다. 역시 같은 동작으로 제상 오른편에 절한다. 이후 신자리에 무릎을 꿇고 앉아 신칼과 요령을 바닥에 내려놓고 양손을 모으며 절한다. 일어서서 왼손을 오른쪽 팔에 걸친 채 오른쪽 팔을 휘돌리면서 앞으로 함께 모아 내리며 고개를 숙여 제상 중앙에 다시 절을 한다. 오른손을 왼쪽 팔에 걸친 채 왼손을 휘돌리면서 든 채로 뒤돌아서서는 양손을 휘돌리며 앞으로 함께 모아 내리며 고개를 숙여 절한다. 왼손을 오른쪽 팔에 걸친 채 오른손을 휘돌리면서 다시 앞으로 모아 함께 내린다. 같은 동작을 되풀이하면서 신자리 왼쪽에 앉아 있는 잠수회 대표들에게 절한다. 역시 같은 동작으로 문전에 절한다. 요령을 흔들며 양손을 들어 한번 휘돌린 후 앞으로 함께 모아 내리며 신자리에서 무릎을 꿇어 제상 중앙을 향해 절한다. 일어서면서 다시 양손을 휘돌리면서 앞으로 함께 모아 내리며 절을 한다. 양손을 휘돌리면서 앞으로 함께 모아 내리며 제상 오른편에 다시 절한다. 왼손을 오른쪽 팔에 걸친 채 오른손을 휘돌리면서 앞으로 함께 모아 내리며 연물을 치는 소미들에게 절을 한다. 양손을 들어 휘돌리면서 앞으로 함께 모아 내리며 제상 중앙을 향해 절한다. 공싯상에 신칼을 내려놓는다. 장구를 앞에 두고 신자리에 앉는다. 장구의 조임줄을 바로 잡아 점검한다. 장구채를 들어 잠시 장구를 치고는 이내 장구채를 바닥에 내려놓는다. 요령을 들고 흔들며 말미를 시작한다.]

■ 초감제>말미

제청, 신도업 [요령] 제이리난~, [요령] 날은 어느전 날입네까 둘은 갈라, 어느전 둘입네까. 올고금년은,[291] [요령] 헤로 금년 갈릅기는, [요령] 기축년(己丑年)은 둘은 갈라, 갑네다 영등 이월둘은, 열나흘날은, 어느 고을 어떠헌, 주순(子孫)덜이 이 공서, 이 축원(祝願) 이 원정(願情) 말씀전, 여쭙네까 국은 갈라 갑네다. 강남(江南)은, 천저지국(天子之國) 일본은, 주년국(周年國)이웨다 우리 국은, 천하 [요령] 해동(天下海東), 대한민국인데, 첫 서울은, 송테조(宋太祖) 개판(開判)허고, 둘찻 서울은, 시님서울, 셋차 동경(東京), 넷차는 한성(漢城), 다섯차는, 주부올라 상서월, 마련허난 안동방골은,[292] 좌동방골[293] 먹자골,[294] 수박골은[295] 불턴대궐,[296] 마련허난 경상도는, 칠십칠 관(關) [요령] 전라돈, 오십삼 관, [요령] 하산도(下三道)는 삼십삼 포(浦), 일제주(一濟州)는 이거제(二巨濟) 삼진도(三珍島)는, 수남헤(四南海) [요령] 오강화(五江華)는, [요령] 육한도(六荒島)조, 그 중에 큰 섬은 제주, 뒙네다. 땅은 노기짓땅이요, 산은 보난, 할로(漢挐), 영주산(靈洲山), [요령] 허령산입네다 물로 바윈,[297] 둘은(두른) 섬입네다. 저 산 압은 당 오벡(五百), 이 산 압은 절 오벡, [요령] 오벡장군(五百將軍)은 오벡선성(五百先生), 혼 골이 부족허난, 왕도 범도 곰도, 못 내든 섬입네다. [요령] 정인[298] 가면은 정이판관(旌義判官) 살고, 대정현감(大靜縣監), [요령] 주이[299] 목안은[300] 팔십여 른, 항파두리 김통경(金通精),[301] [요령] 만리

---

291) '올'과 '금년(今年)'이 결합된 말.
292) '안동방골'은 서울의 옛 지명.
293) 서울의 옛 지명.
294) 서울의 옛 지명.
295) '수박골'은 서울의 옛 지명.
296) 서울의 옛 지명.
297) 가장자리는.
298) 정의(旌義)는.
299) 주(州)의.
300) 제주목(濟州牧) 안은.

토성(萬里土城) 둘러온, 섬입네다 각진(各陣) 들어, [요령] 조방장(助防長) 멩월만호(明月萬戶) 살고, [요령] 관디청(觀德亭)은 목안, [요령] 됩네다 고량부(高良夫) 삼성혈(三姓血)은, 자시(子時)에 고이왕302) 축시(丑時)엔, 양이왕303) 인시(寅時)엔 부게왕(夫哥王) 삼성친, 도업헌 섬입네다. 동수문밧은 나사민, 마흔여덥 무을이고, [요령] 서수문밧 나사민, 서른여덥 무을이, 뒈어집네다 멘도장은, 갈르난 제주도는, [요령] 특별자치(特別自治)가 [요령] 뒈난, 제주시는 서귀시, [요령] 읍면동은, [요령] 갈릅기는, 제주시엔, 탑동(塔洞)은 탈이장(脫衣場)입네다.

수가(私家)엣 일도 아닙네다. 영등 초ᄒᆞᆯ날은, 영등대왕 영등, 도령 영등벨캄, [요령] 영등부인 영등하르바님네, [요령] 영등할마님네 영등우장, 영등 초ᄒᆞᆯ날은, 저~, 날세 우세가 시우적란허곡 [요령] 허난, 서부두에, 구판장(購販場)에서, 환양제(歡迎祭)를304) 받아근, [요령] 동으로 서으로, 산압 산뒤에 뎅기멍, 물건이 하신가305) 족아신가,306) 뎅기멍, 까 먹는 거는 다 까먹고 영 허영 돌아뎅기다근, 어젯날은 저 북촌(北村),307) 열사흘날로, 송별제(送別祭)308) 받곡, 오널은~, 이 탑동 해녀 [요령] 탈이, 장에서, 송별제 받곡, 저 칠머리309) 감찰지방(監察地方), [요령] 한집님에서, 오널 그디 대로 들러근, [요령] 송별제 헤염수다. 글로310) 송별제 받아근, 저 소섬으로,311) 들어가민, 내일 보름날은 소섬 진질깍으로, 배방송312) 시

---

301) 몽골에 항거하던 삼별초의 우두머리.
302) 고(高)의 왕(王).
303) 양(良)의 왕(王).
304) '환영제'는 제주도로 들어오는 영등신을 맞이하는 굿. 곧 영등맞이.
305) 많은가.
306) 적은가.
307) 제주시 조천읍 북촌리.
308) 떠나는 영등신 송별하는 굿.
309) 제주시 건입동 칠머리당.
310) 그리로.
311) 제주시 우도면 우도로.

기민, 강남천저국, 들어갓다근, 새해 끔년 나민 [요령] 또 오고, 영협네다. 오널들은, 이 탑동, 상줌네(上潛女) 중줌네(中潛女), 하줌네(下潛女)덜 성이 성심(誠意誠心), 먹어근, 영등제광 요왕해신제, [요령] 겸허여그넹에, [요령] 어~ 이논(議論), 일을 허는 일입네다.

어느 누가 받아든, 공서……. (심방 : 난 하나토 못 보~키여.) [요령][심방이 살장 앞으로 걸린 축원문의 글씨가 잘 보이지 않는다고 하자, 소미들이 축원문을 떼어서 심방 앞으로 가져다 준다.] 받아든 공섭네까. 제주도 도지사는, [요령] 예순일곱님 받은, [요령] 공서, [요령] 올립네다. [요령] 시장님은 [요령] 예순셋님, 받아든 공서, [요령] 올립네다. 성은 박씨로, 쉬흔여덥 받은 공서, 김씨로 쉬흔다섯, 받은 공서, [요령] 박씨로 마흔아홉, 받은 공서, 강씨로, 예순아홉 받은 공서, [요령] 올립네다. [요령] 신~ 서씨로, [소미 서순실이 축원문을 가리키며 "신."이라고 바로잡는다.] 신씨로, 쉬흔아홉, 받아든, 공서웨다. [요령] 성은 강씨 자손입네다. 서른넷, 받은 공서 강씨로, 쉬흔둘님, 받은 공서, [요령] 올립네다 이씨로, 쉬흔여섯, 고씨로 쉬흔다섯, 받아든, 공서웨다. [요령] 이 탈이장에서, [요령] 백발노인(白髮老人), 일도 허민 나만 허저, 말도 허민 나만 허저, 이 탈이장에서, 상줌수(上潛嫂)로, 멧 헤 멧 년, [요령] 회장(會長)허고, 성은 강씨 ᄌ순, 사고 당헤여 나난, [요령] 정신없는, ᄌ순, 일흔아홉, 받아든 공서웨다 성은 김씨로, 쉬흔다섯 받은 공서웨다. 김씨로 쉬흔ᄋ덥, (소미 서순실 : 일흔여덥.) 일흔여덥 받은 공서웨다. 강씨로, 일흔일곱 받은 공서웨다. [요령] 김씨로 일흔일곱, 받은 공서 올립네다. [요령] 강씨로, 일흔에 여섯님 받은 공서, 김씨로 일흔다섯, 받은 공서이옵고, 김씨로, 일흔다섯 받은 공섭네다. [요령] 강씨로, [(소미 서순실 : 장.)] 장씨로, 일흔다섯 받은, 공섭네다 고씨로, 일흔둘 받은 공서 김씨로, 일흔하나 받은 공섭네

312) '배'와 '방선(防船)'이 결합된 말. 짚으로 만든 배를 바다에 띄워 보내는 제차.

다. 박씨로 곧(갓) 일흔, 받은 공서웨다. [요령] 김씨로, 예순아홉 받은 공서웨다. 성은 강씨로 예순아홉, 받은 공서웨다. 이씨로, 예순아홉 받은 공서웨다. 김씨로 예순여섯 받은 공서, 올립네다 이씨로, 예순일곱, 받은 공서웨다 홍씨로, 예순넷 받은 공서, 강씨로 [(소미 서순실 : 장.)] 장씨로, 예순둘 받은 공서웨다. [요령] 이씨로, [요령] 쉬힌아홉 받은 공서 김씨로, 쉬힌아홉 받아든, 공섭네다. [요령] 이씨로 쉬힌일곱 받은 공서 김씨로, 쉬힌일곱 받은 공서웨다. 김씨로 쉬힌일곱, 받은 공서웨다 한씨로, [(소미 서순실 : 현.) (어?) (소미 서순실 : 현.)] 현씨로, 쉬힌여섯 받은 공서웨다 강씨로, 쉬힌여섯 받은 공서웨다. 김씨로 쉬힌다섯, 받은 공서웨다 이씨로, 쉬힌다섯 받은 공서웨다. 성은 강씨로, 쉬힌넷 받은, [요령] 공서웨다. [(소미 서순실 : 안씨.)] 안씨로, 쉬힌넷 받은 공서 고씨로, 쉬흔넷 받은 [(소미 서순실 : 장.)] 공서웨다. 성은 장씨로 쉬힌하나, 받아든 공서. [소미 서순실이 축원문을 정리한다.]

축원원정, 말씀전 여쭙기는, 밥이 없는 공서도 [요령] 아닙네다. 옷이 없는, 축원도, [요령] 아닙네다. 하늘광313) 땅 새에 기와 귀중헌 건, 우리 인간 목심 벳끼,314) 귀중헌 건, 업십네다 천(千)에 가도, 귀허고, 만(萬)에 가도, 귀헌 건, 인간 목심 벳끼, 더 잇입네까. [요령] 춘추(春草)는 열연녹(年年綠), 왕(王)에 손(孫)은, [요령] 구불귀(歸不歸)이랑 저 산천에, 푸십세도, 구시월 설한풍(雪寒風)이 뒈민, 잎잎마다 낙엽이 뒈엿다근, 명년 이 철 꽂삼월, 봄이 돌아오라 가민, 잎은 피어 청산 뒈고, 꽂은 피어 화산 뒈어, 제 몸 자랑 허건만은, 초로 구뜬, 인생덜은 양친부모 혈속에, [요령] 아바님전 뻬를 빌고 어머님전, 술을 빌고, 칠원성군(七元星君)님에 맹(命) 빌고, 제석(帝釋)님전에 복을 빌어, 석카여리(釋迦如來) 공덕으로, 양친부모 혈속에, 좋은 몸천315) 탄생허여, [요령] 열다섯 십오세 미만에는, 아무 철 분

---

313) 하늘과.
314) 밖에.

절, 몰라져, 이십스물 뒈어가민, 남ᄌ ᄌ식은 나라에, 충실(忠誠)허고 부모 초상(父母祖上)에, 효돌 허고, [요령] 입장혼연(入丈婚姻) 허여근, 남으 집이 여궁녜(女宮女) 둘아당, 생활노력 아덜 ᄄᆞᆯ덜 나멍 살곡, 여궁녀는 탄생허민, 남으 산천 ᄄᆞᆯ랑(따라), 낫젠 혜여근, 열다섯 십오세 미만엔, 부모 짓하에서, ᄉᆞ랑 받곡, [요령] 장성허영, 이십스물이 넘어가민, 남으 산천 ᄄᆞᆯ란 나난 남으 엽에, 씨녁316) 강 그 집안에 강, 대 잇일 ᄌᆞ순 낳고, 씨부모 초상덜신디, [요령] 효돌 허고, [요령] 남편신디317) 데울318) 허곡, 그날그날 생활노력허고, 살당 보민, 병든 날은 병든 시간, 줌든 날은 줌든 시간, 걱정 근심 다 지어불민,319) 단 사십도 못 살앙, 먹구정320) 헌 거, 아니 먹곡 입구정321) 헌 거, 아니 혜영 입으멍, 세세히, 벌어근, 좋은 재산 일롸322) 놓곡, 만단부단(南畓北畓) 너른 전지(田地), [요령] 초가(草家) 와가(瓦家) 별충당(別草堂)을, 짓어, 놓곡, 좋은 금전(金錢) 수다 많허게, 잇어도, 저싱 갈 땐, 아이고 돈이 한덜사 안음 ᄀᆞ득 못 안앙 가곡, [요령] 좋은 재산이 잇인덜사, 등 ᄀᆞ득, 못 지엉 가곡, [요령] 금이 잇인덜사 금각(金欄)에도 못 가고, 은이 신덜사 은곽(銀欄)에도 못 가곡, 알금탈금 벌어논, 좋은 금전 좋은 재산이, 잇어도 ᄆᆞᆫ딱323) 놓아두어근, 저싱더레 갈 때엔, 빈손으로, 저싱더레, 가는, 초로 ᄀᆞ뜬, 인생덜, 아닙네까. [요령] 부르는 건 어머니 촟는 건 촌 냉수, 약방 약도 허ᄉᆞ가 뒈고, 좋은 주사(注射) 환약(丸藥) 양약(良藥), [요령] 좋은 큰 벵완(病院) 족은 벵완, 삼신산(三神山)은 불

---

315) '신체(身體)'의 뜻.
316) 시집.
317) 남편(男便)에게.
318) 대우(待遇)를.
319) 제(除)하여 버리면.
320) 먹고자.
321) 입고자.
322) 이루어.
323) 모두.

수약(不死藥)을, [요령] 씌여본덜사, 일부 가곰 소력(效力)이 엇어지언, [요령] 저싱 염녜왕(閻羅王)에 똘른 삼처서(三差使), 인간에, 도느려근 [요령] 본향처서(本鄉差使), 압을 세와근, 호적방(戶籍房)에 호적문세(戶籍文書), 장적방(帳籍房)에 장적문세(帳籍文書), [요령] 붉은 낙점을 찍어근, 가호가호(家戶家戶), 올레올레324) 허고, 세당(혜다) 베려보민, 그날 그 시간, 운수가, 불결허고, 인간에 녹(祿)이 셔도325) 멩이 엇이민 못 살고, 멩~ 녹이 잇어도 멩이 엇이민, 못 사는, 인셍덜, 아닙네까. 녹과 멩을 잇어야, 제 명대로 살당, 저싱더레, 가는, 인셍덜, 아닙네까. [요령] 잠시 잠깐 이싱에, 불 담으레 온 초로 7뜬 인셍, [요령] 촛불 7뜬 인셍 토란(土卵) 잎에, 이실 만도 못헌, 인셍덜 아닙네까. 이간~, 군문 안에도, 여 이 탑동은, 이 탈이장에, 모든 회원 일동, 뒙네다 양친부모 혈속에, [요령] 탄셍을 허난, 어렷실 적에부떠 힘326) 베움곡, 영 허는 게, 아이고 제주도 산은 악산(惡山)이라, 여궁녀로, 탄셍허여, 어느 그때 시절에, 좋은 공부 못내 허고, 좋은 큰 학교, 못 허여, 어느 여궁녀라덜, 나라에 관로생활, 못내 허여, 열 술만 넘어가민, 요새는 고무옷 입곡, 오리발 신어근 물질허주만은, 옛날 그때 시절에는, 물속곳 하나 물적삼 하나, 머리엔 물수건 하나 씌여근, 동지 섯돌, 설한풍 벡눈327) 우이,328) 칼놀 7뜬 ㅂ름쌀에, 술이 착착 끊어지어도, [요령] 저 바당에 훈 질 두 질, 수 짚은 물질 헤여근, 이십스물이 뒈여가민 씨녁 가곡, 아기덜 낳앙 살곡, 어떤 땐 드르 노변 밧더레 돈곡,329) 저 육지 내지 울산(蔚山) 강산,330) 삼십삼 포, 물질허레 다 뎅기고, 어멍아

---

324) '올레'는 거릿길에서 집으로 이어지는 골목길.
325) 있어도.
326) 헤엄.
327) '흰눈'의 뜻.
328) 위에.
329) 달리고.
330) '강진(江津)'인 듯.

허는 애기덜, 놓아두어근, 아긴 젖 기령 울곡, 어멍은 젖 불엉, 아이고 울곡, [요령][수건으로 눈물을 닦는다.] 영 허멍 좋은 금전, 벌멍 살단 보난, 이십 스물도 넘곡 삼십 서른도, 넘곡 스십 오십, 넘곡 육십이 칠십이 다 넘엉, 넬 모레 [요령] 팔십이 다 뒈고, 이싱질은 멀어지곡 저싱질은, 가까와지곡, 허는 조순덜 뒙네다. [요령]

허는 조순인데, 조순덜 쏠물에331) 강 지게 말곡 들물 썹에도, 지게 맙서. 일만 곱시기 때에라도, 지게 말곡, 미레저게, 삼절332) 고개에, 넉날 일 혼날 일 막아줍센 허곡, [요령]

이 탈이장 신이 아이, 홍씨 이모님, 이 탑동에서 살곡 허난, 멧 헤 멧 년, 이 해녀덜 상단궐 중단궐로, 뎅기다근 몸에 신병 버쳐근, 삼시왕(三十王)에 종명(終命)을 허난, 족은이모님, 아무 것도 헐 춤333) 몰라도, [요령] 오랑334) 지도(指導) 인도(引導) 시겨주고, 영 허난 신이 아이, 저 한씨로 병자생(丙子生), 살아생전 때에, 이모 뎅기던 자국, 앚던 자리에 앚젠335) 헤여근, 연삼년(連三年) 올르게336) 뎅기단, [요령] 몸에 병이 드난, 삼시왕에, 인간을, 떠나부난, 신이 아인, [요령] 연연(年年)마다 해년마다, 뎅겸수다. [요령]

오늘도, 몸 받은 연양 당줏문, 몸줏문을 열렷수다. 상안체 중안체 하안체, 일만기덕 삼만제기, 궁적궁납 거니리곡, 전싱 궂인 형제간 조케,337) 압을 세와근 이 탈이장으로, 오라근, 제청(祭廳) 설련 헤엿수다. 제청 베단, 씌엿수다 기메338) 눌메,339) 설련을 시겻십네다. 초감제로덜 제청더레

---

331) 썰물에.
332) '절'은 물결. 파도를 흔히 '미리에기 삼성제' 혹은 '미리에기 삼성절'이라고 함.
333) 줄.
334) 와서.
335) 앉으려고.
336) 넘게.
337) 조카.
338) 종이를 오려 만든 깃발 혹은 신의 형상 따위.

덜, 위구퍼, 살려덜 옵서에-. [요령]

■ 초감제>날과국섬김

[요령을 내려놓고 장구를 치기 시작한다.]

제청더레 신도업 드립네다.

날은 갈라 어느 전, 날이며, 둘은 갈라 어느 전, 둘입네까.

올 금년, 해로 금년 갈르난, 어~

기축년, 둘은 갈르난, 영등, 이월둘, 날은 열나흘날

■ 초감제>연유닦음

초감제 연유닦음

어느 고을 어떵헌, 인간벽성(人間百姓)이, 드신 공서, 말씀전 여쭙니까.

이 탈이장(脫衣場)에

상불턱은340) 상줌녀, 중불턱은 중줌녀, 하불턱 하줌녀덜

---

339) '기메'에 운을 맞춘 것.

340) '불턱'은 해녀들이 물질을 할 때 옷을 갈아입기도 하고 언 몸을 녹이기도 하는 곳.

열명(列名), 오른 즈순덜, 받아든, 공서, 축원 원정

올립네다. 밥이 없는 축원도, 아닙네다. 옷 없는 축원도, 아닙네다.

옷광,341) 밥은, 엇엇당도 잇곡, 잇엇당도 없는 건, 철물철석이라.

빌어 밥이요. 얻어서도, 옷입네다.

하늘광, 땅 새에, 귀중헌 건 인간 목심 벳낀

업십네다.

오널은~, 강남은 천저국에서

웨눈백이,342) 영등대왕

영등벨캄은, 영등도령, 영등우장

영등하르밧님, 할마님

옵센 청허여, 즈순덜, 먹을만, 입을만, 동바당은343) 서바당, 앞바당

골고리344) 씨라도, 뿌려주어 두어

갑센345) 허고

■ 초감제>신도업

동에 청요왕(靑龍王), 서이 벡요왕(白龍王), 남이 적요황(赤龍王)

북이 흑요황님네346)

요왕황제국(龍王皇帝國)

요왕테젓님네347)

요왕은, 세경부인님

---

341) 옷과.
342) 외눈박이.
343) 동쪽 바다는.
344) 골고루.
345) 가시라고.
346) 흑용왕(黑龍王)님.
347) 용왕태자(龍王太子)님.

부원국(府院國) 삼처서(三差使), 거북ㅅ젯님네

청금상(靑金上)

죽금상(赤金上) 대왕님네덜

오널은 영등맞이 요왕해신제로

옵서 옵서. 청허저, 허십네다.

어느 신전 영헙네까.

올라 옥항상저(玉皇上帝)

내려사민 지부(地府), ㅅ천대왕(四天大王)님네

산으로 산신대왕(山神大王) 물로 가민, 다서용궁[348]

절로 가민 서산대섯님네[349]

신도업

드립네다

초공전도 신도업, 드립네다. 이공전도

신도업 드립네다. 삼공전

신도업

드립네다.

살아 목심 츠지도, 시왕(十王)이요.

죽어 목심 츠지도, 시왕 아닙네까.

시왕감서(十王監司) 신병서((新兵使)나

원앙감서(元王監司) 원병서(元兵使) 짐추염네(金緻閻羅) 테선대왕(泰山大王)

범 フ뜬

ㅅ천대왕

신도업

---

348) '다섯 용궁(龍宮)'의 뜻.

349) 서산대사(西山大師)님.

드립네다

[음영] 초제 진간대왕(泰廣大王)님네 이제 초간대왕(初江大王)님, 제삼(第三)은 송저대왕(宋帝大王)님네, 제네 오간대왕(五官大王)님네

신도업

드립네다.

[음영] 다서 염려대왕(閻羅大王) 여섯 번성대왕(變成大王) 일곱 테선대왕(泰山大王), 여덥은 평등대왕(平等大王)님네, 아홉 도시대왕(都市大王)님네, [수건을 들어 얼굴을 닦는다.] 신도업 드립네다. 열하나 지장(地藏) 열둘 생불대왕(生佛大王), 열세 좌도(左頭) 열네 우도(右頭) 열다섯 시웨(十五) 동저(童子), 판관님네도

신도업 드립네다.

또 이전

십육(十六) 스제(使者)

신도업

드립네다.

[음영] 동인350) 가민 청멩감(靑冥官)입네다 서이 가민, 벡멩감(白冥官), [소미들을 바라보며 "나 물 흐끔만 주라."고 말한다.] 백멩감입네다. 양반잇351) 집인 스당멩감(祠堂冥官)이요, 불돗집이는 불돗멩감입네다.

산신(山神) 잇는 집안에는

산신멩감(山神冥官) [소미 박영옥이 물을 가지고 와서 심방 옆에 놓는다.]

어~ 첵불(冊佛), 보는 집인 첵불멩감(冊佛冥官)

뒈옵네다

[음영] 베로 가민 선앙멩감(船王冥官)이여, 요왕(龍王)으로352) 가민 요

---

350) 동(東)에는.
351) 양반(兩班)네.

왕, [물잔을 들어 마신다.]

　요왕멩감(龍王冥官)

　아닙네까 농부한(農夫漢)이 집에

　제석멩감(帝釋冥官) 뒈옵네다

　일흔ㅇ둡 도멩감(都冥官)도 신도업 드립네다

　멩감 두에353)

　상세경은 중세경 하세경 세경장남

　신도업 드립네다 그 두에는

　ᄆ른 디도 일뤌(日月)이 뒙네다 요왕으로도 일뤌이 엇십네까 요왕세경
일뤌님네

　선앙일뤌(船王日月) 요왕일뤌(龍王日月)님네

　군능(軍雄) 삼진제왕제석

　일월 정근 조상님네도

　신도업 드립네다

　일뤌 두엔

　어느 신전 영 헙네까 천하

　각서 오본항(五本鄕) 한집님네354)

　운지당은355) ᄀ시락당356)

　각시당은357) 금읍당358)

　칠머리359) 감찰지관(監察地官)

---

352) 바다로.
353) 뒤에.
354) '한집'은 당신(堂神)을 높여 부르는 말.
355) '운지당'은 제주시 일도동에 있었던 당.
356) 제주시 용담동 한냇가에 있는 당.
357) '각시당'은 제주시 삼도동에 있었던 당.
358) 미상.
359) 제주시 건입동 바닷가의 지명. 지금은 사라봉으로 옮겨진 당이 이곳에 있었음.

한집님네도 신도업 드립네다

열두 시우전(神位前) 한집님네

신도업 드립네다

그 두이360)

본향 두에 천앙처서(天皇差使) 지왕처서(地皇差使) 인왕처서(人皇差使)

어금베(義禁府) 도서나자(都事羅將) 발금처섯님네361)

신도업 드립네다

낭엔362) 절량처섭네다363) 물에 엄서(淹死)

질엔364) 노정(路中) 객사처서(客死差使)

약엔 도약(毒藥) 서약(死藥)

처서관장님네

저싱 이원스제

이싱은 강림스제(姜林使者)

명도멩감(明刀冥官)

삼처섯님

신도업

드립네다

[음영] 돋물365) 처서는 다서용궁, 쫀물 처서는, [장구 치는 것을 멈추고 다시 물을 마신다.] 부원국 삼처서 거북스젯님네꼬지, 신도업,

드립네다에―.

신도업 드리시난

_____

360) 뒤에.
361) ‘발금차사’님네. ‘발금’의 뜻은 미상. ‘발검(拔劍)’인 듯.
362) 나무에는.
363) 결항차사(結項差使)입니다.
364) 길에는.
365) 민물. 담수(淡水).

영등대왕은 영등벨캄님네

영등우장

영등하르바님네

할마님네

어~ 신도업

드립네다

[음영] 청금상(青金上)도 대왕이요, 죽금상(赤金上)도 대왕입네다. [수건
으로 얼굴을 닦는다.]

신도업을 드립네다

드려가며

동이~

청요왕

서이 벡요왕

남이 적요왕

북이 흑요왕

어기역 제기역

스만스천 스신요왕님네

신도업

드립네다

요왕황제국

요왕은 테젓님네

신도업

드립네다

요왕세경 부인님네

신도업 드립네다

어~ 그 두에

베로 가민 선앙일뤼님네

신도업 드립네다

요왕선앙 일뤼님네

안여지기 밧여지기

놀던 선앙님네

신도업 드립네다

신이 아이 몸받던 신공시로

어~

삼시왕 삼하늘

고옛선성님네

신도업 드립네다

유정싱(柳政丞) 뜨님아기

신도업 드립네다 씨부모(媤父母) 초상님네

경훈이 아바님

신도업 드립네다

친정부모 하르밧님네에

큰아바지 셍부 아바지네

나 동생

선씨일월 구실할마님네

양씨 큰고모님 셋고모

말저고모님네

어~ 족은 고모님네

어~ 강씨 이모부 홍씨 이모님네 이 단궐에 앚아낫수다.366)

하다 이 조케367) 뎅겸수다368) 앚아난 디 사난 디

---

366) 앉았었습니다.

367) 조카.

가시 들 일 헌서 날 일 어~ 막아줍서덜

신도업 드립네다

박씨 부모 아바님

어멍님 몸받던

일월 삼명도 어진 조상은 서화리(細花里)369) 해녀박물관(海女博物館)에
갓수다

섭섭이 생각 말아 신공시로 신도업 드립네다

어~ 안씨 아지바님네

신숙이 아지바님네덜

우리 스무실(事務室)에370) 전수(傳受) 이수(履修) 모든 회원덜 몸받은 일
월 정근 조상님네

신도업 드립네다

불쌍헌 강씨 삼춘~

[음영] 아이고 삼춘도 씨누이 산 때엔 ᄀ찌, 오곡 가곡 혜엿수다. 신이
아이 간, 궂게시리 돌앙 갑센 혜영

처섯상(差使床) 놓아근 빌곡 허난 어제 그지게371) 고비엔372) 허난 어제
오후 세 시에 인간 떠난 부하 삼춘님

눌혼으로373) 싯수다 신공시 혼 쪽으로 오라근

신도업 드립네다

드려가며

___

368) 다닙니다.
369) 제주시 구좌읍에 속한 마을.
370) '사무실'은 국가지정 중요무형문화재 제71호 제주칠머리당영등굿 보존회 사무실을
말함.
371) 그저께.
372) 고비라고.
373) '눌혼'은 갓 세상 떠난 영혼.

어~ 혼 안체로374)

오랏수다 서씨(徐氏) 조케 몸받은 일월 정근 조상

웨조(外祖) 웨편(外便) 성주(姓祖) 성편(姓便)

씨부모 초상님네

친정부모 아바지

신공시로 신도업 드립네다

성은 박씨 동생 씨부모 조상 정씨 저 남편 아덜 홀목375) 심어376)

신공시로

신도업

드립네다

[음영] 이 무을에 앚던 선성(先生)입네다. 사던 선성입네다.

당 서립(設立)허고 절 서립헌 선성님네

신도업

드립네다덜

어~ 고씨 동싱

몸을 받은 부모 조상님네

이씨 동생

부모초상 웨진 초상

성조 성편 먼에 궨당(眷黨) ㅂ딘 궨당님네

신도업

드리시니 드립네다

신도업 드리시난 어느 신전 영 헙네까

제청더레 다 신도업 드립네다에-.

---

374) '안체'는 심방들이 무구를 싸는 보자기 따위.

375) 손목.

376) 붙잡고.

[장구를 멈춘다.]

■ 초감제>제차넘김

신도업을 드리난, 초상님네 문을 열령 들고 나고, 허시저 허시는데, 오리(五里) 안도 부정(不淨)이 많헙네다. [소미 박영옥이 대령상을 문전으로 가져간다.] 십리(十里) 안도, 부정이 많헙네다 십리 베낏디도, 부정이 많헙네다 서정신이,377) 많헙네다 울선378) 장안 부정, 제청 앞도 부정 제청 베낏디, 제물(祭物) 제양(祭享) 기메 눌메 전지, 부정 서정신이, 많은 듯, 허는구나. [심방이 신자리에서 일어나며 말명을 한다.] 은하봉천수(銀河奉天水), 지장산새밋물, 우봉379) 숨숨들이380) 떠들르멍, 부정 서정이랑, 신가이고 나카여. [물을 마신다.]

영등굿 초감제 (2)

자료코드 : 10_01_SRS_20090310_HNC_KSS_0001_s02
조사장소 : 제주특별자치도 제주시 삼도2동 1256번지 탑동 해녀 탈의장
조사일시 : 2009.3.10
조 사 자 : 허남춘, 강정식, 강소전, 송정희
제 보 자 : 박영옥, 여, 63세 외 2인
구연상황 : 새ᄃ림은 신을 제장으로 모시기 전에 제장과 단골들의 부정을 정화하는 제차이다. 새ᄃ림은 소미 박영옥이 나섰다. 물감상을 하고 부정가임을 하는 것이 예사이나 물감상은 생략하였으며 부정가임도 간단히 줄였다. 단골들을 불러 앉혀 하는 새ᄃ림만은 길게 하였다.

---

377) '서정'은 '부정'에 운을 맞춘 것.
378) '울'과 '성(城)'이 더해진 말.
379) '우봉'은 긴한 데 쓰기 위하여 먼저 취함의 뜻.
380) 가득.

■ 초감제>새ᄃ림>부정가임

[박영옥 심방(평복)][오른손에 신칼을 잡고 말명을 한다.] 부정 서정 안으로 바깟딜로 바깟딜로 안으로, 부정 서정, 신가~이고 내카입네다.

∥중판∥[공싯상에 있던 물그릇을 왼손으로 든다. 양손을 들고 신자리로 가서 제상 중앙을 향해 함께 모으며 내린다. 양손을 들고 뒤돌면서 문전을 마주 보고 양손을 앞으로 함께 모아 내린다.]

∥중판감장∥[오른손에 신칼을 모아 잡고 왼손에 물그릇을 잡은 상태에서 몸을 돌려 신칼치메를 어깨에 걸쳤다가 내리며 오른감장을 두 번 돈다.]

∥중판∥[신칼치메를 어깨에 걸치고 제상 앞으로 가서 내리면서 고개 숙여 절하듯이 한다. 바닥에 물그릇을 내려놓는다. 말명을 하나 연물소리에 묻혀 들리지 않는다.]

■ 초감제>새ᄃ림>새ᄃ림

어~, 신가이다 남은 물 버리민~, (심방 : 이레 ᄆᆞ딱 앚입서.) 땅나구리 방울방울 줏어 먹어~, [공싯상에 있는 요령을 잡아 흔든다. 단골들이 제상에 나와 앉아 제상을 향해 절을 한다.] 본주지관(本主祭官) 압장 제주도 그 옛날 지붕 상상 ᄌᆞ추물,[381] 억만 수궤 무어 드려가며, 큰물에는 용 놀고, 작은 물 새 앚아 놉네다. [요령] 용광 새랑 낫낫치 ᄃ리자.

∥새ᄃ림∥[소미들, 장구와 북을 친다. 심방 서순실이 선소리를 훗소리로 그대로 받는다. 단골들이 계속 절을 한다.]

새물로 새양아 [요령]
원물로 ᄃ리자 [요령]
원물로 새양아 [요령]

---

381) 'ᄌᆞ추물'은 '조추ᄆᆞ르'로 상마루 맨 위 꼭대기.

새물로 드리자 [요령]

어느야 물에서 [요령]

용 아니 놉네까 [요령]

어느야 물에서 [요령]

새 아니 놉네까 [요령]

큰물엔 용 놀고 [요령]

작은 물 새 논다 [요령]

용광 새랑은 [요령]

낫낫치 드리자 [요령]

올라 사면 옥항상제 [요령]

지부ㅅ천대왕 [요령]

산으론 산신벡관(山神百官) [요령]

다서용궁 [요령]

할마님 오는데 [요령]

새 둘라382) 오는고 [요령]

초공 이공 삼공○○ [요령]

시왕전 악심새 [요령]

십육은 ㅅ제새 [요령]

삼멩감 새로다 [요령]

삼체서 새로다 [요령]

[소미 서순실은 "삼체서 관장님"이라고 받는다.]

부원국 일월새 [요령]

일문전 도살새 [요령]

본당새 신당새 [요령]

---

382) 따라.

[소미 서순실은 "삼본향한집님"라고 받는다.]

본향은 청갈새 [요령]

스신요왕에서 [요령]

인간 뜨라오시는 [요령]

오널은 수신제(水神祭)로 [요령]

신수퍼 오는데 [요령]

새 둘라 오는고 [요령]

쏠 그린 새라근 [요령]

[박영옥 심방이 공싯상에 있는 쌀그릇에 쌀을 조금 집는다.]

쏠 주며 드리고 [요령]

[신칼치메를 밖에서 안으로 안에서 밖으로 흔든다.]

애 몰른 새라근 [요령]

물 주며 드리자 [요령]

주어라 휠~쭉 [요령]

[단골들 머리 위로 신칼치메를 내리친다. 쌀도 함께 뿌린다.]

초감제 새드림

휠쭉 휠짱 [요령]

낫낫치 드리자 [요령]

동서남북으로 [요령]

짓눌아 나는고 [요령]

신공시로 [요령]

엿선성 오는데 [요령]

새 둘라 오는고 [요령]

당줏새 몸주새 [요령]

울랑국 범천왕 [요령]

살이살성 주던 새 [요령]

요 새를 드리자 [요령]

신공싯상으로 [요령]

쑬 주며 물 주며 [요령]

[공싯상에 있는 쌀그릇에 쌀을 조금 집는다.]

다 잡아 드리자 [요령]

주어라 휠~쭉 [요령]

[제상을 향해 신칼치메를 내리친다. 쌀도 함께 뿌린다.]

휠쭉 휠짱 [요령]

다 잡아 드리자 [요령]

짓눌아 나는고 [요령]

요새야 본초가 [요령]

어데야 본인고 [요령]

문국성 드리자 [요령]

서수왕 본이사 [요령]

즈청비 본이여 [요령]

문왕성 문도령 [요령]

서수왕 서편에 [요령]

막편지383) 드리난 [요령]

지알에384) ᄌ청비 [요령]

암창게385) 들던고 [요령]

이열병 나던고 [요령]

문 열련 보시난 [요령]

[소미 서순실은 "문 올안 보난"이라고 받는다.]

온갖 새 나던고 [요령]

남자엔 곰방새 [요령]

여자엔 헤말림새 [요령]

벌어논 금전에 [요령]

살첫 살럼에 [요령]

헤말림 주던 새 [요령]

요 새가 들어근 [요령]

열명 오른 ᄌ순덜 [요령]

정새를 주는고 [요령]

○○○○ 주는고 [요령]

머리로 나는 건 [요령]

두통새 나는고 [요령]

○○○○○새 [요령]

○○○○○새 ○○○ [요령]

목에야 ᄀ른 새 [요령]

자손에 공소지 [요령]

---

383) 마지막 편지. 혼인 잔치 전에 연길(涓吉) 날짜를 신부집에 전하는 예장(禮狀).
384) '지알'은 지하(地下).
385) 신랑이 와서 데려가기 전에 신부가 자원하여 먼저 신랑에게 가는 혼인.

양단 어깨 청비게 [요령]

흑비게 주던 새 [요령]

악심새 용왕새 천왕새 [요령]

동헤 청새 서이 백새 [요령]

서새 북새 [요령]

중앙 황신새 [요령]

날로 둘로 [요령]

‖좃인석‖[단골들에게 신칼로 찌르는 시늉을 한다. 단골 중 한 명이 숟가락으로 심방 흉내를 낸다. 공싯상에 요령을 내려놓는다. 심방이 심방 흉내 내던 단골에게도 신칼로 찌르는 시늉을 한다. 신칼치메로 단골들 머리를 내리친다. 신칼치메를 잡고 신칼을 단골들 머리 위에서 돌리고 제상 앞에서 신칼점을 본다. 고개 숙여 절한다. 단골들도 모두 따라 절을 한다. 심방 흉내 내던 단골도 숟가락을 던져 점을 본다. 심방이 점괘를 보아준다. 공싯상 앞에 있던 물그릇을 들고 물을 한 모금 머금고 절을 하는 단골들에게 나가라고 손짓한 뒤에 단골을 향해 물을 뿜어낸다. 심방 흉내를 내던 단골도 따라한다. 모두 웃는다. 신칼을 공싯상에 올려놓는다. 물그릇을 들고 신자리에 서서 말명을 한다.]

■ 초감제>새ᄃ림>제차넘김

용광 새, 낫낫치, 제추(除出)를 시겨수다. 초감제 연ᄃ리로, ○○ 재차 나상,386) 일문전 신수푸명,387) 초군문 이군문 삼서도군문드레 뒈돌아 점주헙서. [문전으로 가서 물그릇을 바닥에 내려놓는다.]

---

386) 나서서.
387) 내놓으면서.

영등굿 초감제 (3)

자료코드 : 10_01_SRS_20090310_HNC_KSS_0001_s03
조사장소 : 제주특별자치도 제주시 삼도2동 1256번지 탑동 해녀 탈의장
조사일시 : 2009.3.10
조 사 자 : 허남춘, 강정식, 강소전, 송정희
제 보 자 : 강순선, 여, 68세 외 2인
구연상황 : 다시 큰심방이 나서서 초감제를 계속하였다. 군문열림--살려옵서의 순서로
이어진다. 군문열림은 신이 인간세계로 나올 수 있도록 군문을 여는 제차이
다. 심방은 신칼과 감상기를 들고 신자리와 문전을 오가며 소미들의 연물소리
에 맞추어 춤을 춘다. 살려옵서는 신의 위계 순으로 일일이 거명하며 오시라
고 한다. 이번에는 신자리에 앉아 장구를 치면서 구연한다. 다만 군웅을 청할
때는 일어서서 바라춤을 추고 덕담창을 하여 놀리기도 한다.

■ 초감제>군문열림>군문돌아봄

　[강순선(한복, 이멍걸이)][심방 강순선이 공싯상에 있던 신칼과 요령 두
개를 들고 나선다. 신자리를 천천히 돌면서 말명을 한다.]

초감제 군문열림

　제청더레~, 신도업 드렷십네다. 새는 낫낫치, 드려[388] 잇십네다. 새물

공방 주이주잇잔, 저면정 많이많이, 열두 소잔(小盞) 지넹겨389) 드려가멍, 옵서 청허저 허시는데, 신이 왈 신이 법, 인이 왈은 인이 법, 잇십네다. 인간백성도 들고 나젠 허민, 문을 열려야 들고 나는 법입네다. 신전 초상님네, 들고 오저 허시는데, 문을 열려야만, 옵네다. 천황 가민 열두 문, 지황 열혼 문, 인왕 아홉 문 동이 청문 서에 벡문, 남이 적문 북에 흑문, 본당 신당문이로구나. 이 탈이장~, 상불턱에 상줌녀, 중불턱에 중줌녀 하불턱에, 하줌녀 일만 줌수덜, 올 금년은 윤돌 잇이난 열석 둘 가운데, 궂인 수액 궂인 액년, 운수 운방문, 열리저 영협네다덜 신공시, 부모 정근 초상님네, 어~ 오시저 허시는데, 초군문 이군문 삼서도군문도 돌아올려-.

‖ 중판 ‖ [신칼을 양손에 나누어 잡고 요령은 오른손에 잡는다. 제상을 향해 양쪽 신칼치메를 어깨에 걸쳤다가 양손을 모아 함께 내리며 절하듯이 한다. 요령을 흔든다. 오른쪽 신칼치메를 어깨에 걸치고 왼쪽 신칼치메를 휘돌리어 양손 모아 함께 내리며 절하듯이 한다. 뒤로 돌아 왼쪽 신칼치메를 오른팔에 걸치고 오른쪽 신칼치메를 휘돌리어 문전으로 걸어간다. 문전 앞에서 양손 모아 함께 내리며 절하듯이 한다. 요령을 흔들며 오른쪽 신칼치메를 밖에서 안으로 안에서 밖으로 흔든다. 왼쪽 신칼치메를 밖에서 안으로 안에서 밖으로 흔든다. 다시 요령을 흔들며 오른쪽 신칼치메를 밖에서 안으로 안에서 밖으로 흔든다. 요령을 흔들며 양쪽 신칼치메를 안에서 밖으로 흔든다. 왼쪽 신칼치메를 밖에서 안으로 흔들며 오른쪽 신칼치메를 어깨에 걸쳤다가 양손 모아 함께 내리며 절하듯이 한다. 뒤로 돌아 왼쪽 신칼치메를 오른팔에 걸치고 오른쪽 신칼치메를 휘돌리어 요령을 흔들며 제상을 향해 걸어간다. 제상 앞에서 양손 모아 함께 내리며 절하듯이 한다. 뒤로 물러나면서 요령을 흔들며 오른쪽 신칼치메를 밖에서 안으로 안에서 밖으로 흔든다. 왼쪽 신칼치메를 밖에서 안으로 흔든다.

388) 쫓아.
389) 넘겨.

양쪽 신칼치메를 안에서 밖으로 흔든다. 다시 앞으로 가며 오른쪽 신칼치메를 밖에서 안으로 안에서 밖으로 흔든다. 왼쪽 신칼치메를 밖에서 안으로 흔든다. 오른쪽 신칼치메를 어깨에 걸치며 왼쪽 신칼치메를 휘돌리어 양손 모아 함께 내리며 절하듯이 한다.]

‖중판감장‖[요령을 흔들며 오른쪽 신칼치메를 어깨에 걸쳤다가 내리고 왼쪽 신칼치메를 휘돌리어 양손 앞으로 내밀며 왼감장을 세 번 돈다. 몸을 돌려 오른감장을 두 번 돈다. 제상을 향해 오른쪽 신칼치메를 어깨에 걸치며 왼쪽 신칼치메를 휘돌리어 양손을 모아 함께 내리며 절하듯이 한다. 신자리를 돌며 말명을 한다.]

- ■ 초감제>군문열림>군문에 인정

  초군문 이군문 삼서도군문, 돌안 보난, 문문마다 감옥성방(監獄刑房), 옥서내장(獄司羅將) 감철관(監察官), 도대장(都大將) 문을 잡아옵네다. 발에 맞인 발라제[390] 지레[391] 맞인, 질롸제[392] 저싱돈은 헌폐지전(獻幣之錢), 이싱돈은 혼지와,[393] 일만 줌수덜 벌어먹어, 역갑네다.[394] 벌어 쓴 속전(贖錢), 아닙네까.

- ■ 초감제>군문열림>군문열림

  문을 열려가라 허는구나. 저 영등대왕, 영등벨캄, 영등호장, 영등하르바님네, 할마님네, 용왕황제국, 오는, 시군문도 열려줍서-.

  ‖중판‖[제상을 향해 서서 요령을 흔들며 오른쪽 신칼치메를 어깨에

---

390) 기원자의 발, 곧 두 팔을 벌린 길이로 그 연령만큼 길이를 재어 마련한 피륙.
391) 키. 신장.
392) 기원자의 '지레', 곧 신장에 해당하는 길이로 다시 그 연령만큼 재어 마련한 피륙.
393) '지와'는 지화(紙貨). 앞의 '은'은 '이싱돈은'의 '은'이 뒤로 넘어가 '이싱돈 은지화'처럼 되는 것인데 '은지화'가 별도의 단어처럼 굳어진 결과임.
394) 역가(役價)입니다.

걸치며 왼쪽 신칼치메를 휘돌리어 양손 모아 함께 내리며 절하듯이 한다. 몸을 돌려 오른쪽 신칼치메를 어깨에 걸치고 왼쪽 신칼치메를 휘돌리어 문전으로 간다. 문전 앞에서 양손 모아 함께 내리며 절하듯이 한다. 문전 앞에 쪼그려 앉아 요령을 바닥에 내려놓고 신칼을 왼손에 모아 잡고 오른 손으로 신칼치메를 잡아 신칼점을 두 번 본다. 고개 숙여 절한다. 다시 말명을 하며 신칼점을 세 번 본다.] 영등소령 영등호장 [고개 숙여 절한다. 다시 신칼점을 두 번 본다.] 용왕황제국~ [고개 숙여 절한다. 신칼점을 네 번 본다.] 거북수제. [신칼을 양손에 나누어 잡고 요령을 오른손에 잡고 일어선다. 요령을 흔들며 오른쪽 신칼치메를 어깨에 걸치며 왼쪽 신칼치메를 휘돌리어 양손을 모아 함께 내리며 절하듯이 한다. 몸을 돌려 요령을 흔들며 왼쪽 신칼치메를 오른팔에 걸치고 오른쪽 신칼치메를 휘돌리어 제상 앞으로 간다. 제상 앞에서 양손 모아 함께 내리며 절하듯이 한다. 오른쪽 신칼치메를 어깨에 걸치며 왼쪽 신칼치메를 휘돌리어 양손 모아 함께 내리며 절하듯이 한다.]

∥중판감장∥[몸을 돌려 요령을 흔들며 오른쪽 신칼치메를 어깨에 걸치며 왼쪽 신칼치메를 휘돌리어 양손을 앞으로 내밀어 왼감장을 두 번 돈다. 오른쪽 신칼치메를 왼팔에 걸쳤다가 내리며 양손 앞으로 내밀어 오른감장을 두 번 돈다. 제상을 향해 오른쪽 신칼치메를 어깨에 걸치며 왼쪽 신칼치메를 휘돌리어 양손 모아 함께 내리며 절하듯이 한다.]

∥중판∥[쪼그려 앉아 요령을 바닥에 던지고 신칼을 왼손에 모아 잡고 오른손으로 신칼치메를 잡아 신칼점을 본다. 고개 숙여 절한다. 말명을 하며 신칼점을 열 번 본다. 말명은 연물소리에 묻혀 들리지 않는다. 고개 숙여 절한다. 연물이 점점 빨라져 줏인석을 잠시 치다 그친다.]

■ 초감제>군문열림>주잔넘김
초군문 열린 디도 주잔(酒盞)입네다. [신자리에 있는 요령을 들어 공싯

상으로 가져다 놓는다.] 이군문 열린 디도, 주잔덜, 디립네다 [신칼을 공
싯상에 놓는다. 소미 서순실이 수건을 건네주어 받는다.] 삼서도군문, 열
린 디도 주잔덜 드립네다. 본당 신당문, 열린 디도, 주잔덜, 드립네다. [제
상 옆에 있는 물병의 물을 따라 마신다. 문전을 향하여 서서 말명을 계속
한다.] 영등대왕, 영등벨캄 영등, 도령(道令) 영등, 우장(戶長), 영등하르바
님네 할마님네, 오는 시군문 열린 디도, 주잔덜 많이덜 드립네다. 청금상
도 대왕이요, 죽금상도 대왕이요, 동이 청요왕 서이 벡요왕, 남이 적요왕
북이 흑요왕, 스만스천 스신요왕은, 요왕황제국 테저님네, 요왕부인님 세
경부인님네 문 열려근, 어서 옵서, 제주시에 각서 오본향, 한집님네덜이
영, 문 열린 디, 주잔덜 드립네다덜~. 흔 불턱에 앚앙 놀곡, 흔 바당에서,
물질허당, 세상 떠난, 영혼님네, 저디, 옛날은 남저(男子)는 나민, 어느 좋
은 공부 못헌, 사름덜은, 천근(千斤) 술에 벡근(百斤)은, 뽕돌에,395) 저 바
당에 고기 잡으레 뎅기당396) 수중고혼(水中孤魂) 뒌 영가(靈駕)님네영, 이
탑동에 놀레덜 오랏당 떨어지엉 죽곡, 자살헤영 죽곡, 나이 몰라 이름 셍
명(姓名) 몰라, 죽어가던 이런 영혼덜, 주잔덜 드립네다 신공시로도,397) 부
모초상님네, 주잔덜 많이많이덜, 지넹겨 드려가멍,

■ 초감제>군문열림>분부사룀

[잠수들을 향하여 돌아서서 말명을 한다.] 상불턱에 상줌수, 어른님아
중불턱에, 중줌수 어른님아, 하불턱에, 하줌수, 어른님아, 이거 멧 헤 멧
십년, 성은 홍씨, 이모님 이 탑동에, 존 전싱 그르치난398) 살 때부떠, 이
름 좋은 홍멩옥이,399) 불러 웨여 허영 뎅기단, 몸에 벵 나근, 못 뎅기게

---

395) 봉돌에.
396) 다니다가.
397) '공시'는 심방 조상.
398) '존 전싱 그르치난'은 '심방이 되어 신세를 그르치게 되니'의 뜻.
399) 고 홍명옥 심방을 말함.

뒈난, 이모 뎅겨난 자국, 앚아난 자리, 신이 아이 조케가 뒈여지곡 영 허 난, 이젠 대신대납(代身代納)으로 멧 해 멧 년 동안, 뎅겸수다.400) 문을 열 려근 문 ᄀᆞ뭇401) 알안 보난, 이번 참도, 영등굿 허젠 허난, 니는 니여 나 는 나여 니 탓 나 탓, ᄋᆞ라402) 인간이~, 이견(意見)이 맞질 못 허영, 충돌 이, 뒌 일도 잇어지곡, 초상도 이때ᄁᆞ지 옵센 허곡, 오널도 옵센 허난, 초 상덜은 오랑 상을 받앙 가젠 허난, 섭섭허다 섭섭허다. 요왕에서도 섭섭 허다. 뒷손으로 개밥 주듯이 헐 바에사 아니 허영 좋주만은, ᄌᆞ손덜 정녜 (情理)가 불쌍허난, 초군문도 곱게시리 열려주곡, 이군문도 곱게 열려주곡, 삼서도군문도 곱게시리 열려줍네다. [잠수들이 "아이고, 고맙수다."라고 하면서 앉은 채로 양손을 모아 절을 한다.] 열려주고, 영등대왕 영등하르 바님네 할머님네, 오곡씨를 앗앙 오라근~, 동바당은 서바당, 앞바당은, 씨는 골고루 뿌려주어 두엉, 갈로구나. 갈로구나만은, 바당 오염뒈영 허는 일이야, 어찌헐 수가 잇이냐. 나는 씨는 다 뿌려두엉 가켄, 영등에선, 굴 암수다.403) ᄀᆞ고404) 그 두에는, 멩심헐 거는, 어느 상줌수 중줌수, 하줌수 덜 날 삼재(三災), 든 ᄌᆞ순이영~, 어느 쉰셋이여 쉰일곱, 예순아홉 예순, 일곱 설 일흔일곱, 난 ᄌᆞ순덜, 저 물질에 뎅기는 디 ᄒᆞ쏠,405) 멩심을 허영, 뎅기렌,406) 굴암수다. [잠수들이 "우리 ᄆᆞ딱 막아줍서예. ᄆᆞ딱 막아줍서 예. 요왕님에서."라고 말한다.] 굴암시난에 일로 도액 잘 막곡, 오널 ᄒᆞ루 웃임 웃이멍, 이 기도 곱게 필봉허민, ᄌᆞ순덜 뎅기는 질, 불썬 몱은 질을, 다까주마407) 나 ᄌᆞ순덜, 고맙다 착허다 헙네다. 불쌍헌 ᄌᆞ순덜아, 우리 제

---

400) 다닙니다.
401) 금.
402) 여러.
403) 말합니다.
404) 말하고.
405) 조금.
406) 다니라고.
407) 닦아주마.

주도 산은 악산(惡山)이난, 여궁네 탄셍허민, 혼 설로 일고ㅇ듭 설, 열 설
만 나 가민, 물에 힘[408) 베와근,409) 열다섯 뒈여가민, 물속곳 멘들아주곡
물적삼 헤여주곡, [우는 목소리로 말한다.] 아이고 옛날은 보리밥 세끈도
기룹곡, 조팝 세끈도 기룹곡 요샌 빌어도 쏠밥이곡, 얻어도 좋은 옷이건
만은, 그때 시절에는, 가난허고 서난허곡,410) 아이고 시집 강 살젠 허난,
육지 내지, 아까운 애기덜 다 놓아두엉 강 물질헤영 돈 벌엉 오라근, 동동
팔뤌(八月) 돌, 뒈여가민 어느 때민, 이 제주도 고향땅 춫앙 오코. 아이고
물애기411) 놓아두엉, 아긴 배 고파, 젖 기령 울곡 어멍은 젖 불엉 울곡,
요새 영 고무옷 입으난, 아칙이412) 들민 호룰413) 저물앙414) 살앗주만은,
그때 시절에는 물적삼 하나, 물속 물속곳 하나 입곡, 대가리엔 물수건 하
나 씌영, 동지 섯둘 칼눌 ᄀ뜬 보름쏠에, 벡눈이415) 팔팔 헤여도 바당만
벌민,416) 저 바당에 혼 질 두 질 수 짚은 질, 물쏘곱드레417) 들어갈 땐 아
이고 이번은 나, 물 우에 텅418) 나왕 살아질 건가. 물 우이 나오랑 진 숨
비419) ᄌ른420) 숨비 다 허고, [손님이 찾아와 제상에 부조금 봉투를 놓고
절을 한다.] 아이고 물이 더운 한더위가 뒈여도, 앚앙 놀지 못허곡, 허에
민 드릇 노변더레 돌곡, 허에민 바당더레 돌곡, 허에민 요새, 아이고 보일
라 까스덜 놓안 살암주만은 옛날은, 솔잎도 걷어당 밥 헤영 먹곡, 낭도421)

---

408) 헤엄.
409) 배워서.
410) '서난'은 앞의 '가난'에 운을 맞춘 것.
411) 젖먹이.
412) 아침에.
413) 하루.
414) 저물도록.
415) 흰눈이.
416) 잔잔하면.
417) 물속으로.
418) 떠서.
419) 자맥질.
420) 짧은.

혜여당 밥 헤영 먹곡, 똥 줏어당 구둘묵 질엉, 살곡~. 아이고 영헌 시대도 넘엇숫게. [울면서 말하는 것을 그친다.]

■ 초감제>군문열림>분부사룀>영게울림

불쌍헌 ᄌ순덜아, 혼 불턱에서, 물질허던 영혼 영신님네, 저 면정 들어 사멩, 형님네 나 동싱덜 나도 살아시민, 영등굿 헌덴 허난 [다시 울면서 말한다.] ᄀ찌422) 오랑423) 앚앙 놀곡, ᄀ찌덜 심바름허곡424) 웃임 웃곡, 헐 건디, 나, [수건으로 얼굴을 닦는다.] 멩(命)이 메기난425) 난 죽어지엇숫게 오널은, 영등굿 헌덴 허난, 아이고 삼혼정(三魂情)으로, 오람수다. 불쌍헌 영혼 영신, 오래오래덜 멩 질게426) 멩 질게 살당, 이싱이 극락이주, 저싱은 혼 번 가민 돌아 환싱 못 허는, 저싱질 아닙네까. 금이 신덜427) 금곽(金槨)에도 못 가곡 은이 신들 은곽에도 못 가곡, 몬딱428) 놓아둥 빈손으로, 저싱 가는, 인간덜 아닙네까. [울음을 그친다.] 오널은 영등맞이 요왕해신제 혜여준덴 허난, 나도 오람십네다.429) 오람수다.430)

■ 초감제>군문열림>분부사룀>영게울림>원미, ᄌ소지 권청

저 면정에 수월미(水元味)나, 청감주(淸甘酒) ᄌ소지(紫燒酒)로, 많이덜 권청덜 드려가멍,

---

421) 나무도.
422) 같이.
423) 와서.
424) 심부름하고.
425) 다하니.
426) 길게.
427) 있은들.
428) 모두.
429) 오고 있습니다.
430) 옵니다.

■ 초감제＞군문열림＞분부사룀(계속)

일로덜 헤여근, 궂뎬 헌 어른덜랑 액 잘 막아불곡 허게 뒈민, 올 금년 윤둘 드난 열석 둘인데, 열석 둘 가운데, 몸이나 펜안(便安)허고 사고만 엇건, 오널 ᄒ루 ᄆᆞᆷ 먹어근, 공든 생각을, 헙서. 분부는, 여쭈아 드립네다.

■ 초감제＞군문열림＞제차넘김

분부는 여쭈아 드려가멍, [수건으로 얼굴을 닦으며 신자리로 돌아간다.] 제청더레덜, [심방은 제상 중앙을 마주보며 신자리에 앉고, 소미 서순실이 장구를 가져와 앞에 놓는다.] 초감제(初監祭)로덜, 위구퍼, 살려덜, 오넵소서-.431) [물을 마신다. 잠수 대표들은 일어나 절을 한다.]

■ 초감제＞살려옵서

[신자리에 앉아 장구를 치면서 말명을 한다.]

초감제 연ᄃ리로

제청드레 위구퍼 살려옵서

올라 옥항상저 내려 지부ᄉ천대왕

산으로 산신대왕

물로 가민 다서용궁 절로 가민 서산대서 육환대서(六觀大師) 살려옵서

인간 불돈 할마님네

제청드레 위구퍼 살려옵서

날궁전도 궁이웨다 둘궁전도 궁이웨다 짚어 앚아 삼진상궁

시님은 초공 불법 상시당은

성진(姓親) 땅은 황금산 웨진(外親) 땅은 죽금산 어~ 어멍은 노가단풍

---

431) 옵소서.

주지멩왕 아기씨

　신공시더레 위구퍼 살려옵서

　궁이 아덜 삼형제 젯부기 삼형제도

　살려옵서

　이공 서천도산국 청게왕도 상시당 벡게왕도 상시당님

　원진국 김진국 사라도령

　사라부인 월광아미 월광부인 신산만산 할락궁이

　궁녀(宮女) 시녀(侍女) 꼿감관은 꼿셍인

　살려옵서

　삼공 안땅 주년국

　강이영성 이슬불 궁문구천국

　큰마퉁이 셋마퉁이 족은마퉁이

　살려옵서

　글 허기도 전상[432] 활 허기도 전상이요 물질허기도

　전상이 아닙네까

　살려옵서

　시왕감서(十王監司) 신병서(新兵使) 원왕감서(元王監司)

　원병서(元兵使) 짐추염녜(金緻閻羅) 테선대왕(泰山大王) 범 그뜬 ᄉ천대
왕(四天大王)

　초제 진간대왕(泰廣大王) 이제 초간대왕(初江大王) 제삼은 송거대왕(宋帝
大王) 제네 오간대왕(五官大王)

　다서 염려대왕(閻羅大王)

　여섯은 번성대왕(變成大王)님네

　아홉 도시대왕(都市大王)

---

432) 운명처럼 하게 되는 일. 전생(前生)의 업(業).

열 십 전대왕(轉大王)

열하나 지장(地藏) 열둘 셍불(生佛) 열세 좌두(左頭)

열네 우두(右頭)

열다섯 시에(十五) 동저판관(童子判官)

살려옵서

여레섯

십육(十六) 스제(使者)님네

살려나 옵서

삼멩감(三冥官)도

살려옵서

상세경도

살려나 옵서.

[장구 치는 것을 멈춘다.] 세경 두에는, 군눙일월(軍雄日月) 삼진제왕, 제석입네다~. 이거~ 사가(私家)에도, [장구채로 공싯상의 신칼치메를 한 쪽으로 밀어 잘 정리한다.] 군눙일월 초상덜도 잇고, 이거 오널은~ 영등 맞이로도~, [장구채를 장구 조임줄에 끼운다.] 세경도 일뤌입네다 요왕도 일뤌입네다. 선앙도 일뤌입네다. [장구를 옆으로 치운다.] 일뤌 초상이라 근, 금바랑⁴³³⁾ 옥바랑, [물을 마신다.] 즈지은바랑으로, 제청더레 다 위구 풉서.

■ 초감제>살려옵서>일월조상 청해서 놀림

‖중판‖ [신자리에서 일어나 문전으로 간다. 문전 앞에 있는 바랑을 들 고 마주 친다. 바랑을 치며 제상 앞으로 나아간다. 신자리에서 한 번 돌고 제상 앞으로 걸어간다. 뒤로 물러난다. 바랑점을 본다. 제상을 바라보고

---

433) '바랑'은 바라.

왼쪽 바랑을 집어 다시 던진다. 바랑 두 개를 모아 잡고 공싯상 옆에 놓는다.]

넉사로다 마로야 뒤야. [심방은 물을 마시고, 신자리를 정리한다.]

[북(서순실), 장구(박영옥)][소미들이 연물을 치면서 노래한다.]

아~ 어야 어어어야.

산 넘어 간다 물 넘어 간다.

[다시 심방이 나선다. 소미들은 "그렇지." 하며 추임새를 한다.]

아, 어리소. 어~, 지쳤구나 다쳤구나. 아 이거 이거 작년, 영등 이월, 이거 열나흘날, 들어난 소리여. 들어난 이거 울뿍[434] 울쩡[435] 소리로구나. 이거 일년만이, 이거 올 금년, 기축년이 근당허난, 이거 오늘 열나흘날, 송별대제일로, 즈순덜 이거 성이(誠意) 먹고 뜻 먹엉 허는 일이로구나. 일뤌초상이랑 모친[436] 간장 모친 시름이랑 다 풀렁갑서.

■ 초감제>살려옵서>일월조상 청해서 놀림>덕담

[단골들이 일어나 춤을 춘다.]

‖덕담‖
어제 오널 오널이여.
날도 좋아라 오널이라
달도 좋아 오널이라.
내일 장사 오널이라.
어제 청춘은 오널 벡발
저 벡발 보고 희롱 말아.

---

434) 북.
435) 징.
436) 맺힌.

나도 어젯날은

청춘이 뒈더라만은

오널날은 벡발 뒈여

천황베포 도업도 셍겨드리자.

지왕베포 도업도 셍겨드리자.

인왕베포 도업도 셍겨보자.

왕베포는 국베포 신베포는

제청신도업 제이르난

즈순덜 일룬 역가가 뒈옵네다.

군눙이 본판이 어딜런고

군눙이 시조가 어딜런고

군눙이 하르바님은 천왕제석

군웅할망 지왕제석

군눙이 아바지는 낙수게낭

군눙이 어머님 헤수게낭

군눙이 아덜덜 삼형제여

큰아덜은

동이와당 츠질 허고

셋아덜은 서이와당을 츠질헌다.

족은아덜은 우리 フ뜬 팔자가 뒈엇구나.

우리 フ뜬 스주가 뒈엇구나.

데홍단에 옥칼 들러 머리삭발을 시겨간다.

훈 침 질러라 가사 송낙

두 침 질러라 지랑장삼

벡팔염주를 목에 걸고

손에 단주를 걸어간다.

아강베포 짓부잘리 등에나 지고
혼착 손엔 금바랑 들고
혼착 손에는 옥바랑 들렁
혼 번을 치면 강남을 가면 천저군눙
두 번을 치난 일본을 가난 수저군눙
세 번을 치난 우리나라
데웅데비 서데비 놀던 초상
펭풍 그늘로 놀던 초상
연양탁상 자우접상에 놀던 조상
살전지 그늘로 놀던 조상이 뒈엿구나.
아이고 이 초상은 집집마다 잇는 초상이 뒈옵네다.
이 집안에 ᄌᆞ순덜이
세경땅에 노상 뎅기는 길에
요왕엔덜 군눙초상이 없십네까.
군웅일월이 없십네까.

■ 초감제>살려옵서>일월조상 청해서 놀림>서우제 소리
아~ 선왕일월과 요왕일월랑, 어기야차 살강기소리로 놀고 가자.

‖서우제‖
어양 어양 어야로구나 어야 두야 상사두야
　　　아아 아아양 어어어양 어어요
[단골과 연물을 치는 심방이 뒷소리를 받는다.]
ᄆᆞ쳣구나 강겻구나 ᄌᆞ순덜 가심에 ᄆᆞ쳣구나
　　　아아 아아양 어어어양 어어요
선왕이 놀저 영감이 놀저 야채 금채가 다 놀고 가저

아아 아아양 어어어양 어어요

동이와당 광덕황 놀고 가저 서이와당은 광신황 놀고 가저

아아 아아양 어어어양 어어요

남이와당 적요왕 북이와당 흑요왕 무친 간장이랑 다 풀령 갑서

아아 아아양 어어어양 어어요

청구름도 타고 옵서 벡구름도 타고나 옵서

아아 아아양 어어어양 어어요

한라산은 장군선앙 데정꼿은 총각선앙

아아 아아양 어어어양 어어요

선흘꼿은 애기씨선앙 더 높은 꼿에는 숫불미선앙

아아 아아양 어어어양 어어요

‖ 좃인서우제 ‖

무첫구나 강겨낫구나

아아아양 어어양 어어요

상불턱 중불턱 하불턱에

아아아양 어어양 어어요

놀던 선앙에 놀고나 가저

아아아양 어어양 어어요

○○○○○○ 놀고나 가저

아아아양 어어양 어어요

어서 놀고 어서나 씨여

아아아양 어어양 어어요

영등하르바님 영등할마님

아아아양 어어양 어어요

전복씨도 뿌려줍서 소라씨도 뿌려줍서

　　　　아아아양 어어양 어어요
해슘씨도나 뿌려나 줍서
　　　　아아아양 어어양 어어요
골고루 뿌려두엉
　　　　아아아양 어어양 어어요
마냥 놀고 마냥 먹고
　　　　아아아양 어어양 어어요
어서 씨여 어서나 갑서
　　　　아아아양 어어양 어어요
놀고 가자 씨고나 가자
　　　　아아아양 어어양 어어요
진도 안섬 진도나 밧섬에
　　　　아아아양 어어양 어어요
베파장에 놀던 선앙
　　　　아아아양 어어양 어어요
물에야 들면은 강변에 놀고
　　　　아아아양 어어양 어어요
물이 싸면은 ○○에 놀고
[단골이 물그릇을 들고 다니며 입으로 물을 머금었다가 뿜어낸다.]
　　　　아아아양 어어양 어어요
허터지면 열두 동서
　　　　아아아양 어어양 어어요
모여들면 일곱 동서
　　　　아아아양 어어양 어어요
자 흐면은 천리 가고 자 흐면 만리 가고
　　　　아아아양 어어양 어어요

낮엔 연불 밤엔 신불로

     아아아양 어어양 어어요

오장삼은 뗏빵걸이

     아아아양 어어양 어어요

노처녀만 보아도 나영 살게

     아아아양 어어양 어어요

ᄆ친 간장 ᄆ친 시름이랑

     아아아양 어어양 어어요

ᄆ를ᄆ를 ᄒ ᄆ를 썩

‖줒인석‖ [심방이 물을 마신다. 단골 한 사람이 신칼을 잡고 심방 흉내를 낸다. 단골이 신칼점을 보고 심방이 점괘를 보아 준다. 단골 모두가 "아이고 고맙습니다."라고 하며 절을 한다. 신칼 춤을 추던 단골이 제상에 인정으로 지폐를 올리고 절을 한다. 구경꾼들도 인정을 걸고 절을 한다.]

■ 초감제＞살려옵서(계속)

[강순선 심방이 장구를 가지고 신자리에 앉는다.]

집안 일월 정근~, 조상님은 석시 석시로, 조상도 간장 풀리고 ᄌ순도 간장, 풀려잇십네다. 떨어진 신전 초상 없이 제청드레, 위구퍼, 살려옵서에-.

[장구를 잠깐 치다가 단골이 다가가 말을 거는 바람에 중단한다. 단골은 심방에게 일본 다니는 잠수들 건강하게 해달라는 내용을 말명에 넣어달라고 한다. 심방이 고개를 끄덕이고 다시 장구를 치며 말명을 시작한다.]

드려가명,

어느 신전 영험네까.

이 탈이장에~

몸 받은 일문전(一門前) 살려옵서덜 조왕할마님네

위구퍼 내립서.

그 두에는

어느 신전 영험네까.

신이 아이 씨부모 하르밧님

할마님 씨부모 아바지 신씨 어멋님

고씨 어멋님 삼불도(三佛道) 어서 옵서.

설운 고모님 육간제비437) 돈제비438) 거울제비439)

어서덜 옵서

드려가며

그 두에~ 설운 경훈이 아바지

위구폽서

드립네다.

한씨 설운 성님 위구폽서.

[소미 서순실이 문전에 내놓았던 대령상을 공싯상 옆으로 옮겨 놓는다.]

드립네다.

친정 부모 강씨 하르바님네 김씨 할마님 문씨 할마님

허~

고씨일뤌(高氏日月) 선씨일뤌(玄氏日月) 어서 옵서.

큰아바지

---

437) 간제비가 여섯 개로 이루어진 데 따른 명칭.
438) 간제비의 한 쪽이 엽전 모양인 데 따른 명칭.
439) 간제비의 한 쪽이 거울 모양인 데 따른 명칭.

큰고모님 셋고모님네

말젓고모님

어~ 셍오 아바지

나 동셍덜

서성~

[음영] 어서 옵셴덜440) 헙네다. 어느 웨조(外祖) 웨편(外便), 성조(姓祖)

성편(姓便) 영혼

웨하르바님네

웨삼춘(外三寸)

신공시더레

위구풉서.

강씨 이모부 홍씨 이모님네 양씨 이모부님네영 박씨 부모 아바지네

어~ 신공시레

어서 옵서덜.

혼 어께로 오랏수다.

서씨 조케 몸 받은

[음영] 부모 정근 초상님네영 웨조 웨편 성조 성편 초상

얼굴 모른 아바님네들이영

신공시로 신수풉서.

박씨 동셍 시부모 초상

남편 아기덜

친정부모 초상

신공시 위구풉서.

아이고 안씨 아지바님네영 강신숙이 아지바님네영

---

440) 오시라고.

김씨 동생 몸받은

일월 정근 초상님네 신공시더레 위구품서덜.

이씨 동생 부모 초상 어~ 신공시더레

위구품서덜.

강씨 삼춘 눌혼으로

잇수다 신공시 혼 쪽으로 옵서 신씨 진씨 이모님네

신공시로 어서 옵서덜.

떨어지고 낙루(落漏)헌 신전 엇이 신공시레

어서 옵서.

■ 초감제>살려옵서>비념

이 ᄌᆞ순덜 오널은 영등맞이로

송별제로 요왕은 해신제로

공들고 지드는 ᄌᆞ손덜 아닙네까.

요왕에서나 므른 디서라도 요왕에서랑 미리정기 상절 저절 물고개

에[441]

넉날 일

일만 곰시게 때에 넉날 일덜이나

쏠물 썸에 지게 말고 들물 썸에라도

지게 말고

[음영] 어느 바당에 이거 송장이라도, 전복ᄀ치 고기ᄀ치 소라ᄀ치

베와근[442] 물 알레 들어강 넉 나게도 맙서.

혼나게도

물 우의 나오당 어느~ 노랑제기에 발 걸리게도 맙서.

---

441) '물고개'는 파도 앞의 '미리정기', '상절', '저절'도 모두 같은 뜻.

442) 보여서.

아끈[443] 감테(甘苔) 한[444] 감테 아끈 고지기[445]

한 고제기

빗창[446] 앗아근 전복 띠레 갓다근 숨 먹게도 맙서.

물 우의 올라 오라근 정신 희여뜩 허여근 두룽박 춫지 못허여근 헤메

게시리 허지 말곡

줌수덜 진 밧디 즈른 걸음 즈른 밧디 진 걸음

허게 맙서덜.

저 일본 주년국(周年國) 땅에 물질 허레

간 즈순

다 몸이나 펜안(便安)허여사 돈을 벌어

옵네다.

돈이 앞이 시여도[447] 몸이 펜안허질 못 허민 돈 못 벌어 오는 질 아닙

네까.

몸이라도 펜안허게 허영 돈 많이많이 벌엉 오라근 잘 살게

시겨 줍서덜.

조상님에서~ 즈손 펜안

시깁서.

넉날 일 혼날 일 막읍서 대로(大路) 신작로(新作路)에서 둗는 차에 기는

차에

다치게 맙서.

하다 접촉사고(接觸事故) 나게 맙서덜.

인명(人命) 축(縮)허고 제명(財命) 부족헐 일

---

443) 작은.
444) 큰.
445) 거름 용 해초(海草)의 일종.
446) 잠수(潛嫂)가 전복(全鰒)을 캐어내는 데 쓰는 쇠붙이로 된 길쭉한 도구.
447) 있어도.

막읍서.

넉날 일 혼날 일

막읍서.

아이고 본향에 가건 호적방(戶籍房)에 호적 빌 일 장적방(帳籍房)에 장적 빌 일

문세(文書) 낙루헐(落漏할) 일덜

붉은 낙점(落點) 짓게 말곡 처서(差使) 앞살 일

막아 줍서덜.

천왕손[448] 지왕손[449] 인왕손[450] 꼿불(고뿔) 헹불(고뿔)

염질(染疾) 토질(土疾)

상안(傷寒) 열병(熱病) 각기(脚氣) 요통(腰痛) 네담(內痰)은 골담(骨痰)이요

신경통(神經痛)

위장(胃腸)은 윗병(胃病) 위암(胃癌)이여 간암(肝癌)은 간경화(肝硬化) 백혈병(白血病) 성인병(成人病)

부인병(婦人病)

어느 혈압(血壓)거치 당료(糖尿)거치 폐암(肺癌)거치

허는 징(症)덜 허게시리 막아근

올 금년 윤둘은 드난 열석 둘 가운디

펜안허영 뎅겨야[451] 신이 아이도 ᄆᆞ음 놓앙 뎅기곡

질에 바져도 반가웁게

생각헙네다.

---

448) '천왕'은 천황(天皇). '손'은 날수를 따라다니면서 사람을 방해하는 귀신.
449) '지왕'은 지황(地皇).
450) '인왕'은 인황(人皇).
451) 다녀야.

[음영] 신공시 옛선성 부모초상에서랑 신이 아이 앚아난[452] 디 사난 디 가시 들 일 띠 들 일

막아 줍서예-.

날로 가면 날역이나[453] 둘로 둘역[454] 월역(月厄) 시력(時厄) 한란상궁 (患亂山窮) 앚진동 밧진동 명광 복이랑

곱이 첩첩 다 막아 줍서.

(단골1 : 고맙수다. 수고헷수다.)

■ 초감제>살려옵서>주잔넘김

[심방, 장구 치기를 멈추고 장구채를 장구의 조임줄에 끼운다.]

받다 씌다 남은 주잔덜랑 저먼정에 내여다근, [장구를 밀어낸다. 공싯상 옆에서는 소미 박영옥이 술잔을 조금씩 비워낸다.] 본당(本堂)에 군줄 (軍卒)이로구나 신당(神堂)에 군줄이로구나. 요황군줄(龍王軍卒)이여, 선앙 군줄(船王軍卒)이로구나. 영감(令監)에 참봉(參奉)에, 야체(夜叉)에 놀아오 던, 군줄덜 주잔덜 드립네다덜. [소미 서순실이 장구를 한쪽 구석으로 치 운다.] 혼 불턱에 놀던, 영혼 두에 놀던 군줄이나, 이 탑동 알에, 놀레[455] 오랏다근[456] 털어지엉,[457] 죽어가던 군줄이로구나. 자살허영 죽어가던 이 런 군줄덜, 주잔권잔(酒盞勸盞) 드립네다덜. 옛날 옛적 대동아전장(大東亞 戰爭)에 가던 군줄이로구나. 육이오 스변에, 가던 군줄이로구나 호일제(虎 列刺)에[458] 가던 군줄덜, 주잔덜 드립네다덜. 산신 두에 놀던 군줄이나,

---

452) 앚았던.
453) 일액(日厄)이나.
454) '둘역'은 월액(月厄)의 뜻.
455) 놀러.
456) 왔다가.
457) 떨어져서.
458) '호일제'는 콜레라의 음역. 괴질.

일뤌 뒤에 놀던 군줄덜, 주잔덜 드립네다. 남영호ᄉ건(南洋號事件)에459) 죽어가던, 군줄덜이로구나 오대현(吳大鉉)이460) 난리 강오벽이461) 난리에 가던, 죽어가던 이런 군줄덜 주잔권잔덜 드립네다. 해녀덜 앞장에 들엉, 싸움덜 허고 소도리덜462) 허고, 예허 불러주던 군줄덜 주잔덜 드립네다. 신병을 불러주고 본병을 불러주고, 넉 내와주던 군줄덜 혼 내와주던 이런, 시군줄덜, 주잔덜 드립네다. 꿈에 선몽허고(現夢하고) 낭에일몽(南柯一夢) 허곡, 비몽서몽(非夢似夢) 불러주던, 군줄덜 주잔덜 드립네다. 어느 때민, 열나흘 뒈민, 이거 영등맞이 허여가민, 술 혼잔도 얻어먹저 감주(甘酒) 혼 잔도 얻어씌저, 떡 하나 더 얻어먹저 허던 군줄덜이로구나. 요왕 해신제 허여가민, 나도 먹저 나도 씌저 허던 이런 군줄덜, 많이많이덜, 열두 소잔은~, 지넹겨 드려가멍,

■ 초감제>살려옵서>산받음

[오른손으로 산판을 들고] 떨어진 조상이나 엇이 다 [산판점] 신수퍼근, [상잔과 천문이 떨어진 모양을 살피고 단골에게] 떨어진 초상 엇이 다 와서양. (단골2 : 다 와서.) (단골1 : 다 완예.) 이거 봅서. 떨어진 초상 엇이~, 다 신수퍼. [산판점] 아이고 고맙수다. 기영 허민 오늘은 영등맞이 요왕 해신제로 상을 받아근, 영등하르바님에 할마님에서 씨라도, 골고루 족족이~, 뿌려주어두엉 강, 즈손덜 먹을 만 씰 만이나~, [산판점] 시겨주어두어근, 어느 [산판점] 전복이나, 어느 소라씨덜이나~, [산판점] 어느 해섬씨나~, [산판점] 문어영~, [산판점] (단골3 : 해섬씨나 하영 뿌려도렌

459) '남양호사건'은 1970년 12월 15일, 서귀포에서 밀감을 싣고 부산으로 가던 화객선 남양호가 침몰하여 승객과 선원 338명이 희생된 사건.
460) '오대현'은 제주의 대표적인 민란인 이재수(李在守)의 난에 참여했던 인물.
461) '강오벽'은 강우백(姜遇伯). 제주도의 대표적인 민란인 방성칠(房星七) 난과 이재수(李在守) 난에 참여했던 인물.
462) 말전주들.

헙서.) 천초(天草)나~,463) [산판점] 어~ 게면은 골로르 족족이 다. [산판 점] 게고제고464) 저 왕은엥에465) 갈 때민 씨를 골로루 족족이 몬딱466) 뿌 려주어동 가켄467) 허염서. (단골3 : 분쟁(分爭)이나 엇이커나 잘 허여줍서.) (단골2 : 먹이가 엇어노난양.) 분정은 나가 인칙이468) 굴아실469) 건디. (단 골3 : ᄀ난 들엇수다게.) 어, 나 뭐엥470) 굴아져실471) 건디. 경 허영 허곡 게난 해섬씬 함젠472) 허영 해섬씬 뭐 허는 것이 아니고. (단골3 : 맞수다.) 영등하르방에서 그자, 해섬씨도 그자 ᄀ뜨게, 전복씨도 ᄀ뜨게 소라씨도 ᄀ뜨게. 문어도 다 ᄀ뜨게. 더 뿌려주고 덜 뿌려주지도 아녀고 그자. (단 골1 : 평범허게씨리 그자.) 평벵허게시리 뿌려주마. 뿌려줄 거고, 이제, 바 당에서 오염뒈여근엥에 없는 거는 할 수가 없다 허영. 그거는 홀 수 없는 거고, 동바당에나~, [산판점] 동바당서나 [산판점] 물건이나~, 서바당에 나~, [산판점] 게멘은 어느 앞바당에서나~, [산판점] 어~, [산판점] 게 멘은 ᄌ손덜~ 푸닥 다닥 는 느여 난 나여 허는디 하업(和合)이나 잘 뒈 영~, [산판점] 의논 족족이나~, [산판점] 헐 일인가마씸. [산판점] 어~, [산판점] 게메 하업을, 하업을, 고름베기ᄀ추룩은 허지 말아야 하업을 뒌 다 허염서. 나는 나다 허영 이기저, 니는 니다 허영 이기저, 영 허질 말앙 서로가 서로가, 요만이거들랑 요만썩만 헤근엥에 쪼끔 뭘 허면은, 하업이 뒌덴 허염서이. [산판점] 경 서른 일이나~, [산판점] 법에나 관송(官訟) 입송(立訟)이나~, [산판점] 걸어질 일인가마씸. [산판점] 멩심허여사쿠다.

---

463) 우뭇가사리나.
464) 그러나저러나.
465) 와서.
466) 모두.
467) 가겠다고.
468) 일찍이.
469) 말하였을.
470) 무어라고.
471) 말해졌을.
472) 많다고.

법에 걸어지는 거이 맹심허렌 헴신게. 게멘은 상불턱에 노는 상줌수나~, [산판점] 중불턱에 노는 중줌수나~, [산판점] 하불턱에 노는 하줌수나~, [산판점] 중불턱에 노는 주손이 어서 맹심허렌 허는 일이고, 게민 저 웨국(外國) 일본 주년국, 물질허레 간 [산판점] 주손덜이라도, 몸이라도 다 펜안허영, [산판점] 몸덜토 펜안허곡 돈덜토 벌엉 오쿠다. (단골들 : 아이고 고맙수다. 고맙수다.) (단골3 : 여기서 우리, 이디서 우리양, 어디 영 큰 분쟁 일어나지 아녀곡 옥신각신, 이처록 허는 것덜 엇이냐 잘 봐줍서.) 게메 그것덜이 서로가 서로가 흐쑬썩 양보를 허영 뭘 헤불면은, 뭘 허는디 경 아녀게 뒈면은, 똑 법에 걸어져. 걸어져마씨. [산판점] 법에나 관청에~ 구슬 일이나~, [산판점] (단골3 : 여기 탑동 해녀덜 소식이나, 좋은 소식만 들리게시리. 그 이상 바랄 거 엇수다게. 혼 사람이 제수 엇언 안 뒈부난양 그 사람이 걱정 뒈연 나가……) 게난 걸어진 사름이, 흐끔 미시걸 허영 허면은, 이것이 좋게 허주만은 경 아녀게 뒈면은, 요만이 헌 것이 이만이 뒈불어. 경 허쿠다. 경 허곡, 해녀덜은 편안허쿠다게. 해녀덜은 바당에 뎅기는 거 편안헐 거고, 이 무른 밧디도 뎅기는 거 편안헐 거고. (단골 : 아이고 고맙수다.) 물건도 그자 뭐 엇다 엇다 허여도, 엇다 엇다 허여도, 나긴 그자 어음 고득 망사리 고득 막 그거 그거 못 허는 거주, 섭섭은……. (단골4 : 게난 줌수가 펜안헌 것이 모든 게 펜안허는 거라.) 섭섭허지는 안 허마 경 허는 거고. 돈이 이 앞이 셔도, 나가 몸이 아프면 그 돈을 못 앗아와. (단골4 : 예. 펜안헌 것이 펜안헌 거우다게.) 게난 나가 몸이 펜안허여야, 돈이 이디 신 것도 나가 거두와 오는 거라. 게난 이거고 저거고 오널 흐루 영 불쌍 영 공 든 덕으로, 해녀덜만 그자, 올리 윤둘 드난 열석 둘이난, 펜안만 헤불민 다 이거……. (단골4 : 그거 이상 더 바랄 게 엇수다.) 게 영 헤불어사 나도, 질에서도 영 바지민 서로가 반가웁곡. (단골4 : 아이고, 예.) 나도 영 허영 가불민, 아이고 해녀덜이 어떵 허염신고. (단골4 : 아이고 맞수다. 걱정뒈영.) 어떵 허염신고. 영 헤여져. (단골

1 : 혼번만 더 놔봅서. 저 일본서 온 해녀덜 오면은, 흐끔영 시끄러울 건가 안 시끄러울 건가 혼번 영.) (단골3 : 아까 골앗네.) 골안. (단골1 : 오민 시끄르와지쿠가?) 으. 잘못 허면 법에 걸어져. (단골1 : 잘못 허민 법에 걸어져마씀. 일본서 온 해녀덜 오민.) 으. 서로가 양보를 쪼끔썩 헤불민 뒈는데. (단골1 : 양보를 아녀민······.) 양보를 아녀면은 똑 허게 걸어져. (단골1 : 나 그것이 젤 듣고 싶언.) [산판을 공싯상에 올려놓는다. 잠시 풍어제 관련하여 단골과 대화를 주고 받는다.]

■ 초감제>제차넘김

연양탁상(靈筵卓床) 좌우접상(左右接床) 신공시 이알로 신이 아이 굽어 신청 하련이웨다. ᄌ손덜 일룬 역가(役價) 일룬 정성 맛이 좋은 금공서드레 위돌아 점주헙서.

[일어선다.] 나 굿허엿수다.

영등굿 추물공연

자료코드 : 10_01_SRS_20090310_HNC_KSS_0001_s04
조사장소 : 제주특별자치도 제주시 삼도2동 1256번지 탑동 해녀 탈의장
조사일시 : 2009.3.10
조 사 자 : 허남춘, 강정식, 강소전, 송정희
제 보 자 : 박영옥, 여, 63세
구연상황 : 청하여 모신 신에게 제장의 준비 상태를 고하고 차려놓은 제물을 흠향하도록 하는 제차이다. 박영옥 심방이 맡았다. 대부분의 제차를 장구를 치면서 구연하였다. 말미--공선가선--날과국섬김--연유닦음--신메움--공연--비념--주잔넘김--산받음--제차넘김으로 진행하였다. 말미, 주잔넘김, 산받음, 제차넘김 등은 말명만으로 구연하였다. 공연에서 단골들이 차린 정성을 낱낱이 나열한다.

■ 추물공연>말미

추물공연

[박영옥 심방(평상복)][장구를 공싯상 앞에 두고 신자리에 앉는다.][장구를 몇 번 치고 반주 없이 말명을 시작한다.] 요왕 해신제로~, 초감제로 옵서 청허난, 신우엄전(神位嚴前) 조상님~, 오리정(五里亭) 신청궤로, 신메와 좌우벽(左右壁) 신을 수푓수다. 옵서 청헌, 신우엄전 조상님전~, 천하 금공서 올리저, 헙네다. 열명(列名) 오른 주손덜 메 진지 치어 올리멍, 천하 금공서 올리건 받아 하렴 헙서-.

■ 추물공연>공선가선
[장구를 치기 시작한다.]
공신은, 공신은, 가신 공섭네다.
제주전, 남산은, 본은 갈라 인보역, 서준낭, 서준 공서 말씀전, 여쭙기는 금년 헤론 갈릅긴, 기축년입네다.
윤삭(閏朔) 들언 열석 둘 뒙네다 오널은 영등 이월 둘, 열나흘 뒙네다 어느 구을 어떵 허신 주손덜 축원 원정 올립기는

■ 추물공연>날과국섬김

국은 갈라, 갑네다 강남 천제지국

일본 주년국

우리나라 대한민국

첫 서월은 송도 개판허고

둘챗 서울 한양 서울 동경 서울 시님 서울

즈부 올라 상서월 마련허난

경상도는 칠십칠 관 전라돈 오십삼 관 하산돈 삼십삼 관 마련허니

일제주(一濟州)는 이거저(二巨濟) 삼남(三南)⁴⁷³⁾ 스진도(四珍島)

오강안땅⁴⁷⁴⁾ 육한도(六荒島) 마련허난

강은 보난 노금지 금천지땅 산은 보난 할로(漢拏) 영주산(靈洲山)

어스승은⁴⁷⁵⁾ 단골머리⁴⁷⁶⁾ 흔 골 없어 왕도 범도 신도 범도 못 나던 제
주섬입네다.

제주도는 스벽(四百) 린 주이(周圍) 안네

대정(大靜) 원님 각진(各陣) 조방장(助防長)

멩월만호(明月萬戶) 김통정(金通精) 만리장성(萬里長城) 쌓아오던 제주
섬중

동서문밧 나사민 서른읍듭 마은읍듭 대도 소도 장넬 마련허난

면도장은 갈라 갑기는

제주도는 제주시 탑동모을 해녀 탈의장

뒵네다

---

473) '삼남해(三南海)'의 잘못.
474) '오강안땅'은 '오강화(五江華)'의 잘못.
475) '어스승'은 어승생악(御乘生岳). 제주시 노형동 해안마을 남쪽 한라산 자락에 있는
오름.
476) 골머리오름. 어승생오름 동북쪽 아흔아홉골의 머리가 되는 위치에 있음.

■ 추물공연>연유닦음

열명(列名) 오른 ㅈ손덜 받은 공섭네다.

어떵 허신 연유(緣由)로 해년마다 이 축원 올립기는

상불턱은 상줌수 중줌수는 하줌수덜

ㅅ신요왕 아끈 테왁477) 한 테왁 거느령 좋은 금전 벌엉 사는 ㅈ손덜 뒈

십네다.

올 금년은 기축년 영등 이월 열나흘날

요왕(龍王) 수신제(水神祭)로

강씨 성님 의논공론(議論公論)허영

오널 아침 당줏문 몸줏문 간줏문을 열련

몸을 받던 어진 조상님

업언 오란 상안체는478) 지 높으고 중안첸479) 짓 알 내려 상안체 거느

리멍

전싱 궂던 유학형제간(幼學兄弟間)덜

거느련 초감제(初監祭) 연ㄷ리로

용(龍)광 새 낫낫치 제초(除出)시곗수다.

좋은 분분 여쭈와 드렷수다.

신이 아이 얼굴 늦480) 굴며 금마벌석481) 나앗앙482) 초하정 금공서

설운 원정 여쭙저 영 헙네다.

---

477) 해녀가 헤엄칠 때 가슴에 받쳐 뜨게 하는 바가지.
478) '상안체'는 무구를 싸는 자루.
479) '중안체'는 무구를 싸는 자루.
480) 낯.
481) 제석(祭席).
482) 나앉아.

■ 추물공연>신메움

임신 중에 올라사민 옥황상저(玉皇上帝) 대명전(大明殿)님

내려사민 지부(地府) 스천대왕(四天大王)

산으론 산신대왕(山神大王) 산신벡관(山神百官)님네

초하정 금공서 상을 받읍소서.

물론 가면 대서용궁483) 절 츠진 육한대서(六觀大師) 스명당(四溟堂)님

원호대서(元曉大師)님네

인간 츠진 청금상 대불법 명진국 할마님네

초공 불법 상시당 하날님네

이공 서천 도산국님

삼공은 주년국○님

초하정 금공서로 상 받읍서.

시왕이민 흔 시왕 대왕이민 흔 대왕 아닙네까.

시왕감서(十王監司) 병서(兵使)

전일월 전병서님

신병서(新兵使) 원앙감서(元王監司) 원앙도서(元王都事) 짐추염라(金緻閻羅) 태산대왕(泰山大王)님

초하정 금공서 상을 받읍소서.

제일(第一) 진간대왕(泰廣大王)

이제 초간대왕(初江大王)님

제삼(第三) 송교대왕(宋帝大王)

제네484) 오간대왕(五官大王)님

다섯은 염라대왕(閻羅大王) 으섯 번성대왕(變成大王)

일곱 태산대왕(泰山大王)

---

483) 다섯 용궁.
484) '제네'는 '제넷'으로 '제사(第四)'의 뜻.

으덥은 평등대왕(平等大王) 아홉 도시대왕(都市大王)

열 올라 오도전륜대왕(五道轉輪大王)님

열하나는 지장대왕(地藏大王) 열둘 셍불대왕(生佛大王)님

열세 자두(左頭) 열네 우도(右頭) 열다섯 십오(十五) 동저췌판관(童子崔判官)님[485]

십육(十六) 스제관장(使者官長)님 초하정 금공서로 상 받읍서.

삼멩감(三冥官) 하날님은

천앙(天皇) 가민 열두 멩감 지왕(地皇) 열혼 멩감

인왕(人皇) 아홉 멩감

동이 청멩감(靑冥官) 서이 벡멩감(白冥官)님

남인 적멩감(赤冥官)님

북이 흑멩감(黑冥官)님

중앙 황신멩감(黃神冥官)

제석멩감(帝釋冥官) 이른으듭 도멩감(都冥官)님도

금공서 상을 받읍소서.

천앙체서(天皇差使) 월직스제(月直使者) 지왕체서(地皇差使) 일직스제(日直使者)

저승은 이원스제님[486]

싱근 날에 박나자 이승 강림체서(姜林差使)

물론 가민 요왕체서(龍王差使) 거북체서님네

멩도멩감(明刀冥官) 삼체서(三差使) 관장님 절량체서(結項差使) 엄서체서(淹死差使) 도약체서(毒藥差使)님네

거리대장 질대장 행(行)이 급헌 체서관장님네

금공서 상을 받읍소서.

---

485) '최판관'은 죽은 사람의 생전의 선악을 판단한다는 저승 관리.
486) '이원사자'는 저승길을 인도하는 신.

세경신중 마누라님네

상세경은 중세경 하세경은

군눙일월 ○○조상님네

요왕일뤌(龍王日月) 선앙일뤌(船王日月)님네

금공서 상을 받읍소서.

사는 주당(主堂)마다

○○○○ 일문전(一門前) 하날님네

각 신당 한집님네 ○○

금공서로 상을 받읍소서.

요왕에서

인간 하직뒈여가던

불쌍하신 영혼 영신님네

오널은 해년마다 넘는

구름찔로 브름찔로 어서 옵센 허영

금공서로 상을 받읍소서.

강씨 성님 몸을 받던 신공시로

글이랑 전득(傳得)허곡 활이랑 유전(流傳)헐 수 잇습니까만은

글 선성 공접네다.[487]

활 선성은 거접네다.[488]

불도선성(佛道先生) 노저(老子)님 심방선성 남천문밧 유씨(柳氏) 대선성님

ᄆᆞᆫ딱 신공시로 위구풉서.

강씨 성님

몸을 받던 조상님네

---

487) 공자(孔子)입니다.
488) 거자(擧子)입니다.

부모님네 형제간덜 남인(男人) 가정(家長)님네

신공시로 위구쯥서.

서씨 동생

혼 어께에 오랏수다 몸을 받던 조상님네

선성님네

신공시로 위구쯥서 신이 아이 몸 받던

조상님네 선성님네

남인 가정님 당줏아기덜[489]

신공시로 위구쯥서.

면면(面面)마다 놀던 선성님네

굿 잘 허던 선성님네

눈물지던 선성님네

신공시로 위구쯥서.

당 서립(設立) 절 서립허던 선성님네

모두 신공시로 위구쯥서.

디려두고

이 가정은

해녀 탈의장 됍네다 성주 목서(木手)님

안으로 안칠성

삼덕조왕 할마님네

모두 옵서 청발을 허여 천하 금공서 상 받읍서.

디려두고

동이 청요왕(靑龍王) 서이 벡요왕(白龍王) 적요왕(赤龍王) 흑요왕(黑龍王)
중앙 황신요왕(黃神龍王)

---

489) '당줏아기'는 심방의 아이를 뜻함.

세경대왕 세경부인님네도

금공서로 상 받읍서.

■ 추물공연>공연

옵서옵서 청발허난

열명(列名) 오른 ᄌ손덜

정성이 무엇이냐.

저먼정 이거 신수펏수다.

요왕대로 신수펑

이른 정성 받읍서.

제청 안을 바라봅서.

젯자리도 낄 안490) 잇수다 연양탁상(靈筵卓床) 좌우접상(左右接床)

글펭풍 막펭풍

화초펭풍(花草屛風)으로

정성을 받읍서.

은메491) 단메492) 쿡씨493) ᄀ찌 페완 올럿수다.

정성을 받읍서.

벡시리로494) 받읍서.

벡돌레로495) 받읍서.

삼주잔(三酒盞)을 받읍서.

이거 환타로 초젯잔은 올럿수다 이쳇잔은 ᄌ소지(紫蘇酒)

---

490) 깔아.
491) 제물로 올리는 메의 미칭.
492) 제물로 올리는 메의 미칭.
493) 박씨.
494) 흰 시루떡으로
495) 쌀가루를 재료로 둥글고 납작하게 만든 떡.

제삼잔(第三盞)은 돌아다까496) 한라산 한일소주(韓一燒酒)로 참이슬 소주로 드렴수다.

이거 정성을 받읍서.

삼주잔을 받으민 안주를 받는 법입니다.

게알안주(鷄卵按酒) 받읍서.

머리 궂인497) 기제숙498)

이거 삼종(三種) 체소(菜蔬)는 미나리 청금체소(靑芹菜蔬) 고사리체소 콩ᄂ물체소로 받읍소서.

ᄋ듭 발 돋은 이거 문어(文魚)도 허여단 올렷수다 대전복(大全鰒)도 허여단 올렷수다 소라도 허여단 올렷수다.

멩테(明太)로 받읍서.

삼종 과일 베로 사과

이거 한라봉으로 받읍서 곳감으로 받읍서 대추로 받읍서 비저(榧子)로 받읍소서.

칠종(七種) 과일 올렷수다.

정성을 받읍서.

저싱돈은 헌페지전(獻幣之錢)

이싱돈은 지화금전(紙貨金錢)으로

정성을 받읍서.

소지(所志) 삼장 받읍서.

촛불 ○들 받읍서.

등향상촉(燈香香燭)

멩게낭499) 단 숫불500)

---

496) 거듭 고아.
497) 갖춘.
498) 제물용으로 구운 생선.

잉을잉을501) 피와단 피왓수다.

정성을 받읍서.

기메 기전 받읍서.

정성을 드렴수다.

이거 요왕기(龍王旗)로 받읍서 선앙대ᄃ리로502) 받읍소서.

■ 추물공연>비념

어느 건 허쟁503) 허민

공이 아니 듭네까

어느 건 허쟁 허민

제가 아니 듭네까

공이 들 건 공든 답(塔)

제가 들 건 제든 답 제겨줍서.

수만 석도 모다 들러

가벼웁는 일 아닙네까

소줄기(四折紙)도 ᄂ 귀 들러

바르는 법 아닙니까.

열명(列名) 오른 ᄌ손덜

낳은 아기덜 어느 일본(日本)도 가곡 미국(美國)도 가곡 영국(英國)도 가
곡 헙네다 낳은 아기덜

군인(軍人) 나간 아기덜ᄭ지라도

급헌 처신504) 둘려들 일

---

499) 청미래덩굴.

500) 숯불.

501) 이글이글.

502) '선앙대ᄃ리'는 선왕(船王)이 하강하는 길의 뜻으로 길게 늘인 천.

503) 하려고.

모두나 막아주곡

아끈 테왁 한 테왁 아끈 빗창 거느령

ᄉ신요왕 들어가건

진 한숨이랑 ᄌ르게505) 쉬게 허곡

하다 이거 질게506) 질게 숨을 쉬게 말앙 ᄆ른 디로 이끌어 줍서.

노랑여 한여예

든여 난여

숨은여 정살여예

체여날 일 막읍서.

ᄆ른 밧들로 오건 어느 관청(官廳)에 볼일 일

찻질에 오도밧질에507)

부부간이 이별할 운수라도

모두나 막아줍서.

막아가며

올 금년은 열석 둘 미만(未滿) 안네

동으로 오는 엑년(厄緣)

서으로나 막읍서.

서으로 오는 엑년

동으로 남북으로

건술건방(乾戌乾方)으로

모두나 막아줍서.

막아가며

---

504) 차사(差使)는.
505) 짧게.
506) 길게.
507) 오토바이 길에.

열명 오른 즈손덜

없는 명(命)광 복(福)이랑

천왕손도 막읍서.

지왕손은 인왕손

곳불이나 헹불이나[508]

상한(傷寒) 열병(熱病) 날 일덜 막읍서.

막아가며

열명 오른 문딱 이거 이삼십 명 오른 즈순덜랑

궂인 엑년이랑 올 금년 이거 윤삭(閏朔) 들어 열석 둘 뒈엿수다 남은 둘이라도 궂인 엑년덜랑 일일이 다 막아줍서예ㅡ.

[장구 치기를 중단하고 장구채를 조임줄에 끼운다.]

■ 추물공연>주잔넘김

막아가며 상당 중당 하당, 이하 말석(末席) 없이 받다 씨다 남은 주잔(酒盞), [장구를 앞으로 밀어낸다. 소미 서순실이 대령상 옆에 앉아 술잔의 술을 양푼에 조금씩 비워낸다.] 저먼정 나사민 산으론 가민 산신에 군줄이나, 요왕으로 가민 물론 가민 요왕에 군줄덜 베론 가민 선앙에 군줄덜, 든여 난여 숨은여 정살여 놀아오던 시군줄덜, 많이 주잔권잔(酒盞勸盞) 드립니다. 스신요왕국에서 인간 하직 뒈여가던 각 성친(姓親)덜, 어느 성친엔[509] 다 말헐 수가 잇수가 기자 연애(戀愛) 실망(失望)허영 도약(毒藥) 먹엉 물에 빠정 죽어가던, 임신덜 많이 주잔 헙네. 동설룡에 군줄이곡 서설룡, [이때 바깥에는 공원에서 노숙하는 이가 와서 먹을 것을 달라고 하며 소란을 피운다. (단골2 : 가라고 그러니까! 왜 왔어?)] 남설룡 북설룡 거부용신 질대목심 놀아오던 시군줄덜, 많이많이 열두 소잔(小盞)입네다.

508) 고뿔이나.
509) 성친(姓親)이라고.

■ 추물공연>제차넘김

소잔은 권권잔(勸勸盞) 드려가며, 잔도 게수게도허영510) 불법전(佛法前)
위올려 드려가며, 제청게랑 츳츳이츳, 종락 체벌입네다에ㅡ. [합장한 뒤
앉은 채로 머리를 숙이며 절한다.]

영등굿 요왕ᄉ제본풀이

자료코드 : 10_01_SRS_20090310_HNC_KSS_0001_s05
조사장소 : 제주특별자치도 제주시 삼도2동 1256번지 탑동 해녀 탈의장
조사일시 : 2009.3.10
조 사 자 : 허남춘, 강정식, 강소전, 송정희
제 보 자 : 서순실, 여, 48세
구연상황 : 요왕ᄉ제본풀이는 곧 차사본풀이다. 영등굿에서는 특별히 요왕차사본풀이 혹
은 요왕ᄉ제본풀이라고 한다. 땅에서 죽은 영혼은 인간차사가 데리고 가고 바
다에서 죽은 영혼은 요왕사자가 데리고 간다는 데서 본풀이의 명칭을 달리한
다. 그러나 말미가 조금 다를 뿐 본풀이의 내용은 다름이 없다. 요왕ᄉ제본풀
이는 서순실 심방이 맡았다. 대부분을 신자리에 앉아 장구를 치면서 구연하였
다. 말미--공선가선--날과국섬김--연유닦음--들어가는말미--본풀이--비
념--주잔넘김--산받음--제차넘김으로 진행하였다. 말미와 주잔넘김 이후의
제차는 말명으로만 구연하였다.

[서순실 심방(평상복)]

■ 요왕ᄉ제본풀이>말미

[잠시 장구를 치고 나서 장구 치기를 멈추고 말명을 시작한다.] 날이웨
다에~ 어느 날은 둘은 갈라 갑건~, 어느 둘이오며, 금년(今年) 헤는 갈르
난, 기축년(己丑年)~ 윤삭(閏朔) 열석 둘, 둘은 갈라 영등(靈登) 이월(二月)

---

510) 개수개잔(改水改盞)해서. 즉 물과 술을 갈아 올려서.

은 오늘 열나흘날, 영등 송별제(送別祭) 요왕 해신굿으로~, 초감제 연드리로, 일만팔천(一萬八千) 신우조상(神位祖上)님~, 옵서옵서 청혜영 잇습네다. 온 신전(神前)님은 기초발입(旗幟發立), 천하 금공서 올령 잇십네당. 어간 뒙긴 요왕님 몸받은, 부원군(府院國) 삼처서(三差使) 관장(官長)님전, 난산국511) 본을 풀저 허십네당. 신이 성방(刑房) 신축셍(辛丑生)~, 연주단발(剪爪斷髮) 신연벽무(身嬰白茆), 은 진무릅 제비 꿇련, 삼동막이512)

요왕수제본풀이

설운 장기(長鼓) ㅇ섯 부체,513) 열두 가막쉐~,514) 든변 난변 제왓습네다~. ㄴ단515) 손엔 체를 받곡 웬손엔 궁을 받고, 깊은 궁은 내울리곡, 앞은 궁은~ 신가심 울리며, 처서님전 처서마령(差使馬糧)~, 삼주잔(三酒盞) 삼선향(三上香)~ 지드투며, 난산국 이웨다에―.

[장구를 치기 시작한다.]

511) 근본 내력.
512) 세 도막으로 된 장구.
513) 장구 양면의 가죽을 마주 당기는 줄에 끼워 조임을 조정하는 가죽 조각.
514) 장구의 양쪽 가죽에 끼워 줄을 맬 수 있게 하는 검은 쇠고리.
515) 오른.

■ 요왕ᄉ제본풀이>공선가선

공선 공서는 가신 공서웨다.

제저지 남선은 인보역 서준왕 서준 공서~

■ 요왕ᄉ제본풀이>날과국섬김

말씀전 올립긴 날이웨다 어느 날 둘이웨다 어느 둘 금년(今年) 헤는

기축년(己丑年) 윤삭(閏朔) 들어 열석 둘 영등(靈登) 이월(二月) 열나흘날
제청(祭廳) 설련 허엿수다.

국(國)은 갈라 갑네다 강남(江南) 들어 천저국(天子國)

일본(日本) 들어~

주년국(周年國) 우리 국은 대한민국(大韓民國) 제주도(濟州道) 제주시(濟
州市) 탑동은 헤녀(海女) 탈의장(脫衣場)

■ 요왕ᄉ제본풀이>연유닦음

이 안으로

상불턱엔 상줌녀 중불턱엔 중줌녀

하불턱은~

하줌녀덜~ 해년마다 영등 송별제로

요왕은~ 해신굿 겸헤영 이 공서 올립기는

해녀회장(海女會長) 총무(總務)는 상줌녀는 중줌녀 하줌녀덜

조상님네 덕텍으로 작년(昨年) 혼 헤 곱게 넘엇수다.

조상님네~ 덕텍으로 대천바당 물질허곡

육지(陸地) 물질허곡

일본땅에꺼지 물질허레 뎅겨근 좋은 금전(金錢) 벌은 역가(役價)

역갈 올리저

인간은~ 어둑은 디서 도와주워사 사는 법

아닙네까~

오널 이 ㅈ순덜 조상님 영등 조상님도

간장(肝腸) 풀리건 앞바당에 오곡씨 뿌려줍센 허고

요왕에~ 도지(都紙)를516) 올리건

들물 고개 썰물 고개 안개 낀 날 여 곳에 돌 곳마다

동경국에 멜망사리517) 들러받앙 물질 가건

머릿징도 들르게 허지 맙서 꿈사리영~518)

눈에 궂인 것도 비추게도519) 맙서.

물 알에서~ 물숨 먹게 허지 맙서 손과 발 마비(痲痺) 오게 말앙

이 앞바당~ 물질허건 숨비애기 소리 들으멍 발릅곡

육진 일본으로

물질 가는 ㅈ순덜랑 가는 날부떠 오는 날꺼지

발라줍세~.

ㅁ른 밧디도 뎅기멍 사고날 일~

막아줍센 영 혜여근 이 지장

일롬수다~.

■ 요왕ㅅ제본풀이>들어가는말미

요왕(龍王) 황제국(皇帝國)님 ᄎ지헌 부원군(府院國)은 삼처서(三差使)님

난산국이~

본을 풀저 험니다.

천왕처서(天皇差使)님도

---

516) '도지'는 마을의 평안을 기원하는 뜻으로 바다에 던져 넣기 위하여 제물을 조금씩
모아 종이에 싼 것.
517) 물망사리. 해녀들이 전복, 소라 등을 따서 담는 그물로 짠 기구.
518) 꿈자리랑.
519) 비치게도.

느립서 지왕처서(地皇差使)님 느립서 인왕처서(人皇差使)님 느립서

연직(年直) 월질(月直) 일직(日直)은 시직ᄉ제(時職使者)님도

느립서 옥황(玉皇) 금부도서(禁府都事)

저싱 이원ᄉ제~

이싱은 강림ᄉ제(姜林使者) 부원군

삼처섯님

기축년 몸받은 신관처섯님

느립서 요왕에서 저싱 간 안동헌, 처섯님 느립소서~.

처서님 본을 다 알 수 잇십네까~.

앞이 굴은 말 뒤에 ᄃᆞᆨ

뒤에 굴을 말 앞이 굴지라도

슝(凶) 광게(關係)랑 ᄌᆞ부감제허영 처서님~ 난산국에 본 풀 건 본산국
드레 제느립서에ㅡ.

■ 요왕ᄉ제본풀이>본풀이

옛날이라 옛적에 동경국이 버무왕 대감님이 살읍데다~.

동게남(東觀音)은 은중절 서게남(西觀音)은 상세절 낭게남(南觀音)은 녹
룡절 북하산은 미양안동절은

푼처(부처) 지컨 대섯님 살읍데다~.

동경국 버무왕이 대감님 남단북단(南畓北畓) 유기전답(鍮器田畓) 늦인덕
정하님을520) 거느리고~

아덜이사 낳는 게 아홉 성제(兄弟) 납데다 우으로 삼형제(三兄弟)도 멩
(命)이 부족헙데다 알로 삼형제도 멩이 부족헙데다 가운딜로 삼형제 십오
세(十五歲)가 당헙데다.

―――――――――――――――

520) '정하님'은 '종하인'을 높인 말.

동게남은 은중절이

푼처 지컨 대섯님 당(堂)도 파락(破落) 뒈어 가옵데다.

절도 파락 뒈어 가옵데다.

[음영] 인간에 권제(勸齋)를521) 삼문(三文)을 받아당 헌 당 헌 절을 수리(修理)허고, 멩 없는 이 멩을 주저, 복 없는 이 복을 주저 셍불(生佛)522) 없는 ᄌ순은 셍불을 주저, 권제를 받으레 내리저, 하늘 ᄀ룬523) 굴송낙524) 두 귀 누른 굴장삼,525) 아강베포526) 짓보잘리527) 호롬줌치,528) 웨우ᄂ다 메영,529) 금세상에 권제 받으레,

소곡소곡 ᄂ립디다에ー.

마을마을 촌촌(村村) 각리각리(各里各里) 뎅겨 가옵데다.

[음영] 동경국은 당혜난 동경국 대감님, 버물왕 집더레 짓알로 도ᄂ리며

"소승은 절이 뱁니다ー."

버무왕이 대감님이 "어느 절당이 대서님이 뒈옵니껜?" 허난

[말] "나는야 영급이 좋은 절간 법당이(法堂에) 사는 푼처 지컨 대서님인데, 당도 파락뒈고 절도 파락뒈영 인간에 내려강 권제삼문(勸齋三文)을 받아당, [음영] 헌 당 헌 절 수리허영, 멩 없는 이 멩을 주저 복 없는 이 복을 주저 셍불 없는 ᄌ순은 셍불을 주저,

권제를 받으레 내렷수다ー."

---

521) 제미(齋米)를.
522) '자식'의 뜻.
523) 가린.
524) 고깔.
525) 검은 베로 만든 장삼.
526) 중이 제미(齋米)를 얻으러 다닐 때 멜빵으로 등에 지는 보자기 비슷한 것.
527) 중이 제미(齋米)를 담는 자루.
528) 중이 제미(齋米)를 얻으러 다닐 때 쌀을 담는 주머니 비슷한 것.
529) 가로 매어.

높이 들러 낮이 시르르르 내여주어간다.

버무왕이 대감님이 곧는 말이,

"대서님아 대서님아,

우리 아덜덜 삼형제 스주팔자(四柱八字) 고남(考覽)헤여 봅서.

오용팔괄530) 단수육갑(單數六甲)을 짚어봅센." 허난

대섯님이 곧는 말이 "버무왕이 대감님아~

[말] 이 아기덜 삼형제 열다섯 십오세가 멩도 부족헐 듯 허십네다. 복도 부족헐 듯 허십네다." "어떵 허민 좋구가?" [음영] "우리 법당이 오랑, 멩과 복을 이어근 벡일불공(百日佛供)이나 드려봅센." 헤연, 대서님은 권제를 받안, 금마답에 수리를 둔다. 올레예 막음을 두언, 절간 법당드레, 소곡소곡 올라 가붑디다에—.

버무왕이 대감님 이 아기덜 멩과 복을 이어주젠 헤연

강모딘 강나록531) 출려놓아 간다.

수답이는 수나록532) 모답이는 모나록533) 가삿베도 구만 장 송낙베도 구만 장 드릿베도 구만 장 물명지는534) 강명지 세양베는 세미녕 출려논다.

금마답에535) 수릴 두어 간다.

올레에 막음 두어 갑디다 첩첩산중(疊疊山中)은 높은 절간 법당에 올라 가근

상탕(上湯)에는 메를 지어놓고 중탕(中湯)에는 모욕(沐浴)허고 하탕(下湯)엔 수족(手足) 싯쳔 은분체 도금(鍍金) 올려

---

530) 오행팔괘(五行八卦)를.
531) 건도(乾稻).
532) 수도(水稻).
533) 옥도(沃稻).
534) 수명주(水明紬)는.
535) 마당에.

돈아 올 땐 월광님 지어갈 땐 일광님 벡일불공 드려가옵데다.

[말] 대서님이 ᄀᆞᆮ는 말이, "설운 아기덜아 니네덜 금세상에 내령 권제를 받앙 오렌." 허난 [음영] 이 아기덜 삼형제~, 금세상에 내령 권제를 받으난, 일출동경(日出東嶺)은 퉁허게 떠시난, [말] 이 아기덜 테역단풍536) 우의 누원 ᄀᆞᆮ는 말이, "저 둘은 곱기는 곱다만은 가운디 게수나무 박힌 듯 허여도, [음영] 허공에 뜬 돌이랑, 우리 고향산천을 보건만 우린 무신 날에 난 팔자랑, 낳은 부모 놓아뒁 이 고셍 헤염신곤." 비새ᄀᆞ치 울어가난, "서룬 나 동싱덜아 오라 울지 말앙, 올라가건 푼처님안티, 권제 받은 거 올려두고, 대서님안티 허락 맡앙, 우리덜 부모 고향산천 촛앙강 오기가,

어찌 허겟느냐에ᅳ."

울던 울음 끄차 가는구나.

높은 절간 법당 가옵데다.

권제 받은 건 은분체에 도금 올려간다.

푼처님전 절 삼베(三拜)를 올려두고~

[말] "대서님아 대서님아, 우리덜 벡일불공은 올라오란 이거 고향산천도 가고푸고, 부모님도 보고푸곡 허난 우리덜 강 오쿠다." 대서님 ᄀᆞᆮ는 말이 "서룬 아기덜아, 니네덜 가기는 가라만은 과양국이 당허민, 난디없는 시장기가 나질 건디, 시장기를 멀령 가질티야?" [음영] "아이고 그것사 걱정허지 맙서. 멀령 가쿠덴." 허난, 대서님이 이 아기덜 올 때 갖엉 온 거, 물멩지 강멩지 세양페 세미녕, 호 사름이 세 필씩,

내여주옵디다에ᅳ.

푼처님전 절을 올려간다.

금마답에 수릴 둔다 올레에 막음 두어 간다.

---

536) 잔디.

동경국데레 소곡소곡 내려오단 보난

과양국이 당협다 난디없는 시장기가 고이고이 나간다.

앞드레는 혼 자국을 걸으민 뒷트레는 두 자국이 무너사난~

[말] "설운 나 동싱덜아 죽음과 삶이 맞사느냐?" [음영] 마을 안트렌 내련보난, 청기와집. "저딘 부젯집인 거 닮다. 우리 저 집이 강 식은 밥에 물줌이, [말] 혼 직썩537) 얻어먹엉 가기가 어떵허니?" "기영 협서. 큰 성님 먼저 들어갑서." 큰성님이 들어가며, "소승은 절이 뵙니다." 과양생이 두갓이가538) 앚안 허는 말이, "수벨캄(首別監)아 수장남(首長男)아, 어떵 허연 오널 양반잇집이 애기중이 들어오람시니? 저 중이랑, [음영] 웬 귀로 두르건 늣단 귀로 네후령, 멍석걸음539) 헤여불라." "아이고 셋성님아 들어강 봅서 큰성님 안 나오람수다." 들어가멍 "소승은 절이 뵙니다." "어떵 허연 양반잇집이, 애기 중이 또 줄 이언 들어오람시니? 저 중도 웬 귀로 들건 늣단 귀로 네후령, 멍석걸음 혜여불라." [말] 족은 아신 암만 기다려도 큰성도 아니 나오고 셋성도 안 나오난, 안트레 들어가단 보난, [말] 설운 성님덜 멍석걸음 허여시난 "요 어른아 저 어른아. 베 고픈 사름 밥을 아니 주건 말주, 동녕은 아니 주건 족박이랑 께지 말 거 아니꽈. [음영] 우리덜토 원래 중이 애기덜 아니우다. 범우왕 아기덜인데, 절간 법당에 간 오단 요 집인 부젯집이엔, 식은 밥에 물 혼 직 얻어먹젠 들어오난,

이게 무슨 일입네까에ー."

버무왕이 대감님 그 말 들어앚언

"수벨캄아 수장남아 남박세기540) 식은 밥에 물 줌앙541) 먼정에 내여주라."

---

537) 입씩.
538) 두 부부가.
539) 멍석걸이.
540) 나무바가지.
541) 말아서.

이 아기덜 삼형제 베가 고파지난,

혼 숫구락 먹으난 눈이 베롱 헌다.

두 숫구락 먹으난 허리가 페와지어 간다.

[말] 삼세 숫구락을 떠 먹으난 무끈 허리띠가 클러지연,542) 시장기를 멀렷구나. 족은 아시가 ᄀᆞ르는 말이, "나 성님덜아, 우리 절간 법당이 놈이 밥 공꺼를 먹는 법 엇이난, [음영] 우리 등에 진 거 내려놉서." 혼 사름이 석 자씩, 끊언 남박세기에 수벨캄 수장남안티 보내여두고, 동경국드레 향혜영,

와라치라 내려 가옵데다에ㅡ.

과양셍이 각시 그걸 보난에,

'이때ᄁᆞ지 천하거부제(天下巨富者) 잘 살아도 처음 보는 비단(緋緞)이여~.'

[말] "수벨캄아 수장남아, 안사랑을 치우라. 밧사랑을 치우라. 내웨사랑을 출려근, 안상노기 도용칠반상(統營漆盤床)을 출령,543) 철년주(千年酒)여 말년주(萬年酒)여 이태백(李太白)이 먹다남은 포도주(葡萄酒)를 가져오렌." 허난, [음영] 과양셍이 각시가 [말] 동경국드레 향허멍, "설운 애기덜아, 갈 길은 멀고 헤는 열락서산(日落西山)에 이미 다 지엄시니, [음영] 이 밤 저 밤 야삼경(夜三更), 어디 강 잘디? 오널 밤이랑 우리 집이 잣당, 낼 가기가 어떵 허니?" 그 말도 들언 보난 맞앗구나.

안느로 들어오라가는구나에ㅡ.

"이 술 혼 잔 먹어보렌." 허난

"우리 절단 법당이 술과 고기 아니 먹읍네다."

[말] "아이고 설운 애기덜아, 아무것도 몰람구나. 절간 법당에 갈 땐 술과 고기를 안 먹어도, [음영] 절문 뻿곗디 나오민, 술과 고기 먹어진덴."

---

542) 풀어져서.
543) 차려서.

허난, 아이고 이 애기덜은 과양성이 꿰에 넘언, 못 먹는 술을

　먹어가는구나에ㅡ.

　훈잔 두 잔 먹단 보난 술은 취혜간다.

　등에 진 거 이레 베력544) 저레 베력 허난,

　과양셍이 각시는 눌려들언~,

　이 아기덜 물멩지(水明紬) 확 허게 가져단 은동퀘샹(銀銅几床)

　열어논다 이른ㅇ둡 조심통쒜545) 질로 중가간다.546)

　[말] 과양셍이 각시가 꿰를 낸다. '이 애기덜 낼 아침이 술 께나민, 요 걸 분명히 촛일 거난 이 애기덜 [음영] 술 께기 전에, 나가 먼저 죽여사 뒐로구나.' 삼년 묵은, 춤지름 육년 묵은 춤간장, 벡단숫불에 오송송 꿰와 당,547) 웬 귀로 지난 ᄂᆞ단 귀로 나오곡, ᄂᆞ단 귀로 지난, 웬 귀로 나오난, 이 아기덜 삼형제,

　문딱 죽어가는구나에ㅡ.

　얼음산에 구름 녹아가듯

　구름산에 얼음 녹아가듯

　열다섯 십오세 멩과 복 이으레 간 오단 과양셍이 각시 손에 드난에 죽 엇구나.

　과양셍이 두갓이가~

　[말] 걱정을 헵디다. 이게, 죽은 걸 알민 동네 사름이 알민 ᄆᆞ을이 알고 ᄆᆞ을이 알민 관(官)이 알민, [음영] 우리덜 이거 큰 줴(罪)난, [말] 가맹이 에548) 튼튼허게 몰안, "수벨캄아 수장남아 주천강 연네못디 강 돌 무 껑,549) 물속드레 디리청 수장(水葬)시켜동 오민 니네덜 종반문서550) 시켜

---

544) 자주 살피는 모양.
545) '거심통쒜'의 잘못. '큰 자물쇠'의 뜻.
546) 잠가간다.
547) 끓여다.
548) 가마니에.

주겐." 허난, [음영] 과양셍이 각시 말 들언, 수벨캄 수장남이, 가멩이에 튼튼허게 물안 주천강 연네못디 간, 돌 무껀 물 알드레 디리쳐부난, 이 아기덜 삼형제, 요왕국(龍王國)에서 죽은 시체(屍體)

연꿋으로 환싱(還生)허옵디다에ㅡ.

듯날551) 아적은552)

과양셍이 물 물 멕이레 가난에 물은 물을 먹젠 헤여 가민

[말] 삼색(三色)벡이 꼿이 눌려들어 물 주뎅이 박박허게 믄지리난,553) 물은 말은 못 허고 앞발만 닥닥 치난 '이거 이상한 일이여.' 과양셍이가 집이 오란 각시안티 굴으난, "어저께도 엇던 꼿이 오늘은 강 보난 연네꼿이 피여서렌." 허난, [음영] 과양셍이 각시 그는대질우끼에, [말] 빨래 수답 물마께 놓안 주천강 연네못디 간, 물팡돌에 앚안, 빨레랑 허는 척 허멍 물마께로, 물을 앞디레 쫑쫑 뗑기멍 허는 말이, "우리 집이 테운 꼿이랑 나앞디레 [음영] 혼저 옵센." 허난, 이 꼿이 줄지연

들어오라 가옵데다ㅡ.

앞에 오는 붉은 꼿은 불긋불긋 용심이 나는 듯이 허고,

뒤에 오는 노랑 고장은

비새ᄀ치 우는 꼿 세 번쩨 오는 파란 꼿은 방실방실 웃는 듯 오독독기 꺼꺼554) 오라간다.

앞문전에 꽂아간다 뒷문전에 꽂아간다 셍깃지둥 꽂아간다.

[말] 그날로부떠 과양셍이 두갓이가 아침 조반(朝飯) 밥상을 출리민, 일 갑 상투를 클러놓고,555) 정심 밥상을 출려노민 이갑 상투를 클러놓고, 저

---

549) 묶어서.
550) 종문서를 돌려준다는 뜻.
551) 뒷날.
552) 아침은.
553) 휘어잡아 당기니.
554) 꺾어.

녁 밥상을 출리민 삼갑 상투를 클러놓아가난, "요 꼿은 곱기는 곱다만은 허뒈 헹실(行實)이 궂이뗀." 헤연, [음영] 오독독 부변 정동화리(靑桐火爐)에 불 살라부난, 빨간 구슬 노란 구슬 파랑 구슬로 [말] 환싱은 허난, 요즘은 나이타도 잇고 성냥도 잇주만은 옛날은 조왕(竈王)에 불화리에, [음영] 불씨 꺼지민 그 씨집 못 사는 시데(時代)란, 옆집이 청타구 마구할머님이 청분체⁵⁵⁶⁾ 들런, [말] "아이고, 애기 어멍. 불이나 잇이냐?" [음영] 불 빌레⁵⁵⁷⁾ 오랏뗀⁵⁵⁸⁾ 허난, "할마님아, 정지에 강 솟 강알⁵⁵⁹⁾ 헤청 봅서." 솟 강알을 부지뗑이로⁵⁶⁰⁾ 헤천 보난 불 엇엇구나. "경 헤건 정동화리 헤처 봅서." 불하시로⁵⁶¹⁾ 헤천 보난,

옥구실이 나옵데다에ㅡ.

"이 구실을 잇뗀." 헤여가난,

"할마님아 이레 줍서." 각진장판⁵⁶²⁾ 동골동골 놀려가는구나.

손바닥에 놓아근 놀려가는구나.

[음영] 입에서 흔번 놀려보저 입데레 놓안 닛빨 사이로

셋바닥을⁵⁶³⁾ 동골동골 놀려가는구나.

목 알더레 내려간다.

과양셍이 각시 석덜 벡일(百日)이 당헤여 가난

먹던 밥에 골내 나간다.

먹던 장엔 장칼내가 나간다 입던 옷엔 똠내 난다 먹던 물에 펄내 난다.

---

555) 풀러놓고.
556) '분체'는 부채.
557) 빌리러.
558) 왔다고.
559) 아래.
560) 부지깽이로.
561) 부젓가락으로.
562) 유기름 칠한 좋은 장판.
563) 혓바닥을.

새금새금

청금체나 여미제(五味子)나 먹고저라.

일고 오둡 넘어간다 아홉 열 둘 당허난 아이고 베여

아이고 베여.

과양셍이 각시 혼 텟줄에 아덜이사 삼형제 나간다.

이 아기덜 삼형제~

[음영] 삼천서당(三千書堂) 글공부 간다. 활공부도 가간다. 삼천서당에서 열다섯은 십오세가 당헤여 간다.

우리나라 상세관(上試官) 어전(御殿)에서~

삼천선비 일만선비 과거급제(科擧及第) 본덴564) 혜여간다.

[말] 과양셍이 애기덜 허는 말이, "아바님아 어머님아. 우리도 과것길 가쿠다." "아이고 나 아기덜아. 느네 어떵 난 애기덜이랑 가다근 삼천선비, 일만선비 손에사 죽을티 가지 말렌." 허난, [음영] "아이고 아바님아 어머님아. 이제만이 죽어도 축지방(祝紙榜)을 누게가 쓸 것광? [이하 캠코더 오작동…] 우리덜 삼천선비광565) 과거(科擧)를 떠나쿠덴." 허난, "어서 기영 허라." [말] 이 아기덜 삼형제 과거를 올르난, 삼천선비 일만선비 과거 낙방(落榜)헤여동, 이 아기덜 삼형젠 큰아덜은 문성급제(文選及第), 셋 아덜은 장원급제(壯元及第), 족은아덜은, 팔도도자원(八道都壯元) 급제를 혜여가옵데다에ᅳ.

급제를 허난에 선베(先陪) 후베(後陪) 마후베(馬後陪)를 내여주어간다.

쌍도로기 눌메 벌련(別輦) 독게(獨轎) 연가메 호신체를 내여주어간다.

피리 단절(短笛) 옥단저(玉短笛) 헹금 주태 비비등당 다 받는다.

과거혜연 내려오라간다.

[말] 과양셍이 집안트레

---

564) 본다고.

565) 삼천선비와.

과것기가 둥둥 뜹데다─.

[말] 과양셍이 각신 하도 지꺼지언,[566] "설운 나 아기덜아, 문전(門前) 모른 공서가 잇이느냐. 이레 절 허렌." 허난, '이 아기덜 절 헤여나민 우리도 절 헤준.' 암만 기다려도 아기덜은 아니 일어나가난, "이거 피아곡절(必有曲折)헌 일이여." 와닥닥이 눌려들언 바련 보난, 이 아기덜 삼형제 벌써 죽언, 저싱 초소렴(初小殮)질을 걸엄구나에─.

"나년이 팔저(八字)로다 나년이 스주(四柱)로다.

이 아기덜 삼형제 혼 날 혼 시 나고 혼 날 혼 시 과거허고

혼 날 혼 시에 삼형제 죽으난 어딜 가민 좋고? 누게안티 원을 들리."

짐치원님안티도[567] 아침 소지(所志) 벡소지 낮 소지도 벡소지 저녁 소지 벡소지

석덜 열흘~

[음영] 당허여 가난, 일곱 상자(箱子) 반이 뒈여가도, 원님안틴 이렇단 말 엇어가난, 앞밧디 뒷밧디 임시 출병막을[568] 출려두엉, "게 거튼 짐치원아, 이 소지절체(所志決處)를 못 허영 어찌 원님 노릇 헐 수가 잇겟느냐. 이 고을을 떠나민 똑똑헌 원님 나믄, 우리 아기덜 죽은 스실을 밝혀……." 후육누육(詬辱累辱)을 허옵데다에─.

원님은 첵볼[569] 싸간다.

마마부인 곧는 말이~

"원님아 원님아. 우리 고을에 똑똑허고 역력헌 관장(官長)이 누게가[570] 잇십네까?" "강림이 강파뒤가 잇읍네다. ♀덥 살은 나난 사랑방에 이참허고 열♀덥은 나난 문 안네도 기셍(妓生) 호첩(好妾) 문 밧것디도 기셍 호

---

566) 기꺼워서.
567) 김치원(金緻員)한테도.
568) '출병막'은 가매장(假埋葬)하여 흙을 조금 덮고 그 위에 둘러 덮은 이엉.
569) 책(冊) 보자기를.
570) 누가.

첩, 기생 호첩을 둔 똑똑헌 강림이 강파뒤가 잇십니덴." 허난, 오널 저녁
에랑 이십팔수(二十八宿) 토룡법을 놓고, 낼라근 열 관장에, 사발통지(沙鉢
通知)를 돌려근, 관장 하나 떨어지건, 저싱 강 염라대왕(閻羅大王) 청헤오
렝 허영, 이 법을 처리허기가 어찌 허겟습네까에ㅡ."

그날 저녁 이십팔수 토룡법을 논다.

둣날 아척571) 게펫문(開閉門)을 열어간다.

열 관장에 사발통지 돌리난 동안(東軒) 마당

[음영] 관장 하나가 떨어지어간다. "누게가 뒈겟느냐?"

"강림이 동안 마당 궐(闕)입네다ㅡ."

강림인 기생 호첩에 들어시난,

동안 마당에 궐이 뒈엿구나.

강림이 동안 마당 내리난 앞밧디는572) 작두 걸어간다.

뒷밧디는573) 버텅을574) 걸어간다 조각놈을575) 불러다가

목에 큰칼 씌와간다 동이 퍼짝 서이 퍼짝 죽일 듯이 잡을 듯이

허여가난

강림이가 걷는 말이

[말] "난 이미 죽을 사경(死境)이 닥첫습니다만은 허뒈, 어떵 허민 살아
집네까? 무신 이유로 나 목에 큰칼을 씌웁디가?" "열 관장에 미참(未參)
헤엿수다." "경 헤민 살 길은 엇수과?" "저승 강 염라대왕 청헤 오쿠가?
아니믄 그 자리에 그 칼에 목을 베영……." "죽을 수가 잇습네까? 난 절
대 죽을 수 없네다. 이때까지 관장직을 살아신디, 이만헌 일로 죽을 수
엇이난, 저싱 강 염라대왕을 청헤 오겟십네다에ㅡ."

---

571) 아침.
572) 앞밭에는.
573) 뒷밭에는.
574) 벌틀을. 형틀을.
575) 자객(刺客) 놈을.

그 말 끗데 목에 큰칼 벳겨놓고

종이 속지를 주난에 쿰에576) 쿰고577)

강림이 어딜 가민 좋고 이방왕(吏房房)에 들어간다.

성방왕(刑房房)에 들어가근 "날 살립서." "원님 허는 일 어쩔 수가 없십네다."

사령방(使令房)에 들어간다 글로 성방방에 들어가근 "원님 허는 일 어쩔 수 없십네다."

마마부인 방에 들어가난

[음영] "아이고 강림아, 오널 가민 언제 올 줄 모르난, 나 술 혼잔 먹고 가라." 권주가(勸酒歌)를 불러주난, '이 세상에 살 때 술친구가 좋덴 허여도, 죽엉 갈 땐 혼자로구나.' 마마부인 권주가(勸酒歌)를 불러주난,

동안 마당 나사난578) 동서막금(東西莫及)헌 질이여.

오널 가민 다시 언제 올 줄 모르난 강림이 큰각시 사는 올레

마지막으로 강 보저 먼 올레 들어가난

강림이 큰각시 도에남579) 방에580) 무에남은581) 절국대582) 물보리를583) 놓아

이어 방에

이어 방에

[말] "아이고 설운 낭군님아. 올레에 정살남을584) 걸어돈 오람수가? 가

---

576) 품에.
577) 품고.
578) 나서니.
579) 도화(桃花)나무.
580) 방아.
581) '무에남'의 뜻은 미상. 흔히 '귀에남'이라고도 함.
582) 절굿공이.
583) '물보리'는 찧기 위해 물에 담가 물기가 오른 보리.
584) '정살남'은 집으로 들어가는 길목에 대문 대신 가로 걸쳐놓는 길고 굵직한 나무.

시남을 걷어돈 오람수가?" [음영] 독헌 말로 "범주리낭을 걷어돈 오람수가?" 들은 체도 안 허연 안네 들어간, 문을 중간585) 벤 베게가 용수 뒈게, 비새ㄱ치 울어 가옵데다에ㅡ.

강림이 큰각시 옛정은 고정이라

[말] 경 혜여돈 안상노기 도용칠반상(統營漆盤床)을 하나 출련, 안으로 들어간 문을 올젠 허난 문을 중가시난, "요 문 엽서 요 문 엽서. 요 어른아. 여자엔 헌 건 산드레 돌아앚앙 소필 보아도 치멧깍 젖는 줄 모른 게, 여자우다. 그만헌 말에 용심을 납데가? 이 문을 엽센." 허연 물을 올안, 들어간 앚안 "이 밥이나 먹읍서." 강림이 첫 숫구락에 목이 메난, "아이고 요 어른아 저 어른아. [음영] 난 당신안티 씨집 올 때, 감은 머리 육갑에 갈라 떼완, 씨집을 오란 오늘ㄱ지, 당신 엇어도 산 수절을 지컨 앚아신디, 나안티 속엣 말을 못 허쿠가. 혼저 골아 봅서." "그게 아니라 열 관장에 미참허연, 저싱 염라대왕 데리레 가는 질이라, 가민 다시 못 올 거난, 마지막으로 오랏덴." 허난, "경 혜민 원님이 저싱 가는 디 본메본짱을586) 줍데가? 내여 놉센." 내여논 건 보난, 흰 종이에 검은 글을 내여놓앗구나. "아이고 요 어른아 저 어른. 이때ㄱ지 관장직을 살아도 저싱 글도 모르곡 이싱 글도 몰릅네까. 요걸 갖엉 가 봅서. 검은 머리 백발(白髮)이 뒈도, 가지 못헐 거우다.

이 밥이나 먹어봅서에ㅡ."

강림이 큰각시 동안 마당 들어간다.

"원님아 원님아

ᄒ난 알고 둘은 셍각 못 헷수다.

[음영] 흰종이에 검은 글은 금세상에 사는 인간덜이 쓰는 글이고, 저싱을 가젠 허민 흰 농에 붉은 글이나 붉은 농에 흰 글을 내여줍센." 영 허

---

585) 잠가서.
586) '본메본짱'은 증거가 되는 물건.

난, 그 법으로 사람은 죽으민, 멩전법(銘旌法)이 마련이 뒈엿수다. 고쪄 앞
언 집이 오란, 설운 낭군님 오널 가민 다시 못 올 거난, 석 섬 쏠은 서 말
에 서 말 쏠은 석 뒈예, 물방에 놓안 찍언, 체 알엣 フ를은587) 줌진588) 강
남(江南)서 들어온 조그만 멧솟에 일본(日本)서 들어온 조그만 멧시리, 초
징 이징 삼징, 서각(書刻)을 띠와, 우잇 거는 "문전(門前) 하르밧님아, 낭군
님 저싱 가는 디 질토레비 질캄관을 맥입서." 가운딧 건 "조왕(竈王) 할마
님아, 낭군님 저싱 가는 질 청셋비로 헤쳐 줍서. 흑셋비로 헤쳐 줍서." 멘
알엣 건 강림이 정심밥 싸앗이요, "낭군님아 혼저589) 일어낭

　저싱드레 어서 갑서에ー."

　강림이 큰각시에 포따리를590) 내여놓고

　이 옷이나 입엉 갑센 허난

　남방사주(藍紡紗紬)는 붕에바지591) 벡방사주(白紡絲紬) 접저구리

　벌통 헹경(行纏) 벡록버선이요

　남비단(藍緋緞)은 섭시(狹袖) 여비단은 퀘지예592) 울문대단(雲紋大緞))
안을 받쳐간다.

　수꾸리는 댕침허고

　앞이는 놀롤 롱쩨(勇字) 뒤에는 잉금 왕쩨(王字) 관장페(官長牌)는 등에
지고 종이 속지 쿰에593) 쿰고594)

　홍사줄을 옆이 찬다.

　[음영] 강림이 나가젠 허난, 강림이 각시가 페적(表迹)을 헙디다. 바농

---

587) 가루는.
588) 자잘한.
589) 어서.
590) 보자기를.
591) 솜을 넣어 만든 바지.
592) 쾌자(快子)에.
593) 품에.
594) 품고.

을595) 갓다다 퀘지드레 꼭허게

질러 가옵데다에ㅡ.

먼 올레에 나사난 아그랑이 작데기 짚은 청타고 마고할마님이,

불 부뜬 부지뗑이 짚언

언뜻 허게 보이난에

[말] '아이고 여잔 꿈에만 보아도 새물(邪物)인디……. [바짝 다가앚은 단골들에게 웃으면서 말한다. (심방 : 아이고 나 삼춘덜, 요레라도 강 앚입서. 원 넘어가젠 허여도 넘어가지도 못 허게 앞드레 앚아부난, 어디 어디 넘어갈 디가 잇수가. 삼춘덜 앚아부난 기냥.)] [음영] 아이고 넘어가지도 못 허고,

할마님이,

어서 어떵 헤여근

[말] 여잔 꿈에만 보아도 새물인디 어떵 허연 영 할마님이 나 저싱 가는 질에 나앞을 갈람신고? 요 할망을 미쳥 가저.'

강림이가 뛰여가민 할마님도 뛰여간다.

강림이가 걸어가민 할마님도 걸어간다.

높은 동산은 올라가난 강림이가 진 한숨을 쉬언

앚앗구나.

[말] 할마님도 앚이난 강림인 '이거 필아곡절(必有曲折)헌 일이로구나.' 할마님안티 간 절을 소북허게 허난, 할마님 곧는 말이, "어디 사는 장방 황수가 우리 늑신네안티 절을 헤염신고?" "아이고 할마님아, 그런 말씀 허지 맙서. 우리 집이도 노부모(老父母)가 잇습네다. 옵서 할마님아 우리 정심이나 내여놓, ᄀ찌596) 먹어 보기가 어떵 허꽈?" "어떵 허연 할마님 정심허고 나 정심은 흔 솟디597) 흔 손메가 뒈우다.598)" "이 놈아 저 놈아,

595) 바늘을.
596) 같이.

게씸헌 놈아. 너는 정성은 엇엉 게씸은 허여도 너네 큰각시 정성이 긋득
허난, [음영] 난 너네 큰각시 사는 집 조왕할마님이여. 저승길을 청셋비로
헤쳐주고 흑셋비로 헤쳐시난, 나 정심이랑 ᄀᆞ찌 먹고 너 정심이랑 갖엉
가당 보민, 벡발노인(白髮老人)이 앗앙, 바둑 장기 두엄시난, 그디 강 보민,
알아볼 도레(道理)가 잇어지다에ᅳ."

할마님이 간고무중599) 헤여간다.

가단 보난 벡발노인이 삼각수(三角鬚)를 거시리연 앚아근 바둑 장기 두
엄더라.

[말] 절을 소곡 허난, "어디 사는 장방 황수가 우리덜 늑신네안티 절을
허염신고?" "아이고 하르바님아, 그런 말씸 맙서. 우리 집도 노부모가 잇
습네다. 정심이나 ᄀᆞ찌 먹어보게마씨." [음영] 정심밥을 내여논 건 보난,
ᄒᆞ 솟디 ᄒᆞ 손메라. "하르바님 정심 나 정심은 ᄒᆞ 솟디 ᄒᆞ 손메가 뒈우
다." "이 놈아 저 놈아. 너는 게씸허여도 너네 큰각시 사는 집이 문전하르
바님이난, 질토레비600) 질캄관을 메겨근, 이른ᄋᆞ덥 홍거릿질을601) 세여주
엉, ᄒᆞ나 남은 질은 너가 들어갈 질이난, 나 정심이랑 ᄀᆞ찌 먹곡, 너 정심
을 가정 들어강 보민, 질 따깡 베고픈 사름 잇이난, 주어 보민 알아볼 도
레가 잇어지다. 이른ᄋᆞ덥 홍거릿질을,

세여주어 가옵데다에ᅳ.

"요 질은 원강감서(元王監司) 원병서(元兵使) 지왕감서(十王監司) 신병서
(新兵使) 짐추염라(金緻閻羅)

테선대왕(泰山大王) 범 ᄀᆞ뜬 ᄉᆞ천왕(四天王) 초제(初第) 진간대왕(秦廣大
王)

---

597) 솥에.
598) 됩니다.
599) 순식간에 사라져 간곳을 모름.
600) 저승길을 치우고 닦는 신.
601) 갈림길을. '홍거릿질'은 '공거릿질'의 잘못.

갑자을축병인진묘무진기사생(甲子乙丑丙寅辰卯戊辰己巳生)이

들어간 길 이제(二第) 초간대왕(初江大王)

경오신미임신게유갑술을미생(庚午申未壬申癸酉甲戌乙未生)이

들어간 길 제삼(第三) 송교대왕(宋帝大王)

병자정축무인기미경진신술생(丙子丁丑戊寅己未庚辰申戌生)이 들어간 길

제네 오간대왕(六官大王)

임오게미갑신을유병신정혜생(壬午癸未甲申乙酉丙申丁亥生)이

들어간 길 다섯 염라대왕(閻羅大王)

무자기축경인신묘임진게술생(戊子己丑庚寅辛卯壬辰癸戌生)이

들어간 길 ᄋ섯 번성대왕(變成大王)

갑오을미병신정유무술기혜생(甲午乙未丙申丁酉戊戌己亥生)이

들어간 길 일곱 태선대왕(泰山大王)

경자신축임인게묘갑진을ᄉ생(庚子辛丑壬寅癸卯甲辰乙巳生)이

들어간 길

ᄋ덥은

평등대왕(平等大王)

병오정미무신기유경술신혜생(丙午丁未戊申己酉庚戌辛亥生)이

들어간 길 아홉 도시대왕(都市大王)

임자게축갑인을묘병진정ᄉ생(壬子癸丑甲寅乙卯丙辰丁巳生)이

들어간 길 열시왕 무오기미경신신유임술게혜생(戊午己未庚申辛酉壬戌癸

亥生)이

들어간 길 지장대왕(地藏大王) 생불왕(生佛王) 자둑생명 우둑생명 동저

판관(童子判官) 십육(十六) ᄉ제(使者)

삼처서(三差使)님 들어간 길

옥황(玉皇) 금부도서(禁府都事)

저싱 이원ᄉ제

멩도멩감(明刀冥官) 삼처서 부원군 스제님 들어간 길

강림아 너 들어갈 질은 [⋯이상 캠코더 오작동]

게미 연뿔만 헌 질이로구나에ー."

게미 연뿔만 헌 질을 어주릿질 비주릿질은602) 눈비역603) 한탈나무.604)

가시덤불 띠덤불

넘어간다 저싱 초군문(初軍門) 가단 보난

질토레비 질캄관

[말] 질을 따끄단605) 베 고판 무정눈에 좀을 잠구나. 강림이 정심밥을 내난 주난 확 허게 일어난 먹언, '어떵 허연 영 고마운 사름이 신고?' 뒤트레 바려보난 하늘과 ㄱ득헌 관장이로구나. "어떵 허연 나 베고픈 줄 알안 이 밥을 줌이꽈?" "무사 영 베 고프멍 이 질을 따감수가?" [음영] "옵서 우리 통성명(通姓名) 허여보게." "나는 저싱 염라대왕(閻羅大王) 몸 받은, 이원제빈디, 모릿날 스오시(巳午時)가 당허민, 염라대왕님 아랫녁에, ㅈ북장젯집이 단똘애기 아판 시왕맞이 헌덴 허난 내려사젠 허연 미릇606) 질을 따감수다.607) 이싱 동관님은 누게꽈?" "나 이싱에 이원제비, 나는야 원님에 몸 받은 강림이 강파된디, 저싱 염라대왕 데리레 가젠 허염수덴." 허난, "아이고 경 허민, 혼정으로나 가주 신첸 못 갑니덴." 허난, "경이라도 허여 줍서." 혼적삼을 내여놓안 "본메본짱을 가전 옵데가?" 그 법으로 사름은 죽으민 동심절(同心結)을 쿰으는608) 법이우다. "신체(身體)로 갑센." 허난, 혼적삼을 들러, 이구산(尼丘山)에 올라간다. "강림이 복 강림이

---

602) '어주리 비주리'는 울퉁불퉁한 모양. 여기에 '질(길)'이 덧붙었으니, '요철(凹凸)이 심한 길'의 뜻.

603) 담쟁이덩굴.

604) 산딸기나무.

605) 닦다가.

606) 미리.

607) 닦습니다.

608) 품는.

보,

　강림이 본입네다ㅡ."

　저싱은 초군문에 당허난

　모릿날은 ㅅ오시가 당허난

　저싱에 염라대왕님 선베(先陪) 후베(後陪) 마후베(馬後陪) 걸람베 조삼베 거느리어

　쌍도레기 눌메 월세 벌련(別輦) 덕게(獨轎) 호신체 둘러타멍

　영기는 몸기 몸기는 영기 파랑당도 영서멩끼 피리 단절(短笛) 옥단절(玉短笛)

　와라치라 와라치라

　염라대왕님 내려간다.

　[음영] 염라야 대왕님이 초군문에 당허난, "어느 누게가 본메본짱을 부쪗느냐? 심으렌." 허난, "아이고 강림이가 본메본짱을 부쪗수덴." 영 허난, "강림이 심으렌." 허난,

　강림이 삼각수를 거시린다.

　붕에 눈을 부릅뜬다.

　정동(靑銅) ᄀ뜬 풀따시609) 걸어간다.

　초제(初第) 진간(秦廣) 탄 가메 넹겨간다 이제(二第) 초간(初江) 탄 가메도 넹겨간다.

　제삼(第三)은 송교왕(宋帝王) 탄 가메 넹겨간다.

　제네 오간대왕(五官大王) 탄 가메 넹겨간다.

　[음영] 다섯 번째 가메엔 간 보난 염라대왕님 앚안 잇입데다. "아이고 강림아 강림아. 훈 베코만 눅여 도라 인정 주마 ㅅ정 주마." 영 허여도,

　강림이 홍사주를 내여놓안

---

609) 팔목.

저싱 염라대왕님도

강림이안티 드난 어쩔 수가 엇어근

ᄉ문절박(私門結縛)을 시깁데다에ー.

"혼 베코만 눅여도라.

인정 주마 ᄉ정 주마."

저싱 염라~ 대왕님도

강림이안티드난 ᄉ문절박 뒈듯이

불쌍헌 영혼님네~

[음영] 이 물질 베왕, 저 바당 물질허영 살젠 바당에 내려갓당, 그날 운수 엇어근,

부원군 삼처서에~

저싱 간 영혼덜

오널은 영등 송별제 해신굿으로

[음영] 이 탑동 이 앞바당에서 죽엉 간 영혼님, 상불턱 상줌녀 중불턱 중줌녀,

하불턱 하줌녀 영혼덜

오널랑 목에 큰칼 풀립서 손에 ᄉ줄 풀립서 발에라근 박사지

풀려줍센 허고

[음영] 요왕 부원군 ᄉ제님안티, 인정 다과이 걸건들랑, 이 해녀덜, 이 앞바당에 물질 허는 질이나, 육짓 바당 물질 가고 일본 바당에 물질 가건들랑 물숨도 먹게 맙서. 부원군 ᄉ제님 앞살 일도 막아줍센 헤연. 인정 해녀덜. 작년 혼 헤 벌어먹은 역가(役價)

다과히 걸언 올렴수다에ー.

으(位)가 돌아갑네다 제(座)가 돌아갑네다~.

염라대왕님 ᄀᆮ는 말이 "강림아 강림아

나영 ᄀᆞ찌 아랫녁에 내리라 아렛녁 ᄌ북장젯집이

[음영] 단뚤애기 아판 굿 혜염시난 그딜 가게."

"어서 기영 협서."

내려오단에 염라대왕님이 굴대로 환성허여부난,

[음영] 강림인 염라대왕 フ찌 내려오단 간고무중 허엿구나. 미여지벵디에 바려보난, 염라대왕 추질 수 엇입디다~. 미여지벵디 보난, 난디엇인 굴대가

이레 흔들 저레 흔들 허엿구나.

[음영] 요 굴대를 확 허게 무지리난, 염라대왕 몸천 환성(還生) 헙데다. 아랫녁에 내려간다.

저~ ㅈ북장젯집에서

큰굿을 헤여간다.

안느로는 스웨 열두 당클을610) 메여놓고~

바껏들론 저싱염렛대611) 신수퍼 삼버릿줄 줄싸메여

저싱 염라대왕 옵서

시왕맞이 허난

염라대왕님 안느로 들어간다.

[말] 강림인 올레예 앉앙 기다리곡 사 기다려도, 오렌 말은 엇이난, [음영] '게씸허고 토심허다. 요놈으 큰심방, 스문절박이나 무꺼보저.' 한창 굿 허노렌 허난 스문절박을 무끄난,

큰심방이 신자리에 톨톨허게 죽어가난~

연당 알에 신소미(神小巫) 상겟상을 내여놓고

"저싱왕도 왕이웨다 이싱왕도 왕이웨다~.

[음영] 엇그저께 염라대왕 데리러 가던 강림이 강파뒤도 어서 옵센." 허난,

---

610) '당클'은 굿을 할 때 제물을 차려 올리기 위하여 마루 벽면에 높이 달아맨 다락.

611) 굿을 하는 곳에 높이 세워 신이 강림하는 길로 삼는 대.

큰심방이 살아나간다.

강림이가 들어오라 가난

어서 시왕당클 알에

펭풍(屛風) 친다 네귀 접상(摺床) 피와간다.612)

낮인 역가(役價) 밤인 중석(中食) 열 말 쑬은 왕구녁 대독팡은 금시리 나까시리 치어 올려간다.

[음영] 강림이 나까시리 우에 앚안

쉬엿구나~.

[음영] 염라대왕님은 혼번 강림이 뜻을 보젠, 청댓고고리에 올라붑다. 강림이 일어난 보난,

염라야 대왕님이 간고무중 헌다.

[음영] 청대고고리에 보난 염라대왕 앚이난, 수문절박 시기난~, [말] 염라대왕님 곧는 말이, "강림아 강림아. 웃옷을 벗이라." 저싱글을 석 자 써주멍, [음영] "벡강셍이 똘랑가당 보민, 행기못에 빠지건 니도 빠지민 이싱드레 가진덴."

"어서 기영 헙서."

벡강셍이 똘랑앚언

가멍가멍 오단 바레여보난

행기못이 잇입디다 강림이 강아지가 빠졋구나.

[음영] 강림이도 빠지난 이싱에 오랏구나. 혼정을 신체를 춫안

이구산에 올라간다.

[음영] 신체에 간 삼혼정 들어갓구낭. 불삣을 보아지언 간 보난, 강림이 조강지처 사는 집이로구나. 아이고 강림이 저싱 간 사흘 살안보난, 이싱은 삼년이 넘언, 첫 식겟날이로구낭~.613) 아이고 낭군님 첫 식게 허연,

---

612) 펴간다.
613) '식겟날'은 '제삿날'의 뜻.

강림이 큰각시 안느로 들어가부난,

"요 문 올라 요 문 올라."

[말] "뒷집이 박포수건 넬랑 옵서. 식게 퉤물(退物) 안네쿠다." [음영] "아이고 설운 정네야. 저싱 갓다온 강림이옌." 허난, "경 허건 퀘지나 앞드레 내보냅서." 나갈 적에 쬘른 바농이, 그때사 꺼꺼지언, 엇어지어간다.

"아이고 설운 낭군님 살안 오랏구나에-."

"아버님아 아덜 살안 오랏수다." 아바지 성펜(姓便) 법을 마련허여 간다.

어머님은~

오멍 웬 홀목 심언 앚아 웨펜(外便) 법을 마련헤여 간다.

[말] "아버님아 나 엇이난 어떤 때 셍각이 납데가." "아이고 나 아덜아 무디무디 셍각 나라. 마디마디 셍각 나라. 궂인 말이나 나쁜 말이나 보아지민 모든 게 거뿌러져렌." 허난,

"설운 아바지 이 세상을 떠나 불민,

아바지 셍각 헤영 왕대 무작 방장대를 짚으고 모든 걸 거프난 치메 옷은 알단 풀어근

아바지 무디무디 무디무디 셍각허멍 공 갚아 드리쿠다."

[음영] "어머님아 나 엇이난 어떤 때 셍각이 납데가?" "아이고 나 아덜아.

가심이 먹먹허고 가시가시 셍각 나고 나쁜 말은 좋은 말은

[음영] 쏙드레 감차져렌." 허난 "어머님 이 세상 떠나불믄 동드레 번은 머구낭 끊어당 방장대를 지펑

치메 알 단을 감추왕 삼년 동안 어머님 공 가파 드리쿠다."

[음영] "설운 형제간덜은 나 엇이난 어떤 때 셍각이 나니?"

"열두 둘 넘엄시난 잊입디뎬." 허난,

"형제간은 옷 우이 브름이여." 열두 둘 검벅법을 마련헤여 간다.

[음영] "기셍 호첩덜은 나 엇이난 어떤 때 셍각이 나니?" "아이고 여자

팔잔 뒤웅박 팔자라, 흔 지방 넘음이나 두 지방 넘음이나 마찬가지 아니
우껜?" 허난,

"니네덜랑 갈 디로 가렌." 헤여 간다.

[음영] 일가방상 어른덜은, "아이고 강림아 큰일 때 셍각이 나렌." 허난
클일 때라근,

[단골1이 마실 물을 건네준다. (심방 : 아이고 삼춘 고맙수다. 아멩 헤도
요디 앚은 보람이 서.) [청중 웃음] (심방 : 영 셍각허영. 이 많은 사람 중
에 누게가 날 셍각허여.) (단골1 : 맞수다게. 나나 셍각허염주.) 심방, 물을
마신다. (심방 : 아이고 셍각이, 산셋뿔이라도 이게 물이 좋긴 존 거라양.)
(단골1 : 맞수다게.)]

설운 형제~

일가방상 어른은 고적법을614) 마련헤여간다.

[말] 설운 정네(丁女) 불러앚전, "설운 정네야 나 엇인 때 어떵 허연 셍
각이 나니?" "아이고 요 어른아 저 어른아. 산 수절도 지켱 앚아신디 죽
은 수절을 무사 못 지켱 앚읍네까? [음영] 살암시난 낭군님 살안 오랏수
덴." 허난, "당신 부인 나보다 먼저 죽으민 아기 엇어도 나 일년 동안, 복
을 입어주켄." 영 허연, 법을 마련헤여 간다. 어멍 아방 믄딱 가부난 두
갓이가 뽀끔 허게 안안,

줌을 자가는구나에ㅡ.

둣날 아척 먼동이 트는 줄을 몰라간다.

[말] 뒷집이 박포수는, 강림이 큰각시 사는 집드레 내려오라간다. "이거
어제께 강림이 첫 식게난 오널랑 강 식게 퉤물 얻어먹고 술 혼잔 얻어먹
젠." 먼 올레 들어오단 보난, 셍깃지둥에 갓도 걸어지고, 엣돌 알에 신발
도 벗어시난, [음영] '아이고 요거 어떵헌 일인고?' 창고냥 뚤란 보난, 두

---

614) '고적법'은 장례에 친족끼리 떡을 만들어다 부조하는 법.

갓이가 뻔끈허게 안안 줌자시난, 동안 마당에 밀서(密書)가

들어가는구나에ㅡ.

"아이고 강림이 저싱 강 염라대왕님 데련 오렌 허난

낮이는 펭풍(屛風)을 치언 두갓 살림 살아오고

밤이는 두갓이가 뻔끈허게 안안 누원 살앗수덴." 허난

"강림이 동안(東軒) 마당 업디리라."

조각놈을 불러간다

동이 퍼짝 서이 퍼짝

[말] 목에 큰칼을 씌우젠 허난, 강림이가 곧는 말이, "원님아 원님아. 삼척퀘동도 등을 보렌 허난, [음영] 나 우잇옷을 벗이건 바려 봅서. 저싱 글이 썻수덴." 허난, 저싱 글 써지엇구나.

모릿날은 스오시가 당허난에

동으로 청구름 서으로는 벡구름

남으로는 적구름 북으론 흑구름

너른 모로 천둥을 치어가난

좁은 모로 베락이 치어 와라치라 와라치라

염라대왕님

동안 마당 느립디다.

[음영] 동안 마당 내려가난, 원님은 겁질에, 셍깃지둥으로 환셍을 헵디다. [말] 염라대왕님 내령, "강림아, 이 집은 누가 지엇느냐?" "강태공(姜太公) 수목시(首木手)가 짓엇수다." "강태공 수목시를 데려오라." "너가 아니 세운 기둥 잇건 대톱을 가정 썰렌." 허난 "요 지둥은 나가 아니 세왓수다." [음영] 대톱을 가전 써난, 피가 벌겅허난, 그 법으로 집은 짓이민 성주를 내여사, 그 집이 사는 법입네당~. [말] 원님이, 몸천을 환셍허난, 염라대왕님 곧는 말이, "어떵 허연 나를 청헵디가?" 목소리를 높여가난, 강림이가 곧는 말이, "저싱 왕도 왕이고 이싱 왕도 왕인디, 왕과 왕끼

리 어찌 큰소리 칠 수가 잇습네까? 목소리를 낮춥서.” “어떵 허연 나를 청헷습네껜?” 허난, “그것이 아니라 우리 고을에 과양셍이 두갓이가, 혼 날 혼 시에 아덜 삼형제 나곡 이 아기덜은 크난, 혼 날 혼 시에 과거를 헤연 오란 혼 날 혼 시에 죽으난, 백소지가 들어오란 이싱에서 절처(決處) 를 못 허연, 염라대왕님을

청헷수다ㅡ.”

“어서 기영 허걸랑 과양셍이 두갓이를 심엉오라.”

[말] “너 쏙으로 그 애기덜 삼형제 낫느냐?” “낫수다.” “너 그 애기덜 과거 허연 오랏느냐?” “오라십데다.” “죽엇느냐?” “죽엇수다.” “어디 간 묻엇느냐?” “앞밧디 뒷밧디 옆밧디, 임시 출병막을 출렷수덴.” 허난, [음영] “기영 허건들라근, 이 아기덜 죽은 신체나 강 촛앙오렌.” 허난, 앞밧디 뒷밧디 임시 출병막을 출련 봐도,

뻬 간 곳도 엇어간다 술 간 곳도 엇어간다.

염라야 대왕님이,

[말] 그때엔 후육누육(詬辱累辱) 헙디다. “이 놈 너는 헹실(行實)이 궤씸허다. [음영] 너네 집이 애기중덜 오라시난, 욕심에 탐내연 그 애기덜 죽연 어디 간 던져 불엇느냐?” 강림이~ 그 말을 골아가난, 과양셍이 두갓 이가, ‘아이고 나 발통 나 도끼 나대로 찍엇구나.’ “그 아기덜 죽연 주천 강 연내못디

던져불엇수다에ㅡ.”

함박 족박 가져근 내려걸라.

주천강은 연내못디 간 보난 물은 봉봉 허엿구나.

“요 물 뻐따 줍서.”

한강 바당 몰라간다 가운디 간 보난 뻬만 술그랑 헤엿구나.

뻬 오를 꼿 술 오를 꼿 오장육부(五臟六腑) 살아날 꼿 논다.

[말] 꼿을 놓안 홍남체로 뚜들멍 “설운 아기덜아 이건 니네덜 때리는

매가 아니고, [음영] 니네덜 살리는 매여." 홍남채로 삼세번 뚜드리난, 와들렝이 감테 フ뜬 저 머리, 골골 산산 허텅 긁으멍, "염라대왕님아, 봄좀이라

너미 늦게 자졌수다에ㅡ."

"설운 아기덜아

니네덜은 아방국도 춫앙 가라 어멍국도 춫앙 가라."

과양셍이 두갓이 일곱 장남 불러간다 아홉 쉐를 불러가는구나.

갈기갈기 찢어가는구나.

도에남 방에 무에남은 절국대 독독허게 삣 아근 허공 브름 불려간다.

[음영] "너네덜, 인간에 산 때도 산 사름 죽영 피 뿔아먹엉 살아시난, 죽엉 가도 피 뿔아먹엉 살렝." 허연, "오뉴월은 당허민 모기 몸에 환싱허곡, 칠팔뤌은 나민 フ다기로 환싱허렌."

법지법(法之法)을 마련헤여 두고

일곱 장남덜은 "우리덜 사름 죽여날 때엔 어떵 험네까?"

[음영] "니네덜랑 사름 죽어난 디, 귀양풀이[615] 헤영 오곡밥을 주건, 그 집이 펜안(便安)허게 허고, 사름 죽어난 디 귀양풀이도 아녀고 오곡밥 아니 주건,

석 둘 벡일 안네 급헌 처서(差使) 들여보네여근

얻어먹는 법을

마련허영 너네랑 일곱 귀양 춫질 허라."

아홉 쉐는 "우리덜 어딜 갑네까?"

[음영] "니네랑 아홉 신앙으로 들어상 쉐막을[616] 춫지허라."

어서 아홉 신앙 법을 마련허여 간다.

원님안티 곧는 말이

---

615) 죽은 영혼을 달래어 저승으로 보내는 굿. 장사 지내고 난 뒤에 집에서 벌임.
616) 외양간.

[말] "강림이가 똑똑허고 역력허난 이싱에서 초보름 살민 저싱 강 후보름 살고, [음영] 저싱서 초보름 살건, [말] 이싱에서 후보름 살기가 어떵 허꽈?" "아이고 아니 뒙네다." "경 혜민 어떵 허코마씸?" "우리 경 허건 반착씩617) 갈라보게마씸." "이싱에서 몸천이618) 필요허꽈 혼정(魂精)이 필요허꽈?" [음영] 혼정을 필요허켄 허여시민, 죽는 법이 엇일 걸 "신체가 필요허덴." 허난, 염라대왕님은 강림이 삼혼정(三魂精) 걸언,

저싱드레 가붑데다에ㅡ.

"강림아." 펀펀 "강림아." 펀펀 혜여간다.

[음영] "아이고 이거 강림이 죽은 듯 헙네다." "코 줍아보라." 벌써 강림이 죽어

온몸에 다 쉬프리 앚아가는구나.

강림이 큰각시안티 부고(訃告) 전혜난에

강림이 큰각시~

동안 마당에 내려오라 둥글어간다.

"아이고 우리 낭군님 저싱 강 염라대왕꼬지 데련 오라신디

저싱 가덴 말이 뭔 말이꽈?"

[말] 하도 둥글어가난, 쉬운 대자 수페머린 허터지엇구나. 나대로 나 정신을 출려사 뒐로구나. [음영] 옆드레 바려보난 산디(山稻) 찍게기619) 하나 이시난, 그걸로 머리를 무끈 법으로 요즘은, 성복(成服) 전에 머리도 끔곡, 머리도 빗주만은 옛날은 성복 전엔, 머리 푼 상제엔, 산디 찍게기로, 무끄는 법입네다에ㅡ.

강림이 큰각시가

[음영] "아이고 설운 낭군님아 옵서 집이 가게."

___

617) 반쪽씩.
618) 몸체가.
619) 지푸라기.

집이 데령 가근

홋적삼을 들러근 지붕 상무를에 올라간다.

초혼(初魂) 이혼(二魂) 삼혼(三魂) 세여 섭섭헤여 간다.

초소렴(初小殮)도 섭섭 대렴(大殮) 헤여 섭섭 입관(入棺)헤여 섭섭허다.

성복(成服)헤여

섭섭허다.

일포(日哺)헤여 섭섭허다.

동관(動棺)헤여 섭섭허다.

상이와당[620] 몰켓남[621] 어기영창[622] 담불 불러가도

하메(下馬)헤여 섭섭허다 개광(開壙) 파도 섭섭

하관(下棺)헤여~

상개판(上蓋板)에 중개판(中蓋板) 하개판(下蓋板) 멩전(銘旌) 더꺼[623] 달
구지어 봉분(封墳) 싸도

초우제(初虞祭) 재우제(再虞祭) 삼우제(三虞祭)도 섭섭

초ᄒ를이 당허난 섹일(朔日)헤여 섭섭

보름이 오랏구나

보름 섹일 헤여

섭섭허다 석 둘 벡일(百日) 졸곡(卒哭) 헤여 가도

섭섭허다.

열두 둘이 소기(小忌) 내려 소상(小喪)헌다.

섭섭허다 스물늭 둘 대기(大忌) 내려 대상(大喪) 헤여가도

섭섭허다

---

620) 상여(喪輿)와 화단. '화단'은 상여에 지붕 모양으로 꾸며 둘러치는 제구.
621) 상여 밑을 받치는 장강목(長杠木).
622) 상여노래의 후렴구.
623) 덮어.

석 둘 벡일에~ 담제(禫祭) 탈상(脫喪)헤여

섭섭헤여 간다.

[음영] 연삼년(連三年)이 뒈여가난, 죽은 이 가심이 풀어지여 가난 산이 가심이 풀어지엿구나. 이 시상에 일년은 저싱 흐를이고,[624] 이 시상이 십년은, 저싱이 일년이 뒈는 법입네다.

강림이 큰각시가

[음영] 인간은 흔번은 오랑 가민 다시 못 오는 법이랑, 섣둘그믐날 저싱문 열령, 초흐를날 이 세상에 오랑가곡, 오월 초나흘날 저싱문 열령, 오월 단옷날 이 세상 오랑가고, 팔뤌(八月) 열나흘날 저싱문 열리민, 팔뤌 추석날 이 세상 오랑가고, 묻은 자리는 팔뤌 보름 가까와가민, 산에 소분(掃墳) 검질법[625] 마련허고, 죽은 날은 잊어불지 아녀게, 제사(祭祀) 멩질법(名節法)이,

강림이 큰각시가 내왓수다에ㅡ.

강림이가 저싱 가난에

염라야 대왕님이 강림이를 불러오라간다.

금세상 내려강 벡발노인(白髮老人) 데령오렌 헤연

적베지(赤牌旨)를 내여주난 강림이는

적베지를 가전 내려오단 가마기가 오란 앚이난에

[말] 가마기 젖놀게에 비찌난 가마긴 내려오단 물 죽은 밧디 들엇구나. 물 죽은 밧디 물피나, 흔 점 얻어먹어 지카부뎬 밧담[626] 우에 앚안, [음영] 까악까악 울어가난 물피젱이덜은[627] 시끄럽뎬 물발톱 다듬안, 훅 허게 던져부난 가마기 이녁 마쳐붐시카부뎬,[628] 젖놀게 적베지 셍각도 안

---

624) 하루이고.
625) '검질'은 김, 잡초 따위.
626) 밭담.
627) 백정(白丁)들은.
628) 맞히는 줄 알고.

허연

　화르륵기 날아가부난에

　적베진 알드레 털어지엇구나.

　[말] 돌 알에 구렝인 나오란 먹어부난 그 법으로 베움은629) 아니 죽는 법이우다. [음영] 아홉 번 죽엉은 열번 살아나는 게 베움입네다. 아이고 가마긴, 이 세상에 오라근, "꿀을 말도 엇곡 심부름 헌 건 이젠 잊어불고 어떵 허민 좋고?"

　앚아근 까악까악

　"어른 옵서 아이 옵서." 까악까악 울어가난

　저싱에 염라야 대왕님은

　[말] "어떵 허연 금세상에서 벡발노인만 데려오렌 허난, 어른도 오고 청춘(靑春)도 오고, 아이도 오난 이거 어떵헌 일인고?" 강림이 심어단 답두리허난 강림이 곧는 말이, "나 내려가단 가마기 젓놀게 부쪘수다." 가마기를 심어단630) 답두리허난,631) "너 어디 간 일러불엇느냐?" "물 죽은 밧디 간 일러불엇수다." [음영] "어서 경 허건 너 줴(罪)를 너가 알렌." 허연, 밀람 보림체 보릿낭 헹클에, 하도 뚜드려부난, 몸천은 맷독에 시커멍 허고, 정신은 앗뜩허게 엇어부난, [말] 가마기 궤기 먹어시넨도 곧는 법이우다. [음영] 가마긴 "앗뜩허난 정신이 엇엇수덴." 영 허엿구나. [말] 어서 염라대왕님도 저싱 염라대왕이 법지법(法之法)을 마련허는디,

　나도 인간에 가

　법지법을 마련헤여 보저.

　아침이 우는 까마기는

　아이 죽으고,

---

629) 뱀은.
630) 붙잡아다가.
631) 추궁을 하니.

낮이 울민 젊아 청춘 죽고,

저 저녁 미시(未時) 뒈영

우는 까마기는

나이 든 노인 노장(老長) 죽을 까마기,

초저녁이 와자자자 울민 동네에 패싸움 나고

[말] 야밤중에 궂이 우는 까마기는 동네에 화재 날 까마기우다. 옛날은 까마기도 항, 궂이 울어가민, 까마기도 반처서옌632) 협네다만은, 요즘은 까마기도 귀헌 시대가 뒈엿수다.

가마기 법지법을 마련허난

강림이 저싱 가시난에

염라야 대왕님이 곧는 말이,

[음영] "동방섹이가633) 삼철년(三千年)을 살으난, 아침이 뒈민 아이 뒈곡, 낮이 뒈민 청춘 뒈곡, 저녁인 뒈민 나이 든 늑신네가634) 뒈영, 아이 뒈엿덴 아이처서 보내영 나두민 어른 뒈곡, 어른 뒈엿덴 허영 어른 처서 보내영 나두민 늑신네가 뒈난, 데려올 수 엇이난 너가 강 데려오 렌." 허난,

강림이 주천강은 연내못디 내려간다.

굴체에635) 검은 숫을 놓아근 왈칵질칵 싯쳐가난구나.

동방섹이 물물을 멕이레 오랏구나.

[말] 검은 숫을 굴체에 놘 왈각질각 싯첨시난, "어디 사는 장방 황수(行首)가, 그 검은 숫을 경 싯첨수겐?" 허난, "아이고 요 어른아. 모른 소리 맙서. 검은 숫도 싯첨시민636) 벽탄(白炭)이 뒌덴637) 헙디덴." 허난, "아이

---

632) 반차사(半差使)라고.
633) '동방섹이'는 동방삭(東方朔). BC154~BC93. 삼천갑자를 살았다는 전설적인 인물.
634) 늙은이가.
635) '굴체'는 삼태기.
636) 씻고 있으면.

고 나 이때꼬지 동방석이 삼철년(三千年)을 살아도, [음영] 이 말은 처음 듣는 말이옌." 허난, 강림이가 동방석이를 심어근,[638]

저싱 갓십네다ー.

■ 요왕ᄉ제본풀이>나오는말미
처서님전에 난산국에 풀엇수다.
본산국에 풀엇습니다.

■ 요왕ᄉ제본풀이>비념
처서님 덕에 신이 성방(刑房)도
먹고 입고 헹궁발신(行窮發身) 헤여근 뎅겸수다 처서님아
신이 성방이
잘못헌 일 부찰(不察)헌 일 잇건 줴라근 삭(赦) 시겨 줍서 벌(罰)라근 풀려 줍서.
하다 처서님아 부원국은 삼처서님아
오널 탑동 해녀 탈의장에서 이 해녀회장 총무 상줌녀(上潛女) 중줌녀(中潛女) 하줌녀덜(下潛女들)
오널 처서님안티 인정을 거난 새헤 영등 이월 열나흘날꼬지
[말] 하다 이 탈의장 안네 ᄉ록 일게 맙서 싸움 일게 허지 맙서. [음영] 모욕탕(沐浴湯) 안네도 물에 들엉 강 오랑 모욕허멍
안네서 다치도 맙서.
저 바당에 나가근 동바당 서바당 상바당 중바당 하바당에 가근
들물고게 썰물고게 미리에기 삼성은 저 눌고게
여끗마다 돌끗마다

---

637) 된다고.
638) 붙잡아서.

구젱이[639] 좋은 바당 전복(全鰒) 좋은 바당 오분제기[640] 뭉게(文魚) 헤
슴(海蔘) 소 우미여 메역이여[641] 좋은 바당에

물르레 내려갓다근 물숨도 먹게 허지 맙서.

머릿징도 들르게 허지 맙서 물 알에서 노래게[642] 맙서.

빗창에 손 걸리게 맙서.

오리발 그물코에 들게 맙서.

어느 듬북코에도 들게나 말곡

해녀덜 육지 물질 가는 아기덜

어느 스쿠버 다이버에

물숨 먹게 허게 맙서.

일본 바당 물질 가건들랑

물숨도 먹게 말앙

이 아기덜 육지로 탑동으로

영등 이월

쳉명(淸明) 삼월

입소월 윤오월 신오월

영청 유월(六月)

정칠뤌(正七月)은 벡로팔뤌(白露八月) 애산은 신구월

소시월둘

동짓둘 섣둘 내년 정월 이월 날 때끄지

오널 쑬 혼 뒈 정성 드린 덕으로 인명에 축(縮)헐 일

제명(財命)에 부족헐 일

---

639) 소라.
640) 떡조개.
641) 미역이여.
642) 놀라게.

장적문세(帳籍文書) 호적문세(戶籍文書) 들 일을

천상(天煞) 지상(地煞) 인상(人煞) 노중살(路中煞)은 수중살(水中煞) 화덕살은 금전살(金錢煞)을 막아근에

탑동 해녀덜 몬 펜안헴덴 헙서 탑동 해녀덜 하다 물질 가난에

ᄉ망(所望) 일언 돈 벌엄덴 허게시리

동서(東西)으로 먹을 연을 내세와근

[말] 하다 전복이여 구젱이여 오분제기여 문게여 혜섬이여 보앙 물 알에 내려갓당

빈손에 올라오게 허지 말고 (단골들 : 아이고 고맙수다.)

망사리도 섭섭허게 허지 말곡 물 우의서 보앙 물 알에 내려갓당 그디 못 촞아근 헤메게 허지 말앙

아이고 강씨(姜氏) 삼춘(三寸) 혜년마다 혜녀굿 오란 아이고 그 어른 덕 텍에 혜녀덜 펜안헴덴 허곡

몸 펜안헴덴 허게 (단골들 : 아이고 고맙수다.)

동서으로 설운 삼춘도

오랑 가는 질에

먹을 연(緣)도 내세웁서 입을 연도 내세웁서.

날로 날역 막읍서.

둘로 둘역 막읍서.

월역(月厄) 시력(時厄) 관송(官訟) 입송(立訟)입네다에ㅡ.

■ 요왕ᄉ제본풀이>주잔넘김

[장구 치기를 중단하고 장구채를 조임줄에 끼운다.] 처서관장님 난산국을 풀엇습네다. [소미 박영옥이 삼주잔을 들고 문전으로 나가 술잔의 술을 조금씩 비워낸다.] 처서님 받다 씌다 남은 주잔(酒盞)은, [심방은 장구를 한쪽으로 치운다.] 천왕처서(天皇差使)님 지왕처서(地皇差使)님 인왕처

서(人皇差使)님네, [쌀 양푼을 가까이 놓는다.] 연직(年直) 월질(月直) 일직(日直) 시직스제(時直使者)님 두에 잔 받읍서. 옥황(玉皇)은 금부도서(禁府都事) 저싱은 이원스제 이싱은 강림스제, 강림스제(姜林使者), 요왕국(龍王國)은 부원군(府院國) 스제님 두에 잔 받읍서. 멩도멩감(明刀冥官) 삼처서(三差使) 두에 잔 받읍서. 기축년(己丑年)에 몸받은 신관처서(新官差使)님 두에 잔 받읍서. 행(行)이 바쁜 처서님네 질이 바쁜 처서님네, 목 므르고 허기지고 베고프고 시장헌 처서님네덜, 잔 받읍서 오널 영등 송별제 허난, 해년마다 이 자리에서 상 받던 조상님 두에, 잔 받읍서. 영등 조상 두으로도 잔 받읍서. 탑동 이 앞바당에 상불턱 중불턱 하불턱, 들물고게 썰물고게 미리에기 삼성 저 눌고게, 성창(船艙)에 여끗에 돌끗에, 개맛마다[643) 수중(水中)마다 노는 이런 임신덜이로구나. 영감(令監)에 군줄 참봉(參奉)에 군줄 야체(夜叉) 금체(金叉) 두에 노는 군줄이로구나. 므른 밧디로 한자작이 강오백(姜愚伯)이 고대현(吳大鉉)이 진통경(金通精) 진좌수(李在守) 난리 무진년(戊辰年)은 스삼스태(四三事態)에 죽엉가던 이런 임신, 탑동 이 앞바당에~, 이 공원(公園) 안네 노는 큰낭지기[644) 큰돌지기, 엉덕지기[645) 수덕지기,[646) 큰낭 큰돌지기덜 냇골 수월지기덜이로구나.[647) 동설룡에 서설룡에 남설룡에 북설룡에, 거부용신 대용신 불러주고, 이 해녀덜 이 스룩[648) 불러주곡 싸움 불러주곡 허던 이런 임신덜, 많이많이 열두 소잔(小盞)입네다에ー.

___

643) 갯가마다.
644) 큰나무지기.
645) 언덕지기.
646) '수덕'은 바위와 나무가 엉키어 있는 곳.
647) '수월'은 수풀.
648) '스룩'은 사기(邪氣)의 뜻.

■ 요왕ᄉ제본풀이>산받음

열두 소잔~ 지넹기난, 게잔게수(改盞改水) 헙네다. [제비점] 처서님, 상
이나 곱게 받앙, (단골1 : 아이고 고맙수다.) 경 혜민 처서님에서 상을 잘
받으나 허뒈, [쌀알을 헤아려보다 양푼에 털어놓는다.] ᄌ손덜이 방액(防
厄)을 잘 올려근에, [제비점] 내년 궂인 운을~, 열혼 방울. [단골3에게 쌀
알을 건넨다.] 상도 잘 받고예, 영 혜여도 내년 궂인 운이라근에 처서님
청혜시난 액(厄) 잘 막으렌 헴수다예. 경 혜영 액막으민~, 앞바당 물질허
곡 육짓바당 물질허곡 일본 바당 물질~ 허영, [제비점] 뎅기는 질에 발롸
주곡, [단골3에게 쌀알을 건넨다. 단골들 "아이고 고맙수다." 한다.] 강씨
삼춘도 조상(祖上)[649] 업엉 오랑 가는 질에 [제비점] 고맙습네당.

■ 요왕ᄉ제본풀이>제차넘김

신이 성방(刑房)이~, ["언니." 하고 부르면서 쌀알을 소미 박영옥에게
건넨다.] 잘못헌 일이나 불찰(不察)헌 일이 잇일지라도~, 줴(罪)랑 삭(赦)
시겨줍서. 신이 아이~, [일어선다.] 수제님 신공시 옛선성님 이알로 굽어
신첨 하렴입네다에ㅡ. [큰절을 한다.] (심방 : 영 굿 헷수다.) (단골들 : 아
이고 고맙습니다.)

영등굿 석살림

자료코드 : 10_01_SRS_20090310_HNC_KSS_0001_s06
조사장소 : 제주특별자치도 제주시 삼도2동 1256번지 탑동 해녀 탈의장
조사일시 : 2009.3.10
조 사 자 : 허남춘, 강정식, 강소전, 송정희
제 보 자 : 강순선, 여, 68세 외 2인

---

649) 무구인 '멩두'를 말함.

구연상황 : 석살림은 청하여 모신 신을 즐겁게 놀리는 제차이다. 덕담창을 기본으로 하고
　　　　　사정에 따라 담불, 서우제 소리 등의 노래를 하며 모두 함께 흥겹게 춤을 춘
　　　　　다. 이번 굿에서는 특별히 서우제 소리만으로 놀렸다. 끝에는 단골들이 주도
　　　　　적으로 나서서 장시간 한판 놀이굿을 벌였다. 석살림은 강순선 심방이 맡았
　　　　　다. 심방은 서서 요령을 흔들면서 노래를 하고 소미들은 앉아서 북과 장구를
　　　　　치면서 뒷소리를 따라 부른다.

[강순선 심방(치마저고리)]

■ 석살림＞말미
[신자리에 서서 가끔 요령을 흔들며 말명을 한다.]
[요령] 연양탁상(靈筵卓床) 좌우접상(左右摺床)으로, 영등 송별제로 요왕
해신제로, 초감제 연드리로 옵서 옵서, 청허여 ᄌᆞ손덜, 놀판 노념굿 헤엿
십네다. 요왕ᄉᆞ제 난산국 본을 풀엇십네다. 진 밧디는 진 소리 ᄌᆞ른 밧디
ᄌᆞ른 소리 어기야차 살겡기 소리로 일천간장(一千肝腸) 다 풀려놀자.

■ 석살림＞서우제 소리
‖서우제‖[북(서순실), 장구(박영옥)][소미들이 반주를 하면서 후렴을
함께 부른다. 조금 뒤에 단골들이 나와서 춤을 추기 시작한다.]
　어양어양 어야두야 어야두야 상사두야
　　　아아 아아아양 어어어양 어어허요 [요령]
　산신이 놀자 일월이 놀자 조상이 놀자 ᄌᆞ손이 놀자 [요령]
　　　아아 아아아양 어어어양 어어허요
　높이 뜬 건 청일산(靑日傘)이요 이 뜬 거는 흑일산(黑日傘)이로구나. [요
령]
　　　아아 아아아양 어어어양 어어허요 [요령]
　영등대왕도 놀고 가저 영등도령도 놀고나 가자.

아아 아아아양 어어어양 어어허요 [요령]

영등별캄은 영등대왕 영등호장 놀고나 가저. [요령]

　　아아 아아아양 어어어양 어어허요 [요령]

이 탑동에서 송별제 받앙 강남천저국 갓다근에 [요령]

　　아아 아아아양 어어어양 어어허요

전복 씨도 뿌려두엉 갑서 소라 씨도 뿌려주어둥 갑서. [요령]

　　아아 아아아양 어어어양 어어허요 [요령]

문어 씨도 뿌려두엉 가고 헤섬 씨도 뿌려두엉 갑서. [요령]

　　아아 아아아양 어어어양 어어허요

새잇철 나근 초흐를날 오곡씨를 앗앙 또시나 옵서. [요령]

　　아아 아아아양 어어어양 어어허요

청금산도 대왕이 놀저 벡금산도 대왕이 놀저.

　　아아 아아아양 어어어양 어어허요

물로 가민 요왕이 놀고 베론 가민 선앙이 놀고 [요령]

　　아아 아아아양 어어어양 어어허야

영감이 놀저 참봉이 놀저 야체 금체가 다 놀고 갑서. [요령]

　　아아 아아아양 어허허양 어어허요

영감이 본초(本初)가 어딜런고 서울이라 먹자골로 [요령]

　　아아 아아아양 어어허양 어허허요

허정승(許政丞)네 아덜 일곱 성제 [요령] 솟아나난 족은아덜은 [요령]

　　아아 아아아양 어어어양 어어허요

제주도는 한라산을 추지허던 [요령] 선왕이여

　　아아 아아아양 어어허양 어허요

오소리 잡놈 뒈엿구나 오소리 잡놈이 뒈엿구나 [요령]

　　아아 어어어요 어어허양 어허요 [요령]

망만 부튼 대페리에 짓만 부튼 도폭(道袍)에다 [요령]

아아 아아아양 어어허양 어허어요

오장삼은 뗏방걸이 자 허면은 천리나 가곡 [요령]

　　아아 아아아양 어어어양 어어허요 [요령]

자 허면은 만리 가곡 낮인 들면 신불이 놀곡

　　아아 아아아양 [요령] 어어어양 어어허요

연불 신불에 놀던 선앙 모친 간장은 다 풀령 갑서.

　　아아 아아아양 [요령] 어어어양 어어허요

할로산(漢拏山)엔 장군선앙(將軍船王) 대정꼿은 총각선앙(總角船王)

　　아아 아아아양 어어어양 어어허요 [요령]

선을꼿은650) 아기씨 선앙 혜저머리는 솟불미 선앙 [요령]

　　아아 아아아양 어어어양 어어허요

상불턱엔 중불턱에 하불턱에 놀던 선앙

　　아아 아아아양 어어어양 어어허요

여꿋마다 돌꿋마다 개맛마다 놀던 선앙 [요령]

　　아아 아아아양 어어어양 어어허요

진도 안섬은 진도 밧섬 벨파장에 놀던 선앙 [요령]

　　아아 아아아양 어어어양 어어허요 [요령]

일월조상도 놀고 갑서 주손덜토 신나락 만나락

　　아아 아아아양 어어어양 어어허요

[심방은 요령을 공싯상에 내려놓는다.]

탑동 알에 놀던 선앙 동부두 서부두에 놀던 선앙

　　아아 아아아양 어어어양 어어허요

실내구석에 놀던 선앙 구릉곳데에 놀던 선앙

　　아아 아아아양 어어어양 어어허요

---

650) '선을'은 제주시 조천읍 선흘리. '꼿'은 '곳'으로 깊은 수풀의 뜻.

줌수덜 숨비소리에 의탁이 뒈던 선앙님네
　　아아 아아아양 어어어양 어어허요

‖줒인서우제‖
ᄆ첫구나 강겼구나
　　아아야 어허야 어요
어서 놀고 어서나 씌고
　　아아야 어허야 어야
[북(단골1), 장구(박영옥)][단골1이 자진해서 북을 대신 친다.]
이에 탑동에 줌수덜
　　아아야 어허야 어요
올금년은 열두 둘
　　아아양 어허야 어요
몸에나 펜안 시겨나 줍서
　　아아야 어허야 어요
몸도 다치게 말게나 허고
　　아아야 어허야 어요
물이 싸면 동바당에
　　아아야 어허야 어요
물이 들면 서이와당
　　아아양 어허야 어요
일만줌수덜 넉나게 맙서
　　아아야 어허야 어요
물건 존 들로 줌수분덜
　　아아야 어허양 어요
일본 주년국 간 조순덜

아아야 어허야 어요

관송 입송 법률에 걸어질 일

　　아아야 어허야 어요

하업 펜안 시겨나 줍서

　　아아야 어허야 어요

싸움도 허게나 말앙

　　아아야 어허야 어요

ᄆ친 간장 ᄆ친 시름

　　아아야 어허야 어요

ᄆ를ᄆ를 혼 ᄆ를썩

‖중판‖[북(단골1), 설쒜(서순실), 대양(박영옥)]

[빨라진 연물에 맞추어 단골들이 춤을 춘다. 단골이 치는 북이 맞지 않아 장단이 빨라지지 못한다. 이때 단골2가 나서서 신칼을 들고 심방처럼 춤을 춘다.]

석살림

‖중판‖[북(서순실), 장구(강순선)][잠수 중 한 명이 신칼을 들고 춤추다가 신칼점을 본다. 주위에서 춤을 추던 다른 잠수들과 함께 절을 하고 끝난다. 심방과 잠수들이 서로 농담을 주고받는다. 이후 잠수들이 춤추며 가요를 부른다. 잠수들은 조금 전에 신칼을 들고 춤을 추었던 잠수의 등에 옷을 집어넣어 꼽추로 만들고, 머리에는 스타킹을 씌워 우스꽝스러운 모양을 하게 한다. 꼽추로 변한 잠수는 춤을 추고, 다른 잠수들 역시 주위에서 가요를 부르며 함께 춤을 춘다. 신나는 노래를 부르지 않는다고 서로 타박을 하면서도 춤과 노래를 계속 이어간다. 절을 하고 끝낸다.]

영등굿 지쌈, 상당숙임·액맥이 준비, 상당숙임

자료코드 : 10_01_SRS_20090310_HNC_KSS_0001_s07
조사장소 : 제주특별자치도 제주시 삼도2동 1256번지 탑동 해녀 탈의장
조사일시 : 2009.3.10
조 사 자 : 허남춘, 강정식, 강소전, 송정희
제 보 자 : 강순선, 여, 68세 외 2인
구연상황 : 굿을 마치기에 앞어 신들을 차례로 거명하면서 마지막으로 술 한잔을 받고 돌아가라고 하는 제차이다. 이를 끝으로 제반 걷어 잡식, 걸명하고 철변한다. 강순선 심방이 신자리에 앉아 요령을 흔들며 말명으로만 진행한다.

■ 지쌈, 상당숙임·액맥이 준비

[상당숙임과 액맥이 준비를 한다. 바깥에 걸어두었던 대를 내려 요왕드리와 삼도동어촌계 기(旗)를 떼어내고 제장으로 들여온다. 심방은 요왕드리를 차곡차곡 개어 접는다. 소미 박영옥은 삼도동어촌계의 기(旗)를 잘 개어 정리한다. 제상의 제물을 내려 지를 쌀 준비도 한다. 소미 박영옥이 제물을 잘게 썰어주고, 잠수들은 그 주위에 둘러앉아 한지 위에 잘게 썰

어 놓은 갖가지 제물을 조금씩 놓고 지를 싼다. 심방은 요왕ᄃ리 위에 삼색물색, 지전, 짚신 세 켤레, 축원문을 올려놓고 액맥이 준비를 마친다.]

■ 상당숙임

[심방이 제상을 마주 보고 앉아 요령을 흔들며 말명을 한다.] 상당(上堂) 도올랏다 도숙어 필부, [요령] 하전 때가 돼여 잇십네다. [요령] 옵서 헐 때는 옵센 허곡 [요령] 갑센 헐 때는, 갑센 헙네다 [요령] 필붕잔 받앙, [요령] 돌아살 때가 돼여 잇십네다들 [요령] 오널은 영등 이월덜은 [요령] 열나흘날은, [요령] 영등~ [요령] 맞이 영등송별제로 [요령] 요왕 해신 제로덜 옵서 청허여 [요령] 잇십네다. [요령] 올라 옥항상저

상당숙임

(玉皇上帝) 내려사민 지부ᄉ천대왕(地府四天大王), 산으로 산신대왕(山神大王) 물로 다서용궁, [요령] 절로 가민 서산대서(西山大師) [요령] 육한(六觀) [요령] 대섯님네, [요령] 필부막잔 받앙, [요령] 갈 때가 돼엿수다덜, [요령] 드립네다. [요령] 또 이에 초공 이공전이랑, 당주전드레 [요령] 어서 글읍서. 삼공전도 필부막잔 받아근, [요령] 갈 때가 [요령] 돼엿수다 시왕감서(十王監司) 신병서(新兵使)나, [요령] 원앙감서(元王監司) 원병서(元兵使)나, 짐추염네(金緻閻羅) 태선대왕(泰山大王) 범 ᄀ뜬 ᄉ천대왕(四天大王), [요령] 초제 진간대왕(秦廣

大王) [요령] 이제 [요령] 초간대왕(初江大王), 제삼(第三)은 송저대왕(宋帝大王), 제네 오간대왕(五官大王) 다섯은 염려대왕(閻羅大王)님네, [요령] ♀섯 번성대왕(變成大王), 일곱은 태선(泰山) ♀덥 평든대왕(平等大王) 아홉 도시(都市), [요령] 열 십전대왕(十轉大王)님네도, 필부막잔 받앙 돌아살 때가, [요령] 뒈엿수다 [요령] 열하나 지장대왕(地藏大王) 열둘 셍불(生佛) 열세 좌두(左頭) 열네 우두(右頭) 열다섯 시에(十五) 동저판관(童子判官)님네덜, [요령] 필부잔입네다덜. [요령] 여레섯 십육(十六) 스제(使者) 삼처섯님이랑, [요령] 처섯상더레651) [요령] 내령, 천우액년 받앙, [요령] 어서덜 갑서. 이거 [요령] 여레섯 십육 스제 뒈엔, 동에 가민 청멩감(靑冥官) 서이 벡멩감(白冥官) 남이 적멩감(赤冥官), 북이 흑멩감(黑冥官), [요령] 양반잇 칩인 스당멩감(祠堂冥官), 농부아비 집인 제석멩감(帝釋冥官), 산신(山神) 잇는 집인 산신멩감(山神冥官)입네다. 배 부리는 집이는, 선앙멩감(船王冥官)입네다. [요령] 물로 가민 요왕멩감(龍王冥官)입네다. 불돗집인 불도멩감(佛道冥官) 농부아비 집이는 제석멩감, 뒙네다 [요령] 신이 성방네 집덜은, [요령] 당주멩감(堂主冥官)입네다~. 이른♀덥 도멩감(都冥官)님네도 필부막잔입네다. [요령] 멩감 두이는~, 상세경 중세경 하세경 세경장남, 일월(日月) 정근 초상(祖上)님네덜토, [요령] 필부막잔 받아근, 갈 때가 뒈여 잇십네다덜. [요령] 그 두이에는 [요령] 낳는 날은 셍산(生産) 추질 허고 죽는 날은 (戶籍) 인물(人物) 장적(帳籍) 받아오던, 제주시(濟州市)는 열두 시우전(神位前) 한집님, ㄱ시락당 운지당은 각시당 부인님입네다. [요령] 어~ 칠머리 감찰지방 [요령] 한집님네도, 필부막잔 받아 본당더레 갑서 신당더레, [요령] 어서덜 갑서. [요령] 드립네다덜. 영등대왕 영등도령 영등벨캄님, [요령-] 영등부인님네 [-요령] 영등하르바님네 할마님네 영등 우장님네덜토, [요령] 필부막잔 받아, [요령] 강남천저국더레 [요령] 가게,

---

651) 차사상(差使床)으로.

뒈엿십네다. [요령] 동에~ [요령] 청요왕(靑龍王) 서이 벡요왕(白龍王) 남이 적요왕(赤龍王) 북이 흑요왕(黑龍王)~, 요왕황제국(龍王皇帝國)님네, 요왕부인(龍王婦人) 요왕태젓(龍王太子)님네, 세경국 [요령] 부인님네덜, 부원국 삼처서, 관장님이랑 방아상(防厄床)드레 내려, 방악(防厄)을 [요령] 받앙 갑서덜. [요령] 드립네다덜 그 두이에덜은, 저~ 스신요왕(四神龍王)으로, [요령] 물질허레 뎅기당, 수중고혼(水中孤魂) 뒌 영혼 영신님네덜이영, 바당에 고기 잡으레 뎅기던 영혼영신님네, 어느 객지(客地) 생활헤여근 뎅기단 영혼영신님네, 필부막잔덜 받앙 하다, 이 즈순덜 일만 줌수덜 가운디 들엉, [요령] 어지리게 맙서덜, [요령] 필부막잔입네다덜. 필부막잔을 지넹겨 드려가멍덜, [요령] 이거 해여 탈이장입네다 일문전도, [요령] 필부막잔입네다 앞문전은 예레덥 밧문전은 스물ᄋ듭, 천지동방 일우럽 대법전 하늘님네도, [요령] 필부막잔입네다. 팔만ᄉ천 제조왕할마님에서도, [요령] 하다 조왕에서 즈순덜, 앞질을 발롸줍서 불썬 묽은 질을, 따까줍서 헤영, 조왕간으로 안제 점제 헙서. 해녀들 물에 들엉 나오민, [잠수 한 명이 액맥이에 쓰일 닭을 준비하고 있다. 닭이 움직이지 못하도록 날개와 다리를 묶는다.] 보일라 [요령] 틀롸근 사우허고 [요령] 모욕허고, 영헙네다덜. [요령] 저 보일라, 기계하르바님 엔진할마님네, 갈메하르바님네 갈메할마님네, [준비된 닭을 액맥이 제물 옆에 가져다 놓는다.] 하다덜 보일라 고장나게덜 허게 맙서덜. [요령] 보일라에서, 화덕처서 화덕진군, [요령] 날 일덜토 [잠수 한 명이 쌀과 돈이 담긴 양푼을 가지고 와서 액맥이 제물 있는 곳에 놓는다.] 막아줍셴 허여그네, [요령] 천우~ 즈순덜 받은 잔입네다. 신공시로도 도느리민 신이 아이, 몸받던 신공시로, [소미 박영옥이 술을 들고 와서 액맥이 제물 있는 곳에 놓는다.] 삼하늘도 일부 혼 잔입네다. 삼시왕 고옛선성 유정싱 [요령] 뜨님애기, 필부막잔입네다덜. [요령] 씨부모 초상님네 경훈이 [요령] 아바지네도 신공시로, 필부막잔, 받읍소서. [요령] 그 두이엔 친정부모 하르바님네 부모, 고모님네 어느 형제 일신덜, [요령] 필부막잔덜 신공시로, 일부덜 혼잔덜 협서 웨진하르바님, 웨삼춘님네영, [요령] 설운 홍씨 이모님~, 탈이장에 밑에 멧 년 동안을, [요령] 이거 해녀굿 영등굿 허곡, 헤여낫십네다 이 조케 몸받은 신공시로, [요령] 필부막잔을 받아 이 조케, 앚아난 디 사난 디 헌서날 일 막 아줍서덜 안씨 아지바님네 강씨 아지바님 박씨 부모님네덜 필부막잔 받읍서. [요령] 성은~, [요령] 서씨 조케 됩네다. 친정부모 초상님네 웨진 초상님네, 얼굴 모른 아바지, [요령] 전싱 궂진 아니헤엿수다만은, [요령] 신공시로 필부막잔 받읍서 성은 박씨 동싱, 씨부모 초상 친정부모 초상 일월삼명두, 서룬 아지바님 아덜 손 심엉 오랑, [요령] 신공시로덜 필부막잔입네다덜. [요령] 드립네다덜 신공시로, 이 ᄆᆞ을에 앚던 선성 사던 선성님네덜, 당 서립(設立)허곡 베 서립허곡, 멘공원(面公員)에 멘황수(面行首)나 도공원(都公員)에 도황수(都行首), 곽곽(郭璞) 주역(周易) 이승풀(李淳風)은 제갈량(諸葛亮)에, [요령] 놀던 선성님네, 일부 혼잔덜 드립네다덜 디려가멍, [요령] 에웁젠 허난 에울 성네 업십네다 들젠 허난 들성네 업십네다덜 [액맥이에 쓰일 제물을 잘 정리하며 말명을 한다.] 공문안은, 공소지 벡문안은, 벡소지 대벽지는 불천지, 술아 축원(祝願) 원정(願情), 올려드려 가멍덜, [요령] 웃철반 혜여당 지붕 상상, ᄌᆞ추ᄆᆞ리 잇구상량 위올리고, [요령] 알잡식은 거둬다근, 시군줄덜 많이덜 권권덜 디려가멍, [요령]

영등굿 액맥이

자료코드 : 10_01_SRS_20090310_HNC_KSS_0001_s08
조사장소 : 제주특별자치도 제주시 삼도2동 1256번지 탑동 해녀 탈의장
조사일시 : 2009.3.10
조 사 자 : 허남춘, 강정식, 강소전, 송정희
제 보 자 : 강순선, 여, 68세

구연상황 : 액맥이는 해녀들의 액운을 막는 제차이다. 요령을 흔들며 사만이본풀이를 하
여 액맥이의 근원을 이야기 한다. 사만이본풀이에 근거하여 닭을 대신 죽여
해녀들의 액운을 막는다. 이어 해녀 하나하나 산받음을 하여 운수를 알아본
다. 액맥이는 강순선 심방이 맡았다. 해녀 가족들의 운수는 서순실 심방도 함
께 알아보아 주었다.

■ 액맥이>신메움

액맥이

[자세를 바로 잡고 고개를 살짝 숙인다.] 천우액년덜 막저 영헙네다.
[요령] 천앙처서 내립서 지왕처서 내립서. 인왕처서 내립서. 어금베(義禁
府) 도서나자(都事羅將) 발근처서 내립서. 저싱 이원스제 내립서. 이싱은
강림스제 내립서. [심방 뒤에서 단골들이 모두 절을 한다.] 본당처서(本堂
差使) 내립서 신당처서(神堂差使), 내립소서 낭엔652) 절량(結項) 물에 엄서
(渰死) 질에 노적(路程), 약엔 도약(毒藥) 스약처서(死藥差使)님네, [요령]
내립서 돈물처서 다서용궁, 쫀물처서는, 부원국 삼처서 거북스제, [요령]
관장님네도 내립서. 멩도멩감 삼처서님네덜토, 내립소서. [요령] 동드레

─────────────

652) 나무에는.

서드레, 넘어가는 처서님네 내립서. [요령] 천우액년 막는 법은, [소미들
은 제상을 정리한다.]

■ 액맥이>ᄉᆞ만이본풀이

옛날 옛적에 ᄉᆞ서만이가, [요령] 사옵데다. [요령] 아바지 어머님은 [요
령] 어렷일 적에 죽어부난, 열다섯 십오세에, 미만에는 거리걸석 헤연,
[요령] 사옵데다ᅳ. [요령] 만나근 벡년혜로(百年偕老) 허영 살젠 허난, 아
기덜은 낳는 게 밀그르 보릿끄르 오망삭삭이 나난, [요령] 이 아기덜 구명
도식 시경 살릴 수가, [요령] 엇어지난~, [요령] ᄉᆞ만이 각시가 ᄀᆞᆮ는 말
이, "머리덜리653) 거들랑 장판에 강, 풀아그넹에 쏠 [요령] 가게에 강 쏠
혼 뒈를 받고 소금간에 가근, 소금 혼 뒈를 받앙 오랑, 이 아기덜 구명도
식(求命徒食) 헤영 살리기가, [요령] 어찌허오리엔." 허난, [요령] "어서 걸
랑 기영허라." 돌릴 앗앙 장판에 간, [요령] 돈 삼벡 냥 받안 풀아 앗언,
돌아산 [요령] 오단 베려보난 마세총(馬上銃)), [요령] 심은 사람이, 혼짝
에염에654) 누원, 잇엇구나 "이건 뭣을 허는 거꿴?" 허난, "요걸 상 가민,
[요령] 부제팔명으로655) [요령] 잘 살덴." 허난, 돈 삼벡 냥을 주언, 마세
총을 사 앗언 굴미굴산656) 아야산, 올라가그넹에, [요령] 꿩사농도 못헙데
다. 주치사농도 못헙데다 노리657) 깍녹(角鹿), [요령] 사농 하나 못 헤여
근, [요령] 해는 열락서산(日落西山)에 다 지어가곡, [요령] 허는 게, 이거
다 이제 사만 무정눈에 줍이 들엇구나. 벽년 데구리가, [요령] 뻥도로로기
뻥도로로로로기 "ᄉᆞ만아 ᄉᆞ만아, 나를 갓다당 너의 상고팡(上庫房)에 강
모셩, ᄎᆞ흐를 보름 헤여주게 뒈민 부제팔명 시켜주마." [요령] [소미 서순

---

653) 머리 타래.
654) 옆에.
655) '부제팔명'은 '부자로 소문남'의 뜻.
656) 깊은 산골.
657) 노루.

실이 살장을 거둬더가 액맥이 제물 있는 곳에 놓는다.] 번뜩허게 깨여난 베려보난, [요령] 어~ 아무 것도 엇어 지엇구나. "아이구 나에게 태운 조상이걸랑 나 앞더레 어서 옵센." 허난, 뼁도로로록 허멍 둥글어 오랏더라. [요령] 이거 끌레기에658) 싸 앚언 집으로 들어오란, 정짓간에 놓아두언, 급헌 지명에 방 안트레 들어가난, 스만이 각시는, 아이고 꿩사농 매사농 주치사농 헤여 오라시카부덴 헤여, [요령] 칼을 내여 놓안, 줄을 끊으는 게 이 뻬얌도 착 저 뻬얌도 착 두드러 가난, "스만아 스만아 나 잇어난 딜로 갖다다 놓아도라." "어떵헌 [요령] 일입네까?" "너희 각시가 칼을 나여 놓아, 이 뻬얌 착 저 뻬얌 착, [요령] 두드럼젠." 허난 "조상님아 과연, 잘못 헤여수덴." 헤연, [요령] 끌레기 풀어놓안 상고팡에 간 모션 츠흐를, 보름을 [요령] 헤여가난, 스만이가, 이거 굴미굴산 아야산 올라가그넹에, 꿩사농도 헙데다 주치사농 매사농, 노리 깍녹 사농헙데다딜. [요령] 가죽은 벳겨당 장판에 강, [요령] 풀앙 오곡 술은 헤여다근, 아기들 구명도식 헤연, 살립데다. 기영허는 게, 스만이네가 부제팔명으로, 잘 살아가는 것이~, [요령] 스만이 아바지 어머님은 저싱에서, 정월 츠흐를날 근당헤여가민 조순덜신디 가그넹에, [요령] 아이고 멩질(名節) 먹엉 오렌 헤여근 저싱문을 열려도, [요령] 단옷날이 뒈여 가민 저싱 문을 열령, 단오(端午) 멩질 먹엉 오곡 팔륄 추석(秋夕)이 뒈여가민 저싱문을 열령, 어~ 인간에 내려 오랑, 멩질을 먹엉 오렌 헤영 다 보내는 게, [요령] 스만이 어멍 아바님은, 아이고 오라도 물 혼 직을 아니주곡 영 허난 [요령] 오지 아니허영, 용도머리659) 즈끗디 앚안 비새ᄀ찌 울엄시난, "너는 어찌헤여 즈순신디 멩질 먹으레 아니 가시녠?" 헤여 가난, "인간에 아덜 하나 스만이가 잇인디, 벡년 데구리는 츠흐를 보름, 위허고 우리덜은 물 혼 직을 아니주난, 가민 뭣 헙니껜?" 허난, 이제 문세(文書)를 걸언 베려보난, 스만이가

---

658) '끌레기'는 띠 줌을 모아 양쪽을 묶고 그 가운데에 祭物을 싸게 만든 것.
659) '용도'는 '도르레'. 여기에서 '용도머리'는 '저승과 이승의 경계'를 의미함.

잇엇구나. [요령] 삼처서를 내여놓아, 스만이를 잡아들이렌, [요령] 영 헤여 가난 이젠 삼처서는 스만이, 잡으레 내려오라 가난, 아이고 백년 데구리는, 알앗구나 "스만아 스만아, 나 잇어난 딜로 갖다 놓아도라." "어떵헌 일입네껜?" 허난, "아이고 저싱 염네왕에 똘른 삼처서가, 너를 잡으레 내려오람신디, 너 엇이민 내가 어찌 너희 각시신디, 물 흔 직을 얻어 먹을 수가, 잇겟느넨." 허난 "초상님아 죽을 점은 허고, 살 점은 못 험네껜?" 허난, [요령] "죽을 점도 허고 [요령] 살 점도 혜여진다. [요령] 나 곧는 대로, [요령] 들으민 뒌덴." 허난, "들으쿠덴." 허난 "너의 각시랑 안으로, 열두 스우당클 메여 놓고 벳깃들로랑, 대통기 소통기여 지리여기 양산기 나비줄전지, 좌우독 셍명, [요령] 저싱 염녯대를 세와 놓앙, 시왕 옵센 허영, 시왕 앞으로 천우액년을 막고, 널라그넹에, [요령] 띠 삼 베 걸 삼 베로구나. [요령] 나 곧는 대로 모든 임식(飮食)덜 다 출려놓고, 펭풍(屛風)을 앗앙 제상(祭床)을 앗아 앗엉, 이제 미여지벵뒤660) 정결테(淨潔處)로 가그넹에, [요령] 이거 펭풍 치여 놓고 제상 싱거 놓앙, 임식 출령 간 거 믄딱 내여놓곡, [요령] 초신 삼 베 내여놓곡, [요령] 영 헤여그넹에 이름 삼 쩨, 스만이옌 혜영 씌영 펭풍 벳깃디, 놓아두곡, 이젠 삼이 [요령] 삼선향을 [요령] 피와두어근에, 널랑 백 보 벳깃디 강, 업데혜여시민 알아볼 도레(道理)가 잇일 거옌." 허난, "어서 걸랑 기영헙센." 혜연, 백년 데구리 곧는 대로 이젠 스만이, 믄딱 출려 앗엉 가근, 믄딱 벌여 놓아두언 펭풍에 스만이옌 헌, 이름 석 자 씌연 부쪄두언, 백 보 베꼇디에 나강 삼선향 피와두언, [요령] 업데혜여시난 삼처서가 스만이 잡으레, 내려오단 베려보난 삼이 올라, 삼선향 [요령] 내도 나앗구나. [요령] 삼선향 내 맡으멍 내려오는 것이, 간 베려 보난, 임식도 출련 놓앗구나. [요령] 초신 세 베, 걸 삼 베 띠 삼 베 [요령] 놓안 잇이난, 시장헌 처선 급헌 지멍에 임식을 먹

---

660) 끝없이 넓은 벌판.

읍데다. [요령] 옷 업는 처서덜은, 옷을 입어가고, 신발 떨어진 처서덜은 신발 혼 베씩, 갈라 신언, [요령] "아이고 누게가 출려논 임식인고?" 알아보젠 헤연 펭풍더레, 베려보난 亽만이엔 헌 이름 석 제가 잇엇구나 "아따바라, 이거 우리 아니 먹을 찻, 임식을 먹어지엇구나. 亽만아 亽만아 亽만아." [요령] 불러가난 [요령] 亽만이가, 오랏구나. 저싱더레 亽문절박(私門結縛)을 시견, 저싱더레덜은, 亽만이 돌아앚엉 [요령] 가젠 헤여가난, [요령] "아이고 처서님아 처서님아, 혼 바쿠만 눅여줍서. 두 바쿠만 눅여줍서. 보릇그르 밀그르 오망삭삭 낳은 애기덜신디 가그넹에, 잘 살암시렌 마주막으로 끌아두엉 가쿠다. 처가숙신디도 가근 잘 살암시렌, [요령] 끌아두엉 가쿠덴." 허난, 아이구 [요령] 이 임식 먹어지난, 인정(人情)이 [요령] 과숙허민, [요령] 베가 없는 일이, 아니로구나 亽만이 압을 세완, [요령] 亽만이 집더레 들어오단 베려보난, 신이 성방은 시왕 앞으로, 아이고 [요령] 처섯님전에 [요령] 천우, 방악을 막암구나. 이젠 亽만이 각시가, 곧는 말이 "亽만이랑 둘앙 가질 말앙, 나를 [요령] 둘앙 가던지, 우리 집이 보릇그르 밀그르 오망삭삭, 낳은 애기 하나라도, 둘아앚엉 가던지, [요령] 영 헙센." 영 허난 처서 [요령-] 관장님은, 이제 저싱더레 올라사옵데다. [-요령] "어떵허난 亽만이를 아니 잡아오라시닌?" 허난, "아이고 亽만이엔 헌 이름 석 자는 엇곡, 亽만필이엔 헌 이름 석 자가 잇입데다." 목에 큰칼을 씌완 천우~, 천우하옥을 시겨가는구나 넬 모리 亽오시(巳午時)가 근당헤여 가민 목을 치젠 헤여가난, [요령] 이제는 그때는 아신, 그때에 곧는 말이~, [요령] "亽만이 이름, 석 자 우터레, 이거 [요령] 새 혼 머리 강 기려 도렌." 영 헤연 부탁을 허난, [요령] 아이고 좀 들어부난, 그 우에 가그넹에, [요령] 이름 우터레 강 새 혼 머리 긋어부난, [요령] 이젠 삼처서가 이 죽이젠 허연, ○○○ 놓앗구나. [요령] "죽을 때 죽더라여도 염네왕님아, 문세나 혼 번 더 걷어봅서." 문세를 걷언 베려보난 亽만이엔 헌 이름, 석 자는 엇고 亽만필이엔 헌 이름 석 자, 잇십데다 "아이고 잘 못 헤여시민 내가, [요령] 삼처서, 죽일 뻔 [요령] 뒈여신디 잘 못 헤엿구나덜." [요령] 그 법으로 ᄉ만이도, [요령] 천우액년 막으난, ᄉ말년(四萬年) 살아난 옛 법이, 잇십네다덜 심봉서(沈奉事)도, 눈 어둑으난 [요령] 심청(沈淸)이, 은당수(印塘水)에 몸을 풀령 공양미(供養米), 삼벡 석, 절당에 [요령] 바쩌연, [요령] 심청이도, 도환셍허고, 저 심봉서도 눈 터난 법이 잇십네다덜. [요령]

■ 액맥이＞천우방액

이거 탑동에, 탈이장입네다. 상불턱에는 상줌녀 중불턱에 중줌녀, 하불턱에는 하줌녀덜, 천우액년 막젠 헤염습네다. 천우방악 막젠 헤염수다. 발에 맞인 발롸제 질에 맞인 질롸제, [요령] 저싱 돈은 헌폐지전(獻幣之錢) 이싱 돈은 은지화, 대벽미(大白米) 소벽미(小白米) 낭푼 ᄀ득 사발 ᄀ득, [요령] 올려 잇십네다 쉐가 엇엉 쉐 대령 못 헙네다 물이 엇어, 물 대령 못 헤염수다. 더송이, 홍에기 기룽 철리메로, [요령] 모십셍 갑데 목심 대납으로, 천우액년 막저 헤염십네다덜. 신공시로도, 신이 아이, 이거 신ᄉ셍 [요령] 뒙네다덜. [요령] 훈 어깨로덜 뎅깁네다. 서씨 조케덜 오랑 가는 질에, [요령] 박씨 동싱덜, 오랑 가는 질에 멩도멩감 삼처서 관장님네, 시레에 법난에 젭힐 일덜, 막아줍서덜 차 운전덜 헤영, 뎅기는 ᄌ순덜입네다 무사사고(無事事故), 접촉사고(接觸事故)덜 나게 맙서덜. 멩도멩감 삼처서, 관장님에서덜, [요령] 천우액년덜, [요령] 막저, [요령을 내려 놓고 소미 서순실이 건네주는 산판을 받는다.] 영험네다덜, [산판점] 오널은 일로 [산판점] 액년, 천우방악이나 조왕도 막으민 [산판점] 허건, 웨상잔 하나 막으므로~, [산판점] 이거는 어찌~, [산판점] 고맙수다덜. 상불턱에 [산판점] 상줌녀나, 중불턱엔 [산판점] 중줌수나, 하불턱에 [산판점] 하줌녀덜이나, [(잠수회 대표들에게) "액 탐수다양."이라고 한다. 잠수회 대표는 "예." 하며 앉은 채로 양손을 모아 고개를 숙여 절을 하고, "아이고 고

맙습니다."라고 한다.] 게면은 멩도멩감 삼처서에나 [산판점] 아이고 고맙
수다. [심방도 앉은 채로 양손을 모아 고개를 숙여 절을 한다.] 에- 멩도
멩감 삼처서에, 에- 천우방악이요-, [소미들이 액맥이 제물을 가지고 밖
으로 나간다.] 이거 탈이장뒙네다 상불턱 중불턱 하불턱에, 에- 노는 ᄌ
순덜-, 저 일본 주년국 땅에 강 물질허레 간 ᄌ순덜, 에- 어느 저 웨국(外
國) 지방에덜 강 사는 ᄌ순덜, 어- 그 두이에는- 공부덜 허는 ᄌ순덜 상
업(商業) 영업(營業)허는 ᄌ순덜, 에- 일문전(一門前)으로, 천우방악이요-.
[일어나서 옆에 놓아두었던 닭을 잡고는 문전으로 간다. 닭부리를 문에
갖다대고 말명을 한다.] 에- 이거 탑동입네다-. 해녀탈이장 오널은-, 에-
영등송별제로- 요왕은 해신제로, 옵서 청허영 상당 도올랐다 도숙어 필
부, 하전 때가 뒈엿수다-. 에- 하행찔이 아니라 탈이장 일문전으로, 목심
값에~, 대충(代充) 맵네다 상불턱에 노는 상줌수덜, 중불턱에 노는 중줌
수 하불턱에 노는, 에- 하줌수, 에- 일만, 줌수덜 해녀, 에- 부원국 삼처
서 거북스제, 님전에 에- 탈이장 일문전으로, 천우도살이오. [닭부리를 문
틀에 한두 번 문지르고는 밖으로 나가 죽이고 돌아온다.] 천앙처섯님네
받앙 갑서. 지왕처섯님네 받앙 갑서. [신자리로 돌아와서 앉는다.] 인왕처
서님, 받앙 갑서 어금베 도서나자 발금처서님네 받앙 갑서. 저싱은 이원
스제 받앙 갑서. 이싱은 강님스젯님네, 본당처서 신당처서 헹이 질이 바
쁜, 처섯님네덜 받앙 갑서. 돈물처서 다서용궁 쫀물처서 부원국 삼처섯님
네덜, 받앙 갑서 헹이 질이 바쁜 처서님, 멩도멩감 삼처서님네덜, 받앙 갑
서.

■ 엑맥이>주잔넘김

주잔덜 내어다근, 천앙처서 지왕처서 인왕처서, 어금베 도서나자 발금
처서, 저싱 이원스제 이싱 강림스제, 주잔덜 디립네다 멩도멩감, 삼처서
관장님네 주잔덜 디립네다덜 본당 신당처서님네덜, 헹이 질이 바쁜 처섯

님네딜, 주잔권잔 드립네다.

■ 엑맥이>산받음

주잔권잔덜 지넹겨 디려가멍덜, [쌀이 가득 담긴 양푼을 당기고 쌀을 조금 집어 들어 제상으로 한두 번 살짝 뿌린다.] 천앙은 멩걸리 지왕은 복걸리난, [제비점] 인왕은 먹고 살을, 군량미(軍糧米)로나~, 어~ 열혼 방울, [잠수회 대표에게 쌀을 건네준다. (거 봅서. 열혼 방울 닮아.) [제비점] 열혼 방울로나~, 인간에 멩이 셔도 녹이 엇이민 못 살고~, 녹이 셔도, 멩이 업시민, 못 사는 일이난, [제비점] 조순덜 인간에 녹이나 아니떨어지어근, [대표에게 쌀을 건네준다.] 고맙수다덜~, [쌀그릇을 밀어내고, 산판을 앞으로 놓는다.] 그 두에는~, [축원문을 펼쳐 앞에 놓는다.] 성은 강씨로 이른아홉님이나, [산판점] 몸이나 편안이나~, [산판점] 시켜줄 일인가마씸. [산판점] 올리에 이른아홉, 이런 궂인, 운이나~, [산판점] 흣쏠 멩심을 헤영, [산판점] 뎅기렌 허는 일인가. 기멘은 이거 이 봄 석 둘이나~, [산판점] 여름 넉 둘이나~, [산판점] 추절(秋節) 석 둘이나~, [산판점] 겨을 석 둘이나~, [산판점] 멩심을 헤여야~, [(어디 가비연?) (대표 : 멩심헤야?) (응. 할망.) (대표 : 할망!) (잠수들 : 엇어. 어디 나가서. 우리가 굴아 안네주.) (할망양.) (대표 : 멩심허렌?) (응. 할망이, 차 차 차에 정 뎅기당 찻질도 흣쏠 멩심허렝 허고, 아차 할망이 정신 아뜩허게 뒈면은 어디 질에서 씨러지던지양.) (대표 : 예.) [이후 축원문에 적힌 순서대로 잠수들의 산을 받아준다. 잠수들은 심방 주위에 둘러앉아 산받음을 지켜본다. 나중에는 소미 서순실도 한쪽 구석에서 잠수가 적어온 가족들의 생년을 보면서 일일이 산받음을 해 준다.]

영등굿 선앙풀이

자료코드 : 10_01_SRS_20090310_HNC_KSS_0001_s09

조사장소 : 제주특별자치도 제주시 삼도2동 1256번지 탑동 해녀 탈의장

조사일시 : 2009.3.10

조 사 자 : 허남춘, 강정식, 강소전, 송정희

제 보 자 : 서순실, 여, 48세 외 2인

구연상황 : 선앙풀이는 도체비신을 대접하여 떠나보내는 제차이다. 특별히 돼지고기를 준비하여 대접한다. 자그마한 배를 만들어 제물을 가득 싣고 바다로 나가 띄워 보낸다. 이를 배방선이라고 한다. 이때 해녀들은 저마다 제물을 조금씩 모아 싼 종이뭉치인지를 바다에 던져 넣는다. 이를 지드림이라고 한다.

선앙풀이

[서순실(평상복)][제상을 모두 치운 뒤, 문전 앞에 신자리를 깔고 선왕 상을 놓았다. 심방은 장구를 앞에 두고 앉아 말명을 시작한다.]

상당이 도올라 도숙어 하전 때가

뒈엿수다 어간은 선앙풀이롭서

장젯맞이 벨코서(別告祀) 올리저 허십네다

탑동은

탈이장(脫衣場) 안느로 해녀회장(海女會長)

총무 상줌녀 중줌녀 하줌녀덜

마지막으로

선앙풀이 올리건 받아삽서

영등대왕님

영등하르방 할마님 영등성방 영등서방

영등벨캄 스령

호장을 거느령 산천도 돌아보고

혜각도 돌아보고

오널 저 바당 베 데봉을 허건

[음영] 소섬 진질깍더레 베 데봉을 허게 뒈엿습네다. 선앙풀이로 다덜,
상 받읍서-.

선앙님은

서울이라 먹자고을 허정승(許政丞)이 아덜

일곱 성제(兄弟) 나난에[661] 팔도명산(八道名山) 츠질 허고

함경도(咸鏡道)라 벡두산(白頭山) 두만강(豆滿江)을 츠지

평양도(平安道)라 묘향산(妙香山) 대동강(大同江)을 츠지

항혜도(黃海道)라 구월산(九月山) 임진강(臨津江)을 츠지

강원도(江原道)라 금강산(金剛山) 해금강(海金江)을 츠지

경기도(京畿道)라 삼각산(三角山) 한강(漢江) 줄기 츠지

충청도(忠淸道)라 계룡산(鷄龍山) 금강(錦江) 줄기 츠지

경상도(慶尙道)라 태벽산(太白山) 낙동강(洛東江)을 츠지

전라도(全羅道)라 지리산(智異山) 영산강(榮山江)을 츠질 허고

제주도(濟州道)라 할로영주산(漢拏瀛洲山)은

---

661) 나니.

스헤(四海) 바당을 츠지허난 갓만 부뜬 세페리 짓만 부뜬 도폭에 오장 삼은 뗏방걸이

[소미 박영옥이 선왕상에서 돼지머리를 들러 바닥에 내려놓고 썰기 시작한다. 강순선 심방은 스티로폼 상자를 이용해 만들어 놓은 배를 선왕상 앞에 가져다 놓는다.]

만주에미662) 철깍대에

혼 뽐 못헌 곰방대 연불은 신불은 들러 놓고

할로영주산 물장오리663) 테역장오리에664)

혼 까닥은 산방산(山房山)에 줄이 벋고 혼 까닥은 성산포(城山浦,) 줄어 벋어근

물장오리 테역장오리 어시셍(御乘生)은 당돌머리665)

아흔아홉골은666)

산천당(山川壇)은667) 이 알로 노념허던 선앙님 장젓맞이 받아근 상선(上船)드레 도올릅서

동문통(東門通)은 ᄀ으니ᄆ를668) 동산

네거리에 노념허곡

서문통(西門通)은 향곳동산(鄕校童山) 삼거리 노념허곡

남문통(南門通)은 네거리 고산동산 노념허곡

동부두(東埠頭)는 서부두(西埠頭) 등대알에669)

놀던 선앙님도

---

662) 작은 뱀. 여기에서는 구불구불한 모양을 이름.
663) 제주시 봉개동 지경, 한라산 중턱의 봉우리에 있는 소(沼).
664) '테역장오리'는 한라산 중허리에 있는 소(沼).
665) 한라산 골머리봉.
666) '아흔아홉골'은 한라산 어승생 인근의 골짜기.
667) '산천단'은 제주시 아라동의 지명.
668) 제주시 건입동의 지명.
669) '등대알'은 제주항 등대의 아래 지경.

장젓맞이 받아근 상선드레 도올릅서

저~

탑동 알에

노는 선앙님

한데기[670) 알에

노는 선앙님

용머리[671) 알에 어영[672) 알 놀던 선앙님도

장젓맞이 받아근 상선드레 도올릅서

[음영] 동부두 서부두 상선(上船) 중선(中船) 하선(下船) 연락선(連絡船)
무역선(貿易船) 뎅구리선

채낚기선

빠지선에

놀던 선앙님도

[강순선 심방이 선왕상의 제물을 배에 옮겨 담기 시작한다. 빈 그릇은
상 위에 뒤엎어 놓는다.]

장젓맞이 받아근 상선드레 도올릅서

해녀 탑동 이 알 알에

들물 고개 썰물 고개 불턱에 노는 선앙님도

상 받아근 상선드레 도올릅서

선흘꼿은[673) 아기씨 선앙

띠미꼿은[674) 도령선앙(道令船王)

대정(大靜) 가민 영감선앙(令監船王) 솃불에[675) 놀던 선앙님도

---

670) 제주시 용담동의 바닷가 마을.
671) 제주시 용담동의 바닷가 지명.
672) 제주시 용담동의 바닷가 마을.
673) '선흘'는 제주시 조천읍 선흘리. '꼿'은 '곶'(藪)의 뜻.
674) '띠미'는 서귀포시 남원읍 위미리. '꼿'은 '곶'(藪)의 뜻.

완돈676) 가민 덕판선앙

육진 가민 진데선앙 장데선앙

일본은 가민 가메상 선앙님도

장젓맞이 받앙 상선(上船)더레 도올릅서 상선 중선(中船) 하선(下船) 무
으난에677)

할로산(漢挐山)에 간 초기연빨 실렷수다

웃두리 간 산유지를 출렷수다

혜각(海角)으론 우미 전각(靑角)

쏠항에는 쏠 실르고 물항에는 물 실르고

장항(醬缸)에는 장을 실렷수다

먹기 존 건 셋멋이 맛이 존 건 ᄌᆞ소지(紫蘇酒)여

수숫밥에 수수떡에

좋앙 허던 선앙님 우머리 자머리 혜연

올렷수다

ᄌᆞ소지에 일부(一杯) 훈잔 혜영

[음영] 이 탈이장(脫衣場) 안네에, 청줏독에 청ᄉᆞ록 불러주는 것도
다 시껑 갑서

탁줏독에 흑ᄉᆞ록을 불러주는 것도

걸엉 갑서 소주독엔 벡ᄉᆞ록 불러주는 것도

걸엉 갑서

우선 해녀덜 앚앙 싸움곡 해녀덜 앚앙 돌아앚앙 공론(公論)허는 것도
걷어그네 상선(上船)드레 도올릅서.

[소미 박영옥이 가죽을 벗긴 돼지머리를 배에 놓는다.]

---

675) '쉣불'은 '쇠 녹이는 불'.

676) 완도(莞島)는.

677) 만드니.

해녀 탈이장(脫衣場) 조왕(竈王)에678) 들엉 스록(邪祿) 불러주는 거

걷엉 가고

모욕탕(沐浴湯) 안으로 스록 주는 거영

해녀덜 앞이 들어근 물 알 어둡게 허곡

물질허는디

앞이 어지루고

일본으로 육지로 뎅길 적에

똘랑오던679)

조상덜 다덜 상선(上船)더레 도올릅서

영감선앙님도

도올릅서

야체 금체님도

도올릅서

[음영] 하다 오널 해녀굿 끗나불걸랑 꿈사리도680) 어지룹게 허지 말아

굿인 걸랑 선앙님에 상 받아 복복 쓸어그네

도올릅서

영등대왕 영등부인

영등하르방 할마님 영등벨캄 영등스령 영등성방 영등호방

우장(戶長) 거느리영

[음영] 오널 이 탑동 알로 베 데봉 허건들랑

소섬 진질깍드레681) 베 데봉을 허여

선주 사공 거느리영

---

678) 부엌에.
679) 따라오던.
680) 꿈자리도.
681) '진질깍'은 제주시 우도면의 지명.

멩지와당은682) 실ㅂ름 부는 대로

진 바당엔 진 소리 즈른683) 바당 서우제 닷감기로

베를 놓컨 들라근

우수영(右水營)을 갑서 좌수영(左水營)을 갑서

[강순선 심방이 선왕상을 치운다.]

영광(靈光) 법섭(法聖)으로

어서 갑서 진도(珍島) 안섬은 진도 밧섬으로

수용목은 울돗목으로684)

어서 갑서 울산(蔚山)은 삼십삼 포로

완도(莞島) 덕판으로

충청도라 여산(禮山)고을로

배를 부찝서

멜치와당 우럭바당 갈치바당으로

볼락바당으로

일본 조상은 대마도(對馬島) 바당더레

혜선(回船)헐 때가

영등조상님은 강남천저국더레

가게 뒈엿수다

[장구 치기를 멈춘다.]

초감제(初監祭) 헬 때부떠 떨어진 조상덜 떨어진 임신덜 떨어진 군줄덜
엇이

[대기 중인 소미와 말을 한다.]

서순실 : 어- 선주(船主) 사공(沙工)-.

---

682) 잔잔한 바다는. '멩지'는 명주(明紬), '와당'은 바다.

683) 짧은.

684) 울돌목으로.

박영옥 : 어-.

서순실 : 자, 할로산(漢拏山)을 바려보라.

박영옥 : 그렇지.

서순실 : 자, 멩지와당은 실ㅂ름이 불엄사, 아 이제는 탑동, 해녀덜, 해
         년마다 오렌 허난.

박영옥 : 그렇지.

서순실 : 오널은 실피 놀고.

박영옥 : 그렇지.

서순실 : 실피 먹곡.

박영옥 : 먹곡.

서순실 : 어 젖은 건 먹곡, 좋은, 젖은 걸랑 먹곡.

박영옥 : 먹곡.

서순실 : ᄆ른 걸랑 가지곡.

박영옥 : ᄆ른 걸랑 가지곡. 그렇지.

서순실 : 경혜영

서순실 : 경혜영, 상선(上船)더레 올랑.

박영옥 : 그렇지.

서순실 : 데마도(對馬島) 갈 조상덜이랑 데마도더레.

박영옥 : 그렇지. 그렇지.

서순실 : 강남천ᄌ국더레 갈 조상이랑 강남천ᄌ국더레.

박영옥 : 강남천저국더레.

서순실 : 육지더레 갈 조상이랑 육지더레 가게 뒈어시난.

박영옥 : 그렇지.

서순실 : 차비(車費)도 받았어?

박영옥 : 차비? 차비. 차비줍서.

서순실 : 경혜도 그게 아니라, 해녀덜이 누게 덕에 먹고,

서순실 : 해녀덜이 누게 덕에 먹고, 누게 덕에 행공발신(行窮發身)을 허
    는디, 선앙님이 잘 먹어사, 바당 먼 바당에 잇인 물건도 ᄀᆞ바
    당더레⁶⁸⁵⁾ 올려두고, 엉 알에 잇인 전복도, 해녀덜 눈에 안 띄
    카부덴, 빌레더레⁶⁸⁶⁾ 올려주고, 선앙님은 먹으면 먹은 값 허난,
    선앙님헌티 잘 허여.

박영옥 : 어.

서순실 : 경헤사 육지도 강 돈 벌엉 오곡.

박영옥 : 그렇지.

서순실 : 일본도 강 돈 벌엉 오곡. 또 그게 아니라, 이 해녀덜이.

박영옥 : 어.

서순실 : 이제는 잘 먹곡 잘 씨곡 잘 벌언 잘 살아가난이.

박영옥 : 어.

서순실 : 이젠 ᄌᆞ순덜이.

박영옥 : 어.

서순실 : ᄒᆞ쏠 허면 필작거령 싸움도 잘 허고.

[단골들이 웃는다.]

서순실 : ᄒᆞᆷ 곰허면 애돌룹곡, 엣날, 엣날 ᄀᆞ뜨민, 수소문이 날 건디, [한
    해녀가 배에 인정을 건다.] 이거 얼마고? 잘 세 보라. 앗따. 안
    뒌다. ᄒᆞ나 더 놔 사주. 이건 일본더레 갈 조상.

박영옥 : 아. 이건 일본더레 가곡.

서순실 : 다 찍이 잇어. 일본 대마도 바당더레 갈 조상. 또 달라가 올라
    신디 이거 ᄒᆞ쏠 경헤도 ᄉᆞ정 봐주는 거라이.

박영옥 : 맞아. 맞아. [단골들도 웃는다.]

서순실 : 엔화가 엔화가 천원이면 만오천원이 넘어. 거난 그게 아니라

---

685) 가까운 바다로.
686) 너럭바위로. ‘빌레’는 ‘너럭바위’.

이디 일본서 온 조상덜토이.

박영옥 : 그렇지.

서순실 : 이 선앙님한티 인정 걸어뒁 가사, [일본인 조사자를 가리키며] 일본 선앙 일본 선생님덜 이디 걸어뒁 가사, 카메라도 고장 안 나곡, 일본 강 영 글 쓸 때도 잘 써지곡, 이디 걸어사주. 그냥 가민 안 뒈여. [잠수들이 그렇다고 맞장구를 친다.] 일본, 인정 걸어. [일본인 조사자가 인정을 건다.] 자, 인정 걸어야 뒈고. 자 이디 온 주순덜 그냥 가민 에돌랑687) 안 뒈여. 조상님이 애 둘루난. [잠수들이 조사자들을 가리킨다. 다른 조사자도 인정을 건다.] 어떵현? 자, 오널, 삼촌 그게 아니라야, 베가 불민, 베가 불민 불민 허는 거라. 자, 인정 하영 받앗져.

박영옥 : 그렇지.

서순실 : 이젠 베가 불어시냐?

박영옥 : 어. 베가 불럿져.

서순실 : 이젠 갈 때 뒛져.

박영옥 : 어.

서순실 : 이젠 가사주.688)

박영옥 : 실컷 받아 먹곡 허난 먼 딜로 가 보게.

서순실 : 자, [뒤쪽을 바라보며] 누구? 아, 저디 선생님, 맞아 안 걸민, 무사 나 나헌틴 걸렌 안 해신고 또 호텔에 강 애둘룸사689) 헐 티. [모두 웃는다.] 받아사주. 주근주근. [다른 조사자도 인정을 건다.] 아니 영 헤사 조상님이 하영 먹어. [다른 조사자 역시 또 인정을 건다.] 야 이거 이 집이 이거 해녀덜이, 아멩헤도690)

---

687) 애달파서.
688) 가야지.
689) 애달프게야.

이때꼬지 돈 벌만허다. 돈 벌어 놔두난이, 조상님도 이젠 베불리 먹곡, 자 이젠 가자.

소미 박영옥, 잠수들 : 가자.

[심방이 다시 말명을 한다.] 하느님이랑 문 열리고 요왕님이라근 지 받읍서. 예- 저 바당더레 혜선헙네다. [소미는 배를 들고, 잠수들은 지 싼 것을 들고 나설 준비를 한다. 심방이 서우제 소리를 부르고, 소미와 잠수들은 노래에 맞춰 몸을 흔든다.]

‖ 서우제 ‖
어양어양 어야뒤야 어기여차 놀고가자
    아아 아아양 어어양 어어요
선앙님도 놀고 갑서
    아아 아아양 어어양 어어요
일본더레 갈 조상은 대마도 바당더레
    아아 아아양 어어양어어요
강남천저국더레 어서 갑서
    아아 아아양 어어양 어어요
울산이라 삼십삼 포로 어서 갑서
    아아 아아양 어어양 어어요
갈치와당 우럭바당
    아아 아아양 어어양 어어요
탑동 해녀덜 스망일게 해여줍서
    아아 아아양 어어양 어어요
전복도 떼게 헙서 스망도 일게 헙서

---

690) 아무리해도.

아아 아아양 어어양 어어요

혼적 갑서 혼적 갑서 혼적 갑서 혼적 갑서

아아 아아양 어어양 어어요

혼적 갑서 혼적 갑서

아아 아아양 어어양 어어요

[소미와 잠수들이 바깥으로 나간다.]

[심방이 다시 말명을 한다.] 아따 조상님 그냥 먹어지난 뒤도 안 돌아
봥 막 그냥 똥 박박 뀌멍덜 감겨. [서순실 심방이 장구를 멈추고 일어선
다.] 선앙님네 말명에 입찔에 떨어진 선앙님 엇이 요왕군줄(龍王軍卒) 선
앙군줄(船王軍卒), 탑동 알에 노는 임신덜이영, 한데기[691] 알에 노는 임신
덜이영, 여 끗에 돌 끗에, 엉 알에 성창(船艙) 알에, 개끗이,[692] [심방이 말
명을 하며 바깥으로 나간다. 잠수 대표 한 명도 같이 나가려 신발을 신는
다. (내붑서. 그거 신엉 갑서. 할망 더 좋은 거 신엇수게.)] 말명에 입찔에
떨어진 임신 떨어진 조상덜 엇이, 많이많이, 삼주잔(三酒盞)입네다. [해녀
탈의장 입구에 술을 붓는다.]

■ 배방선 · 지드림

[소미와 잠수들이 해녀탈의장 맞은 편 방파제에서 배방선과 지드림을
한다. 소미 박영옥은 배를 바다에 띄우고, 잠수들은 지를 던진다.]

---

691) 제주시 용담동 바닷가 마을.
692) 갯가에.

영등굿 도진

자료코드 : 10_01_SRS_20090310_HNC_KSS_0001_s10
조사장소 : 제주특별자치도 제주시 삼도2동 1256번지 탑동 해녀 탈의장
조사일시 : 2009.3.10
조 사 자 : 허남춘, 강정식, 강소전, 송정희
제 보 자 : 강순선, 여, 68세
구연상황 : 모셔 들였던 모든 신들을 돌려보내는 제차이다. 큰심방인 강순선 심방이 맡았
          다. 연물의 도움 없이 선 채로 신명을 차례로 나열하면서 돌아가시라고 한다.
          나중에는 제장 구석구석에 콩을 뿌리면서 사기를 쫓아낸다. 이것으로 굿이 끝
          난다. 심방들은 인사도 하지 않고 도망치듯이 제장을 떠난다.

도진

　　[강순선 심방이 콩을 들고 신자리에서 말명을 한다.] [이하 캠코더 미
촬영…] 옵센헌 조상이랑 옵센 (뭐, 뭐.) 갑센 조상이랑 갑센헙네다. ○○
○○○○ 올라사민 옥황상저 내려사민 지부ㅅ천대왕 산으로 산신대왕(山
神大王) 물로 다서용궁,⁶⁹³⁾ 절로 서산대서(西山大師) 육한대서(六觀大師)님
네, 돌아삽서~ 초공전이랑, 당주전더레 글읍서.⁶⁹⁴⁾ 삼궁전도 돌아삽서.

---

693) 다섯 용궁(龍宮).

시왕(十王) 십육ᄉ제(十六死者)님도 돌아삽서. 삼멩감(三冥官)은 삼처서(三差使)님네도, 돌아삽서~. 상세경 중세경 하세경 세경장남도, 돌아삽서 일월 정근 조상님네도, 돌아삽서~. 각서 오본향 한집님네덜토 돌아삽서덜. 천앙(天皇) 지왕처서(地皇差使) 인왕처서(人皇差使), 어금바(義禁府) 도서나자(都事羅將) 발근처서 저싱 이원ᄉ제 이싱은 강님ᄉ제(姜林差使), 본당처서나 신당처서, 헹이 질이 바쁜처서, 돌아삽서. 멩감형방 삼처님네도 돌아삽서덜. 그 두에는 이 탈이장에 일문전도 점주헙서. 조왕할마님네도 점주헙서. [···이상 캠코더 미촬영] 안칠성도 점주헙서 저 보일라실에, 기계하르바님 기계할마님, 갈메하르바님 갈메할마님네덜토, 안지(安住) 점지(占住) 헙서. 영등하르바님네 영등할마님네덜, 영등대왕 영등도령 영등벨캄, 영등호장님네덜토 강남천저국더레, 어서덜 갑서~. 청금상도 돌아삽서 즉금상도 돌아삽서. 동혜와당 광덕왕(廣德皇) 서이와당은, 광신왕(廣神王) 남이와당 적요왕(赤龍王), 북이와당 흑요왕(黑龍王)님네도 돌아삽서. 요왕황저국(龍王皇帝國)도 돌아삽서. 요왕태저(龍王太子)님네도 돌아삽서. 요왕부인(龍王婦人)님네 요왕세경, 돌아삽서덜. 영감(令監) 참봉(參奉) 야체(夜叉) 금체(金叉) 새 베 놀 때에, 놀던 이런 하군줄(下軍卒)덜, 돌아삽서 이 탈이장(脫衣場)에서, 어느 소도리허고[695] 싸움허고, ○○허고 관청(官廳)에 법률(法律)에 걸어지게 허던, 이런 시군줄덜토, 돌아삽서 방안방안 구억구억, 묻어진 살이살성이라그넹에, [콩을 각 방향으로 던진다.] 일문전(一門前)도 점주헙서. 조왕할마님도 점주헙서. 보일라실에덜토, 어느 보일라 고장나게 맙서. [목욕탕에 갔다가 나온다.] 허 쑤어나라 허 쑤어나라. [심방은 보일러실 쪽으로 가서 콩을 뿌리며 말명을 한다. 소미들은 물건을 정리하여 밖으로 내간다. 심방은 제장으로 돌아오는 것으로 굿을 마치고 서둘러 바깥으로 나간다. 잠수들은 제장을 재빨리 정리한다.]

---

694) 가시지요.
695) 말전주하고.

탑동 성주풀이

자료코드 : 10_01_SRS_20090412_HNC_KYS_0001
조사장소 : 제주특별자치도 제주시 삼도2동 1021-22번지 바다○○ 식당
조사일시 : 2009.4.12
조 사 자 : 허남춘, 강정식, 송정희
제 보 자 : 김윤수, 남, 63세 외 4인
구연상황 : 대개 성주풀이만으로도 하루가 소요되는 굿인데 불도맞이까지 겸하고도 어둡
기 전에 마쳤다. 대개 이정도 규모로 굿을 하게 되면 이틀이 소요되고, 축약
을 해서 한다고 해도 밤늦은 시간까지 진행하는 것이 보통이다. 저녁 전에 굿
이 끝났다는 것은 그만큼 간략하게 처리된 대목이 많다는 뜻이 된다. 그럼에
도 불구하고 소미는 여럿이어서 외형적으로는 구색을 제대로 갖추었다. 소미
로는 강연일, 이용옥, 이용순, 정공철이 참여하였다.
이 굿은 제주시 삼도2동에 속한 '탑동'의 한 식당에서 벌어졌다. 성주풀이와
불도맞이를 겸하였다. 성주풀이는 새로 집을 지어 식당을 개업하기 전이어서
벌인 것이다. 불도맞이는 집안의 어린아이들이 탈 없이 자라게 해준 데 대하
여 산신(産神)에게 감사를 드리는 의미에서 벌인 것이다. 일반적인 성주풀이
는 초감제에 이어 성주풀이를 하여 마무리한다. 그러나 맞이굿인 불도맞이를
하려면 다시 초감제를 하여야 하지만 성주풀이를 하듯이 초감제를 생략하고
진행하였다. 앞서 한 초감제로 같은 제차를 모두 갈음한 것으로 치는 것이다.
제차는 삼석울림--초감제(베포도업침--날과국섬김--연유닦음--신도업--군
문열림--새두림--살려옵서--추물공연--산받음)--성주풀이(강태공　서목시
--석살림--문전본풀이)--불도맞이(연유닦음,　권제--젯북제맞이--할망질침
--꽃탐--할망드리 나숨--메여들어 석살림)--상당숙임--액맥이--도진 등의
차례로 이루어졌다.
심방들은 아침 7시 30분에 도착하여 진설을 시작하였다. 8시 43분에 삼석울
림을 하고 잠시 뒤인 9시에 아침식사를 하였으며, 10시 12분부터 굿을 시작
하였다. 14시 12분에 점심식사를 하였다. 14시 51분에 다시 굿을 시작하여
18시 45분경에 마쳤다.

성주풀이 삼석울림

자료코드 : 10_01_SRS_20090412_HNC_KYS_0001_s01
조사장소 : 제주특별자치도 제주시 삼도2동 1○21-22번지 바다○○ 식당
조사일시 : 2009.4.12
조 사 자 : 허남춘, 강정식, 송정희
제 보 자 : 김윤수, 남, 63세 외 4인
구연상황 : 삼석울림은 하늘에 굿을 시작하게 되었음을 고해 올리는 의미가 있다. 일반적
으로 삼석울림을 하는 시간은 굿하는 날짜를 택일할 때 함께 정해진다. 이 시
간이 되면 심방들은 제청 한 곳에 둘러앉아 북, '설쒜'(꽹과리), '대양'(징)을
친다. 늦은 장단, 중간 장단, 빠른 장단을 차례로 치고 다시 늦은 장단으로 마
무리한다.

‖늦인석‖ – ‖중판‖ – ‖줓인석‖ – ‖늦인석‖[설쒜(강연일), 북(이용
옥), 대양(김윤수)][굿청 한쪽에 셋이 둘러앉아 각자 맡은 악기를 친다. 늦
인석을 치고 잠시 멈추었다가 중판을 친다. 중판은 늦인중판에서 시작하
여 조금씩 빨리 친다. 줓인석을 치고 나면 다시 늦인석으로 마무리한다.]

삼석울림

성주풀이 초감제 베포도업침

자료코드 : 10_01_SRS_20090412_HNC_KYS_0001_s02
조사장소 : 제주특별자치도 제주시 삼도2동 1○21-22번지 바다○○ 식당
조사일시 : 2009.4.12
조 사 자 : 허남춘, 강정식, 송정희
제 보 자 : 김윤수, 남, 63세 외 4인
구연상황 : 베포도업침은 이 세상이 처음 생긴 내력을 풀이하는 제차이다. 천지혼합으로
　　　　　시작하여 천지개벽, 일월성신과 우주자연의 형성 등에 대하여 풀이한다. 이처
　　　　　럼 세상의 근원부터 이야기를 시작하는 것은 뒤에 이어지는 연유닦음을 하기
　　　　　위함이다. 심방은 배례를 한 뒤에 신자리에 앉는다. 심방의 '제이르자'는 말
　　　　　명 끝에 연물을 울린다. 심방은 잠시 요령을 흔들면서 연유 말명으로 말미를
　　　　　한다. 그리고 나서 심방 홀로 장구를 치면서 길게 말명을 해나간다.

[김윤수(퀘지, 퀘지띠, 갓)][신칼과 요령을 들고 신자리에 나섰다.]

초감제 베포도업침

‖늦인석‖[북(정공철), 설쒜(이용순), 대앙(강연일)][심방은 쌀알을 집어
제상 위로 흩뿌린다. 요령을 흔들고 나서 신칼치메를 휘돌리며 천천히 춤
을 춘다. 제상을 향하여 엎드리어 두손 모은 뒤에 배례하기를 세 차례 하

고 일어선다. 앞으로 나아가 신칼을 공싯상에 올려두고 장구를 들고 물러나 신자리에 앉는다. 장구를 몇 번 치고 요령을 흔든 다음 말명을 시작한다. 연물이 그친다.]

　제청으로~ 에- 성주낙성 대풀이 호걸연 대잔치로~, 옥항천신, 불도 연맞이~ 점사(兼事)허여, 제청 신서립696) 뒈엿습네다. 천지가~ 혼합이, 뒈여옵네다. 천지, 혼합으로 제이르자-. ‖늦인석‖[요령]

　천지 혼합~, 제이르난 천지가 게벽(開闢)이 뒈여옵네다 천지 게벽으로 제이르자-. ‖늦인석‖

　천지 게벽~, [요령] 제이르난 [연물이 그친다.] 천앙베포, 지왕베포 인앙베포 산 베포 물 베포 왕 베포 국 베포, 원 베포 신 베포 탐라(耽羅) 고려 왕국이 제청 도업으로, 제이르자-. ‖늦인석‖[요령]

　제청 도업 제이르난~, [연물이 그친다.] 날은 어느 날 둘은 어느 둘, 금년 혜는 갈릅기는,697) 기축년(己丑年) 이천구년, 청명(淸明) 꼿삼월(-三月),698) 예릴뤳날699) 아침 진ᄉ간(辰巳間)으로 옥항 쉐북소리 올립기는, 어ᄂᆞ ᄀᆞ을 어떠헌 인간들이 이 공서며 국은 갈라, [요령] 대한민국, 제주특별자치도~, 제주시 삼도이동, 천○벡이십일 다시, 이십이 번지 바다○○식당, 무어700) 삽기는701) 동안대주(東軒大主)702) 고○석, 을사생(乙巳生) 마흔다섯 받은 공서, [요령] 이헌관(二獻官)은 안성방703) 강○숙 기유생(己酉生) 마흔하나~ 받은 공서 부베간(夫婦間) 낳은 아기, 장남(長男) 고○화

---

696) 설립(設立).
697) 가르기는.
698) '꽃 피는 삼월'의 뜻.
699) 열이렛날.
700) 마련하여.
701) 살기는.
702) '남자주인'을 이르는 말.
703) '여주인'을 이르는 말.

경자생(更子生) 열늬 설 받은 공서, 차남 아기 김○한 기미생(己未生) 일곱 설, 받은 공서웨다 장녀 아기 고○라 갑술생(甲戌生) 예레섯 ○경이 기묘생(己卯生) 열혼 설, 받은 공서웨다. [요령] 하늘ᄀ뜬 아바지, 일본 주년국 잇습네다 고○화씨 무인생(戊寅生) 이른둘 받은 공서읍고, 어머님 백○고 갑신생(甲申生) 예순○섯 받은 공서, [요령] 들며 나며 여라 식솔덜(食率들)~, 사는 이 용궁 안네 어떤 따문 이 공서 이 원정 올리느냐 영 협기는, 헤가 넘는 공서, 둘이 넘는 공서 아니웨다. 옷광 밥은 빌어 얻엉 줍네다. 일시 천금 귀헌 건 인간 벳기[704] 잇소리까~. 이간[705] 정중 안 마은다섯, 말 모른 금전 부베간 수다히 모안, 이 집 상량(上梁)헤연, 이 집 시작허기는 무자년(戊子年)~ 팔뤌(八月) 초ᄒ를날 토신제(土神祭)를 허고, 팔뤌 쓰무○드렛날 기초 공사 시작허연 이 집 짓언, 금년 완공헤연, [요령] 바다 ○○ 식당 간판 걸어 영업허저 ᄆ음 먹고 뜻 먹은 가운디, 부모 어머님은 장서허기 전에 성주라도 올리곡~ 영 허저 ᄆ음 먹어 뜻 먹어근, [요령] 옛날 성인이 네운 법 잇어, 석전(釋奠) 넘어난 딘 돔베[706] 싯잇법, 뭘베[707] 넘은 딘 개 싯잇법, 사름 죽은 디 일곱 신앙 아홉 귀양 네곡 새 베 짓어 연신맞이, 올리는 법, 새 집 지으면 성주를 아니 허면 나무 목신 지컹 조상 부모 기일제설[708] 허여도 응감 못 헌다 영 허니, 좋은 날 택일 받앙 오널은 신전엔 하강일(下降日) 셍인(生人)엔 복덕일(福德日) 골리[709] 잡앙, 성주만 올리면 뒈리야, 할마님에 치하수룩(致賀水陸) 올리곡, 고마운 사례 올령, 할마님에 불공 드리저 ᄆ음 먹엉 성주 올리는 바에~, 옥항천신 불도연맞이도 점사허영, 허저 허여 제청, 신서립 뒈엿습니다. 삼선양(三上

---

704) 밖에.
705) 이 가내(家內).
706) 도마.
707) 말을 운반하는 배.
708) 기일제사(忌日祭祀)를.
709) 가려.

香)~ 지드툽네다 삼주잔(三酒盞) 위올리며, 초감제(初監祭)로 제청드레덜,
다 ᄂᆞ려, 하감협서-. ‖늦인석‖[요령]

[장구를 치면서 말명을 한다.]

에- 천지가 혼합이 뒈엿수다.

천지 혼합 제이르난 천지가 게벽이 뒈여온다.

천지 게벽 제이르난 상갑자년(上甲子年), 갑자월(甲子月) 갑자일(甲子日)
갑자시(甲子時)

낮도 와왁 일무꿍 밤도 와왁 일무꿍 허웁디다.

을축년(乙丑年) 을축월(乙丑月) 을축시(乙丑時)에~

하늘 머리는 지드투고 땅이 머리 지무거워 지ᄂᆞ릴 때

하늘론 청이슬 내리고

땅으론 흑이슬 솟아가니

요 하늘 떡징ᄀᆞ찌710)

굽이 나웁디다

동방은 늬엄711) 들러오고

서방은 졸릴712) 치고 남방은 놀개 치고

북방은 활기 들러온다.

동성게문 열리고 수성게문 상경게문

열리고 잉헌713) 이도 삼하늘 드든714) 이도 삼하늘 삼십삼천

서른ᄉᆞ 하늘 도업은 제이르자.

갑을동방 열리니 요 하늘 요 금싱 대명천지 붉웁디다.

갑을동방 천오성(牽牛星) 경인서방 직예성(織女星) 벵오남방 노인성(老人

---

710) ‘시루떡을 찔 때 소를 넣어 뗄 수 있게 한 층계’ 같이.
711) 잇몸.
712) 꼬리를.
713) 인.
714) 디딘.

星)

헤저북방 북두칠원(北斗七元) 태음성(太陰星) 뜨고 온다.

월일광(月日光)도 뜬다.

일일광(日日光)도 뜹니다 대소별왕

천지왕 지부왕 대별왕은 소별왕 도업으로 제이르자.

남정중화정예(南正重火正黎) 도업으로 제이르난

태고(太古)라 천왕씨(天皇氏) 이목덕(以木德)으로 왕(王)허여 형제 십이인이

무유유화(無爲而化)허여

각일만팔천 세월 도업허시옵고

지황씨(地皇氏)는 이화덕(以火德)으로 왕하여 형제 십이인이

무유유화허여 역가 일만팔천 세월 도업허시옵고

인왕씨(人皇氏)는

형제 구인이

분장구주(分長九州)허여근 범백오십세(凡百五十世) 사만오천년(四萬五千年)

도업허고

그 후에는 유소씨(有巢氏)는 솟아나서 남으로 집을 지어 살고

남으 열매 따먹어 사웁다.

수인씨(燧人氏)는 남으로 불 때고 불 화식법(火食法) 마련허고

태호복희씨(太昊伏羲氏)는

솟아낭 성은 풍성(風姓)이라 하여

어~ 그물을 치어 사냥 어길 허고

활기를 그려 글 씌는 거 가리치고

염제실농씨(炎帝神農氏)는

성은 강성(姜姓)이라 하여 보섭과 따빌 만들아 밧 가는 법을 가르치고

백 가지 풀을 맛보아

　이약방(以藥方)을 내고

　황제헌원씨(黃帝軒轅氏)는

　성은 희성(姬姓)이라 하여

　방패를 만들아 군량미를 막고

　수레를 지어 먼 바 먼 길을 통헹(通行)허게 허고

　베를 만들아 먼 바당 건너가게 허고

　전오고양씨(顓頊高陽氏)는

　척력(冊曆)을 만들아 사계절법(四季節法) 마련허고

　굴미를715) 보아근 시간법을 마련허고

　그 후에는

　칼천씨(葛天氏)도 솟아나고 하후씨(夏后氏) 솟아나고 예~

　적화씨 솟아나고 태호복희씨 솟아나고 예~

　하화(夏禹) 상탕(商湯) 주무왕(周武王) 어~ 서역 주역 제약을 권력 싸움
허여가니

　하늘에서 날 성이라 공자왈(孔子曰) 악헌 사름 선허게 허고

　책을 빌려 선비 됨을 가르치고 어~ 은앙상탕 주무왕 춘추전국(春秋戰
國)

　풍성 강성 희성 열다섯 십오성인 도업을 제이르자.

　천앙 베포 도업 제이르자 지왕베포 인왕베포 산 베포여 물 베포 왕 베
포여 국 베포 원 베포

　신 베포 제청 도업 제이르자.

---

715) 그림자를.

성주풀이 초감제 날과국섬김

자료코드 : 10_01_SRS_20090412_HNC_KYS_0001_s03
조사장소 : 제주특별자치도 제주시 삼도2동 1○21-22번지 바다○○ 식당
조사일시 : 2009.4.12
조 사 자 : 허남춘, 강정식, 송정희
제 보 자 : 김윤수, 남, 63세

구연상황 : 날과국섬김은 굿 하는 날짜와 굿 하는 장소를 고하는 제차이다. 심방이 장구
를 치면서 말명을 한다. 특히 굿 하는 장소를 고하기 위하여 멀리 거슬러 올
라가 동양의 오랜 역사를 언급하고 우리나라의 역사와 행정구역의 편제를 차
례로 풀이한다. 나아가 제주도 역사와 행정구역을 제시한 뒤에 굿 하는 집의
주소를 말하는 것으로 마무리한다.

날은 갈라 어느 날 둘은 갈라 어느 전 둘이로며~

올 금년 헤는 갈라 이천구년이웨다~

기축년~

둘은 윤삭 들언 열석 둘 쳉명 꼿삼월둘

여릴뤳날 아척716) 진스간 옥황(玉皇)에 쒜북소리 올렷수다.

어느 구을 어떠혼 인간들이 이 공서 올리느냐~

영 헙건 국은 갈라 갑니다 헤튼 국도 국이웨다.

둘튼 국도 국이웨다~

수리 팔만 십이지 제국인데 동양삼국 서양각국

강남 든 건 천자국(天子國) 일본 든 건 주년소국(周年小國)

우리나라 천하혜동 대한민국인데

첫 서울은 송태조(宋太祖) 게판허고~

두짯 서울 시님허고 셋차는 한양(漢陽) 서울~

넷차는 게성(開城) 서울~

다섯차 우리나라 이태왕(李太王) 국이 등등헐 때

---

716) 아침.

ᄌ부 올라 상서울 마련허고~

안동밧골~

자동밧골 먹잣골 무시정골 수박궐 불탄대궐 마련허고

경상도는~

칠십칠관이고

전라도 오십삼관 충청도 삼십삼관~

일제주(一濟州)는 이거제(二巨濟) 삼남헤(三南海)는 사진도(四珍島) 오가
원땅717) 육한돈데~718)

그 중 큰섬 제주도 ᄉ면(四面)으로 둘러 잇고

장광척순719) 사벽(四百) 리 물로 바위720)

벵벵 돌은721) 섬이웨다~.

산은 갈라 할라산(漢拏山) 땅은 보난 노고짓땅이고

물은 황혜수(黃海水) 어~ 어스승(御乘生)이722) 단골머리723)

아흔아홉 골머리 ᄒ~

오벽장군(五百將軍) 오벽선셍(五百先生) ᄒ 골 부족허난

범도 곰도 왕도나 못내 난 섬이웨다~.

연평(永平) 팔년~

을축년 을축 삼월 열사흘날

나문(南門) 밧겻 무인굴[毛興穴] 삼성혈(三姓穴) ᄌ시(子時)에는 고을와
(高乙那) 축시(丑時)에는 양을와(良乙那) 인시(寅時)에는 부을와(夫乙那)

---

717) 오강화(五江華) 땅.
718) 육완도(六莞島)인데.
719) 장광척수(長廣尺數)는.
720) 테두리.
721) 두른.
722) 어승생은. '어승생'은 한라산 자락에 있는 오름.
723) 제주시 노형동에 있는 봉우리.

고량부(高良夫) 삼성친(三姓親) 도업허고~

어― 저 산 압은 당 오벽(五百) 이 산 압은 절 오벽 마련허고

항바두리 김통경(金通精) 만리 토성(土城) 둘르고

영청(永川) 이형상(李衡祥) 목사 시절에

당도 파궤(破壞) 당허여 어~ 산천영기 소렴당 남고

절 오벽도 파궤 당허여 미양 올라 안동절 남고

대정(大靜) 고을 원임 살고~

정읫(旌義) 고을 현감(縣監) 살고 명월(明月)은 만호(萬戸) 살고 목관(牧官) 압은 판관(判官) 살고

삼 ᄀᆞ을에 ᄉ 관장(官長)으로~

동문(東門) 밧겻 나사니[724] 서른ᄋᆞ듭 마을

대도장네(大道場內)웨다

서소문(西小門) 밧 마흔ᄋᆞ듭 우도장네웨다.

읍면(邑面)은 십삼 읍면이고

대정(大靜)은 이십칠도웨다.

정이정당 삼십팔 리 주모관[725] 팔십여 리

영내읍중(營內邑中) 삼문(三門) 이서당 제주 특별 자치도

제주시~

일내 일도(一徒) 이내 이도(二徒) 삼내 삼도이동(三徒二洞)이우다 천○벅 이십일 다시 이번 이십이 번지

바다○○~

식당이웨다.

---

724) 나서니.
725) 주목(州牧) 안.

성주풀이 초감제 연유닦음

자료코드 : 10_01_SRS_20090412_HNC_KYS_0001_s04
조사장소 : 제주특별자치도 제주시 삼도2동 1○21-22번지 바다○○ 식당
조사일시 : 2009.4.12
조 사 자 : 허남춘, 강정식, 송정희
제 보 자 : 김윤수, 남, 63세
구연상황 : 연유닦음은 굿 하는 연유를 풀이하는 제차이다. 역시 심방이 신자리에 앉아
　　　　　 장구를 치면서 말명을 한다. 먼저 열명(列名)을 하여 가족들의 나이, 성명, 생
　　　　　 년(生年)을 고하여 올린다. 이어 굿을 하게 된 집안의 내력을 상세히 고하여
　　　　　 올린다.

초헌관(初獻官) 당안대주(東軒大主)

고○석 을사생(乙巳生) 마은다섯 받은 공서

이헌관(二獻官)은 안성방 강○숙 기유생(己酉生) 마은핫나

부베간(夫婦間)에 난 아기 장남 큰아덜~

고○화 경자생(庚子生) 열늬 설 받은 공서

차남 아덜~

고○화 게미생(癸未生) 일곱 설 받은 공서

장녀 아기~

고○라 갑술생(甲戌生) 열여섯 받은 공서웨다.

하녀 아기 고○영 기묘생(己卯生) 열훈 설 받은 공서

하늘 ᄀ뜬 아바지 고○화씨 무인생(戊寅生) 이른둘 일본지면(日本地面)
삽니다.

어머님 벡○복씨 갑신생(甲申生) 예순ᄋ섯 받은 공서

들며나며~

칠팔 명 사는 용궁(龍宮) 안네

어떤 따문 이 공서 이 원정 올리느냐 영 헙긴 혜가 넘는 공서

둘이 넘는 공서도 아니웨다.

옷광 밥이 없어서 옷 줍서 밥 줍서 이 공서 아니웨다.

옷광 밥은 빌어 얻어 주곡

부귀변천(富貴貴賤)은 시엇당도726) 엇고727)

잇다가도 없는 건 돌고 도는 건 돈이 아니리까.

춘추(春草)는 연련록(年年綠) 왕(王)이 손(孫)은 귀불귓법(歸不歸法)입고 천지지간(天地之間) 만물지중(萬物之衆)에

유인(唯人)은 최구(最貴)허니 소기오인자(所貴乎人者)는 이기요오륜자(以其有五倫者)라.

하늘과 땅 세예 가장 귀헌 건

인간 벳기 귀중헌 게 잇수리까.

저 산천에 만물 봄푸십새도728)

금년 오랏당729) 구시월 단풍 들엉 동지섯둘 낙엽 떨어지면

멩년 춘삼월 당허면 가지가지마다~

푸릿푸릿 송이 나 피여근 청산 뒈곡~

꼿은 피엿당 화산 뒈영 제 몸 자랑 허건만은

인간덜은

탄생헐 때에

석하여레(釋迦如來) 공덕으로 아바님전 뼈 빌고 어머님전 술 빌곡 칠성단(七星壇)에 명 빌곡

제석님전(帝釋任前)에 복 빌어 인간 탄생허면

호두 설에 철 몰라 부모 공은 못 갚으고

호번 어차 떨어지면~

---

726) 있다가도.

727) 없고.

728) 봄풀도.

729) 왔다가.

열두 메예[730] 무꺼근[731] 세경땅 엄토감장(掩土勘葬) 뒈면은 낙락장송(落落長松) 집 삼고 두견새 벗을 삼아

천추만년(千秋萬年) 살당 가면 좋은 얼굴 술 썩은 물이 뒈고

좋은 뼈 썩엉 진토(塵土)가 뒈면은 몃 벡년(百年)이 뒈여도 두 번 다시 못 오는 인간덜 아닙니까.

이간[732] 주당(住堂) 안네 마은다섯 이 ᄌ손 조상부모 테(胎) 술은 땅은

제주시 동문밧 봉개동(奉蓋洞) 테 술은 땅이웨다.

양친부모 몸에

탄 남매 까운데 웨아덜로 탄생히영

없는 부모 몸에

탄생히영 어렷을 적 하늘ᄀ뜬 아바지 산지 이별헤영

아바지 돈 ᄄᆞᆯ랑[733] 웨국(外國) 강 살아불곡

웨진 조상님광

어머님 짓하에서 고생허멍 자랑 놈광[734] ᄀ찌[735] 좋은 공부 다 못 허고

어머니 짓하에서 고생허멍 자라나근

어머님~

아년 장서 다 허멍 먹고픈 거 안 먹곡 입고픈 거 아니 입곡

허릿ᄎᆷ[736] 다 줴우멍[737] 좋은 금전 벌엉

좋은 제산 일루곡

---

730) 매듭에.
731) 묶어서.
732) 이 가내.
733) 따라.
734) 남과.
735) 같이.
736) 허리춤.
737) 조이면서.

저 현○식당 히영 만헌 소님 거니령 영 허멍 좋은 금전 수타히 벌엉

이 집터도 묵은 초가집 산 낫단738) 이 아덜 이름으로 헤영 이 집 틀어 놓고 허영

이번 이거 이칭(二層) 집 대궐 マ뜬 집

새로 지엉 이 아기덜 장서 시경 뚠 갈림허곡

영 허영 살젠 허난

부모 어머님 놓은 연줄로 허고

저 가숙(家屬) 저 서문밧 한림(翰林) 처가(妻家) 들엉

유지 혼제 허곡

영 허멍 좋은 금전 들여 이 집 성항(上梁)혜영

이 자손덜

이거 작년도 무자년(戊子年) 팔뤌(八月) 초ㅎ룰날

기초(基礎) 토신제(土神祭) 허곡

집 시작은 무자년 팔뤌 이십팔일날

시작허여근에

이제 완공 다 허영 이거 바다○○

식당 간판 걸엉 이거 준공식만 끗나면 ㅎ루바삐 게업(開業)허젠 영 허여 ᄆᆞ음 먹어

영 헌 가운데

예슨ᄋᆞ섯 님도 이거 저 현○식당은

뚤안티 인게(引繼)허고

이 집 셍각허영 아덜네 부베간으로 허영

이 식당 출령 네여주곡

이녁 몸도 이젠 다 진허고

---

738) 놓았다가.

나이도 먹어가고 영 허난 이 아덜만 이제

자리 잡앙 이 식당 잘 뒈여불면 내가 무신 걱정 시리.

성주라도 올령 혼적739) 게업허기 전에

성주 올리곡

애기덜 울엉 불도맞이 영 혜영 공양허곡

단아덜에 손지덜 너오누이 탄셍허난

할마님에 치하수룩(致賀水陸) ᄀ찌 올려근에

할마님에

곱게 이 아기덜 열다섯 십오세 고사리 밧겻 네와줍서 영 혜영 ᄆ음 먹엉

오널은 성주님광

옥항천신 불도연맞이허곡

옥항천신임네 옵서옵서 청허저 초감제 연드리 어간이 뒈엿수다.

성주풀이 초감제 신도업

자료코드 : 10_01_SRS_20090412_HNC_KYS_0001_s05

조사장소 : 제주특별자치도 제주시 삼도2동 1○21-22번지 바다○○ 식당

조사일시 : 2009.4.12

조 사 자 : 허남춘, 강정식, 송정희

제 보 자 : 김윤수, 남, 63세

구연상황 : 신도업은 모든 신을 굿 하는 곳으로 내려오시라고 청하는 제차이다. 역시 장구를 치면서 말명을 한다. 옥황상제부터 시작하여 집안의 일월조상, 조상의 영혼, 나아가 심방 조상까지 모든 신과 영혼을 빠짐없이 거론하며 내려오시라고 청한다.

[계속해서 앉은 채로 장구를 치면서 구연한다.]

---

739) 어서.

성주낙성 대풀이로~

다 ᄂ립서 옥항천신 불도할마님이영 다 ᄂ립서.

임신 중에 올라 옥항상제(玉皇上帝)

대명전(大明殿)임도

ᄂ립서 내려사면 땅 츠지 지부(地府) ᄉ천대왕(四天大王)님

산 츠지는 산신대왕(山神大王)님

물 츠지는 다서용궁님740) 절 츠지는 서산대서(西山大師) ᄉ명당(四溟堂)
육한대서(六觀大師) ᄂ립서.

옥항천신 불도연맞이로

할마님에도 다 ᄂ립서.

초공전(初公前)이여

이공(二公) 삼공전(三公前)도 ᄂ립서.

시왕감서(十王監司) 신병서(新兵使) 원앙 가면(元王監司) 원병서(元兵使)
김추염레(金緻閻羅) 테선대왕(泰山大王)

범ᄀ뜬 ᄉ천대왕(四天大王)님

초제 진간대왕(泰廣大王)

이제 초간대왕(初江大王) 제삼(第三) 송교대왕(宋帝大王)

제ᄉ(第四) 오간대왕(五官大王)

제오(第五) 염레대왕(閻羅大王) 제육(第六) 번성(變成) 제칠(第七) 테선대
왕(泰山大王)

제팔(第八) 평등대왕(平等大王)

제구(第九) 도시대왕(都市大王)

제십(第十) 전오도전륜대왕(五道轉輪大王) 열하나 지장대왕(地藏大王)님
열둘 셍불대왕(生佛大王)님

---

740) 다섯 용궁(龍宮)님.

열셋 자두판관(左頭判官) 열네 우두판관(右頭判官)

열다섯 시에(十五) 동저판관(童子判官)

여레섯 십육(十六) 스제(使者)님네

삼멩감(三冥官) 삼처서(三差使) 관장

느립서.

또 이저는

천왕체서(天皇差使) 월직스제(月直使者) 지왕체서(地皇差使) 을직스제(日直使者) 인왕체서(人皇差使) 어금배(義禁府) 도서나장(都事羅將)

옥항체선[741] 박나자 저싱 이원스제

이싱 강림체서(姜林差使)

눈이 붉어 황서제(黃使者) 코이 붉어 적스제(赤使者) 입이 붉어 악심체서(惡心差使)

연직체서(年直差使)~

월직체서(月直差使)~

일직체서(日直差使) 시식체서(時直差使)님네

부원궁(府院國)은 삼처서 낭인[742] 절량체서(結項差使)

물에 엄서체서(渰死差使)

어~

비명(非命) 객서체서(客死差使)

헹(行)이 바쁜 질이 바쁜 스약체서(死藥差使) 관장님네 멩도멩감(明刀冥官) 삼처서 느립서.

천앙(天皇) 가면 열두 멩감

지왕(地皇) 열훈 멩감

인왕(人皇) 아홉 멩감

---

741) 옥황차사(玉皇差使)는.
742) 나무에는.

동이 청멩감(靑冥官) 서이 백멩감(白冥官) 남이 적멩감(赤冥官)

북이 흑멩감(黑冥官)

중앙 황신멩감(黃神冥官)

산으로 가면 산신멩감(山神冥官) 물론 가면 요왕멩감(龍王冥官)

베론 가면 선왕멩감(船王冥官)

이 집안 곳덱(高宅)에

십대조(十代祖) 위으로 십대조 이알로나

선달(先達) 홍보일월(紅牌日月)

다 ᄂ립서.

마흔다섯에 징조하르바님

풍헌(風憲) 산신일월(山神日月)님네도

ᄂ립서.

옛날 고풍헌(高風憲)이야

건이우품(權威位品) 나 저 산천에 올랑 쉐743) ᄆ시744) 못 촛앙 허는 거

고풍헌 하르바님안티

물으면은 ᄒᄒ - 혼번 소릴 치면 그 소 몰ᄆ시745) 촛게 허고

허던 산신일월 산신백관(山神百官)임네 다 ᄂ립서.

들적 문전(門前) 날적 문전이웨다 아저 ᄂ립서.

이 제주시

과영당(廣壤堂)746) 선앙당747) 네웻당748)

---

743) 소.
744) 마소.
745) 마소.
746) 제주시 광양, 지금의 삼성혈 동쪽에 있었던 당. 1702년 이형상 목사의 신당 철폐 당시 폐쇄됨.
747) 제주시 도남동 지경에 있던 당.
748) 제주시 용담동에 있었던 당. 이형상 목사에 의하여 훼철됨. 무신도가 제주대학교 박물관에 남아 있음.

수낭당749) 운지당750) 각시당751) ㄱ시락당752) 한집네

ㄴ립서.

저 봉개(奉蓋)753)

뒷술남밧디

좌정헌 임조방장님

ㅂ름 위에

김씨 양씨 강씨 할마님네

애기업개 마을청

다 ㄴ립서.

이 집안 마흔하나 친정 펜(便)으로도

저 한림(翰林)도

토지지관(土地之官) 한집님네

ㄴ립서.

성주님네

성주 아바님은 천궁대왕 성주 어머님은 옥지부인

성주님은 안신국 부인은 귀아하신

아덜 오형제

딸 오형제

동인 청대장군(靑帝將軍)

서이 벡대장군(白帝將軍)

남이 적대장군(赤帝將軍) 북이 흑대장군(黑帝將軍)님네 어─ 상성주여

중성주 하성주여 철년성주 구년성주 말년성주

---

749) 당의 명칭이나 미상.
750) 제주시 일도2동에 있었던 당.
751) 제주시 삼도동 남문통에 있었던 당.
752) 제주시 용담동 용연 근처에 있는 당.
753) 제주시 봉개동.

강태공 서목시 주이주이 열두 주이청덜

ᄂ립서.

영혼 영신 혼벽(魂魄)님네 고조부(高祖父)도 양우(兩位)

징조부(曾祖父)도 양우

당조부(當祖父)도 양우

ᄂ립서.

또 이저는754)

큰아바지

이 묵은 헤 돌아가셧습네다. 눌혼으로 잇수다. 아 영혼님네

살려옵서 셋아바지

무자년 ᄉ삼사건에

간간무레 뒈엿수다.

살려옵서.

ᄉ춘 영가님네

살려덜 옵서.

또 이전에

웨진 하르바님

웨진 할마님네영

처부모(妻父母) 조상님네 처부모님네영 다 모두 살려 옵서.

또 이저는

이거 바다○○ 식당 전빵하르방 전빵할마님네 다 ᄂ립서.

이 집안 몸받은 자가용(自家用)덜이웨다.

○십구 부에 팔천○벡오십칠호 봉고차웨다.

또 ○십나에 칠천○벡이십구호 물차 갈매하르방 갈매할망 기계선앙(機

械船王) ᄂ립소서.

초ᄒ루 초덕 이틀 이덕 사 삼덕 팔만ᄉ천 제대조왕 할마님

옛날은 조왕깐 산 쉐로 허영 대말치 중말치 하말치 걸엉 솟덕 걸엉 허엿수다마는 요즘은~ 신식(新式) 게화(開化)뒈난

까스렌지영

싱크대 메완 조왕깐 모셧수다~.

다 ᄂ립서.

마흔다섯 오널부떠 당당헌 집 임제가[755] 뒈염수다.

ᄂ립소서.

옥항천신 불도연맞이로

옥항천신 불도님도 ᄂ립서 옥항일월 불도님도 ᄂ립서.

삼싱불도~

ᄂ립서 불도(佛道) 노자(老子)님도 ᄂ립서.

동이용궁(東海龍宮) 불법(佛法) 할마님도

ᄂ립서.

서신대별상님도

ᄂ립서.

이공서천 도산국 어- 원진국도 대감

짐진국도 부인

사라대왕

월광아미 신산만산 할락국이

다 ᄂ립서.

또 이젠 짓알로도 도ᄂ리며

갑을동방 전오성(牽牛星) 경진술방 직녀성(織女星)

---

755) 임자가.

병오남방 노인성(老人星) 헤저북방 북두칠원성군(北斗七元星君)님

대성군(大星君)도756) ㄴ립서.

원성군(元星君)도757) ㄴ립서.

진성군도758) ㄴ립서.

목성군도759) ㄴ립서.

강성군(網星君)도760) ㄴ립서.

기성군(紀星君)도761) ㄴ립서 계성군도762) ㄴ립서.

짓알레 별 짓우 새별

다 ㄴ립서.

불도연맞이로 ㄴ려 하감헙서.

구삼싱

동이용궁 뜨님아기 아영삼싱 노삼싱 어께삼싱 구덕삼싱님도

ㄴ립서.

신공시로

성은 김씨 병술셍(丙戌生) 당줏하님763) 을미셍(乙未生)

몸받던 신공시로~

유씨 선셍

ㄴ립서.

몸받은 부모조상님네

---

756) 북두대성탐랑성군(北斗大聖貪狼星君)도.
757) 북두원성거문성군(北斗元聖巨門星君)도.
758) '진성군'은 '직성군(直星君)'의 와전. 북두직성녹존성군(北斗直聖祿存星君).
759) '목성군'은 '무성군(繆星君)'의 와전. 북두무성문곡성군(北斗繆聖文曲星君).
760) 북두망성염정성군(北斗網聖廉貞星君)도.
761) 북두기성무곡성군(北斗紀聖武曲星君)도.
762) '계성군'은 '관성군(關星君)'의 와전. 북두관성파군성군(北斗關聖破軍星君).
763) 당주를 돌보는 하인. 곧 심방이나 그 부인의 뜻. 여기에서는 김윤수 심방의 부인 이
　　용옥을 이름.

육대조 하르바니 산에 산천 좋은 전싱 궂던

징조하르바님네

할마님 성진 하르바님

넛하르바님네 큰아바지 큰어머님네

삼부처(三夫妻)웨다.

셋아바님네 삼부처 말젯아바지 말젯어머님네

큰족은아바님네

어머님네

셍부아바님네

손씨 어머님네 오촌 고모님네 오촌 매부(妹夫) 오촌 고모님네 윤주 형
님네

ᄂ립서.

몸받은 일월조상님아

고전적(高典籍) 장잇ᄀ을 장잇선감

한양고을 한양일 악심저데 놀던 조상님네영

이씨불도 할마님

양씨아미 어진 조상

양씨 큰할마님네

고씨 어머님네영

ᄂ립서.

일월명도(日月明刀)[764] 불미[765] ᄂ아[766] 넷팟골 고씨 선성님네

조천관(朝天館)도[767] 안씨 선성 이겡이 어머님네영

---

764) 무구인 신칼, 산판 등.
765) 풀무.
766) 놓아서.
767) 제주시 조천읍 조천리.

살려덜 옵서.

동문통 강대장768) 동과영 황대장님네

살려덜 옵서.

또 이전 육간제비769)

일월조상님네

다 ᄂ립서.

어― 무형문화재770)

당주전에 잇습네다

불휘공 조상님네영

다 ᄂ립서.

또 이전 웨진 하르바님 웨진 할마님네

웨삼춘임네영

진씨 부모 몸받던 김씨 선셍님네

진씨 부모님네영

ᄂ립서.

또 이저 이씨 처부님네

양씨 부모님네

ᄂ립서.

안씨 형님네

신숙이 형님네

ᄂ립서.

영수 형님네영

---

768) '대장'은 대장장이 혹은 대장간.
769) 작은 엽전 모양의 것 여섯 개를 꿴 점구.
770) '무형문화재'는 국가지정 주요무형문화재 제71호인 제주칠머리당영등굿을 의미하나
여기에서는 그 보존회 사무실을 지칭함.

다 느립서.

강씨 삼춘

홍씨 이모님네

강씨 삼춘 박씨 삼춘임네

느립서.

한씨 형님네

다 느립서.

이씨 아지망771) 몸받은 부모조상님네

느립서.

강씨 아지망772)

몸받은 부모조상 느립서.

정씨 아이773) 몸받은 조상

부모형제 일신(一身)

다 느립서.

옛날 이 제주시 고려의원(高麗醫院)

다 느립서.

안씨 선셍님네

이씨 선셍님네

고씨 선셍님네영

다 느립서.

대정(大靜) 가도 천저 금저

정이(旌義) 가도 천저 금저 면공원(面公員) 면황수(面行首) 도공원(都公員) 도황수(都行首) 곽곽(郭璞) 주약선성(周易先生)님네

---

771) 이씨 아주머니. 이용순 심방을 지칭.
772) 강연일 심방.
773) '정씨 아이'는 정공철 심방.

늦어나저 입춘춘경(立春春耕)

월일석 뿔려오던 선성님네

다 느립서.

성주풀이 초감제 군문열림

자료코드 : 10_01_SRS_20090412_HNC_KYS_0001_s06

조사장소 : 제주특별자치도 제주시 삼도2동 1○21-22번지 바다○○ 식당

조사일시 : 2009.4.12

조 사 자 : 허남춘, 강정식, 송정희

제 보 자 : 김윤수, 남, 63세 외 4인

구연상황 : 군문열림은 신역의 문을 여는 제차이다. 이렇게 문을 열어야 신도 인간세상으로 강림할 수 있다고 믿는다. 심방은 일어서서 신칼과 감상기를 들고 신자리와 문전을 오가며 굿을 한다. 소미들이 울리는 연물에 맞추어 춤을 추면서 진행한다. 먼저 군문에 인정을 바친다. 이어 군문을 여는 모양을 한다. 마지막으로 천문을 던져 군문이 제대로 열렸는지 알아본다.

■ 군문열림>군문돌아봄

[바로 이어서 앉은 채로 장구를 치면서 구연한다.]

성주낙성 대풀이 호걸련 대잔치 옥항천신 불도연맞이로 할마님 칠원성군님네

내리저 허시는데

신이와 인이법 인이와 신이법

문을 열아야

들고 나는 법

아닙네까.

[강연일 심방이 데령상을 문전으로 옮겨놓는다.]

천왕(天皇) 가민 열두 문이여

초감제 군문열림

지왕(地皇) 가면 열혼 문이여 인왕(人皇) 가면 아홉 문이여

동에 청문(靑門)

서이 벡문(白門)

남에 적문(赤門)

북이 흑문(黑門)

옥항 도성문(都城門)

어찌 뒈며 모릅네다~ [장구채를 장구의 조임줄에 끼운다.] 일문전(一門前) 삼도레 대전상774) 신수푸며 하늘옥항 도성문 열려옵던 [장구를 제상쪽으로 밀어두고 일어선다.] 금정옥술발775) 둘러받아, 초군문, 이군문 삼서도군문도 [공싯상에 두었던 신칼과 요령을 집어 든다.] 돌아보라ㅡ.

‖ 중판 ‖ [북(정공철), 설쒜(이용순), 대양(이용옥)] [신칼은 양손에 나누어 들고 요령은 오른손에 모아 잡는다. 연물에 맞추어 신칼치메와 요령을 흔들며 천천히 춤을 추기 시작한다. 가끔 말명을 하지만 연물소리에 묻혀

---

774) ‘삼도레 대전상’은 ‘데령상(待令床)’의 이칭.

775) 요령.

알아듣기 어렵다. 문전 쪽으로 나아가 대령상 앞에서 말명을 한다. 왼쪽 신칼치메를 오른팔에 걸치고 신자리로 돌아간다. 제상 앞에서 다시 춤을 추다가 멈춘다. 연물이 그친다.]

■ 군문열림＞군문에 인정

[신자리에서 서성이며 말명을 한다.] 초군문, 이군문이여, 삼서도군문 돌아보니, 문민(門門)마다, 잡앗구나. 제인정 네여걸라.

■ 군문열림＞군문열림

지례[776] 맞인 질라제,[777] 발에 맞인, 발라제.[778] 지전 천금 네여거난, 인정 과숙허다 열려가라 헌다. 옛날 주석(州城) 삼문(三門)은, 열두 집서관 (執事官)이, 영기(令旗) 몸기[779] 솔발로[780] 열렷덴 말 잇고, 신돗문, 신이 성방(刑房)[781] 가망으로, 열릴 수가 잇수리까 일문전, 좌절영기 신감상[782] 본도영기 압송허며, 하늘옥황 도성문 열려옵던, 천앙낙화[783] 둘러받아 초 군문 이군문 삼서도군문도 열리레—.

‖중판‖[북(정공철), 설쉐(이용순), 대양(이용옥)][다시 연물에 맞추어 양손의 신칼치메를 흔들며 춤을 추기 시작한다. 왼쪽 신칼치메를 오른팔 에 걸치고 요령을 흔들며 문전 쪽으로 나아간다. 대령상 앞에서 쪼그려 앉아 신칼점을 몇 차례 한다. 이때 말명을 하지만 연물소리에 묻혀 알아 듣기 어렵다. 신칼점을 마치고 감상기를 양손에 나누어 잡고 일어선다.

---

776) 키. 신장.
777) 기원자의 신장 길이로 그 연령만큼 잰 길이의 피륙.
778) 기원자의 두 팔을 벌린 길이로 그 연령만큼 잰 길이의 피륙.
779) 명기(命旗).
780) 요령으로.
781) '신이 성방'은 심방.
782) 감상기.
783) 요령.

감상기를 세워들고 끝을 맞대어 든 채 신자리로 돌아간다. 제상 앞에서 감상기를 나란히 들고 각방에 허리 굽혀 절을 하는 모양을 한다. 이때도 말명을 계속하지만 알아듣기 어렵다. 이어 감상기를 휘돌리며 춤을 춘다. 감장을 돌다가 감상기를 세워들고 엎드린다. 감상기와 요령을 몇 차례 흔든 다음 내려놓고, 신칼점을 한다. 이어 손바닥을 뒤집는 동작을 반복하며 춤을 춘다. 절을 하고 다시 감상기, 신칼, 요령을 들고 일어선다. 감장을 돌고 다시 왼쪽 신칼치메를 오른팔에 걸치고 문전으로 나아간다. 데령상 앞에 이르러 양손을 내려뜨리고 선 채 말명을 하나 역시 알아듣기 어렵다. 이때 강연일 심방이 데령상 옆에 쪼그리고 앉아 삼주잔의 술을 댓잎으로 조금씩 떠서 양푼으로 옮긴다. 심방은 다시 감상기 끝을 맞대어 들고 신자리로 돌아간다. 잠시 춤을 추다가 엎드려 감상기를 나란히 세워 절하듯이 하고, 감상기와 요령을 몇 차례 흔든 다음 내려놓는다. 이어 신칼점을 한다. 신칼점을 마치고 손바닥 뒤집는 춤을 춘다. 감상기, 신칼, 요령을 들고 일어선다. "에ー 에에허." 하며 말명을 시작한다. 연물이 그친다.]

성주낙성, 대풀이 호걸련 대잔치로, 상성주여, 중성주 하성주, 철년(千年) 구년 말년(萬年) 성주대신, 오는 문은 열렷구나. 옥항천신 불도연맞이로, 옥항천신 불도님도 느리저, 옥항천신 일월도 느리저, 삼싱불도 불도(佛道) 노자(老子)님 서신대별상 홍진국 마누라, 동이 용궁(龍宮) 불법할마님도 느리저, 짓알로 도느리며, 갑을동방 천오성(牽牛星) 경긴서방 직예성(織女星), 병오남방 노인성(老人星) 헷저북방 북두칠원(北斗七元), 대성군(大星君) 원성군(元星君) 진성군784) 목성군785) 가성군(綱星君) 기성군(紀星君) 게성군,786) 짓알레 짓두 새별, 이수팔수(二十八宿) 삼태육성(三台六星)

---

784) '직성군(直星君)'의 와전.
785) '무성군(繆星君)'의 와전.
786) '관성군(關星君)'의 와전.

견오직녀(牽牛織女), 성주님네도 느리저, 할마님 신수퍼 사저, 동살장 침방
(寢房) 우전 서살장 방안 우전으로, 천앙불도(天皇佛道) 할마님 지왕불도
(地皇佛道) 할마님, 인앙불도(人皇佛道) 안태중 여리신전, 아아 하— 공시
방시 서씨여레, 삼불도(三佛道) 명진국 할마님도, 느리저 허시는데, 이공서
천 도산국, 동이용궁 불법할마님, 오저 허시는 시군문이 어찌 뒈며 모릅
네다 신감상으로 오는 문도 열려—.

‖중판‖[북(정공철), 설쉐(이용순), 대양(이용옥)][감상기를 세워들고 요
령을 흔들면 문전으로 나아간다. 데령상 앞에서 감상기를 내려뜨린 채 말
명을 잠시 한 뒤에 감상기를 세워들고 신자리로 돌아간다. 감장을 돈 뒤
에 뒤로돌아 엎드려 감상기를 나란히 세우고 절을 한다. 감상기, 요령을
차례로 몇 차례 흔든 뒤에 내려놓는다. 앞으로 신칼을 떨어뜨려 신칼점을
하고 오른쪽, 왼쪽으로도 신칼을 떨어뜨려 신칼점을 한다. 감상기, 신칼,
요령을 들고 일어선다.]

‖좃인석‖[연물이 빨라진다. 심방은 연물에 맞추어 신자리를 돌며 춤
을 춘다. 춤을 끝내고 감상기를 문전 쪽으로 내던진다.]

■군문열림>군문 열린 그뭇 알아봄

‖늦인석‖[연물이 늦은 장단으로 바뀐다. 심방은 강연일이 건네주는
천문을 받아든다.] 이군문 삼서도군문 열럿구나. 열려주며 아니 열려주며
모릅니다. 신에 대천겁으로 문 열린 그뭇도[787] 알아보자.

‖중판‖[천문을 높이 던진다. 강연일이 천문을 주워 심방에게 건넨다.
같은 방식으로 천문점을 세 차례 더 한다. 손짓하여 연물을 그치게 한다.]
에~ 성주님 오는 열린 그뭇 알앗구나. 옥항천신 불도할마님 칠원성군
님네 오는 군문도 열린 그뭇이여—.

---

787) 금도.

‖중판‖[네 차례에 걸쳐 천문점을 한다. 손짓하여 연물을 그치게 한다.]

어- 허~ 옥항천신 불돗문(佛道門), 칠원성군(七元星君)임, 할마님 문 열린 ᄀ뭇 알앗구나. 성주님광~, 집안, 고풍헌(高風憲) 하르바님, 메와옵 던 산신대왕(山神大王) 산신벡관(山神百官)님네영, 집안 부모조상, 마흔다 섯에 징조(曾祖) 하르바님 할마님네, 성진(姓親) 하르바님 할마님, 큰아바 지 무자(戊子) 기축년(己丑年) ᄉ삼ᄉ껀(四三事件)에 간간무레788) 뒌 셋아 바님 영혼이영, ᄉ춘 형님네 영가(靈駕)덜이영, 웨진(外親) 하르바님 할마 님 웨삼춘(外三寸) 영가님네, 또 처부모 조상님네영, ᄒ반일반789) 다 오저 허시뒈 이 ᄌ손 이번 이 집 지영, 바다○○ 식당 간판 걸엉, 영업헐 ᄌ순 앞으로, 조상에서, 성주 터신에서영 발루왕,790) 이 ᄌ순 식당허영 돈 벌엉 부제 팔명 시겨준다 허건 이런 신에 대천겁에서, 판급헙서-.

‖중판‖[다시 천문을 던져 점을 본다. 네 차례를 반복한다.]

■ 군문열림>산받음

‖중판‖[신칼치메를 오른손으로 모아잡고 쪼그려 앉아 신칼점을 한다. 열 차례 거듭한다. 말명을 하지만 연물소리에 묻혀 알아듣기 어렵다.]

‖늦인석‖[심방은 신칼점을 계속한다. 이때도 말명을 계속한다.] 부제 팔명을 시겨준다 허거든, ᄂ단ᄌ부ᄃ리로, 판단헙서. 토신제(土神祭)라도 잘 허곡, 영 허염시면, 군문으로…… 이 ᄌ순덜 돈 벌엉 부제 팔명을 시 겨준다 허거든, ᄂ단ᄌ부ᄃ리 ○○헙서. [신칼점을 마치고 일어선다. 강연 일 심방이 건네주는 수건을 받고 얼굴의 땀을 닦는다. 이어 물을 한 모금 마신다.]

---

788) 간 곳을 모르게 됨. 오리무중.
789) 더불어. 함께.
790) 바로잡아서.

■ 군문열림>주잔넘김

시군문 열렷수다. [문전으로 나아가면서 말명을 한다.] 초군문 열린 디
도 제인정 잔이웨다. 이군문 열린 디영 삼서도군문 열린 디영 주잔(酒盞)
덜 드립니다. [강연일 심방, 문전으로 가서 데령상에 놓인 삼주잔의 술을
조금씩 양푼에 비운다.] 상성주 중성주 하성주, 철년 구년 말년 성주 강태
공 서목시, 주이주이 열두 주이청 오는 문 열린 디영 제인정 잔이웨다.
[데령상에 못 미친 곳에 이르러 다시 되돌아서서 신자리로 간다.] 집안 부
모조상님네영 다 오는 디, 주잔덜 많이 권권(勸勸) 지넹겨 드립네다. 마은
다섯 마은ᄒᆞ나 부베간 운숫문(運數門) 신숫문(身數門), 이른둘 예순ᄋᆞ섯 부
베간 운숫문 신숫문 열린 디영, 제인정 주잔덜 많이 권권 지넹겨 드립니
다. 문직대장(門直大將) 감옥성방(監獄刑房) 옥서나장(獄司羅將), 임네영 주
잔덜 많이 권권 지넹겨 드렁가며,

■ 군문열림>분부사룀

[한손에 수건을 들고 기주가 앉아 있는 곳을 향하여 서서 말명을 한다.]
예순ᄋᆞ섯님전에 분부문안 여쭙니다. 이 아덜 메누리 부베간, 좋은 금전
드려근, 이 집터는 어멍 그전에 멧년 전부터 산 놋단에, 이 아덜 울어근
이 집, 이녁네냥으로791) 짓어근, 이 장서 시작헌덴 허난, 예순ᄋᆞ섯님아,
젊은 때부떠, 이 곳덱(高宅)이 씨녁 들어근,792) 아덜 ᄒᆞ나 똘 ᄒᆞ나 남매
낳아근, 살다근 하늘ᄀᆞ뜬 남편은 돈 똘롸793) 웨국(外國) 간, 수십년 동안
살아불곡, 젊은 때부떠 살이 과수(寡守)로 앚아근, 아년 장서 다 허멍, 발
이 몽글도록794) 손이 붕물도록795) 뎅기멍,796) 좋은 금전 흡흡히 메와근,

───────────────

791) 자기대로.
792) 시집 들어서.
793) 따라.
794) 닳도록.
795) 물집이 잡히도록.

이 애기덜 베 부른 밥 멕이곡, 등 둣은[797] 옷 입히곡, 좋은 발신 시경 살젠 허난, 오만 고셍 다 허멍, 살아오는 게, 좋은 제산(財産)덜 일루곡, 저 현○식당 허멍~, 모든 식구가 다 혼디[798] 노력허멍 좋은 금전 벌어근, 이젠 저 뚤덜안티 일임시겨두곡, 다시 이 집터에 오랑 묵은 집 틀어두엉 아덜 이 집 짓어근 또 식당헌덴 허난, 어멍이 신경 아니 씨면 어떵 헙니까. 이젠 나도 넬 모리[799] 칠십이 다 당허여 가곡, 오십대꼬장은 어디 아픈 줄도 모르곡 못견딘 줄도 모르곡 영 허엿주만은, 육십이 넘어가난, 하건디가[800] 이제 다 아프곡 나 젊은 때 돌아뎅기멍, 발이 몽글도록 뎅기던 자국자국, 볼르멍[801] 뎅기단 셍각허고, 영 허여 이번 참 이 아덜~, 이 대궐 ᄀ뜬 집 짓어근, 이 식당 헌덴 허난 나도, 지쁘곡[802] 나도 이젠, 혼 시름 놓아근 이 아덜만 이디 잘 뒈여불면은 나 무신 걱정 잇이리. 넬만이라도 나 살당 오렌 허면 나 가불면 그뿐이난, 난 셍전에 이 아덜 뚤덜만 펜안허곡 이 손지덜만 펜안허여불면은 나 아무 걱정 엇주 영 허영, 예순ㅇ섯님아, 오널은 성주풀이허곡 불도맞이만, 불도맞이 허여근 애기덜 편안허게 허여줍센 허여근, 혼반일반 다 옵센 청허난 오는 문도 곱게 열려주곡, 예순ㅇ섯 정예가 불쌍허고, 마흔다섯, 불쌍허고, 영 허난 오는 문도 곱게 열려주곡, 조상님네도 오는 문 곱게 열려주곡 다 허염수다.

■ **군문열림＞분부사룀＞영게울림**

[더러 울음 섞인 소리로 말명을 하고 수건으로 눈문을 훔치기도 한다.]

---

796) 다니면서.
797) 따뜻한.
798) 함께.
799) 모레.
800) 온갖 곳이.
801) 밟으면서.
802) 기쁘고.

더군다나~ 큰아바지네영 셋아바지네영 다 모두덜 오곡~, 어린 때 아방 산디 ○○, 어멍 짓하에서 고셍고셍허던 우리 조케도, 대궐ᄀ뜬 집 짓엉, 이 성주 헌덴 허난 나도 가저 나도 가저~, 큰아방 지금ᄭ장만 살아서도, 이 조케 요 집 짓엉 이거 식당 헌덴 허곡 허여가면, 나도 넘어가당 들리곡 넘어오당 들리곡 영 헐 걸, 아이고 아이고 나도 오켜. 오널은 다 거미연줄 나게덜 다 옵니다. 더군다나 웨진 하르바님 웨할마님도, 아이고 나 산 때에 이 손지(孫子)덜, 하도 아까왕,803) 아방 산 일 인연 혜영 그려근 고셍허는 손지난, 난 이영 성손지 보듯, 어린 때부떠 나가 키왕, 줴면 까질 건가 노면 불려날 건가, 아이고 어디 흑교(學校)에 강 늦게 아니만 오라가도, 올레804) 강 상, ᄇ려주곡,805) 어늣동안 이제 우리 손지도, 좋은 집 짓어근 이 성주 헌덴 허난~, 메칠 앞서부떠, 삼혼정(三魂精)으로, 들멍 나멍, 아이고 나도 어느 제랑 그 날이 오건 나도 가코 나도 가코. 오널은 우리 ○석이, 좋은 집 짓어근, ○○○ 헌덴 허난, 다 모두덜, 처부모 조상 님네, 다 모두덜 거미연줄 나게 다 옵네다.

■ 군문열림＞분부사룀(계속)

예순ᄋ섯님아, 점서(占辭)는 알안 보난에, 이 집터도 터 많이 쫌 쎄듯 헌 터우다. 이번에 돈 어렵곡, 헌 셍각 혜영 더 잇당 성주 허곡 불도맞이 허곡 허젠 허엿더라면, 집 지엉 이서꿋 삼년 보는 일인디, 궂인 일도 닥치 곡 영 헐 걸, 미리 셍이 공들이난 터신임도 고맙게 상을 받곡, 성주님도 고맙게 상을 받앙, 마흔다섯 이 집 짓엉 오랑 이서꿋 삼년 펜안허곡, 장서 허는 길도 대통허영 손임도 많아지곡 장서도 잘 뒈영 졸 듯 허난, (기 주 : 고맙수다. 예, 고맙습니다.) 장서 곧 시작허면은 일년 내에 돈 벌 셍

---

803) 아까워서.
804) 거릿길과 대문 사이의 좁은 골목길.
805) 살펴주고.

각 허지 말아근, 이삼년 더 내연 내려보내곡 삼ᄉ년간 멀리 내다보곡 허염시면, ᄎᄎᄎᄎ 좋아정 돈 벌 듯 허곡, 마흔다섯 이 장서 ᄉ업에 테와근 졸 듯 영 헙네다. 메누리 마흔ᄒ나 부베간 똑 ᄀ뜬 운이난, 부베간이 ᄆ음 먹엉 이 장서 잘 뒈곡 앞으로 돈 벌엉 잘 뒈여가건 성주 올린 덕텍으로 알라 허여 분부웨다. 예순ᄋ섯님아, 메혜에 못 헐지라도 이년 ᄒ번 씩이라도 토신제라도 잘 허곡, 영 허염시면은 이 집터광 성주에서 발루와 그만헌 돈 벌엉 부제 팔명을 시겨줄 듯 허다 허영 문안이고, 이 집도 철년 지텡 말년 지텡허영, 앞으로 좋은 일이 돌아올 듯 허다 허여 분부웨다. 마끗데라근[806] 문전으로 처서(差使)에 방엑(防厄) 잘 막곡, 영혼덜 돌아살 때에, 지전(紙錢) 다라니(陁羅尼)라도 잘 혜영 술아드려불고 영 허면은 이번 이 공 들인 덕도 있을 듯허고, 더군다나 불도연맞이로 할마님에 멩심허곡 허난 할마님도 고맙게 상을 받아사노라, 칠원성군(七元星君)임도 고맙게 상을 받아사곡, 내가 네와준 ᄌ순덜이곡 그늘롸준 ᄌ순덜이난, 열다섯 십오세 고사리 밧곗 잘 네와주곡, 애기덜 펜안허고 영 헐 듯 허다 허여 문안 여쭙네다에ー.

■ **군문열림>분부사룀>수월미·청감주 권청**

문안은 여쭈와 드령가며 오널은 천신 오는 딘 만신도 오곡 만신 오는 딘 천신도 오고, 둥둥 허난 궷 소리 꿩꿩 허난 꿩소리여 들으멍덜, 마흔다섯에 징조 하르바님 할마님, 성진 하르바지영 할마님네영 큰아바지 셋아바지영, ᄉ춘 형님 영혼이영, 다 모두덜 옵니다. 우리 ○석이~ 좋은 금전 뒈여, 대궐가뜬 집 짓어근 오널 성주 헌덴 허난, 다 영혼임덜도 다 모두덜 옵네다. 저먼정덜[807] 나사면, 웨진 하르바님 할마님네영 처부모 조상님네영 다 모두덜 옵니다. 수월미(水元味)나 청감주(淸甘酒)나덜, 저먼정덜 네

---

806) 마지막에는.
807) '먼정'은 정낭이 있는 먼 문밖.

여다가, [(심방이 기주에게 "저디 강 저 월미덜 강 넵서."라고 한다.)] 실턴808) 가슴 여이단809) 목덜 잔질룹서.810) 목 무른 영혼이영 애 무른 영혼이영, 주잔덜 수월미로덜 권청(勸請)덜 드립니다. 에~, 오널은 거미연줄 나게덜 다 모두덜 옵니다. 영혼 영신네, 저싱 동갑(同甲) 이싱 동갑 친헌 친구 벗덜이영, 실턴 가슴덜, 여이단 목덜 잔질룹서예-.

■ 군문열림>제차넘김

잔드려 드려가며~, 오리(五里) 안도 부정(不淨) 십리(十里) 안도 부정, 제청(祭廳) 앞도 부정이 만험니다. 연찻물 둘러붸다 부정 서정, 신가이고 내카입니다-.

성주풀이 초감제 새ᄃ림

자료코드 : 10_01_SRS_20090412_HNC_KYS_0001_s07

조사장소 : 제주특별자치도 제주시 삼도2동 1○21-22번지 바다○○ 식당

조사일시 : 2009.4.12

조 사 자 : 허남춘, 강정식, 송정희

제 보 자 : 강연일, 여, 56세 외 4인

구연상황 : 새ᄃ림은 신이 내려오는 길과 제청의 부정을 정화하는 제차이다. 새ᄃ림은 소미가 맡아 나서 말명을 하고 연물에 맞추어 춤을 춘다. 먼저 물감상을 한다. 물을 들고 이 물이 부정을 개는 데 쓸 만한지 확인한다. 이어 부정가임으로 들어간다. 감상기의 댓잎으로 물을 조금씩 적셔 뿌린다. 마지막으로 새ᄃ림을 한다. 가족들을 불러 앉혀 북과 장구 반주에 맞추어 새ᄃ림 노래를 하고 신칼로 가족들의 몸 구석구석을 찌르는 모양을 한다.

[강연일(평상복, 물사발, 감상기)]

---

808) 슬프던. 애달픈.

809) 에이던.

810) 축이소서.

334 증편 한국구비문학대계 9-4

초감제 새ᄃ림

■ 새ᄃ림 > 물감상

‖ 감장 ‖ [강연일 심방이 왼손에 물사발, 오른손에 감상기를 들고 신자리에서 감장을 돈다.]

‖ 중판 ‖ [제상을 향하여 허리 숙여 절하듯이 한다. 문전으로 나아가서 데령상 앞에서 춤을 춘다. 다시 신자리로 돌아간다.]

‖ 감장 ‖ [제상을 향하여 허리 숙여 절하고 춤을 멈춘다. 연물도 따라 그친다.]

■ 새ᄃ림 > 부정가임

성주낙성 호걸련 대잔치, 초감제 연ᄃ리, 불도연맞이 점허영[811] 초군문 이군문, 삼서도군문을, 열려 잇습니다. 연찻물을 둘러뷔난, 벡근(百斤)이 준준(準準)이 차다 영 협니다. 신전에 가일만 허다, 쓸만 허다 영 협네다. 오리 안은 오리 밧겻,[812] 십리 안 십리 밧겻, ᄆᆞ을 안은 거리에도, 부정이

---

811) 겸하여.
812) 바깥.

만헌 듯 영 헙네다. 본주제관(本主祭官)님 앞장에영, 형제간덜 궨당(眷黨) 임네, 앞장에영~, 신에 성방(刑房), 열두 금제비청813) 앞장에도, 부정이 만헙네다. 제청방(祭廳房)은 굽어보난, 열두 가지 각서추물(各色出物) 눌메전지,814) 기메전지815) 성주꼿 성주기 성주대ᄃ리에도, 부정이 만헙니다. 할마님 송낙전지, 할마님 마흔ᄋ둡 상청ᄃ리 서른ᄋ둡 중청ᄃ리 하청ᄃ리, 일곱 자 걸렛베, 석 자 오 치 바랑끈 은바라 금바랑, 고리안동벽816) 자동벽에, 부정이 만헙네다. 눌낭내여 눌폿내여, 눈으로 보아 부정, 발로 뽊아 부정, 거리 부정 질 부정 입으로 속담 부정, 부정이 만허여, 이 물로 신가이난 묵고 청량(淸凉)허여 오는 듯 영 헙네. 하늘로 ᄂ린 물은, 천덕수(天德水)요 지하로, 솟은 물은 지덕숫물, 산으로 ᄂ린 물은, 나무 돌굽 썩엉 못 쓸 물이, 뒈여 옵다 그리 말고, 이 물 저 물 버려두고, 동이와 당817) 은하 봉천숫물 굽이 넓은, ᄌ동 초대접,818) 습습이 둘러받아, 신감상 꼿놀리멍, 안느로 밧겻드레, 부정 수정 네카입니다ㅡ.

∥감장∥[신자리에서 왼감장, 오른감장을 차례로 돈다.]

∥중판∥[왼손으로 든 물사발의 물을 오른손의 감상기로 적셔 흩뿌리는 동작으로 춤을 춘다. 할망상 앞으로 가서도 이와 같이 한다. 문전으로 나아가서도 이와 같이 하고 신자리로 돌아간다.]

∥감장∥[신자리에서 다시 왼감장, 오른감장을 돈다.]

∥중판∥[제상을 향하여 허리 숙여 절하듯이 하고 물사발을 바닥에 내려놓는다. 감상기는 할망상 옆에 내려놓는다.]

---

813) 무악기를 연주하는 소미들.
814) 다음의 '기메전지'에 운을 맞춘 것.
815) 굿을 할 때 사용하는 깃발과 지전의 총칭.
816) 방울떡 일곱 개를 댓잎으로 꿰고 종이로 싼 것.
817) 동쪽 바다.
818) 옛 사기대접.

■ 새ᄃ림>새ᄃ림

[말명을 시작하자 연물이 그친다.] 이 물을 마당에 비와불민,819) 마당 너구리 땅 너구리, [(김윤수 심방이 기주에게 "저 애기덜 요레 왕 앚이렝 헙서."라고 한다.)] 든든이 줏어먹엉 ᄌ순덜, 앞장에는, [심방은 공싯상에 두었던 쌀사발을 앞으로 내려놓는다. [(김윤수 심방이 기주에게 "저 메누리영 다 오렝 헙서."라고 한다.)] ○○○○ 듯 영 헙네다. 방울방울 줏어먹엉~, 지붕상상 잇고상량(立柱上樑) 위올려~ 드려가멍, 성주낙성 호걸련 대잔치 점허고,820) [(김윤수 심방이 "저, 애기어멍도 같이 와. 애기덜영 다."라고 한다.)] 불도연맞이로 조상님네, 신수퍼 신느려사저, 허시는데 [심방은 공싯상에 두었던 신칼을 꺼내어 왼손에 모아 잡고, 요령을 집어 오른손에 든다.] 큰물에는, 용(龍)이 놀고, 얕은 물에는, [(심방이 가족들에게 "요레 절허영덜 앚입서양."라고 한다.)] 다시 요령을 공싯상에 내려놓는다.] 새가 노는 법입네다. 용광 새랑 낫낫치 ᄃ려 올립네다. [가족들, 신자리에 나와 제상을 향하여 절을 하고 앉는다.]

‖ 새ᄃ림 ‖ [북(정공철), 장구(이용순)]

새물로 새양아

원물로 제기자.

성주 낙성

[심방은 다시 공싯상으로 가서 요령을 들고 나선다. 신칼은 양손에 나누어 잡고 요령은 오른손에 잡았다.]

호걸련 대잔치로 [요령]

초감제 연ᄃ리로 [요령]

불도연맞이로 [요령]

[가족들의 뒤에 서서 신칼치메를 가족들의 머리 위로 번갈아 넘긴다.]

---

819) 비워버리면.
820) 겸하고.

천왕새 드리자. [요령]

지왕새 드리자. [요령]

인왕새 드리자. [요령]

하늘엔 부엉새 [요령]

지하엔 조작새 [요령]

안당은 노넘새

밧당은 시님새 [요령]

드리고 드리자 [요령]

[신칼치메를 가족들의 머리 위로 번갈아 넘긴다.]

애 몰른 새라근 [요령]

물 주며 드리고 [요령]

[신칼치메를 가족들의 머리 위로 번갈아 넘긴다.]

베 고픈 새라근 [요령]

쏠 주며 드리자. [요령]

주어라 훨쭉

[앞으로 나아가 쌀사발의 쌀을 집었다가 신칼치메로 가족들을 내리치듯이 하면서 함께 뿌리고 다시 뒤로 돌아간다.]

훨쭉 훨짱 [요령]

동서남북으로 [요령]

푸르릉 푸르릉 [요령]

짓눌아 납네다. [요령]

성주 낙성 [요령]

호걸련 대잔치 [요령]

불도연맞이로 [요령]

조상님네 다 누리는데 [요령]

[신칼치메를 가족들의 머리 위로 번갈아 넘긴다.]

새 돌라 옵니다. [요령]

올라 옥항상저(玉皇上帝)님 [요령]

느려 사면 [요령]

지부(地府) ᄉ천대왕(四天大王)님네 [요령]

산 ᄎ지 산신대왕(山神大王)

절 ᄎ진 서산대사(西山大師) [요령]

사명당(四溟堂)님 오시는 길에 [요령]

인간불도(人間佛道) 맹진국 할마님 [요령]

초공(初公) 이공(二公) 삼공(三公) 시왕(十王) [요령]

삼맹감(三冥官) 삼처서(三差使)님네 [요령]

느리는 질에도 [요령]

[신칼치메를 가족들의 머리 위로 번갈아 넘긴다.]

새 돌라 옵네다. [요령]

[신칼치메로 가족들을 내리치듯이 한다.]

강태공(姜太公) 서목수(首木手) [요령]

열두 주이청덜이 [요령]

느리는 질에도 [요령]

새 돌라 옵네다. [요령]

불도연맞이 겸허엿수다. [요령]

[신칼치메를 어깨 위로 넘겼다가 함께 내리면서 허리 숙여 절하듯이 한다.]

불도(佛道) 노저(老子)님네 [요령]

삼불도(三佛道) 할마님네 [요령]

일곱 칠원성군(七元星君)님 [요령]

동이용궁(東海龍宮) 할마님 [요령]

느리는 질에도 [요령]

새 둘라 옵네다. [요령]

[신칼치메를 가족들의 머리 위로 번갈아 넘긴다.]

이공 서천 도산국님 [요령]

청게왕 흑게왕님 [요령]

이른오둡 제○○덜 [요령]

[신칼치메를 가족들의 머리 위로 번갈아 넘긴다.]

느리는 질에도 [요령]

새 둘라 옵네다. [요령]

애 몰른 새라근 [요령]

물 주며 드리고 [요령]

[앞으로 가서 쌀을 집고 뒤로 돌아간다.]

베 고픈 새라근 [요령]

쏠 주며 드리자. [요령]

주어라 훨쭉

[신칼치메로 가족들을 내리치듯이 하면서 쌀을 뿌린다.]

훨쭉 훨짱 [요령]

동서남북으로 [요령]

푸르릉 푸르릉 [요령]

짓눌아 갑네다. [요령]

요 새야 본초는 [요령]

어디야 새런고 [요령]

[신칼치메를 가족들의 머리 위로 번갈아 넘긴다.]

옛날은 옛적에 [요령]

[신칼치메로 가족들을 내리치듯이 한다.]

하늘엔 옥황에 [요령]

문왕성 문도령 [요령]

서수왕 서편에 [요령]

장게를 듭디다. [요령]

문혼장(問婚狀) 가던고 [요령]

[신칼치메를 가족들의 머리 위로 번갈아 넘긴다.]

금세상(今世上) ㅈ청비 [요령]

팔자도 궂어근 [요령]

문수의 덱(宅)으로 [요령]

[신칼치메를 가족들의 머리 위로 번갈아 넘긴다.]

암창게821) 가던고 [요령]

서수왕 뚤아기 [요령]

이열이 나던고 [요령]

문 궂인 방 안에 [요령]

석 둘 열흘을 [요령]

문잡아 눕는고 [요령]

문 을안 보시난 [요령]

서천꼿밧

[신칼치메를 가족들의 머리 위로 번갈아 넘긴다.]

새 몸에 나던고 [요령]

요 새가 들어근 [요령]

이간822) 군문 안네예 [요령]

동안대주님은 [요령]

성은 고씨로 [요령]

마흔에 다섯님광 [요령]

안으로 안성방 [요령]

---

821) 신랑이 와서 데려가기 전에 신부가 자원하여 먼저 신랑에게 가는 혼인.
822) 이 가내(家內).

한씨 안전님광 [요령]

낳은 삼남아기 [요령]

열이야 열네 설 [요령]

[신칼치메를 가족들의 머리 위로 번갈아 넘긴다.]

훈이 일곱 설 [요령]

여궁여(女宮女) 아기덜 [요령]

열여섯 열혼 설 [요령]

하늘 フ뜬 아바님 [요령]

이른에 둘님광 [요령]

지하 フ뜬 어머님 [요령]

[신칼치메를 가족들의 머리 위로 번갈아 넘긴다.]

예순에 ㅇ섯님 [요령]

[신칼치메를 가족들의 머리 위로 번갈아 넘긴다.]

앞장에 들엉 [요령]

남자에는 [요령]

○○○○○ [요령]

여자엔 혜말림823) [요령]

요 새가 들어근 [요령]

[신칼치메를 가족들의 머리 위로 번갈아 넘긴다.]

이간 군문 안네 [요령]

금전에 손혜 주곡 [요령]

제물에 손혜 주곡 [요령]

허는 장서 셍활에 [요령]

혜말럼 새로다. [요령]

---

823) 부부간이나 맺어진 정을 이간시키는 언사.

낫낫치 드리자. [요령]

[신칼치메를 가족들의 머리 위로 번갈아 넘긴다.]

요 새가 들어 [요령]

김씨 회장님광824) [요령]

이씨 부회장825) 몸받은 [요령]

신공싯상으로 [요령]

새 앚아 옵네다. [요령]

당줏주순 몸줏주순 [요령]

[신칼치메를 가족들의 머리 위로 번갈아 넘긴다.]

신충아기덜826) [요령]

상단궐 중단궐 [요령]

만민 제단궐 [요령]

앞장에 들엉 [요령]

헤말렴 불러주고 [요령]

울랑국827) 범천왕828) [요령]

[신칼치메를 가족들의 머리 위로 번갈아 넘긴다.]

대제김829) 소제김에830) [요령]

쌀이야 쌀셍(煞性)을 [요령]

불러도 주는 새라근 [요령]

[…테이프 교체…]

---

824) 회장님과. '김씨 회장'은 김윤수 심방을 이름.
825) '이씨'는 이용옥 심방.
826) 심방집 아기들.
827) 북.
828) 대양.
829) 북, 장구, 대양을 일컫는 말.
830) '설쒜', 곧 꽹과리를 달리 일컫는 말.

낫낫치 도리멍 [요령]

도리다 남은 새라근 [요령]

청너울로 써어~

‖줏인석‖[심방은 노래를 멈추고 신칼로 가족들의 몸 구석구석을 찌르는 모양을 한다. 가끔 "어허!" 하며 소리친다. 신칼치메로 가족들을 내리치는 모양을 한다. 오른손으로 신칼치메를 모아잡고 신칼점을 다섯 차례 한다. 머리를 조아려 절을 하듯이 하고 일어서서 가족들에게 물러서라며 손짓을 한다. 물사발을 들고 한 모금 머금은 뒤에 가족들을 향하여 내뿜는다.]

헛쉬!

■ 새도림>주잔넘김

헐수 훨짱~, 굿인 새 낫낫치, 도려831) 잇습네다. 동방 새물주이주잔, 연유잇잔 저면정, 네여드려가멍,

■ 새도림>제차넘김

조상님네 초감제 겸허엿수다. 어서 좀좀히 살려옵서-.

성주풀이 초감제 살려옵서

자료코드 : 10_01_SRS_20090412_HNC_KYS_0001_s08
조사장소 : 제주특별자치도 제주시 삼도2동 1021-22번지 바다○○ 식당
조사일시 : 2009.4.12
조 사 자 : 허남춘, 강정식, 송정희
제 보 자 : 김윤수, 남, 63세

---

831) 쫓아.

구연상황 : 살려옵서는 모든 신들을 서열 차례로 언급하면서 제청으로 청하는 제차이다. 흔히 '젯드리 앉혀 살려옴'이라고 한다. 심방이 신자리에 앉아 장구를 치면서 말명을 한다. 신명을 말하고 '하맷잔(下馬盞)' 받으면서 어서 오시라고 하는 내용이 길게 이어진다. 끝에 간단히 정데우를 하였다. 정데우는 제청으로 들어온 신들의 자리를 고르는 제차이다.

초감제 살려옵서

[김윤수(퀘지, 퀘지띠, 갓)][신자리에 앉아 장구를 치면서 구연한다.]

에~ 초군문 열렷수다.

이군문도 열렷수다~.

삼서 올라 도군문 열렷수다~.

올 적엔 오리정(五里亭) 잔이웨다~.

갈 적엔 금베리 잔이웨다.

초잔(初盞)은 청감주(淸甘酒) 이쳇잔(二次盞)은 ㅈ청주(紫淸酒) 제삼잔(第三盞) ㅈ소지(紫蘇酒)로

마령(馬糧) 마춤 몰팡돌에832) 하맷잔(下馬盞) 쌍도로기 눌메호성 둘러

---

832) 하마석(下馬石)에.

타며

임신 중에

올라 옥항상저(玉皇上帝) 대명전(大明殿) 내려사면 땅 추지 지부(地府) 스천대왕(四天大王)

산 추지는 산신대왕(山神大王) 물 추지 다서용궁[833]

절 추지 서산대서(西山大師) 서명당(四溟堂) 육한대서(六觀大師) 마령 마춤 몰팡돌에 하뗏잔 지넹기며 호호

호호

호호호 허며

제청드레 살려옵서.

인간 추지

삼불도(三佛道) 멩진국 할마님도

살려옵서.

옥항천신 불도님도 살려옵서 옥항일월 불도

삼싱불도

불도(佛道) 노자(老子)님도 살려옵서 서신대별상

동이용궁(東海龍宮) 불법할마님도

살려딜 옵서.

동살장 침방(寢房) 우전 서살장에 방안 우전으로

삼불(三佛) 천앙불도(天皇佛道) 지왕불도(地皇佛道) 인앙불도(人皇佛道)

안태중 이레신 방시 공시 서씨 여레(如來) 삼불도 할마님 할마님 몸상드레 살려옵서.

짓알로 도느리며

갑을동방 천오성(牽牛星) 경진서방 직녀성(織女星)

---

833) 다섯 용궁(龍宮).

병오남방 노인성(老人星) 헤저북방 북두칠월(北斗七元) 대성군(大星君)

원성군(元星君)임네

진성군(直星君)임네

목성군(繆星君) 강성군(綱星君) 기성군(紀星君)

게성군(關星君) 기성군 짓알레 별 짓우 새별 삼태육성(三台六星) 견오직
녀성(牽牛織女星)님도

살려덜 옵서.

동이용궁 뜨님아기

아영삼심 노삼싱 어께삼싱 구덕삼싱님네

살려덜 옵서.

아 이저 초공전 이공 삼공전도

살려덜 옵서.

시왕감서(十王監司) 신병서(新兵使) 원앙 가면(元王監司) 원병서(元兵使)
김추염레(金緻閻羅) 테선대왕(泰山大王)

살려덜 옵서.

제일전(第一殿)에 진강대왕(秦廣大王) 제이전(第二殿)에 초강대왕(初江大
王)님네

제삼(第三) 송교대왕(宋帝大王)

제스(第四) 오간대왕(五官大王)

제오전(第五殿)에 염려대왕(閻羅大王) 제육전(第六殿)에 번성대왕(變成大
王)님네

제칠전(第七殿)에 테선대왕(泰山大王) 제팔전(第八殿)에 평등대왕(平等大
王) 제구전(第九殿)에 도시대왕(都市大王) 제십전(第十殿)에 오도전륜대왕
(五道轉輪大王)

살려덜 옵서.

열하나 지장대왕(地藏大王) 열둘 셍불대왕(生佛大王)

열세 자두판관(左頭判官)

열네 우두판관(右頭判官)

열다섯 시에(十五) 동저판관(童子判官)임 살려덜 옵서.

여레섯 십육(十六) 스제(使者) 삼명감(三冥官) 삼처서(三差使) 관장님네
살려덜 옵서.

또 이제 천앙 열두 멩감(冥官)

지왕 열훈 멩감 인왕 가면 아홉 멩감

동인 청멩감(靑冥官)

서이 벽멩감(白冥官) 남인 적멩감(赤冥官) 북이 흑멩감(黑冥官)

옥항 도성멩감(都城冥官)

지한 세경멩감

산으로 가면 산신멩감(山神冥官) 물론 가면 요왕멩감(龍王冥官) 베론 가
면 선앙멩감(船王冥官) 살려덜 옵서.

이 집안 곳덱(高宅)이웨다.

마흔다섯 징조 하르바님

옛날 고풍헌(高風憲)네영 산신대왕(山神大王) 산신벡관(山神百官)님네

오를목 내릴목 신산만산

굴미굴산834) 아야산835) 노조방산에836) 놀던 산신임네

다 느려 하감헙서.

또 이제는

들 적에도 문전

날 적에도 문전

밧문전 여레둡 안문전 쓰물ᄋ둡 천지동방 일럼 대법천왕 하나님도 살

---

834) 깊고 깊은 산.

835) 깊고 깊은 산.

836) '노조방산' 역시 깊고 깊은 산.

려덜 옵서.

이 ᄆ을 제주시 시내내웻당 한집님네

과영당 선앙당 운지당 가시당 ᄀ시락당 칠머리 감찰지방관님네

살려덜 옵서.

또 이전 저 봉개지면(奉蓋地面)[837]

뒷솔남밧

임조방장

하르바님네 살려덜 옵서.

ᄂ단업게 김씨 할마님 강씨 양씨 할마 ᄂ린 족발 한 족발 애기업게 마을청 놀던 저 한집

살려덜 옵서.

마흔하나 친정 저 한경면(翰京面)이여 한림읍(翰林邑)이웨다 한림이여

낳는 날

생산(生産) 받고 죽는 날 물고(物故) 받고 저싱 장적(帳籍) 이싱 초적(戶籍)

허던 한집님도 살려덜 오옵소서.

저 성주임네

살려옵서.

또 성주 아바님은 어 천궁대왕

성주 어머님은

옥지부인

성주님은 안슈 부인은 귀하신데

아덜 오형제 딸 오형제 성주일월 어느 동혜안 청대장군(青帝將軍)

서이 벡대장군(白帝將軍)

---

837) '봉개'는 제주시 봉개동.

남이 청대장군(赤帝將軍)

북이 흑대장군(黑帝將軍) 살려옵서 강태공(姜太公) 서목시(首木手) 주이
주이 열두 주이청덜

살려살려

살려옵서.

제청드레 살려옵서.

또 이전 영혼영신 혼벽(魂魄)님네 마흔다섯 징조 하르바님

할마님

살려옵서.

성진 하르바님 할마님도 살려옵서 큰아바지

셋아바지

수춘 형님네

영혼임도 살려옵서.

웨진 하르바님 할마님

웨삼춘임네

살려옵서.

처부모 조상임네영 다 몬딱838) 살려살려

살려옵서.

또 이전

이거 새로 저 주방(廚房) 헤엿수다 아– 초흐루 초덕

이틀 이덕

사흘 삼덕 팔만수천 제대조왕 할마님

살려옵서.

또 이전 집지기 터지기 오방신장(五方神將) 각항지방(角亢氐房) 제오방

---

838) 모두.

(諸五方) 제토신(諸土神) 살려옵서.

오널부떠야 다 제 자리에덜 앚게 뒈엿수다 마흔다섯도 당당한 오널부 떠야 집 임제가839) 뒈염습네다 아— 살려살려

살려옵서.

제청드레 살려오고

또 집안 자가용(自家用) ○십구에 팔천○벡오십칠호 봉고차 또 ○십나에 칠천○벡이십구호 물차 갈메하르방

갈메할망

기계선앙(機械船王)

살려살려

어느 한드리에 악세레다840) 부레끼에841) 앞바꾸 뒷바꾸에

불던 선앙님네도

다 살려옵서.

제청드레 살려옵서.

전빵(廛房) 하르방 전빵 할마님네도 다 위(位) 벌이고 자(座) 벌이고 신 벌입서.

신공시로

성은 김씨 병술셍(丙戌生) 당줏하님 이씨 을미셍(乙未生) 몸받은 신공시로 유씨 선성님네

몸받은 부모조상님 몸받은 선성님네 일월조상님네영

다 믄딱

ᄂ립서.

고씨 어머님도 다 믄딱 훈반일반 ᄂ려옵서 아 이전은

---

839) 임자가.
840) 가속기.
841) 브레이크에.

이면 이장 앚던 옛날 이 묵은성 고레의원(高麗醫院)님

살려옵서.

네팟골 고씨 선성

저 서문통 안씨 선성

또 미럭밧 이씨 선성

홍씨 삼춘

살려옵서.

진씨 부모 눌혼842) 잇습네다 살려옵서 이면 이장 앚던 자리

선성님네

살려옵서.

떨어지고 낙루(落漏)헌 신전 없이 다 울쩡 알쩡 신골루멍 제청드레델,
다 살려옵서에ㅡ.

■ 초감제＞정데우

제청드레

[장구를 멈추고 공싯상에 두었던 요령을 든다.] 위 앚지고 자 앚지고
[요령ㅡ] 신벌여 우 골르고 자 골랏습네다. [ㅡ요령]

성주풀이 초감제 추물공연

자료코드 : 10_01_SRS_20090412_HNC_KYS_0001_s09
조사장소 : 제주특별자치도 제주시 삼도2동 1○21-22번지 바다○○ 식당
조사일시 : 2009.4.12
조 사 자 : 허남춘, 강정식, 송정희
제 보 자 : 김윤수, 남, 63세

---

842) 아직 탈상하지 아니 한 영혼.

구연상황 : 추물공연은 제청으로 청하여 모신 신들에게 정성을 바치는 제차이다. 심방이 그대로 앉아서 장구를 치면서 말명을 한다. 그 내용은 차려놓은 기메, 제물 등을 하나씩 언급하면서 받으라고 하는 것이다. 이어 비념을 하여 기원을 하고 '주잔넘김'을 하여 뒤따르는 하위 신들에게 술을 권한다.

[요령을 내려놓고 다시 장구를 당겨 칠 준비를 한다. 이용순 심방이 요령을 공싯상에 올려놓는다.]

■ 추물공연>말미

위 앞지고 자 앞지고 신벌엿습니다. 맛이 좋은 금공서 설운 원정 올립건, 받아 동촉, 하렴덜, 허옵소서에―.

■ 추물공연>공연

[장구를 치기 시작한다.]

어떤 게 정성이냐

어느 건 허젠 허면 공인덜사 아니 들고

제인덜사 아니 드오리까

초정성(初精誠)은 뭐일러냐 이찻(二次) 정성 뭐일러냐 삼찻(三次) 정성 뭐일러냐

강남(江南)서 들어온 대척력(大冊曆)

일본(日本)서 들어온 소척력(小冊曆) 우리나라 거두척력

초장 걸어 초파일(初破日) 이장 걸어 이파일(二破日) 삼장 걸어 삼파일(三破日) 날파일에843) 둘파일844) 멸망(滅亡) 고초(枯焦) 하와일(禍害日)

다 걸어두고

신전(神前)에는 하강일(下降日) 셍인(生人)에는 복덕일(福德日) 굴리 잡앗

---

843) 일파일(日破日).
844) 월파일(月破日).

수다.

올 금년 기축년(己丑年) 쳉명(淸明) 꽃삼월

예릴뤳날

아하 성주님네 옥황천신 불도 칠원성군님네 옵서옵서 청허엿수다.

일운 정성 뭐일러냐.

하늘 올라 돌전지 지하(地下) 올라 술전지 청체 명체 도령지 광덩지 받읍서 성줏기도 받읍서.

술전지 받읍서

송낙지 받읍서

할마님~ 대ᄃ리 마흔ᄋ둡 상청ᄃ리 서른ᄋ둡 중청ᄃ리 쓰물ᄋ둡 하청ᄃ리

네광접필 받읍서

일곱 자 걸렛베 석자 오치 바랑 친⁸⁴⁵⁾ 칠성ᄃ리도 받읍서 성줏ᄃ리도 받읍서

성주꼿도 받읍서

일운 정성 받읍서

어떤 건 허젠 허면 공인덜사 아니 들고

제인덜사 아니 드오리까 고리안동벽 자동벽 신동벽도 받읍서 대벡미(大白米)도 받읍서 낭푼⁸⁴⁶⁾ ᄀ득 사발 ᄀ득 멩실⁸⁴⁷⁾ 복실 황금제

받읍서

아— 언메⁸⁴⁸⁾ 단메⁸⁴⁹⁾ 노기(鍮器) 올라 당산메도⁸⁵⁰⁾

---

845) 끈.
846) 양푼.
847) 명실.
848) 제물로 올리는 메의 미칭.
849) 제물로 올리는 메의 미칭.
850) '노기당산메'는 놋그릇에 물과 쌀을 넣어 소복하게 김으로 쪄 지은 메밥.

받읍서

프릿프릿 미나리체[851] 세 손 벌겨[852] 고아리체[853] 콩나물체[854] 아 미
나리 청금체(菁根菜) 받읍서

게랄안주(鷄卵按酒) 받읍서

건에(乾魚) 명테(明太) 받읍서

건실(乾柿) 곳감 비저(榧子) 대추 밤 받읍서

능금이여 사과여 베여

빠나나 받읍서

일운 정성 받읍서 일운 정성

받아듭서

벡돌레[855] 벡시리[856] 받읍서

연찻물도 받읍서 초잔(初盞)은 청감주(淸甘酒) 이첫잔(二次盞)은 주청주
(紫淸酒)

제삼잔(第三盞) 주소지(紫蘇酒)

받읍서

일운 정성 받읍서

아 일운 정성 받읍서

■ 추물공연>비념

이간[857] 정중(庭中) 안 어– 할마님광 칠원성군(七元星君)에서 이 주순

---

851) 미나리채소.
852) 벌려.
853) 고사리채소.
854) 콩나물채소.
855) 흰 돌레떡. 직경 9cm쯤 되게 쌀로 동글납작하게 만든 떡.
856) 흰 시루떡.
857) 이 가내.

덜 열다섯 십오세 곱게 네와주곡 할마님에서 곱게 그늘롸줍서

천하산

명을 줍서

지하산 복을 줍서 장수장명(長壽長命)덜 시겨줍서- 없는 금전

나수고

이 조순덜 바다○○치 식당 허거든 가는 손임

오는 손임

들게 허고

손임 많이 아 들게 허여 없는 금전도 나수고 없는 제물도 나숩고 이 조순덜

부제 팔명

시겨줍서

이 집 지엉 이서끗 삼년 펜안허게 허고 어느 관제(官災) 구설(口舌) 인간 구설

막아줍서

부모 조식

이별수(離別數)도

막아줍서

이 조순 어느 뎅기당

교통소고(交通事故) 당헐 일 접촉소고(接觸事故) 당헐 일 막아주고

부제 팔명

시겨줍서

이 조순덜

갑을동방(甲乙東方) 오는 엑년(厄緣) 경긴서방(庚辰西方) 막읍서 경긴서방 오는 엑년 병오남방(丙午南方) 막아줍서

헤저북방(亥子北方) 막아줍서

건술건방(乾戌乾方) 막아줍서

손일러라 천왕손 지왕손 인왕손 곳불 행불 염질(染疾) 토질(土疾) 각기(脚氣) 원앙 제숫발덜 막아줍서

알론 가면

ᄌ축인묘진ᄉ오미신유술혜방(子丑寅卯辰巳午未辛酉戌亥方) 막아덜 줍서 어느 조왕깐(竈王間)에서 어느 까스 폭팔 어느 까스렌지 터질 어— 어느 화덕천군(火德天君) 내릴 일덜 불 염네꼿 날 일 막아주곡

애기덜

어느 정풍(驚風) 정세도 다 막아줍서 날로 날역

둘로 둘역

월역(月厄) 시력(時厄)

관송(官訟) 입송(立訟)

할라나 상궁858)

앞에라근 앞노적 뒤에라근 뒷노적 거리노적 질노적 받다 씌다 우알로 금동퀘상드레 고비첩첩 다 제겨줍서—.

[장구 치기를 멈추고, 장구채를 장구의 조임줄에 끼운다.]

■ 추물공연>주잔넘김

초감제로 다 옵서옵서 청허엿수다. [장구를 앞으로 밀어낸다.] 맛이 좋은 금공서 설운 원정 올렷습네다. 받다 씌다 남은 주잔덜랑 저먼정 네여다, [강연일 심방, 공싯상에 두었던 신칼과 산판을 김윤수 심방 앞으로 꺼내놓는다.] 동설룡에 군줄이여 서설룡에 군줄 남설룡에 군줄이여 북설룡에 거무용신 대용신덜, [강연일 심방이 데령상의 삼주잔을 조금씩 비워낸다.] 주잔권권(酒盞勸勸)덜 드립니다. 본당에 군줄 신당에 군줄, 얼어 벗어

---

858) 환란산궁(患亂山窮).

추워 굶어 죽엉가던 각설이 문둥이 귀신덜이여 주잔권권 드립니다. 어느 제랑 이 집이 이거, 바다○○ 식당 출령, 어- 허거 어느 고기 어느 고등 어에, 어느 오징어에 어느 갈치에 똘아오던 선앙군줄(船王軍卒) 요왕군줄 (龍王軍卒)덜이영, 영감(令監)에 참봉(參奉) 야체(夜叉) 금체 옥체덜이여, 주 잔권권덜 드립네다. 선베나리 후베나리 허여, 알에 우중 십 마을 드리 우 중 십 마을 초하정에 이하정에 삼하정에 떨어지던 군줄덜, 많이덜 권권 드립니다-. 주잔 많이 권권 지넹겨 드려가며, 할마님 뒤에 군줄이여 어 시럭 삼싱 더시럭 삼싱, 어깨삼싱 구덕삼싱이여, 칠원성군임 뒤에도 별지 기여 돌지기여 노이 우속덜이여, 주잔권권 드립니다. 동이용궁 뜨님아기 뒤에 주잔덜 많이덜 권권 지넹겨 드려가며,

성주풀이 초감제 산받아 분부사룀, 자손 절시킴

자료코드 : 10_01_SRS_20090412_HNC_KYS_0001_s10
조사장소 : 제주특별자치도 제주시 삼도2동 1○21-22번지 바다○○ 식당
조사일시 : 2009.4.12
조 사 자 : 허남춘, 강정식, 송정희
제 보 자 : 김윤수, 남, 63세
구연상황 : 산받음은 초감제를 하여 신에게 운수를 알아보는 제차이다. 천문점과 신칼점
           으로 점을 여러 차례 점을 본다. 이어 '분부사룀'을 한다. 분부사룀은 산받은
           결과를 기주에게 전달하는 제차이다. 초감제의 마지막 순서는 '즈손 절시킴'
           이다. 자손들을 불러내어 절을 하게 한다. 자손들은 역가를 바치고 그 대가로
           명제긴 잔 복제긴 잔을 받아먹는다.

■ 산받아 분부사룀

초감제로 옵서옵서 청허엿수다. [산판점] 떨어진 조상 엇이 다 모딱,859) 산(算)이나 곱게 받아 [신칼점] 사오리까. 아이고 고맙수다. 게멘860) 이 즈

---

859) 모두.

초감제 산받음

순덜 이서꿋 삼년 펜안(便安)이나 허곡, [산판점] 이군문질로 걱정 없다 허거든, [산판점] 가문공서로나, 연반상 협서. [산판점] 양도막음으로, 걱정이 없다 이 질산이거든 [산판점] 웨상잔막음으로나~, 분간협서. 마끗덴861) [산판점] 체섯방액(差使防厄) 잘 막곡 허쿠다. 이군문질로 큰 걱정당헐 일 [산판점] 막아주곡~, [신칼점][신칼점] 이 질산으로 펜안허곡. 게면 마흔다섯 이 집 지엉 다 편안허곡, 앞으로 바다○○ 식당 허영, 장서도 잘 뒈곡, [산판점] 돈 벌엉 부제 팔명을 시경, [산판점] 준덴 허건, [산판점] 가문공서 연반상으로 이 질산으로 앞으로, 삼년이 넘곡 허염시면은, [산판점] 츠츠 좋아정, 정녕이 돈 벌엉, [산판점] 부제 팔명이 뒌덴 허거든, [산판점] 웨상잔막음으로 이군문으로, 정녕이 돈 벌어진다 허건 가문공서로, [산판점] 군문으로 ○○○○○○○ 말입니까. [산판점] 고맙수다. 시왕대번지에서도,862) [신칼점] 걱정말라 허거든, [신칼점] ㄴ단즈부

---

860) 그러면.
861) 마지막엔.
862) '시왕대번지'는 '신칼'을 달리 이르는 말.

드리로나, [신칼점] 분간헙서~. [신칼점][신칼점] 고맙습네다. 게민 옥항 천신 불도할마님도 곱게 상을 받곡, [산판점] 칠원성군(七元星君)님도, 곱게 상을 받앙~, [산판점] 애기덜 열다섯 십오세꺼장 문딱 고사리 벳깃디 잘 네와주곡, [산판점] 허여근, 펜안헌덴 허건, [산판점] 가문공서란 말입네까마씀. [산판점] 이 질산으로도, [산판점] 걱정 말렌 말입니까. [산판점] 올금년 이 주순덜 크게 걱정 당헐 일은 문전(門前)에서 방액(防厄) 잘 막곡, [산판점] 헤여주곡 허면은, 군문으로 다 걱정 말렌 말인가마씀. [산판점] 걱정 말라 이 질산 웨상잔막음 줍서. [산판점] (청중 : 아이고, 고맙수다.) 시왕대번지에서도, [신칼점] 걱정 말렌 허건 느단주부, [신칼점] 고맙수다.

[가족들을 돌아보면서 말한다.] 다 상(床) 잘 받암수다. (가족 : 예. 고맙수다. 고맙수다.) [기주가 자리에 없어 잠시 기다린다. 물을 마시고 한숨 돌리다가 기주가 나타나자 돌아앉아 산받음한 결과를 말한다.] 성주님도, 성주님도 상 잘 받곡, (기주 : 아이고 고맙습니다.) 불도맞이 허는 디 저 할마님광 칠원성군임에서도, 곱게 상 받앙 애기덜도 다 곱게 키와주켄 양.863) [(기주가 제상을 향하여 절하면서 "아이고 고맙습니다."라고 한다.)] [심방은 다시 기주의 며느리를 돌아보면서 말한다.] 애기 엄마, 오늘 성주 영 허믄, 앞으로 더 조커라이. (며느리 : 예, 고맙수다.) 식당, 식당 허는 디도, 이거 금방 시작허영, 금방 돈 벌젠 생각 말고, 추추 허영 멀리 쫌 네다방은에이, 헴시면 삼스년 삼스년만 잇어가곡 허면은 그땐 돈영864) 왕창 벌 커라. [(기주가 다시 절하면서 "아이고 고맙수다"라고 한다.)] 다시 절한다.] 돈 벌엉 그땐 막 그자, 애기 어멍이 더 그냥, 어 사모님 말 듣곡 그냥, 조커라. 근디, 아까도 나 굴앗주만은865) 이년에 혼 번씩은 토신

___
863) '키워주겠다고요' 정도의 뜻.
864) 돈이랑.
865) 말하였지만.

제(土神祭)를 헤야 조커라. [(며느리 : 예.) (기주 : 잘 들으라이. 나사 이젠 늙어부난 야이가 들어사주.)] 토신젠 경 뭐 복잡헌 거 아니니까, 토신제 허는 사름 빌어근에, 한 뒤 시간 허는 거주게. 건 영 제지내는 거. 그런 거 헤야 헤야 조커라 여기는. 음 그런 거 헤야 더 좋아. [심방은 갓을 벗는다.] 막 이추룩866) 복잡허게 출리는867) 거 아니. 경 허곡 허면은 더 좋거라. 게 애기덜도 펜안허곡이 궨찮으커라이. 토신, 이 집터 낮추는 거주게 집터.

■ ㅈ손절시킴

■ ㅈ손절시킴>ㅈ손절시킴

[심방, 목띠도 벗어낸다. (심방 : 야, 애기 엄마영 이레 왕덜 절허여.) 심방은 일어서서 신자리를 벗어나 퀘지(快子)를 벗는다. 기주의 가족들이 절을 해야 하나 대주가 외출중이어서 올 때까지 기다린다. 대주가 오자 부부가 함께 제상마다 잔을 드리고 절을 세 번씩 한다.]

■ ㅈ손절시킴>역가바침

[대주 부부가 강연일 심방이 든 역가상(役價床)을 손으로 미는 모양을 일곱 차례 한다. 칠원성군에 역가를 바치는 것이다. 이어서 절을 일곱 차례 한다. 뒤로 돌아 할망상에도 절을 세 차례 한다.]

■ ㅈ손절시킴>명제긴잔 복제긴잔

[이용순, 강연일 심방이 술잔에 음료수를 따라 대주 부부에게 준다. 또한 삶은 계란도 내놓는다. 대주 부부 음료수를 마시고 계란도 먹는다. 아이들도 나와서 음료수를 마시고 계란을 먹는다.]

---

866) 이처럼.
867) 차리는.

성주풀이 강태공 서목시

자료코드 : 10_01_SRS_20090412_HNC_KYS_0001_s11

조사장소 : 제주특별자치도 제주시 삼도2동 1○21-22번지 바다○○ 식당

조사일시 : 2009.4.12

조 사 자 : 허남춘, 강정식, 송정희

제 보 자 : 김윤수, 남, 63세 외 4인

구연상황 : 강태공 서목시는 목수를 청하여 동토를 물린 뒤에 집이 제대로 지어졌는지를 알아보고 '지부쩜'을 하여 집이 오래 지탱되기를 기원하는 제차이다. 소미가 목수로 분장을 하여 바깥으로 나가 있다가 심방이 청하면 안으로 들어온다. 한참을 제물과 연장에 대하여 심방과 수작을 한다. 도끼날이 쓸 만한지 알아보고 집 안팎을 돌아다니며 돌과 나무를 도끼로 찍으며 나무를 베는 모양을 하고, 집안으로 들어와서 목재를 안으로 매어 들이는 모양을 한다. 이어 댓가지로 집을 짓는 과정을 연출한다. 집이 다 되면 제대로 지었는지 확인을 한다. 댓가지 집 안에 물사발을 두고 그 위에 신칼을 나란히 놓은 다음 다시 그 위에 천문을 포개어 놓았다가 신칼을 빼내어 천문을 아래로 떨어뜨려 점을 본다. 이를 '쒜띄움'이라고 한다. 이어 연물에 맞추어 춤을 추면서 물사발에 개어놓은 약간의 백지뭉치를 사방의 벽 위쪽에 던져 붙인다. 이를 '지부쩜'이라고 한다.

[김윤수(두루마기, 갓)]

■ **강태공 서목시>신메와 석살름**

[신자리에 서서 말명을 시작한다.] 성주낙성 대풀이 호걸련 대잔치로~, 성주님네 신이 굽헛다, 신뉵어 갑네다. 신메와 석살릅네다-. ‖늦인석‖ [북(이용옥), 설쒜(이용순), 대양(강연일)]

■ **강태공 서목시>날과국섬김**

신메와~, 석살르난 날은 어느 날, 둘은 어느 둘 금년 헤는 기축년(己丑年), 쳉명(清明) 꼿삼월 예릴뤳날, 아적868) 진ᄉ간(辰巳間)으로 초감제(初監

---

868) 아침.

祭)로, 일만팔천 신도님네 옵서옵서 청허엿수다~. 국은 갈라 대한민국, 제주 특별 자치도, 제주시 삼도이동, 천○백이십일 다시 이십이 번지 바다○○ 식당이웨다~.

■ 강태공 서목시>연유닦음·강태공 서목시 청함

고씨(高氏)로 마흔다섯 사는 용궁(龍宮)으로, 철년(千年) 성주 구년 성주 말년(萬年) 성주~, 옵서 청허여, 강태공(姜太公) 서목시(首木手), 청혜여 온갖 남 온갖 잡신(雜神) 제초(除出)를 허저, 강태공 서목시, 신산만산 굴미굴산 아야산, 노고방장 올려보네난, 죽음 삶 모릅니다. 높은 동산 올라사고, 얕은 굴렁 네려사며, 초펀(初番) 이펀(二番) 제삼펀(第三番) 불러보고 웨어……

강연일 : 저 들어봅서.

김윤수 : 여 저, 고사리 꺼끄레[869] 가믄, 어떵 헙니까. 벗 일러불민[870] 불릅니까 우깁니까?

사　돈 : 불러사주.

김윤수 : 불러사 뒙네까?

사　돈 : 예.

김윤수 : 웨할망 잘 알암신게.

사　돈 : 불렁 대답 안 허민 우기곡.

김윤수 : 우기곡…….

사　돈 : 웨곡.

김윤수 : 곶디[871] 강 일러분, 일러불믄 우겨야 멀리 간덴. 저 한림(翰林)

---

869) 꺾으러.
870) 잃어버리면.
871) 깊은 숲에.

웨할망도 잘 알암신게. 고사리 꺼끄레 뎅겨난872) 상이라.

강연일 : 뎅겼주게 아멩혜도양.

김윤수 : 고사리 꺼끄레 뎅겨납디가?

사　돈 : 아이고 뎅기곡 말곡. 막 뎅겼주게.

김윤수 : 어디끄장 갑데가?

사　돈 : 저 도너리오름까지마씨.873)

김윤수 : 노늘오름?

사　돈 : 도너리오름.

김윤수 : 저 거막874) 우이875) 말이꽈? 아!

올라사며~ 불러보라 웨여보라 헙네다.

[큰 소리로 부른다.] 어- 강태공 서목시- 어욱-.

김윤수 : 아이고 펀펀. 이거, 이거 뎅기단에, 어디 산에 간, 물장오리
에876) 간 빠젼 뒈싸져분 셍이여.

강연일 : 뒈여젼.

이용옥 : 설문대할망이로구나.877) 물장오리에 빠젼.

김윤수 : 어?

이용옥 : 설문대할망이로구나. 물장오리에 빠정 죽게.

김윤수 : 어.

강연일 : 게메878) 경사879) 허여신디.880) 게난양881) 이펀으로 불러봅서.

---

872) 다녔던.
873) '도너리오름'은 서귀포시 안덕면 동광리 산90번지 일대에 있는 오름. 표고 439미터.
874) 금악(今岳). 제주시 한림읍 금악리.
875) 위에.
876) '물장오리'는 제주시 봉개동의 오름 정상에 있는 연못.
877) 제주도 거녀(巨女) 설화의 주인공. 물장오리에 빠져 죽었다는 전승이 있음.
878) 그러게.
879) 그렇게야.
880) 하였는지.
881) 그나저나.

김윤수 : 또 혼번 불러보커라.

사 돈 : 귀 막앗수다. 귀막안.

김윤수 : 양?

사 돈 : 귀 막아서. 귀 막안.

김윤수 : 귀 막은 상이라. 귀 막안. 예. 아명허여도 귈 막으나 무시걸 막
        은 거우다.

강연일 : 소리가 족은 셍이라.

[다시 큰 소리로 부른다.] 어ー 강태공 서목시ー 욱ー.

[멀리서 "어ー." 하며 대답하는 소리가 들린다.]

김윤수 : 이거 뭔 소리. 뭔 노리 우는 소린가 이거.

강연일 : 게메양.

김윤수 : 뭐 곳셍이882) 우는 소린가?

강연일 : 아명허여도 봄철이난 곳셍이 소리산디……883)

김윤수 : 겐디 짚은 곳디 간 사람도 세 번을 불러야, 대답을 허곡, 밤
        사람도 세 번을 불러야 대답헌덴. 게난 세 번을 불러보커라.

[다시 큰 소리로 부른다.] 강태공 서목시ー.

[조금 가깝게 "어허ー." 하는 소리가 들린다.]

김윤수 : 아이고, 이거…….

이용옥 : 먼 딜로 소리가 남저.

강연일 : 죽진 안 허엿저.

김윤수 : 정공철이 닮은 목신 셍이로고.884) 신전에 태운 목시여.

---

882) 깊은 숲 속에 사는 새.
883) 소리인지.
884) 모양이로고.

강태공 서목시 오저 허는구나. 삼이~ 삼선양(三上香), 지드투멍 강태공 서목시랑 오리정(五里亭) 신청궤로-.

‖중판‖ [북(이용옥), 설쒜(이용순), 대양(강연일)][심방은 왼손으로 데령 상의 향로를 들고, 오른손으로 신칼치메를 흔들며 춤을 춘다. 춤은 감장 으로 시작하여 감장으로 마무리한다. 춤을 마치고 신칼과 향로를 내려놓 는다.]

[목시자치를 들고 나선다.] 어허- 오리정 신청궤 허난, 저먼정 신수퍼 산다. 석자 오치 목걸이 섯걸이 데령허며, 강태공 서목시 안으로 걸려들 이라-.

‖중판‖ [목시자치를 들고 춤을 춘다. 문전에서는 목수로 분장한 정공 철 심방이 춤을 춘다. 머리에 수건을 두르고 손에 가방과 도끼를 들었다. 심방은 춤을 추다가 문전으로 가서 목시자치로 정공철 심방의 목을 걸어 신자리로 끌고 온다. 정공철 심방은 신자리에 이르러 자빠진다. 연물이 그친다.]

정공철 : [자빠지면서] 아가가가!

이용순 : 삼신산(三神山) 불사약(不死藥) 멕엿져.

강연일 : 멕이난……. [정공철 심방, 일어나 앉는다.] 봄비에기,885) 살아 나듯…….

정공철 : 살아낫져.

김윤수 : 강태공 서목신 걸려들이난, 죽엇져. 서천(西天) 불낙주 사 단…….

강연일 : 멕이난.

김윤수 : 좌두 우두로 멕이난, 살아낫져. 당신이 강태공, [자리에 앉는 다.] 수목수요, 제자(弟子)요?

___

885) 봄병아리.

정공철 : 아, 강태공 수목시는, 전 팔십 후 팔십, 일벡예순을 살단보난 오꼿[886] 죽어불고, 난 그 제저요.

김윤수 : 제자.

정공철 : 그렇죠.

김윤수 : 겐디.

정공철 : 에.

김윤수 : 어떵 허연 이 고단을[887] 춫안 와서?

정공철 : 아, 나는, 우리나라 산 좋고 물 좋덴 헌 딘 아니 뎅겨본 디 엇이 다 돌아뎅겼어요. 저 우의로 올라사면은 함경도(咸鏡道)는 벡두산(白頭山)으로…….

김윤수 : 그렇지.

정공철 : 강원도(江原道) 금강산(金剛山)으로, 서울은 삼각산(三角山), 또 충청도(忠淸道) 게룡산(鷄龍山)으로, 경상도(慶尙道) 테벡산(太白山) 전라도(全羅道) 지리산(智異山), 광준[888] 무등산(無等山) 목포(木浦) 유달산(儒達山), 영암(靈岩) 월출산(月出山)으로 허연 뎅기단, 할로영산(漢拏靈山)이, 산이 좋고 물이 좋다고 허여서, 저 벡록담(白鹿潭)으로부떠, 물장오리 테역장오리로, 또 이제 오벡장군(五百將軍) 오벡선성(五百先生) 영실당(靈室堂)에 노념을 허고…….

김윤수 : 그렇지.

정공철 : 아은아홉 단골머리마다 노념을 허고, 저 동으론 가면은, 성산(城山)은 일출봉(日出峰).

이용순 : 아, 이레 바리지[889] 말앙 저레 바리멍[890] 허여.

---

886) 그만.
887) '고단'은 동네. 지경.
888) 광주(光州)는.

정공철 : 서으론 가면은 대정(大靜)은 산방산(山房山).

강연일 : 웨 우리안티 바레는 거여.

정공철 : 또 주목(州牧) 안은 들어사면은 동문밧은 나사면 사라봉(沙羅
峰)891) 베리봉(別刀峰)으로892) 원당칠봉(元堂七峰)으로893) 서모
봉으로,894) 또 이, 서문밧은 나사면, 도두봉(道頭峰)으로895) 허
연 뎅기단, 이거 이 탑동(塔洞) 지경을 들어산, 높은 동산을 올
라산 삼수방(三四方)을 베려보노렌 허니까, 어디서 삼선양(三上
香) 내가 건듯 나고, 울쩡896) 울뿍897) 소리가 나고, "강테공 서
목시!" 허연 날 부르는 소리가 나길레 내 이 고단을 춫아오랐
어요.

김윤수 : 아. 거 신범(神驗)헤요.

정공철 : 그렇죠. 에.

김윤수 : 그런 게 아니라 이디 동안대주(東軒大主) 마흔다섯이…….

정공철 : 그렇죠.

김윤수 : 조상부모 테(胎) 술은 땅은, 저 동문밧, 봉개동(奉蓋洞).

정공철 : 그렇지.

김윤수 : 에서 테 술은 땅인디, 부모 양친 몸에 탄셍헤서, 남매로 나서,
단단독즈(單單獨子) 웨아덜이요.

정공철 : 그렇죠.

---

889) 보지.
890) 보면서.
891) 제주시 건입동에 있는 오름.
892) '베리봉'은 제주시 화북동에 있는 오름.
893) 원당봉으로. 원당봉은 제주시 삼양동에 있는 오름으로 봉우리가 일곱이어서 원당칠
봉이라고 함.
894) '서모봉'은 제주시 조천읍 함덕리와 북촌리 경계에 있는 오름.
895) '도두봉'은 제주시 도두동에 있는 오름.
896) '징'을 달리 이르는 말.
897) '큰북'을 달리 이르는 말.

김윤수 : 근디 어렸을 적에는 부모 아바지는, 좋은 금전 똘라서 웨국(外
　　　　國) 간 살아불고, 어머님 짓하에서 고셍고셍 허면서 살면서,
　　　　에, 아니 헤여본 일 없이…….

정공철 : 그렇지.

김윤수 : 이것저거, 중고차 매매도 헤보고…….

정공철 : 그렇죠.

김윤수 : 뭐 이것도 헤보고 저것도 헤보고 영 허다가, 저 현○식당, 어
　　　　머니가 출려서 허는 도중에 거기서 누님과 ᄀ찌 다 합죽(合作)
　　　　헤서, 허면서, 좋은 금전 수타(數多)히 벌고…….

정공철 : 그렇지.

김윤수 : 어머님이 또 이 집터를, 옛날 그 묵은 초가집 잇는 거를, 산
　　　　낫다가, 이번은 이 아딜 메누리가, 들어서 이 집을 지어서, 이
　　　　바당○○ 식당…….

정공철 : 그렇죠.

김윤수 : 출려서 이제 장서 상업을 허젠 허니까, 우선 성주를 올리자.

정공철 : 그렇지.

김윤수 : 성주를 올려서 성주님에 잘 빌곡, 터신에 잘 빌어서, 많은 소
　　　　님도 오게 헤서, 잘 헤줍셴 헤가지고 헤서, 성주를 올리저 헤
　　　　서 당신을 청헤서…….

정공철 : 아, 그렇지.

김윤수 : 온갖 남에898) 온갖 잡새(雜邪)를 쌀기(煞氣)를 제초(除出)를 헤
　　　　서…….

정공철 : 그렇지.

김윤수 : 거 궂인 낭에,899) 궂인 쌀기를 다 제초를 시겨불곡 헤서, 그레

---

898) 나무에.
899) 나무에.

　　　　　　서 당신을 청혜서, 거 쌀기를 제초를 혜서, 청허는 바이요.

정공철 : 어, 그렇고만.

김윤수 : 그레서, 아 오널 이거 쳉명(淸明) 꼿삼월…….

정공철 : 그렇지.

김윤수 : 예릴뤳날.900)

정공철 : 그렇지.

김윤수 : 어 성주님을 옵서옵서 청혜서…….

정공철 : 그렇지.

김윤수 : 당신을 이제 청혜서 온갖 남에 혜줍서 혜서, 당신을 청허는 바요.

정공철 : 그렇죠.

김윤수 : 근데, 당신이 여기서.

정공철 : 그렇지.

김윤수 : 거 산에 올려보낼 때에, 거 각서추물(各色出物)을…….

정공철 : 그렇죠.

김윤수 : 거 산천제(山川祭) 지내라 혜서…….

정공철 : 그렇지.

김윤수 : 보내엿는디, 그거 산천제 지내다 남은 거…….

정공철 : 어, 먹다 씌다 남은 거.

김윤수 : 다 갖언901) 오랐어요?902)

정공철 : 흔 방울도 털어치지 안 허연 다 궂언 오랐어요.

김윤수 : 궂언 온 거, 거 네놔바요.

정공철 : [비닐봉지에 싼 쌀을 꺼내 보이며] 요건 큰어머니 막 하영903)

---

900) 열이렛날.
901) 가지고.
902) 왔어요.

담앗덴904) 허연게905) 제우906) 요거 대벡미(大白米)도 일천 석. [비닐봉지를 들었다 놓으며] 소벡미(小白米)도 일천 석. 막 하영 담고렌907) 허연게 이거 비니루로,908) 혼 줌 뒈나마나 헌 거, 어디 산불뚱이만이나,909) 어딘 가민 쉐불뚱이만이나.

김윤수 : 거 멩월(明月)910) 가민 산불둥이만이 벳기 아니 허겟는데.

정공철 : 흐주만은 이거 신전에선 방울로 세는 법이난······.

김윤수 : 그렇지.

정공철 : 이거 혼 방울씩 ○○○.

강연일 : [옆에서 비닐봉지에 싼 그릇을 꺼내면서] 이거 뭐여? 언메911) 단멘가.912)

정공철 : 언메 단메.

김윤수 : 옛날 벤또도913) 옛날은, 동고랑착에.914)

정공철 : [밥그릇 뚜껑을 열어 보이며] 허엿주만은 이젠 스뎅915) 밥사발 에 우의 개지 더끄곡916) 허영. 야 요거, [소주병을 들어 보이 며] 이거 술도 옛날엔 무신······.

김윤수 : 청주(清酒).

---

903) 많이.
904) 담았다고.
905) 하더니.
906) 겨우.
907) 담았다고.
908) 비닐로.
909) '불뚱이', '불뚱이'는 불알.
910) 제주시 한림읍 명월리.
911) 메를 달리 이르는 말.
912) '단메'는 메를 달리 이르는 말.
913) 도시락도.
914) 고리짝에.
915) 스테인리스.
916) 덮고.

정공철 : ᄌ청주(紫淸酒), 탁주(濁酒).

김윤수 : 탁주(濁酒).

정공철 : 무슨 돌아다까917) 한한주여,918) 이테벡(李太白)이 먹다 남은
포도주(葡萄酒)여 허엿주만은 요거 한라산쏘주.919) [비닐에 싸
인 물건을 살피며] 또 요거, 이거 무시거라? 이거 무시거라 이
거. 아 이거 된장. 콩 썩은 거. 이거 석 섬 닷 말 마다리치920)
허연 올려 보낸 거 이거, 먹다 씌다 남은 거 요거 남앗고. 요
거 소금도 요거 바닷물 물른921) 거. 이거······.

강연일 : 일천 가멩이.922)

정공철 : 일천 가멩이 허연 올렷주만은, 이거 다 먹다 쓰다 남은 거.

강연일 : 자 메역도.923)

정공철 : 메역도 일천 가멩이 올련, 그자 요거 남앗고.

강연일 : 은수제924) 놋수제.925)

정공철 : 은수저 놋수저.

강연일 : 은잔 놋잔.

정공철 : 은잔 놋잔. 이거 유리잔.

강연일 : 유리잔, 어. [담배를 건네면서] 자, 이거 공철이.

정공철 : 담배도 이거 성동초 궐련초······.

강연일 : [소주병을 가리키면서] 저건 무시거라 저거, 한일준926) 굴아

---

917) 여러 차례 고아.
918) '한주'는 제주도 토속 소주. '한—'은 조음.
919) 제주지역에서 생산되는 소주 상표.
920) '마다리'는 마대(麻袋).
921) 마른.
922) 가마니.
923) 미역도.
924) 은수저.
925) 놋수저.
926) 한일주(韓一酒)는. '한일'은 한라산소주의 옛 상표명.

서?927)

정공철 : 아까 곧앗주.

강연일 : 어. 나가 좋아허는 거렌928) 굴안.

이용순 : 이거 공철이 좋아허는 거옌.

강연일 : 자, 요거. 이건 뭐옌 허는 거요?

정공철 : 이거, 머리 곳인 기제숙이요.929) [강연일 심방을 돌아보며] 아
이고 아이고, 이거 어떵헌 일인고?

강연일 : 무사?

정공철 : 이거 눈 굽은 궤기 허렌 허연 놔두난 눈 튼 궤기 허연. [기주
들을 돌아보며] 이거 어떵 허난 눈 튼 궤기 헙디가 이거? 눈
굽은 거 허렌 허난. 이거 봅서. 눈 버룽이 턴. 어떵 허코 이거.
아이고 이게 경 헌 게 아니라 비명에 죽은 거라노난 영 에삭허
연930) 눈 못 곱안. 오널 영 허여나거들랑 귀양풀이나 잘 허여
줘붑서. [친척이 그러마고 고개를 끄덕인다. 정공철 심방이 이
를 보고 웃는다.] 이거 봉고산931) 신돌이여.932) 다 곳언 오랐
어요.

김윤수 : 겐디 뭘 먹고 살았소?

정공철 : 아, 난 브름을 먹고 구름 똥 싸고…….

김윤수 : 어.

정공철 : 구름을 먹고 브름 똥 싸고, 스웨일식을 허고 스남이 정식을 허
며 살았어요. 자 이제, [도끼를 내놓으며] 귀열이 연장이요.

---

927) 말했어.
928) 것이라고.
929) '기제숙'은 제물로 쓰기 위해 마련한 바닷고기.
930) 원통해서.
931) 금강사(金剛沙).
932) 숫돌이여.

김윤수 : 대한기여.

정공철 : [도끼를 이리저리 뒤집으면서] 소한기여. 대끌이여 소끌이여.
　　　　대톱이여 소톱이여. 번자기여 곱은자기여. 먹통이여 먹술이
　　　　여.933) 이거 다 갖언 오랐어요.

김윤수 : 어, 거 신범헤요.

정공철 : 거렇지요.

■ 강태공 서목시>놀감상

김윤수 : 거 눌이나 보시요. 무끼지나…….934)

정공철 : 겐디 이거, [이때 기주의 친척이 물을 비워놓은 밥사발 뚜껑을
　　　　가져다준다.] 나도 이젠 노실935)허연, [비닐에 싸인 떡을 숫돌
　　　　처럼 들고] 이젠 낭 지그렌936) 허영 놔두민 돌도 강 다락 찍어
　　　　불곡, 돌 지그렌 허영 놔두민 쒜도 강 다락 찍어불곡, 아이고
　　　　아이고. 야 이거, 처음에 공고사 썰로……. 신돌물 적지고, [떡
　　　　을 물에 적신다.] 존 소리 네여자청 그자, 이 탑동이 그냥 으르
　　　　랑허게. [떡으로 도끼날을 가는 모양을 하면서 노래를 한다.]

[북(이용옥)]

이 썰 저 썰 나주영산 썰

에헤 눌 단속도 허라.

[떡을 끊어먹는 모양을 한다.]

김윤수 : 건 왜 끊어먹어요?

정공철 : 아 이건 그런 게 아니라, 이 모로 그차937) 먹으민 저 모로 솟

---

933) 먹줄이여.
934) 무디지나.
935) 노망.
936) 찍으라고.
937) 끊어.

아나고, 저 모로 그차 먹으민 이 모로 솟아나는 팔모야광준
디,938) 이 집안에 아덜은 나면은 팔도도장원(八道都壯元), 또
똘은 나면 정부인(貞夫人), 감부인(甘夫人) 도대부인(都大夫人)
을 시겨주곡, 없는 금전 나수와주곡, 이거 바당○○ 식당허민,
가는 소님 오는 소님 허영, 없는 금전 나수왕 부제 팔명 시겨
줄 씰이요, 이거. [떡을 내려놓는다.]

김윤수 : 그렇지.

정공철 : [다른 떡을 든다.] 이번은…….

김윤수 : 늘 셉는939) 씰로…….

정공철 : 물른 씰로, 늘 셉는 씰로. [떡을 물에 적신다.] 씰물 적지고.

이용순 : 씰물!

정공철 : [이용순 심방을 돌아본다. 떡을 도끼날에 대고 가는 모양을 하
면서 노래를 한다.]

[북] 이 씰 저 씰 나주영산 씰

에헤~ 늘 단속도 허라. [김윤수 심방도 함께 노래한다.]

[떡을 뺨에 문지른다.]

김윤수 : 건 왜 뺨 씰어요?

정공철 : 이건 그런 게 아니라, 우리 인간덜은, 건물940) 건드리941) 이수
농장법이라. [이용순 심방, 사발뚜껑과 떡을 치운다.] 부모 네
불어동942) 조식이 먼저 가곡, 조상 네불어동 조손이 먼저 가곡
허는 거난, 우리 이 집안에랑 그런 건물 건드리 다 엇이943) 헤

---

938) 8모 야광주(夜光珠)인데.
939) 세우는.
940) 거꾸로 흐르는 물.
941) 차례가 어긋나는 일.
942) 놓아두고.
943) 없이.

주시요 허는 그런 실입니다, 이거.

강연일 : 아이고, 다 전례(典例)가 잇어서 그렇게 거부량헷구만은.944)

정공철 : 그렇지. 그렇지. [떡을 내려놓고 도끼를 든 채 일어선다.]

김윤수 : 여기 저, 마흔ᄒ나 머리털, 머리털이나 가서 한번 뽑아근에 불 려바.

정공철 : [며느리에게 다가간다.] 저양 마흔하나님마씨. 저양 오널, 성주 잘 허영, 앞으로 식당도 잘 뒈곡 다 아기덜 편안허곡 허젠 허 민양, 저 마은하나님 머리 훈 줌 혜당 메여당, 요 도치눌 우티 톡 올려놩, 입ᄇ름으로 후 허게 불엉, 그 머리꺼럭이 훌탁훌탁 끊어져사 헐 건디, 게 어떵 헙니까. 머리 훈 줌만 빌려십서. 양.

강연일 : 야, 빌려안네켄945) 헴신게.946)

정공철 : 견디, 머리 훈 줌 메젠 허민 ᄒ쓸 아플 거우다.

기 주 : 몬딱이라도,947) 몬딱…….

정공철 : 게, 이 성주 잘 허영 스망만 인덴 허민 그 까짓 거 머리터럭 훈 줌사 ○○ 몬 복복 메여불어도뭐……. 견디 ᄒ쓸 아플 거우 다. 아파도 아가 소리라도 혜불민, 오널 작산948) 돈 들영 이 굿 헌 거 다 헛거 뒈불 거난, ○○○ 눈 딱 곰곡, 이빨 딱 ᄌ물 앙예,949) 아가 소리도 네지 맙서양. 눈 딱 곰읍서.

기 주 : 아니 아픈다. 아니 아픈다.

정공철 : [머리털을 뽑는 모양을 하면서] 뒛수다 뒛수다! [머리털을 뽑

---

944) 불량(不良)하였구만.
945) 빌려주겠다고.
946) 하는구만.
947) 모두라도.
948) 많은.
949) 악물고요.

아 든 듯이 하여 얼른 며느리 곁에서 물러나 머리털을 도끼날
에 대는 모양을 하며 입김을 "푸" 분다.] 아따 퍼뜰퍼뜰허다.

친　척 : 잘 춤으난 좋다.

■ 강테공 서목시>낭 비레 감

[도끼를 든 채로 신자리에서 말명을 시작한다.] 성주낙성 호걸련 대잔
치로, 강테공 서목시 옵서 청허여, 온갖 남에 온갖 새를 제초를 허저, 상
성주 중성주 하성주님 앞으로 눌감상 허고, 방액(防厄) 올리 잡으멍 낭 비
레 가자−.

‖중판‖ [북(이용옥), 설쒜(이용순), 대양(강연일)][도끼를 들고 춤을 춘
다. 감장을 돌고 절 하듯이 한다. 도끼를 내려놓고 신칼을 든다. 감장을
돈 다음 사방으로 신칼점을 한다.]

[북(이용순), 대양(강연일)][신칼을 공싯상에 내려놓고 대신 도끼를 든
다. 노래를 하면서 앞장선다. 소미들은 따르면서 악기를 치고 후창을 한
다.]

영등산 덕들 남 비자.

영등산 덕들 남 비자.

[계속 같은 내용의 사설로 노래를 하면서 집안 구석구석을 돌아다니며
도끼로 찍는 모양을 한다. 앞마당−식당−계단−2층−조리실−뒷마당 순
서로 돌아다닌다. 마지막으로 제청으로 돌아와 역시 구석구석을 찍는 모
양을 한다.]

강연일 : 자, 상ㅁ루 비자.

정공철 : [제청 천장을 찍는 모양을 하면서] 상ㅁ루도 비자.

강연일 : 자, 중ㅁ루 비자.

정공철 : 중ㅁ루도 비자.

강연일 : 하ㅁ루 비자.

정공철 : 하ᄆᆞ루도 비자.

강연일 : 마리귀클도950) 비자.

정공철 : [바닥을 찍는 듯이 하며] 마리귀클도 비자.

강연일 : 거, 정목시 다 됐어요?

정공철 : 아이고 아이고.

강연일 : 아이고 버쳔.951)

정공철 : 아이고. 다 비였어요. 이제 난. 집이 가켜,952) 이젠.

이용순 : 아니, [제상에 기대어 세워두었던 성줏대를 들고 나온다.] 아니, 이디 본쥬(本主)신디 들어봐. 낭 다 비여시난, 다 허여돈 감수덴.953)

정공철 : [기주를 보면서] 가도 뒙네까?

기 주 : 무사 가민 뒙니까? 오널 다 ᄆᆞ차사주.954)

정공철 : 가지 말렌.

사 돈 : 제라헌 거 안 비여신디 가집니까게.

강연일 : 아니, 저 웨할머가 잘 알암신게. 제라헌 낭을 안 비여신디 가민 뒙니껜.

사 돈 : 제라헌 낭 안 비여신디 강 뒙니까?

김윤수 : 옛날, 저 정의(旌義) 옷기955) 가목관(監牧官) 덱이 가면은 은통 도통 걸어난 상깃지둥956) 곱이여.

정공철 : 삼백도리957) 진선양갓958) 벗엉 걸어난 셍깃지둥 곱이여.

---

950) 마루귀틀.
951) 부쳐서.
952) 가겠어.
953) 갑니다고.
954) 마쳐야지.
955) 서귀포시 남원읍 의귀리의 옛 이름.
956) 마루방과 큰방 구들 사이의 기둥.
957) 갓양태를 3백 돌림 너비로 짠 것.

김윤수 : 어. 옛날 또 조천관(朝天館)은 김평창 영감네 집이 잘 살 때에, 삼벡도리 진선양갓 걸곡…….

정공철 : 그렇지. [공싯상에 두었던 요령을 든다.]

김윤수 : 헐 지둥이여. 그딘 가젠 허면은…….

정공철 : 어, 여기 제주도에선 나지도 아녀곡.959)

김윤수 : 저 경상도 안동 땅이나 가야. [이때 강연일 심방이 데령상을 문전 쪽 벽의 모서리 앞으로 옮긴다. 앞서 이용순 심방이 그곳에 성줏대를 기대어 세웠다.] 거기 가민 히꼬끼960) 낭, 요새 젤 거 우매로…….

정공철 : 어, ᄌᆞ매(雌馬) 탕.961)

김윤수 : ᄌᆞ매 탕은에.962)

정공철 : ᄒᆞ번 낭을 강 돌아봐사.

김윤수 : 어, 돌아바.

정공철 : [도끼자루를 가랑이 사이에 끼워 말 탄 듯이 하고 요령을 흔들면서 나아간다.] 어러식식 아하하하하하. [이때 이용옥 심방이 북을 '둥둥둥두' 친다.]

김윤수 : 자 간 보난, 하늘이 ᄉᆞ뿍허고 지하가 ᄉᆞ뿍허고, 올 곧고 실 곧은 낭이 잇져. [이때 강연일 심방이 데령상을 들고 무릎 꿇고 앉은 대주에게 두 손으로 밀게 하여 세 차례에 걸쳐 상을 드린다.] 그디 강 쒤 돌아바.

정공철 : 어 고묵으민,963) 신전이 잇는 법이난. [성줏대 가까이 가다가

---

958) 검은 색을 진하게 먹인 갓이라 하나 미상.
959) 아니하고.
960) 비행기. 일어 ひこうき.
961) 타서.
962) 타고는.
963) 아주 묵으면.

요령을 흔들면서 물러난다.] 아이고 아이고 아이고!

김윤수 : 아이고.

정공철 : 저끗디만964) 가도 왕강싱강.

김윤수 : 왕강싱강 혜염져. 자 이거 산천제나 잘 지내고……. [이때 대
　　　　주는 성줏대를 향하여 3배를 한다. 정공철 심방은 요령을 공싯
　　　　상에 둔다.] 자, 이제 산천제도 지내시난, 이 낭은 세 소리 반
　　　　에…….

이용옥 : 싀 소리 반에. [북을 '덩' 친다.] 초편 이편으로.

[강연일 심방, 데령상을 제상 앞으로 옮긴다. 이용옥 심방, 북을 치면서
노래를 한다. 모두 "영등산에 덕들 남 베자."라는 사설로 함께 노래한다.
정공철 심방, 벽에 기대어 세운 성줏대를 도끼로 찍어 자르고, "아이고,
차차차!" 소리치며 놀란 듯이 물러난다.]

김윤수 : 야 이거 네망 아니면 스망 일켜.

정공철 : 그렇지.

김윤수 : 단작에 포 벳기는 거 보난.

■ 강태공 서목시>솔기메여들임

이용옥 : 가지 거시리라.

김윤수 : 자, 가지 거시리라.

정공철 : 자, 가지 거시리자. [성줏대에 묶인 성줏기를 풀어낸다.]

강연일 : 가시 잘 거시려 보라.

정공철 : 에잇! 장갑 끼난 원 성가션.

강연일 : 벗어불여, 이제랑.

정공철 : [장갑 벗어 강연일 심방 쪽으로 내던진다.]

---

964) 가까이만.

강연일 : 아오게. 아이고 이젠 다시 안 볼 거ᄀ치965) 벗언 들러쑤암수
다.966)

이용순 : 수정이 아방 기신967) 쎄다이. 그 낭을 비연.

정공철 : 아이 나 잘 허주.

사   돈 : 젊아신게게.

이용순 : 아명허여도 언치낙968) 술은 안 먹어난 모양이고.

강연일 : 안 먹어실 거게.

이용순 : 먹을 ᄌ를이969) 엇주.

강연일 : 서너 댓 잔은 먹어실 거우다, 아마도.

김윤수 : 흔 병은 먹어실 거라.

정공철 : 자, 가지 거시리자. [성줏대에 풀어낸 성줏기를 함께 모아놓고
도끼로 쳐내면서] 어차!. 아따 요거 보라.

김윤수 : 퍼뜰퍼뜰허다.

정공철 : 셧차! 자, 이젠 서에서 동으로. 셧차! 어 잘 헌다. 자 이젠…….

김윤수 : 자 가시 거시렸져. 이젠 ᄉ마기라.

정공철 : 자, 이젠 ᄌ직ᄌ직 헤야 된다. [동작을 조금 작게 하면서] 이
젠. 셧차 셧차 셧차.

이용옥 : 가달은970) 무사 거? [청중 : 웃음]

정공철 : 도끼로 못아971) 먹으카부덴.

김윤수 : 자 이제 먹술 노라.

---

965) 것처럼.
966) 내버리네요.
967) 기운.
968) 엊저녁.
969) 겨를.
970) 다리는.
971) 때려.

강연일 : 먹술 노라.

정공철 : 먹술 놀 땐, 이저 목시(木手), [도끼를 성줏대와 평행하게 내려 놓고 공싯상에 두었던 요령을 들고 나선다.] 목시 눈을 잘 봐 사 헌다.

강연일 : 눈을 저레 돌아상 먹술……

이용순 : 절로972) 강973) 일로974) 헤봐바, 그 눈을 보게.

정공철 : 아 저저 저 어른덜 봐사주게. [신자리에 앉아 성줏대의 댓가지를 들었다 놓으며 먹줄을 때리는 모양을 한다.] 탁 허여근에. 그냥 탁 그냥. [요령을 눈앞에 들고 먹줄이 가지런하게 그어졌는지 살피는 모양을 한다. 득의한 양 웃는다.] 아하하하하하! [모두 함께 웃는다.] 먹술을 과짝허게 잘 놔졌져. [요령을 공싯상에 가져다놓는다.]

강연일 : 잘 놔졌뎬.

김윤수 : 자 솔기 꾸미자. [정공철 심방은 성줏두리에 대나무 막대 여럿을 싸서 성줏대에 묶는다. 김윤수 심방은 성줏두리 한쪽 끝을 잡고 노래를 한다. 정공철 심방은 성줏두리 중간을 잡는다.]
[북(이용옥)][소미들은 뒷소리를 "야~ 오-."로 받는다.]
야~ 오- 이 솔긴 베련 보난 강나목골 메양산서 솟아난~ 솔기로구나~ 아호.

강남은 천저국 일본은 주년국 우리나라 대한민국 제주특별자치도 제주시 삼도이동 천○백이십일 다시 이십이 번지, 바다○○ 식당드레 들어오는~ 솔기로구나-.

---

972) 저리로.
973) 가서.
974) 이리로.

천장목(天障木) 시끈[975] 솔기요 벡장목(壁欌木) 시끈 솔기여 ᄆᆞ를ᄆᆞ를 상ᄆᆞ르 중ᄆᆞ르 하ᄆᆞ르 대공포(大栱包)여 소공포(小栱包)여 시끈 솔기로구나 아오.

한간도리 네도리 옆지방에 웃지방에 시끈 솔기로구나 금을 시끈 솔기여 은을 시끈 솔기여 대말치여[976] 중말치 하말치 은동이여 놋동이여 주수리 남동이[977] 시끈 솔기로구나.

이 집안 명광 복 시끈 솔기여 없는 금전 나수와 줄 솔기로구나 부제 팔명 자손번성(子孫繁盛) 육축번성(六畜繁盛) 만물번성(萬物繁盛) 제물번성(財物繁盛) 시끈~ 솔기로구나.

야 경상도 사름은 키가 크고 전라도 사름은 키가 족나 어린 아이덜랑 담뱃대 심고 늑신네랑 복지 갖고 키 큰 사름이랑 성가지 메라 키 족은 사름이랑 홋가지 메왕

[성줏ᄃᆞ리를 어깨에 매고 끌어당기며] 이라차차차차차차차차! 자 솔기 메여들엿져. 자 코걸이 벳기자 서거리 베자. [정공철, 강연일 심방이 성줏대에 묶인 성줏ᄃᆞ리, 댓가지, 성줏기를 풀어낸다.] 자 동창궤(東倉庫)도 ᄀᆞ득이자. 서창궤(西倉庫)도 ᄀᆞ득이자 남창궤(南倉庫) 북창궤(北倉庫)도 ᄀᆞ득이자. 야 이거 성은 고씨로 마은다섯 사는 주당, 연양상고팡드레 억만 수궤웨다─

■ 강태공 서목시>집짓음
김윤수 : 자, 혼저[978] 터 골르라.
강연일 : 터덜 골르라.

---

975) 실은.
976) 큰솥이여. '말치'는 한 말들이 솥.
977) 나무로 만든 동이.
978) 어서.

김윤수 : 야 이거 묵은 초가집 집 잇져. 자 묵은 초가집 다 틀으라.979)
틀엇져. 자, 이거 기축년(己丑年), 무자, 무자년(戊子年), 팔뤌(八
月) 초흐를날, 토신제(土神祭) 허엿져. 자, 무자년 팔뤌 이십팔
일날 혼저 집 짓이라.980) [정공철, 강연일 심방이 댓가지로 집
을 짓는다. 커다란 쟁반을 놓고 네 구석에 배와 사과를 둘로
쪼개어 주춧돌 삼는다. 배와 사과에 댓가지를 꽂아 기둥을 세
운다.] 시작허엿져. 기초(基礎) 파자.

정공철 : 터 골랏져.

김윤수 : 기초 팟져. 세끼다데 허영 자 ᄉ 지둥981) 세우라. ᄉ 지둥 세
우라.

강연일 : 이놈으 목시가 이거 거부량 허연 안 뒈켜.

김윤수 : 자 옛날은, ᄉ 지둥은 저 벡즛치랏주만은982) 요즘은, 청주치로.
황주치로. [정공철, 강연일 심방은 기둥 위에 댓가지를 얹어놓
는다.] 말귀 차자.

정공철·강연일 : 말귀 차자. [네 기둥 위에 댓가지를 걸친다.]

김윤수 : 이거 어떵 허연 오봉983) 허엿시 이거?

강연일 : 어?

김윤수 : 알르레984) 네려놔게, 알드레.

강연일 : [쟁반을 가리키며] 이걸?

김윤수 : 으. 네려놔.

이용순 : 시렁목(西洋木) 낄 라 거. [강연일 심방, 쟁반을 한쪽으로 치우

---

979) 뜯어라.
980) 지어라.
981) 기둥.
982) 흰 주추였지만은.
983) 쟁반. ‘오봉’은 일본어 御盆.
984) 아래로.

고 시렁목을 깐다. 댓가지로 세운 골조를 시렁목 위로 옮겨놓
는다.]

김윤수 : 자 말귀 차자.

정공철 : 말귀 찿져.

강연일 : 중ᄆᆞ르 걸라. [가운데 댓가지를 걸친다.]

이용순 : 중ᄆᆞ르 걸라.

김윤수 : 자 중ᄆᆞ르 걸라. 상ᄆᆞ르 알드레 놔.

강연일 : 상ᄆᆞ르 올려야 뒐 거 아니.

[김윤수 심방이 말명을 시작한다.] 어ー 날은 어느 날 들은 어느 전 금
년 혜는, 기축년이웨다 삼월 열일뤳날ー, 아척 진서간으로 성주 올립네다.
어ー 고○석이네 집, 입고상량(立柱上樑)이오ー. [북(이용옥)] 어ー 고○석
이네 집 입고상량이오ー. [북] 어ー 고○석이네 집 입고상량이오ー. [북]
자ー 둑985) 넹기라ー.986) [이용순 심방, 바구니에 두었던 사탕을 집어 여
기저기 던져준다.] 야 둑 넹기고 야게기987) 그치완,988) 스 지둥에 피 볼랏
져ー.989) 자, 상ᄆᆞ루 올리라. 상ᄆᆞ르 올렷져. 자 주년서리 걸자. 자 철근
(鐵筋) 올리라 철근 때렷져. 쓰라브 때리라. [정공철 심방, 백지를 올려놓
는다.] 자, 녹미 뭇자. [정공철 심방이 백지 위에 다시 성줏기를 올려놓는
다.] 자 녹미 무으라.

■ 강태공 서목시 > 쒜띄움

[김윤수 심방이 신칼을 들고 댓가지 집 가까이 앉는다. 댓가지 집 안에

---

985) 닭.
986) 넘겨라.
987) 모가지.
988) 끊어서.
989) 발랐다.

는 물사발이 놓여있다. 김윤수 삼방이 강연일 심방에게 "저 우리 돈이라도 허영 이레 걸치라."라고 말한다. (강연일 : 예.) 강연일 심방, 신칼을 물사발 위에 나란히 걸쳐놓는다. 이어 지폐를 가져다가 "네 귀에 풍경 돌리라."라고 하면서 댓가지 집 네 귀퉁이와 가운데 얹어놓는다.]

성주풀이 쒜띠움

이용옥 : 겐디이990) 이 집에 큰어멍도991) 잇고, 가시어멍도992) 잇고…….

강연일 : 게메 다덜 모다 들어사 헐 건디.

이용옥 : 이거 본주 것덜랑 이디서 걸엄주만은. 하나 족으나 큰어멍 어떵 허쿠가?

강연일 : 이저 목시 상량식 허영양, 야 이 우의덜은 어떵 허쿠가? 흐쑬씩 걸엉 올려붑서덜. 이거 본주덜 다 올린 걸로 허엽주만은양. 다 모다들곡, 웨할망도 잇져. [김윤수 심방, 천문을 신칼 위에

---

990) 그런데.
991) 큰어머니[伯母]도.
992) 처모(妻母)도.

얹어놓는다.]

이용옥 : 게, 말제민993) 섭섭허여.

강연일 : 안 굴앗젠 헐티사.

대주의 백모 : 상동 올라갑니다. 이거 ○○○ 상동 올라갑니다. [지붕위
　　　　　　　에 지폐를 얹는다.]

김윤수 : 큰어멍도 올리고.

대주의 백모 : 웨손지(外孫子) 대표로, 열 개 대표로.

김윤수 : 누게꽈.994) 이디?

이용옥 : 큰어머니.

김윤수 : 큰어머니?

사　돈 : 웨할망도 일억을 올립니다.

김윤수 : 아! 웨할망도 일억 올립니다. [친척들이 인정을 건다.] 큰어머
　　　　니 큰딸?

친　척 : 두 번째 딸예.

김윤수 : 두 번쩻 딸. 아이고.

이용옥 : 거봐, 안 굴아시민 섭섭헐 뻔 헤시네.

김윤수 : 자 나경판(羅經盤) 지남석(指南石) 자우방(子午方) 지우레 가자.
　　　　[신칼을 당겨 천문을 물사발에 떨어뜨린다. 떨어진 천문의 모
　　　　양을 본다.] 아따! 집도 잘 앚앗져. 집 이거 잘 짓어서.

강연일 : 양, 이레 왕 말 들읍서.

김윤수 : 집도 늬 귀가 크찡허게995) 잘 앚앗수다. 아, ᄉ 지둥이 아주
　　　　반듯허게 앚아신게.

---

993) 나중엔.
994) 누굽니까.
995) 가지런하게.

[신칼로 물사발의 천문을 집고 말명조로] 이 집안 게민 마은다섯~, 철년 지텡 말년 지텡이나 허여근, [천문을 집어 그릇 바깥으로 떨어뜨린다. 그 떨어진 모양을 살핀다.] 부제 팔명이나 시겨주곡~, 앞으로 바다○○집 식당, 허여근 돈 벌엉 부제 팔명을 시겨준다 허거든, [신칼점][신칼점] 군문으로 아이고 고맙수다. 게멘 군문으로 걱정 말라 허건 [신칼점] ᄂ단ᄌ 부ᄃ리로나, [신칼점] 분간 협서. [신칼점][신칼점] 상치어근, 고맙습니다. 게면 이서끗 삼년 펜안허곡, [신칼점][신칼점] 아덜 대에ᄭ장 전대전손(傳代傳孫)도 시겨주엉, [신칼점][신칼점] 이 집 짓엉 [신칼점] 앞으로 펜안(便安)허영 식당허영 돈 벌엉 부제 팔명은 정녕히, [신칼점] 군문으로 게면은, [신칼점] 정녕히 존다 허거든 ᄂ단ᄌ부……, [신칼점] 좋구다. (기주들 : 아이고 고맙수다.) 게난에, 임시 바삐 셍각허지 말고, 영 쫌 멧년양, 영 네다보곡 헴시면은, 돈 벌쿠다. 돈 벌곡, 에 이 집 짓엉, (기주 : 아주바님 얼굴만 네다밤시쿠다 나.) 어? (기주 : 먼 디 앚아도 아주바님 얼굴만 네다밤시커라.) 에. 경 허곡 허면은, 앞으로 좋구다. 게고 아기덜토 펜안헐 거고예. [신칼을 공싯상에 올린다.]

김윤수 : 집은, 에씨게 짓언, [댓가지 하나를 손에 든다.] 좋덴 허난 그 자 다 고맙수다 고맙수다덜만 헴주만은…….

강연일 : 술 혼잔도 안 주고.

김윤수 : 원 술도 혼잔 아니 주고, 또 여기 마흔다섯도, 저 성질은 순헌 것 닮아도, 곳칩잇 베설이라.[996] 흥썰 우루룩허영, 에 씨발 뭐여 이거! [댓가지로 지붕을 쳐올려 집을 부수어 버린다.] 에, 이거. 자, 또 게민 앞으로 돈 벌엉, 또 이 앞이 요 저 묵은 터도 사곡 허영, [배와 사과가 꽂혀있는 댓가지만 따로 모아들고] 헤가믄 또 더 크게 짓젠 허면은 이 주치(柱礎)가 잇어야 짓

---

996) 창자라.

을 건디, 이거 깝997) 알앙 사질 건가.

강연일 : 살 텝주,998) 아멩이라도.

김윤수 : 애기 엄마. 어떵 허커라? 이거 상 낮당, 이후에 이 앞이 묵은 집이라도 사렝999) 허걸랑, 상은에 또 짓젠 허민 이 주치가 잇어살 거주. 게 이거 사젠 허민 멧 억씩 줘얄 건디. 나 웨상에 주커라. 마 앗아가. 거 치메에 받아. 치메에 받아. [며느리, 치마를 벌리어 배와 사과만 빼어 가진다.] 나 이거 애기 어멍 셍각허연 웨상에 줩서이. 그냥 앗아가렌 허난 고맙수덴도 아니연 그냥, 움찍허게 가져가불엄서.

■ **강태공 서목시>지부찜**

[심방은 일어서서 말명을 시작한다. 강연일 심방은 물사발에 백지를 놓아 개고 있다.] 강태공 서목시 청혜영~, 온갖 남에 온갖 잡신 제초허엿구나. 성주님전, 초지 이지 삼지도 무으레 가자ㅡ.

‖중판‖[북(이용옥), 설쉐(정공철), 대양(이용순)][심방은 왼손에는 향로, 오른손에는 신칼을 들고 춤을 춘다. 각방에 향로를 드리는 모양을 한다. 감장을 돈다. 이어 신칼을 내려놓고 향로 대신 삼주잔을 들고 댓잎으로 술을 적셔 흩뿌리며 춤을 춘다. 감장을 돈다. 삼주잔 대신 지 사발을 들고 춤을 춘다. 각방에 두 손으로 받들어 드리는 모양을 한다. 백지를 조금 개어 벽에 던져 붙인다. 왼쪽, 오른쪽, 정면, 뒤쪽 순서로 계속한다.]

‖좃인석‖[바랑 하나에는 쌀을 조금 담고 다른 것으로는 그 쌀을 조금씩 떠서 각방에 흩뿌린다. 마지막에는 쌀을 위로 던지듯이 하고 다시 받아 점을 본다. 점을 본 쌀알은 강연일 심방을 통해서 기주에게 넘긴다. 이

---

997) 값.
998) 테죠.
999) 사라고.

어 바랑을 부딪치며 춤을 춘다. 감장을 돈 뒤에 쪼그려 앉아 바랑을 던져 점을 본다.]

■ 강태공 서목시>산받음

‖ 중판 ‖ [산판으로 각방으로 돌아앉아 점을 한다.]

‖ 늦인석 ‖ [산판점을 하는 동안 장단이 바뀐다. 이때 말명을 하지만 연물소리에 묻혀 알아듣기 어렵다.] 이 집안 마흔다섯 성주에서 ○○○○ [산판점] 부제 팔명을 시겨주곡, [신칼점] 시왕대번지에서 ○○○○ [신칼점], ㄴ단즈부로나, [신칼점] 분간헙서. [신칼점] 이서끗 삼년 펜안허곡, [산판점] 철년 지텡 말년 지텡허영, [산판점] 장서허영, [신칼점] 허거든 군문으로, [신칼점] ㄴ단즈부드리……. [신칼점]

■ 강태공 서목시>분부사룀

[심방, 일어선다. 연물이 그친다. 심방은 기주들을 향하여 서서 말명을 한다.] 어~ 허~ 어허. 마흔다섯 마흔ㅎ나 부베간에 분부문안이로구나. 오널 성주 올리곡, 영 허든 터신과 성주에서 발루와, 앞으로 장서 사업 허는 길에도 만서(萬事) 은덕(恩德) 주곡, 그만헌 금전도 벌어근 부제 팔명도 시겨줄 듯 허고, 성주님광 마흔다섯 마흔ㅎ나에, 인연이 맞아근 졸 듯 허고, 앞으로 그만헌 손임도 들멍나멍 허영, 좋은 은덕이 돌아올 듯 허고, 이 집도, 철년(千年) 지텡 말년(萬年) 지텡도 허곡, 애기덜도 펜안허곡 영 허건, 이번 이 성주 올린 덕텍(德澤)으로 알곡 아니 굴아렌1000) 말앙, 이 년에 ㅎ번씩이라도 토신제(土神祭) 잘 허곡, 영 허염시면은, 그만헌 금전을 벌어근 부제 팔명을 시겨주고, 성주에 덕으로 알라허영 문안이웨다. 예슨여섯님아, [기주는 앉아 있다가 절을 한다.] 아니 굴아렝 말앙 마끗데

1000) 말하더라고.

랑 체서(差使)에 방액(防厄) 잘 막곡 영 허면, [이때 강연일 심방은 성줏드리로 성줏기 등을 싸서 불붙이고 뒷마당으로 내간다.] 이번 이 공 들인 덕으로, 앞으로 펜안(便安)허곡, 옥항천신 불도에서도, 그만헌 애기덜 그늘롸 줄 듯 허다 분부문안을 여쭙네다.

성주풀이 석살림

자료코드 : 10_01_SRS_20090412_HNC_KYS_0001_s12
조사장소 : 제주특별자치도 제주시 삼도2동 1021-22번지 바다○○ 식당
조사일시 : 2009.4.12
조 사 자 : 허남춘, 강정식, 송정희
제 보 자 : 김윤수, 남, 63세 외 4인
구연상황 : 석살림은 춤과 노래로 신을 흥겹게 놀리는 제차이다. 심방은 소미가 치는 북과 장구 반주에 맞추어 노래를 한다. 소미들은 반주와 함께 뒷소리를 한다. 덕담, 담불 등의 노래로 성주, 군웅, 일월조상 등을 놀린다. 이때 가족들도 나와서 함께 춤을 춘다.

성주님 말명 넉들임 굿이웨다ㅡ.
[장구(이용옥), 북(정공철)][소미들이 앞서 노래를 시작한다.]
넉사로다 말이야 뒤야ㅡ.
아아야 아야 어어 산 넘어 간다 물 넘어 간다.

■ 석살림>덕담
‖덕담‖[심방이 노래를 시작한다.]
오널 오널 오널은 오널이라.
날도 좋아 오널이요 [요령]
둘도 좋아 오널이요
내일 장사 어제 오널

성도나 언만 가실소냐 [요령]

성도리가 내 츠지요

브름 산도 놀고 가자

구름 산도 쉬고 가저

앞마당에는 남서당 놀고

뒷마당에는 여서당이 논다 [요령]

월매(月梅) 딸 춘양(春香)이는

이도령(李道令) 품에 줌들엇구나.

명사십리(明沙十里) 해당화(海棠花)야

꼿 진다고 너는

설워 말아

너는 맹년(明年) 춘삼월(春三月) 뒈면

죽엇단 낭에도 송에1001) 나고

강남 갓던 제비새도

삼월 삼진 뒈면 옛집도 촞아온다네

우리 인간은 혼번 죽어지면

두 번 다시

못 오는구나.

우리나라 왕이 손도

혼번 죽어지면

그만이고 [요령]

육국을 달리던 수진장도

육국 대왕은 다 달레여도

저싱 염레왕(閻羅王)은 못 달레여 저싱 가난 그만이고

1001) 송이.

우리나라 영웅(英雄) 열서(烈士)도

혼번 죽어지면은 그만이고 [요령]

나무도 늙어서

고목(古木)이 뒈면

앚던 새도

아니 앚고

인간도 늙어 벡발(白髮) 뒈난

저 길로 오단도

뒈돌아 간다. [요령]

아이고 가는 세월을

누가 심고[1002]

오는 벡발은

누가 막으리.

이팔청춘(二八靑春) 소년들아

벡발을 보고서 희롱 말라. [요령]

나도 어제 청춘이드라만은

오널 벡발이 뒈난

저 길로 오단도 뒈돌아간다.

성주님도 풀려 놉서.

성주 아바님은 천궁대왕(天宮大王)

성주 어머님은 옥지부인(玉眞夫人)

성주님은 안신궁(安心國) [요령]

부인은 귀하신데[1003]

성주님 혜동국(海東國) 안동땅 솔씰 받앙

1002) 붙잡고.

1003) 계화부인(桂花夫人)인데.

대산(大山) 소산(小山)에 뿌렸더니만은 [요령]

성주님은 쓰물일곱 부인은 쓰물아홉에

혼설 멕영 아덜 오형제 딸 오형제 탄셍헌다.

헤동국 안동땅 예순일곱 나는 헤에

대산 소산 씨를 뿌려근 [요령]

대산에 강 대목(大木) 베곡

소산에 강 소목(小木) 베곡

청몰레왓디¹⁰⁰⁴ 올랑 한기 도끼 만들앙

영주산에 앞목 베여

에~ 한간도리 네도리 무엇구나.

안신국 성주님은 상성주로 츠질 허고

딸 오형제 성주일월 츠질 헌다.

에라 만수

에라 대신이여 설설이 네립소서.

반장목도 헤엿구나 ○○목도 뒈엿구나

쏘가리목도 뒈엿구나 비자목이 뒈엿구나

낙락장송(落落長松)도 뒈엿구나

에라 만수

에라 대신이야 [요령]

설설이 네립소서.

태평 소평 네엿구나

이 집 지엉 아덜은 나면

효자 뒈곡

딸은 뒈면 열녀 뒈곡

1004) 푸른 모래밭에.

소는 나면 황소 뒈곡

물은 나면 영마(龍馬) 뒈곡

개는 나면 영주 뒈곡

에 둑은1005) 나면

봉황새가 뒈곡

꼿은 나면 토신이 뒌다.

에라 만수

에라 대신이야

설설이 네립소서.

상성주님도 풀려놉서.

[신칼점]

[쪼그려 앉은 채로] 아이고 고맙습니다. 야 성주님도 신나락 만나락 헤
여 풀려 놀암구나.

군눙(軍雄)이 일월도 풀려 놉서.

군눙 하르바님 천왕제석(天皇帝釋)

군눙 할망 지왕제석(地皇帝釋)

군웅 아바님은 낙수게낭(藥師觀音)

군웅 어머님은 헤수게낭(海水觀音)

아덜이사 삼형제 난다

큰아덜은 동이와당을 츠질 허고

둘찻 아덜은 서이와당 츠질 허고

셋쳇 아덜은 호역 굿어라 내 팔저야

줄줄 누벼라 ○○○허고 호페미녕 두루막 굴장삼1006) 입고

1005) 닭은.

1006) 검은 베로 만든 장삼.

금바랑 옥바라 둘러 잡아

흔번을 둘러치난

강남은 가면 황저군웅(皇帝軍雄)

일본은 가면 소저군웅(小子軍雄)

우리나라 대웅대비 서대비 [신칼점]

일월조상님도 [신칼점] 풀려 놉서 [신칼점]

군웅이 본…….

야 군능이 본판도 다 풀려 놉서. [일어선다.] 조상임이 다 흔 불리 아닙니다. 갓친도[1007) 목목 쉐뿔도 각각이웨다. [요령] 양반이 집인 스당일월(祠堂日月) 잇고 농부한(農夫漢)이 집은 첵불일월(冊佛日月)도 잇고, 베 부르는 집인 선앙일월(船王日月)도 잇고, 삼싱할망네[1008) 집인 불도일월(佛道日月)도 잇고, 심방칩인 당주일월(堂主日月)도 잇습네다ㅡ. [요령][북]

야, 이 집안 곳덱(高宅)이는, 옛날 십대조 이후로나, 십대조 이알로나, 선달(先達) 홍보(紅牌), 가선대부(嘉善大夫) 통정대부(通政大夫)여 놀던, 조상임도 다 풀려 놉서. [북, 장구]

야, 그뿐만 아니라, 마흔다섯에, 성진 하르바님 메와옵던, 일뢸조상이로구나ㅡ. [북, 장구]

야, 일월조상은 옛날 고풍헌(高風憲) 하르바님엔 허면은, 유가허고 부가허게 잘 살안, [장구] 쉐 벡 쉐(首), 몰 벡 쉐 혜여, 쩌 신산만산 굴미굴산 뎅기당, 어느 주손이 쉐 못 촛앙 영 허영, 하르바님안티 왕 물곡 허민 하르바님 어ㅡ 영 흔번 허면은, 그 쉐를 다 촛아오곡, 몰도 촛아오곡, 영 허던

산신일뢸(山神日月)도 풀려 놉서.

1007) 갓끈도.
1008) '삼싱할망'은 조산무(助産巫).

언설1009) 단설에1010) 놀던 조상이여.

조상임에 간장을 풀려 놉서. [신칼점][신칼점]

산신일월님

아이고 고맙습니다ㅡ. 아이고 고풍헌 하르바님에서, 발루왕 그자 마흔 다섯 이 바다○○ 식당 출령, 앞으로 허걸랑, 가는 손임 오는 손임 믄딱 다른 식당드레랑 가지 말게 허곡, 그자 이 바다 식당 ○○식당드레만 믄 딱 오게 헤영, 손임 ᄀ득 그자 정심시간 뒈걸랑 그자, 그자 박작박작 궤 게1011) 허영

없는 금전도 나수웁서.

없는 제물도 나수왕 [신칼점]

부제 팔명 군문으로 나수와근 [신칼점]

이 ᄌ손 없는 금전 [신칼점]

나수와근 [신칼점]

조상에서 부제 팔명 신나수와 주엉 [신칼점]

없는 금전 [신칼점] 없는 제물 [신칼점]

야, 이군문질로 걱정 말라 허건 [신칼점] ᄂ단ᄌ부ᄃ리 분간 헙서. [신 칼점] 아이고 고맙수다ㅡ.

■ 석살림>담불

[일어서서 공싯상 앞으로 간다.] 야, 조상임이 낙허면, ᄌ순도 낙헙니다. [신칼과 요령을 공싯상에 놓는다.] 조상임이랑, 나무암미탐불로……

1009) 식은 피.
1010) 따뜻한 피에.
1011) 끓게.

‖담불‖[장구(이용옥), 장구(정공철)][소미들, 후렴 "나무아미 담불아"
를 붙인다.]

나무~ 아미 탐불아

상성주 중성주 하성주 철년 구년 말년 성주 대신 강태공 서목시 주이
주이 열두 주이청덜 다 풀려놓자─.

고풍헌 하르바님 물 뻑 쉐 쉐 뻑 쉐 거느려 신산만산 굴미굴산 아야산
노고방 오를목 내릴목 놀던 조상임도 다 풀려 놉서.

[소미들에게] 올라가자.

나무아미 탐불이여 [소미들, 후렴 "어허 탐불아" "나무아미 탐불아"를
붙인다. 심방은 기주 가족들에게 나와서 춤을 추라고 한다. 가족들 나와
서 춤을 추기 시작한다.]

탐불소리로 가저

상성주도 풀려 놉서

중성주도 풀려 놉서

하성주도 풀려 놉서

철년 성주 말년 성주

성주님도 다 풀려 놉서

강태공 서목시 주이주이 열두 주이청이영

모친1012) 간장 풀려 놉서

고풍헌 하르바님 산신대왕(山神大王)

산신벡관(山神百官)님도 풀려 놉서

가락가락 신나락으로

모친 간장 다 풀려 놉서

조상님네 풀려 놉서

1012) 맺힌.

여 조상님네도 다 풀려 놉서

조상님네 간장 풀리는 대로

열네 살 앞질 발롸주곡

조상님네 신나락 만나락 헤영

간장 간장 모친 간장

[바랑을 부딪치면서 노래를 한다.]

모친 시름 다 풀려 놉서.

간장 간장 다 풀려 놉서.

앞이멍에1013) 뿐른 의견

뒷이멍에1014) 좋은 의견을

조상님네 풀려 놉서

금바랑 전지 옥바랑 전지

조상 간장 다 풀려 놉서

신나락 만나락 풀려 놉서

일월조상님네 다 풀려 놉서

[쪼그려 앉아 바랑을 던져 점을 본다.]

[심방, 일어선다. 심방이 가족들에게 "다 절들 허여, 절."이라고 한다.
가족들 절한다.] 다 풀려 놉서에ㅡ.

■ 석살림>주잔넘김

주잔덜랑 저먼정에 네여다가, 말명 입질에 떨어지던 군줄덜 주잔 권권
(勸勸)덜 드립네다. [이용순 심방, 데령상 옆에 앉아 삼주잔의 술을 조금씩
양푼에 비워낸다.] 옛날 옛적 강오백(姜愚伯)이1015) 오데현(吳大鉉)이1016)

1013) 앞이마에.
1014) 뒷이마에.

난리 때 이제수(李在守)1017) 난리에 가던 군줄덜이여, 임진왜란(壬辰倭亂) 죽어가던 군줄덜이로구나. 고려 백제 신라 삼국통일에 죽어가던 군줄이여, 주잔 권권 드립네다. 대동아전쟁(大東亞戰爭) 육이오스변(六二五事變), 제주 무저(戊子) 기축년(己丑年)에 죽엉 가던 군줄덜이로구나. 여순반란(麗順叛亂) 순천반란(順天叛亂) 거창반란(居昌叛亂), 스일구혁명(四一九革命) 오일육혁명(五一六革命) 남양호(南洋號) 침몰에 광주(光州) 십이십이(十二十二) 오일팔(五一八)에 죽엉가던 군줄덜이여, 주잔 권권 드립니다. 이 집 지을 때에~, 어느 철근(鐵筋)에, 어느 모레에, 쎄멘에1018) 공거리에1019) 넹갓돌에,1020) 아하 벽돌에 똘라오고 어느 대리석(大理石)에 똘라오던 군줄, 어느 사시문에1021) 어느 가구에 싱크대에 똘라오던 군줄덜 주잔 권권 드립네다. 어느 유리에 똘라오고 어느 나무 목에 똘아오던 주잔 권권 드립네다. 어느 궤기에 똘라오던 군줄이여 영감(令監)에 참봉(參奉) 야체(夜叉), 금체 옥체 선앙군줄(船王軍卒) 요왕군줄(龍王軍卒)덜 주잔 권권드립니다. 동설룡에 서설룡에 남설룡에 북설룡에 거무용신 대용신덜 주잔 권권드립니다. 어느 제랑~ 이 집 다 지엉, 성주 올리건, 술 혼잔 감주(甘酒) 혼잔 얻어 먹저 얻어 씌저 허여 집지기여 터지기여 오방신장(五方神將) 각항지방(角亢氏房) 제오방(諸五方) 제토신(諸土神)덜이여, 본당(本堂)에 군줄 뒤에 신당(神堂)에 군줄 얼어 벗어 추워 굶어 죽어 각설이 귀신이여 문둥이 귀신덜이여, 주잔덜 많이덜 권권이웨다에―.

1015) 강우백은 제주도의 대표적인 민란인 방성칠 난과 이재수 난에 참여했던 인물.
1016) 오대현은 이재수의 난에 참여했던 인물.
1017) 성교란, 신축교란으로 불리는 민란의 우두머리.
1018) 시멘트에.
1019) 콘크리트에.
1020) 벽돌에. '넹가'는 일본어 煉瓦.
1021) 새시문에.

■ 석살림>제차넘김

주잔은 권권 지녕겨 드려가며 불법(佛法)은 우주(爲主)웨다. 불법전이랑,
일문전(一門前) 난소셍드레,[1022] 도올려 드립네다에-. [선 채로 허리 굽
혀 절한다.]

[기주를 돌아보면서 말한다.] 막 조상님네 다 풀어졈수다. [기주가 엎드
려 절하며 "고맙습니다."라고 한다.]

성주풀이 문전본풀이

자료코드 : 10_01_SRS_20090412_HNC_KYS_0001_s13
조사장소 : 제주특별자치도 제주시 삼도2동 1○21-22번지 바다○○ 식당
조사일시 : 2009.4.12
조 사 자 : 허남춘, 강정식, 송정희
제 보 자 : 정공철, 남, 49세
구연상황 : 문전본풀이는 문전신을 중심으로 한 가택신의 내력을 구연하는 제차이다. 웃
상으로 차렸던 성주상의 제물을 내려 따로 상을 차리고 이를 문전에 놓는다.
그 앞에 소미가 장구를 받아 앉아 본풀이를 한다. 먼저 반주 없이 간단히 말
미를 하고, 공선가선, 날과국섬김, 연유닦음을 생략한 채 바로 본풀이로 들어
간다. 본풀이는 장구를 치면서 구연한다. 본풀이 끝에는 성주꽃을 내다가 태
운다. 이어 비념을 하여 기원하고, 주잔넘김, 산받음을 하여 제차를 마감한다.
문전본풀이가 끝나면 문전상을 대주에게 주어 음복하게 한다. 부부가 함께 음
복을 한다.

[정공철(평상복)][웃상에 진설하였던 제물을 내려 따로 상을 진설하고
그것을 문전 쪽에 놓았다. 그 앞에 정공철 심방이 평상복 차림으로 장구
를 받아 앉았다.]

1022) '난소셍'은 출생의 내력. 본풀이.

■ 문전본풀이>말미

문전본풀이

　[장구를 몇 번 치고 반주 없이 말명을 시작한다.] 성주낙성 호걸련 대
잔치로, 성주님광 에~ 강태공 서목시 옵서 청허연, 온갖 남에 온갖 샐 제
출(除出)허고, 성주 문전 터신 우(位) 앚지고 자(座) 앚져 잇습니다. 신전(神
前)광 셍인(生人)이 다를 베가 잇습니까~. 셍인은 본을 풀어 벡년지(百年
之) 불구대천(不俱戴天) 원숫법(怨讐法)입고~, 신전임은 본을 풀면 신나락
만나락 허는 법 잇습네다. 일문전 하늘님 난산국이[1023] 어간 뒈엿습니다.
들 적에도 문전, 날 적에도 문전, 문전 몰른 공서가 잇습네까. 성주님 받
다 남은 상 일문전 신수푸며,[1024] 신이 아이 성은 정씨(鄭氏)로 경자셍(庚
子生) 얼굴 눗[1025] 굴며 금마벌석 나앚앙,[1026] 일문전 난산국 시주낙형,
과광성 신풀어 올리건, 본산국드레 제누려 하감헙서에ー.

―――――――――――――

1023) 본풀이.
1024) 내놓으며.
1025) 낯.
1026) 나앉아서.

■ 문전본풀이>들어가는 말미

[장구를 치기 시작한다.]

문전 하르바님

둘만국이웨다.

문전 할마님 혜만국이웨다.

어~ 문전 아바님은

남선고을 남선비 문전 어머님은

여산국이 부인

일문전 하늘님 똑똑허고 역력헌 녹디셍인님

동이 청제장군(靑帝將軍)

서이 벡제장군(白帝將軍)

남이는 역제장군(赤帝將軍) 북이 흑제장군(黑帝將軍)

천지 중앙 황제장군(黃帝將軍)

삼설방 추질 허여오던

일문전 난산국 과광성 신풀건 본산국드레 제느려 하감헙서ㅡ.

■ 문전본풀이>본풀이

옛날이라 옛적에 남선고을 남선비 여산국이 부인

부베간(夫婦間)을 무엉[1027] 사는 것이

아덜이사 낳는 게 일곱 성제 솟아난다.

가난허곡 서난허난 남선비

남박세기[1028] 남족박[1029] 가막신을[1030] 파건[1031]

1027) 맺어.
1028) 나무바가지.
1029) 나무쪽박.
1030) 나막신을.
1031) 파서.

철곡허영1032) 아기덜 구명도식(救命圖食) 허옵다.

흐를날은1033) 여산국이 부인

남선비를 불러놓안 "설운 낭군님아

우리가 가난허곡 서난허영 일곱 아기가

구명도식헐 수 엇어지니 무곡(貿穀) 장서라도 허영 아기덜 구명도식 허

여보기가 어찌 허오리까에ㅡ."

"어서 걸랑 기영 허렝." 허연

그날부떠 남선비 굴미굴산 아야산 노조방산 올라강

올 곧은 낭

실 곧은 낭 비여다가 전베독선1034) 하날 무어놓고

산중(山中)으로 들어사면 초기 버섯이여

중산촌(中山村)으로

뎅유지(唐柚子) 소유지(小柚子)를 허여놓고

헤각(海角)으로 느려사 천초(天草)1035) 헤초(海草) 셍초

대전복(大全鰒)에 소전복(小全鰒) 제주에서 나는

소산지제물(所産之財物)

잔뜩 허여놓고

멩지와당1036) 실ㅂ름 나는 날을 굴리 잡아근

무곡장서를 허젠 허여가난 여산국이 부인이 허는 말이

"설운 낭군님아

사름에 일이 어떵 뒐 지 몰르난 본메1037) 본짱이나1038) 흐나 주어동 갑

─────────────────────

1032) '곡식을 구해서' 정도의 뜻.

1033) 하루는.

1034) '전선독선(專船獨船)' 정도의 뜻.

1035) 우뭇가사리.

1036) '명주바다'로 '명주실처럼 잔잔한 바다'의 뜻.

1037) 증표(證票).

서." "어서 걸랑 기영 허렌." 허여

삼동낭[1039] 용얼레기[1040] 하날 네여주멍[1041]

"설운 나 가속(家屬)아 나가 무곡장서를 나갓당 연삼년(連三年)이 뒈여도 아니 오라가민 요 삼동낭 용얼레기 허리에 촘실 혼 발 무껑,[1042] 저 바당에 강 드르쳣닥[1043] 네쳣닥[1044] 허염시민,[1045] 나가 죽어시민 머리터럭 하나라도 올라올 거고, 아니 죽어시민 아무것도 아니 올라올 거메, 그리 아소서라에—."

일러나 두고

베질 허영 나가는 것이

어~ 난데없는 홀연광풍(忽然狂風) 불어간다.

ㅂ름 부는 대로

물결치는 대로

흥당망당 베질 허영 가는 게

오동나라 오동골 선창가를 근당허여간다.

오동나라 오동골 선창가에 베를 메노렌 허난

그 동네에 노일저데 귀일이 뚤은

어— 연서답[1046] 허레 나오랏단 몰르는[1047] 선비가, 무곡장서를 나오라시난, 흥글흥글 걸어간, "아이고 게난 어디서 온 선비님이우꽈?" "난 남선고을 남선비가 뒈여지는디, 우리 아기덜 일곱 성제 솟아나난, 가난허곡

1038) 증표(證票)나.
1039) 상동나무.
1040) 얼레빗.
1041) 내어주면.
1042) 묶어서.
1043) 빠뜨렸다가.
1044) 빼냈다가.
1045) 하고 있으면.
1046) 빨래.
1047) 모르는.

서난허영 구명도식 헐 수 엇이난, 무곡장서나 허영 아기덜 구명도식이나 허여보젠 나오랏습네다에ㅡ."

그 말 끗덴

노일저데 귀일이 똘은

엇인 언강[1048] 부리멍

"아이고 설운 선비님아 게난 어디 주인이나 머칩디가?" "아직 아니 머첫수다." "게걸랑 우리 집은 안사랑도 좁네다 밧사랑도 좁네다. 우리 집이 나영 ㄱ찌[1049] 강, 요 ㅂ름 잘 때꺼지 두어 장기(將棋) 두어 바둑 노념놀이나, 허여보기가 어찌 허오리까에ㅡ."

"어서 걸랑 기영 허렌." 허연

남선비 노일저데 귀일이 똘 호탕에 들언

두어 장기 두어 바둑

밤낮 엇이 노념놀이만 허단 보난, 앗앙 온 전베독선도 다 물아먹고, 오도가도 헐 디가 엇어지난, 노일저데 귀일이 똘광, 부베간(夫婦間) 무엉[1050] 사는 게, 먹을 것도 다 떨어지고, 먹을 건 엇이난 삼시(三時) 세 때, 체죽만 쑤언 먹단보난, 남선빈 오꼿[1051] 안멩천지(眼盲天地)가 뒈여가는구나에ㅡ.

어ㅡ 그때예

고향산천에선

여산국이 부인은

설운 낭군님 이제나 오카

저제나 오카

눈 빠지게 기다리단 봐도

1048) 애교.
1049) 같이.
1050) 맺어.
1051) 그만.

일년 이년 연삼년(連三年)이 다 뒈여가도

아니 오라가난

ᄒᆞᄅᆞᆯ날은 아기덜 불러놓안

"느네 아바지, 이거 연삼년이 뒈도록 아니 오는 거 보난, 필유곡절(必有曲折)헌 일이여. 경[1052] 말앙 느네 일곱 성제 강, 초신[1053] ᄒᆞᆫ 베씩 일곱 베만 삼아주민, 나가 그걸 신엉 강 느네 아바지, 죽어시냐 살아시냐, 알아 봥 오기가 어찌 허겟느냐?"

"어서 걸랑 기영 헙센." 허여

남선비 아덜덜 일곱 성제가

초신 ᄒᆞᆫ 베씩 일곱 벨 삼아주난

그 초신 일곱 베 다 헐도록

이 선창간 저 선창간 이 여 ᄀᆞᆺ 저 여 ᄀᆞᆺ 다 뎅기멍

삼동낭 용얼레기

허리에 춤실 ᄒᆞᆫ 발 무껀[1054] 드르첫닥 네첫닥 허당바도 머리터럭 ᄒᆞᆫ나 아니 올라오난 ᄒᆞᄅᆞᆯ날은

아기덜 불러놓안

"설운 아기덜아

느네 아버진 아명 ᄎᆞᆺ당바도 본메 본짱 하나 엇인 걸 보난, 살앙 잇긴 살앙 잇인 것 닯다. 기영 말앙 이제 느네덜 옥 을만이[1055] 옥고 허여시난, 느네덜이 굴미굴산 아야산 노조방산 올라상, 올 곧은 남 실 곧은 남 허여당, 전베독선 하날 무어주민,[1056] 나가 그걸 탕 강 느네 아바지, ᄎᆞᆺ앙 오 기가 어찌 허겟느냐에ー."

1052) 그리.
1053) 짚신.
1054) 묶어서.
1055) 성장할 만큼.
1056) 만들어주면.

"어서 걸랑 기영 협센." 허연

남선비 아덜덜

굴미굴산 아야산 노조방산 올라강

올 곧은 낭 실 곧은 낭 비여당

전베독선 하날 무어간다.

여산국이 부인

멩지와당 실보름 가는 날을 굴리 잡아근

베질허영 가는 게

제주바당 넘어사난 난디없는 모진 광풍 불어온다. 어―

물결 따라

브름 따라 흥당망당 베질 허영 가는 게

에― 오동나라 오동골 선창가에 근당허여간다.

오동나라 오동골 선창가에 베를 데여두고 아니 뎅겨난 질이난, 이레도 강 주왁[1057] 저레도 강 주왁주왁 허염시난 지장밧디[1058] 새 드리는[1059] 아기씨덜은

"이 새 저 새

밥주리[1060] 옥 은[1061] 새야

너미 역은 척 허지 말라 남선비 역은 깐에도

노일저데 귀일이 뚤 호탕에 들어앚안 전베독선도 다 몰아먹고 먹을 거 떨어지고 허난 체죽단지에 체죽만 썬 먹단보난 안명천지 뒈연 체죽단지 옆이 차고 허연 비주리초막에[1062] 앚안 개즘싱만[1063] 다울렴더라[1064] 주

1057) 두리번거리는 모양.

1058) 기장밭에.

1059) 쫓는.

1060) 참새.

1061) 약은.

1062) 대충 얽어맨 초막(草幕)에.

어 저 새ㅡ."

노랠 불러간다

그 소린 들언보난

남선비 노래가 뒈엿구나 여산국이 부인은

넘어가단 "아이고 설운 아기덜아 아까 불러난 노래 또시 흔번만 불러도라." "아이고 부인임아 우린 아무 노래도 아니 불럿수다." "경 말앙 느네덜, 아까 불러난 노래 또시 흔번만 불러주민, 나 요 곱닥헌[1065] 갑새(甲紗) 갑사뎅기 느네덜[1066] 주마." 어ㅡ 지장밧디 새 드리는 아기씨덜은

곱닥헌 갑사뎅기 주켄[1067] 허난 노랠 불러간다.

"이 새 저 새

밥주리 욱은 새야

너미 역은 척 말라

남선비 역은 깐에도

노일저데 귀일이 똘 호탕에 들언 앗앙 온 전베독선도 다 몰아먹고 체죽만 썬 먹단보난 안멩천지 뒈연, 웨돌체기[1068] 비주리초막에 앉안, 체죽단지 옆이 차고 허연 개즘성만 다울럼더라 주어 저 새ㅡ."

노랠 불러간다.

어 여산국이 부인은

아기덜신디 "설운 아기덜아 게난 그딘 가젠 허민 어떵 허영 가느니?" "부인임아 부인임아 요 재 넘곡 저 재 넘엉 가당봅서. 가당보민 웨돌처기 비주리초막에 허연, 사는 집이 잇수다 그 딜 촛앙 가봅센." 허난 어ㅡ 여

1063) 개짐승.
1064) 쫓고 있더라.
1065) 고운.
1066) 너희들.
1067) 주겠다고.
1068) 외돌쩌귀.

산국이 부인은

　아기덜 굴은1069) 대로

　이 재 넘곡 저 재 넘엉 가단 베려보난

　아니나 아닐써라

　어 거적문에 웨돌처기 비조리초막 허연 사는 집이 잇엇구나 여산국이
부인 안트레 들어사멍, "아이고 넘어가는 나그네가 뒈여지는디, 헤는 일
락서산(日落西山) 다 떨어지고, 잠시 주인이나 머청 가기 어찌 허오리까?"
남선빈 방안에 앉아둠서,1070) 목소린 들언보난 어디서 하영1071) 들어난
목소리여만은, 눈 어둑어부난1072) 베리진1073) 못 허고, "아이고 우리 집인
집 족아부난 어딘 나그네 앚곡 어딘 주인 앚웁네까? 우리 집사름 오민 큰
일납니다 제게1074) 가붑서."1075) "아이고 요 어른아. 질1076) 나사는1077)
나그네가 집을 지엉1078) 뎅깁네까? 방을 지엉 뎅깁네까? 기영 말앙 요 정
제1079) 무뚱이라도1080) ᄒ쏠만1081) 빌려주민, 나 식은 밥에 물줌이나1082)
데와1083) 먹엉, 시장끼나 멀령 가쿠다." "어서 걸랑 기영 헙센." 허난

　여산국이 부인은

1069) 말한.
1070) 앉아있으면서.
1071) 많이.
1072) 어두워버리니.
1073) 보지는.
1074) 얼른.
1075) 가버리세요.
1076) 길.
1077) 나서는.
1078) 지고.
1079) 부엌.
1080) 처마 밑이라도.
1081) 조금만.
1082) 물말이나.
1083) 덥혀.

정젯간을 들어간 솟두껑인1084) 확 허게 열안보난

삼시 세 때 체죽만 쑤언 먹으난 싯지도 안 허연 드러싼1085) 난 네부난 솟1086) 강알에1087) 체죽이 ᄀᆞ짝 허게 눌엇구나 앞밧딜 눌려들언

삼소샐1088) 허여단

솟을 판찍허게1089) 싯어놓고 올 때에 앗앙온1090) 철년(千年) 먹고 만년(萬年) 살 금강머들 쏠정미1091) 앗아네연, 밥을 허여놓고

남선비 나시로1092))

밥상 하나 뜨로 출련 앚어간, "설운 주인님아 요 밥이나 먹어봅서." "아이고 나가 무사 놈이 밥을 먹읍니까." "아이고 요 어른아 문전(門前) 몰른 공서가 어디 잇곡, 주인 몰른 나그네가 어디 십니까?1093) 요 밥이나 혼 적1094) 먹어봅서." 하도 먹으렌 허난 어 혼 두 적씩 거려1095) 먹어가단

남선비 난디엇이 비새ᄀᆞ찌 울어간다.

"아이고 이 어른아 어떵 허난 밥을 먹단 울엄수가?" 남선빈 허는 말이, "아이고 나도 옛날에 고향산천에 살 때엔, 요런 밥도 먹어나고, 요런 반찬도 먹어낫수다. 난 남선고을 남선비가 뒈는디, 우리 아기덜 일곱 성제 솟아난, 가난허곡 서난허연 구명도식 헐 수 엇이난, 무곡장서라도 허영 구

1084) 솥뚜껑은.
1085) 방치하여.
1086) 솥.
1087) 밑에.
1088) '삼소새'는 띠 비슷한 식물.
1089) 깨끗하게.
1090) 가지고 온.
1091) 쌀.
1092) 몫으.
1093) 있습니까.
1094) 입.
1095) 떠서.

명도식허젠 나오랏단 노일저데 귀일이 똘, 호탕에 들언 이 신세가 뒈엿수다. 우리 고향에 큰부인은, 여산국이 부인이웨다에ㅡ."

이 말 들은 여산국이 부인

"아이고 설운 낭군님아 나가 고향산천에서 낭군님 촛아 오랏수다. 나가 여산국이 부인이웨다에ㅡ."

이 말 들언 남선비

치멧깍을¹⁰⁹⁶⁾ 믄직안¹⁰⁹⁷⁾ 보난

아니나 아닐쩌라

여산국이 부인

촛안 오랏구나.

그때야 양도 부베간이 양단 홀목¹⁰⁹⁸⁾ 비여잡아¹⁰⁹⁹⁾ 만단설화(萬端說話)를 나누와 가옵데다에ㅡ.

만단정훼¹¹⁰⁰⁾ 허노렌 허염시난

노일저데 귀일이 똘은

어디 놈이 큰일칩이 간 이녁은 삼시 세 때 맛 존 걸로 ^뼝끄렝이¹¹⁰¹⁾ 언어먹고, 남선비 나신 체죽 ᄀ슴¹¹⁰²⁾ 혼 줌 허연, 치메깍에 싸고 허연 홍글홍글 오단보난, 어ㅡ 남선비

몰르는 여자 홀목 심어앚언

만단정훼 허염구나 죽일 풀로 눌려들어간다.

"개 ᄀ뜬 놈아

1096) 치마끝을.
1097) 만져서.
1098) 손목.
1099) 부여잡고.
1100) 만단정화(萬端情話)를.
1101) 배부른 모양. 배불리.
1102) 감.

쉐 ᄀᄐ 놈아

날랑 놈이 집이 강 품이라도 풀앙, 체죽이라도 삼시 세때 쒐 멕이단 보난, 너 놈은, 몰르는 여자 홀목 심어앚언 만단정훼 허염구녠.” 허멍 어-죽일 풀로 눌려들어간다.

남선비 허는 말이

“아이고 이 사름아 그런 후육누육(詬辱累辱) 허지도 말라. 여기 이 사름은 넘어가는 예펜(女便)이 아니라, 우리 고향산천에서 날 춫아온, 우리 큰부인 여산국이 부인이 뒈여진다에-.”

그 말 끗덴 노일저데 귀일이 뚤은

큰각시엔 허난 어머 시떠불라[1103] 아이고 엇인 언강[1104] 부려가멍 “아이고 성님아 성님아 성님인 줄 알아시민 나가 그런 후육누육을 헙니까? 아이고 우리 성님 먼 질 오젠 허난 몸에 뚬인덜 아니 나고 문진덜[1105] 아니 써십디가? 기영 말앙, 우리 동네에 주천강 연네못이옌 헌 좋은 물이 잇이메, 우리 두 동세(同壻)가 그 디 강 몸모욕(-沐浴)이나 허여앚엉, 집이 갈 때랑, 나도 ᄀᆞ찌 강 밥이라도 허곡 설거지라도 허영 얻어먹으쿠뎁.” 허난 “어서 걸랑 기영 허렌.” 허연

두 동세가

주천강 연네못디 몸모욕을 허노렌 허난

노일저데 귀일이 뚤은

“아이고 설운 성님아 요 앞드레 나 앚읍서. 나 성님 등 밀어 안네쿠다.”[1106] “아이고 네불라.[1107] 나가 늘[1108] 밀어주마.” “아이고 성님아 우

1103) 뜨거워라.
1104) 애교.
1105) 먼진들.
1106) 드리겠습니다.
1107) 그만두어라.
1108) 널.

의서 알드레[1109] 지는 물이 발등에 지는 법 아니우꽈? 나가 먼저 성님을 밀어 안네크메, 그 다음에랑 성님이 날 밀어줍서." "어서 걸랑 기영 허렌." 허연

여산국이 부인

앞드레 나 앚으난

노일저데 귀일이 뚤은

훈두 번은 밀어 가는 첵 허단

삼시 번첸 자락허게 거려밀려부난[1110] 여산국이 부인은, 주천강 연네못디 빠젼 소곡소곡 다 죽어가는구나에ㅡ,

죽여두고

노일저데 귀일이 뚤은

이녁 입던 입성은 벗어 데껴두고[1111] 여산국이 부인

입던 입성 갈아입어앚언

집인 들어오난 남선빈 치메깍을 문직안 보난, 여산국이 부인 치메깍이 뒈난, "아이고 이 사름아, 노일저데 귀일이 뚤은 어떵 허여돈[1112] 저 사름만 오라서?" "아이고 설운 낭군님아, 몰르는 소리 허지 맙서 그년, 허여뎅기는 헹실머리가 하도 꿰씸허난, 주천강 연네못디 빠쳔 죽여돈 오랏수다." "아이고 그년 잘 죽엿져. 나가 그년 호탕에 들언 안맹천지 뒈여불고, 요 신세가 뒈여시네. 아이고 그년 잘 죽엿져. 게걸랑[1113] 우리랑 어서, 아기덜 기다리는, 고향산천으로 어서 가저ㅡ."

고향산천에선

남선비 아덜덜 일곱 성제덜은

1109) 아래로.
1110) 떠밀어버리니.
1111) 던져두고.
1112) 해두고.
1113) 그렇거들랑.

아바님 어머님

이제나 오카[1114) 저제나 오카

눈 빠지게 지다리단 보난

ᄒᆞ를날은 먼 바당을[1115) 베려보난[1116)

어머님 탄 간 베가 오람구나[1117) '아이고 부모님네 오는디 우린덜사 그

냥 잇이리야.

ᄃᆞ리나 놓아보저.'

큰아들

두루막[1118) 벗엉 ᄃᆞ릴 놓아간다.

셋아덜은 저고리 벗엉 ᄃᆞ릴 논다 말젓아덜

바지 벗엉 ᄃᆞ릴 논다 늿쩻 아덜은

어 헹경(行纏) 벗엉 ᄃᆞ릴 논다 다섯쩻 아덜

대님 벗엉 ᄃᆞ릴 논다 ᄋᆞ섯쩻 아덜은

보선 벗엉 ᄃᆞ릴 놓아간다.

일곱차 ᄯᆞᆨᄯᆞᆨ허고 역력헌 녹디셍인은 칼선ᄃᆞ릴[1119) 놓앗구나 성님덜은

허는 말이 "아이고 설운 아시야, 아버님 어머님 오는 디 칼선ᄃᆞ리가 웬

말이냐?" "성님덜 몰르는 소리 허지 맙서. 저디 오는 아바님은 우리 아바

님이라도, 어머님은 아명해도 우리 어머님이 아닌 듯허난, 오랑 허는 거

보면, 알 도레(道理)가 잇이리다에ㅡ."

아바님 어머님

선창가에 근당을 허난

1114) 올까.
1115) 바다를.
1116) 살펴보니.
1117) 오는구나.
1118) 두루마기.
1119) '칼선ᄃᆞ리'는 점구인 신칼의 칼날이 위를 향해 세워진 경우를 말함.

아기덜 허는 말이

"아바님은 눈 어둑어부난 우리가 두이서[1120] 부축을 허영 가커메[1121] 어머님이랑 어서 앞이 상[1122] 집을 촛앙[1123] 그릅센."[1124] 허난 "어서 걸랑 기영 허렌." 허연

노일저데 귀일이 뚤은

대답은 이그러지게[1125] 허여도 아니 뎅겨난 질이난, 이 골목도 주왁

저 골목도 주왁

이레저레 주왁주왁 허여가난 아기덜은 허는 말이

"아이고 어머님아 어머님 집이서 나간 지가 메칠이나 뒈엿고렌, 집이 가는 질을 잊어붑데가?" 노일저데 귀일이 뚤은 "아이고 느네덜 몰르는 소리 허질 말라. 나가 하도 먼 길을 베 탄 오라부난, 베멀미허연 집을 못 촛아 가키여. 느네덜이 어서 앞이 상 집을 촛앙 글렌." 허연 집인 들어간

밥상은 출린 건 보난

아버님 밥그릇은

큰아덜신디

큰아덜 국그릇은

셋아덜신디

가로삭삭 동서남북 서꺼가난, 아기덜은, '아이고 겜으로[1126] 우리 어머님이민 볼써 요런 걸 다 잊어불리야.' 아명허여도 이상헌 눈치를, 체여 가옵데다에—.

1120) 뒤에서.
1121) 갈 테니.
1122) 서서.
1123) 찾아서.
1124) 가시라고.
1125) 그럴듯하게.
1126) 아무려면.

ᄒᆞ를날은

남선비도 어디 놀레[1127] 가불고 남선비 아덜덜은

삼천서당 글공비 가부난 노일저데 귀일이 뚤은

이녁 혼자만 방구들에 덩그랑케 걸러젼, '아이고 요샌 보난, 남선비 눈치도 이상허고, 아기덜 눈치도 이상허고, 아이고 나가 잘못허당, 저것덜 일곱 놈 손땅에 나가 죽어질로구나. 내가 무신 꿸 네영이라도 내가 먼저 저것덜을 죽어불주겐.' 어ㅡ 남선비

어디 놀레갓단 들어오는 것 닮으난 아프지도 안 헌 베 아픈 척 허명 "아야 베여."

"자라 베여."

방 늬 구석 삥삥 돌아간다.

남선비 놀레갓단 들어오단 보난

아야 베여 자라 베여 허명 방 네 구석을 삥삥 돌암시난, "아이고 이 사름아 이거 어떵헌 일이라?" "아이고 그런 게 아니라 나 베 아판 곧 죽어 점직허우다." "게걸랑 글라[1128] 어디 강 약이라도 허여 보곡 침이라도 맞아보게." "아이고 이 어른아, 나 베는 약방(藥房) 약도 허서(虛事)가 뒈고 치원(醫員) 의술(醫術)도 허서가 뒐 듯허난 기영 말앙, 요디 삼도전거리에[1129] 강 보민, 굴체[1130] 씽 앚앙 잇인 점쟁이가 잇일 거메[1131] 그디 강 ᄒᆞᆫ번 문점(問占)이나 허여 봅서." "어서 걸랑 기영 허렌." 허연

남선비

어둑은 눈에 막뎅이[1132] 지프고 허연

────────────────

1127) 놀러.
1128) 가자.
1129) 세거리에.
1130) 삼태기.
1131) 것이니.
1132) 막대기.

올레로 나가는 새에

노일저데 귀일이 뚤은

어- 삼도전거리에 간

굴체 썬 앚안 잇단, 남선비 오라가난, "아이고 어드레 가는 선비님이우까?" "아이고 난 남선고을 남선비가 뒈는디 우리 집사름 아판, 문점이나 허여보젠 오랏수다 요 손꼭지나 혼번 짚어봅서." 노일저데 귀일이 뚤은

점도 헐 충1133) 몰르는 게 손꾸락 오그력 페왁1134) 허는 체 허멍 갑자(甲子) 을축(乙丑) 병정(丙丁) 말축1135) 허단, "아이고 게난 아덜덜 일곱 성제 낫수가?" "예 낫수다." "아명헤여도 안사름 병은, 아덜덜 일곱 성제 애 네영 멕여사 살아나쿠다." 그 때엔

남선빈 발딱허게 용심을 네멍

"이 놈으 점젱이 알도 못허는 점젱이가 벨 험헌 소릴 허염젠." 후욕누육(詬辱累辱) 허여두고

집드레 돌아오라가난

노일저데 귀일은 담 튀어앚언 몬저 집이 간 앚안 잇단 남선비 오라가난

"아이고 설운 낭군님아 게난 그디 가난 무시거옌1136) 골읍디가?"1137) "허 그놈으 점젱이 알도 못 허는 점젱이가, 우리 아덜 일곱 성제 애 네영 멕여사 살아난덴." "아이고 이 어른아, 아명 나 아팡 곧 죽어졈직 허여도, 나 쏙 헐령 난 애기덜 애 네영 먹엉 살아, 살아나사 뒐 말이꽈? 기영 말앙 이번이랑, 요디 수도전 거리에 강 보민 이번은, 멜망텡이 썽 앚아 잇인 점젱이가 잇일 거메 그디 강 또 혼번 문점을 허여봅서." "어서 걸랑 기영

<hr />

1133) 줄.
1134) '오그력 페왁'은 오므렸다 폈다 반복하는 모양.
1135) 메뚜기. '병정말축'은 병인년, 정묘년의 메뚜기 피해를 의미하는 말.
1136) 무엇이라고.
1137) 말하던가요.

허렌." 허연

남선비 올레로 나가가난

노일저데 귀일이 똘은

울담 튀어앚안 간 수도전 거리에 간 멜망텡이 썬 앚안잇단 남선비 오라가난

"아이고 게난 어디레 가는 선비님이우꽈?" "아이고 우리 집사름 아판 문점허젠 오랏수다." 갑자 을축 병정 말축 허멍, "게난 그디, 아덜 일곱 성제 납디가?" "하따 요 점젱이도 잘 아는 점젱이여. 예 낫수다." "아명허여도 안사람 병은 아덜 일곱 성제 앨 네영 멕여사 살아나쿠다." 혼 말 끝에 지어간다.

남선빈 아무 대답도 못 허고 집드레 오라가난

노일저데 귀일이 똘은

울담 튀어앚언

집이 간 앚안 잇단 남선비 오라가난, "게난 그딘 가난 무시거엔 굴읍디가?" "아이고 그디 가도 혼 말에 지언, 아기덜 일곱 성제 애 네영 멕여사 살아난덴." "아이고 게걸랑 옵서. 우리 아기덜사 나민 아기주만은, 우리 부베간이사 죽어불민 다시 와집네까? 기영 말앙 아기덜 일곱 성제 앨 네 여주민, 나가 그걸 먹엉 살아낭 혼 베에 두 개씩 늬 번만 나민 아덜 하나 이자(利子) 부쩡 으답[1138] 성제 나 안네겟습네다." "어서 걸랑 기영 허렌." 허연

남선비 정짓간을 들어간

장도칼을 네여놓안 실근실근 굴아간다.

옆집이 사는 청태산이 마고할마님은

남선비네 집이 강 불 빌어당 식은 밥에 물좀이나 데왕 먹어보저 불솔

1138) 여덟.

박1139) 들르고 허연 남선비네 집인 오란 보난 남선비는

정지칸에 앉안 실근실근 칼을 굴암시난 "아이고 어떵 허난 남선비 셍원(生員) 난데엇이 칼을 굴암서?" "아이고 할마님 몰르는 소리 허지 맙서. 우리 집사름 아판 어디 간 문점허난, 가는 디마다 아기덜 일곱 성제 애 네영 멕여사 살아난덴 허난, 아기덜 애 네젠 칼 굴암수다." 그 말 끗데에

어— 마고할마님은

앗앙 온 불솔박도 어디레 삐여 데껴두고 남선비 아덜덜

글공비 허는

삼천서당 강 보난

아기덜은 과닥덜1140) 허멍 놀암구나

"아이고 느네덜 여기서 과닥허멍 놀 때가 아니여. 느네 어멍 아판 느네 아버지, 어디 강 문점허난 느네덜 일곱 성제 애 네영 멕여사 살아난덴 허난, 느네덜 애 네젠 장도칼을 굴암더라에—."

그 말 들언 남선비 아덜덜은

비새ᄀ찌 울어간다.

녹디셍인 허는 말이

"어 설운 성님네야

우리가 울엄덴 허영 살아나집네까? 성님네랑 여기 십서.1141) 나가 아버지안티 강, 무신 술 헤영이라도 칼을 빼영 오쿠다." "어서 걸랑 기영 허렌." 허연

녹디셍인님

집인 오란 보난

남선빈 정젯간에 앉안 칼 굴암시난 "아이고 아버님아 어떵 허난 칼 굴

1139) 불 담는 바가지.
1140) 가댁질들.
1141) 계시소.

암수과?" "아이고 느네덜, 느네 어멍 아판 어디 간 문점허난, 느네덜 애네영 멕여사 살아난덴 허난, 느네덜 애 네젠 칼 골암져." "아이고 아바님아 그것도 잘 허는 일이우다. 우리 자식이야 또 나민 자식이주만은, 아바지 어머니사 훈번 죽어불민 다시 와집니까? 허주만은 아바님아 아바님아. 아바님 어둑은 눈에 우리 일곱 성제덜 애 네젠 허민, 가심을 아파도 일곱번을 아파사 헐 거, 헉이라도 훈 골체씩[1142] 더꺼주젠[1143] 허민 일곱 골첼 더꺼사 헐 건디 그걸 어떵 허쿠가? 경 말앙 그 칼 날 주민, 나가 성님덜 ᄋ섯 성제 앨 네영 오랑 그거 먹어도 어머니 아니 살아나걸랑, 아버님 손으로랑 나 훈나만 앨 네민, 가심도 훈번만 아프민 뒐 거, 헉도 훈 골체만 더끄민 뒐 거 아니꽈?" 아이고 그 말도 들어보난 맞아베연

장도칼을 네여주어 간다.

아바님신디 칼을 빼여앚안

어 산중드레 들어사단 보난

노리[1144] 훈 머리가

촐랑촐랑 네려오람구나.

그걸 심어앚언[1145] 애를 네젠 허난 노리가 허는 말이

"아이고 도령님네야 난 이 산을 지키는 산신벡관(山神百官)이 뒈여지난, 나 두이로,[1146] 산톳[1147] 일곱 머리가 네려왐시커메,[1148] 그 멀 심어앚엉 애를 네영 가기가 어찌 허오리까?" "어서 걸랑 기영 허렌." 허연

"어 거짓말이민 또시 심어당 죽여불켄." 허연 노리 꼴렝이[1149] 확 허게

1142) 삼태기씩.
1143) 덮어주려고
1144) 노루.
1145) 잡아가지고.
1146) 뒤로.
1147) 산돼지.
1148) 내려오고 있을 것이니.
1149) 꼬랑지.

끄찬[1150] 끗뎅이[1151] 폐식(標式), 벡지(白紙)로 폐식을 헤난 법으로 노리
꼴렝이

지금도 쫄르곡[1152] 끗뎅인 희는 법도 마련헤엿수다.

어 마련허여두고

가단 베려보난

아니라 아닐써라

산톳 일곱 머리

소곡소곡 느려오람구나.

그걸 심어앚언 애미는 씨 전종(傳種)으로 살련 보네여두고 에어

ㅇ섯 개 애를 네여두고 하도 베고프고 시장허난 멩게낭[1153] 가지딜

딱딱 꺼꺼단[1154]

불 피와앚언 익어시냐 흔 점 설어시냐 흔 점 허단보난 산톳 ㅇ섯 머릴
문짝[1155] 먹엇구나. 녹디셍인님 허는 말이

"성님덜랑 나가 요 걸 앗앙 강 집이 강 무신 일이 나건 지붕상상 조춧
ᄆᆞ를[1156] 올라강 베락ᄀᆞ치[1157] 소릴 질르커메[1158] 성님덜랑 삼스방(三四
方)에 퍼정 잇당, 나 소리 들어지걸랑, 돌멩이 들른 이 몽뎅이[1159] 들른
이 칼 들른 이 창(槍) 들른 이 허멍, 삼스방에서 눌려듭서."[1160] "어서 걸
랑 기영 허렌." 허연

1150) 끊고.
1151) 끝.
1152) 짧고.
1153) 청미래덩굴.
1154) 꺾어다.
1155) 모두.
1156) 용마루 맨 꼭대기.
1157) 벼락같이.
1158) 지를 테니
1159) 몽둥이.
1160) 달려드소.

녹디셍인님

산톳 애 으섯 겔 들러앚안

집인 들어간

어 노일저데 귀일이 똘안티[1161] 간 "어머님아 성님덜 으섯 성제 애 네
연 오랏수다. 혼저[1162] 이거 먹엉 살아납서." 노일저데 귀일이 똘은 스
뭇[1163] 지꺼지언,[1164] "아이고 중벵(重病) 든 사름 약 먹는 거 보는 거 아
녀. 늘랑[1165] 저 바껏드레[1166] 나강 잇이라." 녹디셍인님은

바껏드레 나오멍

손꾸락에 춤[1167] 볼라앚언[1168] 창고망을 술짝 똘라놓고[1169] 바껏드레
나완

창고망으로 안트레[1170] 베려보난[1171] 노일저데 귀일이 똘은

사름 잡은 애엔 허난 겁사[1172] 나신고라[1173] 먹진 아니 허고, 입 바우
에[1174] 피만 볼긋볼긋 볼르는[1175] 체 허여두고, 자리 알드레[1176] 스랑스
랑 다 곱져[1177] 가는구나에ー.

1161) 딸한테.
1162) 어서.
1163) 사뭇.
1164) 기뻐져서.
1165) 널랑.
1166) 바깥으로.
1167) 침.
1168) 발라가지고.
1169) 뚫어놓고.
1170) 안으로.
1171) 살펴보니.
1172) 겁이야.
1173) 났던지.
1174) 주위에.
1175) 바르는.
1176) 아래로.
1177) 숨겨.

에 곱져두고

녹디셍인님 안트레 들어사명 "어머님아 게난, 그건 먹으난 어떵 허우꽈?" "아이고 막 살아짐직[1178) 허다만은, 요 오목가슴에 주막만 헌 게 톡기 걸어지언, ᄒ나만, ᄒ나만 더 먹어시민, 그거 오골렉기[1179) 네려가불민 살아나짐직 허다." "아이고 게걸랑 어머님아, 나 죽기 전이 마지막으로, 어머님 머리에 니나[1180) ᄒ번 잡아줘동 죽으쿠다." "아이고 설운 아기야 중병 든 사름 머리에 니 잡는 거 아니여." "게민 어머님아 나 죽기 전이, 어머님 누워난 자리나 ᄒ번 치와 안네동[1181) 죽으쿠다." "아이고 어머시 떵허리.[1182) 중병 든 사름 머리, 누워난 디도 치우는 거 아니여." 그 말 끗데엔

녹디셍인님은

바락 허게 용심을 네멍

어 붕(鳳)에 눈을 부릅뜨고

정동ᄀ뜬 폴따시를[1183) 걷어부쪄 간다.

노일저데 귀일이 똘

삼단ᄀ뜬 머리채 쉰 대 자 방페머리[1184)

웨오ᄂ다[1185) 칭칭 감아단

방구들드레 자락허게 마당질은 허여놓고 자리 알을[1186) 확 허게 걷언보난

1178) 살아질.
1179) 작은 구멍이나 물속으로 미끄러지듯이 빠져 들어가는 모양.
1180) 이나.
1181) 드려두고
1182) '어머나' 정도의 뜻.
1183) 팔뚝을.
1184) 딴머.
1185) 좌우로. '웨오'는 '왼', 'ᄂ다'는 '오른'의 뜻.
1186) 아래를.

산톳 애 ᄋ섯 개가 ᄉ랑ᄉ랑 그냥 잇엇구나.

ᄒᆞᆫ 손에 ᄉᆡ 개씩 양착[1187] 손에 애섯 갤 들러앚안

지붕상상 조춧ᄆ를 올라간

"이 동네에 다심어멍[1188] 아방이영 사는 애기덜랑 우리덜 ᄬᆞᆼ 정다슬

라.[1189] 다심아기덜영[1190] 사는 어른덜, 우리덜 ᄬᆞᆼ 정다습서에 —."

베락ᄀ찌 소릴 질러가난

성님덜은 그 소리 들어앚언 삼서방에 퍼졋단

돌멩이 들른 이 몽둥이 들른 이 칼 들른 이 창 들른 이 허멍

삼ᄉ방에서 눌려들어간다. 어 남선빈

어디 갓단 들어오단 보난 벌써 죽어시카부덴[1191] 헌 아기덜이 삼ᄉ방

에서 눌려들어가난

'아이고 어드레 돌아나코.' 어두운 눈에

올레로 돋단[1192]

정살문에[1193] 걸어지어 죽어나간다.

어 노일저데 귀일이 ᄯ올은

'아이고 어디레 돌아누코.' 올레로 돌아나젠 허단, 남선비 죽는 거 보멍

올레로도 못 돋고, '어딜 돌아나코'

축ᄇᆞ름[1194] 허우튼언[1195]

돗통시레[1196] 돋단

1187) 양쪽.
1188) 의붓어머니.
1189) 정다셔라.
1190) 의붓자식들하고.
1191) 죽었을 것이라고.
1192) 뛰다.
1193) '정살'은 집으로 들어가는 길목에 대문 대신 가로 걸쳐놓는 길고 굵직한 나무.
1194) 흙 따위를 겉으로 발라 막은 방의 칸막이.
1195) 모질게 뜯고는.
1196) 돼지우리로.

어 돗통시 디딜팡에[1197)

삼단ㄱ뜬 머리채 쉰 대자 방페머리

웨오ᄂᆞ다 칭칭 감아젼 죽엇구나. 어어─

'어머님 죽은 폼앗이나[1198) 허여보저.

어디 간 뒤여져신고.' 뎅기단 베려보난

돗통시 디딜팡에 걸어젼 죽엇구나.

마당드레 지랑지랑 끗어단[1199)

어어 삼단ㄱ뜬 머리채 쉰 대자 방페머리

어어 복복 메여단 저 바당[1200) 데껴부난[1201)

아끈[1202) 감태(甘苔) 한 감테 아끈 물망[1203) 한 물망을 서련을[1204) 헌다.

데가리는 그차단[1205) 데껴부난

돗도고리로[1206) 서련을 헌다.

귀는 그차단 데껴부난

작박이여[1207) 솔박으로[1208) 서련을 헌다.

젯가슴은[1209) 돌라단 데껴부난

가짓갱이[1210) 서련을 헌다.

1197) '디딜팡'은 변을 볼 때 디디고 앉게 걸쳐놓은 넓고 얇은 돌.
1198) 분풀이냐.
1199) 끌어다.
1200) 바다.
1201) 던져버리니.
1202) 작은.
1203) 모자반. 제주도에서는 달리 '몸'이라고도 함.
1204) 마련을.
1205) 끊어다가.
1206) '돗도고리'는 돼지 먹이를 넣어주는 돌함지박.
1207) 주걱이여.
1208) '솔박'은 나무를 둥그스름하고 납죽하게 파서 만든 작은 바가지 비슷한 그릇.
1209) 젖가슴은.

베또롱은1211) 돌라단 데껴부난

먹보말로 서련을 허고

또꼬망은1212) 돌라단 저 바당 데껴부난

몰문주리로1213) 설련을 헌다.

손톱 발톱 복복 뽑아단 저 바당 데껴부난

군벗1214) 딱지 서련을 허고

손은 그차단 데끼난

글겡이여1215) 쉐스랑을1216) 서련을 헌다.

발은 그차단 데껴부난

벙에1217) 부수는 곰베로 서련을 헌다.

양 가달은1218) 끄차단 데껴부난

디딜팡 서련을 허고

남선비 좋아하단 건 돌라단 저 바당 데껴부난 대전복(大全鰒)이여 소전복(小全鰒)을 서련허여 가옵데다에ᅳ.

남은 것사 그냥 네불리야

굴묵낭1219) 방에에1220) 도애남1221) 절귀에1222) 똑똑 빳 안1223) 허풍ㅂ름

1210) 놋그릇 뚜껑.
1211) 배꼽은.
1212) 똥구멍은.
1213) 말미잘로.
1214) 군부. 딱지조개.
1215) '글겡이'는 솔잎이나 검불 등을 긁어모으는 도구.
1216) 쇠스랑을.
1217) 볏밥.
1218) 가랑이는.
1219) 느티나무.
1220) 방아에.
1221) 복숭아나무.
1222) 절구에.
1223) 빻아.

불리난

노일저데 귀일이 뚤년 산 때도 놈이 피나 뽈아먹언 살안게 죽언 가도 놈이 피난 뽈아먹는 모기나 긱다기로[1224] 환싱(還生)을 시겨가옵데다에ㅡ.

'어머님이나 촞아보저.' 허여

베질 허여 가는 게 홀연 광풍 불어간다.

오동나라 오동고을을 근당허여 간다.

흐릍날은 주천강 연네못을 넘어가노렌 허난

저 번이 갈 때엔 엇언게[1225] 이번이 올 때엔 보난 난데엇인 연꼿이 흔 송이 피엿구나. 필유곡절(必有曲折)허다.

어 물 알엔[1226] 베련보난 어머님은 술은 다 썩언 시네방천이[1227] 뒈여불고, 열두 신뻬만 왕그랑 허엿구나. 녹디셍인님 허는 말이

"성님덜 여기서 기다렴십서.[1228] 날랑 서천꼿밧을 올라 강 꼿감관[1229] 꼿셍인(-聖人)에 등장(等狀)을 들엉, 피 오를 꼿 술 오를 꼿 말 굴을 꼿 웃음 웃을 꼿 환셍꼿[1230] 번성꼿을[1231] 허여당, 어머님 살려네쿠다." "어서 걸랑 기영 허렌." 허연

성님덜은

주천강 연네못디 세와놓고

어 녹디셍인님은

서천꼿밧 도올른다

꼿감관 꼿셍인에 등장을 들어

1224) 각다귀로.
1225) 없더니.
1226) 아래는.
1227) '시네방천'은 냇물이 터지듯이 흘러감을 뜻함.
1228) 기다리고 있으세요.
1229) 꽃 감관(監官).
1230) 환생(還生) 꽃.
1231) 번성(繁盛) 꽃을.

피 오를 꼿 술 오를 꼿 말 글을 꼿 웃음 웃을 꼿

환성꼿 번성꼿을 허여단

어 주천강 연네못디

네려완 멧날 메칠 물을 퍼도 물이 ㅂ뜨질[1232] 아니 허연게, 녹디셍인님 신력(神力)으로 금봉체[1233] 앗아들언 혼 번을 둑딱허난, 물이 ㅂ짝허게 ㅂ 땃구나.[1234]

어— 어머님 열두 신뻬 즈근즈근 모다놓안 피 오를 꼿이여 술 오를 꼿 말 글을 꼿 웃음 웃을 꼿 환성꼿 번성꼿을 올려놘, 송낙낭[1235] 막뎅이[1236] 들런, "어머님아 요건 어머님 때리는 불효(不孝)잇 매가 아니라, 어머님 살려내는 메우뎅." 허멍 싀 번을 둑딱 두드리난, 어머님은 와들렝이[1237] 일어나멍 "야 봄줌이라 너미[1238] 하영[1239] 자졋구나—."

어머님 살려두고

어머님 누워난 자린덜사

그냥 네불리야.

어머님 누워난 자리에 흑을[1240] 혼 곧드로[1241] 모다놓고[1242] 일곱 성제가

돌아가멍 혼 주먹씩 쿡쿡 줴어박단,[1243] 녹디셍인 츠렌[1244] 뒈난 하도

1232) 밭지를.
1233) 금부.
1234) 밭았구나.
1235) 무슨 나무인지 미상(未詳).
1236) 막대기.
1237) 갑자기 벌떡 일어나는 모양.
1238) 너무.
1239) 많이.
1240) 흙을.
1241) 곳으로.
1242) 모아놓고.
1243) 쥐어박다가.
1244) 차례는.

부에[1245] 나난 두 주목 쥐어앚언 가운딜 꽈락허게 박아부난 그 법으롭서 시릿고망[1246] 일곱 개 중에 가운딧 고망만 크는 법도 마련 뒈엿수다.

마련허여두고

법지법(法之法)이나 마련허여보저

"어머님은 추운 물 알에 살아나난 삼덕조왕(三德竈王) 할마님으로 들어상 삼시 세 때 드신[1247] 불 췌곡[1248] 드신 음식 얻어먹기 어찌 허오리까?" "어서 걸랑 기영 허렌." 허연

어머님 삼덕조왕 할머님으로 들어사난, 노일저데 귀일이 뚤은, 돗통에서[1249] 걸어전 죽으난 칙도부인(厠道夫人) 마련헌다. 그 법으로써

조왕광[1250] 통시는[1251] 씨앗지간이랑 씨앗이옌 허민 옛날도, 돌부체도[1252] 돌아산덴 말 잇입니다. 그 법으로 옛날 집 짓젠 허민 통시광 조왕은 반대로 허영 멀리허영 짓곡, 조왕엣 거 통시에 가나 통시엣 거 조왕엘 가나 허민 사름 죽는 북망동지법도 마련 뒈엿습니다에ㅡ.

똑똑허고 역력헌 녹디셍인님은

일문전 하르바님 점줄허여간다.

그 법으로 일문전 문전광 조왕은 부모 즉식 지간이랑, 문전제(門前祭) 허여나민, 웃제반[1253] 걷엉 지붕드레 올리곡 알제반은[1254] 걷엉 어머님 조왕국드레 올리는 법도 마련 뒈엿습네다에ㅡ.

어 큰성님 동이 청제장군(靑帝將軍)

1245) 부아.
1246) 시루구멍.
1247) 따뜻한.
1248) 쬐이고.
1249) 돼지우리에서.
1250) 부엌과.
1251) 돼지우리는.
1252) 돌부처도.
1253) 제물을 조금씩 걷어 모음.
1254) '알제반'은 '웃제반'을 걷은 뒤에 다시 제물을 조금씩 걷어 모음.

셋챗성님은 서이 벡제장군(白帝將軍)

싓찻 성님 남이 적제장군(赤帝將軍)

늿찻 성님 북이 흑제장군(黑帝將軍)

다섯찻 성님

천지 중앙 황제장군(黃帝將軍)

여섯찻 성님 아무도도 추질 못 허난 그때예 남선비 아덜덜 ㅇ섯 성제라시민, 문전(門前)이여 오방(午方)으로 똑기[1255] 추지허여 불어시민, 막곡 트곡 아니 허여도 뒈컬 요섯찻 성님 아무도도 추질 못 허연, 혼다, 일년에 혼번씩 돌아뎅기멍 얻어먹기법 마련허여부난 이제도 일년에 혼번씩 돌아가멍 혼 방은 막곡 혼 방은 트곡 허는 법도 마련뒈엿습네다에ㅡ.

■ 문전본풀이>비념

일문전(一門前) 난산국 시주낙형 과광성 신을 풀엇수다.

녹디셍인님 서천꼿밧 올라가 피 오를 꼿 술 오를 꼿 허여다 어머님 살려네난 법으로, 서천꼿밧디 야 석숭개낭이 불이여! [강연일 심방, 성주꼿을 들고 뒷마당으로 나가 불에 태운다.]

성주꼿이랑

일문전 불천소웰[1256] 허건

이 불꼿 일어나는 대로

이 ㅈ순덜 공든 답을 제겨 줍서 지든 답을 제겨 줍서

문전에서

어여

먹을 연도 나숩서 입을 연도 나수와 줍서.

이 ㅈ순덜 이에

1255) 딱 들어맞게.
1256) 불 찬수(鑽燧)를. 불사름을.

바다

어어

○○ 식당 허거들랑

가는 손님 오는 손님

천객(千客)은 만래(萬來)허여

사업 번창허곡

좋은 금전 벌게 허여 줍서.

어어

또 이전 난 아기덜

어어 에에

여레섯 설

열훈 설

아홉 설

어 서 너 오누이

앞이멍에1257) 뿐른 의견 뒷이멍에1258) 맑은 지혜(智慧)

총명(聰明)을 나수왕

어른 공부혜도

덕든 걸음 시겨주곡

어어 인명(人命) 축(縮)허곡 제명(財命) 부족허여

문서(文書) 낙루(落漏)헐 일

발 벋어 앚앙 대성통곡헐 일

나게도 맙서.

오는 엑수(厄數)덜랑

갑을동방 경진서방 병오남방 혜저북방으로

1257) 앞이마에.
1258) 뒷이마에.

막아줍서.

문전으로

강적(强賊) 수적(水賊) 얻어 만날 일

조왕으로

불휘 없는 염네꼿[1259]

까스 사고 나곡

전기 사고 날 일덜

막아줍서.

금전 손혜 제물 손혜 날 일

관제수(官災數)에 걸어질 일덜

나게 맙서.

날로 가면 날역

둘로 가면 둘역

월역(月厄) 시력(時厄) 다 막아줍서.

먹다 씌다 남은 명광 복이랑, ᄌ손덜 금동퀘상(金銅几床)드레, 앚진동 밧진동, 고비첩첩 다 제겨줍서ㅡ.

■ 문전본풀이>제반걷음

[장구채를 장구의 조임줄에 끼운다.]

일문전 난산국 시주낙형 과광성 신풀엇습네다. 웃제반은 걷어당 지붕상상 입고상량(立柱上樑) 위올리곡, 알제반 걷어당, [이용순 심방, 제반 걷는다.] 어 어머님 조왕국드레 위올려 드려가며,

---

1259) 불.

■ 문전본풀이>산받음

오널 문전에서도 상을 곱게 받앙, 이번 이 바당○○, [제비점] 장서 사업허는 딜로, 가는 손임 오는 손임, [쌀알을 헤아린다.] 아이고 고맙수다ー. ♀답 방울 게민, 사업 번창허곡, [제비점] 좋은 금전을 나수와 준덴 말입네까. [쌀알을 헤아린다.] 에 고맙수다ー. [쌀알을 전해주려고 기주를 찾는다. (심방 : 예, 요거왕 요거 받읍서.) 기주가 와서 쌀알을 받는다.] ♀답 방울 열두 방울양, 그자 걷는 양 톡톡 문전에서도 상 잘 받암수다예. (기주 : 아이고 고맙수다. 고맙수다.)

■ 문전본풀이>제차넘김

일문전 난산국 본 풀엇습네다. 상당불법전이랑, 옥항천신불도 연맞이드 레, 도올려 드려가면, 신이 아이 연당 알로 굽어 하전허겟십네다ー.

[제반 걷은 다음 성줏상을 대주 부부에게 물려 음복하게 한다.]

성주풀이 불도맞이 연유닦음, 권제

자료코드 : 10_01_SRS_20090412_HNC_KYS_0001_s14
조사장소 : 제주특별자치도 제주시 삼도2동 1○21-22번지 바다○○ 식당
조사일시 : 2009.4.12
조 사 자 : 허남춘, 강정식, 송정희
제 보 자 : 김윤수, 남, 63세 외 4인
구연상황 : 간단히 연유를 말하고 권제 바치는 말명을 한다. 소미가 제물 약간을 차린 차 판을 들고 심방 옆에 함께 서서 역가를 신전에 보인다.

[김윤수 심방(수룩큰옷, 송낙)]

[제상을 바라보며 신자리에 서서 말명을 한다.] 옥항 천신불도(天神佛

道)님과 짓알로 칠원성군(七元星君)님네 신 위굽펏다, 신 눅어[1260) 갑네다~.

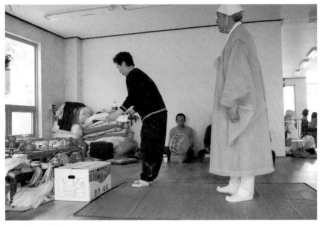
불도맞이 권제

‖ 늦인석 ‖ [북(정공철), 설쒜(이용옥), 대양(이용순)][심방이 서서 허리를 숙여 몇 차례 절을 한다.]

신메와~, 드립네다. 날은 어느날, 둘은 어느 둘, 금년 헤는 기축년(己丑年), 쳉멩(淸明) 꽃 삼월, 열일뤳날 아척[1261) 진ᄉ시로, 옥항 쒜북소리[1262) 올려, 옥항 천신불도 칠원성군님네~, 옵서 옵서 청협기는, 어느 ᄀ을 어떠헌 인간이, 청혜엿느냐 허옵기는 국은, 대한민국 제주 특별자치도, 제주시 삼도이동, 천○벡이십일 다시 이십이번지, 바다○○ 식당에~, 동안대주(東軒大主)~ 고○석 을사셍(乙巳生), 마흔다섯 이헌관(二獻官) 강○숙, 기유셍(己酉生) 마흔하나, 부베간(夫婦間) 낳은 아기 장남 고○하 병자셍

1260) 신이 누그러져.
1261) 아침.
1262) 무악기인 '연물'을 울렸다는 뜻.

(丙子生), 열늬 설, 족은아덜 고○한 게미생(癸未生), 일곱 설 받은 공서, 장녀아기 고○라~ 갑술생(甲戌生) 열여섯, 하녀(下女) 아기 ○경이 기묘생 (己卯生) 열혼 설, 사는 용궁으로,[1263] 옥항 천신불도연맞이로 옵서 옵서, 청혜여 잇습네다. 초감제(初監祭)로 옵서 청하고, 옵서 청헌 신전 신청 궤[1264] 메왓수다. 맛이 좋은 금공서 설운[1265] 원정(願情), 올렷습네다. 할 마님전 치하수룩(致賀水陸)로 우올리져, 영 협기는 할마님이서 즈순덜 곱 게 내와주곡, 그늘롸[1266] 준 덕텍(德澤)으로, 고마운 사례(謝禮) 우올리져, 즈순덜 마음 먹고 뜻 먹엇습네다. 옥항 천신불도 옥항 일월불도(日月佛道), 삼싱불도 불도 노장이, 서신대별상 홍진국 마누라님, 동해용궁 불법할마 님 옵서 청하고, 동살량 침방(寢房)우전 서살량, 방안 우전으로 천앙불도 (天皇佛道), 지왕불도(地皇佛道) 인왕불도(人皇佛道) 안태중여레싱전, 공씨 (空氏) 방씨(方氏) 서씨여래(昔氏如來), 삼불도(三佛道) 할마님 옵서 청발허 고, 짓알로도 도느리며,[1267] 갑을동방(甲乙東方) 전우성(牽牛星) 겡진서방 (庚申西方), 직녀성(織女星) 벵오남방(丙午南方) 노인성(老人星), 헤저북방 (亥子北方) 북두칠원(北斗七元), 대성군(太星君) 원성군(元星君) 진성군(直星 君), 목성군(繆星君) 강성군(綱星君), 기성군(紀星君) 게성군(開星君), 짓알 네별 짓우 세별 삼태육성(三太六星), 견우직녀(牽牛織女), 성별님네 옵센 청혜영, 즈순덜 소원뒌 말씀, 올렷습네다. 권제삼문(勸齊三文) 받저 영 협 네다. 권제삼문은 도권제(都勸齊), 받아 위올렷습네다. 동게남(東觀音) 상 저절 서게남(西觀音) 금백당(金法堂), 남게남(南觀音) 노강절, 북항상상(北 恒山上) 몽롱절, 대서(大師)님을 부체님 직허고, 소서(小師)중은 속하인(屬 下人) 거느려, 권제삼문 받아다, 도권제로~ 위올렷습네다. 벡근(百斤) 장

1263) 여기에서는 '집안으로'의 뜻.
1264) 신을 청하는 제차.
1265) 서러운.
1266) 보살펴.
1267) 내리며.

대 저울리라 영 헙네다. 할마님 대ᄃ리, 마흔여덥 상청ᄃ리 서른여덥, 중청ᄃ리 쓰물여덥, 하청ᄃ리, 네광장필 미녕장필, 일곱 자 걸렛베[1268] 석 자 오 치 바랑친, 짓알로 칠원성군님에, 칠성명ᄃ리 위올렷습네다. 고리안동벽[1269] 좌동벽,[1270] 위올렷습네다. [소미가 심방 쪽으로 다가와 제물이 놓인 차판을 들어 제상을 향해 들어올리며 허리를 굽혀 몇 차례 절을 한다.] ᄌ순덜 금바랑 옥바랑 위올리며, 천신불도님전, 둘러뷔고, 제드립네다.

‖ 늦인석 ‖ [심방이 서서 허리를 굽혀 제상을 향해 절한다. 돌아서서 뒤편에 차려진 제상에도 허리를 굽혀 절을 한다. 절이 끝나면 다시 뒤로 돌아 제상을 향해 선다. 차판을 든 소미 역시 뒤편의 제상을 향해서 역시 차판을 들어 올리며 허리를 굽혀 절을 한다. 그 뒤 소미는 차판을 다시 제자리에 가져다 놓는다. 소미는 걸렛베를 집어 든다.]

성주풀이 불도맞이 수룩

자료코드 : 10_01_SRS_20090412_HNC_KYS_0001_s15
조사장소 : 제주특별자치도 제주시 삼도2동 1021-22번지 바다○○ 식당
조사일시 : 2009.4.12
조 사 자 : 허남춘, 강정식, 송정희
제 보 자 : 김윤수, 남, 63세 외 4인
구연상황 : 심방은 수룩 장단에 맞추어 춤을 춘다. '할망ᄃ리'에 해당하는 긴 무명천을 휘돌리고 어깨 뒤로 넘기기를 여러 차례 한다. 이어 삼승할망이 철쭉대 짚고 들어오는 모양을 하고 산받아 분부한다. 칠원성군과 옥황천신불도에 대하여 상당숙여 소지원정하고 산받음을 하여 분부사룀을 한다.

1268) 아이를 업는 멜빵.
1269) 방울떡 일곱 개를 댓가지로 꿴 뒤에 너울지를 씌워 제물로 올리는 떡.
1270) 고리안동벽의 이칭.

둘러뵈고 제 드리난, 백근 장대 저울리난, 역가(役價)가 기뜩허다[1271]
헙네다. 고리안동벽 좌동벽도 옥항 천신님전 위올립네다. 데벽미(大白米)
도 위올립네다. 일곱 자 걸렛베 석 자 오 치 바랑친, 금바랑 옥바랑, 지국
성 하전허면 낮이 원불, 밤인 수룩, 천불당 원수룩, 젯북제맞이굿이웨다~.

∥수룩∥[심방이 서서 제상을 향해 양손을 모으고 허리를 숙여 절을 한
다. 그 뒤 무릎을 꿇고 절을 한다. 일어나서 뒤로 돌아 선 채로 양손을 모
으며 허리를 굽혀 절을 한다. 다시 돌아서서 제상을 향해 양손을 모으며
허리를 굽혀 절을 한다. 이어서 상체를 약간 굽힌 상태에서 양손을 번갈
아가며 수룩큰옷의 도포자락을 휘감아 올리는 모양의 수룩춤을 춘다.]

∥중판∥[수룩춤을 그치고 신자리에 자리를 잡는다.]

∥감장∥[양손을 들고 왼감장, 오른감장을 돈다.]

∥수룩∥[신자리에 무릎을 꿇고 앉은 채로 다시 수룩춤을 춘다. 조금
뒤 수룩춤을 그치고 양손을 모아 앉은 채로 간단히 절하듯이 한 뒤, 걸렛
베를 양손에 잡는다. 제상을 향해 오른손을 움직여 걸렛베를 흔든다. 그
뒤 다시 왼손을 움직여 걸렛베를 흔든다. 이후 같은 동작을 몇 번 반복한
뒤, 제상을 향해 앉은 채로 절을 한다. 걸렛베는 오른쪽 어깨와 왼쪽 겨드
랑이 밑으로 해서 맨다. 그다음 양손으로 바랑친을 잡고 조금 전 걸렛베
를 흔들듯이 오른손을 먼저 흔들고, 이어 왼손으로 바랑친을 몇 차례 흔
든다. 이어 양손으로 바랑을 잡는다. 바랑을 부딪치며 앉은 채로 말명을
한다.] 옥항 천신불도 할마님~ [심방이 말명을 계속 하지만, 연물소리와
바랑소리에 묻혀 알아듣기 어렵다. 말명을 그친 심방이 일어나서 바랑을
부딪치며 춤을 춘다.]

∥감장∥[심방이 양손을 들고 간간이 바랑을 부딪치며 왼감장, 오른감
장을 돈다.]

1271) 기특하다.

‖중판‖[심방이 소미가 들고 있던 쌀그릇의 쌀을 바랑으로 조금 집어든다.] 옥항 천신불도님도~ [쌀이 놓인 바랑을 제상을 향해 높이 들며 쌀을 뿌린다. 말명을 계속 하나 연물소리에 묻혀 들리지 않는다. 각 방향을 향해 바랑으로 쌀을 뿌린다. 그런 뒤에 바랑의 쌀을 높이 올려 다시 바랑에 받아 점을 친다. 점괘로 나온 쌀알은 소미에게 건네준다. 다시 바랑의 쌀로 점을 친다. 말명은 계속 이어지나 알아듣기 어렵다. 점괘로 나온 쌀알은 소미에게 건네준다. 점이 끝나면 다시 바랑을 부딪치며 춤을 춘다.]

‖감장‖[바랑을 양손에 들고 왼감장, 오른감장을 돈다.]

‖중판‖[감장을 돈 뒤 제상을 뒤로 하고 바랑을 어깨너머로 신자리에 던져 점을 친다.]

‖줓인석‖[소미는 바랑을 정리하고, 심방은 바랑친을 제상 앞으로 가서 놓는다.]

■ 수룩>할망ᄃ리 추낌

불도맞이 할망다리 추낌

‖중판‖[심방이 제상 앞에 놓인 할망ᄃ리를 잡고 뒤로 물러나 천을 길

게 늘이고는 팔을 위아래로 흔들며 춤을 춘다. 긴 천이 포물선을 그리며 어지럽게 흔들린다. 조금 뒤 심방이 할망드리를 어깨로 메어 넘긴다. 다시 심방이 제상을 뒤로 하고 전과 같이 할망드리를 잡고 길게 늘이며 팔을 위아래로 흔들며 춤을 춘다. 흔들기를 멈추면 할망드리를 어깨에 메어 넘긴다. 심방이 다시 제상을 향해 할망드리를 전과 같이 흔들고 어깨에 메어 넘긴다. 그 뒤에 할망드리를 할망상에 놓인 병풍 위에 걸친다.]

■ 수룩>할망드리 추낌>할마님 좌정

‖중판‖[심방이 바랑친과 철쭉대를 집어든다. 신자리로 돌아와 오른손에 잡은 철쭉대를 지팡이 짚듯이 하며 신자리를 돌아다닌다. 철쭉대를 들고 신자리를 한 번 돈 뒤, 철쭉대를 등 뒤로 해서 양손으로 잡고 허리를 약간 구부린 채 구부정하게 걷는 모습으로 몇 발자국 걷는다. 철쭉대를 앞으로 하고 다시 지팡이 짚듯이 하며 신자리 주위를 돌아다닌다. 다시 철쭉대를 허리 뒤로 해서 양손으로 잡고 구부정한 모양으로 몇 걸음 걷는다. 입구 쪽 기주가족들이 모인 곳으로 가서 말한다. (심방 : 스나이.[1272] 어디 간? 스나이. 아덜.) 기주 가족들이 모여 있는 곳에서 철쭉대로 가족들을 일일이 짚으며 말명을 하나 연물소리 때문에 들리지 않는다. 말명이 끝나면 다시 철쭉대를 들고 휘두르며 신자리로 돌아와 춤을 춘다.]

‖감장‖[철쭉대를 양손에 잡고 왼감장, 오른감장을 돈다.]

‖중판‖[철쭉대를 뒤편 제상의 구석에 가져다 세워 놓는다. 신자리로 돌아와 소미가 건네준 바랑을 받아들고, 바랑을 부딪치며 춤을 춘다.]

‖감장‖[바랑을 들고 왼감장, 오른감장을 돈다.]

‖중판‖[감장을 돈 뒤, 제상을 뒤로 하고 바랑을 앞으로 던져 점을 본다. 소미가 건네준 신칼과 산판을 받아 각각 왼손과 오른손에 잡는다. 소

1272) 스나이. 즉 '대주인 아들'을 말함.

미는 바랑을 정리한다. 심방은 왼손을 들어 신칼치메를 어깨에 걸쳤다가 양손을 모으며 앞으로 내린다. 뒤돌아서서 신칼치메를 오른쪽 팔에 걸쳤다 양손을 모으며 앞으로 내린다. 다시 뒤돌아서서 신칼치메를 어깨에 걸쳤다 양손을 모으며 앞으로 내리는 것과 동시에 신자리에 앉으며 산판점을 친다. 이어 신칼점도 몇 차례 친다. 점을 치며 말명을 하나, 연물소리 때문에 알아듣기 어렵다. 이후 뒤돌아 뒤편 제상을 바라보며 산판점을 하고, 신칼점도 몇 차례 친다. 역시 말명은 알아듣기 어렵다.]

‖늦인석‖[심방이 제상을 향해 돌아선다.] 이 애기덜~, 열늬 설이영 일곱 설 열여섯, 할마님 드리로 곱게 [산판점] 네와 줍센 허영, 이 군문찔로,[1273] [산판점] ○○○○ 말입네까. [신칼점] ○○○○○, [심방이 일어서서 양손을 모으며 허리를 굽혀 절한다. 뒤로 돌아 뒤편의 제상을 향해 양손을 모으며 허리를 굽혀 절한다. 송낙을 벗고 수건으로 얼굴의 땀을 닦는다. 다시 송낙을 쓴다.]

■ 수룩>분부문안

[심방이 서서 분부문안을 한다. 손에 땀수건을 잡았다.] 어~ 예순여섯 마흔다섯, 마흔ᄒᆞ나, 분부문안 여쭙네다. 초감제 때도 ᄀᆞᆯ앗주만은,[1274] 오널 성주만[1275] 허젠 헤엿드라면은, 할마님이 대단히, 섭섭허곡 칠원성군님도 대단히 등을 지곡 헐 일인디, ᄌᆞ순덜 먼저 께독 헤와,[1276] 성주 올리는 바에, 할마님이 치하수로 올리난, 할마님도 고맙게 상을 받아사고, 칠원성군님도 고맙게 상을 받아산다 문안 여쭙네다. 너희 ᄌᆞ순덜, 마흔다섯 마흔ᄒᆞᆫ 설 부베간, 단아덜에[1277] 아덜 성제 뚤 형제 탄생헤영, 이 어머님

1273) 군문 점괘로. '군문'은 점괘의 하나.
1274) 말하였지만은.
1275) 성주풀이만.
1276) 깨달아서.
1277) 외동아들에.

공 들고 지 들멍 뎅기멍 허던 보난 아덜 형제 똘 형제 탄생혜영, 지금꼬
장1278) 아무 일 엇이 곱게, 그늘롸 주는 덕텍으로 알고, 할마님에서도, 예
순여섯, 무음 먹고 뜻 먹어 할마님에 정성허난 할마님에서, 아기 주순덜
도 곱게 그늘롸주곡, 지금꼬장도, 아무 스고(事故) 없이, 오는 일이고, 앞
으로도~, 여궁녀 열여섯은 할마님 머리 밧꼇 이젠 나간 주순이고, 열늬
설 일곱 설 열혼 설은, 할마님 직헌1279) 주순이난, 앞으로 열다섯 십오세,
할마님에서 곱게 네와주곡, 고사리 바꼇 네와주곡, 할마님 덕텍으로 알라
혜여, 분부문안 여쭙네다. 오널 할마님, 두에 구천왕 구삼싱에,1280) 제인
정 잘 걸어, 터진 셍기지방(生氣之方)으로 잘 돌려 보내고, 영 허면은 예순
여섯님아 당신, 울멍 마음 먹던 고셍 고셍헌 길을 다가, 이 애기덜 펜안허
건, 할마님광 칠원성군님, 덕으로 알라 혜여, 분부문안이웨다에~.

■ 수룩>소지원정, 산받음

[제상을 바라보며 요령을 잡고 말명을 한다.] 분부문안을 여쭈와 드렁
갑네다~. [요령] 천앙기도 지드타 지하전헙네다. 지왕기도 지드타 지하전
헙네다. [대주 부부가 신자리에 와서 앉는다.] 우수리 각기 하전(下轉) 때
가 뒈엿습네다. [요령] 올 적엔 오리정 잔이웨다 갈 적에 금베리 잔이웨
다. 초잔 청감주(淸甘酒) 이챗잔은 주청주(紫淸酒) 제삼잔은 주소지(紫燒
酒), 계랄안주 잔 받아 하전덜 헙서. 옥항 천신불도님도 상 받아 상천헙서.
옥항 일월불도님도 상 받아 하전덜 헙서. [요령] 삼싱불도님도 상 받앙 하
전헙서. 불도 노자님도 상 받앙 하전헙서 서신대별상 홍진국마누라님도,
상 받아 하전덜 헙서 동이용궁불법, 할마님도 상 받아 하전덜 헙서. 동살

1278) 지금까지.
1279) 지키는.
1280) 구삼싱할망에. '동해용궁 따님아기'인 구삼싱할망은 아이들을 해치고 저승으로 데
려가는 신.

량 침방 우전 서살량에 ○○ 방안 우전으로, 천앙불도할마님 지왕불도 인
앙불도 안테중이리싱전, 공씨 방씨 서씨여래 삼불도, 할마님이랑 상 받앙
웨궁전 내궁전 금벡당 질을 다깡, 할마님 몸상더레 신수평 이 애기덜 저,
머리쩡더레 은동덜 헙서. [요령] 짓알로 도느리면 갑을동방 전오성, 경진
서방님네 뱅오남방 노인성, 헤저북방 북두칠원성군님, 대성군 원성군 지
성군, 목성군 강성군 기성군 계성군, [소미 이용순이 아들과 며느리가 소
지 올리는 것을 도와준다.] 짓알 네별 짓우 세별 삼태육성 견우직녀, 성별
님네도 상 받아, 다 젯자리로 도오릅서. [요령] 아~, 시어들자 싯수문장
잇수리까, 웨와들자 웨월 성네 잇수리까 공문 공소지원정이웨다. 흰 종이
에 붉은 불 부쪄 올라가는 디로, 하늘옥항 연주문 지부쩌가, 좋은 재산 내
리웁서 좋은 분부 내리왕 이 주손덜, 천하산에 명을 줍서. 지하산에 복을
줍서. 장수장명(長壽長命)덜 시겨덜줍서. [요령] 소지원정 술아[1281] 위올려
드령가며, [심방이 신자리에 앉는다. 송낙을 벗는다. 제비점을 치려 한다.]
에~, 막점서[1282] 막분부웨다. 칠원성군에서, 옥항 천신불도님 ○○ 상이
나, [제비점] 곱게 받아산덴 허거든, 마린제비로나~, 분간헙서. [심방이
며느리에게 쌀알을 건네준다.] 멩이 잇어도 복이 엇으면 못 살곡 복이 잇
어도 멩이 엇으면 못 사는 법이웨다. 천항은 천덕걸리 지왕은 복걸리웨다.
칠원성군에서영, 다 상이나 곱게 받아, [제비점] 산덴 허건, 아이구 고맙
수다. [심방이 며느리에게 쌀알을 건네준다.] 권제삼문이나 일로, [제비점]
벡근이 참네까, 벡근이 아니 차나 허뒈 일로, [제비점] 곱게 받아 산덴 허
건, 맞인제비 열 방울, [심방이 며느리에게 쌀알을 건네준다.] 마흔다섯,
[제비점] 먹고 살을 군량미(軍糧米)나 줍서. 마흔셋 다섯, 이 주순 [제비
점] 칠원성군에서영, 다 고맙수다. [심방이 며느리에게 쌀알을 건네준다.]
강씨 안전 [제비점] 마흔훈 설이영, 먹고 살을 군량미나 줍서. 고맙습네

1281) 불태워.
1282) 마지막 점사.

다. 열두 방울이곡, [심방이 며느리에게 쌀알을 건네준다.] 아덜 열늬 설이나, [제비점] 먹고 살을 양미(糧米) 주곡, [제비점] 이 조순 할마님에서 칠원성군에서영, 다 멩이나 곱게~, [제비점] 걱정 말렌 허건, 마진제비 줍서. [제비점] 이 조순 뎅기다, 넉날 일인가 마씸. [심방이 며느리에게 쌀알을 건네준다.] 족은아덜, [제비점] 일곱 설이난, [제비점] 먹고 살을 군량미나 줍서. 이 조순 넉날 일인가 마씸. [제비점] 크게 거정 당헐 일이나 막아주곡, [심방이 며느리에게 쌀알을 건네준다.] 장녀아기 [제비점] 여레섯이나, [제비점] 먹고 살을 군량미나 주곡, 여레섯 이 조순, [제비점] 크게 걱정 당헐 일 다 막아주곡 열 방울, [심방이 며느리에게 쌀알을 건네준다.] 하녀아기, [제비점] 일곱 설이나, 고맙습네다. [심방이 며느리에게 쌀알을 건네준다.] 게민 할마님광 칠원성군에서 이 조순덜, 올 금년 기축년 기망 윤삭(閏朔) 열석 둘 다, [제비점] 편안헌덴 허건, 마진제비로나 마꿋데1283) 방엑(防厄) 잘 막곡, [제비점] 영 허면 크게 걱정 당헐 일이나, 없엉 고맙수다. [심방이 며느리에게 쌀알을 건네준다. (심방 : 할마님광 칠원성군에서, 막 상 받고 잘 받고이, 애기엄마영 애기엄마영 좋곡 애기덜도 잘 그늘롸주켄이.) 며느리가 고개를 숙이며 대답한다. "예." 며느리가 일어선다. 소미가 심방에게 냉수를 갖다주니 마신다. 수룩큰옷을 벗고 갓을 쓴다.]

성주풀이 불도맞이 할망질침

자료코드 : 10_01_SRS_20090412_HNC_KYS_0001_s16
조사장소 : 제주특별자치도 제주시 삼도2동 1○21-22번지 바다○○ 식당
조사일시 : 2009.4.12
조 사 자 : 허남춘, 강정식, 송정희

1283) 마지막에.

제 보 자 : 김윤수, 남, 63세 외 4인

구연상황 : 불도맞이의 질침은 할망질침, 동이용궁질침, 악심 푸다시로 이루어진다. 할망
질침은 인간불도 맹진국 할망을 침방으로 모셔 들이기 위하여 신이 내리는
길을 치워 닦는 제차이다. 모의적인 행위로 길을 치우고 닦는다. 동이용궁질
침은 동이용궁 뜨님아기가 내리는 길을 치워 닦는 제차이다. 악심꽃을 잡고
꺾는 것을 연극적인 행위로 보인다. 악심 푸다시, 동이용궁 할망 배송으로 마
무리한다.

■ 할망질침>할망질 돌아봄

[심방이 공싯상에서 신칼을 집어들고 신자리에 서서 말명을 한다.] 옥
항 천신 불도님도 상 받아 상천혜엿수다. 칠원성군님도 상 받아 상천혜엿
습네다. 인간 삼불도 맹진국할마님, 동살장 침방 우전 서살장에 방안 우
전, 신수퍼 사저 [공시상에서 요령을 집어 들어 오른손에 잡는다.] 웨궁전
네궁전 금벡당 질도 돌아보자.

‖중판‖[심방이 신칼을 양손에 나누어잡는다. 신자리에서 천천히 돌며
왼손의 신칼치메를 어깨에 올렸다가 내린다.]

‖감장‖[양손을 들고 왼감장을 돈다. 오른감장을 돌 때는 왼손 신칼치
메를 어깨에 걸치고 오른손을 들고 흔들며 한 바퀴를 돈다.]

‖중판‖[왼손 신칼치메를 오른쪽 어깨에 걸치고 오른손을 들고 제상
앞에서 모아 내린다. 뒤돌아서서 왼손을 어깨에 걸치고 오른손은 휘돌리
며 앞으로 모아 함께 내린다. 다시 뒤돌아 제상을 향해서 오른손을 어깨
에 잠깐 걸치는 듯이 하다가 내리면서 왼손에 신칼을 모아 잡는다.]

■ 할망질침>언월도로 베기

어~, [공싯상에 가서 요령을 놓는다.] 할마님 들어가는 질은 돌안 보
난, 하늘도 솟북허고[1284] 지하도 솟북허고 아끈[1285] 다락 한[1286] 다락, ᄀ

1284) 수북하고.

뜬 길이로구나. 할마님이 요 질 가운데 들엉 열두 복(幅) 대홍대단(大紅大緞) 금사오리 홋단치메, 걸려 못 쓸 질이 뒈엿구나. [소미가 땀수건을 쥐어준다.] 어떵허믄 좋고, 멘(面)을 잡히자 불안(不安)허고 도장(導掌) 잡히자 김녕(金寧) 이도장(李導掌)도 세벨(世別)허고 신도청(神道廳) 잡혓구나. 옛날 선성(先生) 옛날 황수(行首)님네 비다 남은 질, 유래전득(流來傳得) 뒈 엿습네다. 성은 김씨 병술셍 요 질 칠만 헌, 세경 들어가 은알도(偃月刀) 낫시리, 굴아 타다 요 질도 비어—.

불도맞이 할망질침

‖중판‖[신칼을 양손에 나누어 잡고 제상을 향해 서로 엇갈리며 풀을 베는 시늉을 한다. 돌아서서 역시 뒤편에 차려진 제상을 향해 같은 행동을 한다. 다시 돌아서서 연물을 그치라는 신호를 보낸다.]

1285) 작은.
1286) 큰.

■ 할망질침>심모람작데기로 치우기

은알도 놋시리 꿀아 타다 굽굽들이 비엇더니만은, 건삼밧디[1287] 노용삼 씨러지듯[1288] 노용삼밧디 건삼 씨러지듯, 동더레도 미끈허고 서더레도 미 끈헌 질이로다. 어떵허민 좋고 비라[1289] 다끄라 헌다 그리말고, 세경~ 제 석궁 강, 은따비 심모람작데기로-.

‖중판‖[신칼을 한데 모아 제상 앞에서 작대기로 치우는 흉내를 낸다. 돌아서서 뒤편의 제상을 향해서도 같은 행동을 한다. 다시 제상을 향해 돌아선다.]

■ 할망질침>은따비로 파기

심모람작데기 타당 동서더레 치왓더니만은 요 놈이 너무 눌쎈[1290] 놈이 로구나. 앞인 헌 디 간 너미 비어불고, 아니 비는 딘 간 야쓱 비어부난 그 루쿠지가[1291] 탕천뒈엿구나. 거멀[1292] 조벨캄 집이 왕대 비어난 그루코지 여, 멩도암[1293] 김좌수 댁에 왕대 비어난 그루코지가 과짝헤엿구나 할마님 이 요 질 가운데 들엉, 벡눈 보선이 벌어지고 열두 복 대홍대단 금사오리 홋단치메 걸려 벌어지어 못 쓸 질, 제석궁 들어가 은따비 목겡이 타다-.

‖중판‖[공싯상에서 요령을 들고 신칼과 더불어 한데 잡는다. 그런 뒤 신칼과 요령을 모두 밑으로 늘어뜨리고 마치 삽질 하듯이 하며 신자리에 내려놓는다. 돌아서서 뒤편을 향해서도 같은 행동을 한다. 다시 돌아서서 말명을 이어간다.]

1287) 무성한 삼밭에.
1288) 쓰러지듯.
1289) 베어라.
1290) 날쎈.
1291) 그루터기가.
1292) 제주시 구좌읍 덕천리의 고유이름.
1293) 제주시 봉개동의 지명.

■ 할망질침>발로 밟기

에~, 은따비 목겡이 타다, 굽굽들이 일럿더니만은 [요령을 공싯상에 놓는다.] 요 놈이, 어디 드리1294) 손당1295) 살멍, 따비질만 헤여난 놈이로구나. 일르는 딘 강 너피 지피 간 일러불고, 아니 일르는 디 야피 일러부난, 높은 동산 얕은 굴헝이 뒈여, 강 대장1296) 한 대장 권 대장 신 대장, 부려먹던 보리멩이 닮은 발로 펭준히1297) 불롸—.1298)

‖중판‖[신칼을 모아 허리 뒤로 해서 양손으로 잡고는, 두 발로 땅을 밟는 시늉을 한다. 돌아서서 같은 행동을 한다. 다시 뒤돌아선다. 신칼은 여전히 허리 뒤로 잡고 있다.]

■ 할망질침>좀삼테로 치우기

○○○○○○ 산, 아이고 아이고 점점 못 쓸 질이 뒈엿구나. 흙은1299) 벙에도1300) 일어나고 좀진 벙에로도 일어나고, 흙은 돌도 일어난다. 좀진 돌도 일어난다. 좀진 돌 타다, 동서러레 치우라.

‖중판‖[소미가 제상에서 과일 몇 개를 가져다 바닥에 굴린다.]

■ 할망질침>홍미레기로 고르기

좀진 돌, 흙은 돌에 좀삼테로 치왓더니만은, 아이구 나냥으로1301) 놓젠 허난 요 저 손당년,1302) (소미 강연일 : 메! 나 손당이꽈?) 손당 웨손지(外

1294) 제주시 조천읍 교래리의 고유이름.
1295) 제주시 구좌읍 송당리의 고유이름.
1296) 대장장이.
1297) 평준하게.
1298) 밟아.
1299) 굵은.
1300) 흙덩이도.
1301) 나대로.
1302) 송당 여자. '손당'은 제주시 구좌읍 송당리로, 외가 고향이 송당인 소미 강연일을 이르는 표현.

孫子) 고봉선이[1303] 웨손지로구나. 나산에,[1304] 노는 디 강 놓아불곡 굴러 부난 숨은 모살밧디[1305] 게우리[1306] 드러누워난 거 ᄀ치, 우미역 좌미역 혜여 못 쓸 질이 뒈엿구나. 제석궁 들어가 홍미레기 타다 비어-.

‖중판‖ [허리 뒤로 잡고 있던 신칼을 풀어 몸 앞쪽으로 해서 양손으로 가로로 길게 잡고는 제상을 향해 평평하게 미는 듯한 동작을 한다. 돌아서서 뒤편을 향해 같은 동작을 한다. 다시 돌아선다.]

■ 할망질침>츰비 타다 쓸기

비엇더니만은, 요도 못 쓸 질이 뒈엿구나. 요 놈이 어디, 오일장(五日場)에 뎅기멍 쓸 장시만 허멍 미레깃데질만 혜여난 놈이로구나. 미는 디 간 너미 박박 밀어불곡, 아니 미는 디 간 야씩야씩 밀어부난, 못 쓸 질이 뒈엿구나. 모인 구둠[1307] 한 구둠 일어난다. 어떵 제석궁 들어가 츰비 타다 쓸어-.

‖중판‖ [신칼을 왼손에 잡고 비로 쓰는 듯한 동작을 한다. 돌아서서 뒤편 제상을 향해 같은 동작을 한다. 다시 뒤돌아선다.]

■ 할망질침>이슬ᄃ리 놓기

츰비 타다 활싹 쓸엇더니만은, 요 놈이 정체 없는 놈이로구나. 너미 씨는 딘 너미 쓸어불곡 아니 씨는 디 야씩야씩 일어부난, 흙은 먼지도 일어나고 줌진 먼지도 일어난다. 청이실 벡이실 ᄃ리도 노레 가자에-.

‖늦인석‖ [소미가 술잔을 하나 들고 와서 조금 뿌린다.]

1303) 고봉선의. '고봉선'은 제주시 구좌읍 송당리의 메인심방이었음.
1304) 나서서.
1305) 모래밭에.
1306) 지렁이.
1307) 먼지.

■ 할망질침>소새ᄃ리 놓기

아이고 아이고, 나냥으로 놓젠 허난 요 년이 또 정체 엇이 나상, 나 지
첨시카부뎅 그자 대신 나상, 주는 딘 강 들거리1308) 엇이 그냥 바락바락
주어불곡, 경 허난 남ᄌ(男子) 키 큰 건 속 엇곡, 남ᄌ 키 족은 건 자발 엇
곡, 여ᄌ(女子) 키 큰 건 들거리 엇곡 볼뼤1309) 너븐 것 세염1310) 엇곡, 여
ᄌ 키 족은 건 둥차곡,1311) 아이고 요 년이 나상 볼뼤 쪼광,1312) 넙작헌
궁둥이 쪼광 나상, 너미 주어부난, 못 쓸 질이 뒈어 느촉 나촉 꿰죽1313)
녹디죽 보리죽 퐅죽 메밀죽 못 쓸 질이 뒈엿구나. 이실ᄃ리 놓아, 청소
새1314) 벡소새 ᄃ리도, 노레 가자에―.

‖ 늦인석 ‖

■ 할망질침>나비ᄃ리 놓기

청소새 벡소새, ᄃ리 놓안 보난, 관새왓디 거름이로구나. 드디면은 바싹
드드면은 푸싹헤여 못 쓸 질이로다. 아~ 청소새왓디 청나비 뜨고 온다.
벡소새왓디 벡나비 뜨고 온다. [소미가 잘게 자른 종이를 신자리에 뿌린
다.] 나비 나비, 줄전지 나부ᄃ리도, 노레 가자에―.

‖ 늦인석 ‖ [신칼을 들어 몇 번 휘젓는다.]

■ 할망질침>할마님ᄃ리 놓기

나부ᄃ린 놓앗구나. 늬 눌개도 나부야 두 눌개랑 할마님 안녜영 나비

1308) 사물의 모양과 규모를 가늠해 적절히 조절하는 행동을 낮추어 이르는 말.
1309) 광대뼈.
1310) 사물을 분별하는 슬기.
1311) 당차고.
1312) 모습과.
1313) 깨죽.
1314) 푸른 띠. '새'는 띠를 말함.

놀듯 새 놀듯 놓아, 동살량에 침방 우전 서살량에 방안 우전으로 곱게 신수퍼 사져야, 나비드리 놓앗구나. 할마님 대드리도, 노레 가자에―.

‖늦인석‖[뒤펜 제상을 향해 신칼점을 친다.]

■ 할망질침>동해용궁할망드리 놓기

할마님 대드리 놓앗구나. 에~ 동이용궁 드리도 노레 가자. [입구 쪽을 향해 신칼점을 친다. 소미가 동이용궁할망 차판을 입구 쪽으로 들고 간다. 차판에서 천을 들어 길게 편다.] 동이용궁 드리도, 노레 가자. 보라. 상 들어다 노난 ㅈ부드리 주엄시녜. 요 년아~. 드리 놓앗구나.

■ 할망질침>올궁기 메우기

[심방이 일어선다.] 이 드리는 할마님 드리 놓앗구나. 이 드리는 누가 일룬 드릴러냐. 아~ 마흔다섯 일룬 드리웨다. 마흔ᄒᆞ나 일룬 드리 열늬설 일룬 드리, ᄄᆞᆯ 열일곱 설 열여섯, 열혼 설 일룬 드리웨다 일흔둘 예순여섯 일룬 드리로구나. 이 드리 놓앗구나. 올궁기도 곱상진다.[1315] 실궁기도 곱상, 그리말고 일 년 먹고 철년(千年) 살 금강머들 선옥미쏠 드리도, 노레 가자에―.

‖늦인석‖[소미가 제상의 쌀을 조금 집어 뿌린다.]

■ 할망질침>모파디드리 놓기

○○○○로 걸어 밀어부난, 디디면은 마드득 디디면은 무드득 헤여 못 쓸 질이로, 식은 둠비[1316] 모파디 드리도, 노레 가자에―.

‖늦인석‖[소미가 병풍 위의 할마님 상에서 작은 시루떡을 하나 들고 와서 조금씩 뜯으며 제상을 향해 던진다. 뒤펜의 상과 동이용궁할망 차판

1315) 구멍이 솜솜이 보일락 말락 하다.
1316) 두부.

에도 조금씩 뜯어 던진다.]

■ 할망질침>홍마음 홍걸레 ᄃ리 놓기

식은 둠비 모파디 ᄃ리, [소미가 떡을 심방에게 건네주려 하자, 심방이 며느리에게 가서 주어 상에 올리게 하고 절을 하게 하라고 소미에게 말한다. 며느리가 와서 뒤편의 제상에 떡을 올리고 절을 한다.] 음식의 ᄃ리로구나. 귀신도 먹저 셍인도 먹젱 헤여 못 쓸 질이 뒈엿구나. 이 다리도 놓아, 원앙~칭칭 듣는 물 호피두둠, 홍마음 홍걸레도 노레ᅳ.

‖중판‖[공싯상에서 요령을 들어 흔들고는 다시 공싯상에 내려놓는다.]

■ 할망질침>ᄌᆞ부연ᄃ리 놓기

홍마음 홍걸레, ᄃ리 놓앗구나. 할마님 노각성도 ᄌᆞ부연ᄃ리도,1317) 노레 가자에ᅳ.

‖늦인석‖[심방이 뒤편의 제상을 향해 신칼을 양손에 나누어 잡은 상태에서 각각의 신칼을 서로 수평으로 하며 허리를 굽혀 절한다. 그리고는 이내 신칼점을 치고는, 일어선다. (심방 : 할마님 들어가는 길은 잘 쳐졋뎬.) (소미 이용옥 : 치단 보난.) (심방 : 뺵낫 ᄀᆞ치 쳐 노난.)]

■ 수레멜망악심질침>동이용궁질 돌아봄

뺵낫 ᄀᆞ치 할마님도 잘 쳐졋젠 헤엿구나. 그리말고, 동헤용궁 질도, 돌아보라.

‖중판‖[심방이 동이용궁할망 차판이 놓인 입구 쪽으로 향하여 간다. 신칼을 양손에 나누어 잡고 모두 어깨 뒤로 넘겼다가 앞으로 모아 함께

1317) 'ᄌᆞ부연ᄃ리'는 신칼점 점괘의 하나.

내린다. 돌아서서 신자리로 돌아오면서 오른손 신칼치메를 어깨에 걸쳤다 내리고 다시 왼손 신칼치메를 어깨에 걸쳤다 내린다.]

‖감장‖[양손을 들고 왼감장, 오른감장을 돈다.]

■수레멜망악심질침>수레멜망악심꼿 잡음

아이구 아이구 아이구 아이구, 나 일이여. 그자 김윤수 허는 일은, (소미 강연일 : 다 헛일.) (소미 이용옥 : ○○○ 허궁일.) 담 짚엉 허궁일, [신칼을 공싯상에 내려놓는다.] 그자 익은 밥 먹엉 선[1318] 일 허여. 아니 선 밥 먹엉 익은 일 헤여도 시원치 못 헐 건디, 익은 밥 먹엉 이거 선 일 허난 어떵헐 거라. 좌둣질은 치단 보난, 우둣질이 솟뿍, 우둣질은 치단 보난 좌둣질이 솟뿍, 좌우둣질은 치단 보난 [심방이 갑자기 소스라치게 놀란 듯이 몸을 움찔거린다. 소미들이 함께 놀라는 시늉을 하여 준다.] 하이고~, 수레멜망악심꼿이[1319] 왕상, 하~, 나 오널 아척부떠 오난, 그자 쉐고기[1320] 국 끓이고, (소미 강연일 : 큰 사발에.) (소미 정공철 : 고등어 지지고.) 큰큰헌 그자, 냉면 그릇에 기냥 부루 앚단 멕이고, 낮인 고등어 조림으로 헤연 그자, 부수 멕이멍 헹 놔두난, 아이고 이거 어떵허면 좋을 것과게. (소미 이용옥 : 어떵허여게.) 이거 저거 봐, 저저저. 아이구 왕강싱강, 저걸 어떵허면 좋을 거라. (소미 이용옥 : 탁 앗아 와 붑서.) 그리말고 서천물앗주 타당, 좀들르멍 수리멜망악심꼿이랑 다 잡아시꾸라.

‖중판‖[동이용궁할망 차반에 놓인 수레멜망악심꼿을 양손에 들고 입구 쪽을 향해 풀을 베어내는 동작을 한다. 이내 돌아서서 신자리로 와서 제상을 향해서도 같은 동작을 한다. 돌아서서 뒤편의 제상을 향해 가며 같은 동작을 한다. 다시 돌아서서 신자리에서 양손을 흔들면서 춤을

1318) 설은.
1319) '수레멜망악심꼿'이 멸망을 시키는 꽃.
1320) 쇠고기.

춘다.]

‖감장‖[수레멜망악심꼿을 잡은 양손을 들고 왼감장, 오른감장을
돈다.]

■ 수레멜망악심질침>수레멜멩악심꼿 꺼끔

[감장을 돌고 난 뒤 연물소리가 잦아들면서 심방이 갑자기 꼿을 쥔 양
손을 떨기 시작한다. 심방과 소미들의 대화가 이어진다.]

김윤수 : 아이구 아이구 아이구 아이구, 아이구 이거보라 이거.

강연일 : 새 들엇져.

이용옥 : ○○밧디 새 들엇져.

김윤수 : 아이고 이거 지랄굿이여. 용천굿이여. 아이고 고명선이1321) 지
랄굿이여. 아이구.

이용옥 : 거 고순안이1322) 족은아방이여.

김윤수 : 아이고 대왓디1323) ㅂ름 들엇져. 새왓디 ㅂ름 들엇져. 앗따.

정공철 : 진정허라.

김윤수 : 진정허라.

이용옥 : 조방장(助防將)허라.1324)

김윤수 : 조방장허라. 쉐뿔도 더운 때 빠렌1325) 헷져. 읍따가라. 하따 심
으난,1326) [양손에 쥐었던 꼿을 하나로 합친다.] 이거 육지 보
살덜, 대감놀이 허는 거 닮다.

이용옥 : 봐시난 멩심허영 우이.

_____

1321) 고명선은 제주시 조천읍 함덕리를 중심으로 활동하던 심방.
1322) 고순안은 제주시 구좌읍 하도리 거주 심방.
1323) 대나무밭에.
1324) '진정'을 진장(鎭將)으로 받아 말을 붙인 것.
1325) 빼라고.
1326) 잡으니.

[심방이 꽃을 양손으로 모아 쥐고 그 자리에서 수직으로 몇 차례 도약하며 말명을 한다.]

　　김윤수 : 천앙대감도 느립서 지왕대감도 느립서. [도약을 그친 뒤 꽃을 잡은 손을 계속해서 떤다.] 아~ 야 이거, [왼손으로 꽃을 잡는다.] 나 신1327) 때에 [왼손에 잡은 꽃에 오른손을 가져간다.]

　　이용옥 : 똑기 꺼껑.

　　김윤수 : 어?

　　이용옥 : 똑기 꺼껑.

　　강연일 : 꺼꺼붑서.

　　김윤수 : 똑기 꺼꺼불커라 이거.

　　소미들 : 예.

　　김윤수 : 요게 들어서 이 집이 그냥 저 풍문조훼 불러주고, 이 나 아덜 놈으짓꺼.

　　강연일 : 오독독기 꺼꺼붑서.

[심방이 신자리에 앉아 양손으로 꽃을 잡고 무릎을 이용하면서 꽃을 꺾는다. 입으로 "획." 하며 꺾이는 소리를 살짝 낸다.]

　　강연일 : 꺼꺼지는 소리.

　　김윤수 : 획허게 까지는 소리 남신게.

　　이용옥 : 뭇아불어1328) 이제랑.

　　김윤수 : 만주에미1329) 대가리 뭇듯 [꽃을 바닥에 놓고 발꿈치로 몇 차례 짓이기는 행동을 한다.]

　　이용옥 : 아이구 까점져.

　　강연일 : 막 쿠가1330) 요새 읍아서1331) 이 경 안 혀도이?

_____

1327) 있을.
1328) 짓어 부수어버려.
1329) 작은 뱀.

이용옥 : 응. 퀴가 읍안.

강연일 : 퀴가 읍으난 막 읍은 소리가 ○○꼬지 퐁퐁 남수다.

김윤수 : 이거 골 네여당 멕이카덜.

이용옥 : 골 네당 이디 예순여섯신디 강 멕입서게. 대가리도 안 아프곡.

김윤수 : 마흔하나 멕이카?

이용옥 : 응. 마흔하나 멕이나.

김윤수 : 어떵허코?

이용옥 : [기주가족을 바라보며] 먹쿠가?

강연일 : 멕이나마나 그자.

이용순 : 안 먹켄. 안 먹켄.

기주가족 : 안 먹크라.

강연일 : 안 멕켄.

김윤수 : 안 먹켄?

강연일 : [손을 들면서] 저레.

김윤수 : 저레 네보내 불렌. 하하.

기주가족 : 멀리 저 바당더레.

강연일 : 원 알암신게.

김윤수 : 게민 이거 묻어불크라. [심방이 꽃을 신자리로 쓰이는 초석 밑
에 놓는다.]

이용옥 : 이제 거 침[1332] 서능이옌[1333] 허당 닝끼립네다양.[1334]

강연일 : 멩심헙서.

[심방이 일어나서 밑에 꽃이 깔린 신자리 부분을 발로 질끈 몇 차례 밟

1330) 성게가.
1331) 여물어서.
1332) 때리는.
1333) 흉내를 내다가.
1334) 미끄러집니다.

는다.]

강연일 : 아이고.

기주가족 : 아이고 까지는 소리가.

이용순 : [웃으며] 저건 술 먹엉 부에날1335) 때 허는 거여.

김윤수 : 난 이제, 다 꺼꺼시난.

이용옥 : 가쿠가?

김윤수 : 가불커라.

이용옥 : 에에, 강 뒵네까게.

김윤수 : 응?

강연일 : 가 불민 안돼…….

이용옥 : 가 불민 안 뒈고.

강연일 : 안 뒈곡 양. 가지 못 헙네다. 올레에1336) 촛지 못 헹 못 촛지.

이용옥 : 그거 다 치와줘뒁 가렌.

김윤수 : 이거 다 치와주뒁 가렌?

이용옥 : 예.

강연일 : 기냥 가면 뒵네까? 벌겨 놔뒁.

이용순 : [기주가족을 바라보며] 양 이디 연신어머니.

이용옥 : 그거 칩젠…….

김윤수 : 어떵허라고?

이용순 : 저거 치와나민 저 비령 따시 굿 허레 못 갈 거난 안 치우켄 헴
수께.

[심방이 옷매무새를 가다듬고 신자리에 앉는다.]

이용옥 : 치와 주…….

강연일 : 게도 아멩이나 치와…….

1335) 화날.
1336) 올레는 거릿길에서 집으로 들어가는 구불구불한 골목길.

기주가족 : 벌겨 논 거 안 치와줘뒁 가민 어떵헐 말이꽈?

김윤수 : 지치고 다치고, 줌이나 자크라. [심방이 꽂이 깔린 쪽으로 해서 드러눕는다.]

강연일 : 예. 줌이나 잡서.

이용옥 : 줌이나 혼 줌 자.

[심방이 잠을 자고 있는데 소미 정공철이 "덩." 하고 북을 한번 치자 놀라서 깨어난다.]

이용순 : 아이고 그거 깜짝 놀레잖아.

김윤수 : 거 대정원(大靜員).

이용옥 : 응.

김윤수 : 우리 넷손지.

강연일 : 하르방 줌 자는디.

김윤수 : 이녀리 즈석(子息) 지 하레비 줌 자는 디.

이용옥 : 순력(巡歷) 도는 소리.

김윤수 : 순력 나가는 소리.

이용옥 : 울랑국으로.1337)

김윤수 : 둥그랑허게.

강연일 : 또 이경 줌을 잡서.

김윤수 : 어. [심방이 코고는 소리를 낸다. 그런데 소미 정공철이 "덩." 하고 북을 또 한 번 치자 놀라서 깨어난다.] 거 너미 뿔르네.1338) [심방과 소미들이 모두 웃는다.] 정의원 우리 손손지(孫孫子), 이녀리 즈숙(子息)덜, 지 하레비 줌 자는디 거 순력덜 나가는 소리, 이번 일어나는 건, 이번 일어나는 건 지아방 아덜, [다시 방향을 바꿔 드러눕는다. 하지만 이내 소미 이용옥

1337) 북으로. '울랑국'은 무악기 북을 말함.
1338) 빠르네.

이 "덩." 하고 다시 북을 한 번 치자 놀라서 깨어나는 시늉을
하면서 초석 밑에 두었던 수레멜망악심꽂을 꺼내 던진다. 이
와중에 갓도 벗겨진다.]

강연일 : 거 너미 뿔르다덜 원.

김윤수 : 뭐여 이거. [소미들이 모두 웃는다. 심방이 갓을 주워 쓴다.]

강연일 : 오래 앚어지카부덴 헤실 거라.

김윤수 : 아이고.

강연일 : [아들을 바라보며] 양 삼춘덜 이레 봅서. 이거.

김윤수 : 이거 봅서 이거.

강연일 : 어떵헐 꺼꽈?

[심방이 옆에 있는 수레멜망악심꽂을 가져다 손에 잡는다.]

김윤수 : 이거, 이거 저 산에 가면은, 소엥이1339) 까시 [소미가 심방에
게 땀수건을 가져다주니 땀을 닦는다.] 바당에 가면 퀴1340) 까
시.

강연일 : 왕상헌 게.

김윤수 : 왕상헌 게.

강연일 : 어떵헐 거꽈? 경 뭇당1341) 봐도 영 ○○○○.

김윤수 : 날 들러먹젠. 이거 또.

기주가족 : 저 바당 잇수게. 바당더레.

강연일 : 바당더레 실어그네 배방송……1342)

김윤수 : 이것도 영 허믄 요새 잔치집이 술믄.1343) [소미들이 고개를 끄
덕인다.]

1339) 엉겅퀴.
1340) 성게.
1341) 짓이기어.
1342) 짚으로 만든 배에 제물을 싣고 신을 바다로 멀리 띄워 보내는 일.
1343) 불에 태우면.

이용순 : 아 저 수족관에 세왕 놔둡서게.

김윤수 : 또 이거 신촌1344) 가면은 여름에.

기주가족 : [소미 이용순의 말에 대답하며] 아니우다.

이용순 : 안 허크라?

김윤수 : 수박막

이용옥 : 원두막.

김윤수 : 영두막.

이용옥 : 원두막.

김윤수 : 원두막, 또 초수.

이용옥 : 초수막.

김윤수 : 초수막, 하하, 이거 베경 좋네. 아이 겐디 이게.

이용옥 : 이거여 저거여 허지 말앙.

김윤수 : 대가리로 죽영 놔두믄.

이용옥 : 꼴렝이로 살아나곡.

김윤수 : 꼴렝이로 살아나곡 꼴렝이로 죽영 놔두민.

강연일 : 대가리로 살아나곡.

김윤수 : 대가리로, 양끗으로 솟아나고, 이거 옵서 예순여섯님, 쏠 흔 낭
　　　　 푼이 헤영 이거 싱거근에1345) 저 어드레 모상.

[기주가족들이 무어라고 대답을 하나 알아듣기 어렵다.]

이용옥 : 카운터 돈 밧는 디양.

김윤수 : 어. 어떵헤여? 다 치와부러? 아이고.

이용옥 : 자신 엇덴.

김윤수 : 게믄 나 걷는 양 다 주쿠과?

강연일 : 예 예.

1344) 제주시 조천읍의 신촌리.
1345) 심어서.

기주가족 : 아이고 안네고 말곡.

이용옥 : 별 거라도 다 안네켄.

김윤수 : 게민 범의 눈썹이나.

기주가족 : 예.

김윤수 : 춤새 오줌이나.

기주가족 : 예.

김윤수 : 도체비1346) 씰개나. [모두 웃는다.] 베룩 닷 뒈 심엉 녹디1347) 씌와주곡.

강연일 : [기주가족을 바라보며] 양 요새 베룩 잇이카?

기주가족 : [웃으며] 예게.

김윤수 : 좁쑬 흔 방울은 뒤영 파주곡, 먹돌 지름이나, 게민.

기주가족 : 믄딱 가져갑서.

이용옥 : 제일 쉬운 거.

김윤수 : 제일 쉬운 거, 장댁이 ㅈ지로 활찍 ○○○○○. [모두 웃는다.] 게민 암텍이 식으로 필갑 싸 주고.

기주가족 : 게 아무 것도 곧는 대로 다……

김윤수 : 아이고 야 이거 후헌 덕이여.

이용옥 : 후헌 덕이여.

김윤수 : 야 나 이거 다 꺼꺼불크라.

[심방이 수레멜망악심꼿을 하나씩 꺾으려고 한다.] 요 꼿이 들엉 이간 정중 안네, 마흔다섯 고히 양우친(兩位親)도 꺼꺼 갓구나 오독독이 꺼꺼 맞자. [소미 정공철이 북을 '덩'하고 한번 두드린다.] 징조부(曾祖父) 양우 친도 꺼꺼 갓구나. 꺼꺼 맞자. [소미 정공철이 북을 '덩'하고 한번 두드린

1346) 도깨비.
1347) 고삐.

다.] 당조부 양우친도 꺼꺼 갓구나 오독독이 꺼꺼 맞자. [소미 정공철이 "꺼꺼 맞자."라고 말을 받으며, 북을 '덩'하고 한번 두드린다. 이후 북을 치며 간간이 "꺼꺼 맞자,"라고 말한다.] 큰아바지~ 요 꼿이 들엉, 이 묵은 헤 꺼꺼 갓구나 오독독이 꺼꺼 맞자. [소미 정공철이 북을 '덩'하고 한번 두드린다.] 셋아바지도, 무자기축년(戊子己丑年) 수삼사건에 간간무리 뒈여 요 꼿이 꺼꺼 갓구나 오독독이 꺼꺼 맞자. [소미 정공철이 북을 '덩'하고 한번 두드린다.] 수춘(四寸) 형님도 요 꼿이 들엉 꺼꺼 갓구나 오독독이 꺼꺼 맞자. [소미 정공철이 북을 '덩'하고 한번 두드린다.] 또 처부모 조상님네영, 꺼꺼 갓구나 오독독이 꺼꺼 맞자. [소미 정공철이 북을 '덩'하고 한번 두드린다.] 웨진 하르바님네 할마님네도 요 꼿이 들엉 꺼꺼 갓구나 오독독이 꺼꺼 맞자. [소미 정공철이 북을 '덩'하고 한번 두드린다.] 요 꼿이 들엉 삼춘 수춘 오륙춘(五六寸)에 칠판춘(七八寸), 먼에1348) 궨당(眷堂) ㅂ닫1349) 궨당도 꺼꺼 갓구나, 오독독이 꺼꺼 맞자. [소미 정공철이 북을 '덩'하고 한번 두드린다.] 요 꼿이 들엉 마흔다섯 앞장에도 들엉 허는 수업(事業)에도 새가 들게 허고, 금전(金錢)에 손해도 불러주고, 아 풍문조훼 불러주는 꼿도 거꺼 맞자. [소미 정공철이 북을 '덩'하고 한번 두드린다.] 마흔호나 앞장에도 요 꼿이 들엉 열두 숭엄(凶險) 풍문조훼 불러주는 꼿도 꺼꺼 맞자. [소미 정공철이 북을 '덩'하고 한번 두드린다.] 애기덜 열늬 설, 앞장에도 앞이멍에 뽀른 ○○ 뒷이멍에 뒷○○○○○○ ○ 새가 들게 허고, ○○○○에도 새가 들게 허는 꼿도 오독독이 꺼꺼 맞자. [소미 정공철이 북을 '덩'하고 한번 두드린다.] 족은아덜 일곱 설이영 여궁녀 열여섯 열흔 설 앞장에도, 풍문조훼 불러주는 꼿 정풍정세(驚風驚世)에 늦인 궤여 뿌뜬 궤여, 자리 알에 낄린 메여 자리 우에 덮은 메여, 불러주는 꼿도 거꺼 맞자. [소미 정공철이 북을 '덩'하고 한번 두드린다.]

1348) 먼.
1349) 가까운.

일흔둘 예순여섯 앞장에도, 요 꼿이 들엉 신경통 ᄀ치 뻬담 각기(脚氣) 요통(腰痛) 불러주는 꼿도 거거 맞자. [소미 정공철이 북을 '덩'하고 한번 두드린다. (소미 이용옥 : 진희아빠,1350) 공시에 꺼끌 건 하나도 엇구나? 허단 보난……)] 공시에 것도 ᄆᆞᆮ딱 거꺼 맞자. [다시 심방과 소미, 기주가족의 대화가 이어진다.]

김윤수 : 요거 두 갠 넹겨두크라. 씨전중으로.

기주가족 : 무사 ○○○○○ 다 꺼껑 가부러사주.

김윤수 : 아 이건 씨 헐 걸로.

기주가족 : 에.

김윤수 : 이거 다 꺼꺼불믄 이젠 이 집이 편안허영.

이용옥 : 막 부제(富者) 뒈고.

김윤수 : 막 부제 뒈영, 불도맞이 헐 일도 엇곡, 성주풀이 헐 일도 엇곡, 나 촛일 일도 엇곡, 이거 놔둬사, 야 앞으로 이제 막 돈 벌엉 편안허영 가믄.

이용순 : 인정하영 걸켄 양.

기주가족 : 예게.

김윤수 : 경 허믄, 요게 나왕 ᄀ들ᄀ들1351) [수레멜망악심꼿의 한 잎을 만지고 나서, 꽃잎을 흔든다.] 헤여가믄 하~, 하이고 우리 집이 또 이거 무신 거 공 들여다 뒘직허다. 허믄 그때 또 나 왕으네 또 영 해가믄.

기주가족 : 다 꺼꺼 맞자 영 헤붑서.

김윤수 : 다 꺼꺼 맞자.

기주가족 : 예.

1350) 김윤수 심방을 말함.
1351) 나뭇잎 따위가 흔들리는 모양.

강연일 : [돈을 걸며] 인정 하영 걸크메 양 몬딱[1352] 꺼꺼 맞자 헤 붑서.

김윤수 : 너가 뭐냐?

강연일 : 나가 본주 아니꽈, 본주. 본주. [돈을 댓잎 사이에 잘 끼우며] 자 ᄋ망지게[1353] 헷수다.

기주가족 : 꺼꺼 맞자 헤 붑서게.

강연일 : 꺼꺼 맞자 헤 붑서.

김윤수 : 이 고봉선이 손지 ᄋ망지다이.

강연일 : 꺼꺼 맞자 헤 붑서.

[심방이 나머지 잎들을 꺾는다.] 오독독이 거꺼 맞자. [소미 정공철이 북을 '덩'하고 한번 두드린다.] 니 머리 곱다 (소미 이용옥 : 나 머리 곱다.) 나 머리 곱다. 풀세각시[1354] 엄다. 드리 놈 줘시믄 웃창 박암직 허다. 또 축문젱이 줘시믄 끌레기[1355] 험직허다. 목시덜[1356] 줘시믄 끌조로끔직 허다. 보제기덜[1357] 줘시믄 우럭 쌍 멜[1358] 나끄레 감직 아니 멜 쌍 우럭 나끄레 감직허다. 심방덜 줘시믄 북말[1359] 박암직허다. (소미 강연일 : 여러 가지로 쓸모가 잇수다.) 심방이 자신을 바라보자 다시 말한다. (무사 바렘이꽈?) 소미 이용옥이 강연일을 가리키며 말한다. "야이 줘시민." (소미 강연일 : 나 주민?) (소미 이용옥 : 어디 강 돗제라도[1360] 허는 디 강.) (소미 강연일 : 나가 강. 고봉선이 메부손지, 손당이라도 강얌.) 손당이라도 강으네 (소미 이용순 : 야이 순실이영[1361] 잘 가난 순실이영 갓당도.)

1352) 모두.
1353) 당차게.
1354) 여자아이들이 풀로 색시 모양을 만들어 놓은 것.
1355) 띠나 짚으로 양쪽 끝을 묶어 만든 꾸러미.
1356) 목수들.
1357) 어부들.
1358) 멸치.
1359) 북의 양쪽 가죽을 이은 끈과 북통 사이에 끼워 가죽을 팽팽하게 조이는 나뭇조각.
1360) '돗제'는 돼지고기 한 마리를 바쳐서 하는 무속의례.

(소미 강연일 : 순실이영 잘 간덴. 게메 아무 딜 가도 돗제허영 끌레기 쌍뎅기면 조켜. 여러모로 쓰쿠다.)

■ **수레멜망악심질침>악심푸다시**

[소미 강연일이 기주가족들을 향하여 말한다. "자 이레덜 옵서."] (소미 이용옥 : 요레 강 앚이곡. 아이덜, 아이덜 둘앙 옵서.) (소미 강연일 : 애기, 애기 데령 저 대주어른도 옵서.) (소미 이용순 : 어멍허곡 아방허곡 애기덜 둘앙 와사주.) [소미 강연일이 "족은애기 어디 간? 일로 와."라고 한 뒤 기주가족들에게 "요레 앚입서. 저레 벳기로 돌아앚일 거."라고 말한다.] 저레 돌아앚일 거. [기주가족들이 입구 쪽을 향하여 모두 앉는다.]

‖사남‖[북(정공철), 장구(이용옥)][심방이 선창하면 소미들이 따라한다.]

요 꼿질로 풀어내자.

풀어내자.

원진국도 상시당 [심방이 일어난다.]

짐진국도 상시당

사라대왕 월강아미

사옵데다.

원진국 대감님

천하거부로 잘 살아도

남녀간에 아기 엇고

짐진국 대감님도

가난공서 혜여도

남녀간에 애기 엇이난

1361) 순실이와. '순실이'는 제주시 구좌읍 김녕리 서순실 심방을 말함.

흐른날은

원진국 대감님은

짐진국 대감님아

어느 당과 절이

영급[靈驗]이 줍네까.

동개남 상저절

서개남 금백당

남게남 노강절

영급이 줍네다.

상백미(上白米) 일천 석

중백미(中白米) 일천 석

하백미(下白米) 일천 석

송낙베 구만 장

가삿베 구만 도

돈 천금(千金) 은 만량(萬兩)

돈돈히1362) 출려서

원수룩 가는고.

허급(許給)을 허는고.

대서중이

말을 허뒈

원진국 대감님아

당신은 권제 벡근을 차나 허뒈

빗찬물 정성이 부족허다.

여즈 즈식

1362) 단단히.

취급시겨 준다.

짐진국 대감님

가난공서 허여도

벡근은 못네 차나 허뒈

빗찬물 정성에

기뜩허난

남즈 즈식 시겨준다.

원진국 짐진국 대감

돌아온다.

당신이 아덜 똘이 나나

우리가 아덜 똘이 나나

사돈 일촌(一寸) 삼게.

걸랑 기영 헙서.

허여 가난

은대 원진국 대감님

유탤1363) 간다.

짐진국 대감 부인도

유탤 간다.

부베간에

흔 달 두 둘

열 둘 준삭(準朔) 차

아기 난다.

원진국 대감

여즈 즈식 나고

1363) 유태(有胎)를.

짐진국 대감 부인은

남즈 즈식 나난

이름 셍명(姓名) 지운다.

사라대왕

월강아미

이름 지와

이름 지와네

걷는 말이

그때에는

구덕혼서1364)

열다섯

십오 세가

근당헌다.

그때에는

부베간 삼아

혼연(婚姻)헌다.

서천꽃밧에서

꽃감관 살레 오렌

이름 셍명 지운다.

편지 서신 오난

그때에는

나아간다.

그때 사라대왕

가젠 허난

1364) 갓난아기 때에 미리 혼인을 약속하는 것.

할락궁이 탄셍헌다.

할락궁이

허는 말이

어머님아

우리 아방은 누게우꽈.

사라대왕이여

○○○○○○

서천꼿밧디

도오른다.

도올라근

수~레 멜망

악심꼿이

타아다

제인장제

만년장제

씨멜족(−滅族) 시켜

수레멜망

악심찜으로

시왕대번지[1365] [공싯상으로 가서 신칼을 집어들고 기주가족들이 앉아 있는 쪽으로 간다.]

둘러받아

○○○○

‖ 줓인석 ‖ [북(정공철), 설쒜(이용순), 대양(이용옥)][심방이 앉아 있는 기주가족들 모두에게 신칼을 휘두르고, 몸을 찌르는 듯이 하며 쓸어내

1365) '신칼'을 뜻함.

린다.]

‖ 푸다시 ‖ [북(정공철), 장구(이용옥)][심방이 기주가족 뒤로 간다.]
헛쒸
헛쒸
헛쒸로다.
나고 간다.
요 꼿질로
풀어내자.
동해용궁
뜨님아기
아이삼싱
노삼싱이
걸렷구나.
풀어내자.
나고 가라.
천앙 가면
열두 메여
지왕 가면
열혼 메
인왕 아홉 메여
동에 청메(靑魅)
서에 벡메(白魅)
낭에 적메(赤魅)
북이 흑메(黑魅)
정월이라 [신칼을 휘두르며 찌르듯이 한다.]

삼석 메여

이월이라

영등메여 [신칼을 휘두르며 찌르듯이 한다.]

삼월이라

삼진메여

ᄉ월이라

파일메여

오월 단옷메여

유월 유듯메여

칠월 칠석

팔월 추석

구월 구○메여

시월 단풍메여

동지 벵메여

섯둘 언메 단메 [신칼을 휘두르며 찌르듯이 한다.]

자리 알에

ᄭᅵ린 메여 [신칼을 휘두르며 찌르듯이 한다.]

풀어내자.

이 ᄌᆞ순에

○○○ ○○

○○○ ○○

정풍정세

○○○○

불러주던

멧질라근

좇아들며

나사며~.

∥줒인석∥[북(정공철), 설쒜(이용순), 대양(이용옥)] 어~, [심방이 기주 가족들에게 신칼을 휘두르며 몸을 찌르듯이 한다. 그 뒤에 신칼점을 친다. 데령상의 술잔에서 술을 한 모금 입에 담아 기주가족들을 향해 일어서라 고 손짓을 하는 동시에 뿌린다.] 헛쒜-.

■ 수레멜망악심질침>수레멜망악심꼿 내어던짐
풀엇구나. 수레멜망악심꼿 턴일루멍 짓일루멍 친지왕 골목으로-.

∥중판∥[북(정공철), 설쒜(이용순), 대양(이용옥)][심방이 수레멜망악심 꼿을 양손에 잡고 짓이기며 신자리에서 춤을 추다가 입구 쪽에 대기하고 있던 소미에게 준다.]

■ 수레멜망악심질침>동이용궁할망 베송
[심방이 신자리로 돌아와 공싯상에서 요령을 집어 들고 신자리에 앉는 다. 소미 이용순이 주잔을 낸다.][요령] 저 먼정 나사면 동이용궁 뜨님아 기, [요령-] 아이삼싱 노삼싱 업게삼싱1366) 구덕삼싱이영,1367) [-요령] 아~ 산 넘어 물 넘어 혼 성친 혼 동갑 잇곡, 천명 부명 인명 제명 ○○○ ○ 헙서. [요령] 무남동자 잇는 딜로 가곡 무남동녀 잇는 딜로 강 얻어 먹 곡, 하다 이 집이 똥네 나고 지렁네 나고, 구렁네 나는 디 돌아보지 말앙, 테역단풍1368) 정결디(淨潔地), 물똥 좋곡 쉐똥 좋은 딜로 강 얻어 먹곡, 지 성기 끔 이영1369) 진녹색 저고리 연반물 치메 끔 이영, [요령] 걸렛베 끔 이

1366) 업저지의 수호신.
1367) '구덕삼싱'은 아기를 눕히는 '구덕'을 지키는 신.
1368) 금잔디.
1369) 감과.

영 많이 데령 혜엿수다. 각서추물(各色出物) 많이 데령 혜엿수다. [요령] 언메 단메 노기 올라 당산메 벡돌레 벡시리에 계랄안주, 미나리 청근체영, 실과 ○○이영 많이 [요령] 지넹겨 드렷습네다. 이 주순덜, 받아든 인정이 랑 터진 셍기지방으로, [공싯상에서 신칼을 집어든다.] 많이 받아근, 돌아 상 [신칼점] 아이고 고맙수다. (소미 이용옥 : 고맙수다.) 잘 받앙 가노렌 혜염구나. [신칼을 다시 공시상에 가져다 놓는다.]

■ 수레멜망악심질침>부정가임

방안 방안 부정이 사앗구나. 주수지로 부정서정 [심방이 술주전자를 들 고 옆에 있던 소미 이용순에게 술을 뿌려버리라고 말한다. 소미가 술을 입에 머금고는 뿌린다.] 주수지로 신가이고 내카이자에~.

‖ 늦인석 ‖ [북·설쒜(정공철), 대양(이용옥)]

성주풀이 불도맞이 꽃탐

자료코드 : 10_01_SRS_20090412_HNC_KYS_0001_s17
조사장소 : 제주특별자치도 제주시 삼도2동 1○21-22번지 바다○○ 식당
조사일시 : 2009.4.12
조 사 자 : 허남춘, 강정식, 송정희
제 보 자 : 김윤수, 남, 63세 외 4인
구연상황 : 꽃탐은 주화(呪花)를 가꾸는 서천꽃밭에서 꽃을 따다가 기주에게 판다. 기주
는 꽃을 할망상에 올린다. 동백가지를 고르게 하여 자식을 몇이나 얻게 되는
지 알아보는, 이른바 꽃점이 따르는 것이 일반적이지만 이 굿에서는 생략하
였다.

■ 꽃탐>서천꽃밧 돌아봄

[심방이 일어선다.] 야~, 이제 굿인 질 다 다깐, 싹 치와부난, (소미 이용옥 : 좋은 질이 나오란.) 좋은 질이 나왔구나. 하이고, 영 허난 나가 살젠 허염주. (소미 이용옥 : 본주한티 강 들어봐.) 어. [심방과 기주, 소미가 대화를 한다.]

　이용옥 : 불효 꼿데⋯⋯.
　김윤수 : 불효 꼿데 효자가 좁네까? 효자 꼿데 불효가 좁네까?
　기주가족 : 효자가 좁주.
　이용옥 : 효자가 좋넨.
　김윤수 : 불효 꼿에 효자가 좋주 양. 아이구, 게난 영 굿인 질 치단 보난 이젠 좋은 질이 나오란. 아이구, 군왕지(君王地)가 나완 양, 이디 우리 하르바님이나 철리(遷移) 헤당 묻어시믄.
　이용옥 : 메께라.
　김윤수 : 어디 장관급이나 국회의원급이나 남직헌디.
　이용옥 : 놈이 일이라부난 경은 못 허고.
　김윤수 : 고칩이 왕 일해부난, 고칩이 울엉[1370] 헤살 거라부난, 아이구 이거 나 보난 막 욕심이 난.
　이용옥 : 돌아나 봥 옵서.

[대화가 끝나고 심방의 말명이 다시 이어진다.] 그리말고 서천꽃밧디 도올라 거부춘심이나~.[1371]

　‖ 늦인석 ‖ [북, 설쒜(정공철) 대양(이용옥)]

1370) 위해서.
1371) '거부춘심'은 꽃밭을 돌아보는 것을 말함.

■ 꽃탐>서천꽃밧 울 들르고 제 다꿈

[심방과 소미가 대화를 한다.]

김윤수 : 아이고 간 보난, 늬 귀가 큿징허고이, 청룡 벡호가 기냥 휜, 기
　　　　냥 이디서 산[1372] 써시믄 진짜, 틀림엇이 국훼의원 장관.

이용옥 : 예.

김윤수 : 어.

이용옥 : 게난 강.

김윤수 : 강.

이용옥 : 몬딱.

김윤수 : 몬딱 이제랑 울 둘르고.

이용옥 : 제 다끄고.

김윤수 : 제 다끄곡, 이제 불 짓곡, 다 헤야크라.

[심방이 말명을 한다.] 서천꽃밧디, 울 둘르곡 제 다끄멍, ○○웨다.
‖ 늦인석 ‖

■ 꽃탐>서천꽃밧 꽃씨 들임

[심방과 소미가 대화를 한다.]

이용옥 : 제 다깐.

김윤수 : 울 들르곡 제 다깐.

이용옥 : 몬딱.

김윤수 : 몬딱 불질허곡.

이용옥 : 궂인 거.

김윤수 : 다 헤여. 궂인 거 다 불태와불곡. 헤시난 이젠 꽃씨를 들여보
　　　　커라.

1372) 묘.

[심방이 말명을 한다.] 서천꼿밭디 꼿씨 들이레 가자.

‖ 늦인석 ‖ [심방이 공시상에서 쌀을 조금 집어 주위에 뿌린다.]

■ 꼿탐>서천꼿밧디 물 주러 감

[심방과 소미들이 대화를 한다.]

김윤수 : 이젠 꼿씨 드려시난.

이용옥 : 예.

김윤수 : 나 이젠 강 보크라.

이용옥 : 흔 번 강 봅서. 예.

김윤수 : 좀좀덜 헤여이.

이용옥 : 예.

김윤수 : 조용. 똥이 깨져도 그냥 발 뒤축으로 딱 막앙. 베룩이 물어도
　　　　 좀좀.

이용순 : 베룩 문 건 아프주.

[심방이 한 발자국씩 매우 조심스러운 발걸음으로 조용히 제상을 향해
나아간다.]

이용순 : 오셍이 슬쩍이 임셍이.

김윤수 : 아이고, 간 보난, 땅에 짐이[1373] 퐁퐁 남신게. 지금 이때 만침,
　　　　 이삼ᄉ월(二三四月).

이용옥 : 삼ᄉ월.

김윤수 : 고사리 순 나듯, ᄌ지어남이[1374] 탕천헌 듯, 아이고, [제상으로
　　　　 조금 나아간다.] 아이고 브름도 엇곡 좋다. [서로 웃으며 말한
　　　　 다.] 브름도 엇곡 좋다. [심방과 소미가 모두 웃는다.] 또.

───────────────

1373) 김이.

1374) 자줏빛 안개가.

이용옥 : 칠팔뤌(七八月).

김윤수 : 칠팔뤌 선방……

이용옥 : 뭐 선방곳에 게.

김윤수 : 칠팔뤌 감저[1375] 순 나듯, 동지 섯둘 선방곳에 가듯, 또 이제
랑 강 보크라. [심방이 매주 조심스러운 발걸음으로 제상을 향
해 나아간다.]

이용옥 : 건 술짝이 안 가도 뒈여게. 확확 강 왕 게. 꼿 탈 때랑 술짝 술
짝 가도.

[심방이 더욱 멋을 내며 조심스럽게 다가가자 소미들이 웃는다.]

이용순 : 아이고 잘도 험도.

김윤수 : 강 보난, 아이고 꼿이 종지만썩.

이용옥 : 땅이 어웃어웃 헤연.

김윤수 : 땅이 어웃어웃 벌러젼.[1376]

이용옥 : 흔 잎 나고 간 보난.

김윤수 : 흔 잎 나고 두 잎 나고.

이용옥 : 작박에 침 질루고.

김윤수 : 작박에 침 질루고 어 침 질루고.

이용옥 : 순 나고.

김윤수 : 순 나고.

이용옥 : 강 봅서. 강 보난.

김윤수 : 간 보난.

이용옥 : 종지만썩.

김윤수 : 종지만썩.

이용옥 : 사발만썩.

1375) 고구마.
1376) 갈라졌어.

김윤수 : 보시만썩 사발만썩 낭푼만썩 대영만썩 북만썩.

이용옥 : 또 강 봅서.

[부인인 소미 이용옥이 하는 말이 진행상 빠르다고 느낀 심방이 이용옥
과 잠시 농담을 주고받는다.]

김윤수 : 강 보크라이.

이용옥 : 예. 강 옵서.

김윤수 : 하이고, 강 보난, 꽃이 기냥 벙싱벙실허고.

이용옥 : 막 동청목 서벡금.

김윤수 : 동청목 서벡금 남적화 북화수, [밖에서 술을 달라고 하자 소미
　　　　 이용순이 가져다준다.] 북화수, 불휘는1377) 불휘는.

이용옥 : 우선 강 뽕 옵서게. 시들어 불지 안헷나 강 봄이나 헙서.

김윤수 : 간 보난.

이용옥 : 아이구 아이구.

[소미 정공철이 북을 한 번 친다.]

김윤수 : 아이구 아이구 검뉴울꽃1378) 뒈연, 오널 아메도1379) 부정헌 사
　　　　 람 왓다 가신가?

이용옥 : 경 헌 셍인게.

[심방이 말명을 한다.] 검뉴울꽃 뒈엿구나 어떵허코, 서천꽃밧디, 물 주
레 가자.

‖늦인석‖[소미 강연일이 병풍 위의 할망상에서 동백꽃잎 한 개와 물
그릇을 가져다 심방에게 준다. 심방은 꽃잎으로 물그릇을 물을 적셔 할망
상을 향해 뿌린다.]

1377) 뿌리는.

1378) 시들어 가는 꽃.

1379) 아무래도.

■ 꼿탐 > 서천꼿밧디 새ᄃ림

[물그릇을 잡고 말명을 한다.] 서천꼿밧디, 물 주엇구나. 궁녀청 시녀청, 정남청 소남청덜, 훈 설 적에 죽엉 간 아기 두 설 적에 싀 설 적, 열다섯 십오 세 안네 죽엉 간 아기덜, 서천꼿밧디 강 쎄이정당 마이정당에,[1380] 발 걸령 푸더지면[1381] 물동이 벌러져[1382] 불민 인간더레 돌아 앚앙 비새 ᄀ찌 우는 아기덜~. 가난헌 집안 아기덜은 사기그릇에 밥을 먹고, 부제칩 잇 아기덜은 은기 놋기에 밥을 먹고, 은동이 놋동이 주수리남동이 헤영 물을 주곡, 영협네다 제인정 받아당 위올리며 서천,

‖ 새ᄃ림 ‖ [북(정공철), 장구(이용옥)][심방이 선창하면 소미들이 따라 부른다.]

나부역 ᄃ리자.

두무역 ᄃ리자.

상가지 앚던 새

중가지 앚던 새

하가지 앚던 새

검뉴울 주는 새

쏠 기린 새랑

쏠 주며 물 주며 ᄃ리자.

주어라 훨~쭉.

사력을 메웁서.

[연물이 그친다.]

1380) '정당'은 댕댕이덩굴.
1381) 넘어지면.
1382) 깨져.

■ 불도맞이>꽃탐>서천꽃밧 꽃감관 잠재움

[심방이 소미들과 대화를 한다.]

김윤수 : 둘역을 메웁서.

이용옥 : 예. 메완. 강 봅서. 이제랑.

[심방이 제상을 향해 간다.]

강연일 : 여러 번도 감겨.

이용옥 : [웃으며] 든다 난다. 장박ᄀ치.

김윤수 : 아이고 강 보난 이젠, 물 주언 나부역 두무역 이젠 다 ᄃ련 보
난, 꽃이 이젠.

이용옥 : 이젠 믄딱 번성이 뒈연.

김윤수 : 번성꽃이 뒈연. 아이고.

이용옥 : 동더레 번은 가진 동청목.

김윤수 : 동청목 서더레 번은 가진 서벽금, 남더레 번은 가진 남적화,
북더레 번은 가진 북화수, 중앙더레 번은 가진 중앙 환성, 아
이구.

이용옥 : 불휘는.

김윤수 : 불휘는 웨불리, 가지는 ᄉ만오천육벡 가지, 아이구.

이용옥 : 거 어떵 보난 으씩허지 안험수까?

김윤수 : 이 꽃을 보난 어떵 나가 또 으씩으씩 허는 생각이 나네.

이용옥 : 어떵 좋은 ᄆᆞ음에 도둑질 헐 생각은 엇수가?

김윤수 : 우리 큰아버지네 허던 전상인가?[1383]

이용옥 : 응. 도둑질은 안 헤신디.

김윤수 : 우리 큰아버지 산 때 으씩으씩 안 헤나신디.

강연일 : 게난 어떵헨 경.

1383) '전상'은 어떠한 행위를 하거나 그러한 행위를 하고자 하는 마음.

이용옥 : 다 명진국 할마님신디 강.

김윤수 : 어.

[심방이 말명을 한다.] 그리말고, 서천꼿밧디 꼿감관 꼿셍인도, 좀 둘르
레 가자.

∥ 늦인석 ∥

■ 꼿탐>꼿 타러 듦

[심방이 소미들과 대화를 한다.]

김윤수 : 이젠 좀덜 들랴서.

강연일 : 예. 다덜 잠서양.

김윤수 : 강 보크라. 좀 잠시냐 안 잠시냐.

강연일 : [웃으며] 여러 번도 감져.

김윤수 : 하이고 간 보난덜, 이불덜 페완.

이용옥 : 좀 자젠.

김윤수 : 부지런히 좀덜 자젠 헴서.

이용옥 : 준비~.

김윤수 : 준비~ 땅.

강연일 : 무신 준비라. 무신 준비.

김윤수 : 그거 그거. 또 강 보크라. 하이고 간 보난, 이불이 들싹들싹 헴
　　　　신게. [소미들이 웃는다.] 또 강 보크라.

강연일 : 예. 또 강 봅서.

김윤수 : 아이고 간 보난, 뭣덜 헤나신ㄱ라 지천. 좀덜 잠서.

이용옥 : 게난 때는 요 때라.

김윤수 : 칠원성군님은 간 보난, 말관대 썽 앚아둠서, 불광 베롱베롱 켱
　　　　앚암서.

이용옥 : 베롱베롱 성군님 다 갓주게. 할망…….

김윤수 : 하이고, 할마님도 기냥, 너 이 놈 저 놈 궤씸헌 놈, 김윤수 너 이놈의 주속, 너도 우리가 네와주곡 우리가 키와주곡 뭐 어쩌고, 할마님 줌줌 헙서게. 나 멩 잇곡 나 복 잇엉 나 살앗수다게.

강연일 : 잘 헷수다.

이용옥 : 꼿이라도 타 놓이네게.

[심방이 말명을 한다.] 서천꼿밧디 꼿 타레 들자.

‖ 늦인석 ‖ [소미 이용순이 병풍 위 할망상에서 내린 동백꼿그릇 두 개를 심방에게 건네준다. 심방은 꼿을 받아들고 어깨에 맨 걸렛베로 꼿그릇을 감춘다. [소미 강연일이 기주가족에게 말한다. "저레 강 앞입서." 대주 부부가 제상을 향해 앉는다.]

■ 꼿탐>꼿춘심

[북(정공철), 장구(이용옥)][심방이 꼿그릇을 손에 잡고 신자리에서 노래를 부른다.]

오~돌~또기

저기 춘향이

나오신다.

달~도 밝고

내가 머리로 갈까나.

둥그데 당실

둥그데 당실

너도 당실

연자 버리고

달도 밝고

내가 머리로 갈까나.

불도맞이 꼿탐

[심방과 소미가 대화를 한다.]

이용옥 : 이거 뭐냐 이거.

강연일 : 이거 원 수상허우다. 원 어떵헨.

김윤수 : 이거 심방 년놈덜인 모양이라. 이거.

이용옥 : 심방인 셍이라.[1384]

김윤수 : 서울 선비가 넘어가는 디 둥글랑 당글랑 뭐 둥둥그리무 장시
  여덜, 하이 뭐 시끄러.

이용순 : 혼착 손은 어디 갓소?

김윤수 : 뭐여 자 이…… . [왼손에 꽃을 감추어 안은 채로 오른 팔만 휘
  저으며 신자리를 돌아다닌다.] 자 이건 오른 풀이고.

소미들 : 웬 손?

1384) 모양이라.

[심방이 꽃그릇을 오른손에 급히 바꿔들고 왼손을 내밀며 말한다.]

김윤수 : 자 이건 웬 풀이고.

강연일 : 배는 왜 그렇게 불엇소?

김윤수 : 아 배는 왜 불엇느냐.

강연일 : 예.

김윤수 : 우리 어멍 나 네 술에 네부러뒁 서방 얻엉 돌아나부난, [소미
들이 웃는다.] 우리 아방 우리 다심어멍1385) 혜 가지고, 어, 쳐
보리밥 혜영 남박에 쳐 멕여부니까 베탈 난, 베 불엇지. 그런
게 아니라.

강연일 : 그런 게 아니오.

김윤수 : 기축년에 함덕해수욕장에 간 모욕(沐浴) 헴시니까.

이용옥 : 아 지금 이거 기축년 여름도 안 나와신디.

김윤수 : 누게가 두이로 완 기냥 대주사로 수왁수왁 헤부니까, 지금 애
기 베연 지금 열아홉 둘 보름 뒛어.

이용옥 : 게난 스무 둘 뒈영 날 거?

김윤수 : 스무 둘 나믄 애기 날 꺼. [꽃그릇을 살짝 흔든다.] 근디 이 애
긴 축구선수 뒐 모양이여.

이용옥 : 누게 뒐 거? 축구선수 누게?

김윤수 : 박지성. 이거 봐 이거. 발질 허는 거.

이용옥 : 그 사름이 하나면 눈이 두 개.

김윤수 : 어.

이용옥 : 두 개고 네 개고 네비두고.

강연일 : 두 개면 으덥. 으덥이민.

이용옥 : 자, 반장(班長)이 알민 동장(洞長)이 알곡.

1385) 계모.

[심방이 걸렛베를 건는다.]

김윤수 : 그렇지.

이용옥 : 동장이 알민.

강연일 : [심방에게 다가와 도와주며] 큰일 나거난 양, 이실직골[1386] 헤
영.

이용옥 : 면(面)이 알아가민 읍(邑)이 알곡, 읍이 알아가민 군(郡)이 알곡,
군이 알아가민 시(市), 도(道) 알곡 다 아난.

강연일 : 아이고 게난 양, 이실직고 헙서.

김윤수 : 아이고, 게민 나 큰일 나기 전에, 이거 어떵 헤살로구나.

이용옥 : 응.

[심방이 제상을 바라보며 말명을 한다.] 그리 말고 서천꽃밧 꽃감관 꽃
셍인 꽃춘심이웨다.

‖ 늦인석 ‖

■ **꽃탐>본주에게 꽃 팜**

[심방과 소미들이 대화를 한다.]

김윤수 : 야 꽃춘심 헹 할마님에 가난.

이용옥 : 꽃빈장 가난.

김윤수 : 꽃빈장 가난, 너 이 놈 저 놈 궤씸헌 놈, 우리가 네와주곡 우
리가 그늘롸주곡 헹, 헨 놔두니까 그 꽃 우리 도렌. 할마님 줌
줌 헙서. 우리 어멍 좋단 우리 아방이영 좋단 보난 나 나완,
나 심방질 헴수다.

이용옥 : 복기 뻬 난.

김윤수 : 복기 뻰 와부럿주.

1386) 이실직고(以實直告)를.

소미들 : 잘 헷수다.

김윤수 : 또.

이용옥 : 성군님에 가난?

김윤수 : 성군님네도 가난, 너 이 놈 저 놈 궤씸헌 놈 이 김윤수 이 눔의 주속, 어 우리가 명을 주고 복을 주고. 줌줌 협서. 나 명 잇곡 복 잇이난 좋은 심방질 헴주.

강연일 : 복허게.

김윤수 : 어 복기 **뺀** 왓주.

이용옥 : 이제도 살암주.

강연일 : 에 잘 헷수다.

김윤수 : 또 신공시에 가난, 옛 선성이 아이고 큰큰헌 눈덜광 터둠서, 너 이 놈 저 놈 궤씸헌 놈, 그 꼿 우리 도렌, 에이구 옛, 좋은 심방질덜 헤주고렌 꼿을 도렌 헴수가.

강연일 : [웃으며] 막 미운 식으로, 에이구.

이용옥 : 노일저데귀일이 뚤안티 가. 노일저데귀일이 뚤.

김윤수 : 노일저데귀일이 뚤 ○○가난, 아이고, [웃으며 말한다.] 아 어떵 남선비, 남선빈 중 안 셍이라.

이용옥 : 응.

김윤수 : 아이고, 오라방 그 꼿 날 주어게 허길레, 이 망헐 년 셍긴 년, [소미들이 웃는다.] 너네 어멍이 우리 아방한테 왓다 갓냐 뭐 뭐 우리 아방이 너네 어멍안테 갓다 왓냐, 얼로부떠 오레비, 오라방.

강연일 : 잘 헷수다.

김윤수 : 나 복기 **뻥** 가부런.

강연일 : 아이구 잘 헷수다.

이용옥 : 거 꼿 살 디 잇이냐.

김윤수 : 게 꼿 살 디 엇인가?

강연일 : 잇수다.

김윤수 : 어디?

이용옥 : [소미 정공철에게] 거 주소 굴아불라. 공철아.

김윤수 : 제주시.

이용옥 : 어디라니?

정공철 : 삼도이동.

김윤수 : 천○벡이십일 다시 이십이번지, 바다○○ 식당.

소미 이용옥 : 바다○○ 식당. 그디.

김윤수 : 그딘 가젠 허면은.

이용옥 : 그디 마흔다섯광 마흔ᄒᆞ나.

김윤수 : 연꿀로 바당 연꿀로, 가다가 발 툭 찬 디.

이용옥 : 응, 올록볼록.

김윤수 : 찡글랑 짱글랑 짱글랑 짱글랑 짱글랑 찡글랑 짱글랑. [심방이 잦은 걸음으로 신자리를 돈다.]

강연일 : 경 굴앙은 못 갑니다게.

[심방이 앉아 있는 대주 부부를 향해 말한다.]

김윤수 : 아 주인 계십니까?

소미들 : [대주 부부를 향해] 대답헙서.

기주가족 : 예 허라.

대주 부부 : 예.

김윤수 : 대답은, 대답이 어떵 씨원칠 안현게.

강연일 : 쎄게 대답헙서.

김윤수 : 자 나 이 출린 거동을 보면 어차보면 ᄉᆞ령(使令)도 닮곡, 어차 보면 심방도 닮곡, 어차보면 또 ᄉᆞ또도 닮곡, 이 꼿은 옥항 천 신불도 명진국 할마님에서 내어주면서, 성은 고씨로 마흔다섯

과 강씨로 마흔하나 부베간에, 취급을 시겨줘 두고, 오라 헤서
내 이 꼿을 가져 와신디, 헤튼국도 마련허고 둘튼국도 마련하
고 주리(周圍) 팔만 십이지제국을, 마련헤서 내가 즈짐즈짐 헹,
이 날이 정글도록1387) 날 촛앙 와시난, [심방이 대주 부부 앞
으로 꼿그릇을 내려놓고 앉는다.] 자 요거, 애기어멍허고 애기
아방허고 뭐 이제 애기 날 것도 아니곡 허난이, 요 앗앙 요레
강덜 올령 절 헤여. 요 상더레 강 올려. [심방이 일어선다. 대
주 부부가 꼿그릇을 들고 뒤편의 할망상에 가서 올린다.]

이용옥 : 절 헤여.

김윤수 : 그레 올려그네.

강연일 : [본주와 본주부인을 도와주러 가며] 내붑서. 나가. 절 세 번 헤
붑서예.

김윤수 : 저 부베간이 절 세 번만 헤부러.

이용옥 : 큰절 세 번.

[대주 부부가 뒤편 할망상을 향해 절을 한다.]

■ 꼿탐>주잔넘김

‖지사빔‖[북(정공철)][소미 정공철이 '둥두두 둥두두'하며 북을 친다.
소미 강연일이 주잔을 낸다.]

꼿씨는 받아다가
주잔덜랑
네여다가
꼿감관에 꼿셍인
황세곤간 도세공

1387) 저물도록.

정남청

소남청덜

주잔이웨다.

[북 소리가 그친다.] 주잔권권 지넹겨 드립네다에ㅡ.

성주풀이 불도맞이 할망ᄃ리 나숨

자료코드 : 10_01_SRS_20090412_HNC_KYS_0001_s18

조사장소 : 제주특별자치도 제주시 삼도2동 1○21-22번지 바다○○ 식당

조사일시 : 2009.4.12

조 사 자 : 허남춘, 강정식, 송정희

제 보 자 : 김윤수, 남, 63세 외 4인

구연상황 : 할망ᄃ리 나숨은 할망ᄃ리에 해당하는 무명천을 안으로 모시는 제차이다. 심
방은 소미들이 치는 북, 장구 반주에 맞추어 노래를 하면서 긴 무명천을 안주
인에게 당기게 한다. 천이 조금 남은 상태에서 그 위에서 산받음을 한다. 안
주인은 무명천을 잘 정리하여 할망상에 올린다.

불도맞이 할망ᄃ리 나숨

할마님 ᄃ리랑, 안으로 나숩고 나수자. [심방이 기주가족을 향해 말한다. "요레 왕덜 앚아. 애기엄마, 또 여기 왕 앚아야 헐 거." 자리를 가리켜 주며 다시 말한다. "요레 앚아." 며느리가 뒤편 제상을 보며 앚자, 소미들이 뒤로 돌아앚으라고 말한다. 심방이 할망ᄃ리를 가져와서 며느리에게 주며 이 할망ᄃ리를 펴서 차근차근 개어 놓을 것이라고 일러준다. 소미 강연일이 할망ᄃ리 펴는 것을 도와준다. 며느리는 앚은 상태이고 심방은 서 있는 상태에서 서로 마주보며 할망ᄃ리를 길게 늘여서 잡는다.] 할마님 대ᄃ리랑, 안으로 나숩고 나수자.

[북(정공철), 장구(이용옥)][심방이 선창하면 소미들이 따라 부른다. 며느리가 천천히 할망ᄃ리를 당기어 무릎 위에서 차곡차곡 갠다.]
나숩고 나수자.
강명지(强明紬) ᄃ리로
물명지(水明紬) ᄃ리로
세양폐 세미녕 ᄃ리로
나숩고 나수자.
천앙불도 할마님
지왕불도 할마님
인왕불도 할마님
안태중여레싱전
공씨 방씨 서씨여레
삼불도 할마님 대ᄃ리로
나숩고 나수자.
고씨로 마흔다섯
명ᄃ리 나수자.
강씨 안전 마흔ᄒ나

명둔리 나수자.

아덜 열네 설

명둔리 복둔리 나수자.

일곱 설 명둔리 복둔리

나숩고 나수자.

여궁녀 열여섯

열훈 설 명둔리여

복둔리 나수자.

줌줌히 나수자.

할마님 드리로

일훈둘님 명둔리

예순여섯

명둔리 복둔리

나숩고 나수자.

할마님 드리로

줌줌히 나수자.

할마님 드리로

나숩고 나수자.

강명지 물명지

세양페 세미녕 드리로

나수와 드리자. [할망드리가 얼마 남지 않은 상태에서 심방과 며느리가 서로 팽팽히 잡아당겨 힘겨루기를 한다.]

줌줌히 나수자.

줌줌히 나수자.

[심방이 힘겨루기에서 밀리자 말한다. "아이구 나 이거 기챵1388) 가지

커라.” 며느리가 웃는다. 심방이 앉는다. (소미 강연일 : 기창 가 불카 헴
수게.) (소미 이용옥 : 그거 혼 필 값 가 주켄.) (소미 강연일 : 다 안네켄
양. 게난 그난 좋게 헤영. 무음씨 좋은 어른이라부난.) 며느리가 할망드리
를 마저 갠다. 심방은 할망드리 끝자락을 펴고 신칼점을 하려 한다.] 할마
님 대드리 안느로 ○○ 나수왓수다. [신칼점] 아이고 고맙수다. [심방이
며느리에게 말한다. “좋커라이.” (며느리 : 고맙습니다.) 심방이 할망드리
를 가리키며 소미에게 말한다. “저거 잘 개렝 굴아줘부러.” 심방이 신칼
을 공싯상으로 가져다 놓는다.]

성주풀이 불도맞이 메여들어 석살림

자료코드 : 10_01_SRS_20090412_HNC_KYS_0001_s19
조사장소 : 제주특별자치도 제주시 삼도2동 1○21-22번지 바다○○ 식당
조사일시 : 2009.4.12
조 사 자 : 허남춘, 강정식, 송정희
제 보 자 : 김윤수, 남, 63세 외 4인
구연상황 : 메여들어 석살림은 맹진국 할망을 안으로 모셔 들이고 흥겹게 놀리는 제차이
다. 심방은 할망송낙을 들고 연물에 맞추어 노래를 부르고 춤추면서 송낙을 할
망상으로 모셔 들인다. 이때 소미들은 “나무아미 탐불아.”라는 훗소리를 한다.

■ 메여들어 석살림>잉어 메살림

[심방이 제상을 향해 말명을 한다.] 옥항 천신불도 할마님네~, 상 받아
잇습네다. 송낙기 ○○○○

‖담불‖[북(정공철), 장구(이용옥)][소미 강연일이 병풍 위 할망상에서
할망송낙을 내려서 심방에게 가져다준다.]

1388) 잘라서.

불도맞이 메여들어 석살림

나~무~, 아~미 탐~불아.

[심방이 할망송낙을 양손에 들어 앞으로 하고, 선 채로 약간 허리를 숙여 절한다.][심방이 선창하면 소미들이 따라서 한다.]

옥항 천신불도님도 상 받아 상천협서. 칠원성군님도 [소미에게 기메를 자신에게 주라고 한다. "이레."] 상 받아 상천덜 협서. [심방이 소미로부터 술전지를 건네받고, 역시 양손에 나누어 잡고 허리를 숙이며 절을 한다. 소미들은 심방의 말명이 끝나자 "나~무~ 아~미~ 탐불아."라고 부른다.]

천항불도 지왕불도 인왕불도 안테중이리싱전, 공씨 방씨 서씨여레 삼불도 할마님이랑, 할마님 몸상드레 잉어 메살리자. [심방이 송낙과 술전지를 양손에 잡아 높이 들고 말명을 하고, 말명이 끝나자 양손을 내리며 역시 허리를 굽혀 몇 차례 절을 한다. 소미들은 전과 같이 담불소리를 한다.]

나무 아미 탐불이여

[송낙과 술전지를 양손에 잡고 높이 들어 신자리에서 가볍게 춤을 추며 노래를 부른다. 심방의 선창 뒤에 소미들이 "나무아미 탐불아."라고 훗소

리를 한다. 이후 계속 같은 훗소리를 한다.]

　　동살량에 방안 우전으로

　　서살량 방안 우전으로 메살리자.

　　할마님 몸상으로 메살립네다.

　　천앙불도 지왕불도

　　인왕불도할마님이영

　　안태중여레싱전 삼불도 멩진국할마님

　　할마님 몸상으로 메살립네다.

　　아기 자손들 그늘롸줍서.

　　신정국에 대추태로

　　할마님 몸상 메살립네다.

　　‖감장‖[심방이 왼감장, 오른감장을 돈다.]

　　‖중판‖[심방이 뒤편 제상으로 가서 할망송낙과 기메를 내려놓는다. 소미가 주는 바랑을 받아들고 신자리에서 바랑을 부딪치며 춤을 춘다.]

　　‖감장‖[바랑을 들고 왼감장, 오른감장을 돈다.]

　　‖중판‖[심방이 무릎을 굽혀 앉아 신자리에 바랑을 던져 점을 본다.]

　■ 메여들어 석살림＞일곱 자 걸렛베 벗음

　[소미가 바랑을 치워 공싯상에 놓는다. 심방이 신자리에서 서서 말명을 한다.] 할마님~, 동살량 침방우전 서살량 방안 우전으로, 잉어 메살리난, 금바랑 옥바랑으로 고양, 신수퍼 삽네다. 일곱 자 걸렛베도 할마님전 벗어맞자.

　　‖중판‖[심방이 어깨에 매고 있던 걸렛베를 풀어 뒤편 제상에 가져다 놓는다. 다시 신자리로 돌아와 말명을 한다.]

■ 메여들어 석살림>삼선향 우올림

일곱 자~, 걸렛베 벗어 맞앗습네다. 사려말고 삼선~향도 할마님전~.

‖중판‖[심방이 공싯상에서 신칼과 향로를 들어 각각 오른손과 왼손에 잡는다. 신자리로 돌아온다.]

‖감장‖[심방이 신칼과 향로를 들고 왼감장, 오른감장을 돈다.]

‖중판‖[신칼을 오른쪽 어깨에 걸치고 뒤편 제상으로 가서 앞으로 절하듯이 숙이며 곧바로 돌아선다. 다시 오른손을 어깨에 걸치고 신자리로 돌아온 뒤, 뒤편 제상을 향하여 오른손을 내리며 다시 절하듯이 숙인다. 뒤편 제상을 향하여 향로를 들고 흔든 뒤 신칼을 휘돌리고 다시 오른쪽 어깨에 걸쳤 앞으로 내리며 절하듯이 몸을 숙인다. 이후 돌아서서 신칼 치마를 흔들어 연물을 그치라는 신호를 보낸다. 향로를 할망상으로 가져다 놓는다.]

■ 메여들어 석살림>산받음

삼선향 신부쪗더니만은, 할마님, 삼주잔도 위올렷습네다. 위올렷, [공싯상으로 가서 산판을 든다.] 일월삼명두로 할마님, 안으로 곱게 다, [신자리에 산판을 던져 점을 본다.] 아이고 고맙습니다. [신칼을 모아 잡고 신자리에 내려놓으며 점을 친다.] 곱게 상을 받아, [소미가 산판과 신칼을 정리한다. 심방이 대주를 향해 말을 한다.] 막 할마니도 풀어정 고맙덴 헴수다. [대주가 멀리서 심방을 바라보며 절을 한다. 심방이 일어서서 말명을 한다.] 할마님이랑 앚아 점주혜영 애기 즈순덜, 곱게 머리에 은동혜영 곱게 그늘롸줍서. 할마님전, 억만수궤웨다에ㅡ.

■ 메여들어 석살림>제차넘김

신이 아이 연당 알로 굽어 신청 하렴이며 불법전이랑, 상당 각방 술러레, 제돌아 점주협서에ㅡ. [제상을 향해 양손을 모아 허리를 숙이며 절한다.] 나 영 굿 헷습니다. [대주를 향해 인사를 한다. 기주가 멀리서 앉은 채로 심방을 보며 절을 한다. 대주와 주위 사람들이 "예. 고생헷수다."라고 대답한다.]

성주풀이 상당숙임

자료코드 : 10_01_SRS_20090412_HNC_KYS_0001_s20
조사장소 : 제주특별자치도 제주시 삼도2동 1021-22번지 바다○○ 식당
조사일시 : 2009.4.12
조 사 자 : 허남춘, 강정식, 송정희
제 보 자 : 이용옥, 여, 54세
구연상황 : 상당숙임은 가택신 등을 제외한 신들의 제상을 걷어내는 제차다. 심방이 제상을 마주보고 서서 요령을 흔들며 말명을 한다. 서열에 따라 신명을 차례로 언급하면서 술 한 잔씩 받고 어서 가시라고 한다. 상당숙임이 끝나면 고리동반 풂을 한다. 고리동반풂은 고리동반떡을 풀어내는 의례이다.

[이용옥 심방(평복)]

상당숙임

■ 상당숙임>공선가선

[심방이 요령을 들고 제상을 마주 보며 신자리에 서서 말명을 한다.]
공선은 공선 공신은 가신공선, 제저 남산은 본은 갈라 인도역 서준남, 서
준공서 말씀전 여쭙긴,

■ 상당숙임>일부혼잔

상당이, [요령] 도올랏다 도숙어 도하전 때가 뒈어 잇십네다. [요령][심
방이 허리를 숙이며 절한다.] 올 적엔 오리정 잔이웨다 갈 적엔, 금베리
잔이웨다 이 집안, 고씨 대주 마흔다섯 받은 잔, 강씨 안전 마흔하나 받은
잔, [요령] 장남 큰아덜 열늬 설 받은 잔, 족은아덜 입골 설 여궁녀 여레
섯 설 족은똘 열혼 설, 아바지~, [요령] 일본 주년국땅 잇는 즈순, 일흔둘
받은 잔이웨다 어머님, 이 고향 산천 살앙 이 아덜 의지허는 아덜, [요령]
백씨 안전 예순여섯 받은 잔 금베리잔, 필부잔 잔 받앙 도오릅서. [요령]
천신기는~, 지드투고 흑신긴 지늦추고, 우수리 각기 하전 때가 뒈엿십네
다 잔 받앙, 어서 가저 허시는데 임신 중에, 올라~ 옥항상저 대명전님도,
잔 받앙 어서 갑서 내려사면, 지부스천대왕 산으론 산신대왕님, 물로 가
민 다서 용궁 절 츠지 서산대사, [요령] 육한대서님도 필부잔 잔 받앙 어
서 갑서. 또 이전 인간 불도 명진국 할마님이랑, [소미가 심방에게 축원문
을 건네준다.] 잔 받아근, [요령] 어~ 금법당 점주허여, 즈순덜 앞질
발……, [심방이 "이걸랑 본주 주어불고."라며 종이 한 장은 다른 소미에
게 건네준다.][요령] 즈순덜 열다섯 십오 세 안네 잇는 아기덜, 앞질을 발
루아 줍센 혜연, [축원문은 방엑상에 놓는다.][요령] 필부잔 받앙 점주헙
서. 궁이웨다. 날궁전도 궁이웨다. 둘궁전 궁입네다. 짚은 궁 앞은 궁 삼
제삼궁, 시님 초공 임정국 상시당 하늘님도 잔 받앙, 다 연양당주전 글읍
서. 이공전도 잔 받앙 갑서. 삼공전도 [요령] 잔 받앙 도오릅서. 살아 목
숨 츠지도 시왕전 죽어 목숨 츠지도 시왕전, 신일러라 신병서 원일러라

원병서, 어서 도서 짐추염나 태산대왕, 범 ᄀᆞ뜬 ᄉᆞ천대왕님 초제 진간대왕 이제 초간 제삼 송저, [요령] 제네 오간대왕님~ 다섯 염라대왕 ᄋᆞ섯 번성대왕, 일곱은 태산 ᄋᆞ덥 평등 아홉 도시 열 전륜대왕, 열하난 지장대왕님 열둘 셍불 열셋 좌두, 열넷 우두 열다섯 동저판관님 여레섯 십육ᄉᆞ제님네, [요령] 금베리잔 필부잔 받앙 도오릅서. 삼멩감님도 잔 받앙 어서 갑서. 시왕 ᄯᆞ른 멩감님, [요령] 삼처서 관장님네랑 ᄎᆞᄎᆞ이ᄎᆞ, 방액 받으멍 갑서. 집안~ 멩감님네~, [요령] 일흔여덥 도멩감이웨다 이 집안, 산신 멩감님 고풍헌 하르바님, 몰 벡 수 쉐 벡 수 거느령, 저 굴미굴산 아야산 테역단풍 좋은, 동남 어깨 서남 어깨로 놀아오던, 야~ 고풍헌 하르바님 메와옵던 산신님도 잔 받앙, [요령] 어서 갑서~. 세경신중마누라님도 잔 받앙 세경 땅더레 점주헙서. 강남 가민 황저군눙 일본 소저군눙 우리나라, 대홍다비 족지펭풍 한사펭풍 연그늘, 놀던~, 조상님네도 잔 받앙 어서 갑서. 성주일월님네 잔 받앙, [요령] 야~ 성주일월님네 점주헙서. 또 이전 고풍헌 하르바님네 ᄆᆞ친 간장 다 풀리멍, 잔 받앙 어서 갑서. [요령] 그 두이엔 앞문전 밧문전, 남도 엄저 도집서 물도 엄저 도집서 이 ᄆᆞ을, 제주시 네웻당 과양당 선앙당 한집님네 운지당, [요령] 한집님네 궁당 한집님 둘윗당은 동미럭, 서미럭은~, 아~ ᄀᆞ시락당 한집님 칠머리 감찰지방관, 한집님네 잔 받앙 어서 갑서. 이 ᄌᆞ순덜 올라 사민 저 봉아오롬입네다. 봉겟ᄆᆞ을 좌정헌~, 뒷솔남밧 좌정헌 임조방장 하르바님 우김 세고 트림 센 한집님, 아~ 강씨 불도 양씨 불도, 노린족달 서족달 물비리 뎅비리 불러 주던 한집님네, [요령][소미들이 뒤편에서 기메 등을 정리한다.] 잔 받앙~, 어서 갑서~. 아~ 마흔하나 펜으로도 한집님네영, 예순여섯 편으로 각서오본항(各處五本鄕) 한집님네 잔 받앙 어서 갑서. [요령] 또 이전 영혼영신님네, 아~, 이번 첨에 스무자리 이상, 삼십자리 이알, 다 멘리 허여단 새로 모아 모셧수다. [요령] 이묘(移墓)헌 영가님네 고조부도 양우친도 징조부도 양우친님, 당진 부모 하르바님 할마님네, [소미가 심방에게 다가

와 무어라고 말을 건네고 돌아간다.][요령] 어느~ 큰아바지네영, 어~
[요령] 삼춘 수춘 오륙춘 칠팔춘, 먼 궤당 보든 궨당, 웨진 하르바님 할마
님, 또 이전 처부모 하르바님 할마님, 아바지 영혼님네도, 눈물수건 받앙
갑서 뚬수건, 저거 강~ [소미를 바라본다.] 뚬수건덜 받앙 갑서. [요령]
저싱돈은 헌페지전, 눈물수건이여, [소미에게 지전과 다라니 모아둔 것을
가리키며 말한다.] 저레 네쳐불라 술게~. [요령][소미가 지전과 다라니,
눈물수건 뚬수건 만들어 둔 것을 한가득 들고 나간다.] 영가님네 성편 웨
편 상당 웨당, 영혼님네 눈물수건 받읍서 뚬수건 받아근 혼저 갑서. [요
령] 영 허연, 아~, [소미를 찾는다.] 고리동반도 요레 공시상더레 노라보
게. [소미가 와서 고리동반을 공시상에 놓는다.] 신공시로 도느리민 성은
김씨 병술생, 당줏하님 이씨 을미생 몸받은 신공시로, [소미가 축원문을
신자리에 놓는다.] 글선성은 공저웨다 활선성은 거저, 불돗선성 노자님 심
방선성 남천문밧 유정싱 뚜님아기, [요령][소미가 심방에게 명실을 방엑
상에 놓느냐고 묻자 고개를 끄덕인다.] 아~, 신공시 일부 혼잔 잔 받읍소
서. 또 이전~, 영 협건 유씨 선성님네 일부 혼잔 협서. 시부모 조상 형제
일신임네영, 일부 혼잔 협서. [요령] 그뿐만 아니웨다~. 몸받은 조상, 고
전적 장잇フ을 장잇선감 한양フ을 한양일월, 악성저대 이씨 불도할마님
양씨 아미 어진 조상, 양씨 큰할마님~ 고씨 어머님, 고씨 선성 안씨 선성
님네 일부 혼잔 협서. [요령] 또 이전 친정 부모 하르바님 할마님 아바지
네영 오빠네, 일부 혼잔 협서 웨진 조상님네 웨진 하르바님 할마님, 웨삼
춘 수춘 오라방 언니 이모네도 일부 혼잔 협서. 육간제비 조상님네도 일
부 혼잔 협서. [요령] 이씨 형님 몸받은 아바지 즈작일뤌 장씨 할망 몸받
던 조상님네, 일부 혼잔 협서. 강씨 동싱, 강씨 형제간 몸받은 조상 옛 선
성 부모조상, 어~, [요령] 부모님네영 남편네 일부 혼잔 협서. 그 두에라
근 이 조상에~, 유공허던 선성님네덜 만권이 삼춘 대섬 삼춘님, 신공시로
일부 혼잔 협서. 진씨 부모 어머님네 [요령] 안씨, 선성님네영 일부 혼잔

헙서. 아~ 이 집안 엿날부떠 유공허던 선성님네, 일부 혼잔 헙서. 울랑국에 놀던 선성님네도 다, 도몰아 일부 혼잔이웨다.

■ 상당숙임>주잔넘김

받다 남은 건 주점쳐당 시군문 밧껏 나사민, 어시럭 명돗발 더시럭 명돗발덜 많이 권권 지넹겨 드렁,

■ 상당숙임>고리동반 풂

우진제비 돌안 보난 밤밧디 밤 익엇져 허는구나. 청너울도 걷어 맞자. 흑너울도 걷어맞자. [요령] 아덜 아기 동글동글 뚤아기도 동글동글, 어~ 어머님 신가심도 혜여맞자~. 아덜랑 낳건 팔도 도자원(都壯元)이나, 뚤랑 낳건 부인 부인 정부인(貞夫人) 숙부인(淑夫人)이나 시겨, 시겨줍센 혜연 본주제관신디영 몬 수꿰 무어 드렁가면,

■ 상당숙임>제반 걷음

받다 남은 건 다 제반 삼술 걷읍네다. [요령] 조왕할마님도 조왕간드레 강 점주헙서. 상성주님도 점주헙서. 중성주 하성주님도 점주헙서. 이 ᄌ순덜 몸받은 자가용 ○십구 부에 팔천○백오십칠호, 봉고웨다. ○십 나에 칠천○백이십구호 물차에, 갈매하르방 갈매할마님네, 어~ 차로 엔진으로 앞바쿠 뒤바쿠로 강 점주헙서. [요령] 하다 궂인 일 나게 맙서. [요령] 안칠성 밧칠성도 점주헙서. 각항지방 제오방 제토신님네 점주헙서. 받다 남은 건 우이로 제반 삼술은 걷어당, 지붕상상 ᄌ추ᄆ르 위올립네다. 알잡식은 네여당 말쩨민, 시군문 벳낏딜로, [심방이 신자리에 꿇어앉는다. 목소리가 서창하게 바뀐다.] 많이 권권 지넹겨 드렁 가면, [요령]

성주풀이 액맥이

자료코드 : 10_01_SRS_20090412_HNC_KYS_0001_s21
조사장소 : 제주특별자치도 제주시 삼도2동 1○21-22번지 바다○○ 식당
조사일시 : 2009.4.12
조 사 자 : 허남춘, 강정식, 송정희
제 보 자 : 이용옥, 여, 54세
구연상황 : 액맥이는 액을 막는 제차이다. 심방이 제상 앞에 꿇어앉아 요령을 흔들며 말
명을 한다. 차사에 대하여 액을 막아주도록 빈다. 이때 액맥이 기원신화인 사
만이본풀이는 구연하지 않았다. 마지막으로 산을 받고 그 결과를 말한다.

[이용옥 심방(평상복)]

■ 액맥이>방엑

액맥이

　　[심방이 신자리에서 제상을 향해 무릎을 꿇고 앉아 말명을 한다.] 위가
돌아갑네다. 제가 돌아갑네다. 처서관장님전, 방엑을 막저 영 헙네다. 이
방엑은 이 집안 고○석 을사셍, 마흔다섯 받은 방엑 알성방 주부 강○숙
이 기유셍, 마흔하나 받은 방엑 장남 고○하, 병자셍~ 남 보기엔 성헌 몸

ㄱ뜨나, 이 아기 자폐징(自閉症) ㄱ찌 허영 부모덜 조상 가심에, ○○ 피는 아기웨다. 병자셍 열늬 설 받은 방엑, [요령] 죽은아덜 고○한이 계미셍 일곱 설, 여궁녀 고○라 갑술셍 여레섯 설 죽은똘 고○경이, 기묘셍 열혼 설 받은 방엑, 아바진 저 일본 삽네다. 고○화 무인셍 받은 방엑이웨다. [요령] 일흔둘이웨다. 어머님 벡○보 갑신셍 예순여섯 받은 방엑, 이 ㅈ순 덜 방엑 막젠 허난 홀로 잇인 저, [심방이 기주에게 묻는다. "누나꽈? 누 이꽈?" (기주 : 누나.)] 누나웨다. [요령] 신현○○식당 허는 ㅈ순, 성은 고 씨로, [기주는 옆에 앉아서 거든다. "서방 문씨로 쉰……." (심방 : 게 우선 똘부터 굴읍서. 멧 술이우꽈?) (기주 : 마흔일곱.)] 고씨로 마흔일곱 받은 방엑이웨다. 매형이웨다 박씨로, [(기주 : 쉰. 문씨.)] 곧 쉰 문씨로 곧 쉰 받은 방엑, [요령][소미들이 상에서 잡식을 하고 있다.] 아덜~, [(기주 : 스물하나.)] 스물하나 받은 방엑 올립네다. 또 이전 조케 여조케, [요령] 이 ㅈ순 열아홉 설 받~, 여레덥 받은 방엑입네다. 이 방엑 막는 법은 옛 날이라 옛적 주년국 ㅅ만이도, 단 삼십에 ㅅ고전명(四顧定命) 막이난, [요 령] 테역단풍 쳉결터 좋은 딜로, 출령 강~, 방엑을 막으난, 삼철 년 도업 허연 살아난 법이 잇곡, 유리국 심청이 아바지도, 심청이 공양미 삼백 석 에 몸을 풀안, 은단수에 밧제허난, [요령] 공양미 삼벡 석 허연 츠에 물가 이로 간, 방엑을 우올리곡, 아~ 똘을 만나 어둑은 눈도 떠 난 법이 잇습 네다. 이 집안은~ 가난 공신 서난허난, 쉐 없어 쉐 대령 못헙네다. 물 엇 어 물 대령 못 헙네다 적송빙아기, 기릅철릿매가 업십네다. [요령] 또 이 전 지레 맞인 질나제 발에 맞인 발나제 미녕전필, 위올렴수다~. 낭푼 ㄱ 득 군량미 저싱돈 헌폐지전, 절간 돈 다라니영 저싱돈이영, 이승 금전지 화 명실 복실 위올립네다. 삼주잔덜 네여당, 위올려 디려가며, 어~ 명도 명감 삼처서 관장님전 성은 김씨 병술셍 당줏하님 이씨 을미셍, 당줏아기 당주 ㅈ순덜 받은 방엑이웨다. 흔 안체에1389) 온 형제간덜, 받아든 방엑이 랑, 어~ 명도명감 삼처서님전 천우방엑 걸어맞자. [요령] 천앙처서님전

방엑 올리저 헙네다 지왕처서님도 느립, 인앙처서님 느립서. 연직 월직 일직 시직사자님, 옥항 방나자 저승 이원, 이승 강림수제님네, [요령] 아~ 또 이전엔 영 협건, 아~ [요령] 물엔 가민 거북수제웨다 돈물 용궁, 구천왕 처서 명도명감 삼처서, 도약 서약 급헌 눌신왕 부명 객서 처서님전 느립서 느려사, 이 방엑을 곱게 받아삽서. [소미가 산판을 심방 앞에 가져다 놓는다.] 처서님전 방엑상이랑, 높이 들러 늦이 들러 뻬고 제 드령 가면, 어~ 열명 올린 ᄌᆞ순 이 집안 ᄌᆞ순덜 받아든 방엑도 높이 들러 늦이 들러 뻬고 제 드리며, [소미들이 공시상을 정리한다.] 불천수 시겨당 터진 생기 지방으로, 천수 입수 천우방엑 걸어 막자. [심방이 방엑상에 놓인 천, 지전 등을 들고 제상을 향해 앉은 채로 절을 한 뒤, 소미에게 건네준다. 다시 요령을 잡는다.] 천앙처서님도 받앙 갑서. [요령] 지왕처서님도 받앙 갑서. [심방이 신자리에 편하게 앉는다.] 인왕처서님도 받앙 갑서. 연직 월직 일직 시직사자님, [요령] 받앙 갑서. 황수제 적수제 악심수제, 옥항 방나장 저승 이원 이승 강림 거북수제 용궁수제, 받앙 갑서. [소미가 방엑상으로 쓰였던 상을 치운다.] 구천왕 처서 명도명감 처서님 받앙 갑서. [요령] 도약 수약 처서님 화덕 처서님네 절량 처서님네 급헌 눌신왕 부명 객서 처서님네도 받앙 갑서. [요령] 화덕처서님네 받앙 갑서. 거리대장 질대장 놀던, 처서님도 [요령] 받앙 갑센 헤연,

■ 액맥이>주잔넘김

처서관장님전 천우방엑은 걸어 막앗수다. [방엑상에서 내려 두었던 쌀양푼을 앞으로 당겨서 잔이 놓인 접시를 옆으로 내려놓는다.] 주잔덜랑 저 먼정 네여당, 목 ᄆᆞ른 처서 애 ᄆᆞ른 처서 시장 허기 바쁜 처서 관장님네, [쌀양푼에서 쌀을 조금 집어 들어 앞으로 뿌린다.] 주잔 많이 권권 지

1389) 안체포에. '안체포'는 심방의 핵심적인 무구인 '멩두'를 넣어 다니는 자루.

넹겨 드령 가면, [심방이 소미에게 굿을 보러 온 조사자에도 과일 등을
조금씩 챙겨주라고 부탁한다.]

■ 액맥이>산받음

아~, [제비점] 먹고 살을 군량미로나. [소미가 심방 옆에 놓여 있던 잔
을 밖으로 가져간다.] 상이나 고양 받앙 이레 옵서 보게 할망, 메누리가
오나 할망이 오나 이레 오랑, [기주가 온다.] 이건 아들네 꺼, [심방이 쌀
알을 건네준다.] 경 허민, 이 주순덜 오널 영 액 막아불고, [제비점] 일로
공 들이곡 허민, 그만헌 덕이나 잇엉, 앞으로 장서허는 길이영 아이고 고
맙수다 고맙수다. [심방이 기주에게 다시 쌀알을 건네준다. 기주는 다시
며느리에게 건네준다.] 일월 삼명두로나 분간헙서. [심방이 산판을 앞으로
가져온다.] 바다○○ 식당이우다. [(심방 : 어느 제 개업헐 거?) (기주 : 개
업날 몰라. 날도 봐 봅서.)] 안직은 개업날도 아니 보곡 허엿수다. 어디 강
날도 보곡 허영, [산판점] 마흔다섯이나, [산판점] 앞으로 이 봄 석 둘 고
양 다 넘엉, [산판점] 여름 넉 둘 운수, [산판점] マ을 석 둘이나, [기주가
무어라고 말을 한다. (심방 : 무사?)] 추절(秋節) 석 둘이나, [산판점] 몸이
나 편안허곡 몸은 편안허곡, [(기주 : 십구일날 헤불카 허는 거 같은데.)
(심방 : 메칠날?) (기주 : 십구일날 헤볼라고……)] 십구일날~, 개업식 허
여 보젠 헤염수다. [소미들이 제상을 정리하고 있다.][산판점] 십구일날
허영, [산판점] 뒐 건가 마씀, 경 허민 이 주순 준공식도 [산판점] 아니 못
받암수다. 준공식이나 [산판점] 받아질 건가 마씀, 경 허민 십구일날 [산
판점] 허는 게, 이 주순 혜여 좋아지여, 이 식당을 혜영 앞으로 [산판점]
큰돈이나 벌엉, 경 금방, 하영 ᄇ레지 말앙 [산판점] 츠츠이촛, [사위도 다
가와서 무릎을 꿇고 앉는다. 심방이 기주에게 점괘를 이야기한다. (심방 :
저 예, 이 준공검산 뒈쿠다.) (기주 : 언제? 요새 뒈쿠가?) (심방 : 준공검산
이 둘 안네 뒈크라.) (기주 : 거서기, 십구일날 허겐 허는디 준공검살 못

받아부난.) (심방 : 준공검살 못 받아부난 게난, 저 못 받걸랑 ᄒᆞ끔 더 늦추왕 허여.) (사위 : 언제 쯤으로?) (심방 : 언제쯤 허는 건, 거 강 날을 봐야지. 날로 건 봐야 뒈는 거고.) 심방이 산판을 다시 집는다.] 경 허민 저 차 탕 뎅기는 [산판점] 길이영, [산판점] 여름 석 ᄃᆞᆯ 운수나, [산판점] ᄀᆞ을 석 ᄃᆞᆯ이나, [산판점] 추절 석 ᄃᆞᆯ이나, ○십 나에 칠천○백이십구 호나, [산판점] 이 차 탕 뎅기다 [산판점] 넉날 일 물차우다. [산판점] 큰 걱정이나 엇곡, 그도 압네다. 경 허민, 안성방 강씨로 마흔훈 설이나, [산판점] 부베간 다 삼제에 들곡 허영, [산판점] 영 이 집 짓엉 이사 맡으곡 [산판점] 성주허곡, 아맹혜도 올히 인사 아니 맡아시민 [산판점] 걱정인데, 영 혜영 방엑 막아불곡 허민 [산판점] 다 막아주엉, 아맹혜도 ᄒᆞ끔 애기어멍은 [산판점] 맹심을 허곡, [산판점] 여름이 궂인가 마씀, [산판점] ᄀᆞ을이 궂인가, 추절이 궂인가 [산판점] 마씀. 어느 금전으로 혜영 [산판점] 걱정 뒐 일인가, 금전으로 혜영 [산판점] ᄒᆞ끔 맹심을 허……. [심방이 점괘를 설명한다. (심방 : 두 가시가 다 삼제에 들고 양. 올히 영 큰 집 짓엉 인사 맡아불곡, 이제 영 혜영 엑 막아불곡 허난 그러저런 거 다 막아주켄예. 겐디 애기어멍은 항상 금전으로 ᄒᆞ끔 맹심허라 혜서예. 금전 관계로. 금전으로 항상 맹심혜야 뒈커라. 올 섯둘 그믐ᄁᆞ지는. 입춘 드는 아시날까지. 항상 맹심혜야 뒈크라.) 산판을 다시 잡는다.] 경 허민 ○화 열늬 설이나, [산판점] 이 ᄌᆞ순 저 ○○○중학교 [산판점] 뎅기고, [산판점] 뎅기다 넉날 일이나 엇곡, 이 ᄌᆞ순 앞으로 [산판점] 여름 넉 ᄃᆞᆯ은 맹심허영, [산판점] ᄀᆞ을 석 ᄃᆞᆯ이나, [산판점] 추절 석 ᄃᆞᆯ이나, [산판점] 편안을 허카 마씀. 경 허민 족은아덜, [산판점] 일곱 설 유치원 뎅기는 ᄌᆞ순이나, [산판점] 앞으로 ᄀᆞ이 봄 넉 ᄃᆞᆯ, [산판점] 운수나, [산판점] ᄀᆞ을 석 ᄃᆞᆯ이영, [산판점] 추절 석 ᄃᆞᆯ이영, 경 허민 여레섯 설 난 [산판점] ᄌᆞ순, 이 ᄌᆞ순 [산판점] 맹심을 혜여사 허곡, [산판점] 앞으로 여름 석 ᄃᆞᆯ은 맹심을 허여사 여름 넉 ᄃᆞᆯ, [산판점] ᄀᆞ을 석 ᄃᆞᆯ이나, 추절 석 ᄃᆞᆯ이나 편안을 [산판점]

혜영, [심방이 점괘를 설명한다. (심방 : 뚤 큰뚤, 여름에 막 멩심헤야크라. 이게 막 궂어.) (기주 : 잘 굴으라이.) (심방 : 이거 여름에 어떵헤연, 놀레 도 못 뎅기게 허고. 뎅기당 이제 넉을 나나, 스나이덜에 멩심헤야 뒈크라.) 다시 산판점을 친다.] 경 허민 열훈 살 난 [산판점] 주순이나, [산판점] 앞 으로 여름 넉 둘 운 [산판점] 구을 석 둘이나, [산판점] 추절 석 둘이나, [산판점] 펜안을 헐 건가 마씀. 아바지 저 일본 잇수다 일흔둘이나, [산판 점] 아바지 [기주가 쌀양푼을 옮기려 하자, 심방이 그건 아니라고 말한 다.] 게민 [산판점] 여름 넉 둘, [산판점] 구을 석 둘 운수나, 추절 석 둘 이나, [산판점] 어머님 백씨로, 이 아덜헤영 훈디 이 장서허고 밤인 저, 봉개 강 살곡 헐 주손이우다. [사위가 인정을 건다.] 예순여섯이나, [산판 점][산판점] 앞으로 여름 넉 둘 [산판점] 운수나, 구을 [산판점] 석 둘 운 수, 추절 석 둘 [산판점] 운수나, 우선 몸이나 [산판점] 편안허고 뎅기다 넉날 일이나 [산판점] 없곡, [심방이 점괘를 설명한다. (심방 : 어멍도 몸 은 편안허쿠다. 몸은 편안헤도 항상 시름이라.) 기주가 "시름이사 잇지 게."라고 한다. 쌀양푼을 만지며 덧붙인다. "우리 현○식당이나 잘 봐줍 서." (심방 : 예 시름은 지영, 시름은 잇엉 허여도예.) (사위 : 아이, 현○식 당 헐 필요 엇수다게.) (심방 : 큰 뭔 엇수예.) 심방이 쌀양푼을 앞으로 당 기며 말명을 이어간다.] 그도 압네. 이건 현○ 신현○식당, [제비점] 뚤 네 나시 출련 오랏수다. [(심방이 기주를 바라보며 묻는다. "문씨로 쉰?" (기주 : 예.)] 문씨로 곧 쉰이난 [제비점] 먹고 살을 군량미로나, [(사위 : 마흔 마흔아홉이우다. 마흔.)] 문씨로 마흔아홉이난, [제비점] 먹고 살을 군량미, [심방이 사위에게 쌀알을 건네준다.] 아이고 좋켄 헤염구나. [(사 위 : 좋켄 헴수가? 아이고 올해 막 좋안마씨.) (심방 : 올해 막 좋안?) (사 위 : 예 예.)] 뚤 아까 마흔일곱, [제비점] 마흔일곱이나, 마흔일곱이 흐끔 시름은 뒈나 허뒈, [제비점] 몸덜이나 그자 편안허곡 돈이나 잘 벌곡, [심 방이 사위에게 쌀알을 건네준다. (심방 : 돈도 잘 벌커라. 잘 뒈커라.) (사

위 : 아이고 고맙습니다.) (기주 : 아덜.)] 아덜 [(심방이 기주 쪽을 바라보며 묻는다. "열여덥?" (딸 : 스물하나.)] 스물하나 일선군인(一線軍人) 갈 주순, [제비점] 일선군인 갈 아기, [(심방 : 어디 절에라도 다니멘?) (기주 : 아니, 그냥, 야 저 딸, 바빵 가지 못 해부난 돈은 올리고.)][제비점] 절에도 안, 절에 뎅기난, [심방이 기주의 딸에게 쌀알을 건네준다.] 못 가걸랑 강 요왕제(龍王祭)라도 드려주렌 허곡 허주. [(심방 : 애기 군인 가건 요왕에 저 꼭 무신 심방 안 둘앙 가도 이녁크로 쏠이라도, 싸그넹에 바다에 강 드리치곡 허여. 경 잘 몰르건 우리 집 전화허민 나 다 골아주커메.)] 경 허민 낳은 아기덜이영, [제비점][잠시 밖으로 나갔던 사위가 심방 옆에 다시 앉으며 아들 등에 관해서 묻는다.] 다 편안을 헤영, [제비점] 좋을 건가 마씀. 올히 아들 하나 군인 가 불고, [제비점] 일로 영 동생네 집으로 오랑 액이라도 막고 허염시난, [심방이 기주의 딸에게 쌀알을 건네준다.] 다 막아주엉, [쌀양푼을 치우고 산판을 다시 잡는다.] 일월삼명, 일월삼명두로나, [산판점] 문씨로 마흔아홉이나, [산판점] 앞으로 여름 넉 둘 운수나, [산판점] 구을 석 둘이나, [산판점] 추절 석 둘이나, 저 신현○식당 허영 [산판점] 큰 걱정이나 엇곡, 차 운전혜영 뎅기는 길이영 [산판점] 좋곡, 딸 성은 고씨로 [산판점] 마흔일곱이나, [산판점] 여름 넉 둘 운수, [산판점] 구을 석 둘이나, [산판점] 추절 석 둘이나, [산판점] 몸이나 편안 허곡, 아덜 스물하나 [산판점] 일선군인 갈 아기, 군인 강 [산판점] 좋은 더레나 가게 시겨주곡, [산판점] 여름 석 둘 운수나, [산판점] 구을 석 둘이나, [산판점] 추절 석 둘이나, 편안혜영 [산판점] 좋카마씀. [심방이 점 괘를 설명한다. (심방 : 아방이나 어멍이나 아덜이나 다 좋수다.) (기주 : 다 좋아?) (심방 : 응 큰 걱정이 엇수다.) (사위 : 아이고 고맙습니다.) (심방 : 군대 가는 디도 큰 걱정 엇곡.) (기주 : 딸도?)] 경 허민 여레덥 술 난 [산판점] 주순이나, [산판점] 고등학교 뎅겸수다. 여름 석 둘 운수 넉 둘, [산판점] 구을 석 둘이나, [산판점] 추절 석 둘이나, 게민 이 주순덜 사는

집이도 다 [산판점] 편안헌덴 말……, [(심방 : 아무 충도 안 허크라.) (기주, 사위 : 아이고 고맙수다.) (심방 : 무승무애로 넘으크라.) (사위 : 고맙습니다.) 소미가 쌀양푼을 치운다.] 옵서 옵서 청헌 신전, [심방이 소미에게 말한다. "실덜랑 다 안네붑서. 이불덜이라도 뀌왕 살게. 또 하나 인칙잇거영." 심방이 다른 제차로 넘어가려 하였지만, 기주가 다른 가족들의 산을 더 받아볼 것을 부탁하여 산받음이 계속 이어진다. (기주 : 이번엔 삼촌님 거.) (심방 : 아까 영게도 다 거느리멍 다 헤서. 옵서 혼 번 더.)] 이 즈순덜 이번이 [(심방 : 메칠날 헤연?)] 음력으론 이월, [기주가 며느리를 바라보며 말한다. "이월 메칠날 헤시니? 삼월 말일날." (심방 : 양력 삼월 말일?)] 양력 삼월 말일날 멘리덜 헤엿수다. [산판점] 철리 끗 삼년도 [산판점] 보는 일이난 오널, 척구풀이겸 다 허난 [산판점] 일로 큰 걱정이나 엇엉, 경 허민 이루후제 거느리왕상이나 아니 허곡, [산판점] 어떵 아니허영, 양도막음으로 경 허민 [산판점] 다 조상, [(심방 : 아무 충도 안허쿠다게.) (기주 : 미안허지만 큰어멍 하나만 봐줘.) (심방 : 어느 큰어멍? 멧 술? 성이 뭐라?) (기주 : 섯둘에 저 아방 죽어부릿주게.) 기주의 다른 가족이 와서 설명을 한다. (심방 : 예?) (기주가족 : 일본 간 사름.) (심방 : 누게?) (기주가족 : 이디 아방.) (심방 : 다 봣수다게.) (기주 : 다 봔.) (심방 : 아이구 우선은 이디 아방을 봅주게. 무신.) 대주의 백모가 와서 앉는다. 기주는 대주의 백모를 가리키며 말한다. "우리 성님 혼 번 산 봐보게." (심방 : 성이 뭐꽈?) (대주의 백모 : 나 김.) (심방 : 김씨로? 멧 술?) (대주의 백모 : ㅇ든(八十).) (심방 : ㅇ든.)] 성은 김씨로 이 집이 큰어멍이우다. [산판점] 곧 ㅇ든님이나, 어떵허난 지금 현재 딱 [산판점] 시름 중인가, 몸이 아파 [산판점] 걱정인가마씀. [심방이 대주의 백모에게 묻는다. "어떵 어디 아프꽈?" (대주의 백모 : 아니 아픔은 뭐.) (심방 : 어디 아픈 걸로 나타남수다게.)] 몸이 아픈 걸로 나타낭, [산판점] 이 여름 넉 둘 운, [산판점] ㄱ을 석 둘이나, [산판점] 추절 석 둘이나, [산판점] 몸이나 편안허곡, 그 아픈 거 보단 더 허지나 [산판점] 말아근, [(심방 : 경 막 더 허진 안허쿠다만은 양 영 보기에.) (기주 : 아덜 하나 둘안 살암수게.) (심방 : 누게? 응?) (기주 : ○○○○○ 아덜 하나 둘안 살암수다게. 이제 우리 아덜광 마흔다섯난 아덜.)] 경 허민 아덜 성은 고씨로 [산판점] 마흔다섯이나, [산판점] 어명광 혼디 삽네다. [산판점] 앞으로 여름 넉 둘 [산판점] 운수나, [산판점] ᄀ을 석 둘이나, [산판점] 추절 석 둘이나, 경 허민, 이 ᄌ순 차 운전혜영 [산판점] 뎅기는 길이영, 어딜로 귀인이나 만낭, [산판점] 혼인이나 허영, [심방이 점괘를 설명한다. (심방 : 경 귀인은 빨리 못 만나. 겐디 뭐 차 탕 뎅기는 질에 큰 뭔 엇이쿠다.) (사위가 심방에게 다가가며 말한다. "근데 우리 어머니하고 나하고 불화가 잇엇주마씨." (심방 : 무신 불화?) (사위 : 불화가 잇인디 그 불화를 어떵 뒘직허꽈? 이제는.) (심방 : 어떵 안 허크라.) (사위 : 해봅서.)] 경 허민 사위허곡 어명허곡 어떵허난 이견이 충돌뒈여난 셍이우다. [산판점][(심방 : 어떵 안 허켄. 이거 봐 이거. 조상에서.) [사위가 일어서는 어머니를 가리키면서 웃으며 말한다. "또 일어나부럼수게." (심방 : 어떵 안 혀켄.) 심방을 포함해 모두 자리에서 일어난다. 소미가 산판을 정리한다. (심방 : 공철, 공철이 어디 가부런? 대딜은 어디 불어신고? 대? 북 심으라.)]

성주풀이 도진

자료코드 : 10_01_SRS_20090412_HNC_KYS_0001_s22
조사장소 : 제주특별자치도 제주시 삼도2동 1○21-22번지 바다○○ 식당
조사일시 : 2009.4.12
조 사 자 : 허남춘, 강정식, 송정희
제 보 자 : 이용옥, 여, 54세
구연상황 : 도진은 모든 신들을 돌려보내는 제차이다. 심방은 양푼과 댓가지를 들고 서서 빠르게 말명을 이어간다. 서열대로 신명을 말하고 어서 가시라고 하는 내용이

다. 성주 차례가 되면 "쌀이로다." 하면서 댓가지를 던지고, 그 이하로는 "쌀이로다." "쑤어나라." 하면서 양푼의 콩을 집어 구석구석 뿌린다. "헛쉬!" 하는 소리로 마무리한다.

[심방이 댓가지와 양푼을 잡고 서서 말명을 한다.] 올 적엔 옵셍 헙네다~ 갈 적에는, 갑셍 헙네다 연붕 안채, 호성메 출령 호호허며, [기주가족이 신자리를 정리하려 하자, 심방이 가만히 그만 두라고 말한다.] 호호허며 도웨도진 혜영, 어서 갑서 도웨로다.

도진

[북(정공철)]
강진도웨
헤남도웨
도웨도진 헙서.
큰굿도 아니우다.
족은굿도 아닙네다.
성주낙성

대풀이로

초감제 연드리로

옵서 옵서

청헌 신전님네

호~호~

허며~

어서 갑서.

임신 중엔

올라 옥항상저

대명전도 갑서.

내려사난

지부ㅅ천대왕

산으론 산신대왕

물론 가면

다서용궁

어서 갑서.

절론 법당 츠지

서산대사

육한대서님도

호~호~

허며~

어서 갑서.

인간불도

명진국할마님이랑

아기덜 머릿점에

점주헙서.

초궁전이랑

연양당주전더레

어서 글읍서.

이공전도 갑서.

삼공전도 갑서.

시왕전도 갑서.

대왕님네 갑서.

전륜대왕꺼지

여레섯 십육스제님꺼지

호~호~

호호~허며

어서 갑서.

시왕에 뚤른 멩감님도

어서 갑서.

처서관장님네

어서 갑서.

또 이전에

집안 멩감님네

산신멩감 갑서.

집안 안네

성주일월랑 점주헙서.

집안~,

고풍헌 하르바님네

어서 갑서.

세경신중마누라님도

세경땅 점주헙서.

앞문전 밧문전
점주헙서.
각서본향
한집님네
제우제산
갈산절산
허터지언
본당더레 갑서.
신당더레 갑서.
안칠성 밧칠성
점주헙서.
영혼영신님네
고조이영
징조양우로
당진부모
하르바님 할마님
어서 갑서.
큰아바지네영
삼춘 수춘 오춘
어느덧 하르바님네
오촌대부님네
이번~
스무자리 이상
멘리허던
영가님네
어서 갑서.

그 두에랑

웨진하르밧님네

할마님네

어서 갑서.

처가편도

웨진 조상님네

어서 갑서.

신공시 엿선성 부모조상

연양당주러레

글읍소서.

또 이전~

조왕할마님

점주헙서.

상성주 중성주 하성주

점주헙서.

일문전도

점주헙서.

올레 정살지옥

네롱지기

각항오방

제오방 제토신님네

점주헙서.

요거 보라. [손에 들었던 댓가지를 하나 빼어 벽을 향하여 던진다.]

상성주에

쌀이로다. [양푼에 있는 콩을 조금 집어 뿌린다.]

중성주에 [댓가지를 다른 벽을 향하여 던진다.]

쌀이로다. [역시 콩을 뿌린다.]

하성주에 [댓가지를 또 다른 벽을 향하여 던진다.]

쌀이로다. [역시 콩을 그 벽을 향하여 던진다.]

천근 들어

벡근 쌀 [방향을 바꿔 댓가지와 콩을 다른 벽에 다시 던진다.]

원이둥둥 [다시 댓가지를 던진다.]

저울려다 [댓가지를 던진다.]

쫓아들멍 [댓가지를 계속 방향을 바꿔 가며 던진다.]

나사나멍 [북이 빨라진다.]

써어내라 써어내라. 써어내라. 써어내라. [벽을 향해 콩을 던진다.] 써어 써어, [방향을 바꿔 가며 계속 던진다.] 어 써어 어 써어 써어내라. [입구 쪽을 향해 가며 계속 던진다.] 써어 서어내라. 써어 써어 써어. [(기주가족 : 이칭에 가얄 거.) (심방 : 이칭에?) 심방이 2층으로 간다.] 써어내라. [기주가족이 신자리를 정리한다.] 아~ 써어내라. 써어내라. 아~ 써어내라. [(기주가족 : 삼칭 강……) 소미들이 장비를 들고 집을 나간다.] 아~ 방안방안 구억구억, ᄌᆞ소지로 입수혜수웨다. [심방이 콩을 건물 구석구석에 계속 뿌린다.] 써어사려 써어사려 써어사려 [건물 밖으로도 나가서 뿌린다.] 써어사려 써어사려, 써어사려 헐쒸~.

3. 삼양1동

제주특별자치도 제주시 삼양1동

조사일시 : 2009.3.~2009.6.
조 사 자 : 허남춘, 강정식, 강소전, 송정희

삼양1동의 구비전승 조사는 3월부터 6월 사이에 집중적으로 이루어졌다. 물론 그 전에도 몇 차례 마을을 방문하여 조사취지를 설명하고, 적절한 제보자를 선정하는 노력을 기울였다. 그리고 노인회관을 방문하여 정식으로 조사를 시작하기 전에 친밀감을 형성하는 시간도 아울러 가졌다. 삼양1동의 많은 어르신들이 노인회관에 매일 같이 모여 담소를 나누고 소일하기 때문에 제보자를 찾는 일이 한결 수월하였다.

실제 조사에 들어가서는 노인회관에서 줄곧 진행하였다. 민요의 경우

여럿이 함께 만들어가는 분위기가 있기 때문에 노인회관이 적절하였다. 서로 선후창을 바꾼다거나, 같은 노래를 여러 제보자가 부르게 하는 등의 방법을 사용하여 그 다양성을 살펴보려 하였다. 제보자가 원할 경우 보다 편안한 분위기를 만들기 위하여 노인회관 2층으로 자리를 옮겨 조사하기도 하였다. 한편 녹음한 결과물의 양과 질, 녹음상태 등을 종합적으로 고려하여 필요할 경우 해당 제보자에게 재차 청하여 듣는 경우도 있었다.

삼양동은 2006년 7월 이전까지는 옛 '제주시'의 가장 동쪽 지역으로, '북제주군'과 경계를 이루었던 마을이다. 1962년에 행정구역 개편을 통하여 삼양동이 되면서 삼양1동, 삼양2동, 삼양3동, 도련1동, 도련2동 등 5개 법정동으로 이루어져 있다. 삼양동에 기원전 1세기를 전후한 대단위 선사유적지가 있는 것으로 보아 이 일대에 사람이 거주한 역사가 오래되었음을 알 수 있다. 또한 원당봉에는 고려시대에 건립된 역사유적인 보물 제1187호 불탑사 5층 석탑도 있어 역사문화자원이 풍부하다. 또한 검은 모래 찜질로 유명한 삼양해수욕장과 삼양수원지, 제주화력발전소가 위치하여 시민과 관광객이 많이 찾는 명소이기도 하다.

2010년 12월 현재 삼양1동의 인구는 1,035세대에 1,882명이다. 남녀의 비율은 비슷하다. 각성바지로 구성되어 있다. 삼양동은 도농 복합지역이다. 감귤 등의 농업과 수산업, 상업이 고루 공존하고 있다. 최근에는 삼화지구 도시개발사업 등으로 지속적인 인구 증가가 예상되고 있다. 교통도 매우 편리하여 제주시내와 다름없이 생활할 수 있다. 교육이나 문화생활은 주로 옛 제주시 지역에서 이루어진다. 마을 내 종교생활은 아직 전통적인 민간신앙이 바탕을 이루고 있다.

한편 삼양1동은 민간에서 '설개'라고 부르며, 『남사록』과 「탐라순력도」에도 마을명이 나타난다. 삼양1동은 삼양동에서도 가장 중심지라고 할 수 있다. 이번 조사에서는 민요를 채록하였다. 전체적으로는 밭농사와 물질을 병행하는 마을생업의 양상이 민요에 드러나고 있었으며, 유희요와 말총공예의 일종인 탕건(宕巾)소리도 일부 들을 수 있었다. 다만 도농 복합지역이어서 그런지 예로부터 전해오는 구비전승이 더욱 빠르게 사라지고 있음을 알 수 있었다. 노년층이 많아도 설화는 역시 잘 들을 수 없었다.

고영순, 여, 1929년생

주 소 지 : 제주특별자치도 제주시 삼양1동
제보일시 : 2009.3.20
조 사 자 : 강정식, 강소전, 송정희

   고영순은 제주시 삼양1동에서 태어나 자
랐다. 야학이나 학교는 다닌 적이 없다고 한
다. 18세에 제주시로 시집을 갔다. 남편이
바람이 나서 25세에 이혼하였다. 29세에 다
시 결혼하여 제주시 조천읍 북촌리에서 6남
매를 낳고 살았다. 두 번째 남편도 바람을
많이 피웠다고 한다. 시집과 사이가 안 좋았
기 때문에 북촌리에서 14년을 살고는, 43세
에 다시 삼양동으로 와서 살았다고 한다. 주
로 농사일과 물질을 하면서 살았다. 다만 삼
양동에서는 물질을 못 했다고 한다. 민요는 친정에서 배웠다. '물질 소리'
는 22세에 강원도에 물질하러 갔다가 배웠다고 한다. 목청이 좋아 노래도
아주 힘차게 부른다. 허리가 좀 안 좋아 앉아서 불렀다. 기억력이 좋아 가
사도 많이 알고 있다. 틀니를 하지 않아 아직 발음은 매우 좋다. 주소를
밝히지 않았다.

제공 자료 목록
10_01_FOS_20090320_HNC_KYS_0001 마당질 소리
10_01_FOS_20090320_HNC_KYS_0002 ᄀ레 ᄀ는 소리
10_01_FOS_20090320_HNC_KYS_0003 밧 불리는 소리

10_01_FOS_20090320_HNC_KYS_0004 사데소리
10_01_FOS_20090320_HNC_KYS_0005 물질 소리
10_01_FOS_20090320_HNC_KYS_0006 서우제 소리
10_01_FOS_20090320_HNC_KYS_0007 아리랑 (1)
10_01_FOS_20090320_HNC_KYS_0008 아리랑 (2)
10_01_FOS_20090320_HNC_KYS_0009 남방아 소리
10_01_FOS_20090320_HNC_KYS_0010 애기 흥그는 소리
10_01_FOS_20090320_HNC_KYS_0011 꿩꿩 장서방
10_01_FOS_20090320_HNC_KYS_0012 말잇기 소리
10_01_FOS_20090320_HNC_KYS_0013 혼다리 인다리

고점유, 여, 1927년생

주 소 지 : 제주특별자치도 제주시 삼양1동 1830번지
제보일시 : 2009.3.20
조 사 자 : 강정식, 강소전, 송정희

고점유는 제주시 도련1동에서 태어나고 자랐다. 실제 나이는 83세인데, 호적에는 82세로 올라가 있다. 도련1동이 바닷가 동네가 아니어서 물질은 하지 않았다. 어릴 때 야학을 잠깐 다녔다고 한다. 야학을 안 가는 날은 친구들과 함께 민요를 부르며 놀았다고 한다. 도련에서 소리 잘 한다고 소문도 나서 잔치 때에는 불려가 노래도 불렀다. 정월 보름에는 걸궁을 하면서 노래하며 놀았다고도 한다. 18세에 제주시 삼양동으로 시집을 가서 6남매 낳고 살았다. 삼양동에서 붙박이로 살면서 농사일을 위주로 했다. 남편이 몸이 안 좋아 10여 년을 누워 있었다고 한다. 민요는

결혼 전 친정에서 배웠다. 시집을 온 뒤에는 시어머니가 목청이 좋아 농사일을 하면서 민요를 함께 불렀다. 일이 힘들고 졸음이 오니 이를 견디고자 민요를 많이 불렀다. 일어서서 부를 정도로 건강상태도 매우 좋다. 허리도 굽지 않았고 틀니도 하지 않아 소리와 발음도 매우 좋다. 기억력이 좋아 가사도 많이 알고 있다.

제공 자료 목록

10_01_FOS_20090320_HNC_KJY_0001 애기 흥그는 소리

10_01_FOS_20090320_HNC_KJY_0002 진 사데소리

10_01_FOS_20090320_HNC_KJY_0003 밧 불리는 소리

10_01_FOS_20090320_HNC_KJY_0004 탕근 소리

10_01_FOS_20090320_HNC_KJY_0005 마당질 소리

10_01_FOS_20090320_HNC_KJY_0006 서우제 소리

10_01_FOS_20090320_HNC_KJY_0007 훈다리 인다리

김갑생, 여, 1923년생

주 소 지 : 제주특별자치도도 제주시 삼양1동 1658-3 토성탑빌라트 302호

제보일시 : 2009.3.20

조 사 자 : 강정식, 강소전, 송정희

김갑생은 제주시 도두동에서 태어나 자랐다. 조·보리농사를 지으면 생활하였다. 친정아버지가 해녀 일을 싫어해서 '물질'은 하지 않았다고 한다. 친정어머니 역시 '물질'은 하지 않았다. 19세에 고기잡이 하는 남편을 만나 첫 번째 결혼을 하여 자녀 셋을 낳았지만 '제주 4·3'에 남편과 아이를 모두 잃었다. 30세 쯤 삼양동으로 이사를 해서 39세에 두 번째 결혼을 하였다. 두 번째 남편은 조·보리농사를 하

면서 목수 일도 함께 하였다. 현재 자녀는 남매가 있다고 한다. 전래동요 '혼다리 인다리'는 특별히 배운 것은 아니고 어릴 때 들으며 익힌 것이라고 한다. 목청도 좋지만 발음도 매우 좋다.

제공 자료 목록
10_01_FOS_20090320_HNC_KGS_0001 혼다리 인다리

박임열, 여, 1912년생

주 소 지 : 제주특별자치도 제주시 삼양1동 1583-8번지
제보일시 : 2009.3.20
조 사 자 : 강정식, 강소전, 송정희

박임열은 제주시 삼양2동(가물개)에서 태어나 자랐다. 24세경에 삼양1동(설개)로 시집을 왔다고 한다. 삼양1동에서 3형제를 낳고 붙박이로 살았다. 주로 갓 만드는 일을 하며 살았는데, 약 60세까지는 갓일을 했다고 한다. 농사도 많이 하지 않고 물질도 하지 않았다고 한다. 야학이나 학교는 다닌 적이 없다. 나이가 많아 기억력이 떨어졌다고 한다. 귀는 잘 들리지 않지만 발음은 매우 좋은 편이다. 민요가 잘 기억나지 않아 전래동요만 2곡을 불렀다.

제공 자료 목록
10_01_FOS_20090320_HNC_PIY_0001 혼다리 인다리
10_01_FOS_20090320_HNC_PIY_0002 말잇기 소리

마당질 소리

자료코드 : 10_01_FOS_20090320_HNC_KYS_0001
조사장소 : 제주특별자치도 제주시 삼양1동 1600-1번지 경로당
조사일시 : 2009.3.20
조 사 자 : 강정식, 강소전, 송정희
제 보 자 : 고영순, 여, 80세
구연상황 : 먼저 불렀던 고점유의 권유로 구연을 하였다. 동작까지 하면서 노래를 불렀다.

어야홍 어야홍 어기야 홍아 홍애야 홍애
앞일 보고서 뚜두려 보라
요 셍복 보멍 매 또 들라
때렴직이나 때려나 보라
요 셍복은 누게 아빈고
설운 정녜 아비더냐
요 셍복 보멍 매 또 들라
어야홍 어야홍 허야차 홍아
때렴직이1390) 때려나 보라
좇아들멍 때려나 보라
젖혀지멍 때려나 보라
어야홍 어야홍 어야도 하야 하야도 하야
어이야 홍아 홍애야 홍아

1390) 때릴 듯이.

고레 고는 소리

자료코드 : 10_01_FOS_20090320_HNC_KYS_0002
조사장소 : 제주특별자치도 제주시 삼양1동 1600-1번지 경로당
조사일시 : 2009.3.20
조 사 자 : 강정식, 강소전, 송정희
제 보 자 : 고영순, 여, 80세
구연상황 : 마당질 소리에 이어 바로 구연하였다. 청중들이 잘 한다고 박수를 쳤다.

어기에~~ 나 소~리~랑 산 넘어 가라에~

이여- 이~여- 이여도 고레-1391)

오늘 처녁 요 보리쏠 다 검치어사

넬은 조 컴질 매레 갈 꺼여

좀 자지 말앙 혼저 제기1392) 박박 골라

이여~ 이여도 고레-

밧 볼리는 소리

자료코드 : 10_01_FOS_20090320_HNC_KYS_0003
조사장소 : 제주특별자치도 제주시 삼양1동 1600-1번지 경로당
조사일시 : 2009.3.20
조 사 자 : 강정식, 강소전, 송정희
제 보 자 : 고영순, 여, 80세
구연상황 : 청중들과 대화를 하면서 "조를 볼리라."는 말에 '밧 볼리는 소리'를 구연하였다.

어 어어허허 월러 아~량~

요놈이 중셍덜아 혼자 보젠 너네 부름씰1393) 헌 중 아느냐 오널

1391) 맷돌.
1392) 빨리.
1393) 심부름을.

요때 보젠 요치록1394) 부름씰 허엿지

　어러럴 어어허허허 월러 하~~랴

　이 산중 저 산중 튀어만 뎅기당 오늘 밧을 멧 개 허여 넹겨 살 꺼

여 이놈이 중셍덜아

　어러럴 어어허허허 월러 하~~랴

[웃는다.]

사데소리

자료코드 : 10_01_FOS_20090320_HNC_KYS_0004
조사장소 : 제주특별자치도 제주시 삼양1동 1600-1번지 경로당
조사일시 : 2009.3.20
조 사 자 : 강정식, 강소전, 송정희
제 보 자 : 고영순, 여, 80세
구연상황 : 조사자가 '사데소리'를 불러달라고 하여 구연하였다. 노래가 끝나고 가사에
　　　　　대하여 설명을 해 주었다.

　검질 짓고1395) 골 너른 밧디

　고랑씨도 만도나1396) 허다

　어기 여리나 사데로고나

　요 검질 보면서 자기1397) 손 놀이라1398)

　어기 여리나 사데로고나

　앞멍에랑 빨리 들어오고

1394) 이렇게.
1395) 무성하고.
1396) 많기나.
1397) 빨리.
1398) 움직이라.

뒷멍에랑 젖혀나지라

어기 여리나 사데로구나

검질 손이랑 ᄌᆞ직ᄌᆞ직[1399]

소리랑 느직느직

물질 소리

자료코드 : 10_01_FOS_20090320_HNC_KYS_0005
조사장소 : 제주특별자치도 제주시 삼양1동 1600-1번지 경로당
조사일시 : 2009.3.20
조 사 자 : 강정식, 강소전, 송정희
제 보 자 : 고영순, 여, 80세
구연상황 : 청중들이 '물질 소리'를 하라고 하여 구연하였다. 이 노래는 물질을 해야 할
수 있다고 하면서 노 젓는 동작을 하면서 구연하였다. 아주 신나게 불러서 청
중들이 웃으면서 박수를 쳤다.

혼 목 지어사 울뚜웃목을 넘어나 간다

어기야 뒤야 산이로구나

파락을 치고 치엄직이[1400] 치어나 보라

어기야 차라 차라 차라

어기야 쳐라 파락을 치고

치엄직이 치어나 보라

우리 베는 참새 새끼 날아가듯 잘도나 간다

쳐라 차라 어기여 쳐라

젊은 년이 젓는 노가 설마나 진적 요거러냐

치엄칙이 치어나 보라

1399) 빠르고 부지런히 움직이는 모양을 나타냄.
1400) 치는 듯이.

뒈와지게 어기여 쳐라

쳐라 쳐라 잘도 간다

촘새 새끼 놀아가듯 아기여 차라

쳐라 베겨 아기여 쳐라

쳐라 쳐라 울뜻목을 넘어나 가게

지름통을 먹엇는가 섬통을 먹엇는가

잘도나 간다 우리 베는 참새 새끼 날아가듯

잘도나 간다 하착이야1401)

남이야 줄덜 요네나 상짝 남이야 줄까

허기야 차라 파락을 치고

치엄직이 치어나 보라

아주 쳐라 쳐라 차라

[청중들이 웃으면서 박수를 쳤다.]

서우제 소리

자료코드 : 10_01_FOS_20090320_HNC_KYS_0006

조사장소 : 제주특별자치도 제주시 삼양1동 1600-1번지 경로당

조사일시 : 2009.3.20

조 사 자 : 강정식, 강소전, 송정희

제 보 자 : 고영순, 여, 80세

구연상황 : 고점유의 권유로 구연하였다. 받는 소리는 고점유, 채순아, 고길휴가 맡았다.
청중들이 박수를 치며 호응하였다. 중간에 청중 가운데 남자 어른이 나와 장
구 장단을 쳤다. 노래가 끝나고 나서 조사자가 '아웨기 소리'가 아니고 '서우
제 소리'냐고 물었더니 '허우제소리'라고 대답을 하였다. 청중들이 잘 한다고
박수를 쳤다.

1401) '하착'은 아래짝.

어양 어양 어야로구나

아~ 아아양 헤헤양 어허요

쏜물 나건 동으로 가고 든물이랑 나거든 서와당[1402] 가자

아~ 아아양 헤헤양 어허요

어야차 소리로 닷[1403] 감겨간다

아~ 아아양 허허양 어허요

졸기 좋은 노루손인가 잠자리 존 것은 공동모지냐

아~ 아아양 헤헤양 어허요

어야차 소리 불르멍 놀암직이나 놀아나 보게

아~ 아아양 헤헤양 어허요

[청중이 추임새를 넣었다.]

물이랑 싸건 강변에 들고 물이랑 들거든 한강에 놀자

아~ 아아양 헤헤양 어허요

놀기 좋은 산굼부리냐 잠자리 존 것은 공동모지여

아~ 아아양 에헤양 어허요

혼 무리랑 놀아나보고 혼 무리랑도 실려나 가게

아~ 아하양 헤헤양 어허요

요 멥시 보면서 놀아나 보자 요 얼굴 보면서 놀고나 가게

아~ 아아양 헤헤양 어허요

잘도 논다 잘도나 헌다 허염직이도 잘도나 허네

아~ 아아양 헤헤양 어허요

요레 놀고서 요디서 놀며 어떤 디서나 놀아나 보젠

아~ 아아양 헤에양 어허요

1402) 서쪽 바다.
1403) 닷.

잘도 논다 잘도나 헌다 허염직이도 잘도나 헌다

아~ 아아양 헤헤양 어허요

흔 무리랑 놀아나 보고 흔 무리랑덜 지어나 보게

아~ 아아양 헤헤양 어허요

어야차 소리 불르멍 닷 감겨가게

아~ 아아양 헤헤양 어어요

이물에랑 이사공님아 다까 들면서 물 제와 가자

아~ 아아양 헤헤양 어어요

[청중 가운데 남자 어른이 나와 장구장단을 치기 시작하였다.]

고물에랑 고사공님아 ○○지양발 물 제우소

아~ 아아양 헤헤양 어허요 좋다

요리 하여사 나를 속이고 저리 허여서 나를 넹긴가

아~ 아아양 헤헤양 어허요

잘도 논다 잘덜토 헌다 요 장소로를 네불[1404] 것이냐

아~ 아아양 헤헤양 어어요

물랑 싸건 강변에 놀러 물이랑 들거든 한강에서 놀라

아~ 아아양 헤헤양 어어요

흔 무리랑 쉬어나 보고 흔 무리랑 놀아나 보소

하~ 하아양 헤헤양 어어요

잘도 논다 잘덜토 헌다 허염직이도 잘도나 허네

하~ 하아양 헤헤양 어허요

절물깍에서 놀던 임신도 요 장소에서 놀아나 보자

하~ 하아양 헤헤양 어허요

1404) 그냥 둘.

밧조리에서 놀단 임신도 안조리에나 놀아나 보카

하~ 하아양 헤헤양 어허요

산꿈부리서[1405] 놀던 임신도 요 장소에서 놀아나 보카

하~ 하하양 헤헤양 어허요

고물에야 고사공님아 치 잡으면서 베질허소

하~ 하하양 헤헤양 어허요

이물에야 이사공님아 가꺼 들면서 베질허소

하~ 하하양 헤헤양 어허요

흔 무리랑 놀아나 보고 흔 무리랑도 쉬어나 보게

하~ 하하양 헤헤양 어허요

잘도 헌다 잘덜토 노네 헤가 빠지게 잘도나 논다

하~ 하하양 헤헤양 어허요

요 궁둥일[1406] 놓앗다가 집을 살 건가 밧을 사나

하~ 하하요 헤헤양 어허요

놀릴데로덜 놀려나 가며 놀암직이나 놀아나 보라

하~ 하하양 헤헤양 어허요

이제 고만

[웃는다.]

아리랑 (1)

자료코드 : 10_01_FOS_20090320_HNC_KYS_0007

조사장소 : 제주특별자치도 제주시 삼양1동 1600-1번지 경로당

1405) 제주시 조천읍 교래리에 있는 오름.
1406) 엉덩이를.

조사일시 : 2009.3.20

조 사 자 : 강정식, 강소전, 송정희

제 보 자 : 고영순, 여, 80세

구연상황 : 조사자가 다시 요청을 하니 '서우제 소리'에 이어 바로 구연하였다. 글을 모르니 가사를 외우고 다녔다고 한다. 받는 소리는 청중들이 맡아 주었다. 글을 몰라 이렇게 지어서 불렀다고 하였다.

　　　아리랑 아리랑 아라리요 아리랑 고개로 넘어간다

　　　일락은 서산에다 해는 다 지어지는데 월출동향(月出東嶺)으로 달

이 터 오른다

　　　아리랑 아리 아리랑 아라리요 아리랑 고개로 넘어가네

　　　산신령 키 높이는 경쿨 경쿨만 헌데 우리야 이 몸 다 어데나 간고

　　　아리랑 아리랑 아라리요 아리랑 고개로 넘어가네

아리랑 (2)

자료코드 : 10_01_FOS_20090320_HNC_KYS_0008

조사장소 : 제주특별자치도 제주시 삼양1동 1600-1번지 경로당

조사일시 : 2009.3.20

조 사 자 : 강정식, 강소전, 송정희

제 보 자 : 고영순, 여, 80세

구연상황 : 앞에 '아리랑'에 이어 청중들이 받는 소리를 맡아 주겠다며 또 노래하라고 권유하니 다시 구연하였다. 처음 시작은 청중에서 하고 제보자가 바로 이어 불렀다.

　　　아리랑 아리랑 아라리요 아리랑 고개로 넘어간다

　　　우리네 살기는 어데나 사는고 제주도 삼양에 일동에 사는데

　　　아리랑 아리랑 아라리요 아리랑 고개로 넘어간다

　　　요네 몸은 다 어디나 잇나 강안도1407) 삼천리 무 코에 잇다

아리랑 아리랑 아라리요 아리랑 고개로 넘어간다

우리가 살면은 몟 벡 년 사나 막상만 살아도 단 벡 년일까

아리랑 아리랑 아라리요 아리랑 고개로 넘어간다

남방아 소리

자료코드 : 10_01_FOS_20090320_HNC_KYS_0009
조사장소 : 제주특별자치도 제주시 삼양1동 1600-1번지 경로당
조사일시 : 2009.3.20
조 사 자 : 강정식, 강소전, 송정희
제 보 자 : 고영순, 여, 80세
구연상황 : 앞부분에 불렀던 '서우제 소리'에 더 빠른 것도 있지 않느냐고 조사자가 물으니, 그것이 빠른 것이고 늦은 것은 더 늦게 부른다고 설명하였다. '촐 비는 소리'는 할아버지에게 배웠는데 기억이 나지 않는다고 하였다. 이어 조사자가 '방아 찧는 소리'는 어떠냐고 물으니 바로 구연하였다.

이여 이여 이여도 흐라 이여도 흐라

늬콜방에 세 글러간다

이여 이여 이여도 흐라

드리1408) 손당1409) 큰아기덜은 싀콜방에로1410) 세 글러1411) 가느냐

이여 이여 이여도 흐라

드리 손당 큰아기덜은 피방에로1412) 다 늙어간다

이여 이여 이여도 흐라

1407) 강원도.
1408) 제주시 조천읍 교래리.
1409) 제주시 구좌읍 송당리.
1410) '싀콜방에'는 세 사람이 함께 찧는 방아.
1411) 어긋나.
1412) 피 방아로.

이여도 ᄒ라 이여 이여

애기 훙그는 소리

자료코드 : 10_01_FOS_20090320_HNC_KYS_0010
조사장소 : 제주특별자치도 제주시 삼양1동 1600-1번지 경로당
조사일시 : 2009.3.20
조 사 자 : 강정식, 강소전, 송정희
제 보 자 : 고영순, 여, 80세
구연상황 : 조사자가 '애기 훙그는 소리'를 요청하니 과거에 서럽게 살아왔던 이야기를
하면서 구연하였다. 당시 생각에 잠겨 울면서 구연하였다.

자랑 자랑 자랑 자랑 자랑
우리 애기 제와도라 늬네 아기 제와주마
우리 아기 아니 제와주믄
술진 술진 총베로 들으쳣당 내쳣다 허키여
웡이자랑 웡이자랑
혼저 자라 혼저 자라
웡이자랑 웡이자랑 자랑 자랑

꿩꿩 장서방

자료코드 : 10_01_FOS_20090320_HNC_KYS_0011
조사장소 : 제주특별자치도 제주시 삼양1동 1600-1번지 경로당
조사일시 : 2009.3.20
조 사 자 : 강정식, 강소전, 송정희
제 보 자 : 고영순, 여, 80세
구연상황 : '애기 훙그는 소리'에 이어 과거 서럽게 살던 시절 이야기를 좀 더 하였다.

그 뒤 조사자가 어릴 때 불렀던 '꿩꿩 장서방'이란 것이 있느냐고 물으니 바로 구연하였다.

꿩꿩 장서방 어찌 어찌 사느냐
그럭저럭 산다
뭣을 먹고 살앗나
무시거
콩 혼 방울 줏어 먹고 살지

말잇기 소리

자료코드 : 10_01_FOS_20090320_HNC_KYS_0012
조사장소 : 제주특별자치도 제주시 삼양1동 1600-1번지 경로당
조사일시 : 2009.3.20
조 사 자 : 강정식, 강소전, 송정희
제 보 자 : 고영순, 여, 80세
구연상황 : 앞에 '꿩꿩 장서방'에 이어 바로 구연하였다.

저 산에 꼬박꼬박 허는 거 무시거
미삐젱이
미삐젱인 흰다
희믄 하르방이여
하르방은 등 굽은다
등 굽으믄 쉐질멧가지주
쉐질멧가진 늬 구멍 난다
늬 구멍 나민 시리여
시린 검나
검으믄 가마귀주

가마귄 눕뜬다

눕뜨믄 심방이여

심방은 두든다

두들믄 철장이여

철젱인 젭찐다

젭찌믄 깅이여1413)

깅인 붉나

붉으믄 대추여

대춘 둔다

둘믄 엿이주

엿은 부뜬다

[웃는다.]

흔다리 인다리

자료코드 : 10_01_FOS_20090320_HNC_KYS_0013

조사장소 : 제주특별자치도 제주시 삼양1동 1600-1번지 경로당

조사일시 : 2009.3.20

조 사 자 : 강정식, 강소전, 송정희

제 보 자 : 고영순, 여, 80세

구연상황 : 조사자가 '흔다리 인다리'를 해보라고 하니 잘 못한다고 하면서도 바로 구연
하였다.

흔다리 인다리 거청게

지저 오저 부망게

지둥에 청

1413) 게여.

애기 홍그는 소리

자료코드 : 10_01_FOS_20090320_HNC_KJY_0001
조사장소 : 제주특별자치도 제주시 삼양1동 1600-1번지 경로당
조사일시 : 2009.3.20
조 사 자 : 강정식, 강소전, 송정희
제 보 자 : 고점유, 여, 82세
구연상황 : 조사자의 요청에 따라 구연하였다. 처음에는 기억이 나지 않는다고 하였으나
          바로 구연하였다. 주변에 약간의 소음이 있다.

웡이자랑 웡이자랑 웡이

우리 애기 제와드라

느네 애기 제와주마

우리 애기 아니 제와주민

술진1414) 술진헌 총베로 걸려다가

지픈 지픈헌 천지소데레

들으쳣당 네쳣닥 허키여

웡이자랑 웡이자랑 웡이자랑

저레 가는 감동개야

이레 오는 홍동개야

우리 애기 제와드라

느네 애기 제와주마

자랑 자랑 웡이자랑

웡이자랑 웡이자랑

1414) 살찐. 즉 '두꺼운'을 뜻함.

진 사데소리

자료코드 : 10_01_FOS_20090320_HNC_KJY_0002
조사장소 : 제주특별자치도 제주시 삼양1동 1600-1번지 경로당
조사일시 : 2009.3.20
조 사 자 : 강정식, 강소전, 송정희
제 보 자 : 고점유, 여, 82세
구연상황 : 조사자가 노래를 불러달라고 요청하니 '진 사데소리'를 부르겠다고 하며 구연
하였다.

어긴여랑 사데로당

사데 불렁 검질덜1415) 메랑

앞멍에랑 들어나 오랑

뒷멍에랑 물러나 사랑

어기여랑 사데로당

검질 짓고 골 너른1416) 밧데

아~ 어기여랑 사데로당

ᄌ주 불렁 검질덜 메장

아 어기여랑 사데로당

아 어기여랑 사데로다

나 놀레랑 산 넘엉 가라

어기여랑 사데로당

나 놀레랑 물 넘엉 가라

아 어기여랑 사데로당

사데 불렁 검질덜 메자

아 어기여랑 사데로다

1415) 김들. 검질은 김을 뜻함.
1416) 넓은.

밧 볼리는 소리

자료코드 : 10_01_FOS_20090320_HNC_KJY_0003
조사장소 : 제주특별자치도 제주시 삼양1동 1600-1번지 경로당
조사일시 : 2009.3.20
조 사 자 : 강정식, 강소전, 송정희
제 보 자 : 고점유, 여, 82세
구연상황 : 조사자의 요청에 의해 구연하였다.

어러러러 허오~ 어러러 어러러

요놈으 무쉬덜아 빨랑 빨랑 걸으라 아하~ 어허~ 아허허 어어얼 하령

요놈으 무쉬덜아 자주 볼라사[1417] 이 조 나근에 혼 사흘 혼 뎃세에[1418] 바록바록 종자로구나 아 어얼얼 하령

아러러럴 어럴 아 어 어으어어 아하 어~ 어어얼 하량

어얼러러 요놈으 무쉬덜아 혼저 볼려두엉 산에 씨원헌 디 강 풀 뜯어 먹으멍 놀고 자고 헌다 아 어러러럴 어럴럴 아 아할 하량

[웃으며 박수가 나온다.]

탕근 소리

자료코드 : 10_01_FOS_20090320_HNC_KJY_0004
조사장소 : 제주특별자치도 제주시 삼양1동 1600-1번지 경로당
조사일시 : 2009.3.20
조 사 자 : 강정식, 강소전, 송정희
제 보 자 : 고점유, 여, 82세
구연상황 : 조사자가 베틀노래에 대해 질문을 하였으나 베틀노래를 하지 않았다고 하며

1417) 밟아야.
1418) 닷새에.

'탕근노래'는 했었다고 하였다. '탕근노래'를 요청하니 노래라고 할 것이 없
다며 구연을 머뭇거렸다. 하지만 다시 요청하니 곧 구연하였다.

혼 코 두 코 못아나 보라

요놈으 탕근[1419) 혼저 허영

오일에 오일장(五日場) 보게 혼저 허여지라 요놈으 탕근아 혼저
혹자

탕근 못앙 돈 벌어당 옷도 혜영 입고 신발도 상 신곡 요놈으 탕근
혼저 못아보게

요놈으 탕근아 뽈리[1420) 허라 뽈리 허 혼 코 두 코 세 코 네 코
못아보자 요 탕근아 혼자 허제

마당질 소리

자료코드 : 10_01_FOS_20090320_HNC_KJY_0005
조사장소 : 제주특별자치도 제주시 삼양1동 1600-1번지 경로당
조사일시 : 2009.3.20
조 사 자 : 강정식, 강소전, 송정희
제 보 자 : 고점유, 여, 82세
구연상황 : 조사자의 요청에 의해 구연하였다. 동작을 하면서 당시 '마당질 소리'를 하는
상황을 설명하였다. 고향인 제주시 도련동에서 불렀던 노래라고 한다.

하야도 하야 헛

요 동산 저 동산 떼리고 보자

하야도 하양아 헐싸 헐싸

앞동산도 우겨보자 뒷동산도 우겨보자

1419) 탕건.
1420) 빨리.

하야도 하양아 하야도 하야

모다[1421] 들라 요 동산 떼리자 저 동산 떼리자

아야도 홍아 어야 홍아 하야도 하야

요 동산 떼리게 저 동산 떼리게

허야도 홍아 하야도 홍아

좇아들멍 떼리고 보자

요 동산 떼리라 저 동산 떼리라

허야도 하야 홍아

앞멍에를 들어오곡 요멍에랑 두드려 보자

하야도 하야 어야 홍 어야 홍 하야도 하야 어야 홍

서우제 소리

자료코드 : 10_01_FOS_20090320_HNC_KJY_0006
조사장소 : 제주특별자치도 제주시 삼양1동 1600-1번지 경로당
조사일시 : 2009.3.20
조 사 자 : 강정식, 강소전, 송정희
제 보 자 : 고점유, 여, 82세
구연상황 : 조사자가 'フ레 フ는 소리'를 요청하니 다른 사람에게 함께 부르자고 권유하
다가 フ레 フ는 일을 잘 안 해서 기억이 나지 않는다고 하고는 서우제 소리
를 하였다. 청중들이 받는 소리를 해주었다. 자신의 노래가 끝나니 채순아에
게 노래를 하라고 권유를 하였으나 채순아는 끝내 사양하였다.

아~ 아아양 어혜양 어어허요

어야차 소리에 닷 감아간다

아~ 아아양 어혜양 어어허요

어야차 뒤여차 상사데로다

1421) 모여.

아~ 아아양 어혜양 어어허요

어야 뒤야 사데로구나

아~ 아아양 에혜양 어어허요

흔다리 인다리

자료코드 : 10_01_FOS_20090320_HNC_KJY_0007
조사장소 : 제주특별자치도 제주시 삼양1동 1600-1번지 경로당
조사일시 : 2009.3.20
조 사 자 : 강정식, 강소전, 송정희
제 보 자 : 고점유, 여, 82세
구연상황 : 조사자의 요청에 의해 구연하였다. '다리세기' 동작도 함께 하였다.

흔다리 인다리 거청데청 워넘ᄉ서 구월나월 행경밧디 지둥에 청
흔게 인게 버문게 따라따라 각시 끈
흔다리 인다리 거청데청 워넘ᄉ서 구월나월 행경밧디 알롱달롱
지둥에 청

흔다리 인다리

자료코드 : 10_01_FOS_20090320_HNC_KGS_0001
조사장소 : 제주특별자치도 제주시 삼양1동 1600-1번지 경로당
조사일시 : 2009.3.20
조 사 자 : 강정식, 강소전, 송정희
제 보 자 : 김갑생, 여, 87세
구연상황 : 고영순이 앞에 구연한 '흔다리 인다리'와 가사가 다르다고 하면서 김갑생이
구연하였다. 지역에 따라 다 다르게 구연한다고 설명하였다.

흔다리 인다리

거청 데청

원임ᄉ설

구월네월

행정밧디

짚어보니

알롱달롱

지둥에 척

흔다리 인다리

자료코드 : 10_01_FOS_20090320_HNC_PIY_0001
조사장소 : 제주특별자치도 제주시 삼양1동 1600-1번지 경로당
조사일시 : 2009.3.20
조 사 자 : 강정식, 강소전, 송정희
제 보 자 : 박임열, 여, 97세
구연상황 : 조사자의 요청에 의해 구연하였다.

흔다리 인다리

거청 데청

원넝 ᄉᄉ

구월나월

장데밧디

버드낭에

알롱달롱

지둥에 척

말잇기 소리

자료코드 : 10_01_FOS_20090320_HNC_PIY_0002
조사장소 : 제주특별자치도 제주시 삼양1동 1600-1번지 경로당
조사일시 : 2009.3.20
조 사 자 : 강정식, 강소전, 송정희
제 보 자 : 박임열, 여, 97세
구연상황 : 조사자의 요청에 의해 구연하였다.

저 산잇1422) 꼬박꼬박 허는 거 무시것고

미삐젱이여

미삐젱인 흰다

희믄 하레비여

하레빈 등 굽나

등 굽으믄 쉐질멧가지여

쉐질메가진 늬 고냥 난다

늬 고냥 나믄 시리여

시린 검나

검으믄 가마귀여

가마귄 눕뜬다

눕뜨믄 심방이여

심방은 두든다

두들믄 철젱이여

철젱인 젭쭌다

젭쭈믄 깅이여

깅인 붉나

붉으믄 대추여

1422) 산에.

대춘 둔다

둘민 엿이여

엿은 부뜬다

부뜨믄 기리에기여

기리에긴 보리 먹나

보리 먹으믄 쉐여

쉐1423) 뿔 돋나

뿔 돋으믄 깡녹(角鹿)이여

깡녹은 튄다

튀믄 베룩이여

1423) 소는.

4. 영평하동

증편 한국구비문학대계 ● 제주특별자치도 제주시 ①

제주특별자치도 제주시 영평하동

조사일시 : 2009.2.~2009.3.
조 사 자 : 허남춘, 강정식, 강소전, 송정희

영평하동의 구비전승 조사는 2월부터 3월 사이에 집중적으로 이루어졌다. 물론 그 전에도 몇 차례 마을을 방문하여 조사취지를 설명하고, 적절한 제보자를 선정하는 노력을 기울였다. 그리고 노인회관을 방문하여 정식으로 조사를 시작하기 전에 친밀감을 형성하는 시간도 아울러 가졌다. 마을 어르신들이 노인회관에 매일 모여 담소를 나누거나 소일거리를 하기 때문에, 실제 조사는 노인회관에서 줄곧 진행하였다. 민요의 경우 서로 선후창을 바꾼다거나, 같은 노래를 여러 제보자가 부르게 하는 등의 방법을 사용하여 그 다양성을 살펴보려 하였다. 결과물의 양과 질, 녹음 상태 등을 종합적으로 고려하여 필요할 경우 해당 제보자에게 재차 청하여 듣는 경우도 있었다.

영평동은 제주시 남쪽에 위치한 중산간마을이다. 현재 행정적으로는 아라1동, 아라2동, 오등동, 월평동과 함께 아라동에 속해 있다. 영평동은 영평상동(寧坪上洞)과 영평하동(寧坪下洞)으로 이루어져 있다. 민간에서는 영평상동을 '가시나물'이라 하고, 영평하동을 '알무드내'라고 불렀다. 「탐라순력도」에도 마을명이 나타난다.

2010년 12월 현재 영평동의 인구는 621세대에 1,570명이다. 남녀의 비율이 비슷하나, 남자가 약간 많다. 각성바지로 구성되어 있다. 대부분의 주민들이 감귤, 딸기 등 농업에 종사하고 있다. 교육이나 문화생활은 비교적 시내 중심지에서 가까워 대개 옛 제주시 지역에서 이루어진다. 마을 내 종교생활로 아직 전통적인 민간신앙이 남아 있다.

이번 조사에서는 민요를 채록하였는데 노래에 농사를 주로 하였던 생업의 양상이 드러나고 있다. 그러나 현대화된 생활환경과 생업의 변화로 인하여 구비전승도 점차 사라지고 있음을 절감하지 않을 수 없다.

▌제보자

부경재, 여, 1922년생

주 소 지 : 제주특별자치도 제주시 영평동 1072번지
제보일시 : 2009.3.13
조 사 자 : 강정식, 강소전, 송정희

　부경재는 제주시 영평하동의 '삼거리'에
서 태어나 그곳에서 자랐다. 실제 나이는 88
세이지만 호적에는 84세로 되어 있다. 5남
2녀 중 작은딸로 태어났다. 야학은 조금 다
녔다. 19세에 같은 마을의 한 살 어린 남편
을 만나 결혼하였다. 제주 4·3 때에 남편
은 죽었다. 슬하에는 아들 하나만 있다. 주
로 농사일을 하며 생활하였다. 시집이 잘 살
았다. 노래는 일을 하며 배웠다. 노는 자리
를 좋아해서 젊었을 때부터 잘 놀았다고 한
다. 1년 전부터 귀가 조금 멀기 시작하였다.

제공 자료 목록

10_01_FOS_20090313_HNC_BGJ_0001 혼다리 인다리
10_01_FOS_20090313_HNC_BGJ_0002 애기 홍그는 소리
10_01_FOS_20090313_HNC_BGJ_0003 ᄀ레 ᄀ는 소리
10_01_FOS_20090313_HNC_BGJ_0004 마당질 소리
10_01_FOS_20090313_HNC_BGJ_0005 진사레소리
10_01_FOS_20090313_HNC_BGJ_0006 꿩꿩 장서방

유인옥, 여, 1926년생

주 소 지 : 제주특별자치도 제주시 영평동 964-번지

제보일시 : 2009.3.13

조 사 자 : 강정식, 강소전, 송정희

유인옥은 제주시 영평하동 '중동네'에서 태어나 그곳에서 자랐다. 실제 나이는 84세이지만, 호적에는 81세로 되어 있다. 4남 1녀 중 장녀로 태어났다. 13세에 돈 벌러 일본으로 건너갔다. 21세에 제주시 삼양동 출생의 남편을 만나 결혼하였다. 아들 하나를 낳고 5년 정도 살다가 남편이 죽어 다시 제주로 돌아왔다. 30세에 서귀포 출생 남편을 만나 영평하동에서 살았다. 슬하에는 1남 2녀를 두었다. 주로 농사일을 하며 살았다. 남편은 돌 깨는 일을 하였다. 두 번째 남편도 일찍 죽었다. 노래는 일본가기 전에 배웠다. 젊었을 때 노래를 잘 한다고 소문이 나서 일본에서도 놀 때 많이 불렀다고 한다.

제공 자료 목록

10_01_FOS_20090313_HNC_YIO_0001 마당질 소리

10_01_FOS_20090313_HNC_YIO_0002 진 사데소리

10_01_FOS_20090313_HNC_YIO_0003 꿩꿩 장서방

10_01_FOS_20090313_HNC_YIO_0004 아웨기 소리

혼다리 인다리

자료코드 : 10_01_FOS_20090313_HNC_BGJ_0001

조사장소 : 제주특별자치도 제주시 영평동 893-3번지 영평하동 노인회관

조사일시 : 2009.3.13

조 사 자 : 강정식, 강소전, 송정희

제 보 자 : 부경재, 여, 87세

구연상황 : 조사자의 요청에 따라 구연하였다. 다리를 뻗고 앉아서 '다리세기'를 하면서
노래를 불렀다.

혼다리 인다리

거청 데청

원님 소설

구월 나월

헹경밧디

버드나무

알롱 달롱

지둥에 척

애기 홍그는 소리

자료코드 : 10_01_FOS_20090313_HNC_BGJ_0002

조사장소 : 제주특별자치도 제주시 영평동 893-3번지 영평하동 노인회관

조사일시 : 2009.3.13

조 사 자 : 강정식, 강소전, 송정희

제 보 자 : 부경재, 여, 87세

구연상황 : 조사자와 청중의 요청에 의해 구연하였다.

자랑 자랑 윙이자랑

우리 애긴 잘도 잔다

윙이자랑

우리 애기 제와드라

느네 애기 제와주마

윙이자랑 윙이자랑

저레 가는 검동개야

우리 애기 제와드라

느네 애기 제와주마

윙이자랑 윙이자랑

우리 애기 노는 소리 잘도 잔다

느네 애긴 우는 소리 아니 자난

우리 애긴 잘도 잔다

저레 가는 검동개야

이레 오는 검동개야

자랑 자랑 잘도 잔다

어서 자라 어서 놀라

느네 애기 어머니는

밧디 강 일혜영 올 동안

어서 놀고 어서 자라

자랑 자랑 윙이자랑

잘도 잔다 우리 순둥이

어진이 잘도 잔다

ᄀ레 ᄀ는 소리

자료코드 : 10_01_FOS_20090313_HNC_BGJ_0003
조사장소 : 제주특별자치도 제주시 영평동 893-3번지 영평하동 노인회관
조사일시 : 2009.3.13
조 사 자 : 강정식, 강소전, 송정희
제 보 자 : 부경재, 여, 87세
구연상황 : 유창우 노인회장이 와서 구연방법에 대한 이야기를 하다가, 청중의 요청에 의
해 구연하였다. 박신생과 손을 맞잡고 맷돌을 돌리는 시늉을 하면서 노래를
하였다. 박신생이 먼저 시작하였으나 부경재가 새롭게 시작하면서 소리가 겹
치게 되었다. 박신생이 소리를 멈추고 받는 소리를 하다가 그만 두었다.

이어 이어 이어~ 이어도 ᄒ라

허당 말민~ 놈이나 웃~나

이언 이언~ 이어도~ ᄒ라

이어도 허랑 말~민~ 놈이나 웃~나

혼저 혼저~ 이놈아 ᄀ레야 혼저 돌라~

이언 이언~ 이어도 ᄒ라

마당질 소리

자료코드 : 10_01_FOS_20090313_HNC_BGJ_0004
조사장소 : 제주특별자치도 제주시 영평동 893-3번지 영평하동 노인회관
조사일시 : 2009.3.13
조 사 자 : 강정식, 강소전, 송정희
제 보 자 : 부경재, 여, 87세
구연상황 : 유인옥이 구연을 끝내고 나서 부경재에게 같은 곡을 한 번 더 불러보라고 해
서 구연하였다. 유창우 노인회장이 소절마다 추임새를 넣었다.

하야도 하야

어허 홍아

요것도 뜨릴[1424) 놈

저것도 뜨릴 놈

하야도 하야

어기야 홍아

요거여 저거여

거두와 올리멍

어~ 홍

하야 하야

어기야 홍

요것도 동산~

저것도 동~산

뜨리고 뜨리자

거두와 헐멍

헐쭉 헐쭉

하야도 홍

어야 홍

요것도 셍복

저것도 셍복

골로루 독독

떼리고 떼리자

어야 하야

어기야 홍아

올라사멍

느려사멍

1424) 때릴.

어야 홍아

하야도 하야

어~ 홍

요거여 저거여

떼리고 떼리자

어야 홍

진 사데소리

자료코드 : 10_01_FOS_20090313_HNC_BGJ_0005

조사장소 : 제주특별자치도 제주시 영평동 893-3번지 영평하동 노인회관

조사일시 : 2009.3.13

조 사 자 : 강정식, 강소전, 송정희

제 보 자 : 부경재, 여, 87세

구연상황 : 조사자의 요청에 의해 구연하였다.

어긴여~랑 서데야

앞멍에~로 들어덜 오멍

뒤멍-에~랑 무너나 나라

어-긴여~랑 서~데야

문소리랑 궂이나 만정

훗소리랑 잘 받아주세

어-기여~랑 사~데야

동손 ᄀ뜬 주먹을 줴고

붕에 눈이랑 부릅떨멍

어-기여~랑 사~데야

꿩꿩 장서방

자료코드 : 10_01_FOS_20090313_HNC_BGJ_0006

조사장소 : 제주특별자치도 제주시 영평동 893-3번지 영평하동 노인회관

조사일시 : 2009.3.13

조 사 자 : 강정식, 강소전, 송정희

제 보 자 : 부경재, 여, 88세

구연상황 : 앞의 구연자인 유인옥의 뒤를 이어 구연하였다. 가사가 하나 빠졌다고 하면서
　　　　　설명을 해 주었다.

　　　꿩꿩 장서방

　　　어찌 어찌 사느냐

　　　그럭저럭 사노라

　　　뭣을 먹언 살암나

　　　춘각단 춧[1425])을 먹고 살암다

마당질 소리

자료코드 : 10_01_FOS_20090313_HNC_YIO_0001

조사장소 : 제주특별자치도 제주시 영평동 893-3번지 영평하동 노인회관

조사일시 : 2009.3.13

조 사 자 : 강정식, 강소전, 송정희

제 보 자 : 유인옥, 여, 83세

구연상황 : 유창우 노인회장에게서 몇 편의 지명 유래를 듣고 나서, 조사자와 청중의 요
　　　　　청에 의해 구연하였다. 유창우 노인회장이 소절마다 추임새를 넣었다.

　　　하야도 하야

　　　어기영 홍아

　　　요거영 저거영

1425) '춧'은 꾸지뽕나무의 열매로, 나무 속 벌레를 먹어서 감기 예방을 했다고 함.

따려덜 보자

앞으로덜~

좇아들멍

요거 셍국

따려나 보카

에야도 하야

어야 홍아

요놈이 셍국

따려나 간다

앞으로나

좇아들멍

어야도 하야

하야도 하야

진 사데소리

자료코드 : 10_01_FOS_20090313_HNC_YIO_0002
조사장소 : 제주특별자치도 제주시 영평동 893-3번지 영평하동 노인회관
조사일시 : 2009.3.13
조 사 자 : 강정식, 강소전, 송정희
제 보 자 : 유인옥, 여, 83세
구연상황 : 유창우 노인회장의 권유로 구연하였다.

어기여~랑 스데야

앞멍에~랑 들어나 오멍

뒷멍~에~랑 물러나 가멍

어기여~랑 스데야

전동 ᄀ뜬1426) 폴따시로

쉐시렁 ᄀ뜬 손거름으로

어기여~랑 스데야

꿩꿩 장서방

자료코드 : 10_01_FOS_20090313_HNC_YIO_0003

조사장소 : 제주특별자치도 제주시 영평동 893-3번지 영평하동 노인회관

조사일시 : 2009.3.13

조 사 자 : 강정식, 강소전, 송정희

제 보 자 : 유인옥, 여, 83세

구연상황 : 조사자가 '꿩꿩 장서방'을 아느냐고 물으니 그것은 노래가 아니고 아무나 하
는 것이라며 설명하였다. 계속되는 요청에 따라 구연하였다.

꿩꿩 장서방

어찌 어찌 살암나

이 밧디1427) 강 콩 호 방울

저 밧디 강 콩 호 방울

먹고 살암다

꿩꿩 장서방

나는 그럭저럭 산다

아웨기 소리

자료코드 : 10_01_FOS_20090313_HNC_YIO_0004

1426) 청동 같은.

1427) 밭에.

조사장소 : 제주특별자치도 제주시 영평동 893-3번지 영평하동 노인회관

조사일시 : 2009.3.13

조 사 자 : 강정식, 강소전, 송정희

제 보 자 : 유인옥, 여, 83세

구연상황 : 조사자의 요청에 의해 구연하였다. 받는 소리는 청중이 맡아 주었다. 유창우
노인회장이 추임새를 넣었다. 다함께 박수를 쳤다.

어야 뒤야 방아로구나

아아 아아야 에헤양 어허요

우리 인생 한번 가면 또 다시나 못 오는구나

아아 아아양 에헤양 어허요

놀당 갑서 자당 갑서 저 둘이 지도록 놀당 가세

아아 아아양 에헤양 어허요

이팔청춘 소년덜아 벡발 보고나 웃지 말라

아아 아아양 에헤양 어허요

이팔청춘 소년놈아 벡발 보고 웃지 말아

아아 아아양 에헤양 어허요

어야 뒤야 방아로다 좋게 좋게 방아 놀자

아아 아아양 에헤양 어허요

5. 해안동

▌조사마을

제주특별자치도 제주시 해안동

조사일시 : 2009.2.~2009.4.
조 사 자 : 허남춘, 강정식, 강소전, 송정희

해안동의 구비전승 조사는 2월부터 4월 사이에 집중적으로 이루어졌다. 물론 그 전에도 몇 차례 마을을 방문하여 조사취지를 설명하고, 적절한 제보자를 선정하는 노력을 기울였다. 그리고 노인회관을 방문하여 정식으로 조사를 시작하기 전에 친밀감을 형성하는 시간도 아울러 가졌다. 실제 조사에 들어가서는 우선 노인회관에서 1차적인 조사를 진행하였다. 마을 어르신들이 노인회관에 매일 모여 담소를 나누거나 소일거리를 하기 때문이다. 또한 민요의 경우 서로 선후창을 바꾼다거나 같은 노래를 여러 제보자가 부르게 하는 등의 방법을 사용하여 그 다양성을 살펴보고자 하였기 때문에 노인회관이 유용하였다. 한편 결과물의 양과 질, 녹음상태 등을 종합적으로 고려하여 필요할 경우 해당 제보자의 자택을 방문하여 재조사하는 경우도 있었다.

해안동은 제주시 서남쪽에 위치한 중산간마을이다. 현재 행정적으로는 노형동에 속해 있다. 노형동은 도농 복합지역인데 최근 대규모 아파트단지와 상업지구 등이 들어서면서 더욱 성장하여 거대한 동지역으로 변해가는 추세에 있다. 해안동은 이런 노형동의 7개 자연마을 가운데 하나이지만, 해안동 자체는 중산간에 자리 잡은 작고 조용한 마을이다. 민간에서 이 마을을 부르는 이름은 '이생이'와 '해안'이다. 이생이 지경은 19세기 말에 해안마을에 통합되었다. 『제주읍지』와 『삼군호구가간총책』 등에 마을 이름이 보인다.

2010년 12월 현재 해안동의 인구는 525세대 1,344명이다. 남녀의 비율은 비슷하다. 각성바지로 구성되어 있다. 마을의 주요 산업은 감귤 등의 농업과 축산업이다. 서부지역 중심도로인 평화로가 마을과 인접하여 교통이 편리하고 '무수천'이라는 하천이 흘러 관광지로 개발 잠재력이 있는 곳이다. 교육이나 문화생활은 옛 제주시 지역에서 이루어진다. 마을 내 종교생활로 본향당에서 정월에 유교식 당제를 하고 있다.

이번 조사에서는 민요를 채록하였는데 밭농사를 하던 생업의 양상이 노래에 드러나고 있다. 그리고 행상 소리 등의 의식요와 놀이와 관련된 유희요도 들을 수 있었다. 특히 한 제보자는 마을을 대표하는 노래인 '해안 자랑가'를 불러 주었다. 이 노래는 일제강점기에 만들어진 것으로, 소위 '해녀가'라는 노래에 가사만 달리 붙인 것으로 보인다.

강석진, 남, 1931년생

주 소 지 : 제주특별자치도 제주시 해안동 2617번지

제보일시 : 2009.3.14

조 사 자 : 강정식, 강소전, 송정희

강석진은 제주시 해안동 이 생마을에서 출생하였다. 호적 에는 1932년생으로 기록되었 지만, 실제 출생년도는 1931년 이다. 고향인 해안동에서 자랐 다. 다만 해안동이 제주시 내 의 대표적인 중산간 마을 가운 데 하나였기 때문에, 지난날 1948년 제주 4·3 당시 군경에 의해 마을이 소개를 당할 때는 고향을 잠시 떠났다. 그러나 다음해 겨울에 마을이 재 건되자 이내 고향으로 돌아와 현재까지 줄곧 고향에서 지내고 있다. 성장 한 뒤로는 6·25 전쟁에 육군으로 참전하였다. 제대하자마자 24세에 결 혼하였고, 계속 농사를 지으면서 살았다. 부인과의 사이에 4남 2녀를 두 었는데, 아들들이 사법고시에 잇달아 합격하여 마을 내에서 자식농사를 잘 지은 사람이라는 칭찬을 듣는다.

현재 강석진은 해안동에서 가장 웃어른이다. 마을의 역사와 문화에 대 한 지식도 해박하고, 젊은 시절부터 마을의 여러 행정적인 일도 도맡아 열심히 일했다. 일제강점기 때에 제주시 외도동의 공립국민학교를 졸업한 학력이 전부이지만, 1977년부터 여러 직함을 맡아 마을 내 어느 누구보다 도 마을일에 열심이었다. 해안동이 행정적으로는 노형동에 속해 있기 때

문에 노형동의 새마을지도자, 개발위원장 등도 담당해 대부분의 일을 처리하였다. 그러니 해안동뿐만 아니라 인근 노형동의 사정에도 아주 밝다. 그래서인지 강석진은 자신이 알고 있는 마을의 역사와 문화를 다른 이들에게 적극적으로 알려주어야 한다고 생각한다. 마을을 찾는 외부 조사자들에게도 매우 친절하게 마을에 대해서 설명하였다. 또한 어릴 때부터 농사를 지으면서 살았기 때문에 지난 시절 마을의 어른들과 함께 농사일을 하며 들었던 민요도 이제껏 기억하고 있다. 지금은 없어진 지 오래되었지만 예전에 마을에서 했던 걸궁을 통해 특히 민요를 많이 배웠다고 한다. 여든을 앞둔 나이지만 목소리도 좋고, 매우 적극적으로 민요를 불렀다. 주위의 마을 어른들에게도 민요를 함께 부르기를 적극 권유하는 등 분위기도 잘 이끌었다.

제공 자료 목록

10_01_FOS_20090314_HNC_KSJ_0001 사데소리
10_01_FOS_20090314_HNC_KSJ_0002 쪼른 사데소리
10_01_FOS_20090314_HNC_KSJ_0003 밧 불리는 소리
10_01_FOS_20090314_HNC_KSJ_0004 몰방아 소리
10_01_FOS_20090323_HNC_KSJ_0001 진 사데소리
10_01_FOS_20090323_HNC_KSJ_0002 사데소리
10_01_FOS_20090323_HNC_KSJ_0003 밧 불리는 소리
10_01_FOS_20090323_HNC_KSJ_0004 ᄀ레 ᄀ는 소리
10_01_FOS_20090323_HNC_KSJ_0005 행상 소리
10_01_FOS_20090323_HNC_KSJ_0006 흔다리 인다리
10_01_FOS_20090323_HNC_KSJ_0007 불이불짝
10_01_MFS_20090314_HNC_KSJ_0001 해안 자랑가

박순애, 여, 1940년생

주 소 지 : 제주특별자치도 제주시 해안동 1831-4번지
제보일시 : 2009.3.14

조 사 자 : 강정식, 강소전, 송정희

박순애는 제주시 용담2동 제주국제공항 근처인 '묵은터'에서 출생하였다. 1940년생으로 올해 70세이지만, 호적에는 1942년으로 올라갔다. 8세에 제주 4·3이 발생하여 당시 용운동이라는 곳에 옮겨 가서 살았다. 제주북초등학교에서 4학년까지는 다녔다. 19세에 6년 연상의 남편을 만나 해안동으로 시집을 오게 되었고, 슬하에 5남 5녀를 두었다. 결혼한 뒤로 계속 농사를 짓고 살았는데, 특히 해안동에서 처음으로 밀감농사를

시작하기도 하였다. 박순애는 젊었을 때부터 해안동의 부녀회장 등 마을 일을 맡아 보았다. 지금도 노인회 부회장을 맡고 있다. 최근에는 불교대학에도 다니기 시작하였다. 박순애는 마을 어른들이 일하면서 부르던 민요를 듣고 익혔다고 한다. 그런데 요즘에 경로당에서 가끔 열리는 민요교실 때에는 목이 아파서 배우기 힘들다고 한다. 소리가 잘 올라가지 않기 때문이다. 민요가 가요보다 익히기 힘들다고 생각한다. 게다가 이제는 민요도 모두 글로 보고 배워야 하는 시대여서 세월이 많이 달라졌음을 느낀다고 한다.

이탁준, 여, 1937년생

주 소 지 : 제주특별자치도 제주시 해안동 1906번지
제보일시 : 2009.3.23
조 사 자 : 강정식, 강소전, 송정희

이탁준은 제주시 노형동의 정존마을에서 출생하였다. 1937년생으로 올

해 73세이다. 아버지가 일제강점기에 공습
으로 사망하였고, 그 뒤로 어머니와 언니들
과 함께 생활하였다. 노형동의 함박동 옆에
있던 국민학교에 다녔으나, 2학년으로 올라
가자마자 제주 4·3이 발생해 더 이상 공부
하지는 못하였다. 성장한 뒤에는 친구들과
함께 경기도 안양으로 가서 안양방직에서 6
년 동안 일하였다. 그러다가 어머니가 결혼
을 하라고 해서 직장을 그만두고 다시 제주
로 돌아왔다. 해안동 토박이인 남편을 만나
25세에 결혼하였고, 슬하에 2남 3녀를 두었다. 결혼한 뒤로는 계속 농사
를 지으며 살았다.

이탁준은 해안동에 시집온 뒤에 민요를 배웠다. 친정인 노형동에서는
배운 적이 없다고 한다. 해안동에 와서야 농사를 하면서 주위로부터 민요
를 익힐 수 있었다. 마을에 큰일이 생기면 모두 모여 노래를 불렀는데, 그
런 때에는 많은 노래를 접할 수 있어 민요를 배우기에 좋았다. 이탁준은
해안동 내 여성 원로들 가운데 가장 노래를 잘 부르는 이로 손꼽힌다. 그
래서 몇 차례 해안동 대표로 나가 민요를 부르기도 하였다. 방송에 출연
한 경험이 있을 뿐만 아니라, 약 10년 전쯤에는 시민회관에서 열린 민요
대회에서 1등을 수상한 적도 있다.

제공 자료 목록
10_01_FOS_20090323_HNC_LTJ_0001 아기 홍그는 소리
10_01_FOS_20090323_HNC_LTJ_0002 쫀른 사데소리 (1)
10_01_FOS_20090323_HNC_LTJ_0003 쫀른 사데소리 (2)
10_01_FOS_20090323_HNC_LTJ_0004 너영나영

진성찬, 남, 1934년생

주 소 지 : 제주특별자치도 제주시 해안동 1289번지
제보일시 : 2009.3.23
조 사 자 : 강정식, 강소전, 송정희

진성찬은 해안동의 중동에서 출생하였다.
1934년생으로 올해 76세이다. 어렸을 때 당
시 경찰국에서 급사로 일하면서, 제주시의
오현고등학교 야간부를 졸업하였다. 22세에
결혼하여, 4남 1녀를 두었다. 특별히 직장생
활을 하여 본 적은 없고, 고향에서 농사를
지으며 줄곧 살았다. 진성찬은 젊었을 때부
터 노래를 잘 부르는 편이었다고 한다. 예전
부터 해안동은 노래 잘 하는 이들이 많아서
단오나 추석 때에 마을 사람들이 함께 모여
노래를 부르며 놀았다고 한다. 지금은 몸이 좋지 않아 민요를 부르기에
힘이 부치지만, 이번 조사에서 달구 짓는 소리를 들려주었다. 달구소리는
마을 선배들로부터 배워 익힌 것이라 한다.

제공 자료 목록
10_01_FOS_20090323_HNC_JSC_0001 달구 짓는 소리

사데소리

자료코드 : 10_01_FOS_20090314_HNC_KSJ_0001
조사장소 : 제주특별자치도 제주시 해안동 2617번지 강석진씨 댁
조사일시 : 2009.3.14
조 사 자 : 강정식, 강소전, 송정희
제 보 자 : 강석진, 남, 78세
구연상황 : 강석진이 해안동의 지명유래에 대해 설명하는 것을 들은 뒤, 조사자가 제보자에게 민요를 한번 불러줄 수 있느냐고 요청하였다. 강석진은 '사데소리', '홍에기' 등이 있다며, '사데소리'를 불렀다. 노래에 대한 설명도 해주었다. 10여명이 김을 매는 경우 약 100m 정도를 가는데, '진 사데소리'를 부르고 나서 '쯘른 사데소리'를 부르고 '얼싸'라고 하면서 일어나 자리를 이동하였다고 한다. '진사데 – 쯘른사데 – 얼싸'로 이어 불렀다.

어~야~ 어~ 어~ 허 허~ 야~ 어~어어 어~야 으~으으 어~
야 사데~로구~나
허야~ 허야~ 으~ 아~ 사데-로구~나
압멍에~에랑~ 들어~나오고
뒷멍~에로~ 무너~나서라
헐싸 얼싸

쯘른 사데소리

자료코드 : 10_01_FOS_20090314_HNC_KSJ_0002
조사장소 : 제주특별자치도 제주시 해안동 2617번지 강석진씨 댁
조사일시 : 2009.3.14
조 사 자 : 강정식, 강소전, 송정희

제 보 자 : 강석진, 남, 78세
구연상황 : 김매는 상황을 설명하고 다시 한 번 더 구연을 하였다.

다 물 같이나~ 모여나 들라
어기여차 사데로구나
올혜에는~ 대풍년 들라
너랑 나랑~ 동료가 돼자
어기영차 사데로고나

밧 볼리는 소리

자료코드 : 10_01_FOS_20090314_HNC_KSJ_0003
조사장소 : 제주특별자치도 제주시 해안동 2617번지 강석진씨 댁
조사일시 : 2009.3.14
조 사 자 : 강정식, 강소전, 송정희
제 보 자 : 강석진, 남, 78세
구연상황 : 조사자가 '밧 볼리는 소리'도 할 수 있냐고 물어보니, 할 수 있다고 하면서
구연하였다.

어 어러~ 하아아~ 어 럴럴럴럴 어흐어~ 어 럴 하량
욧놈으 뭉아지덜[1428) 혼저 혼저 걸으라~ 어~ 어럴 어어어 어~
얼 하량
요놈으 뭉아지덜 고돼도[1429) 빨리 빨리덜 볼리라 어~ 어럴 어어
어 어~ 하량
이 오널날 볼린 조랑 마가지나 돼어서 홀목만씩[1430) 스르렁 스르
렁 키와줍서

1428) 망아지들.
1429) 고되도.
1430) 손목만큼.

어~ 어럴 어어어 어~ 하량 어러러 요놈으 뭉아지덜 뿔리 뿔리덜 돌으라 불리와

물방아 소리

자료코드 : 10_01_FOS_20090314_HNC_KSJ_0004
조사장소 : 제주특별자치도 제주시 해안동 2617번지 강석진씨 댁
조사일시 : 2009.3.14
조 사 자 : 강정식, 강소전, 송정희
제 보 자 : 강석진, 남, 78세
구연상황 : 몰방아에[1431] 대하여 설명하다가 조사자의 요청에 의해 구연하였다.

어러~ 어러~ 어러~ 어러러러

욧놈으 뭉아지 훈저 훈저 걸으라~

어~ 어~ 어러러러 어럴럴

훈저 훈저 걸으민 빨리 빨리 방에를 지어서 돌아갈 것 아니가~

아~ 얼럴럴럴 아으흐-~ 얼럴럴럴럴

아이고 똠이 나는 거 보니까 못 베긴 것 같구나

아~ 어러러러러 아아아 아으흐 얼럴럴럴

진 사데소리

자료코드 : 10_01_FOS_20090323_HNC_KSJ_0001
조사장소 : 제주특별자치도 제주시 해안동 1945-1번지 노인회관
조사일시 : 2009.3.23
조 사 자 : 강정식, 강소전, 송정희

1431) 연자방아에.

제 보 자 : 강석진, 남, 78세

구연상황 : 강석진 씨가 노인회관에 모인 마을 원로 몇 명에게 민요를 함께 부르자고 하며, 조사자 일행을 위해 민요 구연하는 자리를 마련해주었다. 그래서 4명이 자리를 함께 했다. 강석진도 조사자의 요청에 의해 구연하였다.

어-~야 어흐어~ 어어호야~ 어허- 어허야- 어허어- 어~어어

야- 어어허- 어허야 아아아 어- 야 어기여~ 어러러으-~양 스~

데-로~구나~

사데소리

자료코드 : 10_01_FOS_20090323_HNC_KSJ_0002

조사장소 : 제주특별자치도 제주시 해안동 1945-1번지 노인회관

조사일시 : 2009.3.23

조 사 자 : 강정식, 강소전, 송정희

제 보 자 : 강석진, 남, 78세

구연상황 : '진 사데소리'에 이어 바로 구연하였다. 마지막 '헐싸'는 모두 함께 하였다. 옆에 있던 이탁준이 해안동과 노형동의 '사데소리'가 다르다고 설명하였다.

어기~여랑~ 스~데-로~구나~

뒷멍에~로랑~ 무너-나 나라~

압멍에~로랑~ 들어-나 서라~

칠성-ㄱ치~랑~ 벌어-진 ㅈ손~

다물-같이~로~ 모여-나 들라~

헐싸

(청중 : 헐싸 헐싸.)

밧 불리는 소리

자료코드 : 10_01_FOS_20090323_HNC_KSJ_0003
조사장소 : 제주특별자치도 제주시 해안동 1945-1번지 노인회관
조사일시 : 2009.3.23
조 사 자 : 강정식, 강소전, 송정희
제 보 자 : 강석진, 남, 78세
구연상황 : '사데소리'에 이어 바로 구연하였다. 이탁준의 권유로 진성찬도 구연하였다.

어러러러- 어흐어 어어 어허허- 아 아하으- 어허허-얼~ 하량
욧놈은 망아지딜 설설설 걸어서 뽈리 밧을 불려야 에 공깃데 ᄀ뜬 조크리가[1432] 문달문달 나올 꺼 아니가

어러러러- 어흐어 어어 어허허- 아 아하으- 어어흐-럴~ 하량
날씨는~ 선들산들허게 마가지가 뒈게[1433] 이 조크구리라근에 불리거들랑 마가지 뒈어서 이주 삼주만 뒈어서면 좋은 농사가 뒐로구나

어러러러- 어흐어 어어 어허허- 아 아하으- 어어흐-럴~ 하량
얼-럴럴럴 어- 요놈으 망아지 어디로 둘암시 훈저 가라 이 밧덜 불리지 안 헤가지고

어러러러- 어흐어 어어 어허허- 아 아하으- 어어흐-럴

(청중 : 저레 가는 망아지 거두와 드리라.)

저 망아지 이레 거두와 드리라 어어어-어

어러러러- 어흐어 어어 어허허- 아 아하으- 어어흐-럴~ 하량
어러러러러 잘도 어 잘도 돌아왕 잘 불린다

[웃는다.]

1432) 조 이삭이.
1433) 마가지는 장마가 걷힌다는 뜻.

세 그는 소리

자료코드 : 10_01_FOS_20090323_HNC_KSJ_0004
조사장소 : 제주특별자치도 제주시 해안동 1945-1번지 노인회관
조사일시 : 2009.3.23
조 사 자 : 강정식, 강소전, 송정희
제 보 자 : 강석진, 남, 78세
구연상황 : 앞소리에 이어 바로 구연하였다. 옛날에는 밀을 맷돌에 갈아서 제사상에 올리
는 상웨떡을 만들었다는 설명을 하였다.

이연 이여~ 이~여~도 세~레-

이 세레를 골면은~ 밀상웨떡 허영 기주 놓아근엥에 헤건 부글부
글 헤여근에게 조상님께 올려서 이 떡 헐 세심을1434) 골암구나

이여~ 이~여~도 세~레여-

이야 줄지 말앙 혼저 이레 콱콱 돌리라 무사 그디 세레 굴멍 졸암
시니

이여~ 이여~ 이여~ 이~여~도 세~레여-

행상 소리

자료코드 : 10_01_FOS_20090323_HNC_KSJ_0005
조사장소 : 제주특별자치도 제주시 해안동 1945-1번지 노인회관
조사일시 : 2009.3.23
조 사 자 : 강정식, 강소전, 송정희
제 보 자 : 강석진, 남, 78세
구연상황 : 진성찬의 '평토소리'에 이어 구연하였다. 다함께 받는 소리를 하였다.

엉~어~야 얼라로다

어이차~ 불쌍헌 하르버지로고나

1434) 재료를.

헹 어이야 얼라로다

간다 간다 나는 간다

헹 어~야 얼라로다

공동묘지로 나는 간다

헹 어~야 얼라로다

술집에 갈 때는 친구도 많건만

헹 어~야 얼라로다

공동묘지 갈 적에는 내 혼자뿐이로다

헤~ 에~야 얼라로다

인자 가면은 언제나 올까

헹 에~야 얼라로다

보시만 말씀이나 전하여 주소서

에 에~야 얼라로다

진투가[1435] 뒈인들 다시 올 수 있으랴

에 에~야 얼라로다

이만 가면은 언제나 올까

에 에~야 얼라로다

또 만나기만 기다려나 주소서

에 허~야 얼라로다

산지조종(山之祖宗)은 곤륜산(崑崙山)인데

에 에~야 얼라로다

인생 일장춘몽(一場春夢)인데

에 에~야 얼라로다

아~니 가지는 못허리로고나

1435) 진토가.

에 에~야 얼라로다

흔다리 인다리

자료코드 : 10_01_FOS_20090323_HNC_KSJ_0006
조사장소 : 제주특별자치도 제주시 해안동 1945-1번지 노인회관
조사일시 : 2009.3.23
조 사 자 : 강정식, 강소전, 송정희
제 보 자 : 강석진, 남, 78세
구연상황 : 함께 있던 이탁준이 더 불러야 하냐고 묻자, 조사자가 놀 때 하는 노래를 불러 달라고 청하였다. 조사자가 다시 '흔다리 인다리' 같은 것도 불러 달라고 해서, 제보자 강석진이 자진하여 '흔다리 인다리'를 불렀다. 강석진이 다른 제보자들과 함께 다리를 펴 다리세기 놀이를 하며 아주 재미있게 노래를 하였다. 다리세기를 하다 꼴등이 나오면 심부름을 시키며 놀았다고 설명하였다.

흔다리 인다리 거청게
시나오녀 버망게
어어장장 고노고노
달아달아 돌깍 세끈

불이불짝

자료코드 : 10_01_FOS_20090323_HNC_KSJ_0007
조사장소 : 제주특별자치도 제주시 해안동 1945-1번지 노인회관
조사일시 : 2009.3.23
조 사 자 : 강정식, 강소전, 송정희
제 보 자 : 강석진, 남, 78세
구연상황 : 강석진이 '불이불짝'도 있다면서 놀이를 하였다. 앉은 상태에서 다리 사이에 손을 넣었다가 빼는 동작을 제보자마다 하면서 노래를 하였다. 놀이에 대한

설명도 하였다. 이 놀이는 술래가 손에 무엇인가를 쥔 상태에서 앉아 있는 사람들 다리 사이에 손을 넣었다가 빼면서 쥐고 있던 물건을 놓는다는 것이다. 그러면 다른 술래가 그 물건이 어느 사람에게 있는지를 찾아내었다. 웃으면서 아주 재미있게 구연하였다.

불이불짝 불이불짝 불이불짝

아기 훙그는 소리

자료코드 : 10_01_FOS_20090323_HNC_LTJ_0001
조사장소 : 제주특별자치도 제주시 해안동 1945-1번지 노인회관
조사일시 : 2009.3.23
조 사 자 : 강정식, 강소전, 송정희
제 보 자 : 이탁준, 여, 72세
구연상황 : 제보자는 강석진의 노래가 좋다고 이야기하다가 남자도 맷돌 가는 줄은 몰랐다고 설명하였다. 맷돌 일은 여자만 하는 일이라고 하였다. 남자 제보자들은 남자도 한다고 설명하였다. 짧은 노래를 하라는 강석진에 권유로 구연하였다. 이탁준이 너무 짧게 불렀기 때문에 강석진의 가사를 더 붙여서 부르라고 하였고, 그래서 재차 불렀다. 강석진이 따라 하다가 가사가 섞여 버리는 바람에 그만 구연이 중단되었다.

윙이자랑 자랑 자랑 윙이자랑
우리 애기 잘도 잔다 놈이 아기 잘도 논다
윙이자랑 자랑 자랑
멍멍개야 짓지 말라 우리 아기 잘도 잔다

쯔른 사데소리 (1)

자료코드 : 10_01_FOS_20090323_HNC_LTJ_0002
조사장소 : 제주특별자치도 제주시 해안동 1945-1번지 노인회관

조사일시 : 2009.3.23
조 사 자 : 강정식, 강소전, 송정희
제 보 자 : 이탁준, 여, 72세
구연상황 : '아기 흥그는 소리'에 이어 바로 구연하였다.

어여~ 나여~랑 사데로~구낭~

압멍에~로~ 들어-나 산다

듯멍에~랑도 물러-나 산다

사데~ 불렁~ 요 검질 메자

쯔른 사데소리 (2)

자료코드 : 10_01_FOS_20090323_HNC_LTJ_0003
조사장소 : 제주특별자치도 제주시 해안동 1945-1번지 노인회관
조사일시 : 2009.3.23
조 사 자 : 강정식, 강소전, 송정희
제보자 1 : 이탁준, 여, 72세
제보자 2 : 박순애, 여, 69세
제보자 3 : 강석진, 남, 78세
구연상황 : 조사자가 선소리, 훗소리를 나누어서 해 달라고 부탁해서, 박순애와 강석진과
돌아가며 구연하였다. 밭 매는 일이 다 끝나면 '헐싸'하면서 일어난다고 설명
하여 주었다.

제보자 1 압멍~에~로~ 들어-나 산다

제보자 2 뒷멍~에~랑~ 무너나 난다

제보자 1 그럭~저럭~도 다 메어간다

제보자 2 혼 줌~ 두 줌~ 메고나 난다

제보자 1 아이고 지고 놀레로고낭

제보자 3 일락~서산에~ 헤 떨어~진다

제보자 2 월출~동경(月出東嶺)에~랑 달 솟아 오른다

제보자 1 어여~ 나여~도 사데로고낭

　[이탁준이 더 이상 못 부르겠다고 하니 강석진이 마지막으로 '헐싸'를 하라고 해서, 다함께 "헐싸 헐싸." 하면서 끝냈다.]

너영나영

자료코드 : 10_01_FOS_20090323_HNC_LTJ_0004
조사장소 : 제주특별자치도 제주시 해안동 1945-1번지 노인회관
조사일시 : 2009.3.23
조 사 자 : 강정식, 강소전, 송정희
제보자 1 : 이탁준, 여, 72세
제보자 2 : 박순애, 여, 69세
제보자 3 : 강석진, 남, 78세
구연상황 : 조사자의 요청에 의해 구연하였다. 기억이 나지 않는다고 하다가 조사자가 그
　　　　　 럼 기억나는 '너영나영'이라도 해 달라고 하니, 밖으로 나가려는 박순애를 불
　　　　　 러 함께 구연하였다. 강석진도 함께 구연하였다.

제보자 1 너녕 나녕 두리야 둥실 놀구요
　　　　　 낮엔 낮에나 밤에 밤에나 상사랑이로고나
　　　　　 아침에 우는 새는 베나 고파서 울고요
　　　　　 저녁에 우는 새는 임 그리어 운다
　　　　　 너녀 나녀 두리야 둥실 놀구요
　　　　　 낮엔 낮에나 밤에나 밤에나 상사랑이로고나

호박은 늙으면 맛잇나 좋건만

사람은 늙어서 무슨 조훼 서리

너녀 나녀 두리야 둥실 놀구요

낮엔 낮엣나 밤에 밤에나 상사랑이로고나

[이탁준이 노래를 끝냈는데 강석진이 노래 뒤를 이어 불렀다.]

제보자 3 물이나 고아서 빨래를 갓더니

웬 잡놈 만나서 돌베게만 베노라

너냥 나냥 두리 둥실 안고요

낮에 낮에나 밤에 낮에나 상사랑이로고나

[다시 이탁준이 노래를 하였다.]

제보자 1 놀아라 떼려라 저리 젊아 노세요

늙어야 병이 들면 못 놀이로구나

너녀 나녀 두리야 둥실 놀구요

낮엔 낮엣나 밤에 밤에나 상사랑이로구나

[박순애가 노래를 이어 불렀다.]

제보자 2 아침에 우는 새는 배고파서 울고요

저녁에 우는 새는 임 그려 운다

너영 나영 두리 둥실 놀고요

낮에 낮에나 밤에 밤에나 상사랑이로구낭

[다시 이탁준이 나섰다.]

제보자 1 가면은 가고요 말면은 말앗지

초신을 신고서 시집을 가나

너녀 나녀 두리야 둥실 놀구요

낮에 낮엣나 밤에나 밤엣나 상사랑이로구나

[다시 강석진이 불렀다.]

제보자 3 창창한 하늘에 준 별도 많구요

스나이 가슴에 수심도 많다

너냥 나냥 두리 둥실 안고요

낮에 낮에나 밤에 밤에나 상사랑이로고나

[박순애가 뒤를 이어 부른다.]

제보자 2 호박은 늙으면 맛이나 좋고요

사람은 늙으면 보기나 싫어

너영 나영 두리 둥실 놀고요

낮에 낮에나 밤에 밤에나 상사랑이로구나

달구 짓는 소리[1436)

자료코드 : 10_01_FOS_20090323_HNC_JSC_0001

조사장소 : 제주특별자치도 제주시 해안동 1945-1번지 노인회관

조사일시 : 2009.3.23

조 사 자 : 강정식, 강소전, 송정희

제 보 자 : 진성찬, 남, 75세

구연상황 : 강석진의 권유에 의해 구연하였다. 강석진이 받는 소리를 하다가 나중에는 박
수치면서 다함께 하였다.

1436) 평토소리.

이 이에 달~구

에 에에 달구로다

천년~ 만년 내 살을 곳을

에 에에 달구로다

천년~ 만년 내 살을 곳이야

에 에에 달구로다

철썩 같은 내 사랑아

에 에에 달구로다

[강석진이 훗소리를 다함께 받으라고 권하여 모두 훗소리를 받는다.]

동으로 뜨는 헤는 서으로 지고

에 에에 달구로다

서으로 지는 헤는 동으로 뜨건만

에 에에 달구로다

가을에 시든 풀은 봄이면 다시 나고

에 에에 달구로다

[박수를 치면서 부른다.]

우리 인생 혼번 가면

에 에에 달구로다

뒈돌아오기 만무로구나

에 에에 달구로다

생전에 잘못은 용서를 하고

에 에에 달구로다

천년만년 주무실 곳이야

에 에에 달구로다

해안 자랑가

자료코드 : 10_01_MFS_20090314_HNC_KSJ_0001
조사장소 : 제주특별자치도 제주시 해안동 2617번지 강석진씨 댁
조사일시 : 2009.3.14
조 사 자 : 강정식, 강소전, 송정희
제 보 자 : 강석진, 남, 78세
구연상황 : 일제강점기에 한문 선생을 하던 이병근이라는 사람이 지었다고 한다. 흔히
'해녀가'라고 하는 노래의 곡조에 가사만 달리 붙인 것으로 보인다.

물 좋고 따 좋은 승지 이곳은
유명할 손 우리 해안 분명하도다
민속도 좋거니와 근검도 하니
거주하기 지원할 자 만하리로다
남으로 체구하게 보이는 것은
일각이 첩첩한 듯 한라산이요
북으로 막막히 보이는 것은
제주전도 고리연 영주바다라
동으로 떠오르는 아침 햇빛은
우리들을 깨쳐주는 기상성인 듯
서에는 무수천이 가리워 있어
동서동에 유람처가 될 만헙니다.

6. 회천동

증편 한국구비문학대계 ● 제주특별자치도 제주시 ①

▌조사마을

제주특별자치도 제주시 회천동

조사일시 : 2009.2.~2009.3.
조 사 자 : 허남춘, 강정식, 강소전, 송정희

　회천동의 조사대상은 무가를 중심으로 하였다. 그 가운데서도 회천동 동회천마을 본향당의 당굿을 조사하여 보고하는 데 보다 큰 의미를 부여하고자 한다. 여기에 서회천마을의 민요도 조사하였다.

　동회천마을 본향당은 '새미하로산당'이라고 하며, 회천동 1058번지에 있다. 마을 주민들은 당의 보존과 유지에 많은 신경을 쓰고 있다. 당굿도 현재까지 비교적 전승이 잘 되고 있는 편이다. 당을 전속하여 맡은 '메인심방'과 단골들이 서로 합심하여 그동안 당굿을 유지해오고 있다. 당은 지난 2005년 제주도 민속자료 9-2로 지정되었다. 이곳에서 매년 정월 14일에 신과세제, 7월 14일에 마불림제를 벌인다. 이때 마을 여성들이 대부분 참여하여 기원한다. 대개의 제차는 '앚인굿'으로 진행하며, 산신(山神)을 위한 '사농놀이'가 덧붙는 점이 특징이다. 한편 서회천의 민요는 주로 농업과 관련된 것이나, 일부 해안마을에서 시집 온 주민들에게서 물질 소리도 들을 수 있었다.

회천동의 구비전승 조사는 동회천 본향당굿을 대상으로 하였기 때문에 그에 맞추어 조사일정을 잡았다. 당굿이 음력 정월 14일에 벌어지는 사정을 감안하여, 조사팀은 1월과 2월 초순에 마을을 방문하여 조사취지를 설명하고 협조를 구하였다. 당을 맡은 '메인심방'은 자신의 신상이 공개되는 것을 꺼려 처음에는 조사팀에게 촬영허락을 꺼렸으나, 조사팀이 거듭 사업취지를 설명하고 부탁하자 신상 공개를 최소화하는 범위에서 조사에 협조하여 주었다. 심방과 단골의 허락이 있자 이어 현장에 대한 답사를 진행하였다. 그리고 당굿이 행해지는 2월 8일에 현장조사를 실시하였다. 그 뒤에는 3월까지 당굿에 참여한 심방에 대한 추가조사 등을 진행하였다.

한편 서회천의 경우 조사팀은 1월에 마을을 방문하여 조사에 대하여 설명하여 협조를 얻고 제보자를 섭외하였다. 그 뒤 2월과 3월 기간 동안 노인회관에 여러 차례 찾아가 조사를 하였다. 서회천마을 어르신들이 노인회관에 매일 모여 담소를 나누거나 소일하기 때문에, 실제 조사는 노인회관에서 줄곧 진행하였다. 민요의 경우 서로 선후창을 바꾼다거나 같은 노래를 여러 제보자가 부르게 하는 등의 방법을 사용하여 그 다양성을 살펴보려 하였다. 결과물의 양과 질, 녹음상태 등을 종합적으로 고려하여 필요할 경우 해당 제보자에게 재차 청하여 듣는 경우도 있었다.

회천동은 제주시 동남쪽에 위치한 중산간마을이다. 1955년 9월 제주읍의 제주시 승격에 따라 회천동이 되었다. 현재 행정적으로는 봉개동에 속해 있다. 회천동은 동회천과 서회천의 두 마을로 이루어졌다. 민간에서는 동회천을 '새미', 서회천을 'ᄀ는새'라고 부른다. 「탐라순력도」에도 마을 이름이 보인다. 회천동의 화천사 오석불(五石佛)과 회천관광타운은 사람들이 자주 찾는다. 2010년 12월 현재 회천동의 인구는 201세대에 523명이다. 남녀의 비율은 비슷하다. 각성바지로 구성되어 있다. 주요 산업은 감귤을 중심으로 한 농업이다. 교육이나 문화생활은 인근 봉개동과 옛 제주시 지역에서 이루어진다. 마을 내 종교생활은 당굿을 중심으로 무속신앙의 범주에서 행해지는 것이 보편적이다.

김산옥, 여, 1931년생

주 소 지 : 제주특별자치도 제주시 건입동
제보일시 : 2009.2.8
조 사 자 : 허남춘, 강정식, 강소전, 송정희

　김산옥은 제주시 조천읍 와산리 출신이다.
본격적으로 굿을 맡아하지는 않고 굿판에서
연물을 치거나 심부름을 하는 정도이다. 주
소 밝히기를 꺼렸다.

제공 자료 목록
10_01_SRS_20090208_HNC_YCI_0001_s14
사농놀이

김삼옥, 여, 1942년생

주 소 지 : 제주특별자치도 제주시 회천동 2912번지
제보일시 : 2009.2.3
조 사 자 : 강정식, 강소전, 송정희

　김삼옥은 제주시 구좌읍 북촌리에서 태어나고 자랐다. 학교는 함덕국민
학교 2학년까지 다니다가 집안사정으로 그만 두었다. 22세에 결혼하여 제
주시내에서 살다가, 32세에 회천동으로 왔다. 남편은 회천동 동회천마을
에서 태어나 살다가, '제주 4·3' 당시에 소개되어 제주시 삼양1동으로
내려가 살았다.[1437] 4·3 때에 아버지와 언니가 죽어서 어머니와 둘이 지

1437) '소개'는 제주 4·3 당시 중산간 지역의 토벌을 목적으로 마을주민들을 해안지역으
　　로 강제 이주하고, 중산간 지역을 공동화 하였던 군사작전.

냈다고 한다. 슬하에 자녀는 1남 4녀를 두
었다. 주로 농사일을 하며 살았다. 물질은
북촌에서 살 때부터 했다. 경상북도의 구룡
포, 포항 등을 다니면서 물질을 했다. 봄에
육지로 나가서 8월쯤에 제주로 돌아왔다.
주로 우뭇가사리 채취 작업을 하였다고 한
다. 육지에서 해녀들 10여 명이 모여 살았
고, 놀 때는 허벅장단을 치며 노래를 불렀
다. 시집 간 이후에도 25세까지는 물질을
하였다. 해녀노래는 북촌리에서 물질을 할
때 배웠다. 북촌리 앞바다에 '다려도'가 있는데 거기까지 헤엄쳐 가서 물
질을 하였다.[1438] 그때 노래를 부르며 일을 했다고 한다. 다른 노래도 주
로 친정인 북촌리에서 일을 하며 배웠다. 회천동은 32세에 왔는데, 그때
부터는 일을 할 때 노래를 하지 않았다고 한다.

제공 자료 목록

10_01_FOS_20090203_HNC_KSO_0001 물질 소리
10_01_FOS_20090203_HNC_KSO_0002 너영나영
10_01_FOS_20090203_HNC_KSO_0003 흔다리 인다리
10_01_FOS_20090203_HNC_KSO_0004 ᄀ레 ᄀ는 소리

김순생, 여, 1928년생

주 소 지 : 제주특별자치도 제주시 회천동 2945번지
제보일시 : 2009.2.3
조 사 자 : 강정식, 강소전, 송정희

김순생은 제주시 명도암에서 태어났다. 조·보리농사를 지으며 살다가

1438) '다려도'는 제주시 조천읍 북촌리 앞에 있는 무인도.

17세에 회천으로 시집을 왔다. 그러나 당시 나이가 너무 어려서 혼인식만 올리고 친정에서 생활하였다. 형제는 오빠와 동생이 있었다고 한다. 15세 때 야학을 다녔는데 그때 일본글만 배웠다고 한다. 군사훈련에도 참가하였다고 하는데 군사훈련을 피하기 위해 결혼을 일찍 하게 되었다고 한다. 결혼하고 1년 뒤 아버지가 병환으로 죽고 그 다음해에 어머니가 죽었다. 그 해 '제주 4·3'이 일어났고 마을사람 모두 함께 산으로 올라갔다. 그 당시 오빠는 군인에게 잡혀 목포형무소에서 죽었다고 한다. 삼양동으로 이주하여 남편을 만나 5년 정도 살다 회천동으로 옮겨 살았다고 한다. 4·3 당시 동생이 너무 어려 혼자 둘 수가 없어 지금까지 함께 살았다고 한다. 삼양동에서 딸 셋을 낳아 회천동으로 돌아와 농사를 지으며 생활하였다. 남편은 일제강점기에 북해도로 징용 갔다가 해방되어 제주로 돌아왔지만, 그때 몸을 많이 다쳐서 그 후유증으로 죽었다. 소리는 명도암에서 살 때 배웠다고 한다. 소리 잘한다는 소리는 많이 들었다고 한다.

제공 자료 목록

10_01_FOS_20090203_HNC_KSS_0001 아웨기 소리

김옥선, 여, 1940년생

주 소 지 : 제주특별자치도 제주시 회천동 2169-2번지
제보일시 : 2009.2.3
조 사 자 : 강정식, 강소전, 송정희

김옥선은 제주시 조천읍 조천리에 출생하였다. 조·보리 농사를 지으며

생활하였다. 물질을 하지 않았다고 한다. 24세에 회천동으로 시집을 왔다. 당시 남편은 27세였다고 한다. 시집을 와서도 조·보리 농사를 짓다가 35세쯤부터 귤농사로 바꾸었다고 한다. 소리는 어릴 때 어른들이 부르는 걸 따라 부르면서 자연스럽게 배우게 되었다고 한다. 사진 촬영을 꺼렸다.

제공 자료 목록

10_01_FOS_20090203_HNC_KOS_0001 말잇기 소리

문병교, 남, 1933년생

주 소 지 : 제주특별자치도 제주시 화북1동 1964-8번지
제보일시 : 2009.2.8
조 사 자 : 허남춘, 강정식, 강소전, 송정희

문병교는 제주시 용강동에서 태어났다. 원래 나이는 1933년생으로 77세이지만, 호적에는 1935년생으로 올라갔다. 4·3사건이 나자 외가가 있는 제주시 남문통으로 내려 갔다. 18세에 해병대에 지원하여 6년 정도 근무한 뒤 제대하였고, 26세에 2살 연하의 부인과 혼인하였다. 문병교의 집안에는 무업을 한 이가 전혀 없다. 원래 심방 집안이 아니었다. 젊었을 때 풍류를 즐겨 놀기 좋아했다고는 한다. 32세에 굿을 구경 간 것이 무업에 들어서게 된 계기가 되었다. 당시 남수각에 살던 교래리(제주시 조천읍 교래리) 출신 고만일 심방이 '추는굿'을 하는 장소에 구경을 갔는데, 그 곳에서 고만일 심방의 권유에 의해 갑자기 연물인 대양을 치게 되었다. 그 뒤에 다시 연락이 와서 성주풀이에 목수로 함께 가자고 해서 굿을

아무 것도 모르는 상태에서도 따라갔다. 그러다 보니 주위 사람들이 심 방이라고 수군거렸다. 기분이 좋지 않았지만 어차피 들어선 김에 무업을 하자고 생각하였고, 33세에 제주시 용강동 권씨 집의 사당클굿에서 처음 으로 '석시'(제주도 굿의 한 제차)를 하였다. 특별한 신병은 없었으나, 가 정에 어려움은 많았다고 한다. 무업은 집안에서 자신 혼자만으로 끝내고 자 하기 때문에 멩두도 모시지 않았다. 고만일과 고오생 심방이 스승이 라 할 수 있다. 현재는 제주시 조천읍 함덕리의 김순아 심방과 주로 함께 다닌다.

제공 자료 목록

10_01_SRS_20090208_HNC_YCI_0001_s14 사농놀이

10_01_SRS_20090208_HNC_YCI_0001_s16 군졸지사귐

양○일, 여, 1942년생

주 소 지 : 제주특별자치도 제주시 일도2동 148-38번지

제보일시 : 2009.2.8

조 사 자 : 허남춘, 강정식, 강소전, 송정희

양○일은 제주시 조천읍 와
산리 출신이다. 30대에 들어서
무업을 시작하였다. 원래 그의
집안에는 무업을 하는 이가 없
었다고 한다. 와산리가 주요
단골판이다. 끝내 이름 밝히기
를 원하지 않았다.

제공 자료 목록

10_01_SRS_20090208_HNC_YCI_0001_s01 베포도업침

10_01_SRS_20090208_HNC_YCI_0001_s02 말미

10_01_SRS_20090208_HNC_YCI_0001_s03 날과국섬김

10_01_SRS_20090208_HNC_YCI_0001_s04 연유닦음

10_01_SRS_20090208_HNC_YCI_0001_s05 신도업

10_01_SRS_20090208_HNC_YCI_0001_s06 군문열림

10_01_SRS_20090208_HNC_YCI_0001_s07 신청궤 · 살려옵서

10_01_SRS_20090208_HNC_YCI_0001_s08 정데우

10_01_SRS_20090208_HNC_YCI_0001_s09 추물공연

10_01_SRS_20090208_HNC_YCI_0001_s10 도산받음

10_01_SRS_20090208_HNC_YCI_0001_s11 상당숙임

10_01_SRS_20090208_HNC_YCI_0001_s12 액맥이

10_01_SRS_20090208_HNC_YCI_0001_s13 각산받음

10_01_SRS_20090208_HNC_YCI_0001_s14 사농놀이

10_01_SRS_20090208_HNC_YCI_0001_s15 쾟문더끔

10_01_SRS_20090208_HNC_YCI_0001_s17 시걸명 잡식

이명자, 여, 1934년생

주 소 지 : 제주특별자치도 제주시 회천동 2915번지

제보일시 : 2009.2.3

조 사 자 : 강정식, 강소전, 송정희

　이명자는 제주시 화북동에서 태어났다. 어릴 때는 이한영으로 불렸다. 12세에 제주시 삼양3동(속칭 버렁)으로 이사하였고, 그곳에서 결혼 전까지 지냈다. 22세에 회천동으로 시집을 왔다. 아이를 낳고 살다가 27세쯤에 제주시내로 가 5년 정도 살고, 다시 서회천마을(속칭 서카름)로 와서 지금까지 살았다고 한다. 남편이 신문사에서 활자 뽑는 일을 하였기 때문에 실상 농사는 크게 짓지 않았다. 시집에서 하는 농

사를 도와주었다고 한다. 제주 4·3 후에 어머니의 권유로 야학은 잠깐 다녔다. 특별히 노래를 배우게 된 계기가 있는 것은 아니고, 남들이 부를 때 들었다가 따라 부르면서 알게 되었다. 시집식구들은 다 노래를 잘 하였다. 시부모는 마당질소리를 아주 잘 했고, 남편도 가수만큼 노래를 잘 했다고 한다. 시누이도 아주 소리가 좋았다고 한다. 본인도 본래 목청이 좋기로 동네에서 유명하였다.

제공 자료 목록
10_01_FOS_20090203_HNC_LMJ_0001 아기 홍그는 소리
10_01_FOS_20090203_HNC_LMJ_0002 물질 소리
10_01_MFS_20090203_HNC_LMJ_0003 전복 노래

임기순, 여, 1938년생

주 소 지 : 제주특별자치도 제주시 회천동 2988-2번지
제보일시 : 2009.2.3
조 사 자 : 강정식, 강소전, 송정희

임기순은 제주시 봉개동에서 태어났고, 20세에 회천동으로 시집을 왔다고 한다. 조·보리농사 짓다가 감귤농사를 지었다고 한다. 자녀는 아들 셋, 딸 둘을 낳았다. 소리는 잘 못하였다고 한다. 전래동요 한 곡만 제보하였다. 사진 촬영을 꺼렸다.

제공 자료 목록
10_01_FOS_20090203_HNC_IGS_0001 훈다리 인다리

한병양, 여, 1926년생

주 소 지 : 제주특별자치도 제주시 회천동 2919번지
제보일시 : 2009.2.3

조 사 자 : 강정식, 강소전, 송정희

한병양은 제주시 회천동 서회천마을에서 태어나 자랐다. 호적상으로는 81세이다. 태어난 연도가 여동생과 뒤바뀌어 호적에 기록되었다고 한다. 18세에 한 동네 사람과 결혼하였다. 남편은 25세인 '제주 4·3' 당시에 군인으로 가서 석 달 만에 죽었다고 한다. 주로 농사일을 하며 살았다. 야학이나 학교는 다닌 적이 없다. 민요는 일하면서 시아버지에게서 배웠고 동서들과 함께 불렀다고 한다. 동네 친구들과 밤에 놀러 다니면서 장구를 치며 민요를 많이 불렀다고 한다. 목소리는 크지 않지만 소리는 매우 좋다. 동네에서 소리 잘한다고 소문이 났다고 한다.

제공 자료 목록
10_01_FOS_20090203_HNC_HBY_0001 밧 볼리는 소리 (1)
10_01_FOS_20090203_HNC_HBY_0002 아웨기 소리 (1)
10_01_FOS_20090203_HNC_HBY_0003 밧 볼리는 소리 (2)
10_01_FOS_20090203_HNC_HBY_0004 아웨기 소리 (2)
10_01_FOS_20090203_HNC_HBY_0005 진 사데소리
10_01_FOS_20090203_HNC_HBY_0006 아기 홍그는 소리

물질 소리

자료코드 : 10_01_FOS_20090203_HNC_KSO_0001
조사장소 : 제주특별자치도 제주시 회천동 2943-4 서회천 노인회관
조사일시 : 2009.2.3
조 사 자 : 강정식, 강소전, 송정희
제 보 자 : 김삼옥, 여, 67세
구연상황 : 청중들이 양정기 노인회장에게 노래 하나 하라고 권유를 하니 양정기가 마을 설촌 역사를 이야기하였고, 그 뒤 김삼옥이 노래를 하였다. 눈물을 흘리면서 노래를 하였다. 청중들이 왜 우냐고 하며 받는 소리도 하라고 하였다. 받는 소리는 청중이 다함께 해주었다.

열다섯에 물질 베왕 스물다섯 상군[1439) 뒈니 궁글 빗창[1440)을 등
에 차고
데고바당을 건너가도 고동 셍복이 많다 하여도 내 숨이 바빠서
못내 들어
이여 사나~ 이여도 사나~ 이여도 사나
요 네 지엉 어딜 가리 저 바당에 넓은 디로
이여도 사나~ 이여도 사나~

너영나영

자료코드 : 10_01_FOS_20090203_HNC_KSO_0002
조사장소 : 제주특별자치도 제주시 회천동 2943-4 서회천 노인회관

1439) 가장 기량이 뛰어난 해녀를 일컫는 말.
1440) 빗창은 전복을 따는 물질도구.

조사일시 : 2009.2.3
조 사 자 : 강정식, 강소전, 송정희
제 보 자 : 김삼옥, 여, 67세
구연상황 : 조사자의 요청에 의해 구연을 하였다. 청중이 박수를 치며 박자를 맞추어 주
었다.

일허영

밤에 밤에나 낮에 낮에나 참사랑이로구나

아첨에1441) 우는 새는 베고파 울고요

저녁에 우는 새는 님 기리여 운다

어잉 어~잉 어~잉 어야

어럴럴 거리고 놀아보자

흔다리 인다리

자료코드 : 10_01_FOS_20090203_HNC_KSO_0003
조사장소 : 제주특별자치도 제주시 회천동 2943-4 서회천 노인회관
조사일시 : 2009.2.3
조 사 자 : 강정식, 강소전, 송정희
제 보 자 : 김삼옥, 여, 67세
구연상황 : 조사자의 요청에 의해 구연을 하였다. '흔다리 인다리' 노래는 지역마다 다
다르다고 하면서, 자신이 부르는 것은 북촌리에서 부르던 노래라고 하였다.

한다리 인다리 거청개

시나 노자 버문개

어어 장낙장낙 꿍

어력다력 돌깜 새끈

1441) 아첨에.

フ레 フ는 소리

자료코드 : 10_01_FOS_20090203_HNC_KSO_0004

조사장소 : 제주특별자치도 제주시 회천동 2943-4 서회천 노인회관

조사일시 : 2009.2.3

조 사 자 : 강정식, 강소전, 송정희

제 보 자 : 김삼옥, 여, 67세

구연상황 : 조사자의 요청에 의해 구연을 하였다. 받는 소리는 김옥선이 맡았다. 노래가
    잘 되지 않으니, 스스로 웃으며 넘겼다.

이여~ 이여도 ᄒ라

이여~ 이연~ 이여도 ᄒ라

이여~ ᄒ적 ᄀᆞᆯ아두엉¹⁴⁴²⁾ 줌도 자게

[웃는다.]

이여~ 이여도 ᄒ라

[웃는다.]

아웨기 소리

자료코드 : 10_01_FOS_20090203_HNC_KSS_0001

조사장소 : 제주특별자치도 제주시 회천동 2943-4 서회천 노인회관

조사일시 : 2009.2.3

조 사 자 : 강정식, 강소전, 송정희

제 보 자 : 김순생, 여, 81세

구연상황 : '검질매는 소리'를 고임호가 잘못 부르니, 홍원순이 자청하여 나서 구연하였
    다. 받는 소리는 청중이 다함께 하였다.

1442) 말하여 두고.

아아아양 에헤양 어허요

어기여차 소리에 앞멍에 가자

아아아양 에헤양 어허요

요 검질 메어근 혼저 집이덜 가게

아아아양 에헤양 어허요

일락은 서산에 헤는 다 지어간다

아아아양 에헤야 어허요

아기 홍그는 소리

자료코드 : 10_01_FOS_20090203_HNC_LMJ_0001
조사장소 : 제주특별자치도 제주시 회천동 2943-4 서회천 노인회관
조사일시 : 2009.2.3
조 사 자 : 강소전, 송정희
제 보 자 : 이명자, 여, 75세
구연상황 : 조사자가 '사데소리'를 불러달라고 요청하였으나 처음이라 노래가 기억이 나
지 않는다고 하며 끝내 가사만 말하고 음을 붙이지 못했다. '아기 홍그는 소
리'를 하겠다고 하여 구연하였다. 노래를 좀 하다가 숨이 차서 더 못하겠다고
하며 간단하게 마무리하였다.

저레 가는 검동개야 이레 오는 서동개야

우리 아기 제와드라[1443] 느네 아기도 제와주마

우리 아기 아니 제와주믄 진진헌[1444] 총베로 무꺼근에

지픈 지픈헌 천지소에 디리쳣다 내쳣다 헤여불키여

윙이자랑 윙이자랑 우리 아기 잘도 잔다

1443) 재워 달라.
1444) 길고 긴.

말잇기 소리

자료코드 : 10_01_FOS_20090203_HNC_KOS_0001
조사장소 : 제주특별자치도 제주시 회천동 2943-4 서회천 노인회관
조사일시 : 2009.2.3
조 사 자 : 강정식, 강소전, 송정희
제 보 자 : 김옥선, 여, 69세
구연상황 : 김삼옥이 노래를 하는 가운데 청중들이 서로 아무 노래라도 하나 불러 보라
고 하여 김옥선이 구연하였다. 구연을 시작하니 청중들이 웃다가 함께 따라
하였다.

저 산드레 꼬박 꼬박 허는 거 뭣고

[웃는다.]

미삐젱이여
미삐젱인 흰다1445)
희민 하르방1446)이여
하르방은 등 굽은다
등 굽으믄 쉐질멧가지여
쉐질멧가진 늬 구멍 난다
늬 구멍 나믄 시리여

[다함께 따라 하기 시작하였다.]

시린 검나
검으민 가메귀여1447)
가메귄 늅뜬다1448)

1445) 하얗다.
1446) 할아범.
1447) 까마귀여.

눕뜨믄 심방이여

심방은 두드린다

두드리믄 철쟁이여

[웃는다.]

철쟁인 붉나

붉으믄 대추여

대춘 돈다1449)

돌믄 엿이여

엿은 부뜬다1450)

부뜨믄 첩(妾)이여

[웃는다.]

물질 소리

자료코드 : 10_01_FOS_20090203_HNC_LMJ_0002

조사장소 : 제주특별자치도 제주시 회천동 2943-4 서회천 노인회관

조사일시 : 2009.2.3

조 사 자 : 강소전, 송정희

제 보 자 : 이명자, 여, 75세

구연상황 : 조사자가 'ᄀ레 ᄀ는 소리' 구연을 요청하였으나, 기억이 나지 않는다고 하였다. 그래서 생각나는 것부터 하겠다고 하며 '물질 소리'를 구연하였다. 헤엄쳐 나아가면서 불렀다고 설명하였다.

1448) 행동이 요란함을 뜻함.

1449) 달다.

1450) 붙는다.

이여도 사나~ 이여도 사나~ 이여도 사나 허

이 섬 저 섬~ 돌멩도나~

혼 푼썩 버실어¹⁴⁵¹⁾ 놓은 돈은 다

영감님 술깝에~ 다 들어가네~

이여도 사나~ 이여도 사나~

우리 어멍~ 날 날 떼에~

어느 바다~ 미역국 먹엉

이여도 사나~ 이여도 사나

혼다리 인다리

자료코드 : 10_01_FOS_20090203_HNC_IGS_0001
조사장소 : 제주특별자치도 제주시 회천동 2943-4 서회천 노인회관
조사일시 : 2009.2.3
조 사 자 : 강정식, 강소전, 송정희
제 보 자 : 임기순, 여, 71세
구연상황 : 김삼옥이 노래를 하는 가운데 조사자의 요청에 의해 주위에 있던 임기순이
구연을 하였다. 이 노래는 회천지역에서 부르는 것이라고 하였다.

혼다리 인다리 거청개

시저 노전 불망개

어오 어오 장장 꼬노 꼬노

뜨레 뜨레 새끈 둘깍

1451) 벌어서.

밧 볼리는 소리 (1)

자료코드 : 10_01_FOS_20090203_HNC_HBY_0001

조사장소 : 제주특별자치도 제주시 회천동 2943-4 서회천 노인회관

조사일시 : 2009.2.3

조 사 자 : 강정식, 강소전, 송정희

제 보 자 : 한병양, 여, 83세

구연상황 : 조사자의 요청에 의해 구연을 하였다. 목청이 좋다고 청중들이 칭찬하며 함께
박수쳤다.

어러- 러 어~어 허-- 허- 어으으어허 어러으어 어럴러 어 헤야
헤---~ 어어허 어으허 어으허-~ 헐할하랴-

(청중1 : 잘 헤수다.)

(청중2 : 잘 헤수다.)

[다함께 박수를 친다.]

이러 어어 럴 허--~ 허- 어으어허 어럴려어 어으허 헐랴- 에헤
-- 헤헤야

어어허 어으허 어허허허-- 어럴러 아아하 하랴

아웨기 소리 (1)

자료코드 : 10_01_FOS_20090203_HNC_HBY_0002

조사장소 : 제주특별자치도 제주시 회천동 2943-4 서회천 노인회관

조사일시 : 2009.2.3

조 사 자 : 강소전, 송정희

제 보 자 : 한병양, 여, 83세

구연상황 : 청중이 목청이 좋다고 칭찬을 하니 자청하여 불렀다. 숨이 차서 길게는 못하
겠다고 하였다. 청중이 박수치며 받는 소리를 하였다. 노래가 끝나니 청중들
이 박수치며 잘했다고 하였다. 노래제목은 주로 '김 매는 소리'라고도 하고,

'아웨기 소리'라고도 한다고 하였다.

어야 두야 어야 두야 방아로구나

아아 아양 에에양 어허요

헤는~ 보난 일락서산(日落西山)에 다 지어간다

아아 아양 에에양 어허요

노세~ 놀아 젊아나 놀아

아아 아양 에에양 어허요

밧 불리는 소리 (2)

자료코드 : 10_01_FOS_20090203_HNC_HBY_0003
조사장소 : 제주특별자치도 제주시 회천동 2943-4 서회천 노인회관
조사일시 : 2009.2.3
조 사 자 : 강정식, 강소전, 송정희
제 보 자 : 한병양, 여, 83세
구연상황 : 청중들의 요청에 의하여 구연하였다. 청이 너무 좋아 한 번 더 하라고 하였
다. 노래가 끝나니 청중들이 옛날 불렀던 그대로라며 박수를 쳤다. 시아버지
가 4·3 때 아들들이 다 죽어도 며느리 소리가 좋아 죽은 아들 생각이 나지
않는다고 말했다며 웃었다.

어럴~~ 어으어허-- 어럴러으허~ 어허아헤--~ 헤야 어어허
어으허 어으허--~ 어럴 허라

요 물덜아1452) 혼저1453) 걸라1454) 높은 디랑 불라1455) 가멍

어허~~ 어허 어허 어으허 어흐흐 허야헤~헤야 어어허 어으허
어으허 헐러~허랴

1452) 말들아.
1453) 빨리.
1454) 걸어라.
1455) 밟아.

아웨기 소리 (2)

자료코드 : 10_01_FOS_20090203_HNC_HBY_0004
조사장소 : 제주특별자치도 제주시 회천동 2943-4 서회천 노인회관
조사일시 : 2009.2.3
조 사 자 : 강정식, 강소전, 송정희
제 보 자 : 한병양, 여, 83세
구연상황 : '밧 불리는 소리'에 이어 '진 사데소리'를 일부분 부르다가 기억이 나지 않는
다며 '아웨기 소리'를 불렀다. '사데소리'의 구비가 세다고 힘들어 하였다. 청
중들이 박수치며 받는 소리를 하였다.

어아양 에헤양 엉허요
노세~ 놀~아 젊아나 놀라
아아양 에헤양 엉허요
가는 임도 붙잡지 말라 요 소리나 들엉 가라
아아양 에헤양 엉허요

진 사데소리

자료코드 : 10_01_FOS_20090203_HNC_HBY_0005
조사장소 : 제주특별자치도 제주시 회천동 2943-4 서회천 노인회관
조사일시 : 2009.2.3
조 사 자 : 강정식, 강소전, 송정희
제 보 자 : 한병양, 여, 83세
구연상황 : 조사자가 '쫀른 사데소리'를 요청하였으나 '진 사데소리'를 구연하였다. 가사
가 생각이 나지 않아 받는 소리만 하였다.

어-긴 여~랑 사데-로군나
어-긴 여~랑 사데-로군낭

아기 홍그는 소리

자료코드 : 10_01_FOS_20090203_HNC_HBY_0006
조사장소 : 제주특별자치도 제주시 회천동 2943-4 서회천 노인회관
조사일시 : 2009.2.3
조 사 자 : 강정식, 강소전, 송정희
제 보 자 : 한병양, 여, 83세
구연상황 : 조사자의 요청에 의해 구연을 하였다. 청중들이 잘 한다고 하며 박수를 쳤다.

웡이자랑 자랑

우리 애기 제와주민1456) 느네 애기도 제와주마

울단 애기 울지 말아 혼저 자라 요 애기야

웡이자랑 웡이자랑 웡이자랑

수덕 좋은 할마님 즈손(子孫) 울지 말앙 혼저 자라 웡이자랑

(청중 : 잘 헴서 진짜로.)

(조사자 : 또 해줍서.)

[청중들이 웃으면서 잘 한다고 하니 한 번 더 불렀다.]

수덕 좋은 할마님 즈손 울지 말앙 혼저 자라

웡이자랑 웡이자랑 웡이자랑

우리 애기 제와주민 느네 애기도 제와주마

웡이자랑 웡이자랑

수덕 좋은 할마님아 요 애기 잘 제와줍서

웡이자랑 웡이자랑

1456) 재워 주면.

전복 노래

자료코드 : 10_01_MFS_20090203_HNC_LMJ_0003
조사장소 : 제주특별자치도 제주시 회천동 2943-4 서회천 노인회관
조사일시 : 2009.2.3
조 사 자 : 강정식, 강소전, 송정희
제 보 자 : 이명자, 여, 75세
구연상황 : 조사자의 요청에 의해 구연을 하였다. 이 노래를 배운 지 30년이 지났다고
설명을 해 주었다. 남편에게서 배웠다고 한다.

전복이여 전복
제주명물 전복이여
두둑허고 맛좋은 진복이여
수중에 왕 뒈는 전복이여
어 싸구려 어 싸구려
한 모퉁 두 모퉁 고루고루
이 전복 잡수시고 불로장상(不老長生) 하게 뒈민
삼천갑자 동방석이 뭔 줴(罪)런가
자 어서 오십시요
진짜 전복 아니면
돈 안 받는 명국 전복이여

새미하로산당 신과세제

자료코드 : 10_01_SRS_20090208_HNC_YCI_0001

조사장소 : 제주특별자치도 제주시 회천동 1058번지 새미하로산당

조사일시 : 2009.2.8

조 사 자 : 허남춘, 강정식, 강소전, 송정희

제 보 자 : 양○일, 여, 67세 외 2인

구연상황 : 본래 수심방 외에 소미 세 사람이 함께 해야 온전한 굿이 이루어지는 법이다. 그러나 새미하로산당에서는 소미가 두 사람만 함께 한다. 이것은 소미를 구하기 어려운 탓도 있겠으나 무엇보다도 제비가 충분치 않은 탓이다. 문병교 심방이 북과 설쒀를 함께 치는 이른바 양채로 연물을 운용한다.

새미하로산당은 제주시 회천동의 동회천 마을 사람들을 보호하는 본향신을 모신 당이다. 매년 정월 14일에 신과세제, 7월 14일에 마불림제를 벌인다. 이 때 마을 여성들이 대부분 참여하여 기원한다. 군문열림, 신청궤, 사농놀이 등을 제외한 대개의 제차는 앚인굿으로 진행한다. 새ᄃ림은 생략하였다. 사농놀이가 덧붙는 점이 특징이다.

초감제(베포도업침)--말미--날과국섬김--연유닦음--신도업--군문열림--신청궤·살려옵서--정데우--추물공연)--도산받음--상당숙임--액맥이--각산받음--사농놀이--퀫문더끔--군졸 지사굄―시걸명잡식 등으로 짜인다.

단골들은 7시 30분경부터 본격적으로 모였다. 심방은 7시 44분에 도착하였다. 8시 30분에 아침식사를 마쳤다. 8시 36분에 굿을 시작하였다. 그리고 13시 50분경에 모든 굿이 끝났다.

신과세제 초감제 베포도업침

자료코드 : 10_01_SRS_20090208_HNC_YCI_0001_s01

조사장소 : 제주특별자치도 제주시 회천동 1058번지 새미하로산당

조사일시 : 2009.2.8

조 사 자 : 허남춘, 강정식, 강소전, 송정희
제 보 자 : 양○일, 여, 67세 외 2인
구연상황 : 베포도업침은 천지혼합에서부터 제청까지 생긴 내력을 풀이하는 제차이다.
이 굿에서는 천황베포 도업부터 시작하였다. 심방은 천황베포 도업을 이르는
말명을 하고 연물이 울리는 동안 배례를 하고 춤을 추었다. 그 다음에는 신자
리에 앉아 지황베포, 인황베포, 제청베포 등에 따른 말명을 하였다.

　[양○일(쾌지, 쾌지띠, 이멍걸이)][오른손에 신칼과 요령을 들고 제단을
향하여 선 채로 말명을 시작한다.]

　상궷문도 열렷수다 중궷문도 열렷수다. 하궷문도 열렷수다 삼진정월,
열나흘날 대제일(大祭日)로 각성바지, 오라¹⁴⁵⁷⁾ 성친(姓親)덜 믄¹⁴⁵⁸⁾ 이거
오라근, 삼진정월은 이거 대제일로 올리곡, 정칠뤌(正七月)은 앚진 평자
발부자로, 위망적선 올립네다. 제청(祭廳) 설립(設立) 뒈엿수다. 천왕베포
(天皇配布) 도업이웨다에ㅡ.

초감제 베포도업침

1457) 여러.
1458) 모두.

‖감장‖[설쒜·북(문병교), 대양(김산옥)][요령을 흔들며 양손을 어깨 높이로 들고 왼감장을 세 바퀴 돌고 이어 오른감장을 두 바퀴 돈다.]

‖늦인석‖[왼쪽 신칼치메를 오른팔에 걸치고 요령을 흔들며 앞으로 나아가 양쪽 신칼치메를 동시에 내린다. 이와 같이 세 차례 반복하고는 엎드려 절한다. 이하 일어서서 신칼치메와 요령을 흔들며 방향을 바꾸어 오른쪽, 왼쪽, 뒤쪽 방향으로도 엎드려 절한다. 뒤쪽으로 절할 때는 그곳에 있던 단골들도 두 손 모아 허리 숙여 절을 한다. 다시 제단 쪽으로 절하고 이어 연물 쪽을 향하여 절한다.]

‖감장‖[일어나 신칼치메를 흔들며 왼감장, 오른감장을 두 번씩 돈다. 신칼을 내려놓고 장구를 옮겨다 놓고 신자리에 앉는다. 장구를 몇 번 친다.]

천왕베포 도업으로에~, [연물이 멈춘다.] 제이리난 지왕베포(地皇配布), 인왕베포(人皇配布) 도업이 어간 뒈엿수다. 인왕베포 도업이웨다ㅡ. [장구를 몇 번 친다.]‖늦인석‖

인왕베포 도업으로에~ 제이리난, 산이 나민 물이 나곡 물이 나민, 산이 납네다. 산베포도 도업, 물베포도 도업 왕베포 흙베포 제청 신도업이웨ㅡ. [장구를 몇 번 친다.]‖늦인석‖

신과세제 초감제 말미

자료코드 : 10_01_SRS_20090208_HNC_YCI_0001_s02

조사장소 : 제주특별자치도 제주시 회천동 1058번지 새미하로산당

조사일시 : 2009.2.8

조 사 자 : 허남춘, 강정식, 강소전, 송정희

제 보 자 : 양○일, 여, 67세 외 2인

구연상황 : 말미는 장구 반주 없이 말명으로만 날과국섬김, 연유닦음 등에 해당하는 내용의 사설을 풀이한다. 이 굿에서는 날과국섬김, 열명올림에 해당하는 내용의

사설로 풀었다. 열명올림을 제외하고는 굿 하는 연유에 해당하는 내용은 포함하지 않았다.

제청지 신도업 [요령] 제이리난, 날은 갈라 에~ 어느 날 둘은 갈란, 어느 둘은 올 고금년 [(심방 : 그 수건 나 주라.)] [요령] 둘은 갈란 드난, [(심방 : 수건!)] 둘은 갈란 드난, [김산옥 심방이 수건을 건네주자 수건으로 얼굴의 땀을 훔친다.] 오널은 기축년(己丑年), 둘은 갈란 드난, 삼진정월~, 열에 허고 나흘날 어떤 ㄱ을 어떤 ㅈ손, 이런 공서 올림네깡. [요령] 국은 갈라근 갑기는 날 턴 국도[1459] 국이웨다. 둘 턴 국도[1460] 국이웨다. 동양은 삼국은 서양 각국은 주리(周圍) 팔만(八萬), 십이제국(十二帝國) [요령] 강남(江南) 든 건 천저지국(天子之國) 일본(日本) 든 건 주년국(周年國), 우리나라 대한민국은 제주도는, 제주시는 동회천(東回泉),

■ 말미＞열명올림

각성바지 ㅇ라 성친, 오널 대제일로 이거 동회천 사는 ㅈ손이나 제주시 삼영이나,[1461] 문[1462] 사는 ㅈ손덜 오랏수다.[1463] 통장(統長)덜 청년회장 부녀회장 노인회장덜 문 받은 공섭네다. 삼영이동은,[1464] 성은 장씨로 예순셋 받은 공섭네다 이씨 부인, 예순둘 받은 공섭네다. 양도 부베간(夫婦間) 낳은 애긴 장씨로, 스물ㅇ섯 서른ㅇ섯, 받은 공섭네다. 조천(朝天)[1465] 사는 ㅈ손 예순둘, 김씨로~, 받은 공섭네다 고씨 부인은, 쉬은다섯 양도 부베간 낳은 애기 스물ㅇ섯, 제주시 도련동(道連洞) 사는 ㅈ손, 박씨로, 예

1459) 해뜬 국도.
1460) 달 뜬 국도.
1461) 삼양동(三陽洞)이나.
1462) 모두.
1463) 왔습니다.
1464) 삼양이동(三陽二洞)은.
1465) 제주시 조천읍 조천리.

순둘 받은 공서, 김씨 부인은 예순아홉, 큰아덜은 서른넷 족은 놈은, 서른 둘 받은 공서, 제주시 동회천 사는 ᄌ손, 신씨로 시흔ᄋ둡 양씨로, 예순ᄋ 둡 신씨 큰아덜, 서른ᄋ둡 설 셋아덜은 메느리 서른셋 셋아덜은 서른 설, 손자애긴 ᄋ섯 설, 받은 공섭네다 제주시 화북일동(禾北一洞) 사는 ᄌ손, 초헌관(初獻官) 동안대ᄌ(東軒大主)님은1466) 허씨로 예순둘 김씨론, 쉬은ᄋ 둡이나 아덜은 쉬은 스물아홉, 벡발노장(白髮老壯) 아바진 허씨로, ᄋ든다 섯 벡씨로 ᄋ든다섯 어머님, 받은 공섭네다. 제주시 일도이동(一徒二洞) 사는 ᄌ손, 강씨로 마흔ᄋ섯, 제주, [(심방 : 최씨도 아니고.)] 이거~ 마흔 셋 받은 광신(光山) 김씨로 마흔셋 강씨로, 마 ᄋ둡 설 이거 어머님 홍씨 로 ᄋ든넷 받은 공서, 이 ᄌ손덜 부모전(父母前) 아바진 이른 설 허씨로, 어머님 부씨로 예순아홉 장남애긴, 마흔다섯 메누리 마흔다섯 열여둡, 마 흔혼 설 서른ᄋ둡 열두 설 열 설 받은 공섭네다. 동회천 사는 ᄌ손, 초헌 관 동안대ᄌ 허씨로 쉰네 설 문씨로 마흔아홉 스물일곱, 스물넷 남씨로 받은 공시 받은 공서, 제주시 이거 동회천 사는 ᄌ손 서울 강 사는 ᄌ손 덜 마흔세 마흔혼 설 열다섯 서른ᄋ둡 서른일곱 설 받은 공선, 제주 시……. [(심방 : 아이고 저 내난.)1467)][이하 이러한 식으로 참가한 사람들 이 적어온 가족사항을 성씨, 관계, 나이순으로 모두 고한다. 반복되는 내 용이므로 옮기지 않는다.]

신과세제 초감제 날과국섬김

자료코드 : 10_01_SRS_20090208_HNC_YCI_0001_s03
조사장소 : 제주특별자치도 제주시 회천동 1058번지 새미하로산당
조사일시 : 2009.2.8

1466) '동안대주'는 '남자 주인'을 뜻한다.
1467) 연기가 나서.

조 사 자 : 허남춘, 강정식, 강소전, 송정희
제 보 자 : 양○일, 여, 67세 외 2인
구연상황 : 날과국섬김은 굿하는 날짜와 장소에 대하여 풀이하는 제차이다. 심방은 이때부
터 비로소 장구를 스스로 치면서 말명을 한다. 우리나라와 제주도의 역사, 행정
구역 등에 대하여 풀이하다가 드디어 굿 하는 장소까지 언급하기에 이른다.

초감제 날과국섬김

[장구를 치기 시작한다.]

받은 공서덜

올립니다만은,

날은 갈라 어느 전 날이오며

둘은 갈랑 어느 둘 올 고금년은

이거 기축년입네다 둘은 갈란 드난

오널은 [단골이 옆에 와서 열명을 해달라고 하자 "ㄱ만 십서."라고 하
고 말명을 계속 이어간다.]

오널은

동회천은 대제일 열나흘날은

각성바지 으라 성친 ᄆᆞ을ᄆᆞ을마다

촌촌(村村)마다

사는 주손덜

국은 갈라 갑기는 날 턴 국도 국이웨다 둘 턴 국도 국이웨다.

동양은 삼국은 서양각국(西洋各國)

주리 팔만 십이지국 강남 든 건 천저국(天子國) 일본 든 건 주년국(周年國)

우리나라는 대한민국 첫 서울은 송도(松都) 게판 둘찻 서울

한양(漢陽) 서울 셋차는 시님 서울

넷찬 드난 동경(東京) 서울 다섯차는 우리나라 주부 올라

상서울은 안동밧골 자동밧골

먹잣골은 수박골 불천대궐 마련허난 경상돈 칠십칠관 전라도는~

오십ᄉᆞ관 하산돈1468) 삼십삼관

일제1469) 이거 갈란 드난 우리나란

대한민국 제주도 할로영산(漢挐靈山) 오백장군(五百將軍)1470) 마련허고

땅은 보난 노기 올라 금천짓땅

물은 갈란 드난에 남이 받은

돌아진 섬입네다 각진(各鎭) 드난 조방장(助防將) 멩월(明月) 드난 만홋법(萬戶法)

소섬1471) 동어귀는

이거 새끼청산 오졸리(吾照里)1472) 마련허난에

저 산 압은 당 오벡(五百) 이 산 압은 절 오벡 어승셍이1473)

1468) 하삼도(下三道)는.
1469) '일제주는'이라고 하려다가 그냥 넘김.
1470) 한라산 서남쪽 자락에 있는 바위군.
1471) 제주시 우도면 우도.
1472) 서귀포시 성산읍에 속한 마을.

단골머린[1474] 아흔아홉[1475] 훈 골이사 부족허난

범도 곰도 신도 왕도 못내 사는~

요 섬중 아닙네까 면은 갈란 드난

동과영(東廣壤)은 모흔골[毛興穴] 연평일은[1476]

을축삼월(乙丑三月) 열사흘날 주시(子時)에는 고이왕[1477] 축시(丑時)에는
양이왕[1478]

인시(寅時)에는 부귀왕[1479] 마련허난에

면은 갈란 드난

[심방이 주위를 둘러보면서 "할망 어디 가샤?"라고 묻는다.]

면은 [(심방 : ᄀ싸 예명 올릴 할망.)]

면은 갈란 드난

제주시는 동회천 [(단골 : 썸덴[1480] 헴수다.) (심방 : 야?) (단골 : 썸젠.)]
대제일로

각성바지 으라 성친 오랏수다.

신과세제 초감제 연유닦음

자료코드 : 10_01_SRS_20090208_HNC_YCI_0001_s04

조사일시 : 2009.2.8

조사장소 : 제주특별자치도 제주시 회천동 1058번지 새미하로산당

1473) 제주시 해안동 남쪽 지경에 있는 오름.
1474) '골머리봉'은. '골머리봉'은 어승생 근처에 있는 오름.
1475) '아흔아홉골'을 말함.
1476) 흔히 영평팔월(永平八月)이라고 함.
1477) 고(高)의 왕(王).
1478) 양(良)의 왕(王).
1479) 부(夫)의 왕(王).
1480) 쓰고 있다고.

제 보 자 : 양○일, 여, 67세 외 2인

조 사 자 : 허남춘, 강정식, 강소전, 송정희

구연상황 : 연유닦음은 굿 하게 된 연유를 고해 올리는 제차이다. 앞서 말미에서 열명올
림을 할 때 못 다한 사람들의 열명을 고해 올린다. 그런 다음 굿 하는 연유를
간단히 말한다. 이어 이 당에서 모시는 본향당신의 본풀이를 구연한다. 뒤늦
게 참석한 단골의 열명을 올리는 것으로 마무리한다.

앚아[1481) 천리(千里) 보곡 서서 만리(萬里) 보는

영급 좋곡 수덕 좋은 조상님 산신또 하르바님

아닙네까딜.

이 ᄌᆞ손덜 동회천 오랏수다.

[조금 전에 심방이 찾던 단골이 열명지를 심방 옆에 가져다 놓는다. 심
방은 열명지를 보면서 열명을 올린다.]

예순에 쉬흔둘 받은 공섭네다 천씨로

고씨로 쉬은두 설

양도 부베간(夫婦間)이

낳은 애긴 김 전씨로 스물두 설

전씨로 열ᄋ둡 설 둘찻[1482) 아덜은

큰아덜 마흔 설 마흔 설 고씨 메누리[1483)

손자애긴 열네 설 받은 공섭네다.

이 ᄌᆞ손덜 사업(事業)허곡 농업(農業)허곡

어느 미 과수원(果樹園) 허곡 몬[1484) 허는 ᄌᆞ손

이거 어느 축산(畜産)허곡

부업(副業)허곡 장서허곡 허는 ᄌᆞ손덜

1481) 앉아.

1482) 둘째.

1483) 며느리.

1484) 모두.

차 몰아근1485) 뎅기곡1486) 어느 군대(軍隊) 간 조손

이 조손덜 믄

거느립셍1487) 허곡덜 어느 이거 제주시 삼영(三陽) 화북(禾北) 조천(朝天)

사는 조손덜

사업허던 사업허는 조손이랑

사업 번창 시겨줍센 허곡

부업허는 조손이랑 부업 번창 시겨 줍센 허곡

신병(身病) 본명(本病) 걷어 줍센 허곡

이 조손덜 낳는 날 셍산(生産) 받곡 죽는 날 호적(戶籍) 장적(帳籍) 물고(物故) 받아옵던

신도본향 한집

이 조손덜

대제일(大祭日)로 오랏수다.

■ 연유닦음>당신본풀이

저 웃손당은1488) 금벽조 셋손당은1489) 세명도 메알손당1490) 소로소천국

이거 애기덜은

여라 성제(兄弟) 나근에 이 애기덜

이거 이디 신도본향 한집님은 오둡체 아덜입네다.

글도 못 허고 활도 못 허여근

1485) 몰고.
1486) 다니고.
1487) 거느리시라고.
1488) '웃손당'은 제주시 구좌읍 송당리의 윗동네.
1489) '셋손당'은 제주시 구좌읍 송당리의 한 동네.
1490) '메알손당'은 제주시 구좌읍 송당리의 아랫동네.

늘라근엥에1491)

꿩사농1492) 메사농1493) 노리사농허영1494)

얻어먹으렌 허여근에~

아방 복에서

미얌통은1495) 남눌개 내여놓아 간다.

어멍 복에서는 이거 니눈이반둥개1496) 내어놓아근

할로영산 올라상 꿩사농 메사농 노리사농허영

먹으렌 허연 올려

내여노난에

꿩사농 노리사농허멍 살다근에

이거 송씨 할마님 인연 만나고

허여근 할로영산 올라상 이제라근에 ᄌ손덜 제민공연(諸民供宴)1497) 받
저

높은 동산 올라상1498) 꿩사1499) 이거 후망(堠望)헌들 앚일1500) 만 씰
만1501) 헌 디 없어지엉

이거 물장오리 테역장오리

저 붉은오름으로 ᄆ 허여도

먹을 만 쓸만 한 헌 디가 엇언

1491) 널랑은.
1492) 꿩사냥.
1493) 매사냥.
1494) 노루사냥해서.
1495) '미얌통'은 흔히 '귀약통'이라고 하는데, '화약총(火繩銃)의 화약을 담는 통'의 뜻.
1496) 눈 위에 반점이 있어 눈이 넷 달린 것처럼 보이는 제주도의 토종견.
1497) 제의(祭儀), 축원(祝願)의 뜻.
1498) 올라서서.
1499) 꿩이야.
1500) 앉을.
1501) 쓸만.

무을무을 촌촌(村村) 절물로[1502] 바농오름으로[1503]

봉갯오름으로[1504]

후망허난 정헌 서회천(西回泉)은

남선밧[1505] 오라근에[1506] 좌정헐만 허영

송씨 할마님이영

천상베포(天上配匹) 무어근[1507] 이거 살다근에[1508]

살다근엥에

ᄒ를날은 꿩사농 메사농 가난

이거 송씨 할마님은

돼지고기 하도 기려우난[1509] 돼지고기 가근 사당[1510] 먹으난에

김씨 하르바님은

사농 간 오란 보난에 비린내여 돼지고긴 존경내여[1511]

탕천(撑天)뒈여지난

"어떵 허난 비린내 존경내 내영

탕천이 뒈여지낸" "아이고 애기 설멍"

애기 설멍 기려오난 돼지고기 먹엇소다."

"게거들랑 널라근 ᄇᆞ름 알로 벡징에[1512] ᄀᆞ르멩[1513] 허여근

1502) '절물'은 제주시 봉개동 지경에 있는 오름.
1503) '바농오름'은 제주시 조천읍 와흘리 지경에 있는 오름.
1504) '봉갯오름'은 제주시 봉개동 지경에 있는 오름.
1505) 제주시 봉개동에 속한 회천동 마을의 지명.
1506) 와서는.
1507) 맺어서.
1508) 살다가.
1509) 먹고 싶으니.
1510) 사다가.
1511) '존경내'는 소나 돼지 따위의 불알을 끊어낸 것에서 나는 냄새. =종경내. 젱경내. 동경내.
1512) 백지(白紙)에.
1513) 가림.

브름 알로 앚이라. 날라근엥에⋯⋯."

이젠 나가근 제주 이거 동회천 이거 들어와근

들어오라근에

이거 빌렛가름 앚안 이시난에

붉아가민 비린내여 장콩내여 나가고 개 조치는[1514] 소리

몬 나난에

이디도 앚일만 헌 디가 아니 뒈영 동알녁짝으로[1515]

철년(千年) 말년(萬年) 폭낭[1516] 알로 좌정허영

앚아둠서 엿날도

호열제(虎列剌)가[1517] 들어도 동회 서회천끄지 이거 호열제 들어도

동회천은 넘어사고 이런 나 하르바님은

만민 상대 거느령 몬 거늘룬[1518] ᄌ손 아닙네까덜.

■ 연유닦음(계속)

[본풀이를 마치고 다시 열명을 덧붙인다.]

이거 동회천 제주시 일도이동 ○○

아바지는 강씨로 이른셋님광

이른 설님광 이른둘 ○ 설 아덜 문씨 메누리

서른아홉입네다.

이간[1519] 주당으로

궂인 엑년(厄緣) 궂인 수액(數厄) 막아줍센 허곡

1514) 쫓는.
1515) 동(東) 아랫녘으로.
1516) 팽나무.
1517) '호열자(虎列剌)'는 콜레라의 음역(音譯).
1518) 거느린.
1519) '이 가내(家內)'의 줄임말.

어느 신병 들 일

막아줍셍 허곡, 본병 들일 막아줍셍 허영

이 원정은 이 축원 디리는 일

아닙네까털.

신과세제 초감제 신도업

자료코드 : 10_01_SRS_20090208_HNC_YCI_0001_s05

조사장소 : 제주특별자치도 제주시 회천동 1058번지 새미하로산당

조사일시 : 2009.2.8

조 사 자 : 허남춘, 강정식, 강소전, 송정희

제 보 자 : 양○일, 여, 67세 외 2인

구연상황 : 신도업은 옥황상제 이하 모든 신명을 차례로 고하여 올리는 제차이다. 물론
집에서 하는 굿이 아니니 가택신들은 제외된다. 이렇게 신명을 고하는 것은
제장으로 자리를 옮길 준비를 하라는 의미가 있다.

신도업 디립네다 올라 옥항상저(玉皇上帝) 대명전(大明殿) 네려사민 지
부(地府) 스천대왕(四天大王)

산으론 산신대왕(山神大王)

물론 가민 다서용궁1520) 절 츳지는

서산대서(西山大師) 부처 츳지 청용산(靑龍山) 대불법(大佛法)

초이공(初二公) 삼공(三公)

시왕(十王) 십육(十六) 스제(使者)

천앙(天皇) 가민 열두 멩감(冥官) 지왕(地皇) 가민 열훈 멩감 인왕(人皇)
가민 아홉 멩감 동인 드난 청멩감(靑冥官)

서인 드난 벡멩감(白冥官)

1520) 다섯 용궁(龍宮).

남이 북이 중앙은 황신멩감(黃神冥官)

제청드레

신도업 디립네다.

세경신중 마누라님 제청지 신도업

디립니다덜.

처서님덜토

이거 천앙처서(天皇差使) 지왕처서(地皇差使) 인앙처서(人皇差使) 옥황

(玉皇) 금부도서(禁府都事) 저승 이원처서

이승 강림처서(姜林差使)

본당처서(本堂差使) 신당처서(神堂差使) ᄂ랑 삼처서(三差使)

헹이 바쁜 처서나 길이 바쁜 처서

멩도멩감(明刀冥官) 삼처서 신도업 드립네다.

문저 일월조상(日月祖上)

오를 목엔 대각녹(大角鹿) ᄂ릴 목엔 소각녹(小角鹿) 언설에 단설

녹이 녹혈(鹿血) 받아옵던 산신일월(山神日月) 조상

제석일월(帝釋日月) 조상

어느 ᄌ손덜 과수원 협네다

어느 축산허고

헙니다덜.

일월 어진 조상님덜토

신도업 드립니다.

문전(門前) 뒤엔 각서 오본향은 한집

웃손당은 금벡조 셋손당은

세명도 메알손당 소로소천국

아덜 똘 이른ᄋ듭 각서오본향

한집님 정의(旌義) 정당 광정당(廣靜堂)에1521)

시내 네웻당에1522)

각서 오본향 한집님 웃손당 벡조 애기 으듭쳇 아덜

글도 못 허곡 활도 못 허난

꿩사농 메사농

노리사농 허여근 늘랑1523) 먹으렌 허연

꿩사농 메사농

노리사농 뎅기멍 허여 먹다근에

높은 동산 낮은 동산 몬 이거 허여근 들어오라근엥에1524) 이에 허단 보

난에

이거 서회천 좌정허엿다근에

동회천에

빌렛가름 오랑

조아정허엿단1525)

이거 이영 동알녁착은 철년 폭낭

말년 폭낭 이알로덜

조아정허영 제민공연 받읍니다덜

신이 아이

몸받은 신공시로 엿 선성님네

황수(行首)님네1526)

전신 궂인 신이 아이

양씨로 임오셍(壬午生) 몸받은

1521) ‘광정당’은 서귀포시 안덕면 덕수리에 있던 당.
1522) ‘네웻당’은 제주시 용담동 한냇가에 있던 당.
1523) 널랑.
1524) 들어와서는.
1525) ‘조아정’은 ‘좌정(坐定)’을 길게 발음한 것.
1526) ‘황수’는 지역 심방의 우두머리.

연양당주 일월

어진 조상 업엉 오랏수다.

옛 선성님 황수님덜

신공시로 위구품서.

신이 아이 몸받은

양씨아미1527) 어진 조상

위구품서.

고전적(高典籍)1528) 일월조상님

삼맹도(三明刀) 일월조상님도

위구품서.

저 서도노미1529)

김씨 선성님이영

화북(禾北) 오민 김씨 선성

저 조천은 정씨 선성

이거 몸받은 조상님

신이 아이 유데전득(流來傳得)

업어앚앙 뎅깁니다.

신공시로 위구품서.

김씨 성님 몸받은

아바지 어머니

앚던 자리우다.

신공시로 위구품서.

문씨 아지바님네

1527) 제주시 조천읍 와산리 양씨 집안의 조상신.
1528) 전설적인 풍수가.
1529) '서도노미'는 제주시 애월읍 봉성리.

산신첵불(山神冊佛) 일월조상

위구품서.

허멍덜

저 논흘¹⁵³⁰⁾ 김씨 선성

위구품서.

이거 문옥순이 삼춘네도

이 당에 앚앗수다.

위구품서.

고군찬이 삼춘도

앚던 자립네다덜.

고군찬이 삼춘도

위구품서.

이거 문 어느

문 어디 윤수(允洙)¹⁵³¹⁾ 아지방네도

앚던 자립네다.

몸을 받은 어진 조상

위구품서덜.

옛 선성은 황수님

위구품센 허곡

당줏애기 몸줏애기나

신연간줏애기

거눌룹서덜.¹⁵³²⁾

이거 어시럭 더시럭

1530) 제주시 조천읍 와흘리의 고유이름.
1531) 김윤수 심방. 국가지정중요무형문화재 제71호 제주칠머리당영등굿 기능보유자.
1532) 보살피소서.

멩두 실명발라근[1533]

천지왕 골목으로 절진허영[1534] 잇이민

만상데우(滿床待遇) 드립네다.

■ 신도업>열명

열명

[다시 열명을 덧붙인다.]

이거 제주시는

일도이동 동네서

이씨로

이른으섯님 받은 공섭네다.

신씨로

이른에 일곱님

1533) '어시럭 더시럭 멩두 실명발'은 굿이 익숙지 않아 몰래 숨어 다니며 무업을 하는
심방.

1534) 결진(結陣)하여.

큰아덜은 쉰ᄋ섯

이거 메누리 쉰일곱

차남아기는

쉬은훈 설 송씨 메누리

쉬은훈 설로 저 차남애기는

마흔세 설로

ᄌ부 메누린

마흔훈 설 손자애긴

스물ᄋ둡 스물셋

스물훈 설 아홉 설

받은 공섭네다.

고씨로

이른네 설님

강씨로 이른아

쉬은에 훈 설광

홍씨 메누리

쉬은네 설

스무 설 수이 열아홉 설

받은 공섭네다.

둘찻아덜

쉬은 설

받은 공섭네다.

김씨로

마흔아홉 설

손지애기 스물둘

열ᄋ둡 설 받은 공서 올립니다. 제주시는

일도이동서

강씨로

이른 설님

김씨 부인 이른 설

강씨로

마흔 설

문씨 메누리 서른아홉 설

받은 공섭네다. 이거

강씨로 이른일

예순일곱 받은 공섭네다.

김씨로

예순두 설 받은 공서

장남아기

서른ㅇ듭 설

차남아기 서른일곱

메누리 양씨로

서른일곱 설

둘찻 아덜은 서른다섯 스물아홉 설

받은 공섭네다덜.

신과세제 초감제 군문열림

자료코드 : 10_01_SRS_20090208_HNC_YCI_0001_s06
조사장소 : 제주특별자치도 제주시 회천동 1058번지 새미하로산당
조사일시 : 2009.2.8
조 사 자 : 허남춘, 강정식, 강소전, 송정희

제 보 자 : 양○일, 여, 67세 외 2인

구연상황 : 군문열림은 신들이 제장으로 내려올 수 있게 신역(神域)의 문을 여는 제차이
다. 심방은 신칼과 감상기를 들고 연물에 맞추어 춤을 추면서 신자리와 당 입
구 쪽을 오간다. 군문마다 인정을 걸고, 물을 열고, 문이 열린 상태를 확인한
다. 이어서 산을 받고, 뒤따르는 하위신들에게 술을 권한 뒤에, 산 받은 결과
를 단골들에게 전달한다.

■ 군문열림>군문돌아봄

초감제 군문열림

이간 주당엔

신전 조상 옵서 옵서

위구푸난에

신이 왈은 귀신이 왈

다를 베가 잇습네까

우리 인간 벡성도

[장구 반주를 그치고 장구를 앞으로 밀어낸다.]

문을 열려야 헹궁발신(行窮發身)허는 법 아닙네까덜. 초군문(初軍門)이~

어찌 뒈며~ 모릅네다. 이군문(二軍門) 어찌 뒈며 모릅네다. 삼서 올라 도
군문(都軍門), 어찌 뒈며 모릅네다 본당문(本堂門)이여, 신당문(神堂門)이여
어찌 뒈며 모릅네다. ㅈ손덜 번성문(繁盛門)이여, 환승문(還生門)이여 어찌
뒈며 모릅네다덜, [신칼과 요령을 들고 일어선다.] 초군문 이군문 삼서 올
라 도군문도 돌아올려-.

∥감장∥[설쉐·북(문병교), 대양(김산옥)][양팔을 어깨 높이로 들고 왼
감장, 오른감장을 돈다.]

∥중판∥[왼쪽 신칼치메를 오른팔에 걸쳤다 조금 나아가 양쪽 신칼치
메를 동시에 내리고, 산신상 쪽으로 나아가 왼쪽 신칼치메를 오른팔에 걸
치고 되돌아 와서 양쪽 신칼치메를 동시에 내리는 동작을 여러 차례 한
다.]

∥감장∥[빠른 감장 연물에 맞추어 양팔을 어깨 높이로 들고 왼감장,
오른감장을 돈다.]

∥중판∥

∥감장∥

∥중판∥

∥감장∥

■군문열림>군문에 인정·군문열림

[연물이 그친다. 심방은 신자리를 서성이며 말명을 시작한다.] 초군문
[입구 쪽에 피워놓은 불을 보고 꺼달라고 말한다. (심방 : 저 불 끼와 줍
서. 석시 놀 땐양, 야게기[1535] 아판 못 허컨게.)] 이군문 삼서 올라 도군
문, 돌안 보난, 문문마다 잡앗구나. 문문마다 앉엇구나. 어느 문엔 감옥성
방(監獄刑房) 옥서나저(獄事羅將) 도레감찰 없습네까 어느 문은 [(심방 : 저

1535) 목.

물 앗어당 꺼줘.)] 제인정, 없습네까. 각성바지 ㅇ라 성친, 벌어먹은 제인정, 일문전(一門前) 내거난, 인정 과숙허다. 시군문도 열려가라 신이 아이 힘으로야, 시군문 열릴 수가 잇습니까. 하늘옥황 열려옵던 천앙낙화[1536] 본도영기 신감상 무루와다근, 초군문 이군문 삼서 도군문도 열려—.

‖감장‖[양팔을 어깨 높이로 들고 왼감장, 오른감장을 돈다.]

‖중판‖[왼쪽 신칼치메를 오른팔에 걸치고 산신상 앞으로 나아가 양쪽 신칼치메를 동시에 내린다.]

‖감장‖[왼쪽 신칼치메를 오른손으로 잡고 왼감장, 오른감장을 돈 뒤에 제단을 향하여 신칼점을 한다. 다시 산신상 쪽으로 돌아앉아 신칼점을 여러 차례 반복한다.]

‖중판‖[신칼을 바닥에 둔 채 "어허~" 하며 양 팔을 벌리어 춤을 추다가 두 손을 모아 절한다. 엎드린 채로 신칼과 요령을 다시 잡고 감상기를 양손에 들고 바닥에 세웠다가 일어선다. 감상기를 나란히 세워 들고 춤을 춘다. 산신상 앞에서 감상기를 들고 춤추다가 왼쪽 신칼치메를 오른팔에 걸치면서 제단 쪽으로 방향을 바꾸고는 제단 앞에서 다시 감상기를 들고 춤을 춘다.]

‖감장‖[양팔을 어깨 높이로 들고 왼감장, 오른감장을 돈다.]

‖중판‖[제단을 마주 보고 오른쪽 감상기를 든 채로 앞으로 내리면서 허리를 감싸고, 왼쪽 감상기를 내리면서 허리를 감싸는 동작을 한다. 이어 왼쪽 감상기를 휘돌리고 오른쪽 감상기를 내리며 춤을 춘다.]

‖감장‖[양팔을 어깨 높이로 들고 왼감장, 오른감장을 돈다.]

‖중판‖[제단을 향해 무릎을 꿇어앉은 후 감상기를 양옆에 세운 채, 고개를 숙인다. 오른손에 잡은 감상기와 신칼, 요령을 앞으로 세 번 휘두른 뒤 왼손도 같은 방법으로 휘두른다. 이어 감상기를 내려놓고, 요령과

1536) 요령.

신칼만을 잡고 같은 동작을 반복한다. 신칼을 잡은 왼손을 내리고, 오른손으로 요령을 흔들다 요령마저 내려놓는다. 신칼치메를 모아 잡고 흔들다가 점을 본다. 신칼점을 보면서 말명을 한다.] 초군문~, [신칼점] 이군문~, [신칼점] 삼서 올라~, [신칼점] 도군문~, 열려삽서~. [신칼을 바닥에 내려놓고 앉은 채로 양팔을 벌려 어깨를 들썩이며 손바닥을 이리저리 뒤집으며 춤을 춘 후 간단히 고개를 숙인다. 그리고는 다시 신칼과 요령, 감상기를 양옆으로 세워 들고 제상을 향해 절하면서 몸을 숙인다. 다시 일어나서 제단 앞에서 감상기를 모아들며 내리고 바로 뒤로 돌아서서 같은 동작을 반복하고 제단 쪽으로 돌아서서 다시 반복한다.]

∥감장∥[양팔을 어깨 높이로 들고 왼감장, 오른감장을 돈다.]

∥중판∥[양팔을 어깨 높이로 들고 산신상 앞으로 나아가 감상기를 모으며 내리는 동작을 반복한다.] 초군문 이군문 삼서 올라 도군문도 열려 삽서~. [양팔을 어깨 높이로 들고 신자리를 한 바퀴 돌며 제단으로 와서 감상기를 모아 내린 뒤, 왼손을 들고 신자리에서 돌며 이내 오른손도 휘두른다.]

∥감장∥[양팔을 어깨 높이로 들고 왼감장, 오른감장을 돈다.]

∥중판∥[제단을 향해 무릎을 꿇고 앉은 뒤 감상기를 양옆에 세운 채 고개를 숙인다. 오른손에 잡은 감상기와 신칼, 요령을 앞으로 세 번 휘두른 뒤 왼손도 같은 방법으로 휘두른다. 이어 감상기를 내려놓고, 요령과 신칼만을 잡고 같은 동작을 반복한다. 신칼을 잡은 왼손을 내리고, 오른손으로 요령을 흔들다가 요령마저 내려놓는다. 신칼치메를 모아 잡고 점을 세 번 본다. [신칼을 바닥에 내려놓고 앉은 채로 양팔을 벌려 어깨를 들썩이며 손바닥을 이리저리 뒤집으며 춤을 춘 뒤에 간단히 고개를 숙인다. 그리고는 다시 신칼과 요령, 감상기를 잡고 일어난다. 제단 앞에서 감상기를 모아들며 내리고 바로 뒤로 돌아서서 같은 동작을 반복하고 제단 쪽으로 돌아서서 오른손의 감상기를 먼저 들고 이어 왼손의 감상기를 흔

든다.]

‖감장‖[양팔을 어깨 높이로 들고 왼감장, 오른감장을 돈다.]

‖중판‖[산신상으로 나아가며 감상기를 모아 내리며 말명을 한다.] 초군문 이군문 열려삽서~, [심방이 산신상 위에 놓인 술잔의 술을 감상기 댓가지로 한두 번 찍어 올려 앞으로 뿌린다.] 삼서 올라 도군문, 본당문이여 신당문~, 산신 요왕 선왕문도 살려 살려삽서-.

‖중판‖[양팔을 들고 뒤로 물러나온다. 감상기를 모아 내리며 앞으로 잠시 나아갔다가, 양팔을 들고 뒤돌아서서 신자리를 한 바퀴 돈다. 제단을 향해 감상기를 모아 내린 뒤 돌아서서 양팔을 들고 다시 돌아선다.]

‖감장‖[양팔을 들고 왼감장, 오른감장을 돈다.]

‖중판‖[제단을 향해 무릎을 꿇어앉아 감상기를 양옆에 세운 채로 고개를 숙인다. 오른손에 잡은 감상기와 신칼, 요령을 앞으로 휘두른 뒤 왼손도 같은 방법으로 휘두른다. 이어 감상기를 잡은 오른손을 흔들고, 왼손도 역시 흔든다. 양쪽 감상기를 함께 흔들고는 이내 내려놓는다. 오른손에 신칼과 요령을 잡고 먼저 흔든 뒤, 왼손에는 신칼을 잡고 같은 방법으로 흔든다. 신칼을 왼손에 모아 잡고 내린 뒤, 오른손으로 요령을 흔든다. 신칼치메를 모아 잡고 흔든 뒤, 신칼점을 보면서 말명을 한다.] 초군문~, [신칼점] 이군문~, [신칼점] 삼서 올라~, [신칼점][감상기를 잡는다. 산신상 쪽으로도 신칼점을 본다. 점궤가 잘 나오지 않자, 감상기로 쓸어내듯이 한다. 이어 연물석 쪽으로도 신칼점을 본다. 점궤가 잘 나오지 않자, 감상기로 쓸어내듯이 한다. 이번에는 제단을 향해 신칼점을 본다. 점괘가 잘 나오지 않자, 감상기로 여섯 차례 쓸어내듯이 하고 단골에게 말한다. (심방 : 저레 강 ○○○라도 하나 겁서.) 감상기로 계속 쓸어내듯이 하면서 신칼점을 본다. 단골 한 명이 산신상에서 술잔을 들어 바깥쪽을 향하여 술을 뿌린다. 심방은 신칼점을 보다가 일어서서 산신상으로 가서 술병을 하나 집어 든다.]

‖감장‖[술병을 든 채로 왼감장, 오른감장을 돌고 술병을 입구 쪽으로 멀리 던진다.]

‖중판‖[제단을 향해 앉아서 다시 신칼점을 본다. 여러 차례 감상기로 쓸어내듯이 한다.]

‖중판‖[신칼점을 멈추고, 오른손에 요령을 잡고 흔든다.] 어허~ 어허~ 어허~, 어허~. [심방이 신칼과 감상기를 가지고 앉아서 잠시 춤추다가 일어난다. 신자리에서 감상기를 이리저리 흔들며 격렬하게 춤을 춘다.]

‖감장‖[양팔을 어깨 높이로 들고 왼감장, 오른감장을 돈다.]

‖중판‖[산신상으로 가서 감상기를 내려놓고, 신칼을 양손에 나누어 잡는다. 왼쪽 신칼치메를 어깨에 걸치고, 오른쪽 신칼치메를 휘돌려 넘긴다. 양손을 내려 앞으로 모은 뒤 왼쪽 신칼치메를 오른팔에 걸치고, 오른쪽 신칼치메를 휘돌려 함께 앞으로 내린다. 춤을 멈추고 제단 쪽으로 가면서 말명을 한다.]

■ 군문열림>군문 열린 ᄀ뭇 알아봄

초군문, [신자리에 놓인 요령을 들어 제상 위로 가져다 놓고, 천문을 집어 들고 신자리에서 말명을 한다.] 이군문~, [연물이 그친다.] 삼서 올라 도군문~, 열렸수다. 본당문도, 열렸수다 신당문도, 열렸수다 산신문, 열렸수다딜. 이 집안, ᄌ순덜 번성문도, 열렸수다 환생문도, 열렸수다 사업문도, 열렸수다 집안간덜, 각성바지 ᄋ라 성친덜, 믄 이거, 다 각각마다 사는 ᄌ순덜, 본병 신병문ᄁ지, 열려 잇습네다. 원전성 팔저 궂인, 신이 아이 임오셍, 몸받은 연양~ 당주 일월, 어진 조상 몸받은 조상, 문 ᄀ뭇도1537) 알아 올려-.

1537) 'ᄀ뭇'은 금, 경계.

‖중판‖[심방이 서서 신자리 위로 천문을 내던지며 점을 본다.]

‖늦인석‖[계속 점을 본다.]

어허~, ᄌ순덜아 ᄌ순덜아, 이 ᄆᆞ을에 사는 ᄌ순인가 타리거셍(他離居生)[1538] 허영 간 ᄌ순인가, 이 돌이멘 당 그믐이로구나, 새 돌이민 초싱이[1539] 넘어사민, 이거 하르바님에서 악헌 처서가 근방근방, [장구에 걸쳐 있던 땀수건을 가져와서 땀을 닦는다.] 도ᄂᆞ릴 듯 허난덜 조심허라. 이거 어느 회천 ᄌ순이 뒈어지카, 물 벳낏디 간, ᄌ순이 뒈여지카 어떵허난 처서가, 지금도 나이 먹언 이거, 어른신디 처서가 왔다갔다 허는 길이로다. 이번 첨 이거, 시군문 열리기 난감허다. 초군문 이군문 삼서 올라 도군문도 열려-.

‖중판‖[심방이 천문을 다시 던지며 점을 본다. 단골들이 앉은 채로 절을 한다.]

‖늦인석‖[심방이 제단을 향해 앉아서 다시 천문점을 본다. 점괘가 잘 나오지 않는 상황이다. (심방 : 저레 돈덜이라도 하나썩 올려봅서원.) (단골 : 어드레?) (심방 : 이거 저레 ○○ 저 올레레.) 단골들이 제상 쪽으로 가서 인정을 건다.] 어떵허난에, [천문점] 오늘이, 궂어지언……. [신칼점] [신칼점이 끝나자 제단을 향해 고개를 숙이고, 신칼과 천문을 제단에 가져다 놓는다.]

■ 군문열림>주잔넘김

[심방이 입구 쪽을 바라보며 말명을 한다. 단골들이 제상에 인정을 계속 걸며 절을 한다.] 초군문 열린 디도 [연물이 그친다.] 주잔(酒盞)입곡 이군문, 열린 디도 주잔입곡, 삼서 올라 도군문, 열린 디도 주잔입곡, 본당문이나 신당문 열린 디, 주잔권잔(酒盞勸盞), 드립네다. 산신문(山神門)

1538) 멀리 떨어진 곳에서 삶.
1539) 초승이.

열린 디, ᄌ순덜 각성바지, ᄋ라 성친(姓親) 오시는 디, 시군문, 열린 디도, 주잔입곡, 이 집안덜 사업문(事業門)이여, 직장문(職場門)이여, 어느 과수원허는 ᄌ순덜, 과수원이여, 축산허는 ᄌ순덜 축산문(畜産門)이여, 열린 디, 제인정 잔, 드립네다. 신공시 엿 선성님도, 팔저(八字) 궂인 선성덜, 이디 앚던1540) 선성덜 저 노늘,1541) 김씨 선성, 이거 문씨 선성, 이거 군찬 이 삼춘님, 이디 앚던 선성입네다덜, 와산(臥山)1542) 이거 가민, 찬옥이 성님, 아바지도, 이디 이거, 뎅기던 선성, 굿 소리덜 나민 덩덕궁허민 이거 옵네다, 이거 선성덜 주잔권잔, 드려가며,

■ 군문열림>분부사룀

[심방이 단골들을 향해 돌아서며 말한다.] 이거 ᄆ을 궁리(洞里) 안 어른덜아, 나이 먹은 어른덜은, 어떵허난 이디 나 뎅기건 디가 연십년(連十年)이 뒈어도, 오널은 시군문, 열리기가, 난감허영, 초군문 열리기도 난감허다 이군문 삼서 올라 도군문, 열리기도 난감허여, 오널 조심조심, 어느 부정헌 일도, 아니고, ᄌ순덜 어떵허난에, 아적이도1543) 이디 아니 온 ᄌ순덜, 급허게 둘은 ᄌ순도, 잇어지어 지고, 이거 동네 금방상도,1544) 동네여 먼 디 간, ᄌ순덜 이디덜 아니 뎅기는 ᄌ순이라도, 가민 이거, 몰르는 거주만은, 이 둘이 그믐이여, 새 둘이 초승이여 나이 ᄎ례 가는 건, 좋아지여도, 어떵허난에, 쪼끔쪼끔, ᄆ을 궁리 안도, 아니 좋아지고, 이거 ᄆ을 베낏디, 간 어른덜토, 아니 좋아지고, 어떵허난 이디 아니 뎅기는 ᄌ순인디, 아니 뎅기는 ᄌ순, 열다섯이 십오세가, 뒈엿던가, 어찌 ᄌ드는1545) 애

1540) 앚던.
1541) 제주시 조천읍 와흘리의 고유이름.
1542) 제주시 조천읍 와산리.
1543) 아침에도.
1544) '금방상'의 '금-'은 조율음(調律音). '방상'은 8촌 이내의 친족.
1545) 걱정하는.

기 잇어지곡, 일로라도 액(厄) 잘 막곡덜, 멩심허고, 이디 온 조순도 하나가, 조들아진 조순, 잇어지난, 멩심 멩심허영, 올 금년은, 쪼끔 무을도 쪼끔, 아니 좋곡, 무을 베낏디도 쪼끔, 아니 좋곡, 허여지난, 뎅기는 중에 올끼 올리가[1546] 젤 궂수다겐. [단골들이 두 손을 모으며 "다 막아줍서."라고 말한다.] 나 뎅기는 중 마다겐, 궂어지난, 멩심허곡, 이디 온 어른 하나 무시거 앚앙 허카말카,[1547] 이거 앚엉 가카말카[1548] 허연 디려 논 어룬 시난, 그거 강 오널 가그넹에, 이거 숨을 허나,[1549] 데껴붐을 허나,[1550] 잘 헙서, 하나 어른 '에 이걸랑 앚엉 가지 말주.' 허연 디려논 게 잇수다. 요거 멩심허곡덜, 아니 굴아렌 말아근 애기덜 차도 멩심허곡, 조심헙서게, 아니 좋아지난 멩심헙서. 분부전 말씀 설루아 드려가며, [심방은 제단을 향해 돌아서고, 단골들이 모두 일어나 절을 한다.]

신과세제 초감제 신청궤·살려옵서

자료코드 : 10_01_SRS_20090208_HNC_YCI_0001_s07
조사장소 : 제주특별자치도 제주시 회천동 1058번지 새미하로산당
조사일시 : 2009.2.8
조 사 자 : 허남춘, 강정식, 강소전, 송정희
제 보 자 : 양○일, 여, 67세 외 2인
구연상황 : 신청궤는 심방이 쌀을 흩뿌리면서 신들을 청해 들이는 제차이다. 연물이 울리는 가운데 신자리와 당 입구 쪽을 오가면서 진행한다. 본향신을 청하는 대목에서는 다시 당신본풀이를 구연하고, 팔에 풀찌거리를 묶고 어깨에 동개친을 걸어 본향신의 위엄을 갖추며, 우봉지주잔을 던져 뒤따르는 군병들을 대접하고, 활쏘기와 격렬한 춤으로 본향신이 들어오는 모양을 연출한다. 이어 산신

1546) 올해가.
1547) 할까 말까.
1548) 갈까 말까.
1549) 태우기를 하나.
1550) 버리기를 하나.

또를 청하고, 산신을 놀리는 춤판을 벌여 덕담, 서우제 소리 등을 흥겹게 부른다. 이때 단골들도 함께 춤을 추며 지폐를 심방의 옷에 끼워주기도 한다. 신공시 옛 선생 이하는 살려옵서로 진행한다. 신자리에 앉아 장구를 치면서 신명을 차례로 제시하면서 "살려옵서."로 마무리한다.

저먼정에 이거, 신도본향 한집님, [상잔 하나에 쌀을 담고 신칼을 들어, 오리정신청궤를 할 준비를 한다. 오른손에는 쌀이 담긴 상잔을 잡고, 왼손에는 신칼을 잡았다.] 부르민 들저, 웨민[1551] 들저, 허시는디, 일년 먹고 철년 쌀, 쌀정미 둘러받아, 오리정~ 초신청궤우다.

‖감장‖[신칼을 양손에 나누어 잡고, 양쪽 어깨 높이로 들고 신자리에서 왼감장, 오른감장을 돈다.]

‖중판‖[왼손 신칼치메를 오른쪽 팔에 걸치고, 산신상 쪽으로 가서 양손을 모아 함께 내린다. 오른손 신칼로 상잔의 쌀을 조금씩 떠서 산신상 쪽으로 여러 차례 뿌린다. 신칼을 양손에 나누어 잡고 휘돌리며 앞으로 내린다. 다시 왼손으로 쌀을 조금씩 떠서 뿌린다. 신칼을 양손에 나누어 잡고 휘돌리며 앞으로 내리면서 뒤돌아선다. 왼손 신칼치메를 오른팔에 걸치고 신자리에서 한 바퀴를 돌아 제단 쪽을 향해 양손을 모아 내린다. 오른손으로 쌀을 조금씩 떠서 제단 쪽으로 몇 차례 뿌린다. 왼손으로도 몇 차례 뿌린다. 신칼을 나누어 잡고 왼손 신칼치메를 어깨에 걸치고, 오른손을 휘돌리면서 앞으로 모아 내린다.]

‖감장‖[양손으로 신칼치메를 모아 잡고, 신자리에서 왼감장, 오른감장을 돈다.]

‖중판‖[심방이 제단을 향해 앉아서 신칼점을 본다. 다시 일어나 신칼을 양손에 나누어 잡고 앞으로 모아 내린 뒤, 왼손을 오른팔에 걸친 상태에서 앞으로 모아 내리며 산신상 쪽으로 나아간다. 상잔에 놓인 쌀을 오른손 신칼로 떠서 산신상 위에 뿌리는 것을 반복한다. 신칼을 다시 휘돌

1551) 외치면.

리며 앞으로 모아 내리며 돌아서고, 왼손 신칼치메를 오른팔에 걸친 상태에서 신자리를 한 바퀴 돈 뒤, 제단 쪽을 향해 돌아서서 양손을 모아 내린다. 오른손으로 쌀을 조금씩 떠서 뿌린다. 신칼을 휘돌리며 앞으로 모아 내린다.]

‖감장‖[신칼치메를 모아 잡고 왼감장, 오른감장을 돈다.]

‖중판‖[앉아서 신칼점을 몇 차례 본다. 한 손으로는 쌀을 조금씩 집어 제단 위로 계속 뿌린다. 제단 앞으로 가서 요령을 든다.]

‖좆인감장‖[신칼과 요령을 들고 신자리로 돌아가 왼감장, 오른감장을 돈다.]

■ 오리정신청궤＞본향청함

[심방이 신칼과 요령을 들고 서서 말명을 한다.] 어허~, [요령] 낳는 날 셍산(生産) 받곡, [요령] 죽는 날은 호적(戶籍) 장적(帳籍) 받아옵던, [요령] 옥개천신 일월 어진 조상님~, [요령][소미 김산옥이 심방에게 다가가 풀찌거리를[1552) 매어준다.] 오널은, [요령] 본향연드리로, [요령] 이거, [요령] 오리정신청궤 신메와, 잇습네다. [요령] 문전 뒤엔 각서오본향, [요령] 한집님 날은 갈라 어느전 날이오며, 둘은 갈라 어느 둘은, 올 그금년은 무자기축년(戊子己丑年) 입네다. [요령] 둘은 갈란 드난 삼진 정월, 열나흘날입네다. [요령] 오늘 대제일로, [요령] 동회천 각성바지 으라 성친, 제주시에 [요령] 사는 각성바지 으라 성친, [요령] 도련이여 [요령-] 삼영이여 화북이여, [-요령] 이거 으라 성친 사는 주순딀, [요령] 어느 조천이여, [요령] 문 이거 각성바지 으라 성친 오늘 대제일로, [요령] 오랏수다.

1552) '풀찌거리'는 심방이 본향신을 청하여 들일 때 팔에 감아 묶는 명주(明紬) 따위의 천.

이거 오널은, 낳는 날 생산 받곡 죽는 날 호적 장적, 물고 [요령] 받앙옵던 토지지관(土地之官), 한집님은 [요령] 웃손당 금백조, 셋손당은 세명도 메알손당, [요령] 소로소천국, 이거 백주 이거 늬찻¹⁵⁵³⁾ ᄋ둡쳇¹⁵⁵⁴⁾ 아덜은, [요령] 이거 글도 못 허고, 활도 못 허곡, [요령] 늘랑 아방 어멍 "늘랑 저 산천에, 올라가그넹에 꿩사농 매사농, [요령] 노리사농 허영 먹으렌." 허연, [요령] 아방국에서 귀약통 남놀게 내여논다. 어멍국에선 [요령] 늬눈이반둥개 약도리,¹⁵⁵⁵⁾ 이거 [요령] 출려네, 내여놓앙 늘라근 신산만산¹⁵⁵⁶⁾ 아야산,¹⁵⁵⁷⁾ 굴미굴산¹⁵⁵⁸⁾ [요령] 올라강 꿩사농, 매사농 허영 먹으렌 허난, [요령] 할로영산 올라산 꿩사농 매사농, 노리사농 헌다. [요령] 허여근 살다근 인간처나 돌아보저, [요령] 할로영산 올라산 팔도강산 돌아봐도, 앚고 씰만 헌 디가 없어지다. [요령] 이거 느려 오랑 붉은오름 거믄오름, [요령] ᄎᄎᄎᄎ 절물오름으로 [요령] 바농오름으로, 느려왕 이거 높은동산 후망허난, [요령] 봉개오름 들어산 보난, 이거 [요령] 서회천 남선밧 앚앙 초하정 헐만허다. [요령] 남선밧 오라근 초하정 허영 송씨 할마님광, 천상베포 무어근에, [요령] 이거 애긴 이거 가졌구나 ᄒ를날은, 이거 [요령] 꿩사농 매사농 노리사농 가부난,¹⁵⁵⁹⁾ 하도 궤기가¹⁵⁶⁰⁾ 기려우난 돼지고기 먹어부난, [요령] 아이고 들어오란 보난에 아이고 종경내가 탕천헌다. [요령] 비린내가 탕천헌다. "늘라그넹에 일로 초하정허라 남선밧 [요령] 초하정허라." [요령] 그게 이거 나사근, 동회천 오라근 빌레

1553) 넷째.
1554) 여덟째.
1555) 노끈 따위로 그물같이 맺어 둘레에 고를 대고 긴 끈을 단 물건.
1556) 깊은 산골.
1557) 깊은 산골.
1558) 깊은 산골.
1559) 가버리니.
1560) 고기가.

가름 오난 [요령] 앚고 설 만허다 그디도 오난에, 붉아가난에 [요령] 독소리여1561) 어느 개 좇치는 소리여, 인간소리가 탕천허다. 이제라근에 [요령] 서알녁짝 들어사난, 철년 폭낭 알로 말년 폭낭 알로 초하정 허영, [요령] 이거 일만 벡성 거느리곡, [요령] 이거 호열제가 들어와도, 똔 무을은 문딱 호열제 들어근 문 닫으멍 죽어가도, 동회천은 [요령] 영급 좋곡 실력(神力) 좋안, [요령] 신도본향 한집님 산신또난,1562) [요령] 이거~, 문 이거 [요령] 문 막아주는 법 아닙네까.

■ 오리정신청궤＞본향청함＞우봉지주잔

[요령] 오널은, 본향한집님 요디 저디 국이 근당헌다. [요령] 아끈1563) 작지1564) 한 작지 [요령] 이거 아끈 몰망 한 작지로, 드시저 허시는데 웬풀 이거, [요령] 웬 풀이 둥개 얼리고 무꺼간다.1565) 요디 저디 국이 근당허여 오시는데, 초편(初番) 못 들건 이편(二番) 듭서. 이편 못 들건 제삼편(第三番)으로, [요령] 이거 드시저 허시는데, 본향 한집 뒤에 삼천 시군병이, [심방이 제단으로 가서 신칼과 요령을 내려놓고, 산신상을 바라보며 말명을 한다.] 이거 짓일러 오시는 듯 헌다. 밥 그린 잔 밥을 달라 술 그린 잔 술을 달라. 이거 삼천 시군병이랑, 떡밥으로 우봉지주잔으로-.1566)

‖중판‖[심방이 산신상 쪽으로 가서 오른손에는 술병, 왼손에는 떡을 들고 춤을 추다가 떡을 먼저 당 입구 쪽으로 멀리 던진다. 이후 술병을 오른손으로 옮겨 잡고 빠른 동작으로 계속 춤을 춘다.]

‖감장‖[신자리에서 왼감장, 오른감장을 돈다.]

1561) 닭소리여.
1562) 산신(山神)이니.
1563) 작은.
1564) 자갈.
1565) 묶어간다.
1566) '우봉지주잔'은 술을 담아 봉한 작은 술병.

‖중판‖[심방이 "에헤~." 소리를 내며 신자리에서 펄쩍 뛰어 앉고는 앉은 채로 잠시 술병을 흔든다. 곧 일어서서 빠른 동작으로 술병을 제단 위로 넘기고 흔들다가 역시 당 입구 쪽으로 멀리 던진다.]

■ 오리정신청궤＞본향청함＞본향듦

오리정신청궤 본향듦

‖중판‖[심방이 제단에서 신칼과 요령을 든다. 산신상 쪽으로 가서는 감상기를 든다. 다시 제단으로 와서 천문을 들고는 신자리에 서서 천문점을 두 번 친다. 이후 감상기를 한데 모아 양손으로 잡고 신자리에서 춤을 춘다. "에헤~."라고 말하며 산신상 쪽을 향해 감상기를 높이 추켜올리고, 곧이어 앉아서 역시 감상기를 추켜올리고 감상기를 좌우로 휘두른다. 제단으로 돌아서서 같은 동작을 반복한다. 다시 산신상 쪽과 제단 쪽을 향해 연이어 같은 동작을 반복한다. 감상기를 양손에 나누어 잡고 일어선다. 감상기를 휘두르며 춤을 춘다.]

‖감장‖[감상기를 어깨 높이로 들고 왼감장, 오른감장을 돈다.]

‖중판‖[심방이 춤을 멈추고 제단 앞에 꿇어 앉아 절하자 단골들도 따

라서 절을 한다.]

■ 오리정신청궤>본향청함>ᄌ손 절시킴

[(심방 : 저 상 들렁 옵서. 저 상 들렁 옵서.) 심방이 소미 문병교, 김산옥에게 본향상을 들고 오라고 말하자 소미 문병교가 상을 가지러 간다. (심방 : ᄀ만 십서. 저 상 오건.) 심방이 단골들에게 기다리라고 말한다. 소미 문병교가 상을 들고 와서 신자리에 놓는다. 이어 소미가 본향상을 들고 단골들에게 가져가며 말한다. (소미 문병교 : 요레 영 손덜만양.) (심방 : 에, 손 냉 협서. 사둬도. 영 앚아도.) 단골들은 본향신에게 바치는 의미로 상에 손을 갖다 댄다. 심방은 천문을 제단 위에 올려놓고, 옆으로 비켜서서 요령을 들고 말명을 한다.]

[요령] 낳는 날 생산 받곡, [요령] 죽는 날 호적 받곡, [요령] 장적 받아옵던, [요령] 토지지관 한집님, 오리정신청궤, [요령] 신메와 잇습네다. [요령] 이간 주당, 각성바지 ᄋ라 성친덜, 조상에서 ᄆ 막아줍서, [본향상의 쌀로 점을 쳐서 쌀을 단골에게 건넨다. 심방이 쌀을 건네주며 받으라는 뜻으로 "예."라고 한다. (소미 문병교 : 쏠 받읍서.) (단골 : 아이고 고맙습니다.) (심방 : 뇌선을1567) 하나 먹어사켜. 위도 아프고.) 단골들은 계속절을 하고, 소미 문병교가 본향상을 다시 제자리로 가져다 놓는다.]

[심방이 약을 먹는 동안 잠시 중단된다.]

■ 오리정신청궤>산신또 청함

[심방이 일어서서 제단을 향해 말명을 한다.] 각서 오본향 한집님은, 오리정신청궤, [심방이 제단 쪽으로 가서 신칼과 요령을 다시 잡는다.] 신메와 잇습네다. 일월(日月) 이거, 산신또 하르바님은, 산신일월(山神日月) 어

1567) '뇌선'은 진통제의 일종.

진 조상, [심방이 팔에 묶었던 풀찌거리를 풀어서 제단 앞에 놓는다.] 오를 목에 대각녹(大角鹿), 느릴 목에 소각녹(小角鹿) 언설에 단설에, 노기 녹며 받앙 옵던, 어진 조상님이랑 금바랑 옥바랑으로-.

‖중판‖[제단에서 바랑을 들고는, 한쪽 바랑에 쌀을 조금 담아 왼손에 잡는다. 입구 쪽으로 가서 오른손에 든 바랑으로 쌀을 조금씩 떠내며 몇 차례 뿌린다. 바랑을 양손에 들고 신자리를 돈 뒤에 제단으로 가서 역시 쌀을 떠서 몇 차례 뿌린다. 남아 있는 쌀을 지우고 바랑을 부딪치며 춤을 춘다.]

‖감장‖[바랑을 들고 부딪치며 왼감장, 오른감장을 돈다.]

‖중판‖[제단을 향해 선 채로 바랑을 던져 점을 본다. 앉아서 바랑을 한두 번 부딪치고는 다시 던져 점을 본다.]

■ 오리정신청궤>산신또 청함>석살림>석시 말미

넉사로다. [단골들이 앉은 채로 모두 절을 한다. 심방은 바랑을 다시 제상 위로 가져다 놓는다.]

‖덕담‖[북(문병교), 장구(김산옥)][소미 문병교가 바로 이어 덕담 장단을 치면서 "어리소. 어~ 말이여 뒤여~. 산 넘어간다. 물 넘어간다."라고 부른다. 소미 김산옥도 대양을 정리하고 장구를 앞에 놓고 바로 따라서 "어~ 산 넘어간다. 물 넘어간다."를 함께 부른다. 이어 소미 문병교가 "새미산또 넘고 간다. 어제 오널 오널이라. 날이 좋아서 오널이라. 날이 좋아서 어딜런가."라고 덕담을 부르고, 심방은 신자리에서 춤을 춘다. 단골도 두 명이 일어나 춤을 춘다. 나머지 단골들은 앉아서 박수를 치며 "좋다."라는 추임새를 한다.]

야~, 지쳤구나 다쳤구나~ 보리떡에 쉬미쳤구나. 아이고 아이고~, [춤을 추던 단골이 자리에 앉는다.] 베엣 사름덜은, 넬넬1568) 허고, 우리, 신이 제잔,1569) 혼저,1570) 오널로 놀아사, [(단골 : 예.)] 이제, 이제 오널로

놀아사, 저냑인1571) 철갈이1572) 혈 디 갈 디가 엇어도, 넬부떤1573) 두 밧
디썩1574) 셔부난1575) 이제 부지런히 기어사,1576) 게난 어, 오늘 이거고 저
거고, 오늘 이거 놀아사, 이제 이디 궂인 액 궂인 수액도 막아주곡, [심방
이 단골들이 떠드는 소리에 묻는다. "무시거엔 말이꽈?" 단골들이 웃으면
서 말을 하지만 알아듣기 힘들다. 심방이 속바지를 고쳐 입으면서 말한다.
"ᄀ만 십서. 옷 벗어지엄수다." 단골이 웃으면서 말한다. "막 풀어진 셍인
게 옷도 벗어지는 게." 단골들이 웃는다.] 날도 좋고 오늘이여. 어~ 날도
좋고 오늘이여 둘도 좋고 오늘이여. 야 어제 오늘로 놀고 가자.

■ 오리정신청궤>산신또 청함>석살림>덕담

‖ 덕담 ‖ [북(문병교), 장구(김산옥)][심방이 신자리에서 춤을 추며 노래
한다. 단골들은 박수를 치며 추임새를 한다. 소미도 장단을 치며 추임새
를 한다.]
　어제 오늘 오늘은 오늘이라
　네일 장상은~ 오늘이라
　성도 엇만 가실러라
　앞마당에는~ 남서당 놀고
　뒷마당엔 여서당 논다
　월메(月梅) ᄯᆞᆯ 춘향이는

<hr>

1568) 내일 내일.
1569) 제자(弟子)는.
1570) 어서.
1571) 저녁엔.
1572) 집안에서 새해에나, 춘하추하(春夏秋夏) 절기가 바뀔 때 진경(進慶)을 비는 제의(祭儀).
1573) 내일부터는.
1574) 군데씩.
1575) 있어버리니.
1576) 기어야.

오리정신청궤 석살림

이도령(李道令) 올 때만 기다리고

어떤 새는 낮에 울고

어떤 새는 밤에 우나

밤에 우는 새는 각시 그려 울고

낮에 우는 새는 배 고팡 울고

낮도 모르고 밤도 몰라

주야장천(晝夜長川) 우는 새는

아이고 날 ㄱ뜬 팔즈가 뒈엇구나

[단골 중 한사람이 일어나 춤을 춘다.]

아이고 날 ㄱ뜬 소주가 뒈엇구나

셍겨만 드려라 호소로다

셍겨만 드려라 호소로다

낭도1577) 늙어 고목이나 뒈면

오던 새도나 돌아산다

1577) 나무도.

아이고 임도 늙어라 벽발이 뒈민

오던 서방도 아니 온다

꼿도나 피어 단풍이 지면

[단골 한 사람이 심방에게 가서 돈을 옷에 꽂아 준다. 그리고 춤을 춘다.]

오던 과부더나 돌아산다

[단골들이 심방에게 가서 돈을 옷에 꽂아 주고 춤을 춘다.]

어젯날은 청춘이로다

오널날은 벡발이라

청춘 소년덜아 벽발(白髮) 보고 희롱을 말라

청춘이 늙은 게 벡발이라

소년이 늙은 게 벡발이라

군눙에 본초가 어딜러냐

군눙에 시조가 어딜러냐

천앙제석은 군눙에 하르방

지왕제석은 군눙에 할망

인앙제석은 군눙에 아방

군눙에 어멍은 낙수게낭

아덜이사 잇는 게 ○○○○

이거 큰 아덜은 동이와당

둘찻 아덜 서이와당

셋체 아덜은 호역 궂어라 팔즈로구나

[단골들이 장단을 치고 있는 소미의 악기에도 돈을 꽂아 준다.]

호역이 궂어라 수주로다

데홍단 고칼로 머리 삭발시겨

혼 침 질러 굴송낙에

두 침 질러 비단장삼

염줄(念珠) 목단(木鐸) 목에 걸고

ᄂ단1578) 손에는 금바랑 잡고

웬 손에는 옥바랑 잡아

ᄒ 번을 똑딱 치고 보난

일본 든 건 소저군능

두 번을 똑딱 치고 보난

우리나라 대웅대비 소저군능

쪽지펭풍1579) 연끄늘1580) 알로 놀던 조상

간장간장간장 간장간장간장 ᄆ친 간장

설인 간장을 풀려그네

조상에 간장에 풀어지면

ᄌ순도 간장을 풀립네다

신나락 만나락 놀고 갑서

이간주당에 낳는 날은 셍산 받고

죽는 날은 호적 장적 받아 옵던

옥개천신 일월조상

ᄆ친

[연물이 멈춘다. 단골들이 춤을 추는 것을 멈추고 절을 한다. 모두 자리
에 앉는다.]

야 이간 주당 [심방이 말하는 중간 중간에 소미 문병교가 북을 '둥'하
고 한 번씩 친다.] 이거 집안 가정, 집도 아니고, 야 이거 산신또 하르바

1578) 오른.
1579) 쪽을 내어 칸을 가른 병풍.
1580) 그늘.

님에서, 본향한집에서, 야 이거 군눙(軍雄) 놀젠[1581] 허난, 이거 이간 주당에 이간 주당이 아니고 각성바지 ㅇ라 성친덜, 이거 므 오라그네 해수다. 야 산신하르바님 이거, 웃손당 금벡조 셋손당 세명두 소로소천국, 야 아덜 이거 ㅇ덥첳 아덜~, 이거 오꼿허게, 글도 못 허곡 활도 못 허난, 야 꿩사농 매사농 올려 보네엿구나.

‖ 덕담 ‖ [단골들이 박수를 치며 추임새를 한다. 소미들도 장단을 치며 추임새를 한다.]

산신일월 어진 조상도 놀고 갑서
높은 동산 낮은 동산
꿩사농 매사농 노리사농
놀아옵던~ 어진 조상
간장 간장을 풀령 갑서
이 주순덜~
산신일월~ 어진 조상
이거 오를 목에는 대각녹에
ㄴ릴 목에는 소각녹에
언설에 단설에 노기 녹명 받아옵던
어진 조상도 놀고 갑서
이간 주당 각성바지
ㅇ라 성친덜 오라그네
과수원 허는 주순덜이나
축산허는 주순덜이나
부업허곡 허는 주순이나
어느 이거 부업이나

어느 장서덜이나 허는 즈순덜이나
직장덜이라도 허는 즈순
어느 이거~
군인 장병 간 즈순덜
일본 주년국 서울 간 즈순덜
간장 간장을 풀려그네
조상에 간장에 풀어지면
즈순도 간장을 풀립네다.

■ 오리정신청궤>산신또 청함>석살림>서우제 소리
[심방이 "즈순덜토 흥끔1582) 놀아사 헙네다."라고 말하며 서우제 소리
를 한다.]

‖ 서우제 ‖
어이야차 소리로 놀고 가저
어이양 어어양 어양 어양 어야로다
아아양 어어양 어어어양 어허요
[심방은 받는 소리 처음 "아~." 부분만 부르고 단골들이 받는 소리를
부른다.]
신전이 놀저 즈순이 놀자 조상 산신 일월도 놀고 가저
아아양 어어양 어어어양 어허요
조상이 간장이 풀어지면 즈순도 간장을 풀립네더
아아양 어어양 어어어양 어허요
오를 목에는 대각녹에 ᄂ릴 목에는 소각녹에
아아양 어어양 어어어양 어허요

1582) 조금.

언설에나 단설에나 노기 녹명 받아옵던

아아양 어어양 어어어양 어허요

[심방이 단골들에게 받았던 돈을 빼서 조사팀에게 만원씩 준다.]

어진 조상도 놀고 갑서 ᄆᆞ친 간장도 놀고 갑서

아아양 어어양 어어어양 어허요

[단골들 몇몇이 일어서서 박수를 친다.]

미깡 허는 ᄌᆞ순이랑 제석하르바님 제석할마님

아아양 어어양 어어어양 어허요

부업허는 ᄌᆞ순덜토 ᄆᆞ친 간장 풀령 갑서

아아양 어어양 어어어양 어허요

축산허는 ᄌᆞ순이나 상업에 농업에 허는 ᄌᆞ순덜

아아양 어어양 어어어양 어허요

[심방이 제단에 있던 바랑을 들고 장단에 맞추어 몇 번 치고 바랑점을 본다. (심방 : 아이고 고맙덴야. 아이고 고맙덴.) 단골이 함께 절을 하며 "고맙습니다."라고 한다. 심방이 옷에 있는 돈을 뺀다. (단골 : 뒤에도 이서. 뒤에도.) 심방이 돈을 잘 정리한다. 심방과 단골들이 창부타령을 부르며 논다. 심방이 앉아서 쉬는 동안 단골들이 가요를 부르며 춤을 추면서 논다.]

■ 오리정신청궤>살려옵서

[심방이 제단을 향해 앉아 장구를 치면서 말명을 한다.]

각서 오본향 한집님 오리정신청궤 신메왓수다에-.

신공시 엿선성님

황수님들이여

울랑국에[1583) 놀던 선성 범천왕에[1584) 놀던 선성

1583) '울랑국'은 북.

금동 타멩 어서 옵서

옥동 타멩 어서 옵서

이 신공시로

전성 궂인 신이 아이, 몸을 받은 연양당주 일월

어진 조상님도

살려덜 옵서

양씨아미 어진 조상, 살령 옵서

전성 궂고 적은

스물훈 설 오라방[1585] 강단(剛斷)허여근에

인간하직 뒈던

선성님도 살령 옵서, 고전적(高典籍) 일월조상(日月祖上)

살령 옵서덜

삼멩두(三明刀) 일월조상

서도노미[1586] 김좌수댁(金座首宅) 먹코실낭[1587] 상가지로[1588]

줄이 벗던 김씨 선성님

화북(禾北)[1589] 새 심방

신디[1590] 와그네[1591] 서른아홉 나는 헤에

인간하직 뒈어부난 저 조천(朝天)은[1592]

정씨(鄭氏) 삼춘 아바님 모셩[1593] 뎅기다근[1594]

1584) '범천왕'은 징.
1585) 오라버니.
1586) 제주시 애월읍 봉성리.
1587) 멀구슬나무.
1588) '상가지'는 가장 위쪽 가지.
1589) 제주시 화북동.
1590) 에게.
1591) 와서는.
1592) '조천'은 제주시 구좌읍 조천리.
1593) 모셔서.

인간하직 뒌 날

신이 아이[1595] 임시 잠깐, 빌어왓다그네

유대전득(流來傳得) 업엇수다

삼멩두 일월조상

영급 좋은 조상님 신력(神力) 좋은 조상

살령 옵서

김씨 성님 몸 받은 아바지 어머님이영

아바지도 이 당 앚아낫수다[1596]

살려 살령 옵서

문옥순이 문씨 아지바님도

산신첵불일월(山神冊佛日月)

어진 조상님도

살려덜 옵서

문옥순이 삼춘도 살령 옵서

와흘(臥屹)[1597] 가민 김씨 선성님

살령 옵서 고군찬이 삼춘

몸 받은 조상님도 살령 옵서

윤수 아지방네[1598]

몸 받은 조상

살령 옵서

이씨 아지바님

몸 받은 조상

1594) 다니다가.
1595) '신이 아이'는 '신의 아이'로 심방 자신을 이르는 말.
1596) 앉았었습니다.
1597) 제주시 조천읍 와흘리.
1598) '윤수 아지방'은 김윤수 심방.

살려덜 옵서

화북 와도 이씨 삼춘 부베간(夫婦間) 몸 받은 조상

살려덜 옵서

김씨 삼춘 몸 받은 일월 어진 조상

살려 옵서

한씨 아지방도

이디¹⁵⁹⁹⁾ 와낫수다¹⁶⁰⁰⁾

몸 받은 조상님

살려 옵서

굿 소리 들으멍

쟁 소리 들으멍

살령 옵서

당줏애기 몸줏애기덜

신연간주 애기덜

울고불고 헐 일덜

막아나줍서덜

어시럭은 더시럭¹⁶⁰¹⁾

멩두실명빨라근

천지왕(天地王) 골목으로

절진(結陣)허영 잇이민

만상데우(滿床待遇) 드립네다

드려가면

[장구를 멈춘다.]

1599) 여기.
1600) 왔었습니다.
1601) '어시럭 더시럭'은 몰래 숨어서 다니는 모양.

신과세제 초감제 정데우

자료코드 : 10_01_SRS_20090208_HNC_YCI_0001_s08
조사장소 : 제주특별자치도 제주시 회천동 1058번지 새미하로산당
조사일시 : 2009.2.8
조 사 자 : 허남춘, 강정식, 강소전, 송정희
제 보 자 : 양○일, 여, 67세 외 2인
구연상황 : 정데우는 제장에 청해 모신 신들의 자리를 고르는 제차이다. 간단히 말명으로
만 진행한다.

신전 조상 옵서 옵서, 신이 는착 눅어갑네다. 금마절진 허난, [제상의
쌀을 조금 집어 뿌린다.] 금사줄 치난, 츠례츠례 연(年) 츠례 직함(職銜)
츠례, 우이 앚을 신전 우이 알에 앚을 신전 모릅네다. 이거 우(位) 골릅
고1602) 제(座) 골라 드려가면, 어느 은찻물 없습네다. 부정 서정, 신개일
자 없습네다. 부정 서정 신개여 삼선향(三上香) 둘러 받아, 부정 서정 신
개여 드려가면,

신과세제 추물공연

자료코드 : 10_01_SRS_20090208_HNC_YCI_0001_s09
조사장소 : 제주특별자치도 제주시 회천동 1058번지 새미하로산당
조사일시 : 2009.2.8
조 사 자 : 허남춘, 강정식, 강소전, 송정희
제 보 자 : 양○일, 여, 67세 외 2인
구연상황 : 추물공연은 신들에게 정성을 받으라고 권하는 제차이다. 역시 장구를 치면서
구연한다. 말미나 공선가선, 날과국섬김, 연유닦음 등을 하지 않고 바로 공연
으로 들어가서, 비념, 제차넘김을 거쳐, 주잔넘김으로 마무리하였다.

1602) 고르고.

■ 추물공연>공연

추물공연

[다시 장구를 치기 시작한다.]
이도 정성 받읍서
언메나 단메나
서천메도 받읍서
우럭이여 셍성(生鮮)이여
조기로도 받읍서
볼락으로 받읍서
두 손 납작 콩나물채로
이도 정성 받읍서
청감주(靑甘酒)로 받읍서
ᄌᆞ수지(紫蘇酒)로 받읍서
계랄안주(鷄卵按酒) ᄌᆞ수지
이도 정성 받읍서
이거 호빵으로여

카세~여

이거 찐빵으로

빵으로도 받읍서

이거 손웨성도[1603] 받읍서

발웨성도[1604] 받읍서

벡돌레도[1605] 받읍서

삼중(三種) 과일 실과(實果)로

이도 정성 받읍서

사과영[1606] 능금이영 벤[1607] 헤영

돈 미깡(蜜柑)으로영

이거 한라봉으로영

이도 정성 받읍서

소지(燒紙) 삼장(三張) 받읍서

낭푼[1608] ᄀ득 처서마령(差使馬糧)

물명지나[1609] 강명지나[1610]

고리비단[1611] 능라비[1612]

서마페로[1613] 올려근

이도 정성 받아근

1603) '손웨성'은 쌀로 계란처럼 빚은 뒤에 그 가운데를 손으로 눌러 모양을 낸 떡.
1604) '발웨성'은 '손웨성'에 운을 맞춘 것.
1605) '벡돌레'는 메밀이나 쌀가루로 동글납작하게 만든 떡.
1606) 사과랑.
1607) 배는.
1608) 양푼.
1609) 물명주(-明紬).
1610) 강명주(-明紬).
1611) 고리 문양의 비단.
1612) 능라(綾羅).
1613) '서마페'는 서양베?

■ 추물공연>비념

공이 들건 공든 답

지가 들건 지든 답

제겨나 줍서들

낭푼 ᄀ득

이거 삼○

이거 마령 마찬

올렷수다덜

본향기(本鄕旗)도 받읍서

이 집안덜

각성바지 ᄋ라 성친(姓親)덜

오고 가는 질에들1614)

헌서 날 일 막읍서

천살이나 엑살(厄煞)이나

부정살(不淨煞) 겍사살(客死煞)

들 일들

막아나줍서덜

날로 가면 날역이나

둘로 가면 둘역이나

월역(月厄)이나 시력(時厄)이랑

앚진동

밧진동 고비첩첩 다 누울령 막아줍서에ㅡ.

1614) 길에들.

■ 추물공연>제차넘김

[장구 치는 것을 멈춘다.] 막아가면, 츠츠이츠 상당 도숙어, 도올라 도 하전 때 뒈여, [소미 문병교가 제상의 술잔을 가져다가 바깥으로 뿌린 뒤, 다시 술을 따라 놓는다.] 천수(天爲)~ 방액(防厄)더레, 위(位)가 돌고 제(座)가 돕네다.

■ 추물공연>주잔넘김

얻어 먹저 얻어 쓰저 허던 군줄이여, 요망허던 군줄덜이여 이거 본향한 집 뒤에, 삼천시군병길덜이여, 어느 산신군줄(山神軍卒)이여 요왕군줄(龍王軍卒)이여, 선앙군줄(船王軍卒)덜이여, 얻어 먹저 얻어 쓰저 허던 하군줄(下軍卒)랑 열두 주잔(酒盞)이웨다. 열두 주잔, [소미에게 "저, 그디 잔 하나 굴아뒹 것덜 앚어 옵서."라고 말한다. 곧이어 일어서서 말명을 한다.] 신이 아이 신공시 이 알로 굽어 신청이웨다. [머리에 묶었던 이멍걸이를 풀고, 퀘지를 벗는다. 일부 단골들은 팽나무 뒤쪽에서 자신의 원래 고향에서 가지 갈라 모셔온 본향을 위한 제물을 진설하고 간단히 비념을 한다.]

신과세제 도산받음

자료코드 : 10_01_SRS_20090208_HNC_YCI_0001_s10
조사장소 : 제주특별자치도 제주시 회천동 1058번지 새미하로산당
조사일시 : 2009.2.8
조 사 자 : 허남춘, 강정식, 강소전, 송정희
제 보 자 : 양○일, 여, 67세 외 2인
구연상황 : 도산받음은 마을이나 공동체의 운수를 종합적으로 점치는 제차이다. 산판점으로 점을 보고 그 결과를 단골들에게 알려주었다. 크게 회천에 거주하는 이들, 회천을 떠난 이들을 뭉뚱그려 점을 보았다.

도산받음

[심방이 산판점으로 산을 받는다.]

조상이 어느~, 회천(回泉) ᄌᆞ순덜, 시엣[1615] ᄌᆞ순덜, 집안 간~,[1616] 제주시 난, 제주시 ᄌᆞ손덜, 먼 디 간 ᄌᆞ순이나, [심방이 단골대표에게 점을 본 결과를 전해준다. (점의 결과와 심방과 단골들의 대화 내용은 생략.)]

신과세제 상당숙임

자료코드 : 10_01_SRS_20090208_HNC_YCI_0001_s11
조사장소 : 제주특별자치도 제주시 회천동 1058번지 새미하로산당
조사일시 : 2009.2.8
조 사 자 : 허남춘, 강정식, 강소전, 송정희
제 보 자 : 양○일, 여, 67세 외 2인
구연상황 : 상당숙임은 본격적인 굿을 마무리하기에 앞서 마지막으로 신들에게 잔을 바치고 그 제물을 걷어내는 제차이다. 신의 서열대로 신명을 언급하면서 진행하

1615) 제주시에.
1616) 가내(家內).

는 것이 원칙이다. 심방은 제단 앞에 서서 요령을 흔들며 말명을 하였다. 신의 서열에 구애됨이 없이 몇몇만 언급하고 말았다.

상당숙임

[심방이 제단에서 요령을 들고, 제단을 향해 서서 말명을 한다.]

[요령] 상당은 도숙어 도올라 필붕(畢封) 때가 뒈엿수다. [요령] 각당(各堂)에 필붕잔(畢封盞)입네다. 하당(下堂)에도 필붕잔, [요령] 조서(初席) 말씀(末席) 필붕잔입네다. 에헤~, [요령] 초제 진간대왕(秦廣大王) 이제 수간대왕(初江大王) 산신대왕(山神大王)꼬지, [요령] 십육(十六) 스제(使者) 삼멩감(三冥官) 이거, [요령] 상세경 중세경 하세경꼬지 필붕잔입네다. [요령] 천앙처서(天皇差使) 지왕처서(地皇差使) 인앙처서(人皇差使) 옥항(玉皇) 금부도서(禁府都事), 저승 이원처서 이승 강림처서(姜林差使)도 [요령] 필붕잔입네다. 산신일월조상(山神日月祖上)님 오를 목엔 대각녹(大角鹿) ㄴ릴 목에 소각녹(小角鹿), 언설에 단설에 녹이 녹멩 받아옵던, [요령] 어진 조상님도 필붕잔입네다. 제석일월조상(帝釋日月祖上)도 필붕잔, 과수원(果樹園) 하르바님 할마님덜 모딱1617) 오랏수다1618) ㅈ순덜 필붕잔입니다. 축

산(畜産) 허는 ᄌ순덜 일월조상도 필봉잔입네다 상업(商業) 농업(農業)덜
허는 ᄌ순, [요령] 필봉잔입네다. 이거 문전(門前) 이거, [요령] 본향한집
뒤에, 본향한집 산신또 한집입네다. 오널, [요령] 필봉잔 받아 삽서 웃철
반 걷엉 억만 수꿰네다 알잡식은 걷엉, 시걸명 잡식으로 위올려 드려가멍,
[요령]

신과세제 액맥이

자료코드 : 10_01_SRS_20090208_HNC_YCI_0001_s12
조사장소 : 2009.2.8
조사일시 : 제주특별자치도 제주시 회천동 1058번지 새미하로산당
제 보 자 : 양○일, 여, 67세 외 2인
조 사 자 : 허남춘, 강정식, 강소전, 송정희
구연상황 : 액맥이는 한 해 동안의 액을 막는 제차이다. 제단 앞에 방액상을 따로 차리
고, 그 앞에 서서 요령을 흔들며 진행한다. '누구의 방액입니다.'하며 일일이
고한 뒤에, '한해 나쁜 운수를 다 막아달라.'고 기원한다.

[심방이 방액상 앞에 서 요령을 들고 말명을 한다.][요령] 천수, 천수
방엑입네다. [요령] 받은 천수 방엑입네다. 날은 갈라 어느 전 날입네까
둘은 갈라, 둘은 갈라 어느 둘, 올그금년은, 무자년(戊子年)입네다. [단골
들이 상을 정리한다.] 둘은 갈란 드난, [요령] 오널은~, 이거 삼진 정월
열나흘날 대제일(大祭日)입네다. [요령] 이거 천수 방엑으로 위올리저, [요
령] 영 협네다 이거 국은 갈라 대한민국 제주도는 제주시, 동회천(東回泉)
입네다, [요령] 각성바지 ᄋ라1617) 성친 오랏수다.1618) [요령][심방이 단골들에게
묻는다. "아까 어른 이씨라?" (단골 : 문씨.)] [요령] 이거 통장(統長), [요
령] 문씨로, 통장은 쉬흔네 설, 이거 받은 천수 방엑입네다. [심방이 다른

1617) 모두.
1618) 왔습니다.

액맥이

쪽에 있던 축원문을 찾아서 방액상의 쌀그릇 위에 놓는다.] 문○○입네다.
[요령] 받은 천수 방액입네다. 이거 [심방이 방액상의 쌀그릇 위에 놓인
축원문이 누구 것인지 일일이 확인하고 그중 하나를 집어 든다.] 이거 부
녀회장덜, 받은 천수 방액입네다. [방액상 앞에 꿇어 앉는다.] 이거 홍씨
로 갑진셍(甲辰生) 예순ㅇ섯 받은 천수 방액, 이씨로 무자셍(戊子生) 예순
둘 받은 천수 방액, 홍씨로 계축셍(癸丑生) 서른일곱 설, 정사셍(丁巳生)
서른셋 정사셍 서른셋, 서른여덜 송씨로 받은 천수 방액, 손자애기 열 설
입네다 받은 천수 방액, 이 ᄌ순덜~, [요령] 이거 최씨로 쉬흔넷, 박씨로
예순, 이거 최씨로 예순넷, [요령] 박씨로 예순 설, 이거 큰아덜은 서룬여
섯, 이씨 메누리 서른셋, 최씨로 서른넷, [요령] 둘찻 메누리 서른네 설,
[요령] 최씨로 서른둘 받은 천수 방액, [요령] 서른세 두 설 받은 천수 방
액입네다. [요령] 이간1619) 주당(住堂)으로덜 이거, 받은 천수 방액입네다.
이 집안 이거, [요령] 신씨로 기묘셍(己卯生) 일흔혼 설 받은 천수 방액,
받은 천수 방액입네다. 김씨로 경진셍(庚辰生) 일흔 설, …… [이런 방식으

1619) 이 가내(家內).

로 당굿에 참여한 단골들의 이름과 나이를 일일이 거명하며, "○○가 받은 천수 방액입네다."라고 말한다. 단골들이 심방 주위로 모여든다. 이하 단골 가족들의 성씨, 생갑, 나이를 고하는 대목은 반복되는 것이므로 생략한다.]

■ 액맥이(계속)

이간 주당 궂인 엑년(厄緣) 궂인 수액(數厄) 막아줍셍 허여그네, 어~ 이거 [심방이 방액상에 놓였던 액맥이용 제물을 들고 말한다.] 이간 주당, ᄆᆞ을 궁리(洞里) 안입네다. ᄆᆞ을 이거~, 이 ᄌᆞ순덜 물명지나 강명지나 고리비단 능라비나, 이거 청년회장 이거, [단골들이 절을 한다.] 어느 통장이나, 어느 청년회장이나 어느 노인장 어른이나, 어~ 부녀회장이나, 청년회장덜 올 금년, 궂인 엑년 궂인 수엑 막아줍셍 허영, 어~ 천수 방액입네다. [액맥이용 제물을 한 단골에게 건네준다.] 이거 부녀회장입네다. 부녀회장 이거, [(심방 : 이건 청년, 누게엔1620) 해라만은.)1621) (단골 : 총무.)] 총뭅네다. 어~ 받은 천수 방액입네다. 이간 주당 궂인 엑년 [액맥이용 제물을 계속 그 단골에게 건네주고, 그 단골은 이를 가지고 가서 한쪽에서 태운다.] 궂인 수엑 막아줍서. 이거 ᄆᆞ을 궁리 안에 이거 각성바지 ᄋᆞ라성친덜 이거, ᄆᆞᆫ1622) 오랏수다 이거, 받은 천수 방엑입네다. 이 집안 가정 울고불고 헐 일덜 막아줍서. 한간 대천(大廳) 발 벋엉, 통곡헐 일 막아줍서 옛날 엿적 ᄉᆞ서만이도, [심방이 액맥이용 제물을 모아들고 일어선다.] 단 삼십(三十)이 ᄉᆞ고전명 메기라1623) 벡 보 베껏딜로1624) 관디(冠帶) 삼 베 띠 삼 베 메 삼 베, 지어 올령 일벡여든 산 도레(道理) 잇습네다. 유리

1620) 누구라고.
1621) 하더라만.
1622) 모두.
1623) 다되어.
1624) 바깥으로.

국 심봉서(沈奉事)도 군량미(軍糧米) 삼벡 석에, 눈뜬 도레 잇습네다. 처서 님덜 산 넘으멍 어서 갑서 물 넘으멍 어서 갑서, 야~ 이거 ᄆᆞ을 궁리 안 도 이거 멕상덜토 강 ᄆᆞ딱 이거, 법에서 이거 ᄆᆞ딱, 파지곡 이거 ᄆᆞ딱덜 이거, ᄆᆞ을 궁리 안도 허여집네다. ᄆᆞ을 궁리 벳낏디1625) 간 애기덜이영, 야 울성 장안 간 애기덜이영, 이 집안 가정 궂인 엑년(厄緣) 막아줍서 궂 인 수엑(數厄) 막아줍서, 어~ 이거 웨국(外國) 간 ᄌᆞ순덜이영, 이거 어~ ᄌᆞ순 궂인 엑년 막아줍셍 허영, 야~ 웨국 간 ᄌᆞ순이영 일본덜토 가곡 군 인덜토 가곡, 서울덜토 강 사는 ᄌᆞ순덜, 궂인 엑년 궂인 수엑, [(심방 : 저 것덜 다 앗엉 옵서.)] 궂인 수엑 궂인 엑년 막아줍서 한간 대천 발 벋어 통곡헐 일 막아줍서, 건물에1626) 건드리,1627) 이수농장 법지법(法之法) 질 일 막아줍서 처서님이랑, 산 넘엉도 어서 갑서 물 넘엉도 어서 갑서 비명 (非命)에도 천명(天命)이여, 천명에도 비명이 아닙네까, [심방이 들고 있던 액맥이용 제물을 단골에게 건네준다.] 어~ 궂인 엑년 궂인 수엑 막아줍 서.

신과세제 각산받음

자료코드 : 10_01_SRS_20090208_HNC_YCI_0001_s13
조사장소 : 제주특별자치도 제주시 회천동 1058번지 새미하로산당
조사일시 : 2009.2.8
조 사 자 : 허남춘, 강정식, 강소전, 송정희
제 보 자 : 양○일, 여, 67세 외 2인
구연상황 : 각산받음은 단골들 개별적으로 운수를 점치는 제차이다. 심방과 소미들 주위
　　　　　에 단골들이 둘러앉아 차례로 산을 받는다. 산을 받은 단골들은 각자 진설해

1625) 바깥에.
1626) '건물'은 거꾸로 흐르는 물.
1627) '건드리'는 차례가 어긋난 일.

둔 제물이 있는 곳으로 가서 제물을 조금씩 뜯어 모은다. 이를 '제반걷음'이라고 한다. 이렇게 모은 제물은 제단 뒤쪽의 돌 틈에 비운다. 이 돌 틈을 궤라고 하고, 여기에 제물을 놓는 것을 '궤무음'이라고 한다. 단골들은 이쯤에서 당을 떠난다.

각산받음

[심방이 다시 앉아서 쌀로 점을 친다.] ᄆᆞ을 궁리 안이나, ᄆᆞ을 궁리 안 걱정이나 엇이, ᄆᆞ을 궁리 안이나, 게민1628) 궂인 엑은 막아……. [이하 생략한다. 심방이 점을 친 결과를 단골들에게 설명한다. 마을의 운수를 먼저 점치고, 이어서 개인들의 운수를 점치는 각산받음이 계속 이어진다. 산을 받은 단골들은 각자 제물을 진설한 곳으로 가서 제반걷음과 철변을 한다.]

1628) 그러면.

신과세제 사농놀이

자료코드 : 10_01_SRS_20090208_HNC_YCI_0001_s14
조사장소 : 제주특별자치도 제주시 회천동 1058번지 새미하로산당
조사일시 : 2009.2.8
조 사 자 : 허남춘, 강정식, 강소전, 송정희
제 보 자 : 양○일, 여, 67세 외 2인
구연상황 : 사농놀이는 수렵신인 산신을 위한 놀이굿이다. 소미 둘이 포수로 꾸미고 닭을
사냥감으로 삼아 끌고 다니며 사냥하는 모양을 한다. 둘이 사냥감을 다투다가
합의를 하여 분육하기로 한다. 놀이가 끝나면 닭을 죽여 그 내장을 꺼내어 주
위에 뿌리어 산신 뒤에 따르는 군졸들을 대접한다.

[제장을 모두 정리하고 난 뒤에, 사농놀이를 한다. 사농놀이에 쓰일 총은
이미 대나무를 이용해 간단히 만들어 두었고, 사농놀이의 대상인 닭은 단골
들이 마련했다. 소미 문병교가 대나무로 만든 총을 들고, 목을 묶어 맨 닭을
잡은 채로 말명을 한다. 심방과 또 다른 소미도 옆에 서 있다.]

사농놀이

문병교 : 이거 사냥가게 뒈시니, 내일 아침 붉아가민 갈 거난, 자 우리
훈 좀씩 두러누윙 잡시다~. 자 좀 잠쪄~. 자 이거 '꼬~꼭~',

야 이거 첫 땍1629) 울엄쩌. 일어나자. 어~ 일어남쩌~. 자 이

거 네눈이반둥개1630) 거느리곡, 저 청포수(靑砲手)라그넹에 동

쪽으로 가곡.

김산옥 : 어.

문병교 : 흑포수(黑砲手)랑 저 서쪽으로 갑시다.

양○일 : [소미 김산옥에게] 총 허여게.

[심방이 소미 김산옥에게 총을 만들라고 하자, 소미가 나뭇가지 하나를

집어 든다.]

문병교 : 이거 그거 막땡이1631) 하나 헤여그네 툭허게.

양○일 : 총 허여.

문병교 : 아이고 이거 너미 길다 이거 너미. 아이고 끗엉 뎅김도. 나앗

들 놈으 거.

[문병교 심방은 닭을 묶어 맨 천의 길이가 너무 길다고 말하며 줄을 조

금 자른 뒤, 소미 김산옥에게 자른 줄을 넘겨주며 총을 만드는 데 이용하

라고 한다.]

양○일 : 원 총을 헤사주.

[심방이 총으로 만들기에 적당한 나뭇가지를 가지고 온다. 심방은 한쪽

에서 나뭇가지의 양쪽에 멜빵에 해당하는 천을 묶어 총을 만들고 있다.]

문병교 : 자~ 이거, 아침 붉으난 우리 떠남써요.

양○일 : 가던지 말던지 허시오.

문병교 : 늬눈이반둥개 거느리곡, 자 이거, 저 할로영산(漢拏靈山)으로.

양○일 : 이디 왕 누웡 자곡.

문병교 : 테역장오리1632) 물장오리로.1633)

1629) 닭.

1630) 눈 위에 점이 있어 눈이 넷 달린 것처럼 보이는 사냥개.

1631) 막대기.

양○일 : 저 쉐귀신 닮은 것.

문병교 : 올라갑시다.

[문병교 심방은 총을 들고 닭을 이끌어 당 밖으로 나가고, 그 뒤를 김산옥이 따라 간다. 당 주위 일대를 닭을 이끌고 돌아다닌다.]

문병교 : 이잇~ 어리모모모모~.

양○일 : 너 아방이여.

문병교 : 어리모~ 어리머머~, 야~ 저 동으로 뛰엄쪄~. 동더레1634) 둘
　　　　으라~.1635) 서러레1636) 뛰엄쪄. 서쪽으로 둘으라.

양○일 : 남드레영1637) 다 가라.

문병교 : 어~ 서쪽으로 돌아보자.1638) 야~ 저 우로 마으로1639) 마으로~.
　　　　마으로, 마으로~, 알로 돌아보자 알로~. 허잇~ 허잇~ 허엇~.

[심방 양○일이 총을 완성해서 들고 당 밖으로 따라 나선다.]

문병교 : 꺅~ 꺅꺅 꺅 꺄꺅, 어이~ 어~ 어~, 동으로 둘암쪄. 동으로,
　　　　어이~ 청포수~, 동쪽으로~, 어~ 흑포수 서쪽으로 둘으라~.
　　　　서쪽으로 둘암쪄~. 어리어리어리 머머머머~, 어리머 머~머~.

양○일 : 어리머 칙칙칙.

문병교 : 어리머.

양○일 : 저 동으로 감쪄~. 서으로 나오라. 야~ 꿩사농1640) 메사농,1641)
　　　　노리사농이영,1642) 어드레 이 미친놈은 가부러시니 하하하하~.

1632) 한라산 중허리에 있는 커다란 연못.

1633) '물장오리'는 제주시 봉개동 지경에 있는 오름.

1634) 동쪽으로.

1635) 달려라.

1636) 서쪽으로.

1637) 남쪽으로도.

1638) 달려보자.

1639) 남쪽으로.

1640) 꿩사냥.

1641) 매사냥.

[웃음] 워워워~ 하하하~. [웃음] 야~.

문병교 : 허이~.

양○일 : 어이~, 서쪽으로.

문병교 : 어~ 청포수~.

양○일 : 어이~.

문병교 : 어리머머머~ 어리머~.

양○일 : 어리먹 칙칙.

문병교 : 끄윽~, 요 놈으 거 가자~, 가자~, 가자 가자. 어려, 어우~, 허어어어~.

[당 일대를 돌다가 닭을 끌고 점점 당 쪽으로 다가가서 결국 당으로 들어간다.]

문병교 : 아이고~, 어이그~, 어머머머머~, 어이그~, 어이그~.

[총을 든 심방과 소미 김산옥도 당으로 들어간다.]

문병교 : 노리가 나감쪄. 아이구, 아이구.

[심방과 소미 문병교가 총으로 닭을 쏘잡는 모양을 한다.]

양○일 : 이거 쏘앗다.

문병교 : 여보쇼, 여보쇼.

양○일 : [총을 버리고 닭을 잡으며] 너 잡앗나?

[심방과 소미 문병교가 서로 닭을 잡은 상태에서 서로 자기가 잡았다고 밀고 당긴다.]

문병교 : 여보쇼.

양○일 : 여보쇼.

문병교 : 내가 잡앗는디, 거 어째서.

양○일 : 당신, 내가 잡앗지. 니가 잡앗냐?

1642) 노루사냥과.

문병교 : 아니, 이거 여보쇼.

양○일 : 니가 잡앗지, 내가 잡앗냐? [웃음]

문병교 : 아니 내가 잡앗소.

양○일 : 어들로 놔? 아 경 말고, 우리 이논(議論)허자.

문병교 : 그래 우리 재판(裁判)헙시다.

양○일 : 재판허여? 저 어른덜ᄀ라1643) 다 들어봥, 누게가1644) 쏘아신고,
　　　　문도령이 쏘아신가, [웃음] 양씨가 쏘아신가? [웃음]

문병교 : 아니 난 또꼬망으로1645) 쏘앗소.

양○일 : 나, 뭐 또꼬망? [웃음] 또꼬망 할라1646) 먹으쇼. 이거 보시요.
　　　　아니요. 난 일로 쏘앗소. 어 이논허영.

[닭을 잡고 서로 밀고 당기기를 반복하던 심방과 소미 문병교가 자리에
앉는다.]

문병교 : 우리 경 말앙 드투지 말고.

양○일 : 어.

문병교 : 누가 쏘앗는지도 모르고.

양○일 : 머리허곡.

문병교 : 잡아그넹에 저 우리 반반 분육(分肉)헙시다.

양○일 : 경 헙시다.

문병교 : 예.

양○일 : 머리허곡 가죽이랑 날 주곡, [웃음] 똥창지만1647) 가져가시오.

문병교 : 여보시오, 내가 똥창지 먹으민, [웃음] 여보시오, 우리 반반 분
　　　　육헙시다.

1643) 어른들에게.
1644) 누가.
1645) 똥구멍으로.
1646) 핥아.
1647) 똥창자만.

양○일 : 경 헙시다. 이논허여.

[심방이 닭에서 손을 떼자, 소미들이 닭을 잡기 위한 준비를 한다.]

문병교 : 그러면 됏다. 이거~, 이거.

김산옥 : 칼 어디 싯수가?

문병교 : 요거 요거 요거 요거, 그디 봅서. 저거 저거 상 우이…….1648)

[닭의 목에 묶인 줄을 손으로 잡고, 발로는 닭을 움직이지 못하게 살짝 밟는다. 소미 김산옥은 닭을 잡기 위해 칼을 들고 온다.]

문병교 : 영 허거들랑 또끄망으로, 그 베설창지만1649) 내영, 우리가 잡
　　　　아그넹에…….

[소미 김산옥이 닭의 항문 부분을 칼로 베어내고 있다.]

문병교 : 우리가 잡아근엥에 반반 느눕시다, 헤여사 헤야지, 이거 싸와
　　　　봐도 그렇고.

[소미 김산옥이 닭의 창자를 끄집어낸다. 닭이 움직인다.]

문병교 : 가만히 셔.1650)

[소미 김산옥이 끄집어 낸 닭의 창자를 당의 입구에 가져다 놓는다.]

단골들 : [돈을 들고 오며] 간도 사 먹어야지, 간.

문병교 : 아이구 간도 먹어야지, 다 그 ᄌᆞ순덜, 아니 저.

단골 : [돈을 보이며] 간 값, 오늘 간 하영 팔앗수다.

문병교 : 우리 이거, 오늘 간 이거, 사냥을 해 왔는디.

단골 : 간도 사 먹어사.

문병교 : 큰 노리 한 무리 잡아 가지고, 왔어요~, 경허난 저, 우리 상제
　　　　(上典)님한테, 그 바쩌그넹에.

단골 : 간? 간 값?

1648) 위에.
1649) 창자만.
1650) 있어.

[심방이 사농놀이를 위해 차린 제상의 제물을 조금씩 거두어 당 입구 쪽으로 던진다.]

문병교 : 예 간도 사 먹곡, 믄1651) 이제 그 다, 거 노수 체비덜토 받곡 혜야주, 노수 체비랑 상더레1652) 놉서. 걸랑1653) 상더레 낭.

단골 : [돈을 상 위에 놓으며] 자~, 간 삼수다.1654)

문병교 : 예, 야 유끼 혼 잔 먹곡.

[소미 김산옥이 닭의 창자를 손보고 있다. 문병교, 김산옥이 창자를 손보고 있는 곳으로 다가간다.]

문병교 : 거 저, 절로 산신군줄(山神軍卒)덜.

김산옥 : 예.

문병교 : 거 일천(一千) 군병(軍兵)덜, 거 많이 거 저, 믄 분육허여 가지고, 믄 절로 믄딱1655) 내쇼이.

김산옥 : 예.

문병교 : 할로영주산(漢拏瀛洲山), 아흔아홉골1656) 단골머리1657) 놀던 군줄덜, 오벡장군(五百將軍)에서 놀던 군줄덜.

[소미 김산옥이 창자를 조금씩 뜯어 던지고 있다.]

문병교 : 거여목밧 벡록담(白鹿潭)에서 놀던 군줄덜, 테역장오리 물장오리, 큰ᄀ을이 셋ᄀ을이 족은ᄀ을이로.

김산옥 : 주자.

문병교 : 저 성널꼿으로,1658) 저 저 ᄃ리꼿으로,1659) 눈미꼿으로,1660) 자

1651) 모두.
1652) 상에.
1653) 그것일랑.
1654) 삽니다.
1655) 모두.
1656) 한라산 북서쪽에 있는 골짜기군.
1657) 제주시 노형동 지경의 한라산 자락에 있는 오름.
1658) '성널꼿'은 한라산 성판악 일대에 있는 숲.

놀아오던, 열두 시군줄덜 산신군줄(山神軍卒)덜, 청포수에 놀던 군줄이나, 흑포수에 놀던 군줄덜, 다 많이, 주잔(酒盞)으로덜 많이 권잔(勸盞)드립니다~. 마냥 드려요. 헛쉬-.

신과세제 궷문더끔

자료코드 : 10_01_SRS_20090208_HNC_YCI_0001_s15
조사장소 : 제주특별자치도 제주시 회천동 1058번지 새미하로산당
조사일시 : 2009.2.8
조 사 자 : 허남춘, 강정식, 강소전, 송정희
제 보 자 : 양○일, 여, 67세 외 2인
구연상황 : 궷문더끔은 궤의 문을 덮는 제차이다. 심방이 궤 위에 돌을 놓으면서 말명을 한다. 본래 굿을 시작하기에 앞서 '궷문열림'이라는 제차가 있어야 하지만, 이 굿에서는 생략되어 특별한 의례 없이 단골이 그냥 궷문을 여는 것으로 갈음하였다.

[심방이 궤가 있는 쪽으로 다가가 궷문을 닫으며 말한다.] 상궷문 닫읍네다 중궷문도 닫읍네다 하궷문도 닫읍네다-.]

[소미 문병교는 제단으로 가서 "열려맞자 헤그네 다, 궷문덜 몬 닫암수다-."라고 말하면서, 제단에 꽂혀 있던 본향기를 뽑는다.]

신과세제 군졸지사귐

자료코드 : 10_01_SRS_20090208_HNC_YCI_0001_s16
조사장소 : 제주특별자치도 제주시 회천동 1058번지 새미하로산당
조사일시 : 2009.2.8

1659) '둣리꼿'은 제주시 조천읍 교래리 일대에 있는 숲.
1660) '눈미꼿'은 제주시 조천읍 와산리 일대의 숲.

조 사 자 : 허남춘, 강정식, 강소전, 송정희
제 보 자 : 문병교, 남, 77세
구연상황 : 군졸지사귐은 하위신들을 대접하는 제차이다. 문병교 심방이 말명을 하면서
　　　　　 사농놀이 했던 닭의 창자를 꺼내어 당 주위에 뿌린다.

　[소미 문병교가 사농놀이 제상에 남은 제물을 모아 당 입구 쪽으로 가
서 말명을 한다.] 많이많이 오널, 떡이여 밥이여, 술이여 궤기덜이여,[1661]
자 안주(按酒)덜도 많이 받앙 갑서-. 헛쉬-. 헛쉬-.

신과세제 시걸명 잡식

자료코드 : 10_01_SRS_20090208_HNC_YCI_0001_s17
조사장소 : 2009.2.8
조사일시 : 제주특별자치도 제주시 회천동 1058번지 새미하로산당
조 사 자 : 허남춘, 강정식, 강소전, 송정희
제 보 자 : 양○일, 여, 67세
구연상황 : 시걸명잡식은 제물을 조금씩 뜯어모은 것으로 하위신들을 대접하여 돌려보내
　　　　　 는 제차이다. 심방이 술병을 들고 술을 당 입구 쪽에 비우면서 말명을 한다.
　　　　　 이것으로 굿이 모두 마무리된다.

　[심방이 술을 당 입구 쪽에 뿌리며 말명을 한다.] 꿩사농 메사농 산신군
줄이여 요왕(龍王)에 군줄덜이여, 본향군줄(本鄕軍卒)이여 얻어 먹저 얻어
씨저 허던 하군줄(下軍卒)덜, 야 함박거리[1662] 장터거리로[1663] 받아삽서-.

1661) 고기들이여.
1662) 함박에 제물을 조금씩 덜어 모은 것.
1663) '장터거리'의 '장테'는 양푼처럼 크게 만든 그릇이니, '장테거리'는 여기에 제물을
　　　 조금씩 모은 것을 이른다.

■엮은이 소개

허남춘 성균관대학교 국어국문학과를 졸업하고, 동 대학원 국어국문학과에서 문학 박사학위를 받았다. 현재 제주대학교 인문대학 국어국문학과 교수로 재직 중이다. 제주대학교 탐라문화연구소장을 역임하였다. 현재 영주어문학회 회 장을 맡고 있다. 주요 저서로『고전시가와 가악의 전통』(월인, 1999),『황조 가에서 청산별곡 너머』(보고사, 2010),『제주도 본풀이와 주변 신화』(보고사, 2011) 등이 있다.

강정식 제주대학교 국어교육과를 졸업하고, 한국학중앙연구원 한국학대학원에서 문 학박사학위를 받았다. 현재 제주대학교 강사, 사단법인 제주학연구소 소장 으로 활동하고 있다. 주요 저서로『제주도 조상신본풀이 연구』(공저, 보고사, 2006),『동복 정병춘댁 시왕맞이』(공저, 보고사, 2008),『제주도 큰심방 이중 춘의 삶과 제주도 큰굿』(공저, 민속원, 2013) 등이 있다.

강소전 건국대학교 국어국문학과를 졸업하고, 제주대학교 대학원 한국학협동과정에 서 문학박사학위를 받았다. 현재 제주대학교 강사, 제주대학교 탐라문화연 구소 특별연구원이다. 주요 저서로『동복 정병춘댁 시왕맞이』(공저, 보고사, 2008),『제주도 큰심방 이중춘의 삶과 제주도 큰굿』(공저, 민속원, 2013) 등 이 있다.

송정희 한국방송통신대학교 국어국문학과를 졸업하고, 제주대학교 대학원 한국학협 동과정에서 석사과정을 수료하였다. 현재 한국아동국악교육협회 제주지부장 을 맡고 있다. 주요 저서로『동복 정병춘댁 시왕맞이』(공저, 보고사, 2008) 가 있다.

증편 한국구비문학대계 9-4
제주특별자치도 제주시 ①

초판 인쇄 2014년 10월 21일
초판 발행 2014년 10월 28일

엮 은 이 허남춘 강정식 강소전 송정희
엮 은 곳 한국학중앙연구원 어문생활사연구소
출판기획 장노현

펴 낸 이 이대현
펴 낸 곳 도서출판 역락
편   집 권분옥
디 자 인 이홍주

주   소 서울시 서초구 동광로 46길 6-6(반포4동 577-25) 문창빌딩 2층
등   록 1999년 4월 19일 제303-2002-000014호
전   화 02-3409-2058, 2060
팩   스 02-3409-2059
이 메 일 youkrack@hanmail.net

값 54,000원

ISBN 979-11-5686-091-4 94810
      978-89-5556-084-8(세트)